광마회귀
1

광마
회귀

狂魔回歸

1

유진성

문학수첩

목
차

1 ♦ 그중에서 내가 제일 ··· 009

2 ♦ 도망쳐서 도착한 곳에 ··· 012

3 ♦ 교주에겐 미안했다고 전해라 ··· 023

4 ♦ 나는 왜 다시 점소이가 되었나 ··· 036

5 ♦ 네가 알던 내가 아니야 ··· 045

6 ♦ 농담과 진담 ··· 058

7 ♦ 점소이가 행패를 부림 ··· 069

8 ♦ 불쾌해할 가능성이 있어요 ··· 080

9 ♦ 우리 연합의 이름은? ··· 092

10 ♦ 배려심이 뛰어난 나 ··· 105

11 ♦ 관운장이세요? ··· 116

12 ♦ 청소 안 해서 죽은 사람이 있다며? ··· 127

13 ♦ 견디기 힘든 냄새가 났다 ··· 137

14 ♦ 불구경을 하러 가봤더니 ··· 146

15 ♦ 강호에서 가장 약한 단체 ··· 157

16 ♦ 두주불사의 협박 1 ··· 167

17 ♦ 두주불사의 협박 2 ··· 178

18 ♦ 비와 강철의 사나이 1 ··· 188

19 ♦ 비와 강철의 사나이 2 ··· 198

20 ♦ 그래서 내 이름이 자하다 ··· 209

21 ♦ 정이 없네 ··· 219

22 ♦ 홍등을 올려라 ··· 228

23 ♦ 축문의 수장 ··· 238

24 ♦ 교환 법칙 ··· 248

25 ♦ 고로 존재한다 ··· 258

26 ♦ 점소이가 무공을 숨김 ··· 267

27 ♦ 말이 되는 말을 좀 ··· 278

28 ♦ 적당히 처맞을 운명 ··· 288

29 ♦ 말로 패는 남자 ··· 299

30 ♦ 하오문은 모르는 게 없다 ··· 308

31 ♦ 나를 빼고 감히 너희가? ··· 319

32 ♦ 분위기 잡을 때는 도끼가 좋다 ··· 331

33 ♦ 끼어들면 죽습니다 ··· 342

34 ♦ 내가 그렇게 정했다 ··· 353

35 ♦ 회의를 시작하겠습니다 ··· 363

36 ♦ 취임 첫날밤에 ··· 374

37 ♦ 방주님의 참교육 ··· 383

38 ♦ 십이신장 공략집 ··· 394

39 ♦ 승자는 가면을 벗지 않는다 ··· 405

40 ♦ 웃어줄 때 잘하세요 ··· 415

41 ♦ 위기 탈출 홍 사매 ··· 426

42 ♦ 점소이 승! ··· 436

43 ♦ 나쁜 생각과 점소이가 만나면   ··· 447

44 ♦ 너 미쳤어?   ··· 457

45 ♦ 도박꾼은 손모가지를   ··· 468

46 ♦ 맹주들이 종종 백발인 이유는   ··· 478

47 ♦ 있어도 안 준다는 마음가짐   ··· 489

48 ♦ 뭔 말인지 알겠어?   ··· 500

49 ♦ 오늘의 봉변   ··· 511

50 ♦ 나는 다시 광마가 되겠지만   ··· 522

51 ♦ 웃어서 좋았다   ··· 533

52 ♦ 해방된 여인, 부활한 남자   ··· 544

53 ♦ 대진표가 잘못되었습니다   ··· 556

54 ♦ 쉿   ··· 567

55 ♦ 나는 어디에 떨어지려나   ··· 577

56 ♦ 가면을 벗고 살아가도록   ··· 587

57 ♦ 소나찰이 된 기분   ··· 596

58 ♦ 아무것도 안 한다는 마음가짐   ··· 607

59 ♦ 일단 색마처럼 생겼다   ··· 617

60 ♦ 외상값 받으러 왔어요   ··· 628

◆ ····· 狂魔回歸

1.
그중에서
내가 제일

강호인은 대부분 미쳐있다. 사람을 죽이겠다고 밤낮으로 수련을 하고, 내공을 늘리기 위해서 밥도 거르고 똥도 참아가면서 좌선을 하는 자들이기 때문이다. 이것이 얼마나 미친 일이냐면 어떤 원숭이가 다른 원숭이들을 죽이겠다고 온종일 쌍칼을 휘두르거나, 지금은 실력이 부족하다는 이유로 미동도 하지 않은 채로 가부좌를 틀고 있는 것과 같다. 쌍칼을 휘두르는 미친 원숭이, 면벽 수행을 하는 미친 원숭이, 이런 것이 강호인의 본질이다.

　남들을 돕겠다는 협객이나 늘 자신들이 정의라고 부르짖는 무림맹도 크게 다르진 않다. 협객이든 무림맹주든 간에 무공이란 분야에서만큼은 남들보다 뛰어나고 싶다는 욕망에 미칠 듯이 사로잡혀 있는 자들이기 때문이다. 그런 의미에서 무공이라는 것은 미친놈들을 더 미치게 만든다. 배움에 끝이 없듯이, 무공을 익히는 것도 끝이 없기 때문이다. 끝이 보이지 않는 길을 선택해서 그 종착지에 닿으려하기에 강호인은 남들보다 미치는 속도가 빠르다. 이러다가 몸과 마음이 동시에 미치는 경우가 있는데, 이를 주화입마走火入魔라 부른다.

당연히 나도 겪어봤다. 옛 성현이 이르기를 비인부전非人不傳이라 했다. 됨됨이가 부족한 자에게는 무언가를 가르치지 말라는 뜻인데, 실은 무공이야말로 인간이 아닌 놈들에게 가르쳐선 안 되는 공부일 것이다. 미친놈이 고강한 무공을 얻으면 뭘 하겠는가? 인간의 본능적인 욕구를 아무런 거리낌 없이 발산하게 된다. 여자에 미친 색마들과 살육에 미친 마귀들이 전염병처럼 들끓고, 이런 놈들을 죽이기 위해서 무공을 수련하는 자들이 또다시 늘어나면 그곳이 곧 강호다.

따라서 강호의 도리가 땅에 떨어졌다는 말의 의미는 무공을 익힌 정상적인 사람보다 무공을 익힌 미친놈들이 더 많다는 것을 뜻한다. 미친놈들이 너무 많으면 그들을 잡으려는 협객도 미치기 마련이어서 강호는 예나 지금이나 미쳐 돌아간다. 그런 강호에서 나는 미친놈들을 때려죽이면서 살았다. 미친놈은 백도白道에도 숨어있었고, 흑도黑道에는 꽤 많았다. 마도魔道는 서로 누가 더 미쳤는가를 겨루고 서열까지 정하는 놈들이다. 나는 진영을 가리지 않고 죽어 마땅한 놈은 반드시 공격했기 때문에 곳곳에 적을 많이 만들었으나, 이런 나도 마도를 가장 증오한다.

백도에는 종종 사람의 도리를 다하려는 협객들이 있고, 흑도에도 선을 넘지 않으려는 호쾌한 사내들이 종종 있다. 그러나 마도는 대체로 정신이 반쯤 나간 원숭이와 같아서 입에서는 독을 내뿜고, 칼에서는 벼락을 쏟아내며, 어둠에서 갑작스럽게 튀어나오는 잔재주는 물론이고 내공으로 주변을 얼어붙게 만드는 괴이한 재주로 사람들을 괴롭힌다. 이런 미친 원숭이들이 강호를 대부분 장악하고 있는 상황을 마도천하라 부르는데 지금 시기가 그렇다. 나는 수단과 방법을 가리지 않고 미친놈들을 때려죽였다. 그런데도 아직도 내 주변에는 원숭이가 너무 많다.

나는 광마狂魔다.

2.
도망쳐서
도착한 곳에

사람은 누구나 늙는다. 나처럼 말이다. 예전에는 무림맹을 따돌리면서 칠 일 밤낮을 달려도 지치지 않았었는데, 지금은 아니다. 쫓기기 전보다 십 년은 더 늙은 기분이다. 이럴 줄 알았으면 수련을 조금 더 열심히 할 것을. 인간은 늘 같은 실수를 반복하고, 뒤늦게 후회하기 마련이다.

도주로를 정해두지 않았기 때문에 어느새 길도 잘못 들어선 상황. 뒤쫓고 있는 놈들의 욕지거리가 점점 또렷하게 들렸다. 욕지거리는 실로 다양했다. 나는 개자식이 되었다가, 호래자식이 되었다가, 쌍놈이 되었다가, 부모 없는 고아가 되곤 했는데, 고아는 사실 맞는 말이다. 그런데도 조금 전에는 부모님 욕까지 들었다.

나 같은 고아에게 부모 욕을 하는 놈들이 있다니, 세상이 이렇게 미쳐 돌아간다. 저런 식으로 입을 놀리다가 내 손에 죽은 놈들이 꽤 많았으나, 지금은 욕을 하는 놈들이 너무 많이 몰려온 터라 도망치는 것이 상책이었다. 나 정도 되는 사내가 이런 식으로 줄행랑을 치다니… 부끄럽기 짝이 없다. 하지만 기억해라. 마교魔教가 이렇게 무섭다. 도망가는 와중에 죽이고 또 죽였는데도 마교에는 아직 나를 상대할 수 있는 고수들이 꽤 많이 남아있었다.

* * *

한때, 어리석었던 나의 꿈은 무신武神이었다. 왜 옛날의 포부가 쫓기는 도중에 생각나는 것일까. 나도 알 수가 없다. 어쨌든 예전부터 꿈을 말할 때마다 주변에서 미친놈이라는 소리를 들었으니 무신이 된다는 게 정말 허망한 꿈이긴 한 모양이다. 그러나 단언컨대 쉽게 달성할 수 있는 것은 꿈이 아니다. 꿈이라는 것은 무조건 달성하기 어려운 것이 좋다고 생각한다.

지금도 그렇다. 꿈과 목표를 높게 잡았기 때문에 삼류방파에게 쫓기지 않고, 악질 중의 악질인 마교에게 쫓기고 있지 않은가? 장담하건대 남자 중의 남자라면, 마교에게 쫓겨봐야 한다. 그것이 남자의 자격이다. 정말 개 같은 놈들이라서 그런지, 쫓기고 있을 때의 느낌이 그 어느 때보다 짜릿했다.

내가 비록 무신이 되지는 못했으나 일전에는 무림맹에게도 쫓겨보고, 지금은 마교에게 쫓기고 있으니 보통 사내들이 이루기 힘든 업적을 쌓았다. 그나저나, 내가 마교에서 훔친 물건이 평범한 것은 아닌 모양이다. 그렇지 않고서야 저 미친놈들이 왜 이렇게 죽어라 쫓아오겠는가?

마교를 괴롭히는 것이 이렇게 재미있는 일이라는 것은 실은 예전에 알았다. 그러나 예전에 알았어도 당시에는 실력이 부족해서 감히 시도하지 못했던 일이다. 지금 생각은 이렇다. 조금만 더 수련한 다음에 나설 것을. 말했다시피, 인간은 늘 같은 실수를 반복한다. 제기랄…

* * *

나는 본래 심리전, 계략, 전술, 전략, 이간질, 거짓말에 능통하고 미인계는 일절 통하지 않으며 두주불사斗酒不辭에 경공도 뛰어나다고 혼자서만 늘 생각했다. 이 강호에서 가장 다재다능하게 미친 사내, 그것이 나다. 그 다재다능한 실력을 가장 꽁꽁 숨겼던 사내도 나다. 특히 역사적으로도 증명이 된 사례가 많은 미인계가 내게 일절 안 통했던 이유는 애초에 정상적인 미인들은 나를 좋아하지 않았기 때문이다. 이 점은 오랜 경험으로 증명했다.

달리는 와중에 눈앞이 뿌옇게 되는 것을 보니 근처에 안개가 출몰하는 장소가 있는 모양이다. 나는 대체 어디를 달리고 있는 것일까. 지형을 보건대 눈앞에 보이는 절벽은 그 유명한 만장애처럼 보였다. 만장애는 실로 유명한 장소다. 저 깎아 내지른 협곡을 중앙에 두고, 양측에서 나선 마도와 백도의 고수들이 자웅을 겨뤘었기 때문이다.

그때, 백도의 승리로 끝났다면 내가 이렇게 다급하게 쫓기진 않았을 것이다. 양측은 휴전을 선언하듯이 유일하게 남아있었던 검명교劍鳴橋(협곡을 건널 수 있게 만들었던 좁은 다리)를 끊었다. 검명교가 끊어진 터라, 내가 이 만장애를 건널 방법도 이제 없었다. 도망쳐서 도착한 곳에 낙원은 없다더니, 과연 벼랑이 있었다.

마교의 총본산에서 도주하기 시작한 나는 어느새 태을산, 명리산, 추혼산을 넘어 이름 모를 산을 넘고 물을 건너서 도주하던 중에 왼팔을 베이고, 얼굴을 찔렸으며, 왼쪽 어깨에도 관통상을 입었다. 문득 아련한 눈빛으로 벼랑 아래를 내려다보니 내 지난 인생처럼 별것 없었다. 이런 와중에도 나는 그동안에 왜 단 한 번도 미인과 사귀지 못했는가에 대해 고민했다. 그래서일까. 죽음을 목전에 두면 가장 그리운 사람을 떠올리기 마련이라던데 나는 떠올릴 사람이 없었다. 한숨이 절로 나왔다.

"…짧은 연애라도 좀 해볼걸."

나는 너무 진지하게 살았다. 누군가가 내 묘비명에 이렇게 적어줬으면 좋겠다. '광마, 진지 빨다가 죽었다'고. 뒤편에서 바람 가르는 소리와 함께 누군가가 도착하고 있었는데, 저 정도의 실력이라면 마교의 정상급 고수인 광명좌사光明左使일 것이다. 수하들을 추격전에 갈아 넣은 다음에 이처럼 결정적인 순간에 멀쩡한 몸으로 등장해 주시는 잔머리의 대가이기도 하다. 광명좌사는 강호에서 나만큼이나 악명이 자자한 놈이다.

저놈은 특이하게도 남궁세가, 서문세가, 백리세가 등 복성을 쓰는 무림세가의 어여쁜 처자들만 집요하게 노리는 변태 성욕자로 마교에 투신하기 전에는 강호에서 색마色魔라는 별호를 가지고 있었다. 그렇다고, 나도 변태라는 말은 아니다. 나는 그럴 기회가 없었다. 갑자기 분노가 가슴 깊은 곳에서 치밀어 오르는 것은 기분 탓일까, 아니면 광명좌사 탓일까. 아니면 저놈의 과거 행적 때문일까. 어쨌든 백도의 여고수들이 가장 무서워하는 사내, 마교의 광명좌사가 엄청나게 멋진 자세로 공터에 내려섰다. 변태가 되려면 일단 잘생겨야 하는 모양이지?

'저 기생오라비 같은 개새끼.'

무섭게 보일 정도로 유난하게 콧날이 우뚝 서있는 마교의 권력자께서 여기까지 친히 따라오시다니 종교가 이렇게 무섭다.

* * *

광명좌사는 뒷짐을 진 채로 내게 다가오면서 목소리를 잔뜩 깔았다.

"나를 이렇게 고생하게 만들다니. 빌어먹을 놈. 하여간 네 경공 실력이 소문보다 더 뛰어나다는 것은 인정해 주마."

광명좌사의 진지 빠는 개소리에 나는 무덤덤한 표정으로 대꾸했다.

"변태 왔는가."

"..."

"나도 너처럼 열심히 달리는 변태는 난생처음이다. 인상적이로군."

삼 일 밤낮을 쫓아온 것이 못내 억울했던 광명좌사의 입에서 쥐어짜는 것 같은 목소리가 흘러나왔다.

"닥쳐라, 이 미친놈아. 농담할 때가 아니다. 만장애의 벼랑에서 그따위 여유를 부려? 상황 파악을 해라."

16   …   광마회귀 1

"여기가 벼랑이든 낙원이든 간에 네가 변태라는 것은 변함없는 사실이다. 그리고 네 수하들에겐 예의 좀 가르쳐라. 나는 개가 아니다. 호래자식은 더더욱 아니고. 그러나 고아는 맞다."

잠시 분위기가 숙연해졌다.

"..."

"나도 뵙지 못했던 부모님 욕을 하다니, 이 찢어 죽일 놈들. 그러니 너희가 마교라 불리는 것이겠지."

"헛소리 그만하고, 훔친 것부터 내놓아라."

나는 코웃음을 치면서 대꾸했다.

"힘들게 훔친 것을 순순히 돌려주면, 내가 광마가 아니라 점소이겠지."

"뭔 개소리냐."

"내가 예전에 한때 점소이였기 때문에 하는 소리다."

"하아."

광명좌사가 피곤하다는 것처럼 한숨을 길게 내쉬었다. 그런 와중에 속속 도착하고 있는 마교의 병력이 폭풍전야의 먹구름처럼 모여들고 있었다. 쟤네는 왜 저렇게 시커면 옷을 좋아하는 것일까. 어느새 먹구름처럼 모여든 마교의 병력은 내 퇴각로를 촘촘하게 틀어막은 후에 광명좌사의 명령을 기다렸다. 다들 눈빛에 날이 서있었다. 추격전에서 일백 명 이상이 내 손에 죽었기 때문에 열이 잔뜩 받았을 것이다.

이 정도로 마교에게 심대한 타격을 입혔으면, 무림맹에서 나한테 올해의 협객상이라도 줘야 하는 게 아닌가 싶다. 잠시 내 처지를 떠올려 보니, 나도 사고를 많이 쳐서 무림공적이 되었다는 점을 잠시 깜박했다. 심지어 내 무림공적 서열은 저 변태 놈보다도 높다. 광마라는 별호도 백도에서 먼저 붙여준 별호이기 때문이다.

'일단 협객상은 물 건너갔고.'

실실 웃고 있는 내 표정을 구경하던 광명좌사가 말했다.

"광마, 너는 어떻게 이런 상황에서도 웃음이 나오는 것이냐? 머리에 대체 뭐가 들었느냐?"

"안타깝구나."

"뭐가?"

"너는 교주가 방귀를 뀌어대도 웃음을 극구 참았겠지. 그게 네 한계다."

"..."

"교주가 매번 시답잖은 농담을 해댔을 때도 억지로 박장대소를 했겠지."

"그러진 않았다."

"닥쳐라! 그런 것을 못난 놈의 아첨이라 한다. 그러나 나는 항상 내 마음대로 웃는다. 아첨꾼아, 늙은 교주가 그렇게 무섭더냐?"

광명좌사가 떨떠름한 표정으로 대꾸했다.

"이 강호에서 교주님을 두려워하지 않는 자가 있더냐? 없다. 교주께서 늘 일대일 대결을 하자고 제의해도 매번 피하는 맹주 놈을 봐라. 설령 이 강호에서 교주님보다 강한 고수가 있을지라도 교주님을 두려워하지 않는 놈들은 없을 것이다. 알지 않느냐."

"뭔 개소리냐? 내가 있다. 내가 언제 너희 교주를 두려워하더냐?"

"그럼 왜 여기까지 도망을 쳐서 사람을 피곤하게 만들었지?"

"교주는 무섭지 않으나 변태는 실로 무섭구나. 하여간 교주가 무서운 것과 무관하게 네가 좋아하는 변태 일에 더 집중하려면 하루빨리 탈교하는 것이 네 정신 건강에도 좋을 것이다. 어? 좌사, 지금 네 뒤에 있는 간부 놈 웃고 있는데?"

나는 손가락으로 마교의 간부를 가리켰으나, 광명좌사의 시선은 붙박이처럼 내게 고정되어 있었다. 광명좌사가 냉랭한 표정으로 말했다.

"안 통하지."

나는 고개를 끄덕였다.

"어쩔 수 없지. 너희가 이거 때문에 그렇게 쫓아왔다 이거지?"

나는 품에서 조심스럽게 천옥天玉을 꺼내서 광명좌사에게 내밀었다. 이것이 문제의 물건이다. 광명좌사의 개구리 같던 눈이 삼 일쯤 굶은 살쾡이처럼 날카로워졌다.

"…!"

나는 좌사에게 제안했다.

"천옥을 보자마자 눈깔이 희번덕거리는 것을 보아하니 너도 이것을 노리고 있었구나. 어쩐지 마교의 광명좌사 어르신께서 직접 여기까지 쫓아오는 게 이상하다 싶었지. 교단에서도 제법 멀어졌으니 잘 됐다. 기왕 이렇게 된 거, 우리 둘이 반반 어때? 너와 내가 당대의 강호를 양분하는 거다. 그렇게 되면 너도 네 마음대로 변태 짓을 할 수 있을 거다."

나는 좌사를 살살 꼬드겼으나 반응은 시원찮았다.

"그것은 교주님의 것이다."

"그런데 왜 그렇게 탐욕스럽게 눈을 빛내고 있나? 교도들은 들어라. 좌사가 교주에게 다른 마음을 품고 있다. 한 놈만 먼저 복귀해서 교주에게 변고를 고해라. 좌사가 천옥을 취해 반란을 일으키려는 모양이야. 공을 세울 사람? 없어? 겁쟁이들이로군."

이간질은 늘 재미있다. 그러나 마교에겐 통하지 않았다. 하지만 나는 항상 끈질겼다.

"다들 네 상관을 봐라. 좌사가 내 말에 고민하느라 대꾸도 못 하는구나."

광명좌사가 말했다.

"쓸데없는 소리 하지 말고 천옥부터 내놔라. 그것만 돌려주면 우린 일단 물러나겠다. 애초에 네 하찮은 목숨을 거두겠다고 펼쳤던 천라지망이 아니다."

"아, 그래?"

"다시 말하지만 네 목숨보다 그 천옥이 더 중요하다. 너는 내가 나중에 홀로 찾아가서 이번 일에 대한 죄를 다시 묻겠다. 네가 좋아하는 일대일 싸움으로."

거짓된 혀가 저기에 있었다.

"내가 좋아하는 일대일 싸움?"

"그래."

"그게 천라지망을 펼쳐놓고 할 소리냐. 애초에 네가 일대일을 제의해서 뺏으려 했다면 네 수하 일백은 죽지 않았을 것이다. 멍청한 변태 새끼가 일을 항상 그르치는구나. 네 말을 믿느니 이대로 출가

해서 스님이 되련다. 다들 길을 비켜라. 이 천옥은 모양이 동글동글
하고 두드릴 때마다 청아한 소리를 내고 있으니 목탁에 적합하다.
땡중이 목탁을 함부로 내줄 수는 없는 법이지."

"그렇다면 죽일 수밖에."

"들어와. 이 새끼들아. 내 오늘 광승狂僧이 되어야겠구나!"

들어오라는 말과는 달리, 나는 천옥을 금세 만장애로 던져버릴 것
처럼 손을 내밀었다. 광명좌사가 급히 한 손을 내밀었다.

"하, 하지 마라!"

광명좌사의 얼굴에 당황함이 스치는 것을 보아하니, 보람찬 하루
라는 생각이 들었다. 어쨌든 확실해졌다. 내가 훔친 것이 진짜 어마
어마하고 무시무시한 물건이라는 것이 말이다. 아직도 이게 뭔지는
모르겠지만 말이다. 내가 만장애로 천옥을 던지면, 광명좌사와 수하
들도 만장애로 뛰어야 하는 상황이다. 광명좌사는 잔머리를 열심히
굴리는 표정으로 나를 달랬다.

"자네 대체 왜 이러나? 그간 자네의 말도 안 되는 짓거리를 눈감
고 넘어간 것은 자네를 살려둬야 맹주 놈이 더 괴로워하기 때문이었
다. 본래 우리가 무림공적을 우대하는 편이기도 했고. 그러나 이러
면 달라지지. 기껏 정중하게 입교를 권유했더니 성물을 훔쳐? 호의
를 도둑질로 갚다니. 이것은 사람이 할 짓이 아니다."

"그렇긴 하지만, 부모 욕을 했기 때문에 돌려줄 수 없다."

"사과하마. 우리는 네가 무서운 게 아니라 교주님의 불호령이 무
서울 뿐이니 제발 성물만 회수하게 해다오."

"그게 부탁하는 놈 말투냐?"

"그게 훔쳐 간 놈 말투더냐?"

만장애를 향해 내 팔이 다시 움직였다.

"일단 던지련다. 제대로 한판 붙어보자."

"사과하겠네. 잠시만, 대화로 풀어보세."

나는 고개를 끄덕였다.

"좋다. 그럼 이 천옥이라는 것이 대체 뭐 하는 물건이냐. 잔머리 굴리지 말고 말해봐라."

어서, 이놈아! 궁금해서 죽을 지경이다.

3.
교주에겐
미안했다고 전해라

광명좌사가 떫은 표정으로 말했다.

"본래는 성물이라고만 부르는데, 천옥이라는 이름은 대체 어찌 알았나?"

"내가 삼 일 밤낮을 도망만 쳤을까? 도중에 밥도 먹고 똥도 싸고 시도 한 수 읊고 네 수하도 고문하고 뱃놀이도 하고 아주 알찬 시간을 보냈다."

광명좌사가 문득 뒤에서 대기하고 있는 수하들을 노려보면서 말했다.

"그깟 고문도 못 견뎌?"

"네 수하들도 이게 뭔지는 알아야지. 정확하게는 모르더군. 나도 죽기 전에 이게 뭔지는 알아야겠다."

광명좌사가 낮은 어조로 대꾸했다.

"…광마야, 그것은 교주님만 복용할 수 있게끔 제조된 특수한 영약이다. 다른 놈이 복용하면 사지가 녹아내릴 것이니 꿈도 꾸지 마라. 힘들게 만든 것이라서 회수해야만 한다."

"그 뚫린 입으로 거짓말 좀 처하지 마라. 내가 순진한 남궁세가 소저로 보이느냐? 내가 남자 얼굴만 밝히는 백리세가 여인네로 보이냔 말이다. 이 변태 새끼야."

"사실을 말해줘도 못 믿는군. 교주님께서 복용하실 거라서 성물이라는 별칭이 붙은 것이다. 믿어다오."

"이상하군. 이게 영약이라면 교주 늙은이가 폐관수련 들어가기 전에 먹는 것이 맞지 않겠나?"

"세상일에는 사정이란 게 있다. 교주님의 무공 수련에는 나름의 순서가 있는 법이고."

"어찌 만들었나? 자연적으로 발생한 영약이 아니라 마공으로 제조된 것 같은데."

"말해주면 줄 테냐?"

나는 대답 대신에 광명좌사의 눈빛을 살폈다.

"아니."

그간 마교가 벌인 악행들을 알고 있었기 때문에 이것이 어떻게 만들어졌는지 대충은 눈치를 챌 수 있었다. 더군다나 지금도 천옥의 빛깔이 수시로 바뀌었다. 마치 내부에 극양의 기와 극음의 기가 뒤섞이는 모양새였는데 주변 온도나 햇빛에 따라 색이 계속 변하고 있었다. 굳이 말하자면 태극 문양. 마교식으로 표현하면 역태극. 영약이 태극을 품었으니 보통 영약이 아니라는 뜻이기도 하다. 나는 이것이 교주의 손아귀에 들어가면 강호가 멸망해도 이상하지 않을 것이라는 생각이 들었다.

'제기랄… 진짜 무림맹은 나한테 협객상 줘야 한다. 개새끼들.'

내가 예상한 바를 밝혔다.

"아, 이해했다. 내가 천재인 모양이야. 맞혀보마. 문파를 습격하고 무림맹과 같은 단체와 국지전을 자주 벌였던 이유가 이것이겠지. 방법은 모르겠으나 너희는 살아있는 무인들의 정수를 뽑아내서 이것에 담았다. 너희도 이것을 제작하는 게 쉽지는 않았겠지. 극양과 극음의 기를 골고루 뽑아내서 만들어야 했을 테니까."

말을 하는 와중에 나는 교주의 의도를 알아차렸다.

"먹는 자가 음양지체이거나, 단전의 상태를 극양과 극음의 내공으로 균형 있게 맞춰놓은 상태에서 복용해야만 효과가 더 뛰어나겠군. 아, 그래서 폐관수련을 했었나? 내 말에 틀린 점이 있나? 아니면 늙은 교주가 신체를 바꾸는 대법에 사용하려고 했다든가."

새로운 신체에서 영약을 먹어야 더 효과가 뛰어날 테니 말이다. 광명좌사는 내 이야기를 듣는 와중에 미소를 지었다.

"이 새끼, 그냥 멍청한 미치광이인 줄 알았더니."

"별말씀을."

"네 마음대로 생각해라. 진실을 알았다 하더라도 그게 네 목숨보다 소중하진 않을 것이니."

"그렇긴 하다만."

"넌 음양지체도 아닐 테니 내놔."

"이걸 교주가 복용하면 세상천지에 적수가 없겠구나. 지금도 못마땅할 정도로 강한데 얼마나 더 강해지려고. 줄 수 없다. 그것이 내가 외롭게 걷고 있는 협객의 길이다."

웃기려고 한 말인데, 좌사는 전혀 웃지 않았다.

"…"

마교와 나는 이래서 궁합이 안 맞는다. 광명좌사가 계속 나를 노려봤다. 싸우자니 내가 금세 만장애로 떨어질 것 같아서 정말 겁이 나는 모양이다. 실은 나도 만장애로 떨어지는 것이 귀찮았다. 세상에 어떤 등신이 절벽을 좋아하겠는가? 그 밑에 기연이 기다리고 있지 않은 이상 말이다. 그렇다면 이 상황에서 광명좌사가 가장 열 받는 행동을 취하는 것이 정답일 터. 이미 부상도 심한 상태였기 때문에 나는 깊은 고민 없이 천옥을 삼켰다. 꿀꺽 소리와 함께 천옥이 식도를 타고 내려가자, 좌사의 얼굴이 허옇게 질렸다. 천옥의 맛을 음미하면서 말했다.

"뜻밖에 달달하구만. 부드러운 복숭아 맛이 나다가 뒷맛이 아주 상큼해. 늙은 교주 새끼 먹기 편하시라고 복숭아를 섞어서 만들었나? 으하하하하."

광명좌사는 물론이고 수하들의 눈이 휘둥그레 커졌다. 조금 과장되게 말하면 다들 기절하기 직전의 표정을 하고 있었다. 광명좌사가 나를 가리키면서 말을 살짝 더듬었다.

"그걸 먹어?"

나는 살짝 정색했다.

"영약이라며 미친 새끼야. 영약은 몸에 좋다. 늙은 교주의 불호령이 네게 떨어지길 기원하마. 걱정하지 마라. 수하들이 본 것은 그대로 보고할 테니. 아니면 네 손으로 여기 있는 놈들 전부 때려죽이든가."

…

좌사는 발을 구르면서 악을 썼다.

"이 미친 새끼! 그걸!"

나는 일부러 등신처럼 말했다.

"내가 먹지 말고 교주에게 양보할 걸 그랬나. 그러나 이미 내 뱃속으로 사라졌다는 말씀이지. 꺼억…"

천옥이 뱃속으로 들어가자, 기분이 조금 이상했다. 농담으로 던진 말이 아니라 실제로 큼지막한 복숭아 맛이 나는 것도 이상했다. 그런데 몸 상태도 이상해졌다. 나는 인상을 찌푸린 채로 단전을 만졌다. 삽시간에 단전이 강제적으로 두 개로 나뉘는 느낌이다. 마교도들의 눈에는 내 얼굴이 점점 창백해지고 있었다. 절반은 양, 나머지 절반은 음으로 강제 설정되는 괴이한 경험을 하고 있었다. 그러나 그리 고통스러운 과정도 아니었기 때문에 성물은 성물이란 생각이 들었다. 광명좌사가 이를 갈다가 말했다.

"죽여라! 아니다. 생포해라. 산 채로 갈아서 교주님에게 드려야겠다."

"존명!"

내가 손을 내밀면서 무언가를 말할 것처럼 인상을 찌푸렸다.

"잠시만! 존명 같은 소리 하고 있네. 할 말이 있다. 속이 정말 거북하군. 기다려라. 아무래도 이거 다시 뱉어내야 할 것 같다."

나는 세상에서 가장 심각한 표정으로 좌사를 바라봤다. 뱉어낼 수 있다는 말에 좌사가 손을 번쩍 들어서 수하들을 대기시켰다.

"대기!"

좌사가 숨을 죽었다. 나는 심각한 표정으로 말을 이어나갔다.

"단전이…"

"단전이 어떻다는 말이냐?"

"뜨끈뜨끈했다가 시원했다가 오락가락하는 것을 보니 급히 설사를 할 모양이다. 내 체질과는 맞지 않는 영약이로군."

실제로 방귀가 천둥벼락처럼 터져 나오자, 마교 놈들도 인상을 찌푸리거나 코를 막았다.

"…"

광명좌사도 손으로 코를 막으면서 말했다.

"빨리 뱉어내라."

나도 한 손으로 코를 막은 채로 말했다.

"애새끼처럼 보채지 마라. 그리고 입으로 뱉어내겠다고는 안 했다. 나는 잠시 대변을… 너희들은 먼저 하산해라. 나도 예의를 아는 사내라서 싸는 모습을 보여줄 수는 없다."

"뭐?"

좌사의 얼굴도 점점 창백해지는 것을 바라보면서 내가 덤덤한 어조로 말했다.

"교주에겐 미안했다고 전해라. 이따가 이곳에 와서 내 똥을 살펴보도록. 그 똥에 마신魔神이 될 수 있는 답이 있을 것이다. 아, 똥으로 천하제일에 등극하는 역대급 마교 교주가 탄생하겠군. 마침내 광마라는 사내는 고금제일의 똥을 싸게 되었다. 전설적이로군."

혼자서만 진지하게 내 말을 경청하던 광명좌사는 결국 이성의 끈이 끊어진 채로 나를 향해 장력을 내질렀다.

'어림없다!'

나도 어쩔 수 없이 광명좌사의 장력을 금구소요공金軀逍遙功의 장력으로 받아쳤다. 공중에서 거대한 손바닥 모양의 기가 충돌했다.

콰아아아아아아아아아아앙!

광명좌사가 엄청난 속도로 밀려나고, 나 역시 만장애의 광활한 허공으로 서너 걸음을 밀려났다. 그 순간, 나는 광명좌사가 지극히 한랭한 무공을 익혔다는 것을 처음으로 알게 되었다.

'이 새끼, 빙공氷功을 익혔었네.'

좌사가 조금 더 멀리 밀려나긴 했으나, 나도 자존심이 크게 상했다. 아무래도 부상이 깊었기 때문일 터. 절벽으로 떨어지는 건 계획에 없었기 때문에 실로 당황스러웠다. 세상일은 이처럼 계획대로 돌아가는 법이 없다. 이렇게 떨어지는 와중에도 점점 멀어지고 있는 마교를 보고 있자니 다짜고짜 웃음이 터져 나왔다.

"우하하하하핫."

내 웃음소리가 만장애의 절벽에 부딪치더니 어느새 하늘과 땅을 가득 채울 정도로 크게 울렸다. 복숭아 맛 천옥 때문에 웃음소리도 커진 것일까. 그나저나 만장애는 실로 깊었다. 큰 소리로 한참을 웃었는데도 나는 아직 떨어지는 중이었다.

* * *

두 다리는 멀쩡한 데다가 단전에서는 천옥의 이상한 기운이 꿈틀대고 있어서 지친 것치고는 제법 힘이 흘러넘치는 상황이다. 어쨌든 이것도 계획했던 일은 아니다. 바닥에 부딪히기 직전에 광풍일소

狂風一笑 수법으로 낙하하는 힘을 상쇄시키고, 몸을 세 바퀴 반 정도 회전했다가 두 발로 지상에 가볍게 내려섰다. 거의 만점에 가까운 착지.

"흐흐흐흐."

문득 상공을 올려다보니 광명좌사는 물론이고 떨어지면 반드시 죽을 것 같은 미천한 말단 교도들까지 만장애 바닥, 즉 나를 향해 주저 없이 뛰어내리고 있었다. 적들이긴 하지만 명령 한마디에 단체로 뛰어내리는 모습은 자못 감탄이 흘러나올 정도로 멋져서 박수가 절로 나왔다.

"와아… 미친 새끼들."

마교는 과연 마교다. 명령 한마디에 죽고 사는 놈들다웠다. 저러니 무림맹도 마교의 본진을 치지 못하는 것이었을 터.

"그러나 절반은 전신 골절상으로 뒤지겠구나."

실제로 비명이 만장애를 가득 채웠다. 절벽이나 튀어나온 바위 같은 곳에 부딪혀서 즉사하는 자들도 속출했다. 나는 허망하게 죽어나가는 자들을 보면서 새삼 강호에서 교주를 두려워하지 않는 사람은 없다는 좌사의 말을 이해하게 되었다. 마교는 실로 무서운 단체다. 물론 저놈들끼리는 천마신교天魔神教라 부르는 것이 정식 명칭이다. 이때, 하늘을 가득 채우고 있었던 마교도들이 일순간에 감쪽같이 사라지더니, 만장애와 푸른 하늘마저 일시에 백색으로 돌변했다.

"음?"

세상에 이런 일이. 눈으로 보이는 모든 곳이 순백색으로 물들어 있었다. 그곳에서 찬란하게 빛을 뿜어대는 기이한 역광 때문에 얼굴

…

이 잘 보이지 않는 사내가 홀로 공중에 뜬 채로 나를 내려다보고 있었다. 세상에, 내가 이렇게 놀라게 될 줄이야. 뭐야, 저놈은? 순간, 나는 내 생사生死가 저 사내의 손에 달려있다는 것을 직감했다.

* * *

놀랍게도 이젠 바람 소리도 들리지 않았다. 마치 일순간에 세상이 멈춘 것 같은 정적 속에서 정체불명의 사내가 천천히 지상으로 떨어지고 있었다. 제기랄, 저것은 대체 무슨 무공일까? 저 높은 곳에서 뒷짐을 진 채로 떨어질 수 있는 사내가 있다는 것이 놀라울 뿐이다. 주변을 급히 둘러보니 만장애의 밑바닥까지 새하얀 백색으로 변해있는 상황. 이어서 압도적인 존재감을 내보이는 사내가 뒷짐을 진 채로 다가오면서 내게 말했다.

"혼백이 담긴 물건을 그렇게 쉽게 먹다니. 정신이 나간 놈이로구나."

나는 상대의 목소리를 듣는 순간 전율했다. 세상사에 달관한 것 같기도 하고 무인 특유의 자신감과 배짱, 위엄이 뒤섞여 있는 묘한 목소리였다. 이 사내는 격이 달랐다. 내가 물었다.

"정신이 나간 것은 맞소만, 댁은 뉘신지."

그제야 나는 정체불명의 사내를 자세히 볼 수 있었다. 복장은 나와 같은 강호인의 의복을 갖추고 있었는데 유행이 한참 지난 복장이었다. 마치 옛 그림 속에서 튀어나온 절대고수와 같은 분위기가 느껴졌다. 내가 봤던 당대의 최고수들도 이 사내 앞에서는 제정신을

유지하는 것이 힘들어 보일 것 같은 압도적인 존재감을 가지고 있었
다. 나는 강호의 강자들에 대한 정보를 꽤 많이 알고 있었으나, 사내
는 정말 존재 자체가 불가사의했다. 도무지 떠오르는 사내가 없었
다. 나는 속내를 그대로 내뱉었다.

"당신, 정말 엄청난 사내로군."

단언컨대 나는 남에게 이런 칭찬을 해본 적이 없었다. 무공도 무
공이지만 내가 모르는 사내가 강호에 있다는 것도 정말 신기했으니
까. 사내는 심드렁한 표정으로 대꾸했다.

"내가 좀 대단하긴 하지. 너도 내 앞에서 잘 버티고 있구나. 용하
다. 그나저나 대체 왜 천옥을 삼켰느냐? 그 천옥에는 수많은 고수들
의 혼백이 갇혀있다. 그들은 귀천하지 못한 상태고. 여기까지는 이
해했나?"

"누굴 바보로 아시나."

사내가 잠시 턱을 만지면서 고민하다가 말을 이어나갔다.

"이제 네 혼백에 귀천하지 못한 자들의 혼백이 덕지덕지 들러붙게
생겼다."

"음?"

"잠을 자면 혼백이 깨울 것이고, 밥을 먹으면 음식에 담겨있는 정
기를 그들이 나눠 먹을 것이며, 네가 만지는 사람에게도 혼백이 들
러붙을 것이다. 내공도 감당하기 힘들 정도로 폭주하게 될 것이고."

나는 그 와중에도 좋은 말만 골라 들었다.

'오, 내공은 마음에 드는군.'

사내의 말이 이어졌다.

"너는 이제 살아있는 천옥이면서, 동시에 반 귀신이 되었다는 말이다. 멀쩡하게 살 수 있는 가능성이 이제 없다."

"애초에 멀쩡하게 살았던 적이 없소."

"그래 보이긴 하는구나. 주화입마를 여러 번 겪었군."

"그건 어찌 아셨소?"

"시간 나면 면경이나 들여다봐라. 네 눈빛이 정상인지… 주화입마는 정신적인 병도 동반한다."

"음, 내가 아니라 교주가 이 천옥을 먹었다면 어찌 되는 거였소? 나는 이것을 먹고 싶어서 먹은 것이 아니라, 교주가 먹지 못하게 하려는 게 우선이었는데."

사내가 씨익 웃었다.

"네 나름의 선의로 먹었단 말이냐?"

"그렇소."

사실이다. 어쩐지 이 사내에겐 거짓을 간파할 수 있는 능력이 있어 보였다. 그 때문에 내 말이 거짓이 아니라는 것을 알 것이다. 사내가 한숨을 내쉬다가 말을 이어나갔다.

"사실이군. 천옥은 순리를 거스르는 물건이다. 이것을 교주가 취했다면 내가 교주를 소멸시킨 다음에 인세에 관여한 죄를 내가 직접 달게 받았을 것이다. 그러나 세상일이라는 것이 예상대로 진행되지 않는군."

세상일이라는 게 이렇게 무섭다. 이 대단한 사내도 예상하지 못한 일이 벌어졌으니 말이다. 사내의 말이 이어졌다.

"그러하더라도 그 혼백들은 귀천을 해야 한다. 그래야 전생의 과

오를 따져, 죽음 이후의 세계로 각기 나뉠 테니까. 제법 훌륭한 인생을 살았던 사람들도 많이 갇혀있기에 반드시 그래야만 한다."

"내가 어찌해야겠소? 멀쩡히 살아있는 나더러 어서 죽으라는 말처럼 들리는데. 그렇게 해줄 수는 없겠소. 차라리 나를 교주 앞에 데려다주시오. 그 늙은 새끼와 동귀어진이라도 해야 후련하게 눈을 감을 수 있을 것 같으니. 교주를 죽인 다음에 내가 스스로 자진하리다."

사내가 피식 웃으면서 대꾸했다.

"잔머리 굴리지 마라."

"들켰소? 눈치가 빠르시군."

"그나저나 네가 교주를 그렇게 증오한단 말이냐?"

"말해 뭐 하겠소."

"왜?"

"왜라니? 교주는 사람을 사람으로 보지 않소. 내 평생의 숙원은 교주를 죽어라 패는 것이었소. 교주가 내게 이유를 묻는다면 딱 한 가지만 말해줄 생각이었소."

나는 손가락 하나를 들었다. 그러나 사내는 내가 말할 답을 이미 알고 있는 모양이었다. 사내가 내 말에 대꾸했다.

"사람을 사람으로 보지 않는다?"

나는 사내와 눈을 마주친 채로 고개를 끄덕였다.

"바로 그거요. 그리고 그게 교주를 죽이려던 이유의 전부였소."

사내가 팔짱을 끼더니 옅은 미소를 지었다.

"좋은 이유다."

"좋은 이유라고?"

나는 사내를 물끄러미 바라봤다. 희한하게도 은근히 대화가 통하는 사내였다. 당장 믿기진 않았으나, 이 사내는 아무래도 신에 가까운 존재라는 생각이 들었다. 사내가 팔짱을 풀고 무언가를 체념한 것처럼 한숨을 내쉬더니 나를 손가락으로 가리키면서 이렇게 말했다.

"이자하…"

나는 눈이 커졌다.

'내 이름도 안다고?'

사내의 말이 이어졌다.

"동아줄은 이번이 마지막이다. 다시는 천옥을 삼키지 말도록. 이후에는 나도 벌을 받는 중이라 도와줄 수 없을 것이다. 결과가 어찌되었든 간에 나는 너를 선의로 대하마. 이것은 네게 줄 수 있는 최선의 선택이고, 최고의 선물이 될 것이다. 내가 너를 축복하마."

사내는 나를 향해 한 손을 뻗었다. 그 와중에도 나는 사내의 장력에 죽는 것일까 하는 생각이 들었다. 정황상, 아닐 터였다. 그럼 대체이게 무슨 개소리일까 하고 고민하는 와중에 사내의 손에서 뻗어 나온 빛에 휩싸이는 순간, 내 오감이 순식간에 사라졌다.

'어?'

아무래도 내 의식이 끊기려는 모양이다. 죽은 것일까? 전신이 산산이 부서지고 있는 것 같았는데 아무런 고통이 없었다. 의식이 끊어지기 직전에 내 영혼이 속삭였다. 아직은 죽기 싫다고. 아이고 난… 아직 단 한 번도 미인과… 제기랄…!

4.
나는 왜 다시
점소이가 되었나

적막한 새벽. 나는 빗소리에 잠을 깼다. 천장에는 누렇게 뜬 벽지가 보이고, 방 안에서는 퀴퀴한 곰팡이 냄새가 났는데 평생을 괴롭히던 두통이 사라진 터라 기분이 좀 이상했다. 그리고 더 이상한 점은 어쩐지 익숙한 냄새가 나고, 익숙한 광경이 눈앞에 보인다는 점이었다. 찢어지게 가난한 집의 분위기가 대체로 이런 편인데, 이곳은 아무리 봐도 옛날 우리 집이었다. 살펴보니, 이곳은 조부께서 내게 남기신 자하객잔紫霞客棧의 골방이었다. 내 이름이 이자하李紫霞인 것도 이 객잔 때문이다.

"내가 왜 여기에."

이 자하객잔이 홀라당 불에 타고 나서는 멀쩡한 집을 가져본 적이 없었기 때문에 절대로 헷갈릴 수가 없었다. 문득 정체불명의 사내의 말이 떠올랐다.

'동아줄은 이번이 마지막이다. 다시는 천옥을 삼키지 말도록.'

내가 어찌 천옥을 두 번이나 삼킬 수 있겠는가? 과거로 돌아가지 않는 이상 말이다.

"어? 잠시만, 과거?"

그러고 보니 몸 상태가 한결 괜찮았다. 두통이 사라진 것도 신기했으나, 천라지망을 뚫으면서 입은 부상도 말끔하게 사라진 상태. 다만 얼굴 부위는 누군가의 주먹에 맞은 것처럼 다소 얼얼했다. 상황을 파악하기 위해 방문을 열자, 허름한 자하객잔의 내부가 보였다. 사내의 말과 지금 벌어지고 있는 사태를 종합해 보면, 과거로 돌아가더라도 같은 상황에서는 천옥을 삼키지 말라는 뜻이 아닐까 싶었다. 그렇다면 '지금'은 명백하게 내 '과거'라는 뜻이다. 나는 당황한 나머지 당장은 이 사태가 그야말로 축복이라는 것을 알아차리지 못했다.

"와, 대체 이게 뭔 지랄이냐."

자하객잔은 지긋지긋하고 지저분한 곳이라고 늘 생각했었는데, 오랜만에 바라보는 객잔의 풍경은 실로 고요하고 고즈넉했다. 객잔의 입구 너머에서는 이제 막 비가 그친 산등성이에 동이 트고 있었다.

"음…"

나는 이 광경을 오랫동안 바라봤다. 어슴푸레 퍼져나가기 시작한 햇살이 고요한 객잔 안을 가득 채울 때까지… 내게는 실로 오랜만에 찾아온 평화였다. 살짝 아쉽기는 했다. 하필이면 왜 이 시기일까? 객잔에는 연로하신 조부님의 모습이 보이지 않았다. 아니면 더 어렸을 때로 돌아가서, 부모님이나 뵙게 해주면 좋았을 텐데 하는 생각이 스쳤다. 하지만 조부님의 말에 따르면, 부모님은 건강이 좋지 못해서 돌아가셨다고 하셨으니 내 마음만 더 상했을 것이다. 새삼스럽게 먹먹한 감정이 밀려드는 것은 어찌할 수가 없었다.

객잔 바깥의 풍경을 한참이나 바라보고 있는 와중에 오른쪽 눈이 유난히 욱신거렸다. 멍이 든 모양이다. 면경이 없었기 때문에 객잔을 나설 수밖에 없었다. 오래된 기억은 조각처럼 분산되어 있거나, 망각의 영역에 있을 것이기 때문에 객잔 주변을 구경하면 기억을 회복할 수 있다고 생각하긴 개뿔! 일단 부리나케 시냇가로 달려가서 내 얼굴부터 확인했다.

"…"

내가 내 얼굴을 보고 이렇게 놀랄 줄이야. 온갖 상처들이 사라진 내 얼굴은 나도 놀랄 정도로 부드러운 인상을 주고 있었다. 다만, 오른쪽 눈 주변이 근래 맞은 것처럼 시퍼렇게 멍들어 있고 입술도 터진 상태였다.

'내가 언제 이렇게 맞았더라.'

어쨌든 스물 초반의 얼굴이었다. 이때는 하도 봉변을 당했던 적이 많았기 때문에 시기를 헷갈릴 수밖에 없었다. 나는 출렁이는 물결이 잔잔해질 때마다 비치는 내 얼굴을 바라보면서 한참을 옛 생각에 빠졌다.

* * *

어쨌든 이곳은 일양현의 남부 끄트머리에 있는 내 고향이 확실했다. 사람이 사는 곳은 그 나름의 강호가 형성되는 법. 이곳에는 명문

대파나 세가는 없었으나 백도 같은 흑도, 흑도 같은 백도 세력이 난잡하게 얽혀있는 세계였다. 광마라 불리던 때의 기준으로 쉽게 말하자면 그냥 병신 같은 놈들이 많은 지역이었다. 그중에서 일양현에는 유독 한심한 놈들이 많았다. 기루가 성행하던 곳이었기 때문. 내가 어렸을 때부터 이미 동네 불한당들이 몰려다니면서 삼류방파만도 못한 짓을 일삼던 곳이고, 그 동네 불한당들의 꿈은 일양현의 외부에 있는 흑도방파에 들어가는 것이었다. 고요한 일양현을 바라보다가 나도 모르게 소리를 버럭 내질렀다.

"이 개새끼들아! 내가 돌아왔다!"

새벽녘에 겨우 잠들었던 어떤 사내가 근처에서 답했다.

"좀 조용히 해라! 미친 새끼야! 술 취했으면 곱게 집에나 들어갈 것이지. 에이 쌍."

"오냐. 처자라."

새벽녘에 겨우 잠들었던 어떤 사내가 집 안에서 소리를 버럭 질렀다. 그 욕지거리에 나는 확실히 과거로 돌아왔다는 것을 깨달았다. 내게 이런 천운이 따른 것은 마교와 싸웠기 때문일까, 아니면 정체불명의 사내 때문일까. 마교를 가만히 두지 않겠다는 내 행보와 천운이 겹쳐서 일어난 일이라고 할 수 있었다.

* * *

나는 이 시기에 일부러 점소이로 행세했다. 어린놈이 자하객잔의 주인장이라 하면 불이익을 받을 수도 있다고 생각했기 때문에 친척

어른이 객잔을 맡겨놓은 것이라는 거짓말로 종종 상황을 모면했다. 물론 할아버지와 친했던 동네 주민들은 내가 점소이가 아니라 자하 객잔의 주인이라는 것을 알고 있었으나 끝내 함구했다. 사람들은 나를 이 씨 성을 가진 '자하' 객잔의 점소이라서 이자하라 불렀으나 실은 그게 내 본명이기도 하다. 내 재산을 내 것이라 하지도 못했던 시절의 기억이 주마등처럼 지나갔다. 그제야 나는 히죽 웃었다.

"돌아와서 좋구나."

다시 살아갈 수 있다는 생각을 하니, 벌써부터 몸이 근질근질했다. 내가 무공을 본격적으로 익힌 것은 지금 시기로 따지면 한참 후다. 그러니 이번에는 얼마나 더 강해질 수 있을 것인지 감히 예상조차 할 수가 없었다. 전생보다 칠팔 년은 빨라졌기 때문. 무시, 모욕, 치욕, 괴롭힘을 잘 당하는 것으로 따지면 점소이라는 직업이 강호에서 정점이다. 그러나 내가 여기서 다시 괴롭힘을 당할 일은 없을 것이다. 그 옛날 점소이는 끝내 살아남아서 무림맹과 분쟁을 일으켰고, 마교와 부딪치던 사내로 성장했었기 때문이다.

* * *

기억을 끄집어내기 위해 일양현을 한 바퀴 돌았다. 시선이 닿을 때마다 거리 곳곳에 숨어있었던 기억이 모습을 드러냈다. 지저분한 골목길, 생선가게에서 흘러나오는 비린내, 만둣집 앞에 놓인 커다란 솥뚜껑, 좌판을 덮고 있는 바람막이, 내가 자주 가던 특이한 국밥집까지. 평범한 광경과 이 거리의 냄새가 기억을 자꾸 끄집어냈다. 기억을 회복할 때마다 잊고 있었던 감정도 떠올랐다.

우습게도 이곳에는 온갖 가게가 즐비했으나 내가 즐겨 이용하던 곳은 가끔 방문했던 춘양반점 외에는 딱히 없었다. 골목과 거리를 돌아다니는 와중에 내 입매가 자주 뒤틀렸다. 돈이 없었기 때문에 악착같이 아낄 수밖에 없었던 감정. 상납금을 빼앗길 때 느꼈었던 비참한 감정. 골목을 하나씩 지날 때마다 떠오르는 기억에는 추억이랄 것이 별로 없었다. 어린 나이에 객잔을 하나 가지고 있었다지만, 입에 풀칠하는 것이 바빠서 개방 거지 뺨치는 인생을 살았기 때문이다. 허튼 곳에 돈을 쓴 적이 없었기 때문에 손님들은 종종 나를 수전노라 부르면서 놀렸다.

지금 내 얼굴에 멍이 들어있는 것도 비슷한 일이다. 어떤 손님이 내게 수전노처럼 돈을 모아서 어디에 쓸 거냐고 물은 적이 있다. 솔직히 이 질문을 받았을 때 속으로는 적잖이 놀랐다. 내가 고아니까 돈을 악착같이 모으고 있지, 기루에서 호위 일을 하는 너처럼 펑펑 쓸 돈이 어디 있겠냐는 생각이 들었기 때문이다. 이때, 나는 어린 마음에 웃겨본답시고… 돈을 차곡차곡 모아서 매화루의 채향이에게 노래 한 곡조를 듣는 것이 소원이라고 말했다.

그 말은 맹세컨대, 정말 농담이었다. 사람들이 내 예상대로 배를 잡고 웃긴 했으나, 그 이야기는 농담이었다는 것만 쏙 빠진 채로 퍼졌다. 소문이라는 것은 사람의 입을 거치다가 그 본연의 의미가 변한다는 것을 그때 알았다. 노래 한 곡조를 듣고 싶다는 말이 어느새 채향이와 자고 싶다는 말로 바뀌었으니까. 놀랍지 않은가? 이런 소문이 일양현의 동서남북으로 들불처럼 번져나갔으나, 그 어디에도 농담이라는 언급은 없었다.

"자하객잔의 점소이 놈이 채향이랑 한번 자보려고 돈을 악착같이 모으고 있다던데?"

"미친놈이었군. 돈을 왜 그렇게 악착같이 모으나 했더니."

"한심한 새끼."

"그런다고 채향이가 그놈하고 잘도 자주겠다. 채향이가 창기도 아니고 기분이 나쁘겠군. 가뜩이나 자존심이 강한데 말이지. 그리고 노리는 놈이 한둘이어야지."

옛일을 떠올리자, 아직도 속이 뒤틀렸다.

"아니, 그건 농담이었다고 개새끼들아. 아…"

소문이 돌아서 내 귀에 꽂힐 때마다 나는 머리카락을 쥐어뜯어야 했다. 하긴, 이 얼마나 병신 같으면서도 재미있는 이야기란 말인가. 웃기려고 한 말은 어느새 정말 내가 돈을 모으고 있는 이유가 되어서 일양현 전체로 퍼지더니 어느새 전설처럼 내려오는 이야기가 되었다. 이러다가 무림맹에도 알려지는 게 아니냐는 병신 같은 농담까지 퍼졌을 정도였다.

* * *

나는 잠시 청등靑燈을 달아놓은 매화루에서 산책을 멈췄다. 청등을 달면 창기도 있다는 뜻이고, 홍등紅燈을 달면 여기 와서 창기를 찾지 말라는 뜻이다. 물론 지역마다 의미가 다르고, 나중에는 시간이 흘러 의미가 변질되기도 했으나 어쨌든 이곳은 그랬다. 옛일이

주마등처럼 지나갔다.

채향이와 자고 싶어 하는 점소이가 있다는 소문을 들은 매화루의 호위 놈들이 나를 놀리겠다고 객잔에 찾아왔고, 내 표정이 잔뜩 굳어져 있었기 때문에 다짜고짜 얼굴을 몇 대 맞는 것으로 시작해서 끝내 놈들에게 발길질을 당했다. 이유는 많다. 채향이를 창기 취급하는 것이 열 받았을 수도 있고. 채향이에게 잘 보이려는 사내들의 못난 행동이었을 수도 있다. 내 얼굴 상태로 보건대, 그 사건이 바로 며칠 전이었던 것 같다. 너무 오래되었던 일이라 그다지 담아두진 않았었는데, 정작 과거로 돌아와서 생각해 보니 계속 그 일을 되새김질할 수밖에 없었다.

당시, 내 얼굴이 굳어졌던 이유는 놈들이 일부러 날 놀리기 위해 채향이를 데려왔기 때문이었다. 그때의 답답함과 치욕을 어찌 표현하랴. 사실, 그것이 농담이든 진담이든 간에 놈들에겐 중요하지 않았을 것이다. 감히 점소이 놈이 매화루에서 가장 예쁘다는 채향이를 넘보고 있다는 것이 기분이 불쾌했겠지. 나는 채향이를 그때 처음 봤다. 예쁘긴 했으나 여자의 얼굴에서 분노와 멸시의 감정이 담긴 표정을 바라보는 것보다 더 치욕적인 일은 없다.

이런 감정들까지 명확하게 떠오르자 입가에 미소가 감돌았다. 사람들이 구경하는 와중에 망신을 줬으니, 나도 사람들이 가장 많이 구경할 수 있는 저녁에 매화루를 방문할 생각이었다. 퍼져나갔던 '소문'을 다시 '농담'으로 되돌릴 필요가 있었다. 내가 매화루를 한참이나 바라보다가 돌아서자, 건너편 포목점에서 일하는 놈이 말을 걸면서 다가왔다.

"열 받아서 불이라도 지를 생각이냐? 뭘 그렇게 노려보고 있어? 한심한 새끼야."

세상에서 가장 한심하다는 목소리였다. 물론 내가 이 시기에 한심한 놈이었던 것은 맞다. 그러나 그보다 더 중요한 사실은 내가 여전히 한심하다는 것이다.

5.
네가 알던
내가 아니야

이름도 기억나지 않는 놈이 얄미운 표정으로 다가와서 입 냄새를 풍겼다.

"채향이한테 침 묻힐 생각 하지 마라. 나까지 기분 더러워지니까. 진짜 네가 채향이랑 뒹구는 일이 발생하면 채향이는 이곳에서 은퇴해야 돼. 내 말 알아들어? 이 씨발 자하야."

나는 고개를 갸웃했다.

"존재감이라고는 전혀 없었던 네 이름이 뭐였더라? 가물가물하네."

지나가는 행인만도 못한 놈이라서 솔직히 이름이 기억나지 않았다.

"뭐?"

당황하는 놈의 얼굴에 내 손이 날아가서 부딪쳤다. 빡- 소리와 함께 놈이 뒤로 발라당 넘어졌다. 너무 세게 쳤나? 예상하지 못한 타격감에 기분이 이상해서 손을 바라봤다. 내공이 없어야 정상인데 주먹

맛이 은근히 강했다. 그러고 보니 단전의 느낌도 괴상하다. 아직 첫 운기조식도 안 했는데 단전이 꿀렁대고 있었다. 이것은 이따 자세히 확인해 보도록 하고 일단은⋯ 맞은 놈이 일어나자마자, 욕지거리를 내뱉으면서 달려들었다.

"이 개새끼가!"

공격할 때 필살기 외치듯이 욕을 내뱉으면 빈틈이 너무 커지기 마련이다. 급하게 달려드는 놈의 엉성한 주먹질을 흘려보낸 후에 뒤통수를 후려쳤다.

빡!

이번에는 놈이 앞으로 고꾸라졌다.

"우리 포목점 청년, 이름이 뭐였더라?"

일어나려던 놈의 얼굴을 발로 가격하자, 놈이 옆으로 떼굴떼굴 굴러갔다.

'어이구, 죽겠다. 그만 때려야지.'

하지만 약 올리는 건 더 할 수 있었다. 동네 점소이에게 맞는 것이 억울했는지 놈은 끝내 입을 열지 않았다.

"억울해? 점소이한테 맞고 다니면 억울해야지."

근데 어쩌라고⋯ 내 손에 여기서 죽지나 않으면 다행인 놈이다. 엎어져 있는 놈의 머리카락을 붙잡아서 당긴 후에 눈을 마주쳤다.

"야."

강호에서 잔뼈가 굵으면서 단련되었던 내 눈빛도 과거로 돌아온 것일까, 아니면 지금은 그저 평범했던 점소이의 착해빠진 눈빛일까. 눈빛에는 감정이 담긴다. 일순간 놈의 얼굴을 뭉개버릴 생각으로 바라보니, 그제야 놈의 표정이 움찔했다. 다시 물었다.

"이름 뭐냐고."

"내 이름은 갑자기 왜."

"묻는 말에 대답이나 해라."

내 손이 다시 위로 올라가자, 그제야 대답이 나왔다.

"명곤이잖아."

"아, 기억나네. 씨발, 명곤아. 왜 이름 앞에 씨발을 넣어서 부르고 지랄이야. 왜 그러는 거야? 다시 불러봐."

"자하야."

"다시."

"자하야."

나는 그제야 머리카락을 풀어줬다.

"이름만 불러. 좆같은 소리 앞에 처붙이지 말고. 뒤지기 싫으면."

이 정도의 따스한 구타와 훈계에 눈빛이 부드러워지면 일양현의 젊은이가 아니다. 명곤이는 여전히 독기 품은 눈으로 꿋꿋하게 일어나더니 호흡을 길게 내뱉었다.

"후우…"

나는 명곤이에게 기회를 더 줬다.

"억울하면 다시 덤벼야지."

명곤이가 고개를 끄덕이더니 바로 달려들었다.

'역시 내 고향 젊은이일세.'

이번에는 나도 주먹이 나갔다. 별 감정은 없다. 나도, 내 고향 젊은이기 때문이다. 명곤이는 차라리 점소이에게 어설프게 맞는 것보다는 맞아서 기절하는 게 좋아 보였다. 그래야 깨어날 때 감정이 달라질 것이다. 죽을 수도 있었던 것이 기절로 그쳤다는 것을 알면 말이다. 보법이랄 것도 없는 단순한 회피에서 이어지는 정타.

퍽!

달려들었던 명곤이는 주먹을 정통으로 맞자마자 뒤로 뻗어서 기절했다. 나는 잠시 명곤이를 흔들면서 말했다.

"명곤아?"

"…"

대답은 없었으나 숨은 쉬고 있었다. 혼절한 채로 들썩이는 명곤이의 가슴 부위를 바라보다가 걸음을 옮겼다.

"자라."

객잔으로 돌아가면서 이런 생각이 들었다. 과거로 돌아왔다고 해서 나란 인간의 인성이 점소이 시절로 돌아갈 가능성이 전혀 없다고 말이다. 나는 '네가 알던 내가 아니야'를 읊조리면서 객잔으로 돌아갔다. 그건 그렇고 단전 상태가 확실히 이상했다. 무언가를 예감한 나는 객잔의 의자와 탁자를 정리해서 안쪽으로 밀어 넣고 휴업이라는 팻말을 임시로 내걸었다. 이런 시국에는 장사하지 않는 게 답이었다.

* * *

점소이 시절에는 내공이 없어야 정상이었다. 그런데 단전에 꽤 많은 양의 내공이 잠들어 있는 느낌이 들었다. 이상하게도 전장에 뛰어든 현역 병사와 같은 상태는 아니었고, 아직 본진에서 대기하고 있는 훈련병 상태의 내공이었다. 이 느낌이 무엇이냐면 영약을 먹었을 때의 느낌과 흡사했다. 결국엔 운기조식을 해야만 영약의 힘을 내공으로 축적할 수 있는 것과 같다.

그나저나 대기 중인 병력이 실로 많았다. 대체 왜 이러실까? 자하객잔의 골방으로 돌아온 나는 가부좌를 튼 채로 이 문제에 대해 고민했다. 내공을 확인하는 방법은 비교적 간단하다. 내가 익혔던 금구소요공에 다시 입문하면 된다. 금구소요공은 드넓은 강호에서도 비슷한 것을 찾기 어려운 특이한 무공이다. 무공의 이름에서부터 도검불침刀劍不侵에 도달한 강철의 거북이가 마음 내키는 대로 돌아다닌다는 정신 나간 뜻을 담고 있다.

초반에는 마공과 흡사해서 성취가 빠르고.

중반에는 정종의 무공과 흡사해서 성취가 느리며.

궁극에는 불가의 금강불괴를 추구해서 극히 어려워진다.

때문에 최종장이라 할 수 있는 마지막 단계를 정복하는 것은 불가의 깨달음처럼 지극히 어려운 무공이다.

잠시 후 잔잔하게 출렁이고 있었던 내공이 꿈틀거리기 시작하더니 진기로 흘러나와 혈맥을 타고 움직이기 시작했다. 진기가 돌아다니는 큰길은 두 곳이다. 항문에서 출발해서 등줄기를 타고 올라간 진기가 정수리를 등반했다가 입술에 도착하는 것이 독맥이고, 입술에서 다시 출발한 진기가 가슴, 배, 배꼽을 지나 하물을 자극했다가 다시 항문에 도착하는 길이 임맥이다.

등산의 방식이 제각각인 것처럼 문파마다 이 길을 정복하는 방법이 다르다. 내공심법이 문파마다 제각각 다른 것도 이런 이유 때문이다. 공통점은 그 어떤 문파의 내공심법일지라도 한번 시작한 일주천을 도중에 멈추는 것이 어렵다는 점이다. 그것은 마치 식도로 넘어가는 음식물을 강제적으로 멈추는 것과 같아서 주화입마를 당하기 딱 좋은 행동이다. 다행인 점은 우리 객잔에는 애초에 손님이 적은 데다가 휴업이라는 팻말을 걸어서 찾아올 사람도 없었다.

음식물의 소화가 잘못되면 체하는 것에 그치지만, 진기의 흐름이 잘못되면 신체가 망가질 정도로 타격을 받는다는 것을 나는 경험했었다. 단전에 자리 잡은 내공에 대한 의문을 풀기도 전에 나는 금구소요공의 일 단계인 목계木鷄에 해당하는 일주천을 그야말로 깔끔하게 마친 상태로 눈을 떴다. 시간이 얼마나 흐른지는 모르겠으나 밥도 안 먹고 똥도 참으면서 좌선을 하는 원숭이, 그것이 또한 나다. 기분은 매우 묘하면서도 이상했다. 그러나 부작용이 없다는 것을 깨닫자마자 기분 좋은 전율이 등줄기를 타고 올랐다. 나는 상황을 이렇게 정리했다.

첫째, 벼랑에서 떨어지기 전에 천옥 때문에 내공이 급격하게 증진됐다.

둘째, 내공이 증진되는 동안에 단전의 상태가 강제적으로 음과 양으로 나뉘는 느낌을 명확하게 받았다.

셋째, 그러다가 나는 정체불명의 사내에 의해 과거로 돌아왔다.

넷째, 과거로 돌아왔기 때문에 내 몸에 달라붙어 있었던 천옥의 혼백은 귀천했거나, 지금 시점에서 만약 살아있다면 자신의 본래 육신으로 순리대로 돌아갔을 것이다.

다섯째, 하지만 애초에 천옥에 담겨있었던 정체불명의 영력은 나와 함께 돌아온 상태.

…라는 것이 내 결론이다. 애초에 교주가 타인의 '혼백'을 탐해서 천옥을 먹으려던 것은 아닐 것이다. 강호인은 오로지 무공이 강해지기 위해서 이런 것을 만든다.

그렇다면 최종 결론은? 나는 혼백이라는 부작용이 말끔하게 제거된 천옥을 섭취한 상태였다. 과거로 돌아왔는데도 말이다. 내가 기억을 온전히 가지고 복귀했듯이 천옥에 깃들어 있었던 영력도 고스란히 나와 함께 돌아온 상태였다. 그렇지 않고서는 이렇게 단숨에 금구소요공의 일 단계를 돌파할 수는 없었다. 물론 모든 의문이 해결되진 않았다. 단순한 내공이 아닌 것 같다는 근거 없는 예감이 자리 잡고 있었기 때문이다. 새삼스럽게 사내의 말이 떠올랐다.

'네게 줄 수 있는 최선의 선택이고, 최고의 선물이 될 것이다.'

그렇다면… 최선의 선택은 회귀. 최고의 선물은 천옥. 이렇게 해석을 해야만 앞뒤가 명확하게 들어맞는다. 다만, 앞으로 해결해야 할 과제가 남아있었다. 어찌 된 노릇인지 잠재된 힘의 절반가량은 금구소요공에 일절 반응하지 않았다. 나는 턱을 괸 채로 생각에 잠겼다.

'절반은 대체 왜 반응하지 않는 것이냐.'

고민 끝에 단순하게 결론을 내렸다. 이것은 명백하게 천옥이 남긴 힘이었기 때문에 '잠재력'이라 부를 만한 힘 또한 음과 양으로 나뉘어 있을 터. 본래 금구소요공은 순수하게 극양의 내공을 활용하는 무공이다. 극음으로 규정할 수 있는 내공을 원활하게 활용하지 못

하는 것은 당연한 일이었다. 그렇다면 차후 극음의 내공을 활용할 수 있는 신공을 얻어야만 한다. 꽤 매력적인 일이 남은 셈이다.

극양의 무공과 극음의 무공을 동시에 사용할 수 있는 발판이 마련되어 있는 상태였으니 말이다. 애초에 고민을 길게 하는 성격도 아니었기 때문에 이 정도에서 고민을 끝마쳤다. 어쨌든 기분은 날아갈 듯이 좋을 수밖에 없었다. 마치 내가 예전에 미쳤었다는 사실을 잊을 정도로 말이다. 사람은 어쩔 수 없이 조건이 갖춰지고 나서야 기분이 흡족해지는 모양이다.

"흐흐흐…"

사실 내공이 무공의 전부는 아니다. 기술, 심리전, 타고난 오성, 투쟁 본능과 운이 더해져서 상위권 고수들의 싸움이 결정된다. 그러나 처음부터 끝까지 중요한 것이 내공이다. 나는 그것을 잠재력이긴 하나, 충분히 보유한 채로 회귀한 상태였다. 감히 인간 세상의 돈으로는 환산할 수 없는 가치가 내 몸에 잠재되어 있었다. 금구소요공의 일 단계를 돌파한 것만으로도 고향에서는 내 적수가 없는 상태. 솔직히 밥을 먹지 않아도 배가 부른 기분이었으나, 실제로는 배가 무척 고팠다.

꼬르륵…

굶어 죽을 수는 없는 노릇이다. 더군다나 매화루에 있는 놈들을 야무지게 패려면 밥도 야무지게 먹어야 할 필요가 있었다.

* * *

...

주방에서 커다란 냄비에 반찬을 쏟아내고, 찬밥과 양념장들을 넣어서 야무지게 비볐다. 이리저리 비비다 보니, 비빔밥이 완성됐다. 모양새가 개밥과 비슷하긴 했으나 맛은 괜찮았다. 반찬을 버리는 것이 싫었기 때문에 나는 항상 이런 식으로 끼니를 해결했다. 오랜만에 객잔의 남은 반찬으로 만들어 먹는 비빔밥은 그야말로 별미였다.

추억의 맛을 씹으면서 나는 때때로 히죽히죽 웃었다. 아무래도 혼자 살다 보니 이번 생애에도 제정신으로 살긴 힘들 것 같다는 생각이 들었다. 그러나 이 또한 괜찮다. 나는 예전에 미쳤기 때문에 이런 외로움에도 매우 익숙했다. 그보다는 앞으로 나를 상대하게 될 내 적들이 완전히 미치게 될 것이라는 게 훨씬 더 중요한 일이었다.

비빔밥을 먹는 와중에 나는 시대의 강자들이 두서없이 떠올랐다. 중원 무림인들과 직접적인 비교를 하자면 나는 출신이 천박하다. 무공을 어느 정도 익혔을 때도 겨루다가 도망을 치는 것이 일상이었을 정도로 강호에는 고수들이 많았다. 그 때문에 나는 무공보다 생존을 위한 경공의 실력이 더 빠르게 발전했었다. 이들을 생각하니 밥을 씹는 턱에 자꾸만 힘이 들어갔다. 비빔밥을 먹고 나서는 손님에게 팔아야 할 술을 꺼내서 마음대로 퍼마셨다.

"꺼억… 좋구나."

과소비는 언제나 짜릿하다. 나름대로 훌륭한 저녁이었다. 나는 호리병에 술을 담아서 손에 들고, 객잔 주변의 풀을 베던 낫 한 자루를 등허리에 꽂은 다음에 객잔을 나섰다. 배가 든든했기 때문에 일양현의 모든 사내가 한꺼번에 덤벼도 다 때려죽일 자신이 있었다. 농남이 진담으로 뒤바뀐 곳에 가서 농담처럼 들릴 것이 분명한 진담을 내뱉을 생각이었다. 나는 매화루로 걸어가면서 계속 술을 마셨다.

* * *

매화루의 입구를 지키고 있는 사내는 내 얼굴을 확인하자마자 눈을 크게 떴다.

"야, 이 미친 새끼야. 네가 여긴 웬일이냐. 사고 치지 말고 가라."

"손님한테 그게 할 소리냐."

"이 미친 새끼가."

다짜고짜 손이 날아왔다. 나는 왼손으로 사내의 손을 붙잡은 다음에 호리병으로 사내의 얼굴을 후려쳤다.

퍽!

이어서 멱살을 붙잡은 다음에 땅바닥에 패대기쳤다. 반쯤 일어나려는 놈의 얼굴을 발로 차서 기절시킨 다음에 매화루를 바라봤다.

"이거 손님 응대가 엉망이네. 돌았나 진짜."

여전히 부어라 마셔라, 소리로 시끌벅적한 곳이어서 입구의 소란에 대해서는 신경도 쓰지 않는 분위기였다. 여기저기서 웃음소리가 터져 나왔다.

"다들 뭐가 그렇게 즐거운 거냐. 왜 맨날 나만 빼고 즐거운 거냐고."

문지기가 기절했기 때문에 내 손으로 문을 열고 들어갔다. 나는 꼭 한번 여기서 해보고 싶었던 말을 큰 소리로 외쳤다.

"이리 오너라!"

…

이 새끼들아!

* * *

술에 취한 자하객잔 점소이가 등장하자, 손님을 응대하는 매화루
직원들의 표정이 대번에 굳었다.

"저거 자하객잔 그놈 아니냐?

"여기가 어디라고 왔나?"

여기저기서 떠드는 말에 내가 대꾸했다.

"어디긴 어디야? 술 마시는 곳 아니냐. 잘못 왔나?"

"하하하."

이 층 난간에서 나를 바라보던 차성태車成太라는 놈이 큰 소리로
웃었다.

"맞지. 술 마시는 곳이다."

그의 수하들이 물었다.

"쫓아낼까요?"

실실 웃던 차성태가 나를 향해 손을 흔들었다.

"아니다. 올려 보내. 그나저나 누가 쟤 때렸냐? 눈이 왜 저래?"

"저는 안 때렸습니다."

일양현에서 가장 능글맞기로 소문이 난 차성태가 나를 바라보면
서 씨익 웃었다.

"손님을 내칠 수는 없지. 어서 와라."

능글맞기는 하나, 정작 싸움이 벌어지면 일양현의 남부 지역에서

조씨 삼 형제를 제외하면 차성태를 이길 수 있는 자들이 많지 않았다. 그나마 차성태와 비슷한 자들이라면 다른 기루에도 영가領家(지배인 개념) 역할을 맡은 중간 관리자가 두 명 더 있었다. 정확하게 말하면 나는 저 차성태의 수하들에게 맞았다. 그 때문에 아랫놈 관리를 제대로 못 한 차성태는 두고두고 괴롭혀야겠다는 생각을 하고 있었다. 그나마 내가 일양현을 완전히 떠날 때까지도 아주 못난 짓은 하지 않던 놈이라서 죽일 이유도 없었다. 내가 계단을 오르자, 이 층에서 차성태가 말했다.

"우리 자하객잔 점소이, 술상 좀 거나하게 좀 차려줘라. 쟤가 또 언제 이런 곳에 와보겠냐. 다들 성심성의껏 모시도록 해. 손님은 손님이다."

"알겠습니다."

내가 이 층으로 올라가자, 안내인이 달라붙었다.

"이쪽으로."

통로를 따라 들어가다가, 빈방으로 안내되었다. 묘한 구조의 방이었다. 술상이 중앙에 하나 놓여있고, 그 둘레에 발을 집어넣을 수 있게 밑이 파여있었다. 여섯 명 정도가 둘러앉아서 술을 마실 수 있는 밀실에 곡을 연주하는 예기藝妓(예능을 익힌 기생)들이 주로 앉는 장소까지 넉넉하게 배치된 구조였다. 안내하는 젊은 직원이 거의 반말을 하듯이 물었다.

"술은 어떤 거로 드릴까."

"내가 와봤어야 알지. 그냥 비싼 거로 내와."

직원이 문득 나를 물끄러미 바라보다가 어조를 달리해서 물었다.

"근데 왜 반말을…"

나는 상석에 앉으면서 대꾸했다.

"반말해서 미안하다. 개새끼야, 어여 술이나 가져와."

직원이 당장 죽여버리겠다는 살벌한 눈빛으로 나를 노려봤다.

'이 새끼가 미쳤나.'

그러나 위에서 점소이를 손님으로 받은 이유를 알기 때문에 아무 말 없이 문을 닫고 나갔다. 나는 저런 눈빛이 좋다. 분노와 증오, 살기와 혈기가 뒤엉킨 눈빛. 알고 보면 별거 아니다. 맞다 보면 눈빛이 애절해지면서 살려달라는 말을 하게 되어있다. 나는 팔짱을 낀 채로 술을 기다리다가 눈을 다시 만졌다.

'새삼스럽게 성질이 뻗치네.'

6.
농담과 진담

시키지도 않은 안주들이 줄줄이 나오더니 마지막에는 붉은 띠로 밀봉된 술이 등장했다.

"그건 뭐냐?"

처음 보는 이십 후반의 여인이 밝은 미소를 지으면서 대꾸했다.

"일품 두강주입니다."

"일품? 맞아?"

"그럼요. 한 잔 따르겠습니다."

나는 여인이 개봉한 두강주를 술잔으로 받으면서 대꾸했다.

"설마 점소이에게 술로 장난질하진 않겠지? 냄새가 너무 독한데?"

점소이라는 말에 여인의 얼굴이 살짝 굳었다. 여인이 애써 평정심을 유지하면서 말했다.

"저희가 왜 술로 장난을 치겠습니까. 절대 아닙니다. 혹시 찾으시는 아이가 있으신지요?"

"있지. 채향이, 있지?"

아마 있을 것이다.

"있죠. 그런데 채향이는 선약이 많아서 한번 알아보고 오겠습니다."

"바쁘네. 잠깐이면 되는데."

"그럼요. 가장 바빠요. 혹시 채향이가 안 되면 다른 아이도 괜찮으시겠어요?"

"안 괜찮아."

"술 시중이나 드리게 하다가 채향이가 시간이 비면 데리고 오겠습니다. 채향이의 노래 한 곡조라도 들으려는 손님들이 워낙 많아서요."

"노래는 듣기 싫고, 그냥 채향이만 잠깐 오면 돼. 그나저나 내가 누군지 모르나 보네."

"누구시죠? 저는 여기에만 주로 있어서요."

손가락으로 내 눈을 가리키면서 말했다.

"안 보여?"

"멍이 들었네요?"

"소문이 자자한 자하객잔 점소이, 채향이랑 한번 자보려고 수전노처럼 돈 모으고 있다는 놈. 그게 나다."

"아아… 그래서 밑이 잠시 소란스러웠군요."

층을 관리하는 여인의 표정이 시시각각 변했다. 눈매가 가늘어지더니 조소의 감정이 눈빛에 감돌았다.

"그날이 바로 오늘이었군요. 그런데 채향이를 정말 보시게요?"

"왜? 안 돼?"

"루주님이 노하실 것 같다는 생각이 들어서요. 며칠 전에 좀 맞으셨다죠? 매화루에 와서 채향이를 찾지 말라는 뜻이었을 것 같은데 이런 점은 생각 안 해보셨어요?"

조곤조곤한 어조로 말을 아주 싹수없이 잘하는 여인네였다.

"어, 그런 점은 생각 안 해봤다. 그나저나 우리 중년의 아줌마께서 말이 아주 청산유수로구만."

"중년이라니요. 저 아직 서른도 안 됐어요. 그리고 애초에 농담 아니었어요? 저는 농담인 줄 알았는데. 일단 가서 말씀드리겠습니다. 잠시만 기다려주세요."

"잠깐! 농담인지 알았다고?"

여인이 나를 물끄러미 바라보더니 고개를 끄덕였다.

"예."

"그럼 난 왜 맞았지?"

"농담해서 맞으신 게 아닐까요."

여인이 미소를 짓자, 한쪽 뺨에 보조개가 깊숙이 파였다. 나는 손가락으로 여인을 가리켰다.

"그것참 얄미운 처자인 척하는 아줌마일세."

"예쁘게 봐주세요. 농담이에요."

농담이 진담 취급을 받다가 실은 농담 아니었느냐는 말까지 들었다. 말에 담긴 의미가 제멋대로 자주 바뀐다. 이래서 말이 무서운 것이다.

... 광마회귀 I

* * *

　잘 떠들었던 여인네가 사라진 다음에 두강주의 냄새를 맡았다. 일품 두강주라더니 삼품도 안 되는 품질의 두강주였다. 그런데도 일품 가격을 받아 처먹겠다는 심보를 보라. 농담이 진담 취급을 받고, 가품이 진품 취급을 받는 것. 늘 저희 편할 대로 사는 놈들이 하는 짓이란 대체로 이렇다.

　"첫술부터 장난질이냐."

　이건 절대로 일품 두강주가 아니다. 감히 객잔의 점소이를 상대로 술 장난을 치다니… 강호의 도리가 이렇게 떨어졌다. 꼴꼴꼴- 소리를 내면서 떨어지는 삼품 두강주를 잔에 채운 다음에 마셨다. 술이 석 잔째 목구멍으로 넘어갔을 때 복도에서 쿵쿵거리는 발걸음 소리가 들렸다. 자하객잔 점소이가 매화루에 찾아왔다는 소문이 드디어 폭행에 가담했던 놈들의 귀에까지 들린 모양이다. 발걸음에 거친 감정이 담겨있었다.

　드르륵!

　문이 열리더니, 누군가가 나를 확인하자마자 욕부터 시원하게 내질렀다.

　"야, 이 개새끼야. 여기가 어디라고 네가 기어들어 와? 미쳤냐?"

　나는 절로 한숨이 나왔다. 아니, 점소이가 기루에 온 게 그렇게 잘못된 일이야? 왜 자꾸 좋은 이름 놔두고 개새끼가 되는 것일까. 그래도 부모 욕은 하지 않는 것을 보면 확실히 마교의 원숭이들보단 착한 아이들이라는 생각이 들었다. 나는 사내의 얼굴을 확인했다. 얼굴도 알고 이름도 아는 놈이다. 날 때린 놈의 신상은 옛날이나 지금이나 버릇처럼 파악해 놓고 있었기 때문이다. 동곽이라는 사내에게 들어오라는 손짓을 하면서 말했다.

"내가 내 돈 내고 술 좀 마시겠다는데 왜들 그러는 거야 대체. 들어와라. 한 잔 줄 테니."

사내는 당장 대꾸할 말을 잃었다. 그럴 만도 할 것이다. 며칠 전에 두들겨 맞은 놈이 찾아와서 반말에, 시건방진 손짓에, 술까지 한 잔 주겠다고 하니 어처구니가 없을 수밖에. 동곽이라는 놈이 들어와서 맞은편에 털썩 앉았다.

"이 새끼가 오늘 뭘 잘못 먹었나."

"비빔밥을 먹었지."

"뭐?"

내가 두강주를 따라주자, 동곽이 술잔을 붙잡으면서 말했다.

"하여간 이것만 마시고 얌전히 꺼져라. 일 커지기 전에."

두강주를 따라준 다음에 동곽에게 말했다.

"동곽아, 이 새끼야."

반말과 욕지거리를 섞어서 부르자, 그 자리에서 엉덩이를 뗀 동곽이 오른손을 휘둘러서 내 뺨을 노렸다. 나는 왼손으로 동곽의 손을 붙잡은 후에 탁자에 올려놓고, 동시에 집어 든 젓가락을 그의 손등에 박아 넣었다.

푹!

"윽."

"아이고, 미안하다. 젓가락이 왜 이렇게 날카로워?"

···

사실 이렇게까지 할 생각은 없었다. 무인으로 오래 살았기 때문에 나온 본능적인 반응이었다. 동곽이라는 놈이 사태를 이해하려면 잠시 시간이 필요했다. 놈은 표정이 일그러진 와중에도 이게 대체 어찌 된 일인지를 파악하려 애를 썼다. 나는 그제야 낫을 꺼내서 손등에 박혀있는 젓가락을 두드렸다.

툭, 툭.

"손등 뚫린 거는 아물 수가 있는데 손목 잘린 거는 어떻게 할 수가 없다. 잘라주마."

"아, 하지 마라."

"하지 마?"

"하지 말라고."

낫으로 동곽이를 가리켰다.

"조용히 술 마시다가 채향이나 잠깐 보고 가려는데 왜 그렇게 발정 난 개새끼마냥 지랄이야. 내가 채향이를 만나면 매화루가 망하기라도 해?"

이때, 문이 다시 벌컥 열리더니 문제의 채향이가 등장해서 탁자 주변에서 벌어진 일을 바라봤다.

"동곽 오라버니, 나가세요. 저 왔어요."

나는 채향이를 바라봤다.

'오랜만이네.'

여기서야 제법 예쁘다고 소문이 났으나 중원 제일미 같은 여인들을 죄다 봤었기 때문에 지금은 채향이가 시골에서 얼굴만 믿고 까칠하게 구는 소녀처럼 보였다. 표정에 화가 섞인 것을 보아하니, 일단 들어가서 술값이나 뜯어내라는 명령을 받고 온 것처럼 보였다. 그러나 동곽이는 움직일 수가 없었기 때문에 내가 친절하게 젓가락을 뽑아줬다.

"어흑."

비명과 함께 손등에서 치솟은 핏물이 허공으로 솟구쳤을 때, 나는 술잔을 내밀어서 핏물을 정확하게 담아냈다. 별 의미는 없는 행동이다. 그러나 동곽이에겐 의미가 있었다. 놈이 아무 말 없이 구멍 난 손등을 틀어막은 채로 나가자, 근무 교대를 하듯이 채향이가 맞은편에 앉았다. 나는 채향이를 보자마자 웃을 수밖에 없었다.

"왜 웃어요?"

채향이의 짜증 섞인 물음이었다. 이런 기녀에게도 마교의 좌사에게 했던 말을 그대로 하게 될 줄이야.

"웃고 싶을 때는 웃어야지. 왜? 점소이는 이런 곳에 와서도 표정 관리를 해야 하나?"

"지금 상황이 웃겨요?"

"어, 웃겨."

"왜 동곽 오라버니 손을 저 모양으로 만들었죠? 성태 오라버니나 루주님이 가만히 있을 것 같나요?"

"일양현의 사내들이 가만히 있겠어? 가만히 안 있겠지."

"그쪽 생각해서 말씀드릴게요. 이미 제가 여기 들어와서 돈이 더 붙었어요. 술값도 두강주라서 꽤 비싸고요. 그리고 동곽 오라버니 치료비까지 함께 물어내셔야 할 것 같네요. 그냥 돈만 내시고 돌아가 주세요. 그쪽 생각해서 드리는 말이에요."

애는 대체 왜 이렇게 화가 났을까?

"땍땍대지 마라. 내가 돈이 얼마 있는 줄 알고."

"별로 없잖아요. 국수 맛없다는 소문이 쫙 퍼졌어요."

웃음이 입 밖으로 흘러나왔다.

"나는 네가 왜 그렇게 인기가 있는지 모르겠다. 얼굴은 반반하지만, 생각과 말투, 표정과 눈빛까지. 전부 다 뭐랄까."

"…"

나는 이런 연약한 여인네를 위협할 생각은 없었으나, 속내는 잔잔한 어조로 전했다.

"반반한 얼굴 믿고 좀 나대지 마라. 넌 그럴 가치가 없는 여인이야."

채향이의 눈이 동그랗게 되더니 아미파의 고수처럼 발끈했다.

"가치? 나한테 가치라고 했어요, 지금?"

"못났다고 소문이 난 그 어떤 추녀보다 네 말투가 더 추하다. 하하."

내 말에 의외로 채향이가 웃음을 터트렸다.

"아니, 얼마 전에 맞은 게 그렇게 억울했어요? 고작 이런 말 하려고 그간 점소이로 차곡차곡 모아두었던 돈을 이렇게 날린다고요? 애초에 내가 오라버니랑 왜 자겠어요? 금은보화를 한 보따리 가져와도 안 자요. 제가 아무나하고 자는 여자인 줄 아셨어요? 저 여기서 그렇게 일한 적이 없어요. 예기가 아무나하고 다 자는 여자인 줄 알아요?"

채향이 소리를 버럭 내질렀다. 아, 왜 이렇게 나한테 화가 났다 했더니 채향이란 여인의 입장이란 것도 있었던 모양이다.

"매예불매신賣藝不賣身이냐."

재주는 팔아도 몸은 팔지 않는다는 뜻이냐고 묻자, 채향이 고개를 저었다.

"문자 쓰지 마세요."

"미안하다."

"어쨌든 전 그렇게 살았어요. 예기가 모두 창기는 아니에요."

잔뜩 성이 난 채향이에게 두강주를 내밀었다.

"그렇군. 아무나하고 다 자는 여자라고 생각한 적은 없다. 사과의 의미로 한 잔 주마."

채향이가 잔을 내밀자, 술을 채워 넣으면서 말했다.

"확실하게 말해줄게. 애초에 나는 돈을 모아서 너랑 자겠다고 말한 적이 없다. 노래 한 곡조를 듣겠다는 말이 전부였지. 네 말대로 너는 예기니까 말이야. 그것마저도 사실 객잔에서 웃기려고 한 말이었는데 실은 그마저도 명백하게 농담이었다. 애초에 그럴 마음도 없었고. 그럴 형편도 아니었지."

"예? 제가 들은…"

"말 끊지 마라. 농담이 웃겼는지 점점 퍼지더군. 사실 너를 제외하면 다들 웃겼을 거야. 웃긴 말이었으니 점점 더 퍼졌을 것이고. 하지만 농담은 어느새 내가 바꿀 수 없는 진담이 되었다. 말이 가진 못된 힘이랄까. 그리고 나는 그 진담을 다시 농담으로 바꿀 힘이 없는 사람이었다. 말로 사람을 죽일 수 있다는 경우가 바로 이런 경우지. 내 눈을 봐라, 덕분에 실명할 뻔했다."

채향이에게 하는 말이 아니라, 실은 내 과거를 회상하는 독백이었다. 채향이는 정작 내가 이곳에 와서 이런 말을 하자, 어리둥절한 표정으로 바뀌었다. 아무리 생각해도 내가 달라진 느낌을 받았을 테니 그럴 만도 하다.

"마셔."

나는 그렇게 별 감정 없는 사람처럼 채향이와 두강주를 한 잔 나눠 마셨다.

"그러나 매예불매신은 웃기는 소리다. 기루에 들어오질 말았어야지. 불러달라고 한 이유는 이게 끝이니까, 나가."

"예?"

이번에는 두강주를 내 술잔에만 따르면서 재차 말했다.

"나가라고. 머리채 잡고 끌어내기 전에."

채향이는 문득 탁자 위에 놓인 낫을 발견했다. 그러고는 내 표정과 눈빛을 확인했다. 눈치는 있는 여인이었다.

"예, 알겠습니다. 하지만 기루에 들어온 것은 제 의지가 아니었어요."

"개소리 작작 늘어놓고."

"진짜예요."

이때, 채향이의 발걸음 소리와 쿵쿵대는 사내들의 발소리가 겹쳤다. 동료의 손등이 뚫렸으니, 다른 폭행 가담자들도 소식을 듣고 흥분한 모양이다. 곧 칼부림이 벌어질 것이라 예감한 채향이는 달아나듯이 방을 빠져나갔다. 삽시간에 멀쩡한 세 사람이 도착해서 방문을 다시 거칠게 열었다. 그나저나 왜 저렇게 화가 나있을까? 나 때릴 때는 그렇게 즐거워 보였는데 말이다. 원한열이라는 놈이 내게 물었다.

"자하야, 그거 낫 한 자루로 되겠어? 보아하니 지랄하다 죽으려고 온 모양인데. 길쭉한 칼이라도 좀 가져오지 그랬냐. 아, 칼 살 돈이 없었나?"

옆에 있는 놈도 거들었다.

"밖으로 나가자. 여기 피 튀기면 청소하기 어렵다."

나는 대꾸를 하지 않은 채로 삼품 두강주를 술잔에 따라서 향을 맡았다. 갑자기 일품 두강주가 된 느낌이었다. 술맛은 역시 분위기에 따라 달라진다. 어차피 점소이 놈이 대꾸도 하지 않고 술을 처마시고 있으면 어제처럼 주먹부터 날아올 게 분명했다. 나는 두강주를 목구멍으로 넘기는 와중에도 시선은 세 사람에게 향해 있었다. 세 사람의 표정을 읽어보니 여기서 나를 죽여야 하나 말아야 하는 고민 따위를 하는 것 같았다. 흥분한 놈들에게 침착한 어조로 말했다.

"다들 나 하나쯤은 죽일 자신 있잖아, 안 그래? 술은 좀 비우고 나가자고."

여러분, 급할 게 전혀 없습니다.

'진정하시고…'

실은 나도 차분한 마음으로 이들을 때려야 그나마 일이 덜 잔인하게 마무리될 것 같았다. 동네 떨거지들 죽여봤자, 내 손만 더러워질 테니까 말이다.

7.
점소이가
행패를 부림

세 사람은 내 맞은편에 앉아서 응당 해야 할 협박과 조롱의 말을 줄줄이 늘어놓았다.

"우리 자하 씨, 마지막 술 같은데 어여 마셔."

"그래도 이 새끼가 남자긴 했네요. 당당히 찾아와서 술도 처마시고 남자답게 채향이도 부르고. 와, 이놈이 이런 사내대장부인지 알았으면 반쯤 죽여놓을 것을 그랬습니다. 후회되네요."

"후회되면 제대로 패면 된다. 벌써 동곽이 손을 병신으로 만들었으니 말이야. 오늘 처맞는 건 억울하지도 않을 거다. 자하야, 내 말 맞지?"

세 사람의 협박을 듣다가, 두강주를 내밀었다.

"마실 테냐?"

그러나 세 사람은 술잔을 내밀지 않았다. 내가 독을 탔을 수도 있다는 의심을 하고 있었기 때문이다. 어쩔 수 없이 나는 홀로 술을 마셨다. 한 놈이 재촉했다.

"마셨으면 나가자."

"어여, 일어나."

나는 대꾸를 하지 않은 채로 술을 계속 마셨다. 가끔 앞에 있는 놈들의 얼굴을 차례대로 구경했다. 분위기를 잡는 방법에는 침묵이 효율적이다. 이제 세 사람도 별다른 말이 없었다. 이제야 좀 이상하다는 것을 느끼고 있는 모양이었다. 점소이나 하던 놈이 무서운 사람을 앞에 두고 이렇게 태연하게 술을 마실 수는 없는 노릇이기 때문이다. 이놈들이 보기에도 내 태도에는 한 점의 두려움도 없었다. 그러나 애초에 술이 많지 않았다. 마지막 술을 마신 내가 낫을 붙잡으면서 말했다.

"우리 고향 친구들, 내가 그렇게 우스워?"

과거의 내가 이렇게 하찮은 존재였나 하는 생각이 들어서 실은 나도 내가 우스웠다.

"너 우스운 놈 아니었느냐."

세 사람이 비수보다 조금 긴 암살용 중도를 꺼냈다.

"맞다가 끝날 수도 있는 일을 크게 키우는구나."

"형님들, 동곽이가 저렇게 됐으니 어차피 정당한 대응입니다."

내가 실성한 놈처럼 웃자, 세 사람도 입꼬리가 올라갔다. 우리 넷은 잠시 사이좋은 술친구들처럼 함께 웃었다.

"흐흐흐흐흐흐."

내가 갑자기 낫을 치켜들자, 화들짝 놀란 세 사람이 중도를 내밀었다. 그 순간, 내가 엄지에 공력을 주입해서 튕기자 술상이 뒤집어졌다.

파앙!

반사적으로, 세 자루의 중도가 술상에 박혔다.

푹, 푹, 푹!

중도의 날이 술상을 뚫고 나왔을 때, 나는 오른발로 술상을 밀어 쳐내면서 일어섰다.

콰아앙!

세 사람이 술상에 부딪혀서 뒤로 밀려났을 때, 내가 휘두른 낫이 세 사람의 하반신을 노리고 떨어졌다. 아무렇게나 내밀고 있는 놈들의 발이 뱀의 머리처럼 꿈틀댔다. 나는 그것을 뱀의 머리라 생각하고 낫을 휘둘렀다.

* * *

자하객잔이 불에 탄 이후, 밥을 먹고 살기 위해 내가 했던 일 중에는 무덤지기도 있었다. 그곳에서 나는 무덤 주변의 무성한 풀을 사시사철 낫으로 베면서 보냈다. 그곳에서 정말 지겹도록 낫질을 했었다. 어느 순간 뜬금없이 낫질에 대한 깨달음을 얻었을 정도로 말이다. 풀을 베다가 병장기에 대한 깨달음이 온 사내는 아마도 강호에서 나밖에 없을 것이다. 낫은 기본적으로 외날이라서 검劍보다는 도刀에 가깝다. 날이 역방향이라서 튕겨서 나올 때 조심할 필요도 있었다. 무엇보다 이런 것들은 전부 내 기억에 각인되어 있었다. 요약하면, 나는 낫의 달인이다.

* * *

 뱀의 몸통처럼 꿈틀대는 놈들의 무릎, 발등, 발목, 종아리, 발가락
을 찍기도 하고 베기도 했다. 술상 바깥으로 삐져나오고 있는 놈들
의 팔도 벴다.

 "이 병신 같은 팔다리로 날 밟았단 말이지."

 세 사람의 비명이 이리저리 뒤섞였다.

 "끄아아아아악!"

 삽시간에 야단법석이 벌어졌다. 그 와중에 적절한 순간마다 술상
을 발로 차서 세 사람의 얼굴을 마구 뭉갰다. 발차기 한 번에 쿵쾅대
는 타격음이 세 번씩 터졌다. 효율적이면서도 일방적인 폭행이었다.
말을 싸가지 없이 잘하던 여인이 방문을 열었을 때는 이미 세 사람이
전의를 완전하게 상실한 상태. 방 안 이곳저곳이 술안주와 피로 범벅
이 되어 난장판이었다. 나는 피 묻은 낫을 쥔 채로 여인에게 말했다.

 "아줌마, 그 병신 같은 삼품 두강주 좀 더 가져와."

 여인이 나를 노려봤다. 낫으로 여인의 입을 가리키면서 말했다.

 "내가 웬만하면 여자는 안 때리는데 그 주둥아리는 생각 좀 더 하
고 열어야겠다. 두강주부터 가져오고 또 병신 되겠다는 놈들도 데려
와. 그리고 너는 그 잘난 주둥아리 또 나불대면 이걸로 찢어주마."

 무공을 익히지 않은 여인은 특별한 이유가 없는 이상 건드리지 않
는다는 것이 내 원칙이다. 그 원칙에는 채향이도 포함되고 저 싸가
지 없는 여인도 마찬가지다. 하지만 협박은 내 취미였다. 여인이 사
라지자, 나는 군데군데 박살이 난 상을 치워서 세 사람을 바라봤다.

안주가 쏟아져서 엉망진창이 된 꼴이 보기 좋았다. 내가 웃으면서 말했다.

"웃어, 이 새끼들아. 왜 우스운 놈 앞에 두고 안 웃어."

놈들은 이제 웃을 수 없었지만, 나는 웃었다.

"다리병신 된 거 축하한다. 요양 좀 길게 해야겠네. 안 죽이는 게 어디야?"

자비로운 점소이의 말에 세 사람은 입을 굳게 다물었다. 나는 미친 사내로 돌변한 것처럼 어조를 달리해서 입을 열었다.

"야, 이 개새끼들아. 살려달라고는 해야 내가 살려줄 거 아니냐. 이대로 죽여줘?"

"살려다오."

"살려주라."

"이 정도에서 끝내자. 우리도 죽일 마음은 없었어."

나는 고개를 끄덕였다.

"아, 그래요?"

놈들의 말이 어찌나 빠르고 정확한지, 합창단을 보는 것 같았다. 나는 상에 꽂혀있는 중도를 하나 뽑아서 왼손에 쥐었다.

"주둥아리로 합격술을 익혔네. 또 오는구나."

이번에는 복도에서 수십 명이 몰려오고 있었다. 아마도 기루에서 동원할 수 있는 무인들이 전부 몰려오는 모양이었다. 그 소란 속에서 나를 유일하게 환대해 줬던 차성태의 목소리가 들렸다.

"비켜!"

삽시간에 복도가 조용해지더니, 차성태가 등장해서 방 안을 둘러봤다. 차성태는 눈매가 얇은 사내여서 미소를 짓거나 인상을 찌푸리면 양 눈이 일자로 되는 특징이 있었는데 지금이 그랬다. 차성태는 황당하다는 표정으로 내게 말했다.

"자하야, 너 그러다 죽는다."

"죽는다고?"

"그래, 인마."

나는 차성태의 못난 눈을 보다가 왼손에 공력을 주입해서 중도를 날렸다.

쐐앵!

놀란 차성태의 손이 얼굴에 도착하기 전에 내가 던진 중도가 먼저 도착했다. 중도의 손잡이가 정확하게 차성태의 눈에 맞았다.

뻑!

"끄악!"

차성태가 신음을 내뱉으면서 뒤로 벌러덩 넘어졌다. 나는 피 묻은 낫을 뒤에 있는 놈들에게 내밀면서 말했다.

"눈에는 눈이다. 또 덤빌 사람?"

겨우 몸을 추슬러서 일어난 차성태가 그 와중에도 침착하게 명령을 내렸다.

"이화루에 있는 루주님에게 보고해라. 나머지는 바깥에서 기루 포위하고. 못 나가게만 막아."

피가 줄줄 흐르고 있는 한쪽 눈을 잔뜩 찡그린 차성태가 그 와중에도 허리에서 직도를 시원한 동작으로 뽑았다.

스릉!

칼을 뽑은 차성태에게 조금 전의 말을 고스란히 돌려줬다.

"성태야, 생각 좀 하고 행동해라. 너 그러다 죽는다."

"..."

"일양현에서 가장 눈치 빠른 놈이 왜 그래. 내가 지금 그저 운이 좋아서 네 눈이 그렇게 됐을까? 어, 아니야. 이 세 놈이 운이 없어서 술안주를 뒤집어썼을까? 암, 아니지. 아니라고. 뒤지기 싫으면 생각을 해라."

"음."

차성태가 이러지도 저러지도 못한 채로 멀뚱히 서있는 동안에 나는 복도를 틀어막고 있는 놈들에게 말했다.

"그리고, 차성태가 한 수에 이렇게 됐는데 너희가 나를 못 나가게 막는다는 게 말이 되는 명령이냐. 이렇게 하자. 거기 계속 틀어막고 있으면 일단 차성태가 죽는 모습부터 보여주겠다. 간다."

그런데 이 협박은 수하들이 아니라, 차성태에게 먹혔다. 눈치 빠른 차성태가 놀란 어조로 수하들에게 말했다.

"전부 내려가서 밑에서 대기해라. 자하야, 루주님하고는 만나야 할 것 같다. 사과받으려고 온 거 아니냐? 맞지? 혹시 술만 마시고 갈 생각이냐? 대답을 들어보자."

나는 차성태를 향해 고개를 끄덕였다.

"조가 놈이 와야지."

"그럼 일단 루주님은 부르마. 곧 오실 테니, 같이 기다리자."

차성태는 말을 하는 와중에 손바닥을 확인했다. 피범벅이 되어있었다. 내가 물었다.

"실명했냐?"

차성태가 눈을 껌벅이더니 눈 주변의 피를 닦아내면서 이렇게 대꾸했다.

"실명까진 아닌 것 같군. 보이긴 한다."

"다행이네. 술 좀 가져와라. 루주 기다리는 동안에 좀 마시자."

차성태가 복도 끝에서 떨고 있는 여인에게 말했다.

"술 가져와라. 안주는 필요 없고. 방은 옆으로 옮기겠다. 자하야, 방 좀 옮기자. 거기 애들 죽일 거 아니면 치료 좀 하자. 좀 봐줘라. 동네 사람들끼리 죽이는 건 좀 그렇잖아?"

내가 돌아보니 세 사람은 이미 혼절하기 직전의 상황이었다. 확실히 차성태는 아랫놈들과 대처 방식이 달랐다. 한쪽 눈에서 피를 철철 흘리는 와중에도 상황을 정리했다. 종종걸음으로 다가온 말 잘하는 여인네가 옆방을 두 손으로 공손하게 가리켰다. 내가 말을 하면 입을 찢는다고 했었기 때문에 끝까지 입을 다물고 있었다. 밑바닥 인생들의 생존력이란 이렇게 오밀조밀한 맛이 있다. 나는 빈방으로 들어가서, 탁자 위에 새빨간 낫을 내려놓고 앉았다. 잠시 후에 헝겊으로 피를 닦은 차성태가 맞은편에 앉더니 한숨을 길게 내쉬었다.

"어디서 기연이라도 얻었냐. 갑자기 이게 뭔 지랄이냐. 뜬금없이 난리가 났네."

차성태의 말이 끝나자마자, 바깥에서 앳된 여인의 목소리가 들렸다.

"술 들어가겠습니다."

"들어와."

나는 들어오는 술을 보고 헛웃음이 났다. 두강주는 두강주였는데 내게 준 것과는 밀봉 상태가 전혀 달랐다. 한마디로 더 고급스러운 두강주였다.

"이거 혹시 일품 두강주냐?"

차성태가 고개를 끄덕였다.

"아, 삼품이 나갔었나? 아이고, 미안하다. 어중이떠중이에겐 술이 그렇게 나가야 남는 장사를 할 수 있어서 말이지. 이게 진짜 일품 두강주다. 내가 한 잔 따르마."

"내가 어중이떠중이냐?"

"지금은 아니지. 미안하다."

나는 차성태의 손에서 일품 두강주를 뺏었다. 밀봉을 뜯어낸 다음에 코를 박은 채로 차성태를 노려봤다.

"독이 있으면 네 콧구멍에 전부 처넣어 주마."

차성태는 저도 모르게 자신의 코를 만지면서 대꾸했다.

"나도 마실 건데 설마 독을 탔을까. 손 부인, 독 없지?"

복도에서 대기하고 있었던 손 부인이 고개를 내밀더니 차성태를 향해 고개를 저었다.

'없어요.'

손 부인이 입 모양으로만 말하자, 차성태가 어리둥절한 표정으로 물었다.

"벙어리 됐어? 왜 말을 안 해? 독 없냐고."

그러자 손 부인이 손가락으로 자신의 입을 스윽 그었다. 말을 할 수 없다는 신호였다.

"말하면 내가 저 입 찢는다고 했다."

그러자 차성태가 고개를 끄덕이면서 손 부인에게 말했다.

"그럼 계속 입 닥치고 있어라. 그 잘난 주둥이 찢어지기 싫으면."

손 부인이 차성태와 나를 향해서 고개를 숙이더니 다시 복도로 사라졌다. 그러나 여전히 복도에서 대기하는 중이었다. 대체 루주가 언제쯤 올 것인지는 차성태도 알 수가 없었다.

"손 부인의 말에 가시가 좀 있긴 하지."

무언가를 생각하던 차성태가 손 부인에게 말했다.

"손 부인, 가서 채향이나 불러와. 술 시중들라고 해."

복도에서 손 부인의 발걸음 소리가 들렸다. 이번에는 차성태가 두강주를 잔에 따르면서 물었다.

"내가 먼저 한 잔 마시마. 정신이 없군."

"마셔."

나는 차성태가 술을 마시는 것을 본 다음에 술을 마셨다. 차성태는 술이 들어가자, 그제야 정신이 좀 든다는 것처럼 질문을 던졌다.

"네가 원래 그렇게 싸움을 잘했나? 그런 소문은 들어본 적이 없는데."

"조부님이 싸우지 말라고 하셔서 몇 번 참았을 뿐이다."

"뭐 그런 거짓말은 안 통하고. 일단 일전의 일은 내가 사과할게. 수하들이 수모를 안겼으니 네가 이런 행동을 하는 것도 충분히 이해한다."

"고맙다. 개새끼야. 이해도 해주고. 아주 이해력이 좋은 놈이었네."

나는 코웃음을 한 번 쳤다. 차성태는 온갖 잡소리를 해대면서 시간을 벌고 있었다. 내가 소매를 걷으면서 말했다.

"근데 생각해 보니까 열 받네. 성태, 이 개새끼야. 이게 사과하는 놈의 태도냐? 어디 몇 군데를 분질러 놔야 말투가 좀 변하려나."

내가 갑자기 다시 낫을 붙잡자, 화들짝 놀란 차성태가 무릎을 꿇었다.

"미안하다. 내가 진심으로 사과하마. 내가 평생 안 해본 무릎까지 꿇었다. 미안하다 정말."

차성태의 태도 변화는 최정상 고수들의 초식 변화를 보는 것처럼 신속하고 정확했다. 차성태가 무릎을 꿇은 채로 고개를 숙였을 때. 문 앞에 채향이가 도착한 상태였다. 차성태가 무릎을 꿇고 있는 모습을 보자마자, 채향이의 동공에서는 지진이 일어나고 있었다.

"…!"

차성태가 고개를 돌리더니 무서운 눈빛으로 채향이에게 말했다.

"술 시중들어라. 그리고 너 평소에 표정 관리 좀 하라고 했지. 눈깔에 힘 좀 빼라."

굳은 표정의 채향이 자연스럽게 차성태의 옆으로 향하자, 차성태가 쥐어짜는 목소리로 말했다.

"미쳤어? 저쪽에 앉아. 누가 내 술 시중이래? 정신 차려라."

채향이의 표정이 핼쑥해졌다. 나는 창백한 표정으로 옆에 앉고 있는 채향이를 바라보면서 한마디를 던졌다.

"어, 왔니?"

사람은 두 종류가 있다. 뒤끝이 있는 사람과 뒤끝이 없는 사람. 내 경우에는…

8.
불쾌해할 가능성이
있어요

채향이는 문득 차성태의 눈에서 피눈물이 흘러내리는 것을 보고 울먹거렸다. 기루의 주인을 제외하면 가장 무서운 사내가 차성태였다. 그런 차성태의 눈에서 피가 흐르고 있고, 더군다나 무릎까지 꿇고 있었으니 두려울 수밖에 없었다. 내가 빈 잔을 내밀자, 채향이가 덜덜 떨리는 손으로 두강주를 채워 넣었다.

"채향아."

"예."

나는 일부러 포근한 미소를 지으면서 말했다.

"점소이에게도 순정이 있다."

대답 똑바로 하라는 것처럼 차성태가 채향이를 노려봤다. 어차피 루주가 오면 해결될 것이라 믿은 채향이가 고개를 끄덕이면서 대꾸했다.

"예."

나는 얼굴에서 웃음기를 싹 지운 다음에 대꾸했다.

"하지만 그 순정이 너를 향한 적은 없다. 이제 확실해졌겠지? 술맛 떨어지니까 꺼지도록 해라."

채향이가 눈을 크게 뜬 채로 나를 바라보다가 차성태를 바라봤다. 정말 꺼져도 되는지 궁금했기 때문. 차성태가 나가라는 것처럼 고갯짓했다. 그래도 채향이가 일어나지 않자, 나는 재차 명령했다.

"나가."

그제야 채향이가 일어나더니 부리나케 복도로 달려 나갔다. 태어나서 이렇게 막말을 들은 적이 없었던 채향이는 북받쳐 오르는 울음을 겨우 참고 있었다. 그러다 복도에 접어들자마자 울음을 쏟아냈다. 나는 차성태를 바라보면서 말했다.

"하여간 얼굴 믿고 사는 애들은 저게 문제야. 울면 다 해결되는 줄 안단 말이지. 내 말이 맞아, 아니야?"

차성태가 대꾸했다.

"그건 맞지."

나는 눈치 없이 자꾸 반말을 지껄이고 있는 차성태에게 말했다.

"넌 이제 나한테 반말하지 마라."

"…"

"너는 그 찢어진 눈매가 재수 없어서 반말 듣는 게 거북하다."

차성태가 말을 살짝 더듬었다.

"아, 예. 말씀하십시오."

"루주가 오면 사태가 해결될 거 같아? 아님 루주도 거기 네 옆에서 무릎을 꿇고 있게 될까."

"루주님도 그렇고 형제 두 분도 무공 실력이 제법 뛰어나서 솔직히 잘 모르겠습니다. 물론 매화루의 문제가 터진 것이니 조이결 루주님만 올 겁니다. 루주들께서 근래 흑묘방黑卯幇에 연일 접대를 하고 계셔서 바쁘신 것 같습니다."

"존댓말을 매우 잘하는 사내였네."

"감사합니다."

"흑묘방에 접대했어?"

"예, 조만간 일양현에도 흑묘방의 허락하에 방파가 하나 설립됩니다. 그러니 아무래도 방파가 설립되자마자, 이렇게 안 좋은 소식이 전해지면 흑묘방 쪽에서도 아무래도 싫어하는, 아주 불쾌해할 가능성이 있어요. 관계라는 게 또 이렇게 복잡하기 때문에."

"불쾌해한다?"

"예."

"불쾌해하면 안 되지. 그러니까 네 말은 내가 루주를 제압해도 내가 일으킨 문제는 흑묘방 선에서 정리가 될 거다, 이 말 아니냐?"

차성태가 솔직하게 고개를 끄덕였다.

"그렇습니다. 흑묘방은 일양현의 거친 사내들이 전부 나서도 감당하기 힘든 방파가 아니겠습니까?"

"그래서 어쩌라는 거야, 개새끼야. 루주 오면 화해의 술 한 잔 마시고 돌아갈까? 일이 그렇게 해결이 돼?"

"안 되겠지요. 그럼 어떻게 하시겠습니까."

"조가 놈들이 내 밑에 들어오면 되겠지."

"그건 좀⋯ 불가능하지 않을까요? 상당히 불쾌해할 가능성이 있어요."

"일양현의 문파를 이참에 내가 만들 테니까, 너희는 전부 내 밑으로 들어오면 된다. 기루에 있던 놈들이 들어갈 문파 이름은 갱생문甦生門, 줄여서 생문生門으로 할까? 일양현의 정신 나간 새끼들 전부 나처럼 갱생하라는 의미에서."

차성태도 공감한다는 것처럼 고개를 끄덕였다.

"좋습니다. 갱생이 필요하긴 하죠. 그리고 갱생하신 것도 축하드립니다."

"성태야."

"말씀하시지요."

"루주가 좀 늦네?"

"그러게 말입니다. 말씀드렸던 대로 이화루에서 흑묘방의 고수들에게 접대하는 중이면 당장 오시는 게 힘들 겁니다. 중요한 손님들이라서요."

나는 두강주를 한 잔 마신 다음에 일어나서 차성태를 내려다봤다.

"루주 놈들에게 전해. 전부 내 밑으로 들어오면 몸 성하게 살려주겠다고. 물론 내 말이 개소리로 들려서 그럴 가능성은 전혀 없겠지만. 기회는 줘야지. 아무 때나 자하객잔으로 오면 상대해 주겠다고 전해라. 그리고…"

나는 차성태에게도 기회를 줄 생각이었다.

"너 잘 생각해. 흑묘방이 이길 것 같으면 너도 루주 편에 서서 다시 덤비고. 그게 아닐 것 같으면 내가 말한 대로 갱생해라. 일품 두강주, 잘 마셨다. 외상이다."

"조금 더 기다리시지요?"

"내가 도망갈 거 같으냐?"

차성태가 고개를 끄덕였다.

"예."

나는 차성태의 얼굴을 발로 차서 구석으로 날려 보냈다.

"매를 버는 재주가 있네."

나는 손가락으로 차성태를 가리켰다.

"남자가 매를 벌 줄도 알아야지. 또 보자."

차성태는 얼굴을 매만지면서 대꾸했다.

"살펴 가십시오. 외상 장부에 올려놓겠습니다."

"올려놓든지 말든지."

어차피 일양현 전체가 내 밑으로 들어올 텐데, 외상 장부에 내 이름이 있든지 말든지 신경을 쓸 필요가 없었다. 복도를 걷자, 사람들이 좌우로 비켜섰다. 이미 비켜섰는데도 굳이 나는 이런 말을 한 번쯤 해보고 싶었다.

"비켜라. 잡것들아."

계단을 내려가서 일 층에 도착해 보니 가장 먼저 기절했었던 문지기 놈이 상황 파악이 덜 되었던 모양인지 나를 보자마자 욕지거리를 날렸다.

"야, 이 개새끼야!"

나는 놈의 뺨을 후려치면서 지나갔다. 퍽 소리와 함께 문지기가 벽에 부딪혀서 쓰러지자, 내가 다른 자들에게 말했다.

"설명 좀 해주고 그래라. 맞은 데 또 맞잖아. 기절했다가 또 기절

...   광마회귀 1

하고. 인정머리 없는 새끼들 하여간."

나는 입구에 잠시 멈춰 서서 매화루에서 일하는 자들을 둘러봤다. 삽시간에 매화루 전체가 고요해졌다. 나는 손을 한 번 흔들었다가 무뚝뚝한 어조로 말했다.

"점소이, 잘 놀다 갑니다."

내가 돌아서자 뒤편에서 입 모양과 손동작으로 완성된 욕지거리가 합공으로 쏟아졌다. 욕을 했으면 욕을 먹는 것이 인지상정이다. 신경 쓰지 않은 채로 매화루를 빠져나와서 기지개를 켰다. 기분이 나쁘지 않았다. 욕은 욕이고, 농담은 농담이고, 진담은 진담이다. 당연히 산은 산이고, 물은 물이다. 의미를 잘 구분해야 이런 일이 발생하지 않는다.

물론 매화루, 이화루, 시화루를 운영하는 조씨 삼 형제들은 아직 진담을 진담으로 받아들이지 못할 터였다. 기루가 본래 이들의 가업은 아니다. 일양현도 엉망진창인 동네라서 조씨 삼 형제들이 예전에 힘으로 빼앗은 기루였다. 때문에 도전자를 경계하고 있었던 놈들의 귀에는 아마도 수하들의 보고가 농담처럼 들릴 터였다.

"매화루에서 사고가 터졌습니다. 그런데 그것이 점소이 놈이 혼자 와서 아주 난리법석을 떨었습니다."

"점소이 누구?"

"그 자하객잔 점소이 말입니다."

"자하객잔? 지금 나랑 장난하자는 거냐?"

보고가 올라가면 이 정도 대화가 오가지 않을까 싶다. 길을 걷다가 문득 허리춤에 꽂아둔 낫을 꺼내 바라봤다. 조씨 삼 형제는 이 허름한 낫으로 어찌어찌 상대할 것 같았으나, 나중에 부딪힐 게 분명한 흑묘방까지 이런 낫 한 자루로 상대하는 것은 비효율적인 일이다.

용두철방을 방문할 필요가 있었다. 용두철방은 용머리 모양의 손잡이를 만들어 낼 수 있는 철방이다. 어쩐지 좋은 날붙이를 만드는 것보다는 용머리 손잡이 만드는 것에만 더 신경을 쓰는 이상한 철방이기도 했다. 날보다 손잡이가 더 좋은 병장기를 만드는 곳. 실용적인 면보다 허세에 찌들어 있는 철방이 바로 용두철방이었다. 따라서 용두철방이 만들어 낸 병장기는 품질에 비해 다소 과한 이름을 가지고 있다.

백룡검白龍劍, 청룡도靑龍刀, 흑룡편黑龍鞭, 쌍룡겸雙龍鎌. 이런 식으로 무조건 이름에 용龍을 꼭 붙여서 팔아먹고 있다. 이름만 들으면 강호십대고수가 써도 손색이 없어 보이는 병장기랄까. 덕분에 일양현 주변에서 싸움이 벌어지면 여기저기서 용들이 난무한다. 백룡검이 바람을 가르고, 청룡도가 달빛을 튕기면서 떨어지고, 흑룡편이 피와 살점을 분리하는 곳이 내 고향이다.

알고 보면 그냥 병신들인데 말이다. 나는 도중에 자하객잔의 아궁이 근처에 숨겨두었던 돈을 꺼내서 용두철방으로 이동했다. 내가 무공이 강하더라도 이런 거래는 돈을 정당하게 지불하는 것이 상도덕에 맞는 일이다. 내가 이렇게 정상적인 사람이다.

* * *

"어서 오세… 자하객잔?"

"외상값 받으러 왔나? 우리가 외상값이 있었나?"

점소이가 철방에는 왜 왔냐는 눈빛이 여기저기서 쏟아졌다. 나는 용두철방을 둘러보면서 말했다.

"병장기 사러 왔소."

"병장기는 무슨 이유로? 아, 낫 사러 오셨나? 우리 낫은 좀 비싼데."

나는 잠시 팔짱을 낀 채로 이들을 납득시킬 수 있는 짧은 대답을 궁리했다.

"조가 놈들을 상대할 생각이라서 병장기를 몇 개 사야겠소."

"갑자기?"

용두철방의 일꾼들이 서로의 얼굴을 바라보면서 고개를 갸웃하자, 용두철방의 부방주인 곽용개가 말했다.

"어이, 젊은 친구. 전쟁하는 것은 자네 자유지만 홀로 감당할 수 있겠나? 그러고 보니 맞았다는 소문이 들리던데, 성질부리겠다고 귀한 목숨 함부로 내던지지 말게. 나는 자네 조부님이 만들어 주신 계두국수를 참 좋아했네. 자네는 음식 솜씨가 형편없어서 그 뒤로 간 적은 없네만."

"지금 계두국수 맛을 논할 때가 아니고."

곽용개가 손님에게 시비를 걸고 있다.

"점소이랑 국수 맛을 논하지 그럼 뭘 논하겠나?"

나는 품에서 전낭 주머니를 꺼냈다.

"시끄럽고. 돈도 넉넉하게 가져왔으니 병장기나 보여주시오."

"대체 뭘 사려고?"

나는 손가락을 꼽으면서 대꾸했다.

"가벼운 검, 질긴 채찍, 적당히 날카로운 비수 정도면 되겠소. 혹시 청룡언월도 같은 것도 있소?"

내 주력 병장기를 당장 얻을 수는 없었기 때문에 임시로 사용할 병장기만 구할 생각이었다. 곽용개 부방주가 머리를 긁적였다.

"그걸 다 쓰겠다고?"

"취향이니 존중해 주시오."

곽용개 부방주가 수하들을 향해 손가락을 튕기더니 이렇게 명령했다.

"들어가서 흑룡검, 백룡편, 운룡비수를 가져와라. 청룡언월도는 없으니 찾지 말고."

용두철방의 수하들이 부방주의 명령에 대꾸했다.

"알겠습니다."

곽용개가 말했다.

"이런 촌 동네에는 청룡언월도를 다룰 수 있는 사람이 없어서 그건 만들지 않았네. 양해하게."

아쉬운 소식이었다.

"아, 청룡언월도가 정말 멋진 병장기인데 장팔사모도 없소?"

"없다니까."

"방천화극은?"

"하여간 그런 병장기는 없으니까 그만 물어보게. 적당히 해야지."

곽용개 부방주가 턱수염을 쓰다듬으면서 나를 위아래로 살폈다.

"그나저나 자네가 올해 몇 살이었지?"

...

"스물은 넘었소."

"나는 서른이 훌쩍 넘었는데 말을 자꾸 그렇게 시건방지게 할 텐가?"

나는 옷소매를 걷어붙였다.

"불만이면 한번 붙어봅시다."

곽용개 부방주가 손을 내저었다.

"됐네. 죄 없는 점소이를 나까지 두드려 팰 수는 없지."

"군자셨군."

안쪽에서 병장기를 챙겨 나온 수하들이 일렬로 서자, 곽용개가 말했다.

"살펴보게."

"용무가 바빠서 그냥 전부 사겠소."

"음, 구십 냥만 주게나."

"미쳤소? 너무 비싼데?"

"동네 사람이라서 많이 깎아줬네만."

나는 팔짱을 낀 채로 흥정을 이어나갔다.

"그럼 이렇게 합시다. 대여해 주시오. 오십 냥에 전부."

"대여라니? 뭔 소리야?"

"쓰고 돌려주겠다는 말이지."

"허, 날강도가 따로 없군."

"전쟁을 한 다음에 돌려주겠다는데 무슨 날강도?"

이때, 바깥에서 자꾸 엉뚱한 이야기가 들리자 용두철방의 방주인 금철용金鐵龍이 등장했다. 금철용은 눈매가 날카로운 사내로 이름과 외모에서도 철방의 주인이라는 것이 확연히 드러나는 사내였다. 용두철방의 용과 철은 이 사내의 이름에서 따온 것이었다.

"대체 무슨 소란이냐."

허세에도 세월이 묻으면 나름의 멋이 있는 모양인지 나름의 분위기가 있었다. 곽용개를 비롯한 모든 이들이 금철용을 향해 고개를 살짝 숙였다.

"큰형님, 이 젊은 친구가 조씨 삼 형제와 전쟁을 하겠답니다."

금철용이 나를 바라봤다.

"전쟁?"

"그래서 이 병장기들을 전부 가져가고 싶답니다. 다만, 살 돈은 부족해서 대여를 하겠다는데 어찌할까요?"

금철용은 그제야 내가 누군지 떠올린 모양이었다.

"그러고 보니, 자하객잔의 손주가 아닌가."

"금 아저씨, 오랜만입니다."

금철용이 한숨을 내쉬더니 진지한 어조로 말했다.

"나는 오랫동안 자네 조부님이 만들어 주신 계두국수를 참 좋아했었지. 자네의 요리 솜씨는 형편없더군. 조부님에게 뭘 배운 게야? 자네는 손맛도 부족하고, 정성도 부족해. 그래서 자하객잔이 망해가고 있다는 게 내 결론이다."

나는 한숨을 내쉬면서 팔짱을 꼈다.

"조부님의 계두국수가 맛있긴 했소. 내 인정하리다. 다만 오늘은 계두국수 얘기를 하겠다고 온 것이 아니니까 적당히 합시다."

곽용개가 금철용에게 고했다.

"형님, 계두국수 이야기는 제가 아까 했습니다."

금철용이 고개를 끄덕였다.

"잘했군. 그나저나 자네 허리춤에서 피비린내가 나는데 벌써 한 바탕을 한 겐가?"

나는 용두철방의 금철용을 다시 볼 수밖에 없었다. 이 양반 이거, 개코였네?

9.
우리 연합의
이름은?

나는 허리춤에 있는 낫을 금철용에게 내보이면서 말했다.

"매화루에서 피 좀 칠했습니다."

"저런, 몇 명이나 죽었나?"

"죽은 놈은 없습니다."

금철용이 고개를 갸웃했다.

"다행이군. 근데 자네가 무공을 익혔던가?"

"익혔으니 국수 맛이 그랬겠죠."

"설득력이 있군. 그나저나 자네 조부님은 평생 점잖게 계두국수나 삶으면서 사셨는데 이상한 일이로군. 조씨 형제들이 자꾸 괴롭혀서 그런 것이라면 내가 중재하겠네. 행패가 날이 갈수록 심해지는군. 만약 중재를 받아들이지 않는다면 자네를 이곳에서 보호해 주겠네. 굳이 일을 크게 만들 필요는 없네. 기둥서방들이 아무리 설쳐대도 이 금철용이 용두철방에 있는 이상은 자네를 어찌할 수 없을 것이네."

'금 아저씨에게 이런 면이 있었나? 뜻밖이로군. 전생에는 왜 가만히 있었지?'

기억을 더듬어 보니, 그때도 시기가 약간 다르긴 하지만 금철용이 가장 먼저 낭패를 당했었다. 어쨌든 이 사람은 내뱉은 말은 지키려고 하는 사내였다. 나는 금철용이 내보이는 호의에 미소를 지으면서 대꾸했다.

"호의는 고맙습니다."

"별말씀을."

나는 오랜만에 사뭇 진지한 어조로 말을 이어나갔다.

"이곳 일양현에 문파를 하나 세워서 출발할 생각입니다. 산하 단체를 거느린 문파가 될 겁니다. 기루에서 일하던 놈들을 중심으로 가장 먼저 만들어질 세력은 갱생문. 금 아저씨도 철방 대신에 문파를 하나 만들어서 나와 연합을 합시다. 물론 연합 수장은 나고."

"우리가 이미 철방 세력인데 무슨 문파를?"

"인근 철방 세력을 모두 규합해서 철용문鐵龍門을 따로 세우십시오. 이대로는 안 됩니다. 조씨 형제들이 방파를 세우면 상납하는 금액이 더 늘어날 테니. 나는 일양현에 연합 문파를 세워서 인근 흑도 방파가 이곳에서 돈을 뜯어 가지 못하도록 하겠습니다."

"연합 문파라는 게 대체 뭔가?"

"기루에 있는 자들은 갱생문으로 통합시키고, 여러 철방은 철용문으로. 건축은 축문築門. 나머지 세력도 직업에 따라서 규합시킨 다음에 이를 통합한 조직을 내가 맡겠습니다. 어디 가서 횡포를 부리자는 게 아닙니다."

금철용은 진지한 표정으로 내 말을 경청했다.

"상납금 같은 것은 일절 없고. 상하 관계도 딱히 없고. 물론 내부 분위기는 개판이 되겠지만 그것도 상관없습니다. 내가 바라는 것은 오로지 각자가 땀 흘려 번 돈을 엉뚱한 곳에 뺏기지 말자는 것일 뿐. 세력도 중원 전체로 마구잡이로 늘리고, 점조직으로 시작해서 강호 전체로 뻗어나가는 조직. 이 연합 때문에 누군가가 점소이, 약자들, 상인들을 덜 괴롭히게 된다면 그것으로 내 의도는 적중한 겁니다. 밑바닥 인생들이 모여서 하루하루 힘들게 번 돈을 지켜낼 수 있는 연합이죠."

금철용은 꽤 오랫동안 내 말을 곱씹다가 뒤늦게 대꾸했다.

"계획이 참으로 엉성하면서도 거창하군. 연합의 이름은?"

나는 금철용과 눈을 마주치면서 대꾸했다.

"하오문下汚門."

금철용이 팔짱을 낀 채로 나를 한참이나 바라봤다.

"하오문이라…"

* * *

낮은 곳下, 맨 끝, 지저분한 것, 더러움汚. 이런 의미의 조합은 결국 신분이 낮은 약자를 가리키고, 약자는 어디에나 있다. 하지만 하오 문은 세력을 뜻하는 문門이 조합되어 있는 이름이어서 반전의 묘미 가 있다. 금철용이 입을 열지 않자, 용두철방 전체가 고요해졌다. 한참을 고민하던 금철용이 내게 말했다.

"점소이가 문파를 만든다고 하니 이것 참 신기하군. 당장 조씨 형제들을 상대로 살아남을 자신은 있나?"

"지켜보면 알겠지요."

금철용이 용개 부방주에게 말했다.

"병장기는 전부 그냥 내줘라."

곽용개가 깜짝 놀란 표정으로 반문했다.

"예? 대여가 아니고요?"

금철용이 인상을 쓰면서 곽용개를 노려봤다.

"문주님에게 그게 무슨 망발이냐? 네가 감히?"

곽용개가 급히 고개를 숙이면서 대답했다.

"죄송합니다."

역시 금철용의 허세는 특이한 면이 있었다. 금철용이 여전히 진지한 표정으로 내게 말했다.

"우리 둘의 다음 이야기는 자네가 살아남은 다음에 이어서 하세."

"그러시죠."

"도울 일이 있으면 미리 말하게."

"손잡이가 과한 병장기만으로도 충분합니다."

"칭찬인가? 비꼬는 건가?"

"살짝 비꼬았습니다."

"…"

나는 잠시 금철용과 눈싸움을 했다가, 보따리에 병장기를 챙겨서 용두철방을 빠져나왔다.

　　　　　　　　　　　* * *

　　병기를 공짜로 얻은 사내가 사라진 용두철방에서는 이런 대화가
흘러나왔다.

　　"저놈 살아있을 거 같으냐?"

　　"점소이가 계획이 다 있었군요. 살아있지 않을까요?"

　　"국수도 제대로 못 만드는 놈에게 이런 계획이 있을 줄이야. 놀랍
군."

　　"그러게 말입니다. 말마따나 무공 수련에 전념하느라 국수 맛이
그렇게 거지 같았던 게 아닐까요."

　　"그렇긴 하지. 그게 어찌 국수였냐. 장사가 저리 안되니 조만간 망
할 게 분명하다."

　　"그렇다면 객잔이 망해가던 것도 다 계획의 일부였나 봅니다."

　　"병장기 값은 좀 받을 걸 그랬나? 살짝 후회되는군."

　　"어차피 잘 안 팔리는 거 줬습니다. 너무 과하게 만들었어요."

　　금철용이 흐뭇한 미소를 지었다.

　　"잘했다. 재고를 처리하는 와중에 점소이의 마음을 얻었군. 밑지
는 장사는 아니었어."

　　"그렇습니다. 그나저나 문주님이라면서요?"

　　"살아남아야 문주다. 지금은 점소이고."

　　문득 용두철방에서 웃음소리가 흘러나왔다.

　　"하하하하하."

　　"시끄럽다."

"예."

웃음이 정말로 뚝 하고 그쳤다. 곽용개가 금철용에게 물었다.

"큰형님, 그나저나 심각한 표정으로 무슨 생각을 하고 계십니까."

금철용이 턱을 쓰다듬으면서 대꾸했다.

"철용문."

상상의 나래를 펼치고 있었던 금철용이 다시 한번 중얼거렸다.

"철용문주 금철용."

* * *

용두철방에서 가져온 병장기와 피 묻은 낫은 탁자에 올려두고, 비수는 허리춤에 넣었다. 검과 채찍은 굳이 연습할 필요가 없었지만, 대신에 무게와 잡았을 때의 느낌 정도는 확실하게 새겨둘 필요가 있었다. 병장기에 대한 정보를 손과 눈으로 익히다가 골방으로 들어갔다. 조씨 형제들이 올 가능성이 매우 컸기 때문에 운기조식은 하지 않고 눈을 감은 채로 호흡에만 집중했다. 두 시진쯤 흘렀을 때, 객잔 입구에서 누군가의 목소리가 들렸다. 어조에 피곤함이 잔뜩 묻어있었다.

바깥으로 나가보니 조씨 삼 형제의 둘째인 조이결이 의자에 앉아 있고, 그 뒤에 검은 복면을 뒤집어쓴 사내들이 삽과 포대 자루 같은 것을 든 채로 대기하고 있었다. 조이결은 내가 기억하던 것보다 더 깡마른 체구에 신경질적인 표정을 가지고 있었다. 예전에는 그저 눈을 마주치는 것이 싫다는 느낌이었는데 지금은 그야말로 가소롭게 보였다. 차성태의 보고를 받아서, 뒤늦게 찾아온 모양이었는데 술을 제법 많이 마신 얼굴이었다. 조이결은 내가 나오자, 수하들에게 명령했다.

"구덩이 좀 파고 있어라. 깊게."

"예, 루주님."

조이결은 내가 걸어오는 동안에 품에서 비수를 꺼내더니 탁자 위에 찔러 넣으면서 말했다.

"앉아."

비수를 탁자에 꽂는 것은 분쟁이 발생한 당사자들이 종종 문제 해결을 위해서 선택하는 싸움 방식이다. 일종의 생사결인 셈이다. 나도 운룡비수를 탁자 위에 꽂은 다음에 마주 앉았다. 이 분쟁 해결 방식의 규칙은 매우 간단하다. 이야기 도중에 누군가가 비수를 붙잡으면, 공격과 방어가 시작된다.

죽이든 상처를 입히든 간에 서로 합의한 대결이어서 가족이나 동료가 문제 삼을 수 없는 생사결이기도 했다. 손이 빠른 조이결은 일양현에서 힘자랑하던 경쟁자들을 이런 방식으로 많이 죽였다. 객잔 바깥에서는 조이결의 수하들이 땅을 파고 있고, 조이결은 나를 노려보다가 입을 열었다.

"흑묘방에서 허락이 떨어졌다."

"그래요?"

"우리 일양현에도 정식으로 방파가 생기게 되었다. 우리 삼 형제가 그간 기루나 운영하는 삼류 흑도, 기둥서방들이라고 놀림을 받은 지가 꽤 되었는데 이제 좀 어디 가서 체면을 차릴 수 있게 되었다는 말이지."

나는 냉랭한 표정을 짓고 있었으나 일부러 존댓말로 대꾸했다.

"축하드립니다."

조이결이 고개를 끄덕이면서 말을 이어나갔다.

"그래. 축하해야지. 이런 좋은 소식이 있는 날에 네가 기루에 와서 사고를 치면 내가 뭐가 되냐? 접대하던 흑묘방 사람들의 귀에 안 들어간 게 다행이다. 이 국수도 맛없게 만드는 쓰레기 같은 놈아."

조이결이 땅을 파고 있는 수하들을 가리키면서 말했다.

"저 구덩이가 뭘까?"

"제 무덤인가요?"

조이결이 고개를 끄덕였다.

"잘 아네. 저거 다 파기 전에 내가 널 살려둬야 하는 이유를 세 가지만 말해봐라. 곧 만들어질 방파의 문지기를 하겠다든가. 아니면 나 쫓아다니면서 신발을 갈아준다든가. 개나 말이 할 수 있는 일을 네가 대신하겠다면 내가 생각을 좀 고쳐보마. 자하야, 그래도 같은 동네에서 함께 자란 세월이 있는데 사고 좀 쳤다고 바로 죽이는 건 너무 매정한 일 아니냐."

나는 속으로 이렇게 생각했다.

'죽이겠다는 거야, 말겠다는 거야, 하나만 해라. 이 새끼야.'

그러나 조이결이 하는 꼴이 우스워서 대충 보조를 맞추듯이 대꾸했다.

"매정한 일이죠."

문득 조이결은 탁자 위에 있는 검과 채찍을 바라보면서 말했다.

"지랄을 한다. 지랄을 해. 어이구, 한심한 새끼."

조이결이 한숨을 내쉬다가 재차 내 이름을 불렀다.

"자하야."

나도 한숨을 내쉬면서 대답했다.

"거 이름 닳겠네. 왜요?"

"왜-요? 왜…요?"

조이결의 전신이 살기에 휩싸였다. 참을성이 없는 놈이다. 나는 곧 조이결이 무슨 행동을 할 것인지 빤히 알고 있었다. 내가 말했다.

"왜 이 새끼야. 말을 해."

조이결의 비수가 뽑히더니 곧장 내 목으로 향했다. 그 비수 끝이 목젖에 닿기 전에 금속음이 들렸다.

퉁!

내가 탁자에서 뽑아 든 운룡비수의 넓은 면이 정확하게 조이결의 비수를 막은 상황. 나는 비수를 천천히 밀어내면서 조이결과 눈을 마주쳤다.

"아이, 깜짝이야. 칼 맞을 뻔했네."

조이결은 그제야 놀란 표정을 지었다.

"…!"

나는 운룡비수를 도로 탁자에 꽂으면서 말했다.

"내가 널 살려줘야 하는 이유는 있냐? 한 가지만 말해봐라. 내가 널 죽이면 네 형과 동생도 어쩔 수 없이 죽여야 된다. 너희 삼 형제는 죽으려면 다 죽이고, 살리려면 다 살려야 한다. 개나 말? 아이고, 이 한주먹거리도 안 되는 병신이 어디서 분위기를 잡고 있어. 이 기둥서방, 개새끼야. 또 씨불여 봐."

"…"

조이결은 나처럼 도로 비수를 탁자 위에 꽂은 다음에 팔짱을 끼었다. 조이결이 떫은 표정으로 말했다.

"어디서 기연 좀 얻었나 보군. 축하한다."

이때, 땅을 파고 있던 수하들이 눈치 없이 조이결에게 물었다.

"루주님, 땅 거의 다 팠습니다."

조이결이 대답했다.

"더 깊게 파라."

"알겠습니다."

조이결은 자신의 못난 모습을 수하들에게 보여주기 싫었다. 나는 운룡비수를 붙잡은 다음에 막아보라는 것처럼 말했다.

"어깨."

내 말이 끝나자마자 조이결도 자신의 비수를 붙잡았다. 그러나 운룡비수는 이미 조이결의 어깻죽지를 찔렀다가 빠져나온 상태였다.

푹!

비수와 함께 바깥세상을 보겠다고 빠져나온 핏물이 탁자를 적셨다.

투두두둑…

조이결은 자신의 비수를 붙잡은 채로 시선은 자신의 어깻죽지에 가 있었다. 그제야 속도의 차이가 극심하다는 것을 깨달은 상황. 나는 창백해지는 조이결을 바라보면서 말했다.

"왜 이렇게 느리십니까? 일양현에서 귀족처럼 떵떵거리고 살다가 점소이에게 칼 맞으니까 기분이 어때요? 분쟁이 생기면 남의 무덤부터 파고 보는 훌륭하신 기둥서방 나으리."

일양현의 사내들은 이 정도에 물러나지 않는다. 어금니를 꽉 깨물고 있었던 조이결도 비수를 뽑아서 내 어깻죽지를 노리고 찔렀다. 이번에도 조이결의 수법이 훤히 보였다. 어깨를 노리는 것은 속임수고, 이어지는 공격에 살기가 담길 터였다. 나는 왼손으로 조이결의 손목을 단박에 붙잡고, 날아오는 조이결의 손바닥을 향해 운룡비수를 내밀었다.

푹!

손바닥이 뚫린 조이결이 일그러진 표정으로 급하게 손을 거뒀다. 이번에는 상당히 많은 피가 탁자를 적셨다. 이어서 약속을 했던 것처럼 각자의 비수가 다시 탁자에 꽂혔다.

푹, 푹!

약자는 주둥아리를 다물고 있을 차례여서 내가 말했다.

"내 개인적인 감정은 일단 제외하고. 일양현에서 널 살려둘 이유가 있나? 인신매매는 물론이고, 네가 멋대로 죽인 내 어렸을 때 지인도 꽤 많아. 그리고 방파? 좆같은 소리 하고 있네. 흑묘방이 상납을 바라고 방파 만드는 것을 허락해 준 거 아니냐."

"그건."

"입 닫아라. 너희가 이제 보호비 명목으로 상인들에게 돈을 뜯어내기 시작할 테고. 성깔 있는 상인들이 들고일어나서 너희와 싸우면 흑묘방이 밀고 들어와서 정리하겠지. 그전에 철방이나 상가의 젊은이들이 너희와 죽고 죽이면서 싸웠을 테니까 말이다. 흑묘방의 입장에서는 명분이 제대로 선다. 그때 칼부림을 한번 하면 앞으로 일양현은 끽소리도 못하고 흑묘방에게 상납을 하게 되겠지."

흑묘방에게 명분이 필요한 이유는 다른 흑도 세력도 일양현을 노리기 때문이었다. 특이하게도, 노리는 곳이 많아서 잠정적인 분쟁 제외 지역이 된 곳이 일양현이다. 그 점을 못되게 악용한 놈들이 조씨 삼 형제들이었다. 덕분에 피는 일양현의 사내들이 흘리고, 이득은 흑묘방과 조씨 삼 형제가 홀라당 취한다. 내가 알고 있는 미래가 이렇다. 조이결이 대꾸했다.

"일양현에는 혈기 왕성한 젊은이가 많다. 일단 방파를 만든 다음에 세력을 늘리고, 내가 형제들과 함께 흑묘방을 치면 돼."

"그 병신 같은 실력으로? 그때까지 거덜 나는 상인들은 네가 어떻게 책임을 질 것이냐. 그리고 흑묘방이 무서운 것은 방주의 신분이 특별하기 때문이다. 네가 감당할 수 있겠어?"

"그건 어찌 알았지?"

"점소이 귀에 들어오는 소식이 무림맹보다 빠를 때가 있다."

조이결이 피 묻은 손을 내밀면서 말했다.

"…어쨌든 그렇다면 더더욱 함께하자. 네가 어떻게 어떤 식으로 강해졌는지 모르겠으나 상관없다. 자하야, 너 혼자서는 흑묘방을 절대 상대할 수 없을 거다."

나는 혀를 차면서 조이결의 수하들이 있는 쪽을 손가락으로 가리켰다. 이들은 아직도 열심히 땅을 파고 있었다. 내가 물었다.

"저게 뭐라고?"

"…위협용이었다."

내 입에서 당연한 말이 흘러나왔다.

"괜찮다. 네 무덤이야."

나는 조이결을 바라보면서 웃었다.

...

10.
배려심이 뛰어난
나

조이결이 비밀을 하나 알려주겠다는 것처럼 말했다.

"흑묘방주는 십이신장이라 불리는 자들의 일원이다. 그가 십이신
장에서 서열이 몇 위인지 정확하게 아는 사람은 드물다. 더군다나
십이신장의 위에 그들을 휘어잡고 있는 정신 나간 사부가 있다고
한다."

내가 더 잘 알고 있는 것을 조이결이 떠들고 있었다. 조이결이 자
신의 가슴을 두드렸다.

"나를 건드린다는 것은 네가 알지 못하는 무서운 세상에 발을…"

나는 가슴을 두드리고 있는 조이결의 손에 운룡비수를 박아 넣
었다.

푹!

"크윽…!"

운룡비수가 놈의 손을 뚫고, 가슴까지 관통한 상태. 덤덤한 어조

로 조이결과의 마지막 대화를 이어나갔다.

"말이 많네. 살려달라고 해도 모자랄 판국에 협박까지 하시고."

조이결은 그 와중에도 믿을 수 없다는 눈빛으로 나를 바라봤다. 운룡비수를 뽑아내자, 조이결은 자신의 핏물에 얼굴을 처박았다.

쿵…!

탁자에서 떨어진 핏물이 이리저리 튀었다. 죽은 조이결에게 앞으로 벌어질 진실을 넌지시 알려줬다.

"그 무서운 세상에서 가장 미쳤다는 소리를 듣던 게 나다."

나는 땅을 파고 있는 조이결의 수하들에게 말했다.

"두더지들아, 땅 좀 그만 파라."

수하들은 당연히 조이결의 명령이라 생각했는지 동작을 멈추면서 대꾸했다.

"알겠습니다."

"들어와서 이것 좀 치워."

흑의무복 사내 셋이 들어오자마자 표정이 돌변했다.

"헉…"

"엇!"

점소이의 시체가 아니라 조이결의 시체가 기다리고 있었기 때문에 놀라는 것이 당연했다. 나는 셋을 바라보면서 말했다.

"뭘 그렇게 놀래? 칼 들고 설치더니 병신처럼 죽었다."

한 놈이 칼을 뽑으려고 하자, 옆에 있는 사내가 뽑지 말라는 것처럼 제지했다. 셋보다 조이결의 무공 실력이 월등하게 뛰어났으니 적절한 제지였다. 칼을 뽑으려던 놈에게 말했다.

…

"사내놈이 왜 칼을 뽑다 말아. 마저 뽑아야지."

"아닙니다. 반사적으로 나온 즉흥적인 행동이었습니다."

"네가 조이결보다 강해?"

"아닙니다."

"네가 더 강하면 조이결이 땅을 파고 있었겠지. 이 새끼야, 네가 땅을 왜 팠겠어? 정신 안 차려?"

"차리겠습니다."

"복면들 벗어봐라. 아는 얼굴 있나 보자."

세 사람이 복면을 벗자, 땀에 젖은 얼굴이 드러났다. 전부 모르는 놈들이었는데 채 스무 살도 되지 않은 풋내기들이었다.

"너희는 일양현에서 본 적이 없는데. 흑묘방이냐?"

"흑묘방은 아닙니다. 각자 고향이 다릅니다. 이화루에서 일하고 있습니다."

"그래?"

내가 모르는 놈들이라는 뜻은 이놈들이 곧 죽는다는 말이나 다름이 없다.

"그래? 이화루에서 일하는 평범한 사내들이었군. 조이결이 오늘 시체 한 구를 땅에 파묻으라는 명령을 해서 아무런 생각이 없는 평범한 놈들이 두더지처럼 땅을 파고 있었군. 셋 다 여기서 죽을 테냐, 아니면 죽은 놈 땅에 묻은 다음에 각자 고향으로 돌아갈 테냐."

한 놈이 먼저 대꾸했다.

"살려주시면 고향으로 가겠습니다."

"고향에는 갈 수 없는 사정이 있으나 이화루에는 다신 안 가겠습니다."

"저도 살려주시면 얼씬도 안 하겠습니다."

나는 고개를 끄덕였다.

"죽은 놈 처리하고 다들 사라져."

나가보라는 것처럼 손짓하자, 한 사내가 엉뚱한 질문을 했다.

"실례지만 누구십니까?"

잠시 질문의 의도를 고민했다.

"뭔 소리야? 내가 누구냐고?"

"예."

"자하객잔 점소이잖아."

"아닌 것 같은데요."

객잔의 점소이가 조이결을 죽일 수 없으리라 생각한 모양이다. 쓸데없는 헛소리를 하는 놈에게 탁자와 바닥의 피를 닦으라 하고, 나머지 두 사람은 시체를 옮기라고 지시했다. 젊은 놈은 스스로 걸레를 찾아내더니 빈 양동이를 들고 와서 피를 닦고, 걸레 짜는 것을 반복했다. 걸레에서 피를 짜내고 있는 놈에게 물었다.

"요새 막내 루주는 어디 있냐."

"근래에는 못 봤습니다."

"너는 막내 루주가 뭐 하는 놈인지 알아?"

걸레질하던 놈이 동작을 멈추더니 나를 바라봤다.

"예, 알고 있습니다."

"읊어봐."

"제법 먼 곳으로 가서 어리거나 가난한 처자들을 납치해 오죠. 기녀를 공급하거나 길들인다고 해야 하나? 그런 일을 합니다."

"대단한 악당이네."

사내가 침을 한 번 삼킨 다음에 말했다.

"저도 죽습니까?"

"언젠가는 죽겠지. 살다가 나 같은 놈 만나면."

"오늘은요?"

"오늘은 아니야."

"감사합니다. 앞으로 형님으로 모시겠습니다."

"너 같은 병신은 동생으로 안 받는다."

진심이었다. 내 아우로 삼으려면 무공이든 뭐든 간에 뛰어난 점이 있어야 한다.

"죄송합니다."

"뭐가?"

"병신이라서요."

나는 이 대답에 뜬금없이 웃음이 터졌다. 놈의 표정 변화가 아예 없었기 때문이었다.

"아이, 뜬금없이 터졌네."

나는 실실 웃다가 어린놈에게 말했다.

"청소 다 했으면 꺼져라."

"혹시 주방에서 일할 사람은 안 필요하십니까? 제가 이화루에 안 가면 당장 먹고살 길이 막막해서."

이곳 청년들은 늘 먹고사는 일이 가장 큰 문제였다. 나는 고개를 갸웃하다가 물었다.

"요리 잘하냐?"

"예."

"계두국수도 잘해?"

"계두국수는 기본 중의 기본 아닙니까?"

"음."

갑자기 나는 기본도 못 하는 놈이 되었다. 숙수가 필요하긴 했으나 지금은 아니었다.

"필요하긴 하다만 지금은 아니야. 너는 여기 있다가 조가 놈들에게 잡혀서 죽을 거다."

"왜요?"

나는 진지한 어조와 진중한 표정으로 말했다.

"그게 너희 운명이다. 너희 셋이 작당해서 조이결을 땅에 파묻었잖아."

"예?"

"너희 앞으로 어떡하지?"

"아니…"

"조일섬은 아주 독한 놈이다. 피도 눈물도 없는 놈이지. 아마 너희가 마교의 똥간으로 도망쳐도 찾아낼 것이다."

그제야 어린놈의 얼굴이 사색이 되었다.

"저희는 그냥 무덤만 팠는데요."

"어, 그게 사실은 너희들의 무덤이었어."

"조이결이 저희 셋에게 죽지는 않았잖아요."

"강호 생활이 그렇게 쉬워 보여? 대장이 죽었는데, 수하 놈이 아

...

무엇도 안 하다가 대장을 땅에 파묻었으면 즉결 처형감이지. 어서 가라. 뒤지기 싫으면. 네 친구들도 데려가고."

"친구 아닙니다. 그나저나 저놈들이 이화루에 가서 고하면 어쩌시려고 합니까."

나는 탁자에 놓인 병장기를 가리켰다.

"저게 뭔 거 같아?"

"검이랑 채찍이네요. 피 묻은 낫도 있고요."

"그 말은 뭐겠어?"

"모르겠습니다."

"전쟁 준비가 끝났다는 말이야. 이 새끼야."

젊은 사내는 그제야 나를 미친놈 보듯이 바라봤다.

"하여간."

"예."

"너희 셋도 복수라는 것에 마음이 살랑살랑 흔들려서 가만히 못 있겠으면 조가 놈들이랑 같이 와라. 우리 둘의 건곤일척 승부는 그때 펼치는 걸로 하자. 그때 내가 자비 없는 강호의 참모습을 보여주마."

숙수 지망생이 대꾸했다.

"저는 그 승부 사양하겠습니다. 그나저나 형님, 제 소개가 늦었습니다."

"시끄럽고 꺼져라."

"예."

꺼지라는 말에도 불구하고 숙수 지망생은 걸레를 정리하고 청소 도구를 본래 위치에 놓은 후에 객잔 앞에서 고개를 숙였다.

"제가 다음에 계두국수 한번 시원하게 말아보겠습니다."

"말아먹은 네 인생이나 어떻게 좀 해봐라."

"아, 알겠습니다. 그럼 편히 쉬십시오."

숙수 지망생이 어둠을 향해 달리기 시작했다. 잠시 후 조이결을 구덩이에 묻은 놈들도 사라지자, 다시 자하객잔이 고요해졌다. 이런 밤에는 계두국수를 먹으면 딱 좋은데 말이다.

"쩝…"

문득 나는 객잔 바깥의 어둠을 바라보면서 말했다.

"쥐새끼냐?"

* * *

어둠 속에서 한쪽 눈에 안대를 착용한 쥐새끼가 걸어 나오면서 대꾸했다.

"이제 어쩌시려고 그럽니까?"

나는 차성태의 안대를 바라봤다.

"눈 멀쩡하다며?"

차성태가 자신의 안대를 가리켰다.

"심리전입니다."

"겉멋이 아니고?"

"모략의 일부죠. 한쪽 눈을 다쳤다고 보고한 다음에 의원이 있는 곳으로 빠져서 사태를 관망했습니다. 안 그랬으면 저도 여기서 땅을 파고 있었겠지요. 제가 이렇게 눈치가 빠르고 쓸모가 있는 놈입니다. 아시겠어요?"

"훌륭하다."

"감사합니다. 살아남으려면 어쩔 수 없지요. 그나저나 앞으로 어찌하실 겁니까. 이대로 조일섬을 치겠습니까? 아니면 여기서 기다리실 겁니까?"

"내 말은 확실하게 전했냐?"

"어떤 말씀을 하셨죠. 잘 못 들었습니다."

"내 밑으로 들어오면 살려주겠다고 했던 거 같은데, 조이결이 칼을 들고 찾아왔네."

"그러게 말입니다."

"수하들에게 시켜서 호기롭게 자신의 무덤도 파고 말이야. 결과는 보다시피 이렇다. 조일섬이라고 다를까?"

"조일섬은 가장 음흉하지 않습니까. 욕먹는 일은 막내에게 맡기고, 칼 쓰는 일은 둘째에게 맡긴 것 좀 보십시오. 뭔가 불쾌함을 느끼고 숨어있다가 흑묘방에게 보고를 하고도 남을 놈입니다. 음흉함으로 따지면 일양현에서 첫째지요. 괜히 기루 셋을 차지해서 떵떵거리고 사는 게 아닙니다. 일양현에서 가장 악질이 조일섬입니다."

"성태야."

"예."

나는 어두워진 거리를 바라보면서 말했다.

"탕초리척 좀 사 와라."

"왜요?"

"술은 있는데 술안주가 없다."

"갑자기요? 조일섬 이야기하다가…"

"걔는 죽었다고 생각해."

"아직 살아있지 않습니까."

"내 눈 밖에 나면 변사체다. 조일섬이라고 다르겠냐? 저렇게 두면 일양현만 피폐해질 거다. 죽여야겠다."

막내에겐 인신매매를 시키고, 둘째에겐 살인교사를 시키는 놈이었으니 그냥 죽일 생각이었다. 길게 보면 일양현을 통째로 흑묘방에 바치는 놈들이기도 하다. 차성태가 어리둥절한 표정으로 물었다.

"그나저나 객잔에 술안주가 없어요? 웃긴 객잔이네. 다녀올 테니까 돈 주세요."

나는 고개를 저었다.

"없어."

차성태가 떨떠름한 표정으로 고개를 돌리더니 짤막하게 한숨을 내쉬었다.

"자하객잔에는 뭐가 있습니까."

"아무것도 없다. 반찬 좀 남은 거는 내가 비빔밥 만들어서 먹었고."

"예전에 계두국수 맛집으로 소문이 났었는데 어쩌다 이렇게 추락했습니까. 추하게 추락했네. 탕초리척하고 또 뭐요?"

말투에 좀 가시가 돋아있었다. 하긴, 매화루의 지배인쯤 되던 녀석이 점소이의 심부름을 하는 것이 못마땅하긴 할 터였다. 차성태를 존중해 주는 의미로 이렇게 대꾸했다.

"나는 탕초리척이면 됐고. 나머지는 네가 좋아하는 안주로 사 와. 넉넉하게 사 와라. 남으면 내일도 먹게."

배려심, 지렸다.

"넉넉하게 사 오겠습니다."

나는 차성태가 툴툴대면서 걸어가는 것을 보자마자 싸늘한 어조로 말했다.

"성태야."

"왜요."

"걸어가니? 산책 가니? 기어가니? 거북이 가니?"

"에이씨!"

차성태가 욕을 속으로 삼키면서 어디론가 뛰어갔다.

'저 씨벌 새끼.'

차성태의 얼굴이 새빨갛게 익었다. 태어나서 점소이의 심부름을 하러 가게 될 줄은 몰랐기 때문이었다. 어둠으로 사라지고 있는 차성태를 향해 말했다.

"…깽깽이 발로 가니?"

어둠 속에서 '에이씨'라는 절반의 욕지거리가 정적을 깨뜨렸다.

11.
관운장이세요?

탁자에 배달로 가져온 술안주가 가득한 와중에 내가 말했다.

"많이 먹어라. 네 귀한 돈으로 사 온 건데. 어린 처자들 일 시켜서 번 돈이구나. 아닌가? 아, 삼품 두강주를 일품 두강주로 속인 귀한 돈으로 사 온 거구나. 우리 매화루 지배인, 많이 처먹으시라고."

"예예, 이미 많이 먹고 있습니다."

"안주에 독은 없지?"

"같이 먹고 있잖아요. 의심병 환자세요?"

"그렇군."

차성태가 사 온 안주에 술을 벌써 두 단지나 비우고 있었다. 나도 술을 잘 마시지만, 차성태도 술이 쭉쭉 들어가는 편이었다. 심각하게 난폭한 분위기로 안주와 술을 폭행하듯이 먹어 치웠다. 차성태는 자존심이 상한 터라 술이 쭉쭉 들어갔고, 나는 지금 너무 마른 편이었기 때문에 과도하게 먹었다. 살이 찌면 외공을 수련하면 된다. 완벽한 해결방책이 있었기 때문에 나는 돼지처럼 먹었다. 나는 급하게 처리할 일을 마무리 지은 다음부터는 무공 수련에 매진할 생각이었다. 차성태가 안주를 집어 먹으면서 말했다.

"조이결이 죽고 조일섬도 죽으면 흑묘방이 어찌 나올 것인지 걱정이 됩니다."

"걱정되면 무공을 수련해라, 이 새끼야. 주둥아리로만 맨날 걱정됩니다, 우려가 됩니다, 이걸 어쩌죠, 저걸 어쩌죠, 이 지랄 하지 말고. 단전에 걱정을 쌓아뒀나. 뭔 걱정이 그렇게 병신같이 많아?"

차성태도 성질이 있는 남자다. 내가 계속 갈구자, 표정이 변하기 시작하더니 엇나가는 젊은 청춘처럼 대꾸했다.

"너 씨발 누구야? 너 자하 아니지 이 새끼야. 인피면구 벗어봐."

내 한쪽 손이 올라가자, 차성태가 급히 어조를 바꿨다.

"하여간 알겠습니다. 이 개 같은 흑묘방과 시비가 붙으면 뭐 그냥 싹 다 죽여버리면 되겠지요. 무공 수련도 더 열심히 하겠습니다."

"네 실력으로 감당이 돼?"

"그럼 우리 자하 씨는 감당이 되십니까?"

자하 씨라는 말에 나는 절로 미소가 감돌았다. 점소이 시절이라서 그런 것일까. 차성태의 태도가 새삼스럽게 내 처지를 깨닫게 해줬다. 점소이라서 얕보이고 있는 것은 확실히 장점이긴 했으나, 금구소요공의 수준을 빠르게 올려놓을 필요가 있었다. 그래야 누구에게나 쉽게 얕보이고 있다는 장점이 훨씬 더 빛을 발하게 될 테니까. 술을 마시다가 차성태에게 말했다.

"이거 마시고 조일섬을 죽이고 오마. 기왕 죽여야 할 놈, 빨리 처리해야지."

"…관운장이세요? 술 마시다가 갑자기?"

술을 잔뜩 마신 와중에도 차성태가 놀란 표정으로 나를 바라봤다.

"문제는 바깥으로 나돌아 다니는 막내 조삼평인데 이놈은 어디 가서 찾지?"

"슬슬 돌아올 때 됐습니다."

"돌아오면 네가 처리할 수 있나? 너 완전 허접쓰레기잖아."

차성태가 열 받은 표정으로 대꾸했다.

"저 차성탭니다."

"어쩌라고."

"막내 정도는 제 실력으로 처리할 수 있습니다. 그런데 눈을 다쳐서 좀 어려울 것 같기도 하고요."

"하나만 해라, 이 새끼야. 처리할 수 있다는 거야, 없다는 거야. 헷갈리게."

"일단 기회를 엿보다가 기습의 묘미를 살려보겠습니다. 기습의 차성태라고 못 들어보셨습니까? 제 별호가 기습대장입니다."

"기습대장."

이렇게 유치한 별호는 나도 처음 들어봤다. 차성태가 나를 웃기려고 던진 말이었는데, 굳이 웃어주진 않았다.

"나도 흑묘방을 상대하려면 수련할 시간이 필요하다. 조일섬을 죽이면 나머지는 네가 장악할 수 있는지가 궁금해서 묻는 거다. 기루세 곳, 수습할 수 있지?"

"수습이라 하시면?"

나는 눈을 빛냈다.

"정상적으로."

"정상적이라 하시면?"

"기루에서 생계를 이어나가는 자들이 있으니 기루를 없애는 것은 불가능하고. 일하는 사람들에겐 줘야 할 돈을 정확하게 주고. 일품 가격을 받아서 삼품 술을 내주는 사기 행각은 하지 말고. 혹 몸이 아픈 자들이 있으면 돌봐주고. 고향에 돌아가고자 하는 사람이 있으면 돌려보내고. 이게 정상적인 수습이겠지."

내가 이렇게 정상적인 사람이다. 차성태의 반응이 오히려 부정적이었다.

"그것참 어려운 일이군요."

"어려워도 해야지."

"어째서죠."

"우리 기습대장께서 내 손에 기습당하는 거보단 나을 테니까."

나는 손가락으로 차성태의 안대를 가리켰다.

"네가 맡아도 여전히 여기가 개판이면 너부터 기습해서 조가 놈들 곁으로 보내주마."

차성태가 젓가락을 내려놓으면서 말했다.

"아, 더러워서 못 해먹겠네. 아니, 씨벌. 툭하면 죽인다네. 은퇴해서 산으로 들어가겠습니다."

"그러든가 말든가."

"음."

차성태에게 미끼를 던졌다.

"어쨌든 잘 수습하면 기루 세 곳을 운영하게 될 텐데 야망도 없고 배포도 작으면 어디 산동네 동굴 하나 들어가서 참선이나 하면서 살아. 산나물 먹으면서. 그리고 웬만하면 동굴 바깥으로 기어 나오지 말고."

"왜요?"

"영약 찾으러 올라갔다가 나랑 마주치면 죽여버릴라니까. 알았어? 도망갈 거면 깊은 산속 옹달샘이나 처마시면서 살아라."

나는 마지막 술을 마신 다음에 일어나서 옷을 벗었다. 차성태가 어리둥절한 표정으로 물었다.

"뭐 하십니까?"

"옷 벗어, 이 새끼야. 갈아입게."

"뭐 이런 날강도 새끼가…"

차성태가 옷을 벗으면서 말을 이어나갔다.

"조일섬 말입니다. 날강도 같은 새끼. 제 옷 입고 가서 죽여버리십시오. 이화루에 있습니다. 아무래도 그 거지 같은 복장으로 이화루에 들어가면 너무 눈에 띄겠죠? 역시 갈아입는 게 상책입니다."

나는 차성태의 옷을 주섬주섬 입으면서 말했다.

"그 장삼도 줘."

"이건 좀 비싼 옷인데요. 제가 애지중지하는 외출옷이라."

탁자 위에 있는 채찍을 붙잡자, 차성태가 장삼을 재빠르게 건넸다.

"예쁘게 입으세요."

나는 본래 잘 차려입고 다니는 차성태의 의복으로 갈아입은 후에 허리에 용편을 둘렀다. 허리를 세 번 정도 휘감으니 용편은 그대로 허리띠가 되었다. 위에 장삼을 걸치고 있었기 때문에 병장기라는 느낌은 주지 않았다. 양팔을 벌린 내가 차성태에게 물었다.

"어때?"

"어이구, 멋지십니다. 점소이인데 점소이가 아닌 것 같은 그런 느낌적인 느낌이에요. 이제 보니 인물이 훤하셨네. 우리 자하객잔 점소이가 옷을 개방의 거지새끼마냥 입어서 거지처럼 보였던 거였구면. 이야, 옷이 날개였네! 아주 그냥 선녀 날개…"

나는 차성태의 머리통을 후려쳤다.

"적당히 해라."

"예."

"이 새끼는 조금만 풀어주면 비꼬는 게 습관처럼 나오네. 매를 버는 깨달음을 얻으셨나."

"그만 때립시다."

이 말을 들으니 또 때리고 싶어지는 것이 인지상정. 또 때렸다. 그제야 차성태가 반성의 어조로 말했다.

"제가 조심하겠습니다. 그런데 혼자 가서 조일섬을 죽일 수 있겠습니까? 수하가 많을 텐데요."

"수하를 왜 죽여. 가능하면 조일섬만 죽여야지. 다 동네 사람들인데. 뭐 싸우다가 죽으면 어쩔 수 없고."

내가 객잔을 나서서 이화루로 향하자, 차성태가 놀란 어조로 말했다.

"아니, 술이라도 좀 깨고 가지."

"술 냄새도 나고. 옷도 잘 차려입었고. 돈도 없고. 기루 가기에 딱 좋은 날이다."

'돈이 없는데 왜 기루에 가니 미친놈아.'

차성태는 이 말을 입 밖으로 내뱉으면 점소이가 다시 돌아올 것 같아서 속으로 삼켰다. 차성태는 점소이가 어두컴컴한 길로 사라지자, 작은 목소리로 말했다.

"무운을 빈다. 이자하, 이 씨벌 놈아."

문득 차성태는 홀로 남은 자하객잔에서 술을 한 잔 마시다가 객잔을 이리저리 둘러봤다. 새삼스럽게 자신이 점소이가 된 이 불길한 느낌은 무엇일까. 말실수했다고 머리통을 맞은 것도 그렇고 하필이면 복장도 점소이였다.

"이렇게 또 오늘 내가 하나를 배웁니다."

차성태는 매화루로 돌아가기 위해 일어섰다가 도로 앉았다. 이대로는 쪽팔려서 갈 수가 없었다. 문득 차성태가 이마를 부여잡았다. 생각해 보니 꿍쳐둔 돈을 넣은 전낭이 장삼 안주머니에 들어있었다.

"제기랄."

* * *

나는 이화루의 정문에 도착해서 문지기를 노려봤다. 문지기의 시선이 내 몸을 위아래로 훑다가 눈을 마주쳤다. 내가 일부러 미간을 좁힌 채로 노려보자, 문지기가 시선을 내리면서 말했다.

"어서 오십시오."

문지기는 내가 제법 훌륭한 복장에 허리에는 검까지 차고 있었으니 주눅이 들 수밖에 없는 상황. 나는 그대로 이화루로 들어가지 않고 뿔난 어조로 말했다.

"안에 조일섬 루주 있나."

그제야 잔뜩 놀란 문지기가 고개를 숙이면서 말했다.

"계십니다. 어디서 오셨습니까."

"흑묘방의 이자하 전령이다. 조일섬에게 안내해라."

"이자하?"

문지기가 고개를 들어서 눈을 마주치려는 순간, 내 손이 문지기의 뺨으로 날아갔다.

"안내해, 새끼야. 바쁘니까. 잡소리 주절대지 말고."

"죄송합니다."

뺨을 한 대 맞은 문지기가 그대로 돌아서더니 문을 열었다. 이어서 안내인을 붙잡고 속삭였다.

"흑묘방에서 오셨습니다. 루주님에게 안내를."

나는 일부러 만나는 사람마다 때려죽일 것 같은 눈빛으로 바라봤다. 여기에 흑묘방에서 왔다는 이야기가 더해져서 대부분 내 시선을 피했다. 그들이 볼 수 있는 것은 내 가슴께 아랫부분이고, 그곳에는 제법 값비싸 보이는 장삼과 용머리 장식을 한 장검이 보일 터였다. 다시 말하지만, 용두철방의 손잡이 장식은 매우 과하다. 과하다는 것은 얼핏 봤을 때 값비싸 보이는 효과가 있었다.

"루주님께 말씀드리겠습니다. 잠시만 기다려 주십시오."

"빨리 나오라고 해. 불 지르기 전에."

"예."

안내인을 따라 이화루의 맨 꼭대기에 오르니 널찍한 연회장소가
나왔다. 그 너머에 마치 문파의 장문인이나 세가의 수장들이나 앉을
법한 과한 태사의가 놓여있었다.

'방파를 만들고 싶어서 안달이 났군.'

연회장소를 구경하다가 대기 중인 시비들에게 말했다.

"루주와 둘이 이야기할 것이니 얼쩡대지 말고 나가라."

"알겠습니다."

시비들이 사라지자마자, 나는 태사의에 앉아서 조일섬을 기다렸
다. 점소이 시절에는 단둘이 이야기해 본 적도 없고 가끔 스쳐 지나
갈 때마다 눈도 제대로 볼 수 없었던 놈이 조일섬이다. 지금은 태사
의에 앉아서 조일섬을 기다리고 있으니 감회가 새로웠다.

'이놈은 육중했던 걸로 기억하는데.'

태생적으로 뼈가 굵고 덩치가 커서 웬만한 사내들을 압도하는 자
들이 있는데 조일섬이 그런 놈이었다. 잠시 후 발걸음 소리가 들리
더니 불쾌한 표정을 지은 조일섬이 옷매무시를 가다듬으면서 등장
했다. 어쩐지 오랜만에 만나는 조일섬의 덩치는 기억하고 있었던 것
보다는 훨씬 작아진 상태였다. 조일섬이 나를 살피면서 말했다.

"처음 뵙는 분이신데."

이 늦은 시간에 예고도 없이 찾아온 것, 태사의에 앉아있는 것, 자
신이 왔는데도 일어나지 않은 채로 노려보는 눈빛까지 전부 조일섬
을 당황하게 했다. 내 첫마디는 이랬다.

"조일섬."

"예."

"못생긴 면상에 기름 줄줄 흐르는 이 난폭한 돼지 새끼. 오랜만이군."

"허어, 허허허허허…"

조일섬이 고개를 갸웃하면서 어디론가 걸어갔다.

"통성명부터 하시지요. 다짜고짜 그게 무슨 모욕적인 말씀이신지. 아, 양해 부탁드리오. 급하게 나오느라."

조일섬은 말을 하는 와중에 벽에 걸려있는 장검을 붙잡아서 돌아섰다. 조심성이 몸에 배어있는 사내였다.

"아시겠지만 내가 조일섬이외다. 소개가 늦었소."

소개를 바란다는 것처럼 조일섬이 나를 바라봤다. 나는 조일섬의 반응이 궁금해서 이렇게 소개해 봤다.

"나는 백유白酉다."

"백유? 실례지만 흑묘방에서 위치가 어찌 되는지."

나는 엷은 미소를 지었다.

"누가 나더러 흑묘방이라더냐."

"그렇게 보고를 받았는데."

십이신장에 대한 조일섬의 반응이 궁금해서 내 정체를 이렇게 소개했다.

"잘 들어라. 나는 십이신장의 백유다."

"예?"

조일섬이 눈을 크게 뜨더니 엉거주춤한 자세로 한쪽 무릎을 꿇었다.

"조일섬이 십이신장의 백유 님을 뵙습니다."

와, 이게 먹혔다고? 그냥 던진 말인데 조일섬이 무릎을 꿇었다. 그래도 이 동네에서는 십이신장이 무섭기는 한 모양이었다.

12.
청소 안 해서
죽은 사람이 있다며?

십이신장은 제각각 무공의 높고 낮음이 다르지만 어쨌든 흑묘방주와는 동급이다. 조일섬은 고개도 들지 못하고 있었다.

'십이신장이 대체 여길 왜…'

백유라는 이름을 듣자마자 흑묘방주를 대하듯이 맞이하는 것이 마땅했다. 특히 백유라는 고수는 조일섬에게 실로 난감한 상대였다. 근래 자신이 십이신장의 흑묘黑卯(검은 토끼)에게 달라붙고 있었으니, 가장 사이가 안 좋은 백유가 당연히 불쾌하게 여길 수 있는 상황이었다. 이런 사정을 알면서도 조일섬의 위계가 낮아서 직접 백유를 본 적이 없다는 점이 문제였다. 조일섬의 생각이 복잡해졌다.

"…하명하실 일이 있으셔서 오셨는지요?"

"있지."

"얼마든지 말씀하십시오."

"자결해라."

조일섬은 이를 악문 채로 대답하지 않았다. 아무리 상대가 십이신장이라 해도 이런 명령을 누가 받아들이겠는가. 조일섬이 말했다.

"다짜고짜 그렇게 말씀하시면…"

"농담이고."

"음."

나는 슬쩍 웃으면서 말을 이어나갔다.

"십이신장은 사실 거짓말이고. 나는 일양현 사람이야. 루주, 왜 이렇게 잘 속아?"

고개를 치켜든 조일섬의 표정이 단박에 돌변했다.

"일양현 사람?"

조일섬은 일양현 사람이라는 말에 긴장이 풀리면서 동시에 분노의 감정이 차올랐다. 나는 조일섬과 눈을 진득하게 마주치면서 말했다.

"가물가물한 모양이군. 가까이 와서 봐라. 나다."

조일섬은 검을 쥔 채로 다가오면서 내 얼굴을 찬찬히 살폈다. 그의 변화무쌍한 표정이 실로 볼만했다. 처음에는 '설마'라는 감정이 스쳤고 이어서 '분노'라는 감정이 순식간에 얼굴을 뒤덮었다. 조일섬이 천천히 검을 뽑으면서 말했다.

"너 혹시 그 자하객잔… 점소이 새끼냐?"

나는 미소와 함께 대답했다.

"용케 알아보는군. 언제 지나가다가 맛없는 국수 한 그릇이라도 했었나? 계두국수 맛이 어떠하더냐. 조일섬 나으리."

그제야 조일섬은 불길한 생각이 뇌리를 스쳤다.

"내 아우는?"

"네 아우가 뭐."

"널 죽이겠다고 나갔는데 어찌 됐느냔 말이다."

나는 딱딱한 표정으로 말했다.

"왔었지."

"말해라."

"국수 먹으러 온 것은 아니었고. 뭐라 씨불여 대던데 기억이 잘 안 나네. 아, 생각났다. 갑자기 자신의 무덤을 분위기 잡으면서 파더군. 네 아우가 자하객잔에 와서 왜 자신의 무덤을 팠는지는 나도 알 수 없는 노릇이다. 궁금하면 저승에 가서 아우에게 물어보도록 해. 나한테 묻지 말고."

분노한 조일섬이 거리를 좁히자마자, 내 얼굴을 향해 검을 내질렀다. 반격을 대비한 것처럼 보이는 안정적인 찌르기였다. 나는 검을 뽑아서 조일섬의 검을 튕겨냈다. 챙- 소리와 함께 불꽃이 터졌다. 두 개의 검이 부딪치자, '싸움'의 정보가 각자의 팔에 전해졌다. 근육과 내공, 속도와 검의 강도까지.

조일섬은 약 이십 년 정도 검을 휘두른 서른 후반의 검객. 정식으로 무공을 배운 적이 없었기 때문에 사람을 직접 죽이면서 익힌 실전 형태의 검법을 사용했다. 한계가 명확한 검법이었던 것. 내 눈에는 외공과 조잡한 내공을 조합한 검법처럼 보였다. 하지만 사람을 꽤 많이 죽여본 경험이 있었기 때문에 살기는 충분히 흉흉했다.

그러나 드넓은 강호의 수준으로 따지면 삼류 검법이라는 것이 내 평가였다. 더군다나 나는 금구소요공의 일 단계인 목계에만 진입했는데도 불구하고 정순한 내공은 조일섬보다 훨씬 깊었다. 애초에 천옥을 기반으로 한 내공이 단전에 머물러 있었기 때문에 조일섬과는 근본이 달랐다. 싸움 실력, 경험, 공방전에 대한 대처는 말할 것도 없다.

"자결하는 게 나았을 것인데."

나는 무뚝뚝한 표정으로 반격에 나섰다. 꽤 넓은 연회장에서 두 개의 검이 부딪치면서 조일섬과 내가 거리를 좁혔다가 벌리기를 반복했다. 시시각각 조일섬의 표정이 어두워졌다. 언제 이런 검법을 익혔느냐는 의아함과 '정보'를 바탕으로 한 본능이 어서 도망치라고 경고하고 있었다. 본래 객잔의 점소이가 이런 식으로 자신과 어우러질 가능성은 전혀 없었기 때문에 당혹스러운 순간이었다. 조일섬이 내 내공에 밀려서 거리를 벌리는 순간, 나는 쥐고 있는 검을 돌멩이처럼 미련 없이 집어 던졌다.

휘이익!

화들짝 놀란 조일섬이 거세게 날아오는 검을 겨우 쳐내는 순간, 나는 허리춤에서 끌러낸 채찍을 날려서 조일섬의 검 손잡이를 휘감았다. 채찍을 쥐고 있는 팔에 목계의 공력을 주입하자, 조일섬이 도살장으로 오는 돼지처럼 끌려왔다. 그 순간, 도주를 선택한 조일섬이 검을 놓자마자 몸을 회전하더니 입구를 향해 경공을 펼쳤다.

그 속도보다 재차 날아가는 내 채찍이 더 빨랐다. 나는 조일섬의 허리를 채찍으로 휘감아서 당기는 와중에 내 몸을 회전시키면서 채찍의 길이가 짧아지게 만들었다. 순식간에 거리가 가까워지자, 돌아선 조일섬이 쌍장을 내질렀다. 이때, 나는 목계지木鷄指의 수법으로 쌍장을 찔렀다.

내공의 고하에 따라 내 손가락이 부러지거나, 조일섬의 장력이 꿰뚫려서 그가 내상을 입거나 둘 중 하나다. 당연하게도 가죽이 단박에 뚫리는 소리가 터지더니, 조일섬이 뒤로 연거푸 물러나면서 시커먼 피를 토해냈다. 도저히 믿기지 않는다는 표정으로 말했다.

"네가 어찌 이런…"

"무공을 익혔느냐고?"

나는 채찍에 다시 금구소요공의 공력을 주입해서 휘둘렀다. 내상을 입은 조일섬이 양손을 마구잡이로 흔들면서 저항했으나, 날아오는 채찍을 효율적으로 막을 방법은 없었다. 채찍이 움직일 때마다 조일섬의 몸에 붉은 선이 새겨졌다. 조일섬은 맞으면서도 소리를 버럭 내질렀다.

"자하야! 이 씨발 자하야. 잠깐만!"

나는 채찍으로 조일섬의 목을 휘감은 다음에 끌어당겨서 목계장력木鷄掌力을 그의 이마에 쏟아냈다. 퍽! 소리에 이어서 목뼈 부러지는 소리가 뒤따랐다. 조일섬의 육중한 몸이 바닥으로 허물어지자, 이화루 전체가 한차례 들썩였다.

쿵!

조일섬의 죽음에는 별 감흥이 없었다. 조일섬이 즉사한 것을 확인한 다음에 흑룡검을 주웠다. 복도에 조일섬의 호위들이 잔뜩 몰려온 상태였으나 이들은 섣불리 진입할 수가 없었다. 나는 검과 채찍을 든 상태에서 문 앞에 대고 말했다.

"문 열어라."

드르륵- 소리와 함께 문이 열리자, 박도를 쥔 무인들이 살기에 휩싸인 채로 대기하고 있었다. 이들이 진입하지 못한 이유는 간단하다. 보고에 따르면 조일섬과 흑묘방의 고수가 싸웠기 때문이다. 이들이 보기에도 어느 쪽의 말을 들어야 하는지 알기 어려운 상황. 판단이 어려우면 자신의 안위를 조금 더 신경 쓰기 마련일 터.

당장은 조일섬 루주가 무서워 보여도, 그 무서운 조씨 삼 형제 모두가 연일 흑묘방의 고수를 초청해 접대를 했다는 것을 잘 알고 있었기 때문이다. 아직 방파라는 울타리 안에 가둬둔 자들도 아닌 동네 오합지졸이기도 했다. 나도 이들의 이런 심리를 어렵지 않게 읽었다. 몇 명을 노려보자, 다들 시선을 회피했다. 나는 살인의 이유를 흑묘방에서 내려온 명령이라고 밝혔다.

"방주님의 생각이 바뀌어서 일양현에서는 방파 설립을 보류하게 되었다. 조가 놈은 본보기로 삼았으니 재차 방파 설립에 대한 요구를 섣불리 한다면 모두 저렇게 될 줄 알아라. 비켜라. 죽기 싫으면."

복도를 가득 채우고 있었던 인원들이 좌우의 벽에 달라붙으면서 길을 열었다. 일부는 입구로 가서 시체가 된 조일섬을 살펴보고 있었다. 나는 복도를 걸으면서 다음 명령을 전달했다.

"기루에서 벌어지는 일은 당분간 매화루의 차성태에게 보고해."

복도 끝에 도착한 내가 돌아보자, 여기저기에서 기어들어 가는 대답이 흘러나왔다.

"알겠습니다."

"장례는 최대한 간소하게 치르고. 기루 세 곳에서 불쌍한 인생들 굴려가려면서 돈을 얌체처럼 벌어들였으니 저승 노잣돈은 충분하겠지."

내가 돌아서는 순간, 누군가가 이렇게 말했다.

"너 자하객잔 점소이 아니냐."

동료들에게 들으라는 것처럼 또박또박 내뱉은 말이었다.

"…!"

침묵 다음에는 웅성거림이 이어졌다. 나는 멈춰 서있고, 박도를 쥔 무인들이 고개를 하나둘씩 들더니 내 등을 노려봤다.

"자하객잔 점소이? 정말이냐?"

"분명합니다. 복장이 바뀌었을 뿐이죠. 종종 봐서 잘 압니다."

누군가가 날 알아본 모양이다. 나는 목을 좌우로 꺾으면서 돌아섰다. 이제 다들 내 얼굴과 눈을 바라보고 있었다. 나는 이들을 바라보면서 씨익 웃었다.

"맞다. 어쩔 테냐? 점소이라고 하니까 갑자기 용기가 치솟아? 죽을 놈은 앞으로 나와라."

당연하게도 나오는 놈이 없었다.

"저승까지 따라가서 조일섬의 발등을 핥고 싶은 놈은 나오라고. 죽여주마. 저승에서도 개처럼 복종하기 위해서 따라왔다고 하면 조가 놈들이 개처럼 예뻐해 주겠지. 개새끼들아. 없어?"

복도에 늘어선 자들만 서른 명이 넘는다. 그럼에도 불구하고 용기있게 나서는 놈이 없었다. 나는 무방비 상태로 재차 물었다.

"주인 잃은 개새끼들이 꼬리를 마는구나."

복수를 할 수 있는 용기가 있는 자들이었다면 애초에 기루에 붙어서 먹고살진 않았을 것이다. 누군가가 이렇게 물었다.

"왜 갑자기 루주님을 죽였지?"

"왜?"

나는 이들에게 변명할 필요가 없다.

"그런 이유는 조일섬에게 물어보는 게 어때? 궁금한 사람은 언제든지 찾아오라고. 나 어디 안 가니까."

돌아섰으나 움직이는 사람이 없었다. 어차피 내 등을 노리고 덤벼도 조씨 삼 형제만도 못한 놈들의 기습이 통할 리가 없었다.

* * *

내가 돌아오자, 차성태가 놀란 눈으로 귀신을 만난 것처럼 딸꾹질을 했다.

"헉? 조일섬은요?"

"승천했다."

"거짓말!"

술에 취한 차성태가 벌떡 일어나더니 이화루로 다짜고짜 달려가기 시작했다. 차성태에겐 놀라운 소식이다. 내가 도로 앉아서 다 식은 술안주를 먹으면서 술을 일곱 잔째 마셨을 때, 가쁜 숨을 내뱉으면서 차성태가 도착하더니 고개를 절레절레 저었다.

"난리가 났네. 난리가 났어. 조일섬이 죽었어요! 조일섬이!"

"취했나?"

"아 갑자기 뛰니까 술기운이 확 올라오네."

차성태가 자리에 앉으면서 말을 이어나갔다.

"아니, 그런데 다른 놈은 아무도 안 죽었다면서요? 어떻게 조일섬만 죽였지?"

나는 손가락으로 차성태를 가리키면서 말했다.

"기루 세 곳, 똑바로 관리해라."

"말 안 들을 것 같은 놈들이 좀 있긴 한데 어쨌든 알겠습니다. 뭐 그 정도는 제게 맡겨주십시오."

차성태와 동급인 사내들이 두 명 더 있었는데, 차성태는 늘 자신이 이놈들보다 강하다고 생각했다. 삽시간에 매화루주와 이화루주가 죽고 이제 남은 것은 막내이자 기녀 공급책인 시화루주뿐이었다. 차성태가 물었다.

"이제 뭐 하시렵니까."

"인신매매범도 죽여야지."

"제가 바로 알려드리겠습니다."

그때까지는 당연히 수련을 할 생각이었는데 이를 차성태에게 말할 필요는 없었다. 자하객잔에서 수련을 하든지, 잠시 자리를 비워서 조용한 산으로 들어갈 수도 있었다. 지금 내게 필요한 것은 검법과 같은 병장기류 수련이 아니라 오로지 단전에 대기 중인 병력을 끌어다 쓸 수 있는 내공심법이 가장 중요했다. 며칠 정도는 일양현의 상태를 조용히 지켜보다가 잠시간의 은거를 택할지 이곳에서 수련을 이어나갈지를 결정할 생각이었다. 내가 난장판이 된 식탁 위를 바라보면서 말했다.

"너 이거 치우고 가라."

차성태는 무슨 말을 하려다 입을 다물었다. 싫다고 하면 바로 처맞을 게 뻔했기 때문이다. 대신에 좋은 생각을 떠올린 차성태가 조심스럽게 말했다.

"청소로 유명한 친구들 좀 보내드리겠습니다. 일양현에서 청소로
는 세 손가락 안에 드는 놈들입니다. 저기 담벼락에 붙은 풀도 좀 떼
어내고, 먼지도 털고요. 바닥이 이게 뭡니까? 주방도 엉망이죠? 이
러니 장사가 안됐지. 바로 보낼 테니 기다리고 계셔."

"청소 안 해서 죽은 사람 이야기 들어봤어?"

"그런 이야기가 있었어요?"

"일양현에만 내려오는 괴담인데."

"그런 괴담이 있었나요? 절대 모르겠네. 일단 탁자는 제가 치우고
가겠습니다. 차라리 그냥 매화루에서 머무는 게 어때요. 여기보다
잠자리도 편하고 호위들도 있는데…"

나는 대꾸하지 않은 채로 골방으로 들어가 가부좌를 틀었다. 차성
태가 한숨을 내쉬다가 걸레를 찾아서 두리번거렸다.

'씨벌 새끼. 이 차성태한테 청소를 시켜? 허.'

차성태는 어쩔 수 없이 걸레질을 했다.

13.
견디기 힘든
냄새가 났다

내가 익히고 있는 금구소요공은 기성자記性子라는 고수가 만든 무공으로 본래는 싸움닭을 훈련시키는 방법에서 출발한 괴이한 무공이다. 기성자는 실력이 뛰어난 고수이긴 했으나, 옛 현인들이 그렇듯이 강호를 주유하면서 실력을 과시하듯이 뽐내던 사내는 아니었다. 보통 도가 계열의 고수들은 남을 해치려고 무공을 익힌 것이 아니라 본인의 장생불사를 바라고 익혔기 때문에 그렇다.

어쨌든 기성자는 주나라 선왕 앞에서도 주눅이 들지 않는 고수였는데, 그가 남긴 금구소요공을 제대로 익힌 후인은 드물었다. 대성하는 것이 극히 어렵기 때문이다. 왜냐하면 금구소요공의 궁극은 장생불사이기 때문이다. 강호인의 편협한 시각으로 좁혀 말하면 도검불침刀劍不侵의 경지다. 즉 도검불침을 이룬 거북이가 천하를 소요逍遙(내키는 대로 돌아다님)한다는 것이 무공의 뜻이다. 이런 금구소요공은 총 다섯 단계로 되어있다.

목계木鷄(나무 닭).

염계炎鷄(불을 내뿜는 닭).

투계鬪鷄(싸우는 닭).

초계超鷄(초월 닭).

금구金龜(강철의 거북이).

단계마다 비기祕技가 하나씩 존재하고, 세부적으로는 장법과 도법이 있다. 내가 기억을 잃은 것은 아니었기 때문에 내공의 경지로 나뉘는 심법에만 집중하면 되는 상황이었다. 나는 처음 이 분류를 알았을 때 당황했었다. 왜 닭이 깨달음을 얻으면 스스로의 한계를 초월해서 강철의 거북이金龜가 되는 것일까…

기성자의 본래 취미는 싸움닭을 만드는 것이었다는데, 아마도 그는 강호인들이나 싸움닭이나 비슷하다고 여긴 모양이다. 내가 강호인을 미친 원숭이라고 생각하는 것처럼 말이다. 어쨌든 미친 원숭이나 싸움닭이나, 내 입장에서는 마찬가지여서 이런 분류가 마음에 들었다.

목계에서는 온전하게 마음을 다스리는 부동심不動心에 집중하는 것을 핵심으로 여겼기 때문에 나도 주화입마를 해결할 때 이를 적극적으로 활용했다. 두 번째 단계인 염계부터는 내공을 주입하면 손이든 병장기든 간에 열기에 휩싸인다. 본래 금구소요공이 극양의 내공을 바탕으로 하는 무공이기 때문이다. 실제로 나는 염계 단계를 돌파했을 때부터 악명을 얻기 시작했고, 투계에 이르렀을 때는 고수라는 말에 어울리는 실력을 얻었다. 정확한 내 실력을 말하자면, 초계는 뚫었으나 금구의 경지를 정복하지 못한 채로 강호에서 지랄을 떨다가 다시 과거로 돌아온 것이 개인적인 강호사江湖史라 하겠다.

초계는 호흡이 자유롭고, 노니는 것에 거침이 없으며, 법칙대로 싸우는 것이 아니라 법칙을 자유자재로 변환해서 싸우는 경지다. 나는 항상 마지막 단계인 금구의 경지에 오르기 위해 부단히 노력했다. 그러나 멀쩡한 인간의 몸에 칼과 창이 박히지 않는다는 게 말이 안 되는 것처럼 금구 단계에 도달하는 것은 그야말로 힘겹고 지겨운 과정이었다.

그러나 이번에는 다르다. 예감일 뿐이었으나 느낌이 매우 좋기 때문이다. 골방에서 겨우 일 단계의 일주천을 십여 차례 반복했을 뿐인데, 목계의 수준이 놀랍도록 빠르게 상승하고 있었다. 시간만 넉넉하게 주어진다면, 금세 염계에 진입할 수 있는 기세와 속도였다. 나는 골방에 틀어박힌 채로 무자비하게 일주천을 반복하다가 눈을 떴다.

어느새 다시 새벽이었다. 자하객잔 주변이 실로 고요하게 느껴졌다. 혈맥 곳곳에 진기가 돌아다니기 시작하면 오감이 더욱 발달한다. 나는 오감에 기대어 주변에 인기척은 없는지, 누군가의 호흡 소리는 없는지를 확인한 다음에 휴식을 취하기 위해 가수면 상태에 접어들었다. 아직 이곳에 적이 남아있었기 때문에 당분간은 편하게 잘 생각이 없었다. 가수면 상태에서 눈을 감고 있으니, 이번에는 전생의 강자들이 두서없이 계속 떠올랐다. 심지어 내가 강해지기 이전에 먼저 활동했었던 강자들까지도…

나는 이들을 생각하다가 입꼬리가 저절로 올라가는 것을 느꼈다.

조금이라도 내게 호의를 베풀었던 자들은 도와주고, 내 명백한 적들은 무자비하게 짓밟을 생각이었다. 그렇게 하려면 지금처럼 밥도 거르고, 똥도 참아가면서 지겹도록 좌선을 하는 수밖에 없었다. 내공이란 것은 사실 하루하루 똥을 참으면서 견뎌내는 인내의 시간에서만 꽃을 피운다. 비유가 이상하지만, 실제로 그렇다.

* * *

가수면으로 휴식을 취했던 나는 정오에 눈을 뜨자마자, 배고픔을 느꼈다. 어제 사 온 안주는 차성태가 어젯밤에 깨끗하게 치운 상태. 공복 때문인지, 오랜만에 내 단골집인 춘양반점의 국밥이 떠올랐다.

'국밥이나 한 그릇 해야겠다.'

문득 차성태의 장삼 안쪽을 뒤져보니, 뜬금없이 묵직한 전낭이 나왔다. 전낭의 모양이 낯선 것을 보아하니, 이것은 분명 내 것이 아니라 차성태의 전낭이었다.

'운이 좋군.'

대충 눈곱을 떼고, 세수를 한 다음에 춘양반점으로 향하면서 새삼스럽게 동네를 이리저리 살폈다. 지난밤에 조일섬과 조이결이 승천했음에도 불구하고 일양현은 아무 일도 없었다는 것처럼 조용하고 평화로웠다. 다만, 내가 조일섬을 죽였다는 소문은 간밤에 쫙 퍼진 터라, 동네 사람들은 내가 등장할 때마다 귀신을 본 것처럼 눈을 크게 뜨고 있었다. 평범한 인사를 건네는 사람도 없이 그저 다들 입을 다물고 있었다. 춘양반점에 들어가자, 주인장인 장득수張得水도 나를

... 광마회귀 I

보자마자 화들짝 놀랐다.

"어, 왔냐?"

"득수 형, 국밥."

"아, 그래. 거기 앉아라."

잠시 후에 커다란 그릇에 엄청나게 양이 많은 국밥이 나왔다. 잡다한 부속 고기와 얇게 썰어서 넣은 채소 몇 가지, 매운 양념으로 맛을 낸 이 국밥의 이름은 그냥 춘양국밥이다. 나는 일양현을 벗어난 이후로 이런 국밥을 먹어보지 못했다. 이는 중원의 음식이 아니라, 월족이 모여 사는 백월지百越地 지역에서 즐겨 먹는 국수에 그냥 밥을 섞은 것이었기 때문. 궁상을 떠는 것이 아니라, 나는 그래서 오로지 일양현의 춘양반점에서만 먹을 수 있는 국밥을 먹으면서 눈물이 살짝 날 뻔했다. 장득수가 쳐다보고 있었기 때문에 나는 이렇게 말했다.

"오늘 좀 매콤해서 그런가, 눈에 땀이 차네."

"아, 그래? 양념을 좀 많이 쳤다. 과했나?"

"딱 좋아."

장득수가 히죽 웃었다. 확실히 내가 기억하고 있었던 것보다 더 얼큰하고, 따뜻하고, 맛있는 국밥이었다. 국밥으로 배를 채우는 동안에 장득수가 속삭이듯이 물었다.

"…근데 조가 놈 죽였다며? 정말이야?"

"죽였지."

장득수가 믿기지 않는다는 것처럼 말했다.

"대체 어떻게 죽였어? 조일섬이 그래도 여기서는 가장 강했는데."

"뭘 어떻게 죽였겠어. 칼 들고 설치다가 약한 놈이 죽었지."

장득수와 내가 낄낄대면서 웃었다.

"조이결은?"

"그놈은 아예 날 죽이러 객잔으로 왔었는데 수하들에게 파놓으라고 했던 무덤으로 들어갔고."

"빌어먹을 새끼, 야밤에 사람 죽이러 다니더니 꼴좋다. 꼴좋아. 조삼평이 돌아오면 내가 반드시 연락 넣을게. 다른 가게 주인장들에게도 미리 말해놔야겠다. 이런 평화로운 동네에 어디 잡것들이 인신매매를 하지 않나. 잘 죽였다. 밥 더 주랴?"

"됐어."

내가 차성태의 전낭에서 국밥값을 꺼내서 올려놓자, 장득수의 표정에 의아함이 스쳤다.

"뭐야? 맨날 공짜로 처먹더니."

"언제 내가 맨날 공짜로 처먹었나? 가끔 돈 냈잖아."

"계두국수로 퉁 치기로 한 거 아니었나?"

나는 그제야 옛날 일이 기억나서 히죽 웃었다.

"아, 맛없어서 도저히 못 먹겠다며. 그럼 돈으로 줘야지."

"야, 네가 진짜 변하긴 했구나. 알았다. 살펴 가라."

국밥을 먹고 나와서는 일양현을 순찰하듯이 한 바퀴 돌았다. 동네 사람들의 안위를 확인하려는 의도도 있고, 내 개인적인 수련을 방해하려는 변수가 없는지를 확인하는 산책이었다. 아무래도 조삼평이 올 때까지는 별일 없을 것이라는 생각이 들었다. 다들 조가 놈들이 방파를 만들면 이번에는 정기적으로 상납금을 뜯길 것이라 생각하고 있었기 때문에 놈들이 죽은 것에 대해서는 다들 환영하고 있다는 것을 장득수를 통해 확인했다.

때문에 나는 다시 자하객잔의 골방에 틀어박혀서 금구소요공에 매달렸다. 조용한 산을 찾아서 잠시 은거를 하는 방법도 고민하긴 했으나, 변수를 생각해 보면 오히려 이 허름한 자하객잔이 더 안전하기 때문이다. 나는 온종일 내공을 쌓기 위해 심법에 매진하다가 가수면에 빠져들었고, 가끔 배가 고프면 춘양반점에 가서 국밥으로만 끼니를 해결했다.

내공 쌓고, 밥 먹고, 똥 싸고. 고수가 되는 길은 이렇게 힘들다. 정상적인 인간이 어찌 미치지 않을 수 있겠는가. 가끔 좌선 때문에 허리와 다리가 너무 굳었다는 생각이 들면, 산책을 하면서 일양현의 구석구석을 꼼꼼하게 살폈다. 이렇게 나는 '나무로 된 닭木鷄'처럼 감정을 죽인 채로 수련에만 몰두했다. 그 와중에 내공은 차곡차곡, 빠르게 쌓였다. 과거에 비하면, 내공 쌓이는 속도가 너무 빨라서 혼란스러울 정도랄까.

자하객잔에 틀어박힌 지도 어느새 이십여 일이 넘었을 무렵. 연이은 가수면 때문에 다소 몸이 피곤하긴 했으나, 나는 목계를 완전히 정복한 다음에 염계의 단계에 진입했다. 실로 기적이라 할 만한 속도였다. 물론 전생에도 혹독하게 수련했었던 것이기 때문에 성취가 빠를 수밖에 없었다. 다만, 그 수련 과정에서 내가 머무르고 있는 골방의 상태는 거지굴이 따로 없을 정도로 지저분해진 상태. 목계에서 염계로 진입하는 과정에서 쏟아진 신체의 노폐물 때문이다.

아니나 다를까, 골방에서 지옥의 냄새가 풀풀 풍겼다. 그러나 이

견디기 힘든 악취가 내겐 훌륭한 보상이었다. 그만큼 내 신체는 깨끗해졌기 때문이다. 단계를 거듭할수록 신체의 상태가 깨끗한 물처럼 맑아지기에, 이런 악취는 다시 경험하지 않아도 될 터였다.

새삼 확인해 보니 피부는 윤기가 흐르고, 머리카락은 전보다 더 부드러워졌으며 무엇보다 눈이 맑아지면서 시력이 훨씬 좋아졌다. 단계를 돌파하면서, 오감五感의 수준도 올라간 상황. 오감은 내공이나 외공 같은 힘과는 달리 상황판단, 생존과 밀접하게 관련이 되어 있는 요소여서 험난한 강호에서 살아남으려면 반드시 수준을 올릴 필요가 있었다. 주먹을 쥐고 내공을 불어넣어 보니, 등줄기가 짜릿했다.

'예상보다 훨씬 빠르게 강해졌다.'

금구소요공이 예전에는 그저 주화입마를 치료하기 좋은 무공이라 여겼었는데, 지금은 생각이 달라졌다.

'전보다 훨씬 강해질 것 같다.'

확실히 강호인은 무공의 성취가 빠르면 그 어떤 기쁨보다 만족감을 크게 느낀다. 나는 이러다가 신선이 되면 어쩌지 하는 병신 같은 걱정까지 하고 있었다. 이때, 바깥에서 차성태의 목소리가 들렸다.

"억! 이거 무슨 냄새야? 썩은 내가 진동을 하네. 으으…"

내가 골방에서 나오자, 차성태가 기절할 것처럼 놀란 표정으로 물러났다.

"똥 쌌어요? 웁…"

차성태가 금세 토를 할 것처럼 손으로 입을 막더니 자하객잔 바깥으로 뛰어나갔다.

"저 새끼는 진짜. 와…"

나도 잠시 할 말을 잊었다. 객잔 바깥에서 헛구역질을 하고 있는 차성태를 보면서 이런 생각이 들었다. 이번 생애는 저놈 괴롭히는 보람으로 살아야겠다고. 그 순간, 차성태가 우엑, 소리와 함께 토사물을 쏟아냈다.

"…"

살심殺心이라는 감정이 깊은 곳에서 샘솟는 것을 느끼면서 바깥으로 나갔다.

14.
불구경을 하러
가봤더니

차성태라는 놈은 볼 때마다 때리고 싶어진다는 점에서 마교의 광명
좌사와 호각지세다. 의식의 흐름대로 나는 잠시 광명좌사를 떠올렸
다. 보기 드문 오성으로 마교 내부에서도 승승장구했던 사내. 당시
나이는 나보다 두세 살 정도 어렸음에도 불구하고 역대 최연소 광명
좌사가 됐었던 사내였다. 좌사는 본래 마가魔家의 후예가 아니라, 교
의 외부에서 영입한 인재다.

백도 무림세가의 방계 인물이었는데, 앞서 밝혔다시피 복성을 쓰
는 처자를 여러 명이나 성추행했다는 소문이 퍼져서 공적으로 몰렸
다. 이후에는 어쩔 수 없이 마교에 투신할 수밖에 없었다. 이번 생애
에는 광명좌사가 마교에 투신하기 전에 붙잡을 생각이었다. 변태이
긴 하나, 어쨌든 무공 실력이 매우 뛰어나기 때문이다. 변태 짓은 두
들겨 패서 고쳐놓을 생각이었다.

나는 이전의 경쟁자들보다 빨리 강해져서 내가 알고 있는 강호의

인재들을 미리 접선해서 부하로 삼거나, 차성태처럼 갈구거나, 좌사처럼 노예로 부리거나 하는 식으로 일단 거둬들일 생각이었다. 그 와중에 마도, 백도, 흑도에서 갱생이 불가능한 놈은 미리미리 때려죽일 생각이었다. 당대의 강호는 희한하게도 공적으로 몰리면 마교에 투신하는 경향이 있었다. 또한 교주의 눈 밖에 난 자들은 무림맹으로 스스로 찾아가 뇌옥에 갇히는 경우도 종종 있었다. 인재들이 극과 극의 반대 진영으로 이동하는 것이 유행이었던 것.

나는 중간에서 인재를 가로채는 것을 중장기 목적으로 삼았다. 이른바 천하삼분지계天下三分之計. 무림맹과 마교가 양분하던 강호를 내가 끼어서 삼파전으로 만들 생각이었다. 어쩐지 내가 생각해도 그다지 잘 어울리는 일은 아니었으나 자고로 사내는 꿈이 커야 하는 법이다. 한바탕 토를 하고 온 차성태가 코를 막은 채로 들어왔다. 차성태가 코맹맹이 소리로 말했다.

"이 객잔 폐쇄해야겠습니다. 폐쇄 사유는 악취로 하겠소."

나는 잠시 전생의 차성태가 어찌 죽었는지에 대한 기억을 더듬어 봤다. 사실 별로 유명했던 놈이 아니라서 기억을 더듬어도 알 수 있는 게 없었다. 다만 이건 하나는 확실했다. 차성태는 아마도 저 주둥아리 때문에 어딘가에서 맞아 죽었을 것이다.

"성태야."

"어디 변명해 보시오."

"무공 수련하느라 그런 것이다. 똥을 싸지른 것이 아니고. 네깟 놈이 뭘 알겠느냐만."

"무공 수련을 하는데 똥 냄새가 이렇게 난다는 얘기는 금시초문이

외다. 거짓말하지 마시고. 일양현의 품위를 위해서 자하객잔은 오늘부로 폐쇄할 터이니 그리 알고 계시오. 아니면 내가 진짜 청소 잘하는 아이들 보낼 테니 선택하든가."

"그럼 보내주고. 일단 매화루에 같이 가자."

"왜요?"

"씻어야지."

"아, 냄새나는데 시냇물에서 씻지."

나는 코를 막고 있는 차성태를 강제로 붙잡아서 어깨동무를 했다. 그러자 차성태의 얼굴이 일그러졌다.

"읍…"

"적당히 해라."

"예."

차성태는 입으로만 숨을 쉬면서 말했다.

"어깨동무는 좀 과한 거 아니오? 우리가 뭐 친한 사이도 아니고."

"아, 열 받네."

내가 정색하자, 그제야 차성태가 움찔했다.

"죄송합니다."

나는 차성태를 노려보다가 말했다.

"옷 좀 바꿔 입자. 벗어라."

차성태가 내 눈을 똑바로 바라보면서 대꾸했다.

"야 이 새끼야. 그냥 어깨동무를 해."

나는 차성태를 한 대 때린 다음에 사이좋은 형제처럼 매화루로 향했다. 매화루에 도착하자 일전에 내게 맞았던 문지기가 손으로 코를 막으면서 말했다.

"취객은 받아도 바지에 지린 놈은 안 받습니다."

차성태가 대꾸했다.

"뒈질래? 비켜라."

내가 문지기를 바라보자, 놈은 일전에 나한테 처맞은 게 앙금으로 남아있는지 떫은 표정으로 시선을 피했다. 내 고향은 이런 게 좋다. 몇 대 좀 맞았다고 주눅이 드는 놈은 많지 않았다. 그래서 나 같은 놈이 강호에 불쑥 등장했던 것인지도 모를 일이다. 차성태와 내가 냄새를 풀풀 풍기면서 매화루에 들어서자, 오가면서 만나는 여인네들이 비명을 지르면서 도망갔다. 차성태는 그 모습이 웃겼는지, 이 상황을 즐기고 있었다.

"비켜라. 내가 똥을 쌌다. 똥을 지렸단 말이다. 히히힛."

나는 괜히 웃어주기가 싫어서 혀를 입 안에서 잔뜩 움직였다. 역시 한순간도 방심해서는 안 되는 놈이라는 생각이 들었다.

* * *

나는 물로 몇 차례 씻은 다음에 목조욕탕에 들어갔다. 뿌연 김이 피어오르는 뜨거운 물에 몸을 담그자, 피로감이 싹 사라지는 것 같았다.

"으어어어…"

도무지 의미를 알 수 없는 소리가 내 입에서 흘러나왔다. 금구소요공의 경지를 염계 단계에 올려놓은 내게 주는 선물이었다. 갑자기 목욕탕의 발이 좌우로 젖혀지더니, 커다란 수건을 손에 들고 있는 채향이가 느닷없이 등장했다.

"제가 목욕시중을 들겠습니다."

나는 욕조 안에서 다가오는 채향이를 바라보다가 손을 내저었다.

"예기가 무슨 목욕시중이냐? 됐다."

"성태 오라버니가 가라고 해서 왔어요. 목욕 끝나시면 제가 물기라도 닦아드릴게요."

"안 통하지."

"뭐가요?"

뭐긴 뭐겠어. 미인계가 안 통한다는 뜻이지.

"내가 손이 없냐 발이 없냐. 내 몸에 묻은 물기는 내가 발로도 닦을 수 있으니 수건 놓고 나가. 남녀칠세부동석은 물론이요, 저팔계와 거미 요괴들도 함께 목욕하지 않았다."

"예?"

"하물며 자하객잔 점소이와 매화루에서 인기가 가장 많다는 채향이가 욕탕에 함께 있다니 이 무슨 거지 같은 상황이야. 다음부터 그런 명령을 받으면 내가 오지 말랬다고 하고 안 오면 된다. 차성태한테는 내가 말해놓으마. 넌 예기답게 행동해라."

시키지도 않은 일을 하는 놈들이 간혹 있는데 차성태가 그랬다. 채향이가 고개를 살짝 숙이면서 대꾸했다.

"감사합니다. 그리고 일전에는 죄송했습니다."

깔끔한 사과는 받아주는 것이 인지상정.

"그래."

왜 이렇게 정중하게 나올까 하는 생각이 들었을 때, 채향이의 본심이 흘러나왔다.

"그래도 조삼평은 없애실 거죠? 궁금해서 여쭤봅니다."

"왜? 살려둘까?"

"아, 아니요. 저 조삼평한테 잡혀서 이곳으로 왔어요. 본래 고향은 이곳이 아니에요."

"돌아갈 곳이 있으면 돌아가야지."

"그렇게 안락한 곳은 아니었어요. 너무 가난했었기 때문에 돌아가기도 싫고."

"다른 기녀에게도 전해. 돌아갈 사람들은 가라고. 이게 누구 말이냐. 자하객잔 점소이 말이다."

"실력이 그렇게 좋으셨는데 그때는 왜 그렇게 맞고 계셨어요?"

자꾸 이렇게 날카로운 질문을 던지면 내가 곤란해진다. 나는 욕조의 끝부분에서 고개만 내놓은 채로 대꾸했다.

"맞아야 복수를 하지."

채향이가 피식 웃었다.

"말도 안 돼."

"군자의 복수는 십 년이 걸려도 늦지 않고, 점소이의 복수는 맞는 것부터 시작한다는 말이 있다. 너도 책 좀 많이 읽어라. 노래 연습만 하지 말고. 책을 많이 봐야 노래를 더 잘해."

"정말이에요?"

"아니, 방금 지어냈어."

채향이가 고개를 갸웃했다.

"음."

내가 손을 내저으면서 축객의 의사를 표시하자, 채향이가 몸에 두른 수건을 접어서 바닥에 내려놓더니 욕탕을 빠져나갔다.

'저 요망한 것.'

* * *

역시 미인계는 내게 안 통한다는 말씀. 위험한 순간은 이렇게 느닷없이 찾아오곤 한다. 흔히 강호에서 조심해야 하는 세 가지가 노인, 아이, 여자라는데 내 생각은 조금 다르다. 사실 노인, 아이, 여자를 빼면 건장한 사내가 남는다. 건장한 사내는 높은 확률로 강호인이 된다. 그런데 그 나머지를 조심하라고? 그 말은 즉, 그냥 전부 다 조심하라는 뜻이다.

무공이 완성될 때까지는 나도 마찬가지다. 이런 시기에 차성태의 미인계에 당해서 수련을 게을리하다 보면 결국 정상의 위치에 있는 고수들과 겨룰 때 밀리게 된다. 차성태가 그렇게 되라고 의도한 것이 아니라 이것은 인생의 오묘함이 주는 함정이라는 것이 내 결론이다. 어쨌든 지금은 그럴 때가 아니다.

몸을 깨끗하게 씻은 다음에 새 옷으로 갈아입고 나오자, 나를 바라보는 사람들의 시선이 예전과는 조금 달라졌다. 심지어 내가 그 자하객잔의 점소이일 것이라고 생각하지 않는 사람들도 있었다. 젊은 시절에 무공이 강해지면 외모와 인상이 변한다. 예전에는 늙어가면서 무공이 강해졌기 때문에 몰랐던 사실이다.

··· 광마회귀 I

내가 전보다 조금 잘생겨진 것은 사실이지만 어쨌든 나는 마교의 변태 좌사와는 다르다. 무공과 욕망, 지위와 강압으로 여자를 만나는 사람이 아니었기 때문에 기루를 빠져나와서 곧장 자하객잔으로 발걸음을 돌렸다. 자하객잔으로 가는 도중에 어디선가 불길이 치솟는 것이 보였다. 사람들이 불구경을 하러 가는 모양인지 우르르 몰려가고 있었다.

"불이 난 모양이네."

나도 따라가서 구경꾼들을 밀쳐낸 다음에 바라보니, 불에 타고 있는 것은 다름 아닌 자하객잔이었다.

"..."

묘하게 엇갈린 모양이다. 너무 황당한 나머지 헛웃음이 흘러나왔다. 내 집이 불에 타는 것을 두 번이나 구경하게 될 줄이야. 혼잣말이 나도 모르게 흘러나왔다.

"왜 자꾸 집에 불을 지르는 것이냐. 집이 무슨 죄가 있어."

객잔에도 운명이라는 것이 있는 것일까. 타오르고 있는 불길이 나를 노려보는 것만 같았다. 마치 이번 생애에도 너는 아늑한 집을 갖지 말라는 것처럼 말이다.

* * *

물론 차성태가 이런 짓을 벌였을 리는 없었다. 수하들과 함께 복귀한 시화루주 조삼평이 자하객잔을 바라보고 있고, 그의 수하들이 자하객잔을 향해 횃불을 집어 던지고 있었다. 조삼평은 조씨 삼 형제들 중에서 가장 인물이 낫다. 반반한 얼굴로 순진한 처자들을 데려오는 임무를 맡고 있었으니 그럴 수밖에. 오랜만에 얼굴을 보니 더욱 재수가 없다는 생각이 들었다. 군중의 틈바구니에서 누군가가 말했다.

"자하가 돌아오면 어쩌려고 거길 불태워!"

"남의 집을 그렇게 함부로 태운다는 말이냐! 천벌을 받을 놈들!"

조삼평은 말소리가 들린 곳으로 고개를 돌리더니 이렇게 말했다.

"이자하나 데려와. 어디 있어?"

일양현의 군중은 드세다. 누군가가 인파 속에서 말했다.

"빌어먹을 기둥서방 새끼."

"누구야! 쥐새끼처럼 숨어있지 말고 나오라고. 이 개새끼들아."

조삼평이 소리를 버럭 지르자, 그제야 정적이 내려앉았다. 조삼평이 왜 이렇게 당당하게 나오나 했더니, 근처에서 처음 보는 흑의장삼의 사내가 냉랭한 표정으로 이 사태를 지켜보고 있었다. 확실히 조삼평보다는 뛰어난 고수처럼 보였다. 자하객잔이 불타는 것을 구경하던 내가 입을 열었다.

"삼평아, 객잔 뒤에 네 형의 무덤이 있는데 시체도 안 꺼내고 불을 지르면 어쩌란 말이냐?"

조삼평은 내가 있는 방향으로 고개를 홱 돌리면서 눈을 부라렸다.

"어떤 새끼야?"

나는 사람들을 밀쳐내면서 앞으로 나갔다.

"나다. 씹쌔끼야."

조삼평은 당장 나를 알아보지 못했는지, 위아래로 훑으면서 물었다.

"누구야, 넌?"

이놈도 날 몰라보다니, 무공의 미용 효과가 이렇게 위대하다는 말인가? 나는 조삼평을 바라보면서 잔잔한 어조로 말했다.

"왜 죄 없는 집을 불태우고 그러나? 어떻게 변상할 거야?"

그제야 조삼평은 놀란 표정이 되었다.

"너, 자하냐? 뭐야, 이 새끼? 왜 이렇게 됐어? 말투는 왜 이래."

그 와중에 조삼평은 옆에 있는 흑의장삼 사내에게 고자질하듯이 말했다.

"능 선배님, 이놈입니다."

능 선배라 불린 사내는 못마땅한 표정으로 고개를 갸웃하다가 가라앉은 어조로 말했다.

"조삼평."

"예, 선배님."

"어쩌라는 말이냐."

"예?"

"설마 나더러 점소이를 죽여달라는 말이냐? 너희 형제가 방파를 설립한다고 축하주나 얻어먹으려고 오긴 했는데 이거 큰 실망을 하게 되는군. 설마 점소이 한 명도 못 죽이는 실력을 가지고 방파를 만들 생각은 아니겠지. 강호 전체가 비웃어도 모자랄 일이다. 내 이름이 그런 비웃음에 거론되어서는 아니 될 일이고."

흑의장삼 사내는 나를 위아래로 살피면서 조삼평에게 말했다.

"죽여라. 혹시 네 실력이 점소이 한 명도 죽이지 못할 정도로 형편

없다면, 너도 그냥 네 형제들 곁으로 가는 것이 맞지 않겠느냐. 아무리 강호를 동경한다고 해도 최소한의 양심이 있어야지."

조삼평이 당황한 표정으로 대꾸했다.

"아니, 능 선배님."

"그리고 내가 왜 네 선배냐. 너 같은 후배는 둔 적이 없다."

어쨌든 흑의장삼이 내뱉은 말은 옳았던지라, 나도 거들었다.

"조삼평, 저 말이 맞다. 양심이 있어야지. 지는 놈은 불에 타 죽는 것으로 하자. 이리 와."

내 마지막 말 때문에 분위기가 실로 험악해졌다.

15.
강호에서
가장 약한 단체

내가 조삼평에게 맞대결을 신청하자, 흑의장삼 사내가 주변을 둘러
보면서 말했다.

"구경꾼은 전부 뒤로 물러나서 싸움에 개입하지 말도록. 자하객잔
점소이와 시화루주 조삼평이 생사결을 벌일 것이다. 공증인은 나,
흑선보黑扇堡의 능지석이다."

흑선보는 주로 도박과 경매 사업으로 돈을 버는 흑도 세력이었기
때문에 일양현에서는 꽤 귀한 손님이었다. 조삼평의 수하들을 포함
한 구경꾼들이 멀찍이 물러나자, 불에 타고 있는 자하객잔 앞에 둥
그런 결투 장소가 만들어졌다. 조삼평이 떨떠름한 표정으로 직도를
뽑는 동안에 나는 능지석이라는 놈을 살폈다.

생사결이라는 공평한 기회를 준 것처럼 말하고 있었으나 속은 그
렇지 않을 것이다. 조삼평과 싸우는 동안에 내 실력을 살펴보고, 본
인이 나서거나 혹은 물러날 놈이었다. 강호에서 이런 능구렁이 짓은

기본 중의 기본이다. 내가 기본 중의 기본인 계두국수에는 소질이 없으나, 이런 기본적인 수법에 대해서는 잘 알고 있다. 나는 잠시 불길에 휩싸인 자하객잔을 바라보다가 허리춤에서 채찍을 풀어냈다. 조삼평의 얼굴에 당황함이 스치는 것을 보고 내가 물었다.

"왜?"

"웬 채찍이냐. 검을 뽑아라."

"개새끼에겐 이게 딱이다."

조삼평의 개소리를 무시하고, 채찍을 휘둘렀다.

쐐앵… 촤악!

빠르게 날아간 채찍이 조삼평의 발을 노리고 떨어지자, 조삼평이 미친개처럼 펄쩍펄쩍 뛰면서 움직이기 시작했다. 나는 잠시 싸늘한 표정으로 채찍을 휘둘렀으나, 일부러 조삼평의 몸을 가격하지 않았다. 목계 수준을 넘긴 공력을 담았기 때문에 제대로 채찍에 맞으면 살점이 날아갈 터였다. 그러나 나는 살펴보고 있는 능지석에게 실력을 감출 필요가 있었다. 공력만 주입한 채로 성의 없이 대충 채찍을 휘둘렀다.

채찍은 이런 게 편하다. 내공만 뒷받침되면 대충 휘둘러도 위협적이기 때문이다. 어차피 능지석이 추가로 덤비면 검을 뽑을 생각이었다. 정작 조삼평은 펄쩍펄쩍 뛰어다니면서 거리를 좁히기 위해 애를 썼으나 검법의 수준도 낮고, 내공도 나보다 한참 부족했다. 조일섬이나 조삼평이나 실력은 그저 그랬다. 나는 그저 동네에서 설쳐대는 미친 원숭이를 때려잡듯이 채찍을 휘둘렀다.

'너희는 이 동네에서 영영 사라지는 게 낫다.'

나는 능지석이 개입하지 않을 것이라고 생각한 시점부터는 무지막지하게 조삼평을 채찍으로 후려 패기 시작했다.

쐐앵! 찰싹! 찰싹! 찰싹!

웅성거리던 구경꾼들의 잡소리마저 잠잠해지자, 채찍에 맞은 조삼평의 비명 소리만 이어졌다. 이미 조삼평의 얼굴과 의복이 걸레짝처럼 변한 상태. 나는 조삼평의 검을 채찍으로 날려버린 다음에 잠시 능지석과 시선을 교환했다. 내가 압도적인 실력으로 조삼평을 두들겨 패자, 능지석이 피식 웃더니 마음대로 해보라는 것처럼 손을 내밀었다.

내 앞에서 조삼평을 죽일 수 있겠느냐는 손짓처럼 보이기도 했고. 혹은 다른 의미가 들어간 손짓일 수도 있었다. 그 뜻이 무엇이든 간에 나는 조삼평을 살려둘 마음이 애초에 없었다. 허우적대는 조삼평의 목을 채찍으로 붙잡아서 끌어당긴 다음에 좌장으로 놈의 이마를 가격했다.

퍽!

끌려왔던 조삼평의 몸이 땅바닥으로 허물어지면서 즉사했다. 조삼평의 죽음을 확인한 능지석이 짐짓 무심한 태도로 말했다.

"문제없는 생사비무였음을 공증하마. 또 볼일이 있으면 만나게 되겠지."

능지석이 물러나려는 것처럼 걸음을 떼는 순간에 나는 채찍을 휘둘렀다.

쌔애애앵!

곡선을 그리다가 휘어진 채찍이 능지석의 목을 노리는 순간, 능지석이 다급하게 장검을 뽑아서 막아냈다. 채찍이 장검에 휘감기자, 이내 채찍이 수평으로 팽팽해졌다. 능지석이 놀란 눈빛으로 날 바라봤다.

"뭐냐? 네가 감히 흑선보의…"

채찍을 통해 내공이 쏟아지고 있었기 때문에 능지석은 급히 입을 다물었다. 나는 능지석을 바라보면서 말했다.

"흑선보고 나발이고…"

나는 슬금슬금 눈치나 보다가 내빼려는 놈을 그냥 보내줄 사람이 아니다. 더군다나 남의 집을 불태우고 있는 것을 방관한 놈이다. 그렇다는 것은 조삼평이 여인을 겁탈했거나 죽이고 있었어도 방관했을 놈이라는 뜻이다. 은근히 기회를 엿보는 놈이라서 더 괘씸했다. 물론 이런 것을 전부 제외하더라도 나는 흑선보라는 흑도 세력의 행실을 이미 알고 있었기 때문에 살려주고 싶은 마음이 전혀 없었다.

순간, 전신에서 노폐물을 쏟아내게 했었던 금구소요공의 염계가 채찍을 통해 능지석의 검으로 전달됐다. 이어서 채찍의 표면에 불그스름한 빛이 휘감기면서, 능지석의 검도 열기 때문에 검 표면의 빛깔이 바뀌고 있었다. 더불어서 내 눈빛도 불길에 휩싸인 자하객잔과 비슷해졌다. 능지석은 자신의 내공이 더 얕다는 것을 확인하자마자, 얼굴이 파르르 떨렸다.

'안 되겠다.'

능지석은 검을 미련 없이 떨구더니 경공을 펼치면서 달아났다. 검보다 자신의 목숨이 중요하기 때문일 터. 능지석은 실전 경험이 많아서 내공을 채찍에 일순간에 부딪쳐서 찰나의 틈과 기회를 얻었다.

나는 곧장 공중으로 뛰어올랐다. 능지석이 구경꾼들 틈바구니에 숨어서 사라지려는 모양인데, 이는 잘못된 선택이다. 나는 구경꾼들의 어깨를 밟으면서 이동했다. 겨우 대여섯 번을 어깨를 밟고 이동했을 때 달아나고 있는 능지석을 앞질렀다.

마지막으로 어깨를 밟은 사내를 뒤로 밀어낸 다음에 능지석의 전방에 내려섰다. 능지석은 쌍장을 모았다가 전신의 내공을 단 한 수에 담은 장력을 분출하고. 나는 검을 대각선으로 올려 그으면서 염계의 공력을 검신劍身에 쏟아냈다. 그것이 그대로 뜨거운 열기를 머금은 검풍劍風으로 돌변했다. 능지석의 장력은 내 시야 전체를 가리자마자, 검풍에 의해 반으로 쪼개지고. 우리 둘은 마지막으로 눈을 마주쳤다.

능지석이 반격을 준비하는 찰나, 전진하면서 검을 다시 대각선 아래로 그었다. 푸악! 소리와 함께 핏물이 길게 솟구친 다음에 능지석의 몸이 두 개로 나뉜 채로 바닥에 떨어졌다. 나는 검에 갈라진 능지석을 잠시 노려봤다. 구경꾼들은 전부 입을 다문 채로 나와 능지석의 시체를 번갈아 보고 있었다.

* * *

검에 묻은 피를 털어내면서 구경꾼들에게 말했다.

"불구경 끝났으니까 다들 복귀하시고."

그 순간, 나는 조삼평의 수하들을 잊지 않았다.

"조삼평의 수하들은 남아라. 도망치는 놈은 쫓아가서 조삼평 곁으로 먼저 보내주마."

생업에 종사하는 자들은 일찍 자고 일찍 일어나야만 한다. 잔뜩 얼어붙어 있었던 평범한 사람들이 급하게 흩어지고, 조삼평의 떨거지들이 남았다. 모두 일곱 명. 나는 객잔 바깥에 멀쩡히 남아있는 의자에 앉은 다음에 조삼평의 떨거지들을 노려봤다. 이들은 내가 조삼평과 능지석을 그야말로 처참하게 때려죽였기 때문에 전신을 바들바들 떨고 있었다.

문득 이런 생각이 들었다. 조삼평만큼이나 이 개새끼들도 문제라고 말이다. 단순히 상관이 무섭다는 이유로 누군가를 죽이라면 죽이고, 남의 집을 불태우라는 명령도 받아들이는 병신 같은 놈들이었다. 자연스럽게 광마 시절의 말투가 흘러나왔다.

"멀뚱히 서있지 말고 꿇어, 이 개새끼들아. 조삼평 따라가기 싫으면."

일곱 명 전원이 동시에 무릎을 꿇었다.

"왜 남의 집을 이렇게 쉽게 불태워? 눈에는 눈, 이에는 이다. 너희도 불에 좀 타볼 테냐?"

"살려주십시오."

"대답들 해봐라. 왜 남의 집에 불을 질렀냐고."

"시켜서 그랬습니다. 죄송합니다."

"저희는 별다른 감정이 없었습니다."

비슷한 대답들이 흘러나왔다.

"별 감정 없이 남의 집을 불태우면 안 되지. 내가 너희를 별 감정 없이 죽여주랴?"

"죄송합니다."

"내가 조삼평을 안 죽였으면 너희는 평생 조삼평의 발바닥이나 핥으면서 살았을 놈들이야."

이놈들은 평생 무언가를 책임져 본 일이 없는 사내들이다. 겁이 많아서 조삼평의 말을 따랐고, 그 덕에 조삼평은 마음껏 악행을 저질렀다. 이놈들을 일일이 죽이는 것도 허망하고 가치 없는 일이란 생각이 들었다. 그러나 시킬 일은 있었다.

"내 자하객잔은 앞으로 너희가 완벽하게 복구해라. 차성태를 비롯해서 기루에 빌붙어 있다가 살아남은 놈들이 전부 달라붙어서 함께 복구할 거니까."

복구하라는 말에 다들 의아한 표정을 지었으나, 말 그대로다. 자하객잔은 새벽녘에 동이 트고 있는 모습이나 해가 질 때 볼 수 있는 노을을 구경하기에 좋은 객잔이고 내 집이다. 비록 내가 계두국수를 맛있게 만들지는 못했지만, 이런 식으로 객잔이 사라질 필요는 없었다. 불에 홀라당 타버렸으니 이번에는 더 좋은 객잔으로 만들 생각이었다.

또다시 누군가가 불을 지르면, 잡아다가 또 복구하라고 시킬 생각이었다. 자하객잔이 열 번 불에 타면, 열 번 모두 복원시킬 작정이었다. 그것이 내 과거와 지금이 다른 지점이다. 불을 지를 때는 저희들 마음이었겠지만, 내게 걸리면 그 잿더미부터 청소한 다음에 똑같이 복원해야 할 터였다. 일곱 명의 떨거지들이 고민에 잠겼다.

"복구는 어떤 식으로 해야 합니까?"

"뭘 어떻게 해. 너희가 직접 돌 나르고, 담벼락을 세우고, 흙을 발라서. 필요한 경비는 차성태가 댈 것이고. 일손이 부족하면 기루에 있는 놈들이 동원될 거다."

뒤늦게 소식을 듣고 온 차성태가 마침 도착해서 내 말에 대꾸했다.

"…조삼평은 죽었습니까?"

나는 조삼평의 시체를 턱짓으로 가리켰다. 조삼평의 시체를 바라보던 차성태가 그제야 자하객잔의 잔해를 발견했다.

"홀라당 타버렸네."

평소에 잔망스러웠던 차성태의 표정이 잠시 심각해졌다. 그간 눈치를 보면서도 긴가민가했던 일이 결국 이렇게 끝이 났기 때문이다.

'점소이가 정말 다 이겼네. 눈으로 보는데도 믿을 수가 없구나.'

나는 자하객잔을 물끄러미 바라보고 있는 차성태를 불렀다.

"성태야."

차성태가 웃는 얼굴로 돌아섰다.

"예, 말씀하세요."

내가 일곱 명을 가리키면서 말했다.

"다 아는 놈들이냐?"

"잘 알죠. 제 밑에, 밑에, 밑에 있는 놈들이로군요."

"자하객잔 복구시키는 일에 동원해라. 그리고 너도 수하들 데리고 내 자하객잔 복구시켜라. 완벽하게."

"제가 왜요?"

차성태의 말에 내가 슬쩍 웃었다.

"농담은 농담이고, 진담은 진담인데 방금 말은 농담이 아니다."

차성태가 내 진지한 눈빛을 바라보다가 고개를 살짝 숙였다.

…   광마회귀 I

"복구하겠습니다. 예전보다 더 좋게 만들면 되겠죠. 여기 터가 꽤 넓은데 기루 형식으로 복구를 할까요. 아니면 예전처럼 아무 사람들이나 편하게 오갈 수 있는 객잔으로 복원을 할까요. 일단 이전에는 단층이었는데 이번에는 복층으로 복구를 해놓겠습니다."

"둘레에 담벼락을 좀 넓게 세워서 안쪽 공간이 넓게."

"그리하겠습니다."

"연무장 만들고, 후원도 만들어."

"객잔이 아니라 무림세가를 만들라는 말씀이신지?"

"객잔 같은 무림세가 안 만들어 봤어? 넌 할 줄 아는 게 대체 뭐야?"

"그게 또 그렇게 됩니까? 그럼 제가 객잔 같은 무림세가인 자하객잔문紫霞客盞門을 한번 만들어 보겠습니다."

차성태가 문득 일곱 명의 상태를 살폈다. 전부 공포에 질려있어서 몰골이 말이 아니었다. 나는 차성태와 떨거지들이 모인 김에 확실히 해둘 필요가 있었다.

"기루에 남아있는 놈들은 갱생문으로. 다시 말하지만 떠난다는 사람은 붙잡을 필요가 없다. 저놈들은 물론 객잔을 완성시킨 다음에 내보내라. 도망치면 말해. 대막까지 쫓아갈라니까."

"알겠습니다."

내가 생각하는 밑바닥 조직의 첫 번째 원칙은 이렇다. 떠날 곳도 돌아가야 할 곳도 없는 막장에 다다른 인간들이 모여있는 곳. 행동거지가 막장인 것이 아니라, 정말 갈 곳이 없는 자들만 거둬서 내가 만든 울타리 안에서 살아가라고 할 생각이었다. 그것이 내가 생각하는 하오문의 모습이었다.

비빌 구석이 없는 약자들이 모인 단체인 셈이다. 이런 식으로 조
직을 만들어 나가면 어쩌면 하오문이 강호에서 가장 약한 단체가 될
수도 있었다. 그래도 상관없다. 내가 강해지면 된다. 인생 쓰레기들
과 막장에 다다른 자들을 모두 내가 껴안은 채로 피는 내 손에만 묻
히게 될 것이다. 나는 그것이 하오문주의 역할이라 생각했다.

16.
두주불사의
협박 1

차성태가 물었다.

"집이 이렇게 홀라당 타버렸는데 이제 잠은 어디서 주무시겠습니까."

"기루에 널린 것이 방인데 그건 왜 물어봐."

"그야 물론 루주들이 머물던 가장 좋은 방을 쓰시라는 말씀을 드리려고 물어본 거지요. 루주가 셋이었잖습니까. 그래서 좋은 방도 세 개나 됩니다."

"아무 곳이나 들어가서 잘 테니 저놈들부터 치워봐."

차성태가 무릎을 꿇고 있는 자들에게 협박조로 말했다.

"너희는 오늘 시화루로 가지 말고 매화루에 가있어라. 이따가 나 좀 보자."

"예."

이들 전부 일양현에 가족이 있는 자들이라서 도망갈 수가 없는 토박이들이었다. 떨거지들이 주눅이 잔뜩 든 채로 사라지자, 차성태가 나를 바라봤다.

"더 하실 말씀이…"

나는 자하객잔의 잿더미를 잠시 구경하다가 말했다.

"자하객잔 똑바로 만들어. 복구하란 말 농담 아니니까."

"명심하겠습니다."

"만드는 과정에서 건축建築에 뛰어난 사내가 있으면 지켜봐 뒀다가 내게 말해라. 그 사람이 축문築門의 수장이다."

"축문이요?"

"기루의 갱생문은 네가 맡고, 철문은 금철용 아저씨에게, 축문의 수장도 건물을 짓고 사는 여러 사내들을 거느리게 될 거다."

"갱생문, 축문, 철문… 더 있습니까?"

"더 있어야지. 먼저 갱생문에 들어온 다음에 각자 하고 싶은 일에 따라서 축문이나 철문으로 인력을 이동하는 식으로."

하오문은 기본적으로 사람들이 일을 구해서 먹고살 수 있게끔 조직할 생각이었다. 먹고살려면 일을 해야 한다. 일이 없으면 하오문이 일자리를 준다. 이것이 기본적인 문파 창설의 이유였다. 그 와중에 생긴 분쟁이나 괴롭힘은 문주가 해결한다는 것이 개인적인 욕심이고. 나는 그 개인적인 욕심을 채우는 와중에 강해져서 전생의 은원을 모조리 갚아줄 생각이었다. 차성태가 대꾸했다.

"오… 괜찮군요. 연맹 같은 겁니까?"

나는 낮게 깔린 어조로 대꾸했다.

"그냥 평범하게 일하는 자들의 연합인 셈이지."

차성태가 평소와 다른 분위기로 멋쩍게 웃었다.

"나쁘지 않네요. 그러나 규모가 커지면 규율이나 분위기가 엉망진창이 될 텐데요."

"상관없어. 엉망진창이 되어도."

"조직이지 않습니까."

나는 강호에서 가장 규율이 엄격하다고 소문이 난 무림맹과 마교의 적이었다. 당연히 저놈들을 따라서 조직을 만들 필요가 전혀 없었다.

"내가 만들 조직은 그냥 강호에 오랫동안 남아있기만 하면 돼. 그렇게만 해도 의미는 충분해. 대단한 제국을 만들겠다는 것이 아니라 이 병신 같은 강호에서 가장 오래 남는 엉망진창의 세력을 만들 거다."

차성태는 속으로 욕설을 삼켰다.

'뭔 개소리야.'

물론 하오문의 기틀이 잡히면 다른 일에도 착수할 생각이었다.

"흑묘방 같은 흑도가 가만히 있을까요?"

차성태의 물음에 나는 미소를 지으면서 대꾸했다.

"조직이 너무 개판이라서 어디서부터 손대야 할지도 모를 거다. 이게 핵심이야. 그냥 다들 자신이 할 수 있는 일 하면서 먹고살면 된다. 후폭풍은 하오문주에게만 집중되면 그만이고."

"무력 조직은요?"

"그것은 실력이 뛰어난 사내가 있어야 만들지. 나중 일이다."

"음."

실력자들이 충분해지면 그때 살문殺門을 하나 만들면 될 터였다. 그래서 지금은 내가 살문의 일인문주一人門主라 할 수 있었다. 그 아래 구성원은 내가 알고 있는 미래의 실력자들이고, 이들을 영입하는 것도 내 몫이다. 또한, 정보를 수집하는 재주가 뛰어난 놈들은 나중에 따로 모아서 이문耳門을 만들 생각이었다. 이런 식으로 생문, 철문, 축문, 살문, 이문… 하위 조직을 마구잡이로 계속 늘릴 계획이다.

그런 다음에 각자 생업을 이어나갈 수 있게 최대한 방치할 생각이었다. 계획도 없고 규율도 엉망진창인 조직을 만들어 내서 서로 필요할 때만 연락을 하는 식이랄까. 나는 단지 굶어 죽는 자들만 없게 할 생각이었다. 이런 미친 짓은 강호에서 나 말고는 할 수가 없을 것이라는 생각이 들었다… 아마도.

문제가 터지면 강호의 큰 세력들이 하오문주를 찾게 될 것인데, 그때 내가 나서면 된다. 그때, 나는 예전에도 무림공적이 되었던 것처럼 지랄발광을 하게 될 터였다. 약자를 건드렸다고 지랄발광을 하는 사내가 이 비정한 강호에 한 명쯤은 있는 것이 좋다는 것이 내 생각이다. 내가 원하는 것은 이 정도가 전부였다. 어차피 내 지랄 맞은 성격상, 시기의 문제일 뿐 언젠가는 다시 무림공적이 되어있을 테니까. 따라서 하오문과 나는 보조를 맞추듯이 성장할 생각이었다. 표정이 평소와 달라진 차성태가 문득 반말로 나를 불렀다.

"자하야, 형이 한마디 해도 될까."

"해봐라."

차성태가 묘한 표정으로 말했다.

"예전 일은 사과하마. 내가 사람을 한참 잘못 봤다. 사실 그동안에 네 뒤에 어떤 고수가 있을 거라는 생각도 했었는데 그건 아닌 것 같다. 그냥 네가 변한 거였구나."

"…뭐야, 그게 끝이냐?"

차성태가 고개를 끄덕이면서 물었다.

"끝이야. 우리가 속할 연합의 이름은?"

"하오문."

하오문은 내가 처음 만들었던 단체다. 당연히 이 시기에는 차성태가 알 수 있는 문파가 아니었다. 차성태가 고개를 살짝 숙이더니 작은 목소리로 말했다.

"하오문. 앞으로 그럼 문주님이라고 불러야 하나?"

차성태의 어조가 변해있었다. 나는 고개를 끄덕이면서 대꾸했다.

"편할 대로 해라."

차성태가 넌지시 물었다.

"그런데 대체 왜 나는 살려뒀지? 이유를 모르겠는데."

"너는 좀 괴롭힐 생각으로."

차성태는 내 말을 바로 이해한 눈치였다.

"그랬군. 죽는 것보단 훌륭하지. 알았다."

맞는 말이다. 삶이 그렇다. 나는 잿더미가 된 자하객잔을 한 번 바라본 다음에 일어섰다.

"가자."

마음을 재빨리 정리한 차성태가 어조를 달리해서 대꾸했다.

"가시죠, 문주님."

* * *

　나는 할 일 없는 동네 청년처럼 자하객잔의 텅 빈 자리를 구경하
고 있거나, 기루의 빈방에 홀로 들어가서 금구소요공에 매달렸다.
내공은 한 줌이라도 더 쌓아둬야 한다. 그 한 줌의 내공이 내 목숨을
살릴 수도 있다는 것을 전생에 경험했었기 때문이다. 내공 수련만
한 것은 아니다. 장법과 지법도 꾸준히 반복해서 가다듬었다.

　그러나 다리를 쓰는 것은 난관이 있었다. 허리와 다리, 무릎 등의
관절이 점소이 시절이라서 잔뜩 굳어있었기 때문이다. 때문에 나는
기루 이곳저곳에 틀어박혀서 금구소요공에 팔 할, 외공 수련에 이
할을 할애하면서 수련에 몰입했다. 그 와중에 외부 일은 전부 차성
태가 처리했다. 내가 차성태를 그리 깊게 신뢰하는 것도 아니고, 차
성태가 나를 매우 좋아하는 것도 아니다. 그러나 우리 둘은 그냥 그
럭저럭 잘 지내면서 시간이 흘러갔다.

　차성태는 근래 이름을 날리기 시작한 젊은 건축가를 소개받아서
자하객잔에 대한 의뢰를 넣었고, 이들이 시찰하러 오기 전까지는 조
삼평의 떨거지들과 할 일이 없었던 사내들이 힘을 합쳐서 자하객잔
의 외부 담벼락을 세웠다. 다시 이십여 일이 눈 깜짝할 사이에 지났
을 때. 나는 차성태의 보고로 흑묘방이 찾아왔다는 것을 알게 되었
다. 한편으로는 당연히 와야 할 놈들이 왔다는 생각이 들었다.

　"누가 왔는데?"

　"…매번 접대를 받으러 오던 놈들인데 어젯밤에 이화루에 갔었다
가 근래 벌어진 일을 대충 들은 모양입니다. 매번 조씨 삼 형제에게

접대를 받던 그놈들입니다."

"몇 명이야."

"두 명입니다. 일단 매화방으로 안내했습니다. 어떻게 준비를 할까요."

"만나야지."

차성태가 난감하다는 표정으로 물었다.

"싸우실 겁니까?"

"뭐 상납금을 내라. 아니면 루주 죽인 것을 눈감아 주겠다. 흑묘방에 들어와서 인사를 제대로 올려라. 뭐 이런 얘기들을 먼저 하지 않을까."

"그런 말이 나오면 어쩌실 겁니까? 우리가 지금 당장 흑묘방과 싸우는 것은 어려워 보이는데요."

"너희가 어렵지 나는 아니야."

"저희는 다 죽으라고요?"

"일단 나부터 죽이려고 하겠지. 하지만 내가 안 죽어. 매화방이 어디야?"

"삼 층에 있습니다. 그래도 일단 좋은 말로 돌려보내는 것이…"

"만나보고 결정하마. 그리고 좋은 말이 오갈 수가 있나. 내가 삼 형제를 다 때려죽였는데."

"그건 맞죠. 그래도 돈 밝히는 놈들이라서 정작 원하는 것은 그저 돈일 수도 있습니다."

"아, 그런 놈들이야?"

나는 잠시 옛 생각에 잠겼다.

"돈이라…"

이 시기에 일양현에 자주 드나들던 흑묘방의 무인들에 대해서는 나도 아는 게 좀 있었다. 내가 알던 미래와 다르게 뜬금없이 담당자가 바뀌지는 않았을 테니까. 특히 돈을 밝히는 놈들이라는 말에 몇 사람의 얼굴이 기억에서 떠올랐다.

* * *

차성태가 고개를 숙이면서 말했다.

"그럼 말씀들 나누십시오."

내가 매화방에 들어가서 빈자리에 털썩 앉자, 두 사람이 나를 해부하듯이 천천히 살펴보더니 자신을 소개했다.

"흑묘방 금봉각 소속 전풍이다."

"금봉각의 한고욱이다."

전풍과 한고욱이 고압적인 말투로 자신을 소개했다. 조씨 삼 형제도 안중에 두지 않는 놈들이었으니 어쩌면 당연한 말투라 할 수 있었다. 이들은 역시 내가 알고 있는 흑묘방의 징수관微收官들이었다. 징수관이라고 하면 뭔가 있어 보이는 직책 같지만, 실상은 그냥 돈 뜯으러 다니는 수금원들이라서 실력이 대단한 놈들은 아니었다.

오랜만에 직접 만나니까 반가운 와중에도 당장 살기가 끓어올라서 입을 좀 다물어야만 했다. 살기가 끓어오르는 이유는 간단하다. 자하객잔은 본래 이놈들의 후임자 혹은 동료가 불태웠다. 지금은 전생보다 일찍 만나서 이들이 징수담당자로 있는 것뿐이었다. 전풍이 말을 이어나갔다.

"근래 자네가 함부로 조가 놈들을 죽였다며. 사실인가?"

나는 두 사람을 노려보면서 대꾸했다.

"사실이오."

"왜? 상세하게 설명해 보게."

상세하게 설명하라는 질문을 받자, 상세하게 설명할 마음이 싹 사라졌다.

"날 죽이려고 하다가 죽었소. 실력은 내가 더 뛰어났기 때문에 죽어줄 수는 없는 노릇이었지."

내가 계속 노려보자, 전풍과 한고욱은 분위기가 좀 이상하다고 여겼다. 나는 더 딱딱한 어조로 두 사람에게 말을 이어나갔다.

"그리고 그대들이 판관도 아닌데 내가 상세하게 설명할 이유가 있겠소. 혹시 조가 놈들과 친척들이시오? 그건 아닌 거 같은데."

전풍과 한고욱이 서로의 얼굴을 바라봤다. 황당하다는 감정이 정적을 만들어 낸 상황.

"..."

이어서 내가 두 사람을 바라봤다.

"뭐? 말을 해보시오."

지금 당장 전풍과 한고욱이 나를 공격하면 어쩔 수 없이 이 자리에서 죽일 생각이었다. 긴 정적이 찾아들었다. 이 두 놈은 일양현에서 상납금을 걷어가던 놈들이다. 빼돌린 돈만으로도 제법 많은 양의 부를 축적했고, 흑묘방에도 넉넉하게 상납을 완료해서 외당의 중간 관리로 승진하는 놈들이다. 그 말은 순수한 무력으로 승진하는 놈들이 아니라 문파의 행정적인 업무로 승진하는 놈들이라는 뜻이었다. 한마디로 돈에 미친 원숭이들이다. 전풍이 입을 열었다.

"우리에게 방파 설립을 허가받은 자들인데 자네가 죽인 것이네."

내가 시큰둥한 어조로 대꾸했다.

"그래서."

"이대로 흑묘방에 보고가 올라가면 자네는 살아남기 힘들어. 흑묘방의 일을 방해한 셈이니까. 우리가 돌아가서 그대로 보고하길 바라나?"

이놈들은 머리에 돈밖에 없는 것 같다. 이런 와중에도 내가 뇌물을 바치면 위에는 잘 말해보겠다는 태도를 가지고 있었다.

"무슨 말인지 잘 이해했소. 뇌물을 좀 드려야겠군. 일단 술부터 한 잔합시다. 손 부인?"

손 부인이 매화방의 문을 열더니 나를 물끄러미 바라봤다.

"…"

"그 병신 같은 두강주 좀 내오고. 안주는 알아서 가져와."

손 부인이 고개를 끄덕이더니, 도로 나갔다. 병신 같은 두강주는 물론 삼품 두강주를 뜻한다. 어차피 이놈들은 술값을 내지 않을 것이다. 그러니 일품 두강주로 접대하는 것은 아까웠다. 접대 담당자로 보이는 여인이 아무 말도 없이 나가자, 전풍이 궁금하다는 것처럼 물었다.

"저 여인은 벙어리인가?"

"그럴 리가."

"그런데 왜 말을 안 하지?"

…

"일전에 내가 주둥아리 잘못 놀리면 찢어버리겠다고 했더니 그 뒤로 저렇게 입을 꾹 다물고 있소."

"..."

나는 두 사람을 노려보면서 손가락으로 입을 가리켰다.

"강호에서는 사내든 여인이든 주둥아리를 잘 놀려야 할 필요성이 있지. 안 그렇소?"

두 사람은 잠시 내 시선을 피했다. 어떻게든 겁박을 해서 돈을 뜯어내려던 두 사람은 전략을 수정할 수밖에 없었다.

17.
두주불사의
협박 2

나는 이것들을 술로 좀 괴롭힐 생각이었다.

"그나저나 두 분은 오늘 술 마실 시간이 넉넉하시오? 오늘 나와 함께 이야기할 것도 많고, 흑묘방에도 말씀을 잘해주셔야 할 것 같은데."

한고욱이 피식 웃었다.

"그렇게 꽉 막힌 사람은 아니었군. 시간은 충분하네. 주로 이화루에서 접대를 받았는데 여기도 나쁘지 않군."

나는 선수를 쳤다.

"꽃은 술 좀 마신 다음에 보시고."

"그러세."

꽃은 기녀를 말하는데, 꽃이고 나발이고 나는 이들에게 술만 먹일 생각이었다. 술을 어느 정도 마시게 할 생각이냐면, 이들이 죽기 직전까지 먹일 생각이었다. 나는 두주불사다. 내공으로 술기운을 몰아

내는 잔재주를 부리지 않아도 술을 잘 마시는 것으로는 항상 천하제
일이었다.

* * *

전풍과 한고욱도 알고 보니 꽤 주당들이었다. 그러나 시원찮은 대
화와 함께 반 시진이나 술을 연거푸 들이켜자, 두 사람은 점점 힘들
어하고 있었다. 애초에 일품 두강주가 아니라 삼품 두강주인 것도
한몫을 했다. 더불어서 내가 계속 분위기를 무겁게 만들어서 이들이
먹은 안주도 쉽게 소화되지 않는 것도 한몫을 했다. 전풍이 고개를
흔들면서 말했다.

"두강주가 오늘따라 정말 독하군."

그럴 수밖에. 품질이 좋지 않은 술이니까. 나는 전풍을 바라보면
서 웃었다.

"엄살 그만 떠시오."

얼굴이 새빨갛게 변한 한고욱도 너털웃음을 지으면서 말했다.

"엄살이 아니야. 이제 아이들이나 좀 불러오게. 여기엔 채향이랑
소옥이가 그렇게 예쁘고, 노래도 잘하고, 춤도 잘 춘다고 들었네. 그
둘을 데려오라고."

나는 손을 내저으면서 말했다.

"술맛 떨어지게 그러지 마시오. 받으시오."

나는 두강주를 두 사람의 술잔에 부었다. 그제야 두 사람의 표정
이 떨떠름해졌다. 이미 많이 취한 상태여서 술을 피하려는 대답들이

흘러나왔다.

"너무 많이 마셨다고 하지 않나."

"나도 좀 쉬었다 마시겠네."

나는 껄껄 웃다가 이렇게 말했다.

"죽을 테냐, 마실 테냐. 골라라. 다른 선택은 없다."

전풍이 눈을 부릅뜨면서 말했다.

"이 새끼, 취했구나. 자하야, 너도 그만 마셔라. 많이 취했다. 하여 간 싸가지 없는 놈. 앞길이 창창한 녀석인데 술버릇이 좋지 않았군."

한고욱도 손으로 탁자를 툭툭 내려치면서 말했다.

"옳은 말이야. 너는 그 말투가 문제다. 나중에 흑묘방의 간부들을 만나서도 그런 말투를 쓰면 술자리에서 칼에 맞아 죽을 게다. 명심 하라고."

나는 안주를 집어 먹으면서 대꾸했다.

"흑묘방주가 그렇게 대단해?"

"뭣이!"

"선을 넘는구나."

나는 정색하는 두 사람을 덤덤한 표정으로 바라봤다.

"두 사람, 취했소?"

"..."

"보다시피 나는 안 취했는데. 흑묘방주가 그렇게 대단한 사내라면 이 자리에서 우리 두 형씨들을 살릴 수도 있나보군. 정확히 말해주 리다. 나는 뒷일을 생각하면서 살았던 적이 없어서 말이지. 두 사람 은 이 자리에서 내 손에 죽겠소, 아니면 그 술을 마시겠소? 둘 중에 하나만 선택하시오. 손 부인!"

마지막에 나는 언성을 높여 손 부인을 불렀다. 문이 벌컥 열리더니 손 부인이 명령을 내리라는 것처럼 나를 바라봤다. 내가 명령을 내렸다.

"내 장검 가져와라."

손 부인은 이번에도 고개만 끄덕인 다음에 사라졌다. 두 사람이 무어라 말하기 전에 내가 손가락질을 하면서 말했다.

"손 부인이 검을 가져올 때까지 시간을 주겠소. 그거 안 마시면, 이 자리에서 바로 이 대 일 생사결을 시작하는 것으로 받아들이겠소. 두 분이 그래도 조씨 삼 형제보단 실력이 나을 것이라 기대하는 바요. 아무렴, 흑묘방의 고수들이신데 조씨 삼 형제보단 강하겠지."

두 사람은 내가 말을 하는 와중에 안색이 창백하게 변해있었다. 술에 취하지 않아도 나를 이길 자신이 없는 사람들이었는데 지금은 술에 잔뜩 취해있었기 때문에 더욱 위축되는 상황이었다. 나는 멀쩡한 눈빛으로 두 사람을 노려봤다.

"빨리 결정하시오. 발걸음 소리가 들리는군. 쿵, 쿵, 쿵. 다 왔나보군."

금세 손 부인의 발걸음 소리가 들렸다. 다시 드르륵- 소리와 함께 방문이 열리자, 두 사람이 두강주를 급히 들이켰다.

"크으…"

"크윽…"

두 사람의 표정이 일그러졌다. 잠시도 쉬지 않고 삼품 두강주를 목구멍에 때려박았으니 그럴 만도 했다. 나는 손 부인이 건네는 장검을 탁자 위에 올려놓은 다음에 다시 술을 따랐다.

"좋아, 손 부인."

손 부인이 두 손을 앞으로 공손히 모은 채로 나를 바라봤다. 나는 전풍과 한고욱을 손가락으로 가리키면서 말했다.

"귀한 손님들께서 나를 은근히 무시하는군. 하여간 점소이 출신이라고 하면 어디서든 무시를 받는다는 말이지. 손 부인도 그랬었지 아마?"

손 부인이 고개를 끄덕거렸다.

"흑묘방이라는 뒷배를 믿어서 그런가. 하지만 애초에 내가 흑묘방을 두려워했다면 조가 놈들도 죽이지 않았겠지. 맞아, 아니야?"

손 부인이 고개를 크게 끄덕거렸다.

'그렇지요.'

내가 다시 두 사람의 술잔을 가리켰다.

"어여, 마십시다. 손 부인은 차성태에게 전해라. 세 기루에 달라붙어 있는 무인들 전부 끌어모아서 밑에 대기시키라고. 여기 전 형과 한 형이 도망치면 그 자리에서 죽이든가 아니면 내 앞에 다시 데려오라고 해. 그때는 벌주를 주겠다."

손 부인은 내 뜻을 알겠다는 것처럼 고개를 끄덕인 다음에 나갔다. 전풍과 한고욱은 몸을 가누기 어려울 정도로 취한 상태. 그 와중에도 지금 나를 공격하면 바로 죽는다는 것을 잘 알고 있었다. 전풍이 말했다.

"측간 좀 다녀오겠네."

내가 그 표정을 바라보면서 말했다.

...

"토하겠다고?"

"소변일세."

"아직 용변을 가리겠다는 의지가 남아있는 것을 보아하니 덜 취했군. 덜 취했어. 주도를 모르는 사람들일세. 손 부인은 일단 술 좀 더 시킨 다음에 말을 전해라."

복도를 걷다가 돌아온 손 부인이 다시 등장하더니 입을 꾹 닫은 채로 고개만 크게 끄덕인 다음에 문을 닫았다. 전풍과 한고욱은 술에 취해서 그런 것인지 모르겠으나 끝내 입을 열지 않는 손 부인도 무섭다는 생각이 들었다. 어쩌면, 정말 내가 손 부인의 입을 찢어버릴 것 같아서 무서운 것일 수도 있었다. 두 사람은 정신이 없는 상태였다. 잠시 후에 손 부인이 삼품 두강주를 들고서 입장했다. 삼품 두강주를 내려놓은 손 부인이 잠시 미간을 찡그리더니 두 사람을 향해 손동작으로 이렇게 말했다.

'여기서, 토하지, 마세요.'

손 부인이 도로 나가자, 내가 술을 따라주면서 말했다.

"자, 마십시다."

이 말에 두 사람이 급히 자신의 입을 틀어막았다. 거의 혼절하기 직전의 상황이었다. 나는 두 사람과 똑같은 양의 술을 마셨다. 이번에는 어쩔 수 없이 나 홀로 술을 따라 마시면서 두 사람에게 말했다.

"전 형, 한 형. 흑묘방에는 잘 말해주시오."

대체 뭘 잘 말해달라는 것인지 애매했는데도 두 사람은 연신 고개를 끄덕였다.

"내가 확실히 잘 말해놓겠네."

"별일 없을 것이네."

"뭐 대충 나쁜 말을 해도 크게 상관은 없소. 흑묘방주 정도면 날 무시해도 되겠지. 그러나 일이 이상하게 흘러가서 싸우게 된다면 이거 하나는 약속하리다. 두 사람이 내게 다시 잡히면 그때는 정말 죽을 때까지 술을 마시게 될 거요. 때릴 생각도 없고, 수하들을 써서 암살하거나 뭐 그럴 생각도 없소. 그냥 나한테 다시 잡히는 날에는 오늘보다 많은 양의 술을 죽을 때까지 마시게 될 거라는 점을 명심하시오. 내가 흑묘방주를 신경 써야 하는 것은 맞지만, 당신들은 아니지. 우리 서로, 그 차이점을 명확하게 한 다음에 헤어집시다."

전풍과 한고욱이 고개를 크게 끄덕였다. 나는 손가락으로 두 사람을 얄밉게 콕콕 찍으면서 말했다.

"이제 좀 말이 통하는 표정들이로군. 어떻게… 막잔?"

"아, 괜찮네."

한고욱이 애원하듯이 말했다.

"우리는 그만 마셔도 될 것 같네. 충분히 많이 마셨네. 앞으로 무어라 불러야 할까? 아, 위에는 충분히 긍정적으로 이야기를 하겠네. 우리 루주께서도 이제 그만 술을 좀… 그만 좀."

나는 두 사람의 달라진 태도와 말투가 마음에 들었다.

"좋아. 일양현의 문파는 내가 한번 잘 만들어 보리다. 벌써 이름도 정했소. 제법 괜찮은 문파의 건물도 짓는 중이고."

물론 자하객잔이다.

"그전까지는 흑묘방이 우리에게 상납을 바라거나 그러지 않았으면 좋겠소."

"뭐 당장 그럴 일이 있겠는가?"

나는 고개를 끄덕였다.

"문파의 대문도 만들어지지 않았는데 상납이라니? 이런 개 같은 경우가 어디 있소. 조용히 지나갑시다. 나중에 어련히 내가 흑묘방을 찾아가서 이야기를 하지 않겠소? 좋은 게 좋은 거라고. 어떻게, 한 잔 더?"

"아닐세. 자네 말대로 하는 게 무조건 좋겠네. 문파의 대문도 없는데 우리가 상납을 바라면 안 되겠지. 그건 강호의 도리가 아닐세."

나도 만족스러운 표정으로 고개를 끄덕였다.

"잘 말씀하셨소. 우리도 이제 강호의 도리를 지키고 삽시다. 사람이 강호의 도리를 지키고 살아야지. 조가 놈들을 죽인 것에 대해서는 이렇게 전달해 주시오."

"말씀하시게."

"일양현의 이자하가 세 루주를 죽인 것은 그들이 강호의 도리를 지키지 않아서라고."

"꼭 그렇게 전달하겠네."

두 사람이 혼신의 힘을 다해서 정신을 잃지 않는 동안에 나는 다시 술을 들이켰다. 이제 두 사람은 내가 술을 마실 때마다 인상을 찌푸리고 있었다. 극심한 두통이 밀려드는 모양이었다. 나는 취객처럼 중얼거렸다.

"이렇게 또 내 협객의 길이 시작되는군. 취한 것 같은데 그만 돌아가시오. 나는 입가심으로 한 잔 더해야겠소."

"아, 고맙네."

"오늘 참 즐거운 술자리였네."

"동감이오."

두 사람이 서로를 부축하면서 일어나고 있을 때, 내가 문밖에 대고 말했다.

"손님 나가신다."

이때, 손 부인이 등장하더니 나를 바라보면서 손동작으로 자신의 목을 그었다.

'죽일까요?'

나는 고개를 저었다.

"왜 죽여? 귀한 손님이니 술값은 받지 말고. 입구까지 정중하게 모셔라."

손 부인이 고개를 끄덕이더니 두 사람을 향해 안내하겠다는 것처럼 손을 내밀었다. 나는 문득 손 부인도 제정신은 아닌 것 같다는 생각이 들었다. 아니면 저 두 사람이 그동안에 기루에 있는 처자들을 많이 괴롭혀서 그런 것일 수도 있다는 생각을 했으나 굳이 손 부인에겐 물어보지 않았다.

* * *

전풍과 한고욱은 비틀거리는 걸음으로 매화루의 입구에 겨우 도착했다. 계단을 조심스럽게 내려가던 두 사람이 동시에 멈춰 섰다. 복장도 제각각이고 병장기도 제각각인 일양현의 젊은 사내들이 잔뜩 모여있었다. 누군가는 쪼그려 앉아있고 일부는 낄낄대면서 장난을 치고 있는 놈들도 있었는데, 두 사람이 등장하자 전부 입을 다문 채로 살기가 담긴 시선을 보냈다. 그 틈바구니에서 차성태가 직도를 쥔 채로 걸어 나오더니 매화루의 입구를 향해 물었다.

"죽이라더냐?"

전풍과 한고욱은 이게 누구한테 하는 말인가 싶어서 뒤를 돌아봤다. 어느새 뒤따라서 내려온 손 부인이 말하는 법을 까먹은 노처녀 귀신처럼 무섭게 서있었다.

18.
비와 강철의
사나이 1

전풍과 한고욱은 갑자기 일양현 자체가 두려워졌다. 전부 어딘지 모르게 덜떨어진 면이 있었는데, 시간이 흐를수록 그 덜떨어진 허술함이 이상하리만치 무섭게 느껴졌던 것. 손 부인이 아무 말을 하지 않자, 결국 전풍이 나서서 사정을 설명해야 했다.

"죽이라는 얘기는 절대 없었네. 정말이니까 올라가서 물어보게."

차성태가 못 믿겠다는 것처럼 손 부인에게 물었다.

"근데 손 부인은 왜 나왔어?"

손 부인이 심드렁한 표정으로 대꾸했다.

"바람 쐬러 나왔어요. 입을 다물고 있으니까 답답해 죽을 것 같아서."

"보내드리라더냐?"

손 부인이 고개를 끄덕였다.

"예."

　　　…

차성태가 그제야 길을 터주면서 말했다.

"살펴 가십시오."

전풍과 한고욱은 입을 굳게 다문 채로 일양현의 떨거지들 사이를 조용히 지나갔다. 뒤편에서 차성태의 목소리가 들렸다.

"다음에 또 한잔하시지요."

전풍이 대꾸했다.

"일없네."

* * *

차성태가 걱정이 된다는 것처럼 내게 물었다.

"저대로 보내도 괜찮을까요?"

차성태의 생각대로 일을 처리하면 오히려 며칠 만에 흑묘방이 잔뜩 몰려올 터였다. 애초에 십이신장에 속한 자들은 저희끼리 경쟁도 하고, 힘을 합쳤다가 반목도 하는 자들이라서 이런 촌 동네에 많은 여력을 쏟을 수가 없다. 그리고 이 근방에서 가장 무서운 사내는 십이신장의 사부인 대나찰大羅刹이다. 당장은 대나찰의 이목을 끌 필요가 없었다. 물론 이런 것까지 차성태에게 설명할 필요는 없었다.

"술 마신 놈들이 두려워서 보고하는 것이 제법 어려울 거야. 나에 대한 복수심보다는 문책에 대한 두려움도 클 것이고. 돈 뜯으러 다니는 놈들은 원래 계산이 빠르다."

"음, 그렇군요."

"이제 좀 일양현이 조용해지겠군. 나는 다시 수련하련다."

"어디서요?"

"어디서든… 루주 재산은 전부 회수해서 네가 관리하고, 하오문의 총관 자리를 임시로 맡아라. 공금 횡령하고 그러면 총관 자리에서 해임할 테니 명심하고."

무언가 불길함을 느낀 차성태가 정보를 캐내듯이 물었다.

"해임되면 어찌 됩니까?"

내가 말했다.

"해임되면 사형이야."

차성태의 눈이 번쩍 떠졌다.

"해임되면 사형이라고요? 그런 법이 있어요?"

"내가 문주잖아. 문주가 법을 만드는 법이지."

"…"

나는 차성태의 어깨를 두드리면서 승진을 축하해 줬다.

"총관 된 거 축하하는 의미에서 축하주 한 잔 마셔라."

나는 차성태에게 삼품 두강주를 따라줬다. 차성태는 천장을 바라보다가 억지로 술을 들이켰다.

"으, 삼품이네."

"우리 차 총관, 유능해서 잘할 거야. 내가 차 총관만 굳게 믿어도 되겠지?"

"아, 예."

"왜 이렇게 대답에 성의가 없어? 해임되고 싶으냐?"

"아, 아닙니다. 좋습니다. 열심히 하겠습니다. 뒤지긴 싫으니까요."

"잘해라. 나중에 내가 잘 지원할 테니까, 일양제일검 차성태. 이런 별호도 생길 거야. 나만 믿어."

차성태가 풀이 죽은 어조로 대꾸했다.

"저 도 씁니다."

"아, 그럼 일양제일도. 흑묘방도 걱정하지 말라고."

나중에도 살아남아 있는 십이신장들은 전부 내 앞에서 무릎이나 꿇고 있다가 따귀나 맞는 신세들이었다. 물론 지금은 그런 상황이 아니었기 때문에 시간을 벌어놓을 필요가 있었다. 나는 해장을 하러 갈 생각으로 일어섰다.

"열심히 하자."

"예, 살펴 가십시오."

차성태는 한숨을 내쉬다가 남아있는 두강주를 한잔 따라 마셨다.

"저는 술 좀 비우겠습니다."

문득 차성태는 입 안에서 강호 생활의 쓴맛이 느껴졌다. 승진을 했는데도 알 수 없는 비애감이 몰려들었다. 어쩌면 상급자의 나이가 어리기 때문일 수도 있었다.

'강호 생활 쉽지가 않네.'

어쩌면 상급자의 예전 직업이 점소이라서 그럴 수도 있었다.

* * *

기루에서 나온 나는 일양현의 전경을 별생각 없이 둘러봤다. 길을 걸으면서 여러 가게를 구경하고, 다시 걸었다. 별일 없이 사는 자들이 나를 바라보기도 하고, 조씨 삼 형제를 죽였다는 소문을 들은 자들은 놀란 표정을 짓기도 했다. 뭐가 어떻게 됐든 간에 나는 상관없었다. 평범한 자들의 일상적인 풍경이 그대로였으니 계속 이런 길을 걸을 생각이었다. 춘양반점에 도착해 보니, 용두철방의 금철용이 홀로 국수를 먹고 있었다.

"금 아저씨."

금철용이 고개를 끄덕이면서 손짓을 했다.

"벌써 한잔했군. 자네가 여기에 자주 온다기에 와봤네. 내가 기루 근처에는 발걸음을 하지 않는 터라. 안사람이 무서워서 그런 것은 아니라네."

"물론 그러시겠죠."

춘양반점의 주인장, 장득수가 물었다.

"하나 말아주랴?"

"나도 국수로."

"알았다."

금철용이 국수 그릇을 내려놓으면서 말했다.

"다 죽였더군. 조일섬, 조이걸, 조삼평까지. 전에 약속한 대로 다음 이야기를 해보세."

"그러시죠."

금철용이 걱정된다는 것처럼 물었다.

"그나저나 흑묘방이 몰려오지 않겠나? 그렇게 되면 이곳 젊은이들이 많이 죽을 것 같은데. 계획이 있나?"

나는 금철용의 걱정을 충분히 이해한다. 전생에서도 상납금을 바치라는 것에 가장 크게 반발한 것도 이 사내였으니까.

···

"당장은 오지 않을 것이고. 설령 오더라도 싸움이 벌어지면 제가 홀로 벌인 짓이니 다른 사람은 괜찮을 겁니다."

금철용이 고개를 갸웃하면서 물었다.

"홀로 감당할 수 있겠어?"

"예."

금철용이 고개를 저었다.

"허세는 믿기가 어려운데. 사부가 있든가 아니면 은둔 기인이라도 만난 게 아닌가?"

"마음대로 생각하십시오. 하여간 내가 앞으로 할 일에 대해서는 그때그때 믿는 것이 어려울 겁니다."

"신기한 일이로군. 하긴, 자하객잔의 점소이가 어느 날 조씨 삼 형제를 모두 죽였으니 말이야. 믿기 힘든 일이지. 앞으로 내가 지원해 줄 것이 있나?"

"있긴 한데, 금 아저씨가 할 수 있는지는 나도 모르겠군요."

금철용이 웃으면서 대꾸했다.

"우리는 이처럼 서로를 못 믿는군. 그래도 말이라도 해보게. 평소에 눈엣가시처럼 여기던 놈들이 사라졌는데, 내가 그 정도는 아무런 조건 없이 해줘야지."

나는 금철용에게 당분간 무슨 일을 맡길 것인지 잠시 고민한 다음에 입을 열었다.

"세상에서 가장 만드는 것이 어려운 병장기는 손에 쥐었을 때 무척 가벼우면서도 그 어떤 것보다 날카로운 병장기라고 생각하는데 금 아저씨는 어찌 생각합니까."

"명검名劍이 보통 그렇지. 도는 약간 다르네. 어느 정도 묵직함이 있어야, 도법과 어울리는 경우가 대부분이니까. 외공과 내공을 겸한 고수는 육중한 도를 선호하는 경향이 있네. 뭐 수준이 더 올라가면 병장기도 필요 없다는 이야기도 들었네만. 그것은 너무 비현실적인 이야기라서."

"명검이나 보도라 불릴 만한 것을 용두철방에서 만들어 본 적이 있습니까?"

"물론 없네."

"이유가 있습니까."

금철용이 명쾌하게 대답했다.

"돈이 되지 않는다는 것은 일단 결론적인 핑계이고. 명검을 만들었다는 소문이 나면 누가 사겠나? 명검에 어울리는 고수가 사겠지. 그가 흑도의 이름이 난 고수라면? 혹은 소문을 들은 십이신장이라면? 제값을 받을 수 있을지 의문이군. 아마, 검을 빼앗기고 나서는 철방에 있는 자들이 그 고수에게 다 죽지나 않으면 다행스러운 일이겠지."

"음."

일리 있는 생각이었다.

"그러나 운이 좋아서 제값을 받았다고 쳐보세. 그 뒤에는 무슨 일이 발생하겠나?"

"그 검을 사 간 사람의 경쟁자나 다른 흑도의 고수가 찾아와서 또 좋은 검을 만들어 내라고 협박을 하겠지요."

"잘 알고 있군. 좋은 병장기를 만들어서 명성을 쌓는다는 것은 실

⋯

로 무서운 사내들과 연이 닿는 일이야. 좋은 인연보다는 악연을 쌓는 경우가 대부분이지. 세상 사람들은 대부분 알고 있네. 갑자기 강호에 명검이 등장하면 그것을 차지하려는 사람들끼리 죽고 죽이기를 반복한다는 것을."

"그래서 일부러 명검에는 관심을 끊으신 겁니까? 비겁한 변명 같은데요."

"삶의 방식은 다양한 것이네. 명성을 바라는 사람도 있고, 생존을 중요시하는 사람도 있는 것이지. 우리 용두철방은 꽤 오래되었지만 적당한 병장기를 만들어서 팔았기 때문에 오래 버틴 것일세. 먹고살려고 하는 일인데 그깟 명성이 뭐라고."

금철용이 웃으면서 장득수에게 물었다.

"득수야, 안 그러냐?"

장득수가 고개를 끄덕이면서 대꾸했다.

"그렇습니다. 어르신."

금철용이 깨끗하게 비워낸 국수 그릇을 손가락으로 툭툭 치면서 말했다.

"득수의 이 음식 실력을 봐라. 가게는 허름하지만, 일양현에서는 득수의 음식 솜씨가 가장 뛰어나다. 그런데, 득수가 어디 유명한 세가 같은 곳에 숙수로 일을 하게 되었다고 치자. 세가가 분쟁에 휘말려서 멸문을 당하면 그때는 득수도 죽는 거야. 이 훌륭한 음식 솜씨 때문에 죽게 되는 것이지. 철방도 이런 경우가 비일비재하다."

나는 금철용의 말에 고개를 끄덕였다.

"잘 들었습니다. 어쨌든 제가 바라는 병기는…"

"말했다시피 명검은…"

"검이 아닙니다. 그리고 명검이나 명품을 만들어 달라는 것도 아닙니다. 일단 들어보세요."

"말해보게."

나는 국물을 한 번 마신 다음에 말을 이어나갔다.

"날카로운 병장기는 필요 없습니다. 가벼울 필요도 없고."

금철용이 대꾸했다.

"그렇다면 명품은 아니군."

"그렇죠."

"그럼 대체 뭘 만들어 달라는 말인가?"

내가 대꾸했다.

"날카로움은 포기합니다. 무게도 상관없습니다. 내가 바라는 병장기는 오로지 그 어떤 것에도 부러지지 않고, 휘어지지 않으며, 꺾이지 않는 병장기입니다."

금철용은 경청하겠다는 것처럼 팔짱을 끼고, 나는 말을 이어나갔다.

"예를 들면, 만년한철 같은 것을 통째로 들고 다녀도 나는 상관이 없습니다. 그래서 날카로움과 무게를 포기하겠다는 겁니다. 이것은 명품을 만들어 달라는 부탁이 아닙니다. 그저, 그 어떤 명검에도 쉽게 잘리지 않는 것, 투박하고 거칠더라도 단단함 그 자체인 것. 결국에 내가 바라는 것은 제천대성이 사용하던 여의봉 같은 겁니다."

내 말을 듣는 와중에 금철용이 미간을 좁혔다.

"여의봉 같은 거라고?"

"말하자면 그렇습니다. 그것이 봉棒이든 곤棍이든 창槍이든 간에 그 형상마저도 상관이 없다는 뜻이지요. 저는 오로지 단단하기만을 바랍니다."

"그것으로 무얼 할 생각인데."

"수련이죠. 저 또한 강철의 사나이가 되려는 수련입니다."

이런 분위기에서 강철의 거북이라는 말은 꺼낼 수가 없었다. 잠시 나와 금철용, 장득수는 아무 말도 하지 않았다. 금철용은 금철용대로 생각에 잠겨있었고, 장득수는 방해하지 않겠다는 것처럼 오랫동안 입을 다물고 있었다. 한참 후에 장득수가 바깥을 바라보면서 말했다.

"비가 오네요."

우리 세 사람은 잠시 아무런 말 없이 세차게 쏟아지는 비를 하염없이 구경했다. 국밥집 주인과 점소이였던 사내, 그리고 매일 철을 만지면서 살아가는 사내의 시선이 오랫동안 빗줄기에 머물렀다. 이런 순간, 딱히 대화는 필요하지 않았다. 나도 잠시 강호에 대한 것을 잊은 채로 쏟아지는 빗줄기를 구경했다.

19.
비와 강철의
사나이 2

내가 사용하던 주력 병장기를 지금 얻을 수 없다. 그러니 그때까지 대체할 수 있는 주력 병장기를 구해야 하는 처지다. 이를 금철용 아저씨가 만들어 낼 수 있을 것인지가 관건이었다. 사실은 그가 만들지 못해도 좋다. 금철용이 손잡이만 좋은 병장기를 만들다가 사라지는 것이 아니라, 그보다 가치 있는 일에 도전하는 장인이 되길 바랄 뿐이었다. 금철용이 비를 구경하면서 내게 말했다.

"쉬운 일은 아니군."

"그렇습니다."

"무엇보다 그렇게 단단한 철을 구하는 게 쉽지 않은 일이라서. 자네 말마따나 만년한철을 구하면 만사가 해결되는 일이지만. 강호인들이 공청석유를 얻는 것만큼이나 힘든 것이 만년한철을 구하는 것이네."

"그렇습니다."

"그러나 무게까지 무거운 것이라면 혹시 黑市를 살펴봐도 될 것 같 군."

흑시는 흑도의 고수들이 병장기를 구하는 곳을 총칭하는 말이다. 경매하는 곳도 있고, 제작해서 파는 곳도 있었다. 금철용이 흑시를 살펴본다는 것은 만들어진 도검을 구입하겠다는 것이 아니라 철을 구하겠다는 뜻으로 들렸다. 나는 여기서도 입을 다물었다. 병장기를 만드는 것은 오롯하게 철방을 오랫동안 운영한 금철용의 몫이었지. 내가 간섭할 일이 아니었다.

다만 금철용이 정말 내가 만족할 수 있는 병장기를 만들어 내면 그 또한 내 복이고, 금철용의 운명이었다. 그간 강호의 고수들이 무 서워서 훌륭한 병장기를 자의대로 만들지 않았던 모양인데 내가 그 금기를 깨줄 생각이었다. 어차피 용두철방에 일이 생기면 내가 보호 해 줄 생각이다. 금철용이 내게 물었다.

"생각해 둔 이름은 있나?"

나는 병기의 이름을 즉시 대답했다.

"병장기의 이름은 광인狂刃."

미칠 광狂에 칼날 인刃이다. 금철용이 병장기의 뜻을 읊조렸다.

"미친 칼날인 셈인가? 그렇다면 병기의 모양은 상관없다고 했으 니 인은 상대방을 찢어 죽이겠다는 뜻으로 이해하면 되겠나?"

"대충 그런 뜻입니다."

"혹시 직도直刀로 만들어 줘도 되겠나? 기교를 부리지 않으려면 직 도가 가장 적당한데 말이야."

직도는 말 그대로 칼날에 휘어짐이 전혀 없는 곧은 칼을 말한다.

"직도直刀면 더욱 좋습니다. 남자는 직진直進이니까요."

내 뜻밖의 개소리에 금철용이 나를 잠시 노려보다가 말했다.

"그렇게 하지. 직도로 만들어 주겠네. 그 이름은 광인이 될 것이고, 이 금철용의 부러지지 않는 신념이 담기게 될 것이네."

나는 슬쩍 미소를 지었다.

"좋습니다."

조용히 듣고 있는 장득수가 한마디를 보탰다.

"광인이라… 무시무시한 이름이네요."

금철용은 자신이 만들어야 할 병기를 상상하면서 물었다.

"기한은?"

"기한은 장인匠人이 정하는 것이지 의뢰자가 정하는 게 아닙니다. 떼를 쓴다고 장인이 만족할 만한 완성품이 나오겠습니까. 언제든 상관없습니다."

사실 금철용이 장인이었던 적은 없으나, 나는 장인으로 대우할 생각이었다. 금철용이 턱을 쓰다듬었다.

"그것도 맞는 말이네. 재료를 구하는 것도 기간을 예측할 수 없으니 말이야. 내가 어느 날 자네를 불러서 그 광인을 선물하겠네. 그런 의미에서."

"예."

금철용이 빈 그릇을 가리키면서 말했다.

"국수는 오늘 자네가 사야겠군. 오늘도 잘 얻어먹었네."

"가난한 점소이한테 얻어먹기 있습니까?"

금철용이 어림없다는 표정으로 나를 바라봤다.

"자네는 점소이가 아닐세. 언제부터 아니었는지는 나도 모르겠지만 말이야. 오늘은 하오문의 문주님에게 얻어먹는 거로 하세."

그릇을 닦고 있었던 장득수가 궁금하다는 것처럼 물었다.

"하오문? 하오문이 뭡니까. 자하가 만들었어요?"

내가 대답해 줬다.

"득수 형."

"왜?"

"형도 하오문이야."

장득수가 놀란 표정으로 대꾸했다.

"어? 내가? 언제부터 가입됐지?"

"내가 아는 사람은 이미 다 가입된 셈이지."

"아하."

"그런 의미에서 문주에게는 항상 국수를 공짜로 제공할 수 있도록. 알아들었나?"

장득수가 두 눈을 호랑이처럼 부릅뜨더니 정색하는 표정으로 말했다.

"손님, 왜 이러십니까?"

"…"

하여간, 일양현의 사내들에겐 잘 안 통한다. 나는 어쩔 수 없이 전낭에서 돈을 꺼내서 탁자 위에 올려놓았다. 문득 내 시선이 가장 먼저 춘양반점의 바깥으로 향했다. 이어서 금철용과 장득수도 내 시선을 따라서 바깥을 주시했다. 빗속에 사내들이 서있었다. 금철용이 걱정스럽다는 것처럼 말했다.

"음, 빗속의 불청객이군. 물론 자네의 적이겠지? 나는 죄를 짓고 산 적이 없어서 말이지. 기루에도 얼씬하지 않았으니."

장득수의 눈빛도 대번에 착해졌다.

"도와주고 싶어도 전 싸움 못 합니다. 손 다치면 장사 못 해요."

그러면서도 장득수는 가장 날이 예리한 식도의 위치를 눈으로 확인해 뒀다. 어쨌든 춘양반점으로 저들이 쳐들어오면 식당 주인도 칼부림을 할 생각이었다. 나는 고개를 절레절레 저으면서 말했다.

"저놈들이 날 찾아왔다는 징후가 있소이까?"

이때, 바깥에서 놈들이 춘양반점을 향해 말했다.

"이자하… 거기 있는 거 안다. 바깥으로 나와라."

장득수가 고개를 끄덕였다.

"문주님, 나오시랍니다."

손님에서 문주로 격상된 내가 장득수를 바라보자, 장득수가 진중한 어조로 말했다.

"조심하십시오."

금철용도 나를 진심으로 걱정해 줬다.

"문주, 조심하시게. 나는 비만 오면 허리가 아파서… 고질병일세."

나는 허리에서 채찍을 풀어내면서 일어섰다.

"나한테 맡기십시오. 이 새끼들이, 비 오는데 귀찮게."

금철용은 내가 가게를 나서자, 장득수에게 말했다.

"이 새끼들이라는 말이 어쩐지 우리한테 하는 말로 들리는군."

장득수가 고개를 저었다.

"아니에요."

　　　…　　　광마회귀 1

"아니야?"

"예."

"왜?"

"제가 형이잖아요. 자하는 그런 놈 아닙니다."

"강호는 무공 강한 놈이 형이다."

"그럼 어르신도 자하 동생이에요?"

"득수야, 나이 차이가 십 년 이상 나는 것도 무공으로 따질 셈이냐? 적당히 좀 넘어가자."

"예."

* * *

바깥으로 나가서 비를 맞고 있는 쥐새끼들을 바라봤다. 딱 한 명만 고수의 분위기가 감돌았다. 전신을 피풍의로 감싸서 두 눈만 겨우 내놓고 있는 대머리 사내였다. 아니나 다를까, 홀로 피풍의를 입고 있는 대머리 사내가 입을 열었다.

"저 비실비실한 놈이냐."

다른 사내들이 대답했다.

"예."

나를 바라보는 피풍의를 두른 놈의 눈빛이 그야말로 살벌했다.

"이놈들 말로는 네가 감히 흑선보의 능지석을 죽였다던데 사실이냐?"

나는 고개를 갸웃했다.

"능지석이라… 들어본 것 같은 이름인데."

물론 자하객잔 근처에서 내 손에 죽은 놈이라는 것을 알고 있었다. 주변에 있는 쥐새끼들을 살펴보자 아는 얼굴이 제법 있었다. 시화루에 있는 무인들이었다. 그 말은 조삼평의 다른 수하들이라는 뜻이다. 나는 피풍의를 두른 사내에게 물었다.

"비를 맞고 있는 대머리께선 능지석의 사형이신가."

"나는 흑선보의 위선우다."

나는 위선우라는 이름을 듣자마자, 별호가 하나 떠올랐다.

'위선우라면 환도쌍귀環刀雙鬼였네.'

이것은 무슨 운명일까. 하오문주 시절에 내게 덤볐다가 죽는 놈들이 환도쌍귀다. 위선우와 구양수라는 사형제들이 환도쌍귀로 불리는데, 이들이 흑선보 출신이라는 것은 지금 알았다. 어쩌면 흑선보가 크게 결속력이 없는 세력이어서 이후에 흑선보를 빠져나오게 된 것일 수도 있었다.

어느 날, 장보도를 두고 큰 분쟁이 일어났을 때 흑도와 백도의 고수 사오십 명을 하룻밤에 몰살한 살인귀들이 환도쌍귀다. 물론 환도쌍귀는 내 손에 죽었고, 그때 장보도가 가리키던 장소의 보물도 역시 내 것이 됐었다. 위선우가 피풍의를 풀어내자, 얼굴이 제대로 드러났다. 내 손에 죽었던 놈이 젊은 얼굴로 찾아와서 나를 노려보고 있었다. 물론 근처에 구양수가 숨어있을 가능성도 배제하지 않았다. 나는 채찍을 쥔 채로 말했다.

"시화루 놈들은 들어가라. 휘말려서 뒤지기 싫으면."

위선우는 나를 죽일 생각에 사로잡혀 있어서 떨거지들에겐 시선

　　　　…

도 주지 않았다. 시화루의 떨거지들이 슬그머니 물러나더니 제법 떨어진 곳에서 자리를 잡았다. 싸움의 결과가 궁금했기 때문이었다. 위선우가 물었다.

"애송이, 능지석은 왜 죽였나?"

나는 간략하게 대꾸했다.

"내 집을 불태운 죄."

위선우가 히죽 웃었다.

"죽일 만한 이유였군. 덕분에 너도 죽겠지만."

"세상일이 마음대로 되더냐? 네 머리카락처럼 마음대로 되는 일이 별로 없을 것이다."

위선우의 이마에 힘줄이 불끈 솟았다.

"네놈 주둥아리부터 찢어야겠구나."

이 순간, 하늘이 번쩍였다. 위선우와 내가 서로의 얼굴을 또렷하게 확인하는 순간, 우리는 동시에 히죽 웃었다. 위선우는 두 자루의 환도를 붙잡은 채로 자세를 취했다. 놈은 혼자 싸울 때보다 구양수와 합세해서 합공을 펼칠 때 더 강해지는 놈이다. 환도쌍귀에겐 안타까운 일이지만, 나는 이들의 도법을 잘 알고 있다.

환도쌍귀뿐만이 아니라 무림맹과도 여러 차례 분쟁을 일으켰기 때문에 실력이 뛰어난 고수일수록 내가 아는 사람일 확률이 높았다. 지금은 내게 천옥으로 만들어 낸 금구소요공의 힘과 전생의 경험까지 있다. 그 때문에 이 모든 것은 비 내리는 날의 유희였다.

"위선우, 네가 굳이 명을 단축하는구나. 너는 나를 만나지 않으면 천수를 누릴 관상인데 말이야. 안타까운 일이다."

전생의 운명을 언급한 말이었으나, 알아들을 방도가 없는 위선우는 내 말에 코웃음을 쳤다.

"미친 새끼."

"예리하군."

그 사이에 빗줄기가 더욱 굵어졌다.

쏴아아아아아…!

위선우가 군데군데 고여있는 빗물을 튕겨내면서 맹렬하게 달려왔다. 내 채찍이 날아가자, 미끄러지는 자세로 채찍을 피한 위선우가 두 자루의 환도를 휘두르면서 거리를 순식간에 좁혔다. 기본적으로 채찍을 든 상대를 어떻게 죽여야 하는지를 알고 있는 몸짓이다. 거리를 벌리지 않을 생각이었던 것.

반대로 나는 횡으로 이동하면서 채찍으로 타격을 줄 수 있는 거리를 확보했다. 잠시 위선우와 나는 원을 그리듯이 움직이면서, 주도권을 가지려는 전초전을 이어나가는 도중에 우리는 비에 흠뻑 젖었다. 나는 움직이는 와중에 고여있는 빗물을 튕겨내듯이 밟아서 일부러 위선우의 이동 경로에 뿌렸고, 위선우는 부지런하게 환도를 휘둘러 칼의 넓은 면으로 빗물을 튕겨냈다.

전초전에 임하는 내 전략은 위선우와 팽팽한 긴장감을 유지하는 것이었다. 그래야 높은 확률로 근처에서 대기하고 있을 구양수가 모습을 드러낼 테니까 말이다. 이런 이유로 나는 일부러 방어에 치중했다. 그사이에 세 차례나 연속으로 하늘이 번쩍이고, 먼 하늘에서 천둥이 울렸다. 어디선가 철벅대는 소리가 들리더니, 느닷없이 차성태가 직도를 쥔 채로 도착했다. 나는 차성태가 도착하자마자 경고했다.

"대기해. 고수다."

"예."

차성태가 짤막하게 대꾸하더니 여태까지 쓰고 있었던 안대를 벗었다. 폭우가 쏟아지고 있어서 앞이 잘 보이지 않았던 것. 나는 위선우의 공격을 막아내는 와중에 어쩔 수 없이 차성태에게 말했다.

"근처에 한 놈 더 있다. 조심해라."

차성태가 움찔 놀라더니 세차게 쏟아지는 빗줄기 사이를 이리저리 노려보면서 직도를 강하게 붙잡았다.

"알겠습니다."

잠시 후에 차성태가 말했다.

"시화루의 떨거지들밖에 없는데요?"

차성태의 말이 끝나기도 전에 비가 쏟아지는 공중에서 검은 물체가 빙글빙글 돌면서 날아왔다.

"어?"

이어서 두 자루의 칼날이 좌우로 펼쳐지면서 시커먼 얼굴빛을 가진 구양수가 모습을 드러내더니 위선우에게 합세했다. 차성태는 잔뜩 놀란 표정으로 욕지거리를 내뱉었다.

"와 씨발, 진짜 있었네."

나는 오랜만에 구양수의 얼굴을 보자마자 웃음이 흘러나왔다.

"흐흐."

환도쌍귀가 모두 등장했으니 힘을 아낄 필요가 없었다. 당장 채찍에 염계를 휘감았다. 빗줄기 속을 성질 더러운 뱀처럼 움직이던 채찍에 붉은빛이 감돌았다. 구양수가 조심하라는 것처럼 짤막하게 내뱉었다.

"사제, 힘을 숨긴 고수다. 조심해라."

"예."

위선우와 구양수가 좌우로 찢어지더니, 나를 양측에서 포위하는 구도로 쌍도를 각기 휘둘렀다. 내 공력을 확인하자마자, 싸움을 길게 가져가려는 의도로 선택한 진영이었다. 채찍은 회수하는 과정이 다른 병장기보다 느리므로 환도雙鬼의 대처는 적절했다. 이제 한 놈이 내 채찍을 두 자루의 환도로 얽어매고, 다른 놈이 등 뒤에서 기습하는 구도를 생각하고 있을 터였다. 나는 환도雙鬼의 생각을 읽으면서 수중전水中戰에 임했다.

20.
그래서 내 이름이
자하다

차성태는 환도쌍귀가 무섭다고 느끼는 와중에도 전선의 근처를 이리저리 맴돌면서 중얼댔다.

"야, 대머리 새끼야. 등 뒤를 조심해라. 내가 합류한다. 내 별호가 뭔지 알아? 칼에 찔리고 나서야 알게 될 거야. 지금은 몰라도 돼. 오냐, 더 날뛰어 봐라."

실제로 차성태는 직도를 들고 돌진하려는 것처럼 몇 걸음을 내디뎠다가 멈춰 섰다. 누가 봐도 허세 섞인 동작이었으나, 정작 환도쌍귀에겐 그렇지 않았다. 나는 차성태의 행동이 웃겨서 채찍을 휘두르는 와중에 피식했다.

"미친 새끼."

차성태도 직도를 치켜든 채로 낄낄대면서 계속 환도쌍귀를 협박했다.

"좋아, 합류한다. 정정당당하게 이 대 이 싸움으로 가보자. 간다.

대머리, 너부터 쪼개러 가겠다. 기습이다!"

두 자루의 환도를 휘두르던 위선우는 채찍이 회수되는 과정에서 뒤편으로 칼을 한 차례 휘둘렀다.

부아앙!

빗줄기를 가르는 도풍刀風이 차성태에게 날벼락처럼 쇄도했다. 화들짝 놀란 차성태가 비명을 지르면서 직도를 휘둘렀다. 퍽! 소리와 함께 도풍을 받아친 차성태가 땅바닥을 여러 차례 구르더니 기절한 것처럼 미동도 하지 않았다. 차성태는 제 딴에 머리를 굴려서 기절한 것처럼 얌전히 누워있었다. 상황을 보고 기습을 하려는 의도였던 것. 나는 환도쌍귀의 공격을 막아내는 와중에 차성태에게 말했다.

"안 통하니까, 일어나."

차성태가 급히 고개를 들었다.

"아, 그래요?"

위선우는 나를 상대하느라 공력을 많이 쏟아내지 않았다. 단지, 더 날뛰면 무리를 해서라도 죽이겠다는 경고였는데 이 때문에 환도쌍귀의 집중력이 흐트러진 것은 어쨌든 차성태의 공이라 할 수 있었다.

* * *

금철용, 장득수와 바라보던 빗줄기는 제법 운치가 있었다. 금철용은 내게 선물할 병기를 떠올리면서 비를 봤을 것이고. 장득수는 우리의 대화를 들으면서 비를 감상했을 것이다. 나는 전생과 한참이나 다르게 전개되는 삶을 생각하면서 비를 바라봤다. 어쩌면 우리 셋이 함께 빗줄기를 바라보고 있었기 때문에 감상에 젖었던 것일 수도 있었다.

그러나 지금 내리는 비는 다르다. 반점에서 평화로운 마음으로 바라보던 빗줄기는 어느새 적을 죽이는 데 이용해야 할 싸움의 일부가 되어있었다. 나는 이 빗속에서 누군가가 반드시 죽으리라는 것을 알고 있다. 물론 나는 아니다. 환도쌍귀는 지금처럼 애송이들이 아니었을 때도 내게 죽은 놈들이다. 어쨌거나…

싸운다는 것은 왜 이렇게 재미있는 것일까. 다시 한번 하늘을 가르는 천둥과 벼락이 우리 세 사람의 표정을 잠시 확인시켜 줬다. 위선우와 구양수는 내가 여전히 웃고 있다는 것을 알게 되었다. 구양수가 말했다.

"채찍부터."

자르든지 뺏든지 해서 무력화시키자는 짤막한 말에 위선우가 대꾸했다.

"허리에도 검."

이어지는 싸움에서 구양수가 두 자루의 환도로 내 채찍을 옭아매듯이 붙잡고, 위선우가 달려들더니 채찍의 중간 지점을 내공을 주입한 베기로 잘라냈다. 내공 싸움으로 몰아갔으면 채찍이 잘리지 않았을 테지만, 내 상대가 두 명이었기 때문에 뒤로 후퇴할 수밖에 없었다. 어느새 채찍이 제법 짧아진 상태. 잠시 소강상태에서 대치 구도가 이어지자… 나는 금철용에게 잘린 채찍을 내보이면서 말했다.

"부러지지 않는 신념… 이건 아니군."

금철용은 춘양반점 안에서 구경하다가 내 말을 똑똑히 들었을 것이다. 용두철방에서 만든 병장기가 이렇게 허무하게 잘렸다면 금철용의 속이 부글부글 끓어야 하는 것이 정상일 터. 나는 길이가 줄어든 채찍을 집어 던지자마자, 허리춤에 있는 흑룡검을 뽑았다. 검을 뽑자, 상황이 변한 것처럼 두 사람이 잠시 멈춰 섰다.

"너희 이제 큰일 났다. 내가 채찍보다 더 잘 쓰는 게 검인데."

차성태가 내 말에 끼어들었다.

"그럼 검부터 쓰시지. 왜…"

"마지막에 남은 한 조각 양심이랄까."

차성태는 속으로 욕을 삼켰다.

'뭘 개소리야.'

실제로 나는 죽였던 놈들을 또 죽여야 한다는 가혹한 운명에 대해 잠시 생각했다. 이렇게 된 이상은 나도 어쩔 수 없다. 또 죽일 수밖에. 고민 끝. 내가 검을 수직으로 세우자, 염계가 검신劍身에 휘감겼다. 검이 불그스름하게 물들었다. 거기에 빗물이 떨어질 때마다 치직- 소리를 내면서 빗물이 타들어 갔다. 차성태는 물론이고 대치하던 환도쌍귀의 표정에도 놀라는 티가 역력했다. 솔직히 바로 얼마 전까지 평범했던 점소이가 펼치기에는 너무 수준이 높은 무공이어서 나도 살짝 난감했다. 이유를 마련할 필요성이 있었다.

"보이냐? 내 검…"

차성태가 넋이 나간 어조로 호응했다.

"보입니다. 붉은빛이…"

나는 고개를 끄덕이면서 변명하듯이 말했다.

"이래서 내 이름이 자하紫霞(자줏빛 노을)다."

실제로 검은 붉어진 저녁 해처럼 빛이 나고 있었고, 칼날에 부딪힌 빗방울은 묘한 색의 연기가 되어서 노을처럼 퍼져나가고 있었다. 거짓말을 하는 나조차도 이래서 내 이름이 자하였나 하는 생각이 들 정도였다. 어쨌거나 자하객잔 이자하, 그것이 나다.

"죽을 때가 되었다. 병신 같은 새끼들."

욕지거리가 개전 신호가 되어서 환도쌍귀와 내가 서로를 향해 돌진했다. 이놈들이 사용하는 환도는 분류상 대도大刀인 데다가 휘두르는 궤적의 범위가 넓다. 이 대 일의 싸움이 내 입장에서 마냥 불리한 것도 아니다. 궤적의 범위가 넓었기 때문에 내 움직임에 따라서 저놈들이 휘두르는 환도는 서로를 다치게 할 수도 있었다.

이것은 무엇보다 이들의 도법을 파악하고 있었기 때문에 가능한 일. 붉게 물들어 가는 검을 휘두르다가 놈들의 면전에서 염계의 기운이 담긴 검풍을 산발적으로 쏟아냈다. 검풍은 기본적으로 바람이지만, 내공에서 전달되는 열기가 담겨있다. 이것에 담긴 기의 농도가 더 압축되었을 때. 검풍劍風은 검기劍氣가 된다.

검기가 상위 기예이긴 하나, 때에 따라서는 검풍이 효과적일 때가 있고. 내공이 더 소모되는 한 번의 검기가 효과적일 때가 있으며, 내공을 아껴야 할 때는 두 가지를 절대 사용하지 않은 채로 검을 휘두르는 것이 정답일 때도 있다. 물론 검기의 상위 기예도 많고, 문파에 따라 그 특색이 다양하다.

그 때문에 싸움이 펼쳐지는 동안에는 결정해야 할 것이 많고, 그것이 승패의 원인이 되기 때문에 무공을 수련하는 것만큼이나 실전 실력을 쌓는 것도 끝은 없다. 나는 환도쌍귀가 휘두르는 네 자루의 환도를 튕겨내는 와중에 이런 것을 염두에 둔 채로 계획을 세웠다. 이 때, 차성태가 다시 칼을 든 채로 곧 튀어 나갈 것 같은 자세를 취했다. 이번에는 입을 굳게 다문 채로 살기만 잔뜩 끌어 올렸다.

"…"

진짜 기습으로 합류할 생각이었다. 환도쌍귀는 차성태의 실력을 모른다. 표정이 일그러진 위선우가 뒤로 한 걸음 물러나면서 오른손에 쥔 환도를 차성태를 향해 휘둘렀다. 나는 구양수의 칼을 막는 동안에 위선우가 후퇴하는 이유를 즉각 알아차리고, 반동으로 튕겨나오면서 검을 휘둘렀다. 위선우의 환도가 차성태를 향해 도풍을 쏟아내는 순간, 동시에 뻗어나간 내 검이 위선우의 팔뚝을 잘랐다.

푸악!

이어서 차성태가 직도를 우하단으로 내린 채로 빗물을 튀기면서 맹렬하게 달려들었다. 그 기세가 팔이 잘린 위선우를 마무리하겠다는 의도여서 나는 그대로 구양수와 일대일로 맞붙었다. 한쪽 팔이 잘린 위선우와 차성태가 맞붙고. 나는 구양수의 쌍도를 튕겨내면서 왼손에 염계기炎鷄氣를 갈무리했다가 탄지공彈指功으로 튕겨냈다. 구양수가 염계탄지공을 환도로 튕겨내는 순간, 칼은 물론이고 칼을 붙잡은 놈의 팔까지 흔들렸다.

나는 팔에 힘을 뺀 채로 찌르기에만 집중하는 허초를 남발했다. 구양수의 쌍칼을 튕겨내고, 찌르면서 그의 목과 팔을 노렸다. 문파마다 대부분 존재하는 환영검幻影劍의 묘리는 검신에 휘감은 미약한 기氣를 의도적으로 잔상처럼 남기는 것이다. 그것이 세 개에서 네 개정도로 늘어나면 강호인들이 보통 환영삼검幻影三劍이라는 식의 별호를 붙이게 되는데, 당연하게도 쾌검일수록 그 수가 늘어난다. 즉 어느 문파에서든 한두 개씩 볼 수 있는 초식이 환영검이다. 나는 빗속에서 구양수를 향해 환영검의 잔상을 세 개씩, 아홉 개를 만들어 냈다가 구양수의 목을 흑룡검으로 정확하게 찔렀다.

푸욱!

내 검보다 반박자가 느리게 도착한 쌍도가 내 가슴 근처까지 왔다가 땅에 떨어졌다. 피 묻은 검을 뽑아내자, 하늘이 요란하게 번쩍였다. 고개를 돌려보니 차성태가 쓰러진 위선우의 몸뚱어리에 칼을 박아 넣고 있었다. 내 검이 아니라 차성태에게 죽게 되는 위선우를 보자 확실히 기분이 묘했다. 덕분에 차성태의 운명은 물론이고 내 운명도 많은 것이 바뀌게 될 것이라는 점을 더 확실하게 알게 되었다. 방금까지만 해도 환도쌍귀가 전부 내 손에 죽을 줄 알았기 때문이다. 차성태가 칼로 시체를 가리키면서 물었다.

"그런데 이놈 누굽니까?"

"흑선보 놈들."

"흑선보라…"

차성태가 한숨을 내쉬다가 구경하고 있는 떨거지들에게 명령했다.

"너희는 왜 이런 놈들을 여기까지 데려온 거냐? 죽고 싶어?"

차성태가 피 묻은 칼을 쥔 채로 다가가자, 떨거지들이 뒷걸음질을 쳤다. 한 놈이 억울하다는 것처럼 변명했다.

"협박을 받았으니 데려왔죠. 안 그랬으면 저희부터 다 죽었습니다."

차성태가 나를 돌아봤다.

"이런 놈들을 데리고 하오문을 운영하시겠다고요? 되겠어요?"

나는 차성태의 말에 코웃음을 쳤다.

"그걸 왜 나한테 물어."

"예? 문주시잖아요."

"갱생이 필요한 놈들은 네가 관리해야지. 네가 생문의 문주잖아. 성태, 이 새끼야. 밑에 놈들 교육 똑바로 안 해? 죽고 싶어?"

차성태가 입을 벌렸다.

"아…"

잠시 고개를 몇 번 흔든 차성태가 고개를 살짝 숙이면서 말했다.

"여긴 제가 정리하겠습니다. 말씀 나누십시오. 반점에 금 아저씨 계신 것 같은데."

"수고해라."

"예."

차성태가 떨거지들을 불러 모아서 시체를 치우라고 시키는 동안에 나는 춘양반점으로 들어갔다. 가게 안에서 편하게 구경하고 있었던 장득수와 금철용이 나를 맞이했다.

"어서 와라. 고생했다."

금철용은 엄지를 치켜들었다.

"문주, 실력이 대단했군. 싸움 실력도 실력이지만 힘을 숨겼다가 놈의 조력자를 끌어내는 것이 일품이었네. 근처에 조력자가 있다는 것은 어찌 알았나?"

나는 고개를 갸웃했다.

'뭐가 이렇게 분석적이야?'

대충 대답했다.

"그냥 예감으로 알았습니다."

"신기하군."

나는 옷이 너무 젖은 상태였다. 물기가 뚝뚝 떨어지는 와중에 금철용에게 말했다.

"금 아저씨."

"말하게."

"광인을 기다리겠습니다. 그사이에 일이 생기면 차성태나 나한테 연락을 주십시오."

금철용이 고개를 끄덕이면서 대꾸했다.

"알겠네."

나는 젖은 몸을 내려 보다가 두 사람에게 작별을 고했다.

"피 좀 씻으러 갑니다."

내 말을 들은 장득수가 고개를 갸웃했다. 어디에도 피가 묻어있지 않았기 때문이다. 나도 별생각 없이 내뱉은 말이었다.

* * *

나는 매화루로 복귀하면서 문득 환도쌍귀가 탐을 냈었던 장보도가 떠올랐다. 지금은 장보도가 내 손에 없지만, 장보도에 표시되었던 위치는 잊지 않고 있다. 다만 여기서 거리가 제법 떨어져 있는 장소이기 때문에 출발해서 회수하는 시기는 고민을 조금 더 해야 했다. 어차피 시기상 한참 후에 내가 취했던 것이니 언제 방문해도 큰 상관은 없었다.

당장 해결해야 할 세력이 흑묘방과 흑선보로 늘어났으나 큰 걱정
은 되지 않았다. 마교의 천라지망 속에서 고생했던 것을 떠올리면
지금은 그저 몸풀기에 지나지 않은 시기였기 때문이다. 나는 매화루
의 정문을 열었다가, 다시 돌아서서 퍼붓는 빗줄기에 잠겨있는 일양
현의 전경을 한 차례 둘러봤다. 나뿐만이 아니라 일양현 전체가 비
에 흠뻑 젖은 느낌이다.

밤이 깊었기 때문에 불이 줄어든 거리는 한산했다. 마치 이 거리
에서 환도를 휘두르던 두 명의 강호인이 죽은 것에 대해서는 아무런
관심이 없는 것 같은 무심한 전경이기도 했다. 늘 저희끼리 죽고 죽
이기를 반복하는 것들이 강호인이란 족속들이다. 종종 벌어지는 일
이 비 오는 날에 벌어졌을 뿐이다.

나는 매화루의 정문 앞에 잠시 서서 세차게 퍼붓고 있는 비를 마
음껏 바라봤다. 강해져서 돌아왔더니 이 모든 것이 아름답게 보였
다. 문득 이런 생각이 들었다. 나는 전생에 그랬던 것처럼 반쯤 미쳐
있는 사내인 걸까. 아니면 미쳤다가 다시 정상으로 되돌아가는 중일
까. 당장은 알 수가 없었다.

21.
정이 없네

빗소리를 들으면서 뜨거운 욕조 안에 몸을 담그고 있으니 극락이 따로 없었다. 눈을 감고 있는 동안에 그토록 세차게 퍼붓던 빗소리가 점점 잦아들었다. 다시 시간이 얼마쯤 흘렀을 때, 복도가 이전보다 조용해지더니 이어서 아래층에서도 잡다한 소리가 잦아들었다.

"…"

내 오감과 경험이 무언가 이상하다는 분위기를 자연스럽지 않은 '정적'에서 감지했다.

'기습인가?'

정말 기습이라면 병장기도 없는 알몸의 상태에서 방문자를 맞이하게 될 것 같다는 생각이 들었다. 기루가 조용한 것은 애초에 비정상적인 일이다. 하지만 나는 딱히 누군가를 부르거나 병장기를 가져오라는 명령도 내리지 않은 채로 욕조에서 기다렸다. 굳이 조씨 삼형제와 환도쌍귀를 죽인 시점에서 나를 찾아올 사람이 있을까 싶었다. 흑묘방은 아닐 것이다. 수금하는 놈들이 겁을 집어먹었기 때문에 지금 당장 흑묘방의 고수가 찾아올 가능성은 적었다.

그렇다면 일양현 내부다. 이화루, 시화루에서 칼을 잘 쓰는 이인자들이 떠올랐다. 내가 예언자라서 이렇게 명확하게 아는 건 아니다. 다만 미래를 알고, 일양현에 어떤 놈들이 있는지 얼추 다 알기 때문에 내린 결론이었다. 물론 이것은 예측이라서 아직은 반신반의하는 중이었으나 아무런 예고도 없이 복도에서 걸음 소리가 들리더니 욕탕의 문이 열렸다. 나는 욕탕 안으로 들어오는 두 사람을 바라보면서 말했다.

"너희냐?"

동네 놈들이니 당연히 아는 얼굴이다. 이화루의 송우금과 시화루의 유준구. 여기에 차성태를 더하면 아랫놈들이 '태금구'라 싸잡아 부르는 기루의 영가이자 지배인 들이다. 내가 벌거벗은 몸으로 욕조 안에 있다는 것을 확인한 송우금과 유준구는 일언반구도 없이 칼을 쥔 채로 달려들었다. 그 짧은 와중에 이런 생각이 들었다. 죽고 죽이는 강호에서는 당연한 일이라고. 나는 벌거벗은 상태인 데다가 병장기도 없었지만… 욕조가 있었다.

손날에 염계의 기를 끌어 올리자마자, 욕조에서 뜯어낸 판자를 두 자루의 목검처럼 양손에 움켜쥐었다. 동시에 기파를 터트리면서 욕조의 물과 부서진 욕조의 잔해를 송우금과 유준구에게 튕겨냈다. 사방팔방으로 부서진 욕조의 잔해와 물이 송우금과 유준구에게 쇄도했다. 이어서 나는 나신의 상태로 욕조에서 뜯어낸 목검을 휘둘렀다. 두 명 모두 차성태만큼은 싸우는 놈들이다. 그렇다는 것은 내게

...

아무런 위협이 되지 않는다는 뜻이기도 하다. 다만 병장기의 우위는 놈들에게 있었다. 내가 휘두른 목검이 송우금의 칼에 잘렸을 때, 나는 왼발로 송우금의 복부를 가격했다.

퍽!

이어서 유준구의 칼을 고갯짓으로 피하면서 그의 손을 목검으로 후려쳤다. 배를 얻어맞은 송우금이 새빨갛게 된 얼굴로 내게 다시 달려들고, 유준구는 칼을 놓친 다음에 아예 육탄전으로 몰고 가겠다는 것처럼 맨손으로 달려들었다. 나는 거리를 유지했다. 그 거리를 유지하기 위해 물러나면서 목검에 염계의 기를 주입하면서 허공에 무차별적으로 그었다.

부앙! 소리가 들릴 때마다 판자로 만든 목검이 송우금과 유준구의 면상을 베고 지나갔다. 목검이라고 하기에도 어려운 나무 널빤지인지라 나는 여러 번의 공격을 적중시킬 생각으로 서있는 두 놈을 난자하듯이 베어냈다. 삽시간에 예닐곱 번의 공격이 놈들의 얼굴과 상체, 팔을 긁고 지나갔다. 그때마다 핏물이 터지듯이 솟구치면서 욕탕에 흩날렸다. 이놈들의 시체가 다른 놈들에게 경고가 되길 기원했다.

나는 두 놈이 죽을 때까지 널빤지를 휘둘러서 피범벅을 만들어 놓은 다음에 너덜너덜해진 널빤지를 집어던졌다. 동시에 선 자세에서 널빤지에 베이고 있었던 놈들이 바닥으로 허물어졌다. 금세 욕탕에는 새빨간 피가 흘러서 경사로를 따라 하수구에 모여들었다. 송우금과 유준구는 욕탕에서 자신들의 핏물에 잠겨서 죽은 상태. 나는 바닥에 떨어진 칼을 한 자루 주운 다음에 알몸으로 욕탕을 빠져나가서 복도를 걸었다.

"성태야…"

'이놈들이 차성태와 합을 맞췄을까.'

아니라는 생각이 들었다. 대답이 없다는 것은 죽었거나 혹은 이놈들의 수하들이 차성태를 치고 있을 것이라는 생각이 들었다. 옷 입는 것을 까먹은 내가 알몸으로 돌아다니자, 복도에 있던 시비가 비명을 지르다가 자신의 입을 틀어막았다. 놀란 시비에게 차분한 어조로 말했다.

"옷 좀 가져와라. 아무거나."

"예."

나는 여러 개의 방을 지나치면서 둘러보다가 말했다.

"손 부인은 어디 있나? 손 부인…"

뒤쪽에서 시비가 어딘가에서 찾아낸 바지를 들고 달려왔다.

"바지만 찾았어요. 이거라도 먼저…"

나는 시비가 가져온 바지를 입으면서 물었다.

"너는 손 부인, 못 봤어?"

"예."

"눈치 빠른 것이 숨었나."

사실 손 부인이 딱히 할 수 있는 일은 없었다. 그렇다고 아예 도망을 칠 필요는 없었는데 말이다. 어쩌면 내가 한가롭게 목욕 중이라는 이야기를 손 부인이 고했을 수도 있었기 때문에 나는 손 부인부터 찾아다녔다. 덜덜 떨고 있는 시비를 바라보면서 내가 웃었다.

"손 부인이 정이 없네. 그렇지?"

…

"아, 예. 그렇습니다."

나는 바지만 입은 채로 칼을 들고 계단을 빠르게 내려갔다. 차성 태가 죽었다면 차성태를 죽인 놈들을 다 찾아내서 죽일 생각이었고. 아직 살아있다면 가서 도와줄 생각이었다. 아무래도 송우금과 유준 구는 기습을 택했을 것이다. 수하들은 내게 협조하고 있는 차성태 에게 보내고, 저희들이 그래도 대장들이라고 단 두 명만 내게 온 것 이라 할 수 있었다. 나는 바깥에 나와서 비에 젖은 길을 걷고 나서야 신발도 안 신었다는 것을 깨달았다. 그 와중에 바지가 자꾸 흘러내 렸다. 잠시 칼을 땅에 박아둔 다음에 바지가 흘러내리지 않게 대충 여미었다.

"차성태."

내공을 담아서 부른 다음에 귀를 기울였다. 아무래도 자하객잔 방 향에서 희미하게 누군가의 고함 소리가 들리고 있었는데 어조를 보 아하니 욕지거리에 가까웠다. 나는 칼 한 자루를 쥔 채로 경공을 펼 쳐서 자하객잔으로 향했다.

* * *

골목길의 담벼락에 등을 대고 있는 차성태는 얼굴에서 피를 질질 흘리고 있었다. 그 와중에 왼손에 쥔 단검을 붙잡고 있는 놈의 목에 대고, 오른손에 쥐고 있는 직도를 포위하고 있는 놈들에게 내밀고 있었다. 차성태가 무언가를 씹는 것처럼 말했다.

"준구가 시키드냐? 이 병신들아…"

차성태를 포위한 자들은 아직도 열 명이 넘었다. 소몰이 당하듯이 한적한 자하객잔 방향으로 떠밀려서 오는 동안에 일곱 명을 차성태가 죽였으니, 차성태는 놀랍게도 총 십칠 대 일의 싸움을 하고 있었다. 당연하게도 차성태의 직속 수하들이 있으면 이렇게 당하지 않았다. 환도쌍귀의 시체를 처리하기 위해 이화루의 떨거지들과 이동하는 도중에 기습을 받았기 때문에 이화루의 떨거지들도 변심하듯이 돌아서서 차성태를 공격한 상황이었다. 확실히 이 동네는 이렇게 개판이다.

충분히 조심했었어야 하는 상황이었으므로 이는 차성태의 실책이었다. 차성태가 평소에도 자신이 송우금과 유준구보다는 더 강하다고 생각했기 때문이다. 수하들도 그렇고 본인의 실력도 실제로 그렇긴 했다. 그러나 차성태는 이렇게 많은 적을 홀로 상대해 본 경험이 부족했다. 차성태는 이놈들이 물러날 생각이 없는 것을 확인한 다음에 단검을 붙잡은 놈의 목에 박아 넣고, 직도를 휘두르면서 전진했다.

피를 흘리고 있었기 때문에 속전속결로 열 명을 빠르게 죽이는 것 이외에는 살아남을 가능성이 없어 보였다. 차성태는 상대의 팔다리, 얼굴을 가리지 않고 무조건 공격했다. 자신의 팔이 베이는 와중에도 상대의 얼굴에 칼을 박아 넣고, 발차기에 맞아서 밀려나는 와중에도 바닥을 구르면서 보이는 발목마다 직도를 쑤셔 넣었다. 또다시 비명이 퍼져나갔다. 차성태는 빗물, 피, 흙탕물을 뒤집어쓴 얼굴로 일어나서 괜스레 호통을 한번 내질렀다.

"들어와, 이 개새끼들아!"

어차피 삼류들의 싸움은 기세가 중요하다. 이놈들은 송우금이나 유준구와 같은 대장들이 아니라서 이런 기세 싸움도 효과적으로 먹히는 떨거지들이었다. 이때, 동료애가 전혀 없는 놈이 부상을 당한 동료를 차성태 쪽으로 밀었다. 동시에 명령을 내렸다.

"한꺼번에 쳐."

떠밀려서 도착한 놈이 차성태의 칼에 가슴이 뚫렸을 때. 나머지 놈들이 박도를 쥔 채로 동시에 달려들었다.

"에이씨."

차성태도 바보가 아니다. 어쩔 수 없이 뒷걸음질을 치면서 물러났다. 다시 심리 상태가 뒤바뀌었을 때 싸워야 한다는 것을 본능적으로 알고 있었다. 이때, 푹! 하는 소리가 들렸다. 어둠인지라 잘 보이진 않았으나 또다시 푹! 소리가 들리더니 한 놈이 고꾸라졌다. 이어서 푸악! 소리가 들리더니 머리 한 개가 공중으로 솟구쳤다. 그제야 빌어먹을 점소이의 목소리가 차성태의 귀에 꽂혔다.

"갱생문주, 살아있나? 이야, 대단한데?"

차성태가 소리를 버럭 질렀다.

"살려줘!"

차성태는 반가운 와중에도 너무 흥분한 탓에 속이 부글부글 끓었다. 작은 목소리로 말끝을 흐렸다.

"…개새끼야."

* * *

나는 송우금과 유준구의 수하들에겐 별 감정이 없었다. 그러나 갱생문주를 죽이려고 했으니 봐줄 수가 없었다. 솎아낸다는 생각으로 대부분 일 검으로 신체 일부분을 자르거나 박아 넣어서 바로 죽였다. 서너 명이 남았을 때, 차성태가 미친놈처럼 소리를 버럭 지르면서 합세했다. 내가 칼을 거두자, 차성태가 악에 받친 미친놈처럼 날뛰면서 개인적인 복수를 손수 마쳤다. 푹푹푹! 소리와 차성태의 욕지거리가 잠시 합을 이루었다. 자하객잔 주변에 시체가 자꾸만 늘어나고 있었다. 떨거지들을 죄다 죽인 차성태가 직도를 떨구면서 바닥에 주저앉더니 숨을 거칠게 내쉬었다.

"허억… 허억… 허억… 후우… 하아…"

그러다가 차성태가 나를 위아래로 바라봤다. 나는 바지춤이 흘러내리지 않게 왼손으로 붙잡고 있었다. 신발은 없었고, 상체는 맨 몸이었다. 누가 봐도 목욕을 하다가 달려 나온 상태였다. 차성태는 내 이런 모습을 한참이나 바라보다가 물었다.

"목욕하다 오셨습니까?"

나는 고개를 끄덕였다가 하늘을 바라봤다. 세찬 비가 멈추긴 했으나 흩날리는 부슬비가 내리고 있었다.

"오늘 목욕 여러 번 하네."

그제야 긴장이 확 풀린 차성태가 허탈하다는 것처럼 웃었다.

"하아…"

나는 쥐고 있는 칼을 내밀어서 차성태의 턱에 대고 말했다.

"성태야."

"예."

…

광마회귀 1

나는 차성태를 내려다보면서 물었다.

"너도 아직 내가 우습냐. 점소이라서?"

차성태는 사실 잘못한 것이 없었기 때문에 놀란 눈으로 나를 바라봤다. 그러나 나는 차성태를 조금 더 확실하게 교육할 필요가 있었다. 오늘 벌어진 일이 다시 발생하지 않으려면 말이다.

22.
홍등을 올려라

차성태는 갑자기 턱 밑으로 들어온 칼을 바라보면서 대답했다.

"갑자기 왜 이러십니까. 이놈들은 원래 저랑 상관이 없는 놈들이에요. 우금이나 준구와 매번 어울리는 놈들이었습니다. 제 손으로 죽인 것 보셨잖아요. 저도 갑자기 이럴 줄은 몰랐습니다."

내가 대답했다.

"잘 생각해 봐. 네 탓은 없는지…"

잠시 진지한 기색으로 생각에 잠겨있었던 차성태가 가라앉은 어조로 대꾸했다.

"없었는데… 있네요."

"뭔데."

차성태가 솔직하게 말했다.

"…두 놈에게 점소이 새끼가 갑자기 강해졌다. 다들 조심해라. 이런 말을 몇 번 했었던 것 같습니다. 정작 저는 정말 조심하고 있었는

데 이놈들은 그다지 심각하게 받아들이지 않았던 것 같습니다. 생각
해 보니 제 잘못이 있었네요."

차성태가 정확하게 알고 있었다. 내가 물었다.

"앞으로 어찌할래. 이러다가 내가 일양현 사내놈들 절반은 죽여야
이런 일이 안 생길 것 같은데 그렇게 해줘?"

"그럴 필요는 없습니다. 제가 어찌할까요? 알려주세요."

내가 대꾸했다.

"예전에 알려줬잖아. 넌 이제 나한테 반말하지 말라고. 내 앞에서
만이 아니라 다른 놈들 앞에서도 마찬가지다. 일양현 놈들 전부 다
내가 자하객잔에 있었던 점소이라는 것을 안다. 앞으로 하오문을 만
들 텐데 너부터 이런 식으로 나오면 하루가 멀다 하고 계속 칼질을
해야 할지도 모르겠다. 나는 상관없다. 이런 놈들에게 죽을 리가 없
으니까. 그러나 네가 가장 먼저 나를 가볍게 여겨서 죽지 않아도 될
놈들이 자꾸 시체가 되는 것 같은데."

"그렇습니다. 인정하겠습니다."

"앞으로는 재주껏 나를 포장해라. 정말 무서운 사내라고… 어차피
눈 밖에 난 놈들 다 죽었다고."

"그게 사실이죠."

"더 부풀려. 과장되게, 알려진 것보다 더 사악하고, 자비심도 없
고, 미친놈이고. 네가 파악하고 있는 것보다 더 강하다고. 그리고 그
게 사실이다."

"예."

"너부터 나를 무서워해야 아랫놈들이 무서워하지 않을까. 지금도

그렇고 앞으로도 그렇다."

"이제 완벽하게 이해했습니다."

"실제 내 실력은 이런 동네에서 다 내보이지 않아도 될 정도다. 평생 시체나 치우면서 살 생각이 아니라면 잘하자."

"예."

"잘하자고."

"잘하겠습니다."

나는 그제야 칼을 거둔 다음에 차성태에게 말했다.

"겉옷 좀 줘라."

차성태의 이마에 힘줄이 불끈 솟았다.

"예?"

순간, 이런 실수가 이런 사태를 만들었다고 생각한 차성태가 급히 말을 이어나갔다.

"아, 알겠습니다. 벗어드려야죠. 자꾸 말이 엇나가네요."

차성태는 자신의 뺨을 한 대 때린 다음에 내게 장삼을 건넸다. 차성태의 장삼을 입으면서 시체를 향해 말했다.

"…수준이 떨어지는 놈들이라 싸우면 어찌 되는지도 몰라."

차성태가 물었다.

"우금이랑 준구는 어찌 됐습니까."

"저세상에 볼일이 좀 있는 거 같더라. 급하게 떠났다."

"아이고, 그랬군요. 바쁜 놈들이네."

차성태는 아는 놈들이 죽은 것이라서 죽음 자체에 대해서는 애도하고 있었다.

"예전에 우금이랑 준구가 저한테 애들 모아서 조씨 삼 형제를 죽이자는 얘기를 했었습니다. 제가 안 말렸으면 그때 죽었을 겁니다."

"그랬나?"

"예, 이번에는 아예 상의도 안 하고 저희끼리 이 지랄을 했네요. 제가 놈들과 평소에도 안 친했다는 증거가 바로 이겁니다."

"훌륭하다."

잠시 후에 매화루에 함께 도착한 차성태가 말했다.

"들어가서 쉬십시오. 저는 애들 모아서 시체들 처리하겠습니다. 이러다가 역병 퍼지겠습니다. 시체가 하도 많아서."

"이 정도로는 안 퍼진다."

나는 어수선한 매화루를 둘러보면서 계단을 올랐다. 연일 싸움이 벌어져서 손님의 발길이 뚝 끊긴 상태였다. 어쩌면 내 탓이기도 하다. 그러나 반드시 겪어야 할 진통이기도 했다. 내가 계단에 오르는 동안에 청소를 하거나 시체를 치우고 있었던 자들이 전부 멈춰 서서 나를 바라봤다. 나는 계단의 난간에 멈춰서 매화루에서 일하는 자들에게 말했다.

"왜?"

"아닙니다."

"다들 아는 사람들에게 전해. 또 덤벼봤자 이 꼴 난다고. 적어도 일양현에서는 날 어떻게 할 생각들 하지 말라고 해. 결과는 보다시피 이렇다. 오늘 장사 접어라. 술도 팔지 말고. 죽은 놈들 애도하려면 조용히 있어야지."

"알겠습니다."

매화루가 고요해졌다. 나는 조이결의 방으로 올라가기 전에 몸을 다시 씻었다. 나는 여전히 이곳을 조이결의 방이라 생각했다. 놈들에게 불에 탄 자하객잔이 복구되면 돌아갈 생각을 하고 있었기 때문이다.

* * *

가부좌를 튼 채로 눈을 감고 있었던 나는 매화루의 어디선가에서 시작된 노래를 들었다. 음색이 좋았다. 들어본 적이 있는 노래였는데 목소리의 주인은 채향이다. 노래의 제목은 청청하반초淸淸河畔草. 아름다운 누각의 여인이 달빛이 비치는 창가에서 붉은 분을 바르고 흰 손을 내밀고 있는데, 그 여인은 과거에 기생이었고 지금은 탕자의 아내… 지금은 그 탕자마저도 돌아오지 않고 있어 빈 침상을 홀로 지키는 것이 어렵다는 노래였다.

노랫말에 청청淸淸, 울울鬱鬱, 영영盈盈, 교교皎皎, 아아娥娥, 섬섬纖纖이라는 표현이 있다. 평온한 단어는 아니다. 음색과 곁들어지면 전부 여인의 피부, 신체의 굴곡이나 은밀한 곳의 특징, 밤의 분위기, 교합의 미묘함, 여인의 은은한 유혹이 연상된다. 물론 그렇게 해석하지 않을 수도 있다.

그러나 결정적으로 공상난독수空床難獨守라는 말이 방점을 찍는다. 한껏 청청, 울울, 영영, 교교, 아아, 섬섬을 고운 목소리로 부르다가 홀로 빈 침상을 지키는 것이 어렵다고 하면 그 뜻이 무엇이겠는가. 이는 유혹의 노래여서 강호로 따지면 미혼술迷魂術이다. 실제로 사파

…   광마회귀 I

에 속한 예쁘장한 여자 원숭이들이 얼굴에 분을 떡칠한 다음에 종종 청청하반초를 불러서 순진한 백도의 사내들을 여러 명 털어먹었다. 털어먹기만 하면 다행이겠으나 당연하게도 죽임을 당했다.

그러거나 말거나, 어쨌든 간에 나한테는 미인계가 안 통하는 관계로 다시 운기조식에 집중했다. 그리고 내 기준에서는 채향이가 미인은 아니었다. 어디까지나 마음이 고와야 미인이다. 청청하반초로 끝나는가 싶더니 다른 노래가 또 이어졌다. 잠시 마음이 흐트러진 나는 눈을 뜨자마자 소리를 버럭 내질렀다.

"닥쳐라!"

내공 섞인 호통이 매화루 전체로 퍼지면서 노랫소리가 뚝 끊겼다. 나는 같은 어조로 매화루의 맨 위층에서 건물에 있는 사람들이 모두 똑똑히 들을 수 있도록 명령을 내렸다.

"청등을 내리고 홍등을 달아라."

마침 수하들에게 일을 시키고 돌아온 차성태가 일 층에서 내 말을 듣자마자 반복해서 외쳤다.

"청등을 내리고 홍등을 달아라."

나는 재차 명령을 내렸다.

"기녀들은 그대로 머물러도 좋으나 창부娼婦로 일하던 여인들은 이제 다른 일을 찾아라. 매화루, 이화루, 시화루는 앞으로 홍루紅樓로 운영하겠다. 손님 중에 청루에서 놀듯이 설치려는 놈이 있으면 내게 보고하도록."

차성태가 끝부분만 반복해서 외쳤다.

"앞으로 홍루로 운영하겠다."

지역마다 의미가 다르긴 했으나 일반적으로 매예불매신賣藝不賣身이 더 엄격하게 지켜지는 곳이 홍루다. 내가 전반적으로 미친놈이긴 했으나 돈에 미친 적은 없다. 굳이 내가 머무르는 곳에서 여인들이 창기娼妓 일을 할 필요는 없었다.

"성태야…"

아래층에서 짤막하게 대답을 한 차성태가 계단을 뛰어서 올라왔다. 높은 계단을 네 번이나 빠르게 돌파한 차성태가 문 앞에서 말했다.

"부르셨습니까."

"시체는?"

"처리하라 이르고 저는 돌아왔습니다."

"이화루, 시화루도 홍루로 운영하고."

"예."

"돌아갈 곳이 있는 사람들은 조가 놈들 재산에서 퇴직금 빼서 넉넉하게 챙겨줘. 특히 창기로 일하던 아이들은 전부 내보내. 기예를 배우거나 잡일을 하겠다는 여인들만 남으라고 하고. 꼴 보기 싫으니까."

"알겠습니다."

"일하는 사내놈들에겐 특별히 당부해라. 사고 치면 내가 죽이러 간다고. 반복해서 말하지만 자하객잔 빨리 복구해라. 방에서 이상한 향내가 나고 침구가 너무 비싼 것이라 잠자는 것이 불편하다."

"전하겠습니다."

"꺼지고."

"예, 사라지겠습니다."

차성태를 돌려보내자마자 나는 운기조식에 들어갔다. 순식간에 모든 것을 잊었다. 흑묘방, 흑선보, 십이신장, 십이신장의 사부, 죽은 삼 형제, 환도쌍귀가 떠올랐으나 이내 마음의 검으로 찢어발긴 다음에 그 존재감을 지웠다. 새벽녘까지 일주천을 반복하다가 해가 뜰 무렵에서야 나는 침구에 누워서 잠을 청했다. 오늘은 편히 자도 될 것이라 생각했다.

공상난독수空床難獨守는 피로함 앞에서 무용지물인지라 나는 그대로 정오까지 잠을 잤다. 꿈에서 정체불명의 사내를 잠시 만났는데 그는 감옥에 갇혀있었다. 대화는 기억이 나지 않았지만 한 가지는 알 수 있었다. 사내는 나 때문에 아주 오랫동안 감옥에 갇혀있어야 한다는 것을 말이다. 어쨌든 나는 사내에게 미안한 마음을 가진 채로 잠에서 깨어났다.

* * *

삼십여 일이 흐르고 나서야 자하객잔의 기초 뼈대 공사에 진전이 있었다. 터가 넓었기 때문에 객잔의 규모가 꽤 컸다. 그사이에 공사 담당자가 교체되었다는데, 굳이 만나보진 않았다. 그러나 새롭게 올라간 구획 나누기 기초 공사만 바라봐도 그 위에 올라간 건물의 모습이 머리에서 그려질 정도로 오밀조밀하게 잘 구성되어 있었다. 이제야 실력자가 달라붙은 느낌이랄까. 곳곳에서 곰팡내가 나던 자하객잔은 사라지고 이제 일양현에서 가장 큰 객잔이 만들어지고 있었다.

객잔은 본래 숙소를 겸한다. 자하객잔은 봇짐 상인들에게 가끔 내주는 싸구려 방이 있었을 뿐이지만, 지금 만들어지는 자하객잔은 대규모 표국 행렬이 단체로 머물고 가도 좋을 정도로 커졌다. 더불어서 이곳이 하오문의 임시 본진이 될 터였다. 나는 아직 휑한 공터에 서서 이런 것을 상상했다.

하오문도들이 모여서 술과 음식을 나눠 먹는 모습을 말이다. 그 하오문도 속에는 전생의 경쟁자, 맞수는 물론이고 때로는 나와 원수지간으로 지냈던 놈들도 들어있을 터였다. 이 미친 원숭이들을 전부 잡아와서 하오문도로 머물러 있게 만들 생각이었다. 원숭이들의 운명을 바꿔서 강호의 판도도 뒤집을 생각이었다.

"뭘 그렇게 깊이 생각하십니까."

공터를 바라보고 있는 내 뒤에서 차성태가 다가왔다. 내가 물었다.

"언제쯤 완성될까?"

"공사 규모가 커져서 아무리 빨라도 일 년은 넘지 않겠습니까? 너무 느립니까?"

"사람을 더 쓰면?"

"사람을 마구잡이로 투입한다고 무조건 빨라지진 않습니다. 아무래도 건축 수장이 누구냐에 따라 공사가 빨라지겠지요. 교체된 수장은 한번 만나보셔야죠."

차성태가 공사 인원들의 틈바구니에 섞여있는 한 사내를 불렀다.

"문주님 오셨네. 이리 와서 인사 좀 드리게."

나는 다가오는 사내의 얼굴을 확인하자마자 입가에 미소를 지었다.

'연자성延孜星이로구만, 오랜만에 본다.'

…

내가 하오문주로 활동하던 시기에도 유명한 건축가가 한껏 젊어
진 얼굴로 다가오고 있었다.

23.
축문의 수장

강호에는 건축 일이 많다. 적대 세력에게 박살 나는 경우가 수시로
있기 때문이다. 진법이나 기관장치를 만드는 것도 결국 건축의 분야
다. 그것을 장소와 조화롭게 연계해서 조합하는 것은 무공을 수련하
는 자들의 몫이 아니다. 전부 건축인들의 몫이다.

더군다나 강호에는 문파의 사운을 걸고 큰 싸움이 벌어질 때마다
문파나 지부가 불에 홀라당 타는 일이 비일비재하다. 한 번의 몰락
으로 쓰러지는 문파는 이런 경우에 끝이라고 할 수 있었으나, 명문
대파나 강호세가는 막대한 돈을 들여서 건물을 더 웅장하게 짓기 마
련이었다.

그런 의미에서 건축가들도 나름의 명성을 얻으며 기관장치를 다
루는 건축가들은 장인으로 대우받는 곳이 강호다. 연자성이라는 사
내는 내가 강호에서 하오문주로 알려지는 시기에도 세 손가락에 꼽
히는 강호 전문 건축가여서 대규모 공사에 자주 초빙되는 장인 중의

장인이었다.

물론 지금은 그도 나처럼 이십 년이 젊어진 상태. 막상 다가와서 내게 인사를 하는 연자성은 얼굴이 새카맣게 타있다는 것을 빼면 나보다 한두 살이 어려 보이는 젊은이였다. 연자성이 나를 똑바로 바라보면서 말했다.

"연자성입니다. 금철용 아저씨의 소개로 이번 일을 맡게 되었습니다."

나는 씨익 웃으면서 연자성을 맞이했다.

"내가 자하객잔의 주인이오."

자하객잔의 주인이라 소개했으나 연자성의 반응은 달랐다.

"우리 문주님께서 듣던 대로 실로 젊으셨군요."

"우리 문주?"

차성태와 내가 눈을 마주치자, 연자성이 야무진 표정으로 말했다.

"금 아저씨가 꼭 문주님이라고 부르라고 당부하셨습니다. 이번 일을 제가 훌륭하게 완수하면 축문의 수장 자리를 내줄 수도 있다고 하더군요. 문파에 상납금 같은 것도 낼 필요가 전혀 없다면서요. 문주님, 맞습니까?"

나는 고개를 끄덕였다.

"맞소."

연자성이 미소를 지었다.

"좋습니다. 저는 그것이 아주 마음에 들었습니다. 이번에 제가 자하객잔을 훌륭하게 만들어 드릴 테니, 축문의 수장 자리에는 제가 앉도록 하겠습니다. 저는 건축에 대해서만큼은 품은 뜻이 큽니다."

오냐, 환영이다. 그리고 이 사내의 뜻이 크다는 것은 누구보다 더 내가 잘 안다. 내가 미소를 짓자, 연자성이 공터를 바라보면서 말했다.

"작은 객잔이 있었던 곳이라지만 터가 아주 넓고 좋습니다. 건물을 세우기 좋은 장소인 데다가 살짝 높은 언덕에 있는 터라 저녁 전경이 아주 좋더군요. 어쨌든 공사에 대한 것은 전적으로 제게 일임하시면 되겠습니다, 문주님."

연자성이 나를 돌아보더니 당부하듯이 말했다.

"앞으로 문주님이 힘들게 일하는 자들을 보호해 주실 거라 들었습니다. 맞습니까?"

내가 고개를 끄덕이자, 연자성이 시원한 미소를 지으면서 말했다.

"문주님의 명으로 만드는 것이라서 최대한 가격을 싸게 해드렸다는 점을 꼭 밝혀두고 싶군요."

이 말에 나는 물론이고 차성태도 함께 웃었다.

"하하…"

연자성이 공터 한쪽을 가리키면서 말했다.

"저쪽에 임시 막사를 설치할 겁니다. 숙소 겸 식사도 해결할 장소인데 기본적인 음식 조리도구가 있긴 하지만 매번 만들어 먹는 것은 한계가 있습니다. 문주님이 사비로 가끔 맛있는 음식을 일꾼들과 제게 사주시면 감사하겠습니다."

연자성은 언행이 실로 호쾌한 사내였다. 그리고 필요한 것은 항상 당당하게 요구했다. 언행이 분명해야 강호인들의 틈바구니에서 살아남을 수 있다는 것을 알고 있는 사내였다. 실제로 강호인들은 언행이 분명한 사내를 존중하는 면이 있다. 흑도가 백도를 죽이지 않고. 백도가 흑도를 죽이지 않는 경우가 있는데 이는 상대방의 언행이나 성격이 마음에 들었을 때 그러하다.

연자성의 성격이 이러했으니 이후에도 강호인들과 연을 쌓아나가면서 승승장구했을 것이다. 확실히 똑똑한 사내였다. 대화를 나눠보니, 연자성을 축문의 수장에 앉힌 다음에 그 어떤 세력에도 뺏기지 말아야겠다는 욕심이 들었다. 나는 고개를 끄덕이면서 연자성을 바라봤다.

'넌 이제 하오문 사람이다.'

내가 바로 명령했다.

"성태야."

"예, 문주님."

"저녁은 항상 매화루, 이화루, 시화루에 일하시는 분들을 나눠서 모시도록 하고. 가장 맛있는 음식으로 대접해 드려라. 그리고 그때 객잔 불태웠던 떨거지들은 어디 있어?"

"가장 힘든 일을 시키라고 당부시켜 놨으니 걱정 마십시오. 그런 것은 생문의 문주인 제가 책임지고 처리하겠습니다."

연자성이 조금 놀랐다는 것처럼 차성태를 바라봤다.

"생문이요?"

차성태가 무언가 경쟁 심리를 느끼는 것처럼 고개를 끄덕였다.

"내가 미처 말을 못 했군. 내가 바로 생문의 문주일세. 생문은 기루에서 일하는 자들이 속해있는 하위 조직이라고 보면 될 것이네."

연자성이 고개를 끄덕였다.

"아, 그렇군요. 알겠습니다. 어쨌든 우리 자하문주님보다는 밑에 계신 것이 맞죠?"

자하문주? 새로운 표현 방식이었다. 차성태가 바로 인정했다.

"물론이지. 생문, 축문, 철문… 전부 하오문의 연합세력이지."

내가 물었다.

"둘은 언제 말을 놓았어?"

내 지적에 연자성이 깜박했다는 것처럼 말했다.

"아, 성태 형님이 저보다 연배가 높아서 말을 편히 하라 했습니다. 문주님도 저보다 나이가 많으신 것으로 알고 있습니다. 편하게 하십시오."

나는 별 고민 없이 대꾸했다.

"알았다, 자성아."

바로 말을 놓자 연자성이 살짝 당황하면서 대꾸했다.

"예, 형님."

"자성아, 반가웠다. 또 보자."

반가운 것은 진심이었다. 훗날 건축으로 유명해지는 사내를 붙잡아 둘 수 있게 되었으니 말이다. 아무래도 금 아저씨에게 춘양반점의 국밥 한 그릇을 대접해야 할 것 같았다. 더불어서 그를 어떻게 데려오게 된 것인지도 궁금했다. 금철용은 물론 객잔 점소이였던 놈이나 기루의 관리자였던 차성태보다는 이런 쪽의 인맥이 훨씬 많은 사내였으니 연이 닿았을 테지만 궁금한 것은 어쩔 수가 없었다.

* * *

"자성이는 어떠했나?"

"호쾌한 사내더군요. 마음에 듭니다."

"그럴 줄 알았어. 마음에 들어 할 것이라 예상했지."

나는 금 아저씨와 국밥을 먹으면서 물었다.

"이런 인재는 어디서 데려오신 겁니까?"

정말 궁금했다. 전생의 금철용은 평생 용머리가 들어간 손잡이만 만들어 냈기 때문에 유명인사와는 거리가 다소 멀었다. 물론 철방 자체는 잘 운영하는 사내였다. 그러나 연자성은 노는 물이 달랐으니 궁금할 수밖에. 금철용이 말했다.

"자성이는 홀로 일을 따내기 위해서 밤낮없이 돌아다니는 사내일 세. 일전에 우리 용두철방에도 방문해서 일거리가 없는지 묻더군. 철방을 확장하지 않겠느냐 하는 제안도 여러 번 했었지. 나는 딱히 그럴 생각도 없고 형편도 아니었지."

"형편이 아니라 눈에 띄기 싫어서 그런 거 아닙니까?"

"물론 그것도 맞네. 어쨌든 내가 일을 줄 수는 없었으나 그 뒤에도 종종 방문해서 인사를 하더군. 태생적으로 상인이 어떻게 해야 살아 남는지 잘 알고 있는 사내일세. 물론 상인이 아니라 장인이라 불러야 겠지만 말이야. 미안한 것도 있고 궁금한 것도 있고 해서 다른 곳의 공사를 몇 번 주선해 줬더니 지금은 나를 큰형님이라 부르고 있네."

"그랬군요. 일을 따내기 위해 돌아다니던 사내라…"

나중에는 유명해져서 강호인들이 연자성을 찾아다녔지만 지금 시 절은 당연히 아니다. 연자성이 부지런히 발품을 팔면서 돌아다니다 가 금철용을 알게 된 것이 내겐 호재였다.

"광인은 진전이 있습니까?"

내 말에 잠시 금철용이 국물을 마시다가 미소를 지었다.

"그런 진전은 딱히 없네. 하지만 일에 착수해 보니 재미있더군. 고민도 되고 말이야. 늘 똑같았던 하루였는데 광인을 생각하느라 조금 더 활기가 생긴 것 같네. 부방주도 마찬가지야. 우리가 부러지지 않는 병장기를 만들어 낼 수 있을까. 고민에 고민을 거듭하더군. 철방 전체에 목적이 생긴 셈일세."

나는 고개를 끄덕였다.

"잘됐군요."

"기다려 보게. 사람들이 나를 손잡이만 잘 만드는 사내로 알고 있는데 이번에 그 인식을 바꿔주겠네."

과연 금철용이 만들어 낼 수 있을까? 나도 예측할 수 있는 일이 아니었다. 다만 금철용이 전생과 다르게 어떤 목적을 가지고 움직이는 것을 보니 기분이 그리 나쁘진 않았다. 대화를 들으면서 그릇을 닦고 있었던 장득수가 말했다.

"일양현이 어쩐지 좀 활기차게 돌아가는군요. 거기 공사 현장을 지나치다가 봤는데 자하객잔이 아주 크게 만들어질 모양이에요."

나는 금 아저씨와 장득수를 바라봤다. 그가 무슨 말을 하고 싶은 모양이라 생각했기 때문이다. 장득수의 말이 이어졌다.

"아무래도 잔치라도 한번 여는 게 어떨까요. 행패나 부리던 조가 놈들 사라진 기념으로."

"잔치?"

장득수가 손에 묻은 물기를 닦아낸 다음에 돌아섰다.

．．．

"자하객잔 말이야. 어쨌든 조가 놈들 재산으로 만들어지는 거잖아. 조가 놈들이 일양현에서 행패를 많이 부렸고. 이런저런 거 다 묻어두고 축하하는 자리로 동네 어르신들 모아서 대접하면 좋을 거 같아서. 하겠다면 내가 반점이나 객잔 주인들 모아서 얘기 한번 해볼게. 어차피 음식은 우리가 만들어야 할 테니까."

금철용이 고개를 끄덕였다.

"그거 괜찮네. 다들 모여야 얼굴이라도 좀 보지. 옛날에는 이런 잔치가 많았어. 지금은 너무 삭막하단 말이지."

나는 고개를 갸웃하다가 장득수를 바라봤다.

"할 말은 그게 끝이야?"

장득수가 잠시 뜸을 들이다가 대답했다.

"아무래도 맡을 사람이 마땅치 않으면 내가 점문店門의 수장이 되어볼까 하는데. 점소이들이나 객잔, 반점, 다루 주인들이 모인 조직도 있어야 하지 않을까 싶어서."

금철용이 품- 소리를 내면서 마시던 물을 장득수에게 뿜었다.

"아이고, 미안하네."

장득수가 얼굴을 닦으면서 대답했다.

"괜찮습니다."

내가 말했다.

"생문의 수장 차성태, 철문의 수장 금철용, 축문의 예비 수장 연자성, 그리고 점문의 수장 장득수."

별게 아닌 일인데 왜 이렇게 웃긴지 모르겠다. 장득수가 내 표정을 바라보다가 물었다.

"웃어? 내가 웃겨?"

"아니야. 득수 형이라면 잘하겠지. 그렇게 하자고."

이제 살문이 더해지면 임시로 하오문下汚門이 또 다른 하오문下五門으로 기틀이 완성되는 상황이었다. 나는 이 하오문이 오래 갔으면 한다. 더불어서 슬슬 살문의 문주도 찾아야 할 시기였다. 나는 금 아저씨, 장득수와 이야기를 나누는 와중에 한편으로는 살문의 수장을 찾기 위해 기억을 검토했다. 누가 적임자인지 말이다. 나는 내가 활동하던 시기의 강자들이나 지금 시기에 벌어진 강호의 사건들을 대부분 알고 있다. 이 때문에 생각할 거리가 많았다. 잠시 후에 금철용이 이제 자리를 파하자는 것처럼 말했다.

"자자, 이제 밥을 넣었으니 다시 일하러 가보세. 오늘 잘 먹었네."

장득수가 웃으면서 물었다.

"예, 손님. 계산은 어느 분이?"

"계산은 당연히 우리 문주님이 해야지. 내가 훌륭한 사내를 소개해 줬는데 앞으로 십 년은 얻어먹어야 할 것 같군."

당연히 내가 내야 하는 날인데, 자꾸 나만 계산하는 것 같아서 좀 이상하긴 했다. 어쨌든 전낭에서 돈을 꺼내서 국밥을 계산했다.

"득수 형, 잘 먹었어."

장득수가 돈을 받으면서 대답했다.

"별말씀을. 또 찾아주십시오."

나는 일어나서 두 사람에게 말했다.

"그럼 우리 문주님들 또 봅시다."

금 아저씨가 허세를 부렸다.

"기다리고 있게. 내가 부러지지 않는 신념을 안겨줄 테니…"

나는 고개를 끄덕이면서 대답했다.

"기대하겠습니다."

춘양반점을 나서서 매화루로 복귀하는 와중에 명백하게 나를 찾아온 것처럼 보이는 사내들이 내 앞을 막아섰다.

24.
교환 법칙

내가 알지 못하는 세상의 교환 법칙이라도 있는 것일까? 연자성이라는 좋은 사람이 찾아온 것과 균형을 맞추려는 것처럼 반갑지 않은 놈들이 찾아온 상태. 복장을 맞춰 입은 두 사람이 길을 틀어막은 상태에서 젊은 놈이 내게 물었다.

"이자하 루주십니까?"

나는 고개를 저으면서 대꾸했다.

"아니, 점소이다."

대답을 들은 사내가 한숨을 내쉬었다.

"…저는 흑묘방의 전령인 혁련홍이라 합니다. 윗분의 말씀을 전하러 왔습니다."

"또 흑묘방이냐?"

나는 두 사람의 기도를 살피는 와중에 한 놈이 큼지막한 보자기를 들고 있는 것을 확인했다. 보자기에 들어있는 것은 특이한 병장기거나, 특이한 암기일 확률이 높았다. 둘 다 아니라면 사람의 머리가 들어있을 터였다. 혁련홍이 딱딱한 어조로 말했다.

"본 방의 금봉각주金鳳閣主께서 보자 하십니다."

"금봉각주가 누구냐. 보기 싫으니까 싫다고 전해. 금봉이라 그러니까 돈만 밝히는 냄새나는 중년인 같구나."

혁련홍은 내 막말에도 딱히 반응이 없었다. 나는 사실 금봉각주라는 사내에 대해 이미 알고 있었다. 이름은 반사웅潘思熊. 본 적은 없으나 이름은 자주 들었다. 흑묘방의 자금을 몰래 빼돌렸던 것이 감찰에게 발각되어서 오체분시五體分屍 당하는 놈이 반사웅 금봉각주였다.

한마디로 돈에 미친 놈이다. 금봉각주는 흑묘방의 이권과 관련된 일을 맡은 사내여서 무공 서열과는 상관없는 흑묘방의 중진이었다. 윗선에 바치는 돈이 많아서 젊은 나이에 각주로 승진한 특이한 인물이었다. 때문에 일양현이 나중에 피해를 입는 것은 모두 이놈의 명령 때문이라고 해도 과언이 아니었다. 수하를 닦달했기 때문에 그 수하들이 연쇄작용으로 힘없는 자들을 쥐어 짜냈으니까.

흑도에서 돈을 벌어다 주는 인물이라는 것은 수완이 잔인하다는 것과 일맥상통한다. 그뿐만이 아니라 반사웅은 흑묘방의 일과 상관이 없는 살인청부업으로도 돈을 축적한 것으로 알고 있다. 이래저래 욕먹는 짓은 모조리 다 하는 놈이 바로 반사웅이었다. 흑도에는 이런 놈들이 즐비해서 그리 놀랄 일도 아니었다. 혁련홍이 나를 달래듯이 말했다.

"살수를 보내지 않고 초대를 한 것이니 거절하지 않는 게 좋을 겁

니다. 제가 돌아가고 그다음에는 살수들이 오겠지요. 이자하 루주
님."

혁련홍은 내게 존댓말을 하는 것이 스스로 우스웠는지 말을 하는
와중에 피식 웃곤 했다.

"외통수로군."

"그렇습니다."

"언제 보자는 거냐?"

"멀지 않은 곳에서 사냥하고 계십니다. 빠를수록 좋겠지요. 늦어
도 오늘 저녁에는 함께 출발하시는 게 좋을 겁니다."

나는 보자기 안에 든 것이 궁금해서 물었다.

"그건 뭔데 들고 있나? 보여주려고 가져온 것 같은데."

"아, 보여드려야지요."

혁련홍이 보자기를 들고 있는 사내를 바라보더니 턱짓을 했다. 그
러자 사내가 앞으로 걸어 나오더니 보자기를 올려서 안에 들어있는
것을 내보였다. 예상하지 못했던 자들의 머리가 들어있었다. 전풍과
한고욱이었다. 협박용으로 두 놈의 머리를 가져온 모양이었는데, 이
런 협박은 내게 아무런 감흥을 주지 못했다.

"내 술친구들을 함부로 죽이다니."

혁련홍이 말했다.

"두 사람이 일양현에서 벌어진 사건을 알면서도 은폐했더군요. 덕
분에 상황 파악이 늦어졌으니 이는 큰 죄입니다. 두 사람에게 고문
하면서 들어보니 사연이 아주 어처구니가 없더군요. 루주께서는 술
만 마시게 했을 뿐이라던데 맞습니까?"

내가 고개를 끄덕이자, 혁련홍이 씨익 웃으면서 말했다.

"그것이 루주를 살렸습니다. 금봉각주님께서는 그 부분이 재미있다고 하시더군요. 바로 살수를 보내지 않은 것도 루주에게 흥미가 생겼기 때문입니다."

나는 이 자리에서 두 사람을 죽여야 할 것인지, 보내줘야 할 것인지를 잠시 고민했다. 겨우 죽인다는 생각만 했을 뿐인데 상자를 들고 있는 호위가 갑자기 혁련홍의 어깨를 붙잡더니 경공을 펼쳐서 뒤로 물러났다.

파바바박…

어찌나 급했는지 발걸음 소리가 요란했다. 혁련홍이 거리를 벌린 다음에 말했다.

"루주님? 저희는 말을 전하러 왔을 뿐입니다. 살기가 정말 짙으시군요."

"설레발은…"

나는 두 사람을 둘러보면서 말했다.

"전풍과 한고욱을 저렇게 잔인하게 죽여놓고 나를 부르면 내가 가야 하나? 나는 사지로 들어갈 생각이 없는데."

혁련홍이 머리를 긁적이면서 대꾸했다.

"두려움을 느끼신다면 도망치십시오. 흑묘방과 엮이기 싫어서 도망친 자는 꽤 많습니다. 그렇게 되면 일양현에서 무고한 살생도 벌어지지 않을 테니 서로 좋은 일이죠."

이 말은 즉, 내가 일양현에서 우두머리 행세를 계속하려면 흑묘방에 고개를 숙이고. 도망가서 일양현에는 얼씬거리지 않으면 살려주겠다는 통보였다.

"도망치라고?"

혁련홍이 씨익 웃었다.

"예."

"사내가 그럴 수는 없지."

혁련홍이 물었다.

"어떻게? 저녁까지 시간을 드릴까요? 아니면 바로 이동하시겠습니까."

흑묘방은 일 처리가 능숙해서 짐짓 빠져나갈 구석이 없어 보이는 것처럼 협상했다. 내가 입을 다물고 있자, 혁련홍이 말했다.

"참고로 저희는 루주와 술을 마시지 않겠습니다."

"아쉽군."

아마도 이제 흑묘방에 소속된 자라면 절대로 나와 술을 마시지 않을 터였다. 흑묘방이 이렇게 나오면 나도 별 방법이 없다. 만나보는 수밖에. 나는 양팔을 벌려서 내 복장 상태를 보라는 것처럼 말했다.

"이런 꼴로 방문하긴 어렵고. 옷이나 좀 잘 차려입은 다음에 함께 가도록 하지. 그래도 흑묘방의 실세라는 분을 만나러 가는데 의복은 제대로 갖춰야지. 지금은 너무 점소이 같아서 말이야."

혁련홍이 고개를 끄덕였다.

"그렇기는 합니다. 점소이 같군요."

"..."

"앞장서시죠. 따르겠습니다."

나는 두 사람을 꼬리처럼 매달고선 매화루로 향했다.

* * *

　나는 단정한 옷으로 갈아입은 후에 차성태에게 목적지를 밝혔다.

　"흑묘방의 금봉각주를 만나고 와야겠다."

　"금봉각주요? 그놈 돈만 밝히는 살인마가 아닙니까."

　차성태가 놀란 눈으로 나를 바라봤다.

　"그러게 지난번에 왔었던 전풍과 한고욱도 죽었더군. 목이 잘렸어."

　"그런데 가시겠다고요?"

　"불려가는 게 아니라 내가 가는 거다."

　차성태가 흥분한 표정으로 말했다.

　"굳이 혼자 갈 필요가 있겠습니까. 애들 다 끌어모으겠습니다. 전쟁 한번 하시죠."

　나는 차성태를 바라보면서 한숨을 내쉬었다.

　'철이 없네.'

　동네 사람이 죽거나 다치면 심심한 것은 둘째치고 국밥 먹을 곳도 없고, 술 먹을 곳도 없고, 병장기 만들 곳도 없어지고, 옷 뺏어 입을 놈도 없게 된다. 숨만 쉬고 있어도 외로운 판국인데 이놈들까지 사라지면 당장 이마에 광마狂魔라는 별호를 써 붙이고 다녀야 할 상태였다.

　"참아라. 나 혼자 가련다."

　"미치셨습니까? 가면 십중팔구 죽어요."

　차성태가 문득 비장한 표정으로 말을 이어나갔다.

"저라도 함께 가겠습니다."

"진심이야?"

잠시 땅바닥을 내려다보던 차성태가 곤란한 표정으로 대꾸했다.

"솔직히 말씀드리면 진심은 아닙니다."

나는 차성태의 머리를 오랜만에 후려쳤다.

"주둥아리 하여간, 다녀올 테니 갱생하고 있어라."

차성태가 문득 자신의 장삼을 벗더니 내게 입혔다. 매번 옷을 뺏어 입었더니 이번에는 순순히 먼저 내주고 있었다. 내가 물었다.

"이것도 아끼는 장삼이냐? 옷이 많네."

"아끼는 장삼이죠."

"찢어질 수도 있다."

"넝마로 만들어도 됩니다."

나는 차성태의 어깨를 툭 친 다음에 방을 나섰다.

"다녀오마."

차성태는 포권을 취하면서 이렇게 말했다.

"갱생."

갱생이라는 말이 무슨 구호처럼 들렸다.

* * *

차성태는 청루로 운영되던 세 기루를 홍루로 변화시켜야 할 임무가 있고, 연자성은 새로운 자하객잔을 만들기 위해 비지땀을 흘릴시기다. 금철용은 여전히 내게 선물할 병장기인 광인을 만들기 위해 고민하고 있을 것이고, 장득수는 오늘도 국밥을 만들어서 생계를 유지할 터였다. 이들이 자신이 할 수 있는 일을 하는 와중에⋯ 나는 다시 일인살문一人殺門의 문주가 되었다. 각자 잘하는 일을 해야 하는 법이다. 혁련홍이 복장을 갈아입은 나를 위아래로 살피면서 말했다.

"본래 신수가 훤하셨군. 가시지요."

"흑도의 끄나풀 여러분, 갑시다."

"예?"

"가자고."

혁련홍이 무어라 말을 하려다가 끄응 소리를 내면서 도로 삼켰다. 윗사람의 명령이 데려오라는 것이었으니 개인적인 감정으로 인해 일을 그르칠 수는 없는 것이 혁련홍의 입장이었다. 걷는 동안 우리 셋은 대화가 전혀 없었다. 나는 주변을 둘러보다가, 반 시진 만에 처음으로 입을 열었다.

"정호산으로 가는 건가?"

"맞습니다. 방주님이 부르시는 거면 본단으로 가겠으나 지금은 금봉각주님을 뵈러 가는 터라 사냥터 근처의 산장으로 가고 있습니다. 본단은 신원이 불확실한 자들은 아예 들이질 않습니다."

나는 아는 대로 대꾸했다.

"다른 십이신장 때문에?"

혁련홍이 잠시 걸음을 멈추더니 나를 바라봤다.

"예, 그렇습니다. 역용술에 뛰어난 십이신장도 계시니까요. 이제 보니 강호 사정에 밝으셨군요. 젊은 루주께서."

다시 산길을 오르면서 내가 말했다.

"객잔에서 술을 팔다 보면 이런저런 소식을 많이 듣게 돼."

혁련홍이 피식 웃었다.

"객잔 점소이가 어찌 십이신장의 소식을 알겠습니까. 말이 되는 소리를 하십시오."

"그나저나 흑묘방에 소속된 자가 개인 산장을 가져도 되나?"

"안 될 게 있겠습니까? 흑묘방에 들어가시기도 전에 가지고 계시던 산장이었으니까요. 사냥을 좋아하셔서 곳곳에 산장을 가지고 계십니다."

"부자였군."

"부자시죠. 저희도 그래서 편합니다. 수하들을 불러 모아서 고기도 구워 먹고, 하루 정도 마음 편하게 쉬고 싶으실 때는 산장에 머무르십니다."

"흑묘방주가 알면 좋아하겠군."

금봉각주는 나중에 흑묘방주에게 죽는 놈이라서 빈정대지 않을 수가 없었다. 혁련홍이 피식대면서 말했다.

"그런 말씀은 각주님 앞에서 자제하십시오. 성격이 불같은 분이라…"

성격이 불같다고…? 나도 혁련홍처럼 피식 웃을 수밖에 없었다. 금봉각주의 개인 산장은 여러 가지 용도로 쓰일 터였다. 혁련홍의 말대로 휴가처이기도 하고, 처리할 놈들을 데려와서 파묻거나 소각시키는 장소이기도 하고, 여기저기서 뜯어낸 자금을 숨겨두는 비밀 전장일 가능성이 컸다. 평범한 사람들의 기준에서야 이해하지 못할 일이겠으나 흑묘방은 흑도. 거기에 속한 놈들이 별의별 해괴한 짓을 벌여도 이상할 게 없었다.

한 시진 정도를 속보로 걷고 나서야 산장의 입구에 도착했다. 중앙에 높은 철문이 세워져 있고, 그 철문에서 이어지는 담벼락은 넝쿨에 뒤덮여 있어서 잘 보이지 않았다. 산장이라기보다는 절벽을 등지고 있는 요새에 가까워서 철문만 넝쿨로 가려놓으면 안가安家나 다름이 없었다. 확실히 구린 일을 처리하는 장소라는 생각이 들었다. 혁련홍이 철문 앞에서 보고했다.

"혁련홍, 복귀했습니다. 이자하 루주를 데려왔습니다."

안쪽에서 아무런 대꾸도 없이 철문이 열렸다. 혁련홍을 따라서 안에 들어가자, 순식간에 분위기가 바뀌었다. 예상보다 많은 인원이 산장 안을 돌아다니고 있고, 넓은 중앙 자리에는 모닥불이 있었다. 그 모닥불 옆에 의자에 앉아있는 다부진 체격의 사내가 보였다. 첫인상만 봐도 자비심이 전혀 없는 인간이라는 게 아주 잘 보였다.

25.
고로 존재한다

혁련홍이 홀로 모닥불을 쬐고 있는 사내에게 나를 소개했다.

"장주莊主님, 이자하 루주를 데려왔습니다."

여태 각주라 부르더니 이곳에서는 장주라 부르고 있는 게 특이했다. 수하들이 이렇게 부르는 것만 봐도, 확실히 야망이 큰 사내라는 것을 알 수 있었다. 물론 그 야망 때문에 오체분시 당하는 놈이기도 하다. 짐승 가죽으로 만든 겉옷을 걸치고 있는 금봉각주 반사웅은 손질하고 있던 활을 내려놓으면서 말했다.

"너냐? 기루 세 곳을 홀라당 해먹은 놈이? 예상보다 더 어리고 싸가지 없어 보이는구나. 가까이 와라."

반사웅의 평소 성격이 궁금했기 때문에 나는 내 성격이 드러나지 않도록 짤막하게 대꾸했다.

"예, 접니다."

나는 잠시 산장을 훑어보면서 천천히 이동했다. 이곳에서 사람이 많이 죽은 모양인지 전반적으로 분위기가 무겁고 칙칙했다. 귀천하지 못한 영혼들이 어둠 속에서 우리를 지켜보는 것 같은 느낌이랄까. 반사웅은 그가 잡은 멧돼지처럼 생긴 놈이었다. 멧돼지가 멧돼지를 활로 잡은 느낌이어서 나는 잠시 입꼬리를 위로 올렸다. 멧돼지, 아니 반사웅이 냄새나는 입을 열었다.

"문 닫아라."

놈의 말이 끝나자마자, 철문이 쿵- 소리를 내면서 닫혔다. 나는 근처에 있는 의자를 들고 와서 모닥불 앞에 내려놓았다. 놈의 맞은편에 자연스럽게 앉자, 반사웅이 말했다.

"누가 앉으라더냐. 미친놈이냐?"

나는 반사웅의 얼굴을 뚫어지게 바라보면서 대꾸했다.

"예."

반사웅이 수하에게 명령했다.

"어, 그래. 미친놈이구나. 미친놈에겐 미친개가 정답이지. 굶주린 놈으로 데려와라."

* * *

한 사내가 덩치 큰 개 한 마리를 데리고 다가왔다. 시커멓고 용맹해 보이는 개는 의외로 얌전해서 엉덩이를 땅에 붙인 채로 조용히 대기했다. 개를 데려온 사내가 칼로 개의 머리를 툭툭 쳐서 나를 바라보게 했다. 반사웅이 내게 말했다.

"저 개처럼 앉는 것이 네 자세다."

"아, 그래요?"

나는 굶주린 개, 굶주린 개를 조련하는 사내, 그 조련사를 개처럼 부리는 반사웅을 차례대로 주시했다. 조금 떨어진 곳에서도 내가 어떻게 나올 것인지 궁금해하는 자들이 힐끔거리고 있는 상황. 내가 끝내 의자에서 일어나지 않자, 반사웅이 명령했다.

"물어."

조련사가 복명복창했다.

"물어!"

크릉… 하는 소리와 함께 덩치 큰 검은 개가 맹렬한 기세로 달려왔다. 흑구黑狗가 무척 가까이 다가왔을 때 나는 손가락을 튕겨서 놈의 코를 정확하게 때렸다. 튕겨 나간 개가 바닥을 쓸어내듯이 밀려났다가, 멀찍이 떨어진 곳에서 몸부림을 쳤다. 목계의 공력이 담긴 탄지공이었기 때문에 무척 고통스러울 터였다. 산장에 있는 자들이 몸부림을 치고 있는 흑구를 바라보는 와중에 정적이 내려앉았다. 검은 개를 간단하게 처리한 내가 반사웅에게 말했다.

"네가 어떻게 나와야 내가 너를 살려줄까. 마음을 좀 가라앉힌 다음에 차분하게 생각해 보자."

나는 두 손을 개처럼 내민 채로 말했다.

"이렇게 헥헥거려야 살려줄까."

"…"

"아니면 저 장원에 숨겨둔 돈을 다 바쳐야 내가 살려줄까. 그것도 아니면 흑묘방에 있으면서 내 간자 노릇이나 하겠다고 맹세하면 살려줄까. 정답이 이 중에 있을까 모르겠네. 병신 같은 흑도의 기생충

…

같은 새끼야."

막말을 하는 사이에 고기를 손질하던 놈, 음식을 나르던 놈, 그냥 대기하던 놈들이 포위 방진을 짜려는 것처럼 모여들었다. 반사옹이 씨익 웃으면서 손을 내저었다.

"재미있게 미친놈이군. 대화를 더 해야겠으니 너희는 각자 할 일 해라."

수하들이 가라앉은 어조로 대꾸했다.

"예."

나는 낮은 음색으로 길게 웃었다. 운명이라는 것이 참 얄궂다는 생각이 든다. 오체분시가 되어 죽을 운명을 가진 놈은 어차피 잔인하게 죽는 운명을 맞이하는 모양이었다. 나는 다만 이놈을 죽이고 나서 얻을 것이 있는지가 궁금했다. 돈? 아니면 개 같은 수하들? 그것도 아니면 사냥개 몇 마리 정도? 반사옹이 상념에 빠진 내게 물었다.

"젊어 보이는데 몇 살이냐."

"네가 내 나이나 묻자고 부른 것은 아닐 테고. 너보다 어리다. 딱 보면 모르겠어?"

반사옹이 무릎을 치면서 웃었다.

"하하하하."

나는 그제야 의자에서 일어났다.

"내가 관상을 좀 보는데 너는 뒤로 돈을 빼돌렸다가 흑묘방주에게 걸려서 사지가 찢어져서 죽을 놈이다. 욕심이 과한 멧돼지 관상이 이렇게 생겼거든. 그러나 복채 좀 두둑하게 내놓으면 살려줄 수도 있다. 어때?"

껄껄대면서 일어난 반사웅이 고개를 저었다.

"너는 살려주고 싶어도 이제 어렵겠다."

나는 주변을 한 차례 둘러본 다음에 말했다.

"혼자 죽을 테냐. 아니면 수하들부터 죽음으로 내몰 것이냐. 그래도 한 무리의 우두머리라면 수하들 생각도 좀 해야지. 뒤지기 전에…"

반사웅이 대답했다.

"내가 그렇게 착한 놈은 아니…"

반사웅이 말을 끝내기 전에 놈의 가슴에 왼발을 내질렀다. 반사웅은 칼을 뽑을 틈도 없었기 때문에 양팔을 교차해서 내 발을 막아냈다. 뻥— 소리와 함께 반사웅의 몸이 포물선을 그리면서 뒤로 밀려났다. 제법 튼튼한 친구였다. 반사웅이 허리춤에 있는 칼을 뽑으면서 욕지거리를 내뱉었다. 나는 모닥불 끄트머리에서 불이 붙어있는 참나무 장작을 하나 붙잡았다. 지금 당장 허리에 있는 검을 뽑을 이유는 없었다. 참나무 장작에 염계의 기를 주입하자, 불꽃이 더욱 거세게 불타올랐다.

화르르르륵!

반사웅의 눈이 대번에 커졌다. 나는 입을 다문 채로 불길에 휩싸인 참나무를 휘두르면서 반사웅과 어우러졌다.

* * *

삼류 흑도는 초식의 고명함으로 승부를 내는 자들이 아니다. 아랫

놈들일수록 도법의 수준이 조잡하다. 흑묘방이든 금봉각주든 간에 내가 상대했던 명문, 명가의 검객들보다 수준이 낮을 수밖에 없었다. 내가 생각하는 흑도와 백도의 장단점은 이렇다. 백도는 초식이 고명하지만, 경험이 비무에 치우쳐진 경우가 많아서 흔한 말로 실전 경험이 부족할 때가 종종 있다. 이들은 폐쇄적이기 때문이다. 또한, 문파 내부에서 경쟁하는 경우가 많아서 유명한 고수가 아니라면 다양한 상황에서의 대처 방식이 미숙한 편이다. 그 좋은 검법을 실전에 녹아내지 못하는 경우가 있는데 이는 백도의 젊은 후기지수들의 고질병이다.

반면에, 흑도는 명문정파에 비해 수준이 떨어지는 무공을 익혔다. 그러나 흑도의 특성상 실전 경험이 무척 많다. 이들은 살아남는 것에 목숨을 걸기 때문이다. 평범한 검법을 사용하더라도 실전에서 얻은 경험으로 강해지고, 훗날 괜찮은 무공을 얻게 되면 실전 경험이 더해져서 폭발적으로 실력이 향상하는 사례가 있다. 마도, 백도, 흑도는 살아가는 방식과 얻게 되는 무공이 다르지만. 궁극에는 무학의 정점에서 만나게 되어있다. 나는 그 궁극에 닿기 위해 노력했던 사내였고, 지금 내가 상대하고 있는 반사웅은 그렇지 않다. 이도 저도 아닌 삼류 수준이라는 것이 내 결론이다.

* * *

반사웅이 실전 경험에 기대어서 내 공격을 십여 차례 막아냈을 때. 나는 좌장으로 기습 공격을 펼쳤다가, 오른손에 쥐고 있는 참나무를 대각선 아래로 내려쳤다. 수비하느라 바빠진 반사웅은 어쩔 수 없이 정직한 수비로 칼을 올려쳐서 참나무를 막아냈다. 나는 그 순간에 참나무에 주입했었던 공력을 거둬서, 칼이 참나무에 박히도록 만들었다.

푹!

여태 칼을 튕겨내던 참나무에 갑자기 칼이 박혔으니 놀랄 수밖에 없으리라. 그 순간, 허리춤에 있는 검을 뽑아서 발검의 방향대로 그었다. 반사웅이 아슬아슬하게 피할 것을 예상하고, 나는 전진했다. 발검을 피해도 상관없었다. 활시위에 걸렸다가 튕겨나가는 것처럼 뻗어나간 내 검에서 검기가 분출됐다. 하늘에 있는 초승달을 가져온 것 같은 얇은 곡선의 검기였다. 고개를 젖힌 채로 연달아 아슬아슬하게 검을 피하던 반사웅의 얼굴에 검기가 쏟아졌다.

"윽!"

반사웅의 얼굴에 칼자국이 새겨지는 순간, 내 후속 공격이 연달아 이어졌다. 반사웅은 일개 점소이가 검기를 쏟아낼 것이라는 상상은 해본 적이 없을 것이다. 그것이 패착이었다. 얼굴을 맞은 반사웅이 몸을 가누지 못하고 비칠거릴 때, 나는 검을 좌우로 휘둘러서 반사웅의 몸을 벴다.

검을 한 번 휘두를 때마다 핏물이 길게 뿜어져 나왔다. 중상을 입었음에도 불구하고 반사웅은 악착같이 버텨냈다. 과연 멧돼지 같은 놈이랄까. 나는 이런 와중에도 개를 조련하던 사내가 등 뒤에서 기습하는 것을 소리로 듣고 몸을 회전하면서 검을 수평으로 휘둘렀다.

푸악!

꽤 빠른 속도로 달려왔던 조련사의 머리통이 공중으로 날아가고. 그대로 돌아선 나는 중상을 입은 반사웅에게 뛰어들어서 그의 몸통을 발로 찍었다. 빠각- 소리와 함께 어깨 한쪽이 내려앉으면서 반사웅이 주저앉았다. 나는 반사웅의 몸을 계속 진각震脚으로 밟았다. 머리를 밟고, 몸통을 밟고, 하반신을 밟으면서 땅에 쑤셔 넣었다. 동시에 반사웅이 묻히기 시작한 땅도 원형으로 내려앉았다. 나는 몰려드는 놈들의 표정을 구경하면서 내공을 잔뜩 주입한 진각으로 땅을 때렸다.

콰아아아아아아아아앙!

이미 반사웅에겐 무덤이 필요 없는 상태. 일양현의 점소이를 건드리려고 했었던 우두머리가 어떻게 죽는지, 이 수하 놈들의 기억에 각인시킬 필요가 있었다. 그래서 일부러 잔인하게 죽였다. 이유는 많다. 이놈은 애초에 고리대금업과 사채, 살인청부업으로 돈을 버는 놈인 데다가 흑묘방주에게도 충성을 바치지 않는 놈이었으니 말이다.

어디에 속해있든지 배신을 하는 부류가 있는데 이놈이 그렇다. 잔인하게 죽였더니 당장 덤비는 놈도 없었다. 나는 얼굴이 창백하게 질린 반사웅의 수하들을 노려보면서, 발로 몇 차례 흙을 긁어서 구덩이를 덮었다. 전부 숨을 죽인 채로 나를 바라보고 있었다. 이놈들은 평소에 금봉각주를 두려워하던 떨거지들이다. 반사웅이 저항도 제대로 해보지도 못한 채로 죽은 터라, 두려움은 곱절이 된 상태였다. 수하들에게 물었다.

"반사웅 따라서 죽을 사람?"

누군가가 내게 이렇게 말했다.

"나중에 방주님을 어떻게 감당하시려고 이러십니까?"

"흑묘방주?"

"예."

말을 건넨 사내를 바라보면서 내가 말했다.

"그걸 네가 왜 신경 써? 너희가 지금 다 죽게 생겼는데. 이 삼류 흑도 나부랭이 새끼들아. 삶과 죽음은 찰나에 나뉜다. 셋을 세기 전에 전부 꿇어라. 무릎이 뻣뻣한 놈들부터 반사옹에게 보내주마. 하나, 둘, 셋."

겁을 집어먹은 놈이 먼저 무릎을 꿇고. 사태를 더 지켜본 다음에 진퇴를 결정하려던 놈들이 눈치껏 재빨리 무릎을 꿇었다. 약간의 시간 차이가 있었으나 결국 반사옹의 수하들 전부가 조용히 무릎을 꿇었다. 나는 이런 분위기가 좋다. 내가 전생에도 미친 원숭이들을 패고 다녔던 이유가 이 정적이다. 주화입마를 무릅쓰고 무공을 수련했던 이유가 이런 분위기 때문이다. 밥도 안 먹고, 똥도 참으면서 좌선을 했던 이유이기도 하다. 그 고통의 과정은 전부 다 이런 순간을 위해 존재한다고 나는 생각한다. 고로 나는 존재하는 것이 아닐까. 아니면 말고.

26.
점소이가
무공을 숨김

흑도가 강호에서 갑작스럽게 가장 무서운 세력으로 등장할 때는 한 가지 공통점이 있다. 위아래가 서로를 형제兄弟라 생각하는 경우다. 이런 흑도는 머릿수로 전력을 가늠하는 것이 어렵다. 형제를 잃었을 때 정말 살벌하게 싸우는 세력이기 때문이다. 내 생각엔… 이것이 흑도의 본질이다.

강호인이 가진 힘은 내공과 외공으로 크게 분류할 수 있으나, 인간이 가진 분노에서 유발되는 힘은 상식으로 이해할 수 없다. 당연하게도, 이놈들은 서로를 형제라 여길 정도로 강력한 흑도 세력은 아니었다. 각주가 죽었음에도 더 나서는 놈은 없었으니까. 문득 식탁을 바라보니, 음식이 조금씩 식어가고 있었다.

"일단 배 좀 채우면서 이야기하자. 이야, 진수성찬이네."

나는 여러 가지 음식을 젓가락으로 맛보면서 무릎 꿇고 있는 놈들을 구경했다. 한 놈이 내게 조심스러운 어조로 물었다.

"저희는 살려주실 겁니까?"

나는 통째로 구운 닭고기의 살점을 뜯어먹으면서 대꾸했다.

"그것은 어려운 일이다. 내가 왜?"

어려운 일이라는 말을 하자마자, 몇 놈이 저희끼리 눈빛을 교환했다. 그 모습을 보면서 경고했다.

"밥 먹을 때는 개도 안 건드린다고 했다. 식사 도중에 나를 개로 만들면 너희 각주보다 더 잔인한 방식으로 죽여주마. 침착해라. 뒤지기 싫으면."

도망치려거나 반항을 하려던 놈들은 내 이상한 협박을 듣자마자, 다시 숨을 죽인 채로 대기했다. 아까 입을 열었던 놈이 다시 질문을 던졌다.

"원하시는 게 있으십니까? 저희를 다 죽이시겠다면 저희도 어쩔 수 없이 죽을 때까지 싸울 수밖에 없지 않겠습니까. 활로를 좀 열어주십시오."

제안과 협박이 교묘하게 뒤섞인 말을 던지는 놈을 바라봤다.

"협상가냐? 네 정체부터 밝히고 제안을 하는 게 어때."

내 물음에 흑도치고는 매우 심심하게 생긴 말총머리 사내가 대꾸했다.

"저는 암행감찰 사마비司馬飛라 합니다."

"사마비라…"

나는 잠시 전생에 대한 기억을 더듬어 봤다. 본래 이놈들 대부분은 금봉각주와 연루된 죄로 함께 죽는 놈들이어서 정보가 부족했다. 나는 미래를 대부분 훤히 꿰고 있으나, 유명한 놈이 아닐수록 내 정

…

보에 없을 가능성이 컸다.

"말총머리, 지금 무슨 일이 벌어진 것 같으냐?"

사마비는 살아남기 위해서 솔직하게 대답했다.

"전혀 예상하지 못했던 황당한 일이 벌어진 것 같습니다."

"내가 이길 줄은 꿈에도 몰랐나 보군."

"그렇습니다. 더 솔직하게 말씀드리자면, 만약 각주와 실력이 비슷했다면 저희가 합류해서 승부를 뒤집었을 겁니다."

"그런데?"

"실력을 다 내보이신 게 아닌 것 같아서 제가 흥분한 몇 놈을 자제시켰습니다."

"제법이네. 점소이가 무공을 숨김, 수법을 간파하다니."

"음..."

나는 전생에도 그랬다. 전력을 숨기는 것은 언제나 효과적인 일이면서 동시에 재미있는 일이다. 나는 사마비의 눈빛과 관상을 다시 진득하게 살피다가 말했다.

"사마씨라 그런가? 군사軍師가 될 상이로구나."

칭찬을 받았음에도 불구하고, 사마비의 표정은 여전히 심각했다.

"관상도 볼 줄 아십니까?"

나는 살점을 발라낸 닭뼈로 사마비를 가리켰다.

"너는 군사가 될 상이니 살려주마. 눈치가 빠르면 살아남는 것이 인지상정이지. 합격."

사마비는 잔뜩 놀란 표정으로 대꾸했다.

"예? 나머지는 그럼?"

"누가 흑묘방에 고할 줄 알고?"

"절대로 고하지 않겠습니다."

"어림없는 일이다. 지금 당장 흑묘방과 전면전이 벌어지면 내 행보가 피곤해진다. 널 제외한 놈들은 내게 덤벼라. 한꺼번에 덤벼도 좋아."

나는 다시 싸우겠다는 것처럼 닭뼈를 아무 데나 내던졌다.

"잠깐!"

사마비가 다급하게 외치더니, 동료의 흥분을 애써 가라앉힌 다음에 내게 말했다.

"저희가 절대로 방에 고하지 않으면 되는 일이 아닙니까?"

나는 짐짓 싸늘한 표정으로 대꾸했다.

"내가 그걸 어떻게 믿겠어? 불가능하다."

"그럼 저는 믿으십니까?"

나는 사마비를 노려봤다.

"네가 고하게? 너는 언변으로 보나, 관상으로 보나 다음 책임자 같은데…"

"맞습니다."

"그런 네가 상부에 보고해서 살아남을 수 있을 것 같으냐? 살아남더라도 앞으로 병신 취급을 받겠지. 상처 하나 없는 몸으로 금봉각주가 죽는 것을 방관했으니 말이야. 너는 어차피 흑묘방으로 복귀해도 죽는다. 뭐 사실 나머지도 흑묘방에서 승승장구하긴 글렀지만 말이야. 절반의 배신자들이랄까."

그제야 사마비는 냉혹한 현실을 깨달았다. 흑묘방의 분위기가 실제로 그랬기 때문이다. 더군다나 사마비는 감찰임에도 불구하고, 각주의 횡령을 눈감아 주고 있었기 때문에 사마비의 죄도 금봉각주의 죄에 비해 가볍지 않았다. 내가 검을 뽑으려고 하자, 사마비가 다급한 어조로 말했다.

"방법이 떠올랐습니다! 제 말을 한 번만 들어보신 다음에 결정하십시오. 부탁드립니다."

나는 실실 웃으면서 대꾸했다.

"와, 벌써? 제갈량이나 사마의는 환생해야 방법이 떠올랐을 거 같은데."

"저희가 나서서 산장에 있는 돈을 횡령하면 됩니다. 공개적으로 죄를 짓는 거죠. 다 함께."

사마비가 말을 마치자마자, 공교롭게도 스산한 바람이 한차례 불었다. 사마비가 간절한 어조로 말을 이어나갔다.

"실제로 각주가 횡령한 돈이 이 산장에 잔뜩 있습니다. 상부에 알려지면 금봉각 전체가 죽어야 합니다. 저희가 협조했으니까요."

"횡령했다는 것을 어찌 알리게?"

"그야 물론 저희 모두가 일양현으로 돈을 운반하면 되겠지요. 횡령한 돈을 저희 스스로 대놓고 옮겼으니 빠져나갈 수 없는 공범자가 됩니다."

"소식이 들어가면 일양현에 흑묘방이 밀려들 텐데?"

사마비가 말했다.

"이것은 배수의 진입니다. 그리고 어느 정도 각오를 하셨기 때문에 금봉각주를 죽이신 게 아닙니까? 배수의 진에 저희도 합류하겠습니다. 그리고 저희가 살기 위해서 입을 굳게 다물고 있으면 어느 정도 시간은 벌 수 있을 겁니다. 이 모든 일이 당장 여기서 죽는 것보다는 낫습니다."

이놈이 무언가 착각하는 것 같다. 어차피 흑묘방이 전부 와도 나를 잡을 수는 없다. 무림맹의 천라지망에 비하면 학관이나 무관에서 깝죽대는 강호 지망생 수준일 테고, 마교의 천라지망에 비하면 새발의 피도 안 될 것이기 때문이다. 무림맹과 마교의 천라지망에서 삼시 세끼를 챙겨 먹었던 사람이 나다. 굳이 말로 허장성세를 부릴 필요가 없었기 때문에 별말은 하지 않았다.

"그것도 맞는 말이다. 금봉각주가 죽었으니 어차피 벌어질 일이지. 그럼 내가 행렬을 감시할 테니 너희는 돈을 운반해라. 범죄는 함께해야 옳지."

어쨌든 동료들을 살렸다고 생각한 사마비가 기쁜 어조로 군사처럼 조언했다.

"각주가 사라진 것에 대해서는 엮을 방법이 몇 개 있습니다. 요새 흑선보와 사이가 불편해지고 있고. 십이신장들도 있으니까요."

"사마 군사, 십이신장은 당장 엮지 말도록. 피곤하다."

"군사라니요?"

나는 진지한 표정으로 사마비를 바라봤다.

"너 사마씨라며?"

"그렇습니다."

"그럼 사마 군사다. 아직 대군사大軍師는 아니지만."

"음."

자고로 강호의 단체가 군사를 영입할 때는 사마씨와 제갈씨가 최고다. 왜 그런지는 나도 모를 일이다. 내가 세상사를 어찌 다 알겠는가. 사마비가 당황하든 말든 간에 나는 이놈을 군사로 영입했다.

"한 시진 내로 일양현에 도착해야겠다. 사마 군사는 나와 함께 행렬을 감독하도록. 네가 선두, 내가 후미. 산적 같은 놈들이 방해하면 묻지도 따지지도 말고 죽일 것이다. 가자."

사마비가 대꾸했다.

"예, 알겠습니다."

사마비는 문득 어수선한 분위기를 정리하겠다는 것처럼 동료들을 잠시 모아서 다독였다.

"살아남으려면 이렇게 하는 수밖에 없다. 어차피 근래 아슬아슬했다. 다른 조직의 감찰관이라도 붙으면 산장이 털리고도 남았을 일이야. 각주님이 죽으면 우리도 토사구팽당했을 것이고. 다들 어떻게 생각하나?"

사마비는 본래 금봉각주에게 협박이 섞인 뇌물을 받아서 빠져나갈 방법이 없었던 사내였다.

"그렇게 하시죠."

나는 사마비에게 비자금 운송 작전을 일임하고, 다시 젓가락을 든 채로 음식을 깨작거렸다. 그러다가 핼쑥한 표정으로 돌아다니는 혁련홍을 불렀다.

"우리 혁련홍 전령, 이렇게 살아서 다시 보니 반갑구먼. 이리 와 봐."

"아, 예."

전령으로 왔었던 혁련홍이 쭈뼛대면서 다가왔다. 놈은 금봉각주가 별다른 저항도 하지 못한 채로 죽는 모습을 지켜봤기 때문에 잔뜩 주눅 들어있었다. 내가 물었다.

"너 혹시 기회 엿보다가 도망칠 거야? 눈깔이 심각하게 이리저리 방황하고 있는데."

"아닙니다. 그럴 생각 없습니다."

"그렇지? 그러지 마라. 내가 너보다 훨씬 빠르다. 네가 도망칠 곳은 지옥뿐이다. 그러나 오늘은 날씨가 모처럼 화창하니 금봉각주를 죽인 선에서 마무리할 생각이야. 괜히 날랜 발걸음을 내 앞에서 자랑하지 마라. 사람 더 죽이게 만들지 말고."

"예."

"너도 알겠지만, 밥을 먹자마자 피를 보면 속이 거북해지거든."

혁련홍의 표정이 핼쑥해졌다.

"하여간 이게 최선이다. 일이 틀어지면 너희를 다 죽이는 방법밖에 없다. 금봉각주처럼 제법 칼부림을 해본 놈이면 모를까, 허접한 놈들을 계속 죽이면 나도 기분이 불쾌해진다. 날 그렇게 만들지 말란 말이야. 알았어?"

"알겠습니다."

나는 본래 돈에 큰 관심은 없어서 크게 기쁘진 않았다. 그래서 이 돈은 객잔 같은 무림세가 건설 비용에 쏟아붓고, 혹시 남으면 엿 바꿔 먹듯이 허접한 영약이나 좀 사들여서 입가심으로 먹을 생각이었다. 돈은 벌어들이는 족족, 천하에 꽃잎 흩날리듯이 뿌릴 생각이다. 언제 벼랑에 떨어질지 모르는 강호인의 삶에서 돈 따위는 그리 중요

···

한 게 아니기 때문이다. 기억해라. 돈은 벌어서 뿌리는 것이다. 나는 삼시 세끼 국밥을 먹으면서 미친 원숭이를 때려잡을 수만 있다면 만족할 것이다. 이것이 바로 안빈낙도라는 것이겠지.

* * *

나는 금봉각주가 횡령한 재물과 그의 수하들을 데리고 개선장군처럼 복귀했다. 장사하는 사람들이 모두 나와서 내가 데리고 온 행렬을 구경했다. 비자금이 매화루로 안전하게 들어가는 동안에 사마비에게 말했다.

"어쨌든 횡령은 성공이다."

사마비가 대꾸했다.

"그렇습니다. 저희가 횡령한 돈을 함께 옮겼으니 이제 복귀할 명분이 싹 사라졌습니다. 아량을 베풀어 주셔서 감사합니다."

나는 덤덤한 어조로 대꾸했다.

"고마워할 필요는 없다. 어차피 여기서 사고 치는 놈들은 살려둘 생각이 없어."

"사고 치는 놈이 없도록, 제가 잘 조율하고 단속하겠습니다."

"남은 자들을 데리고 무슨 일을 할 것인지도 네가 고민해 보고."

"예를 들면 어떤 일이 있습니까?"

"여기는 상권이 발달한 곳이라서 흑도 방파처럼 무공이나 수련하면서 지낼 수는 없다. 반점, 철방, 객잔, 건축 일이 있지. 기루로 배치할 수는 없다. 여인들이 많아서 문제가 생길 테니까. 네가 떨거지들과 이야기해서 논의해라."

"예."

"나는 세부 조직이 많아. 앞으로 거둬들이게 되는 흑도 출신이 많아지면 임시로 흑문黑門을 만들 거니까 참고하고. 그때까지는 평범한 일을 하고 있어라. 평범한 일도 해보지 못한 쓸모없는 새끼들…"

말을 하고 나서는 나도 속이 좀 뜨끔했다. 계두국수가 떠올랐기 때문.

"알겠습니다. 근데 세부 조직이 많다고 하셨는데, 본 조직은 뭡니까?"

나는 사마비의 표정을 구경하면서 말했다.

"우리는 천하제일 하오문이다."

"하오문이라… 처음 듣습니다."

내가 미간을 좁히면서 대꾸했다.

"사실이냐? 처음 들어봤다고?"

"아, 예. 죄송합니다. 견식이 넓지 않아…"

"괜찮아. 얼마 전에 대충 만든 문파라서. 그러나 대충이 핵심은 아니고 만들었다는 게 핵심이다."

무슨 말인지 이해하지 못한 사마비가 급히 표정 관리를 하면서 대꾸했다.

"아, 알겠습니다."

사마비는 하오라는 말이 신분이 낮고 더럽다는 뜻이어서 문파의 이름으로는 굉장히 안 어울리는 말의 조합이라고 생각했으나, 이를 입 밖으로 내뱉을 수는 없었다. 사마비가 넋이 나간 표정을 짓고 있었기 때문에 내가 물었다.

"뭘 그렇게 생각하나?"

"아, 예. 그러니까… 천하제일이라고 하셔서 그 점을 생각해 보고 있었습니다."

"천하제일 밑바닥 인생들이라고."

사마비는 즉시 이해했다.

"아…"

"왜? 넌 아닌 것 같아?"

"아닙니다. 저도 그랬습니다. 예전부터 그랬죠. 밑바닥이었습니다."

나도 진지한 표정으로 고개를 끄덕였다.

"그럼 됐다."

잠시 후에 내가 한마디를 보탰다.

"합격."

그제야 사마비는 처음으로 웃는 표정을 지었다가, 급히 표정 관리를 하면서 대꾸했다.

"감사합니다."

27.
말이 되는
말을 좀

엄청나게 많은 양의 재물이 매화루에 들어오는 것을 목격한 차성태가 사색이 된 얼굴로 다가왔다.

"이게 다 무슨 재물입니까? 어디서 가져오셨어요? 도둑질도 배우셨어요?"

"흑묘방의 금봉각주가 빼돌린 자금이다. 객잔 같은 무림세가 건설 자금이기도 하고."

"흑묘방의 돈을 여기로 가져오셨다고요?"

차성태은 어안이 벙벙하다는 표정을 지었다.

"응."

"왜죠?"

"내 마음이야. 점소이의 마음, 하오문주의 마음, 도둑의 마음."

"그 도둑놈 심보는 잘 알겠습니다만 흑묘방이 밀려오면요? 이놈들은 돈을 뺏는 놈들이지, 뺏기는 놈들이 아닙니다. 도둑놈을 쥐패는 놈들이라고요."

"나도 잘 때리는 사람이니 괜찮지 않을까?"

"하아…"

나는 지금까지 조씨 삼 형제, 흑선보의 떨거지, 금봉각주를 죽이긴 했으나 전력을 다한 적이 없다. 더군다나 지금은 흑묘방주가 일양현에 신경을 쓸 수 없는 시기라는 것도 알고 있었다. 아마도 놈은 하루하루 수련할 시간도 부족할 것이다. 그러나 내가 이런 것을 구구절절하게 이야기하면 분위기가 더욱 이상해질 것 같아서 적당히 넘어갈 필요가 있었다.

"흑묘방이 쳐들어오면 내가 흑묘방주와 담판을 지으면 돼."

"담판, 좋죠."

"아니면 흑묘방주를 패면 된다. 아니면 흑묘방주를 갈구고 고문해도 되고. 아니면 흑묘방주를 수하로 삼으면 되겠지."

"수하, 좋죠. 고문? 그런 방법이 이야, 묘수가 있네요. 괜한 걱정을 했네."

"아니면 죽여도 되고. 방법은 내게 아주 많아."

주변에서 함께 경청하던 자들이 다들 한숨을 내쉬면서 내 눈을 피하는 와중에 차성태가 넋이 나간 표정으로 중얼거렸다.

"말이 되는 말을 좀 씨불여 대야 안심을 하지. 하…"

나는 차성태를 바라보면서 짤막하게 대꾸했다.

"돼."

의심의 눈초리를 받는 것은 익숙한 일이지만, 사람들을 안심시킬 필요성도 있었다.

"좋아. 불쌍한 중생들이 오늘도 걱정이 많은가 보군. 이해한다. 하오문의 수장들에게 잠시 자하객잔의 공터에 모이라고 해라. 걱정을 덜어줘야겠군."

"수장이 누구누구입니까. 아직 저도 정확하게 몰라서."

사실 나중에는 나도 차성태처럼 누가 하오문도인지 모를 것이다. 돌아다니면서 낮은 계층에 있는 웬만한 사람들은 전부 가입시킬 테니까 말이다. 하오문은 본래 일하는 사람들이 모인 단체다. 그래서 어떤 의미로는 노동문勞動門이기도 하다. 일에는 귀천貴賤이 없다. 그러나 강호에는 귀천의 구분이 많았고, 이를 당연하게 생각했다. 그래서 강호의 대다수가 내 적이었던 것이고.

"일단 점문의 장득수."

"예? 득수 형이요?"

"득수 형 무시하냐?"

"아, 그건 아닙니다만. 국밥은 참 맛있죠."

"철문의 금철용 아저씨, 축문의 연자성까지만 데려오면 되겠다."

"음, 아까 그 행렬 책임자는요?"

"내버려 둬. 더 지켜봐야 한다."

"알겠습니다."

* * *

공사가 진행되고 있는 자하객잔의 공터에 모닥불을 하나 피워놓고 소문주小門主들과 내가 둘러앉았다. 금철용이 말했다.

"우리 문주께서 할 말이 있으시다고."

"예."

금철용이 동석했기 때문에 나는 존댓말로 말을 시작했다.

"하오문의 행동강령을 말씀드립니다. 말이 두서없더라도 양해 바랍니다. 번듯한 말을 전하고 싶은 게 아니라, 내 속내를 함께 공감할 수 있으면 하는 심정이라서."

"편히 말씀하시게."

나는 타닥타닥 소리를 내면서 타들어 가는 장작을 바라보면서 입을 열었다.

"앞으로 하오문에서 벌어지는 모든 일은 일단 제 탓입니다. 문제가 생기면 하오문주가 저질렀다고 하십시오. 누군가가 찾아와서 하오문주가 어디 있냐고 묻거든 제가 있는 곳을 그냥 알려주십시오. 누군가가 무언가를 추궁하거든, 그것은 하오문주만 알고 있는 일이라고 하십시오. 이것이 하오문의 행동강령 첫 번째입니다."

요약하면. 내 탓이오, 가 되겠다. 나는 말을 마치고 잠시 소문주들을 바라봤다. 예상대로 소문주들은 이게 무슨 개소리냐는 표정으로 서로의 얼굴을 바라봤다. 연장자인 금철용이 재차 확인하듯이 물었다.

"전부 문주 탓이다?"

"그렇습니다."

금철용이 고개를 갸웃하면서 말했다.

"이것이 어찌 한 조직의 행동강령이라고 할 수 있겠나? 더 설명해 주게."

"좋습니다. 더 설명해야겠지요. 저는 계두국수에 소질이 없어서 강호에 뜻을 뒀습니다."

"정말인가?"

"일단 넘어가시죠. 그러나 철방을 운영하시는 금 아저씨나 춘양객 잔을 운영하는 득수 형은 강호에 뜻이 없을 겁니다. 지금도 그렇고, 앞으로도 말입니다. 그렇지 않습니까?"

두 사람이 고개를 끄덕였다.

"우리가 강호에 무슨 뜻을 두겠는가."

"어림도 없는 일이지."

나는 연자성과 차성태를 바라보면서 말했다.

"이 두 사람도 마찬가지일 겁니다."

차성태는 속으로 '난 아닌데?'라고 생각했으나, 분위기 때문에 입을 열지는 않았다.

"그리고 하오문도 대부분이 그럴 겁니다. 그러나 저는 다릅니다. 굳이 이런저런 예를 들지 않아도 객잔 점소이, 표사나 마부, 병장기, 음식, 생필품을 만드는 사람들, 여러 장사꾼이 강호인들에게 수도 없이 죽었고. 그 억울함을 따질 수도 없는 세상입니다. 아마, 앞으로도 그럴 겁니다. 저는 이 하오문을 통해 한 사람, 두 사람, 세 사람… 가능하면 덜 죽게 만들고 싶습니다. 그리고 억울하게 죽은 이들의 죽음은 상대가 그 누구라도 따질 생각입니다."

내가 광마로 활동하던 시기에는 마교와 무림맹, 흑도와 백도가 맞붙을 때마다 전쟁이 벌어진 것처럼 애꿎은 사람들이 수도 없이 죽어 나갔다. 정말 아무런 죄가 없이 죽는 경우도 많다. 나는 무공을 익힌

282   ...   광마회귀1

미친 원숭이 놈들이 저희끼리 싸우다 죽는 것에는 일말의 동정심도 가지고 있지 않다. 하지만 별생각 없이 술과 안주를 나르던 점소이가 별 이유도 없이 맞아 죽는 것은 용납할 수 없다. 금철용이 물었다.

"조금 이해가 가네만, 그것이 강호에 뜻을 둔 것과는 어떤 상관이 있나?"

금철용은 여전히 내 말이 아리송한 모양이었다. 내가 말을 이어나 갔다.

"상관있습니다. 다친 자들이나 죽은 자들이 하오문도라면 제가 알 게 될 테니까요. 흑도에게 죽으면 그 흑도를 제가 쳐죽일 것이고. 백 도가 죽였다면 무림맹에 가서 잘잘못을 따지기 전에 제가 쳐죽일 겁 니다. 평범하게 일하는 자들의 보호자가 되는 것이죠. 다만…"

나는 사람들을 한 차례 둘러봤다.

"약자를 보호하는 일 자체가 기존의 기득권 세력과 필연적으로 부 딪칠 수밖에 없다는 것을 저는 압니다. 하오문주는 누구와 싸우든 간에 명분을 먼저 얻을 수 있습니다. 제가 약자들의 대변자이기 때 문이죠."

나는 전생에 명분이랄 게 없어서 광마라는 별호를 너무 쉽게 얻었 다. 덕분에 너무 쉽게 비난을 받았고, 너무 쉽게 손가락질을 받았다. 무슨 행동을 하든 미친놈이라는 소리를 들었고, 심지어 내가 저지르 지 않았던 죄까지 떠안은 적도 있다. 사실, 귀찮아서 해명하지 않은 적도 많다. 거기에 내 성질이 더해져서 나는 최단기간에 무림공적이 되었다.

지금은 그러고 싶지 않다. 마교 교주를 죽이려고 수련을 하는 와중에 무림맹을 피해 달아나야 하는 심정을 그 누가 알겠는가? 지금은 상황이 다르다. 흔치 않은 기회가 주어진 상황에서 이를 제대로 활용하지 못하면, 미친놈이 아니라 바보이기 때문이다. 연자성이 먼저 대꾸했다.

"저는 이해했습니다."

차성태는 손을 든 다음에 입을 열었다.

"이해가 조금 안 되는 것이… 문주님의 실력이 엄청나게 강해야만 이 모든 행동강령이 의미가 있는 게 아니겠습니까? 내일 당장 흑묘방이 쳐들어온다고 치죠. 행동강령에 따르면 이번 일은 전부 문주님이 저지른 짓이라 고자질해야 합니다. 아니, 흑묘방은 그렇다 쳐요. 앞으로 수많은 문파와 고수들을 어찌 감당하시려고요."

"옳은 지적이야."

나는 숨을 죽인 채로 내 말을 기다리고 있는 자들을 둘러본 후에 이들이 믿기 어려운 말을 입에 담았다.

"내가 앞으로 천하제일인이 되면 해결되겠지."

"…"

숨 막히는 정적이 흐르는 찰나… 차성태가 급히 손을 입에다 가져다 댔으나 '풉' 하는 소리를 막는 것은 실패했다. 그것을 신호탄으로 금철용이 껄껄대면서 웃음을 터트리고, 장득수도 배를 잡으면서 웃고, 연자성마저도 실실 웃었다. 이어서 차성태가 용기를 얻은 것처럼 웃음보를 터트리자, 소문주들이 박장대소를 하면서 요란을 떨었다.

"으하하하하하."

"크하하하하하."

　　　　　…　　　　　　　　　　　광마회귀 1

"일양현에서… 천하제일이…"

"점소이 놈이… 아, 미안하네."

나는 소문주들의 웃는 모습을 바라보면서 잔잔한 미소를 지었다. 실은 나도 우스웠다. 자하객잔 점소이가 천하제일이라니… 결국엔 나도 소문주들과 함께 웃음을 터트렸다.

"하하하하…"

나는 한참을 웃다가, 차성태에게 정색했다.

"너는 좀 적당히 웃어라. 뒤질라고. 미친놈이 눈물까지 맺혔네."

"예."

금철용은 내 말을 듣기만 해도 기분이 좋아졌다는 것처럼 말했다.

"아직 나이가 젊으니 하루하루 매진하다 보면 수십 년 후에는 강호에 이름이 난 고수가 될 수도 있겠지. 사내란 자고로 포부가 커야 하는 법. 나는 우리 문주를 지지하겠네."

연자성은 별다른 의심을 하지 않는다는 것처럼 순진한 눈망울로 말했다.

"저도 지지하겠습니다. 천하제일이 되십시오. 저는 하오문도이면서 동시에 문주님의 후원자가 되겠습니다."

연자성은 자신의 포부도 건축 분야의 천하제일이었기 때문에 이런 마음가짐에 대해서는 지지해 주고 싶다는 심정이 굳건했다. 내 시선은 한마디도 하지 않고 있는 장득수에게 향했다. 장득수의 심정은 이랬다.

'천하제일이 애들 장난도 아니고.'

나는 복잡해진 장득수의 표정을 구경하면서 말했다.

"득수 형은 불가능하다 여기는군."

장득수는 솔직한 사내여서 고개를 끄덕이면서 대꾸했다.

"그렇지 않을까?"

"어떤 점이?"

"강호에 수많은 문파, 고수, 세력이 있고 무공에 뛰어난 천재들이 수를 헤아릴 수 없을 정도로 많고, 이들은 대부분 걸음마를 떼기도 전에 무공을 수련한다며?"

"그런 편이지."

장득수는 어디서 주워들은 말을 이렇게 표현했다.

"그런데도 시대의 천하제일인은 하늘에서 내린다더라."

옳다. 천하제일인은 하늘에서 내린 사람이다. 그리고, 정체불명의 사내가 하늘에서 점찍은 사내가 바로 나다.

"그것이 나야."

사실, 결과보다 더 중요한 것은 마음가짐이다.

"결과적으로 천하제일이 되느냐, 마느냐는 사실 그다지 중요하지 않습니다. 그것을 위해 얼마나 노력하면서 사느냐가 중요할 뿐. 목표를 정하고, 그것에 매진하지 않는 자는 사내가 아닙니다. 점소이 이자하는 천하제일이라는 목표로 매진할 것인데, 여기 계신 분들은 무엇을 목표로 살아가실 것인지…"

나는 손가락으로 소문주들을 가리키면서 말했다.

"진지하게 생각하십시오."

문득 이 시점에서 나는 내가 전생에 광마라 불리던 사내가 맞나 싶었다. 그러나, 맞다. 전생에는 계획이 없었고, 지금은 계획이 있을

...

뿐이다. 향후 내가 하오문을 잘 보살펴야만 앞으로 무림맹과 싸울 수 있고, 마교와도 부딪칠 수 있다. 약자를 대변하는 사내가 된다면 예전처럼 무림공적으로 몰릴 이유가 없을 테니까 말이다.

명분을 얻어야… 백도 놈들과는 정의를 다투고. 마도의 원숭이들과는 무력을 다툴 수 있으며. 흑도의 정신 나간 놈들은 때려죽이거나 수하로 거둘 수 있다. 이것이 바로 명분이 가진 힘이다. 어떤 이가 세상 사람들 대다수와 다른 의견을 세상에 밀어붙일 경우. 성공하면 혁명가, 실패하면 미친놈이 된다. 나는 전생과는 다르게, 성공한 미친놈이 될 생각이었다.

28.
적당히
처맞을 운명

흑묘방黑卯幇. 눈만 뚫려있는 검은색의 토끼 가면을 쓴 흑묘방주가 상석에 앉으면서 말했다.

"벽 총관, 금봉각주 소식은?"

"저희에게 밝히지 않은 안가를 하나 찾아냈습니다. 정황을 살펴 보니, 그곳에서 휴식을 취하던 도중에 누군가의 습격을 받아서 땅에 파묻힌 모양입니다. 다른 시신은 없었고, 고수와 맞붙은 흔적만 땅바닥에 어지럽게 남아있었습니다. 살펴보니, 거의 저항을 못 하고 죽은 모양입니다."

흑묘방주가 물었다.

"나머지 수하는?"

"금봉각주만 죽은 것 같습니다."

"각주만 죽었는데 왜 돌아오는 놈들이 없나."

"나머지도 일양현의 이자하라는 놈에게 잡혀갔습니다."

⋯

흑묘방주가 주변을 둘러보면서 말했다.

"이자하가 대체 누구냐? 처음 듣는데."

간부들이 바로 대꾸를 하지 못하고, 죄송하다는 것처럼 고개를 살짝 숙였다.

"말을 해라."

"일양현의 점소이라고 합니다."

숨 막히는 정적이 잠시 내려앉았다.

"…점소이?"

흑묘방주는 답답하다는 것처럼 가면을 들어 올렸다. 간부들은 방주의 얼굴을 똑바로 보지 않기 위해 고개를 숙였다.

"죄송합니다, 방주님."

흑묘방주가 불쾌한 감정을 얼굴에 드러낸 채로 말했다.

"흑묘방의 간부라는 자가 점소이에게 맞아 죽을 리가 없지 않나. 혹시 다른 신장일 가능성은?"

"아닐 겁니다. 일양현에 자그마한 문파를 세우기로 했었던 기루 주인도 그 점소이에게 죽고, 그의 형제들까지 전부 맞아 죽은 모양입니다."

"타지의 고수가 점소이 행세를 하는 것이냐."

"본래 그곳에 살던 점소이라고 합니다."

"금봉각주의 실력이 어느 정도였지?"

"아홉 번째로 기록되어 있습니다."

"돈만 만지던 놈이 제법 높았군. 그렇다면 그대들이 가도 실패할 확률이 높다는 뜻이 아닌가?"

간부들이 일제히 대답했다.

"저를 보내주십시오."

"방주님, 제가 확실하게 처리하고 오겠습니다."

흑묘방주는 당장 명령을 내리지 않은 채로 입을 다물었다. 그 와중에 말석에 있는 금룡각주 소군평邵琚平이라는 놈은 여전히 입을 꾹 다물고 있었다. 흑묘방주는 소군평을 주시했다. 이놈은 항상 먼저 나서는 법이 없는 얄미운 수하였다. 흑묘방 세력은 본래 대나찰이 힘으로 흡수해서 제자에게 던져준 것이라서 위아래의 정신적인 유대감이 크지 않았다. 흑묘방주가 도로 가면을 쓰자, 그제야 간부들은 안도의 숨을 내쉬었다. 한 수하가 뒤늦게 고했다.

"방주님, 금봉각주 실종 사건을 조사하다가 알게 된 것인데, 각주가 횡령을 한 정황이 있습니다. 그 자금도 이자하가 빼앗아서 일양현으로 가져간 모양입니다."

흑묘방주가 살벌한 눈빛으로 수하들을 노려봤다.

"횡령?"

"예."

흑묘방주는 새삼 이 수하 놈들이 그간 자신을 얼마나 기만했는지 알 것 같았다. 사실, 그간 무공 수련에만 집중한 터라 방의 대소사는 이 간부들에게 전적으로 맡겼던 것이 실책이었다. 이렇게 운영을 하다 보면, 결국 사부에게 도로 뺏길 가능성이 컸다. 보고를 올린 간부가 진중한 어조로 말했다.

"저를 일양현으로 보내주시면 점소이를 처리하고, 흘러 들어간 자금까지 완벽하게 회수해서 돌아오겠습니다."

그러나 정작 흑묘방주의 눈은 아까부터 입을 굳게 다물고 있는 소군평을 주시했다.

"그대는 됐고. 소 각주."

소군평이 덤덤한 어조로 대꾸했다.

"예, 방주님."

"그대는 왜 이런 일이 있을 때마다 입을 다물고 있지?"

"다들 본인이 가겠다고 하여 잠자코 있었습니다."

"근래 소 각주가 수련을 무척 열심히 하고 있다는 말을 들었다."

"수련은 평소와 같습니다."

"사이가 좋지 않았던 금봉각주와 싸웠다면 몇 합에 제압할 수 있겠나? 실력은 당연히 소 각주가 더 뛰어난 것으로 아는데."

소군평이 잠시 생각에 잠겼다. 경쟁자였던 금봉각주가 무력으로 대단한 자는 아니었으나, 흑묘방 내부에서는 위치가 같다. 그러나 무공 실력의 격차는 컸다. 금봉각주는 머리에 돈만 가득 찬 놈이었고, 자신은 오로지 무공 수련에만 집중하는 성향이어서 비교하는 것 자체가 불쾌한 일이었다. 소군평이 가늠해 보니, 금봉각주 정도면 일다경一茶頃(한 잔의 차를 마실 정도의 시간)이면 충분하다는 생각이 들었다. 그러나 자신의 실력은 내부에서도 철저하게 숨기는 것이 낫다고 판단해 이렇게 대꾸했다.

"붙어보지 않아 모르겠으나, 제가 확실히 앞서는 거 같습니다."

"자금을 다른 곳으로 빼돌린 것도 아니고, 일양현으로 가져갔다면 흑묘방에서 누가 오든지 간에 자신이 있다는 뜻이겠지. 이번 일은 소 각주의 실력을 한번 확인하고 싶군."

소군평이 대구했다.

"알겠습니다."

"상대는 알다시피 점소이다. 실패하면…"

"예."

"스스로 목숨을 끊어라. 대신에 성공하면 금봉각의 일까지 그대에게 맡기겠다."

이 말에 잠시 소군평이 고개를 들어 올리더니 흑묘방주의 가면 안에 있는 눈을 노려봤다.

'진심이냐? 나더러 죽으라고?'

소군평은 흑묘방주의 눈빛을 보자마자 진심이라는 것을 알 수 있었다. 표정 관리를 하는 게 힘들었기 때문에 고개를 숙이면서 대구했다.

"패배하면 어차피 죽겠지요. 그럼 그렇게 하겠습니다, 방주님."

내뱉은 말과는 달리 소군평은 자살할 생각이 전혀 없었다. 소군평이 수하들과 상의해야겠다고 마음을 먹은 찰나에 흑묘방주의 말이 이어졌다.

"시끌벅적하게 가지 말고 혼자 가서 처리해."

이 명령은 소군평에게도 뜻밖이었다.

"예?"

"점소이를 상대하는데 시끄럽게 갈 필요가 있나. 자신 없으면 다른 자를 보내겠다."

소군평이 떨떠름한 어조로 대구했다.

"자신이 없지는 않습니다. 그럼 그렇게 하겠습니다."

"혹시 소 각주가 점소이에게 당해서 돌아오지 않으면 내가 직접 가서 복수하겠다. 방심하지 말도록."

흑묘방주는 이렇게 명령을 내려놓고, 정작 본인이 계속 점소이의 정체를 궁금해했다.

'십이신장이 장난을 치는 것인가. 당장 그럴 놈이 없는데.'

흑묘방주는 가면 속에서 수하들의 표정을 유심히 살폈다. 사부가 힘으로 빼앗은 세력이라 그런지, 이 아랫놈들과 유대감을 쌓는 것이 무공을 수련하는 것보다 더 어려웠다. 흑묘방주가 손을 내저으면서 말했다.

"물러들 가시오."

"예, 방주님."

사람들이 다 사라질 때까지 금룡각주 소군평은 홀로 대청에 남아서 흑묘방을 둘러봤다.

'말로만 듣던 토사구팽이네.'

바닥에 침이라도 뱉고 싶은 심정이었으나, 소군평은 가까스로 마음을 억눌렀다.

* * *

나는 여전히 기루에 틀어박혀 수련을 거듭했다. 그간 일양현 전체가 조용했기 때문에 조만간 무슨 일이 일어나도 이상하지 않은 나날이 이어졌다. 내 일상은 단조로웠다. 수련, 좌선, 산책, 밥, 수련, 잠, 좌선 그리고 다시 산책. 끼니는 대부분 춘양반점에서 해결하는 편이어서 일양현을 한 차례 둘러보는 산책을 마친 다음에는 어김없이 춘양반점으로 향했다. 이른 저녁이어서 그런지 손님은 낯선 사내 한 명이 전부였다. 장득수는 국수 한 그릇을 손님 앞에 내려놓다가, 긴장한 표정으로 나를 바라봤다.

"오랜만에 왔네. 뭐 줄까?"

"오늘은 국밥 말고 좀 매콤한 국수로. 맵게 해달라고."

"매콤하게, 알았다."

나는 빈자리에 앉아서 시커먼 옷을 입고 있는 사내를 바라봤다. 이상한 말이지만, 시커먼 옷을 좋아하는 놈은 나한테 처맞을 확률이 높다. 일양현에서 처음 보는 이 사내는 특이하게 생긴 곡도曲刀 한 자루를 탁자에 올려놓고 있었다. 극히 짧은 찰나에 확인한 바로는 사내의 실력이 제법 좋아 보였다.

'이야…'

그제야 나는 사내의 곡도가 무엇인지 알았다. 나는 사내의 얼굴은 알지 못했으나, 저 특이한 곡도에 대해서는 여러 차례 들은 적이 있기 때문.

'누군가 했더니. 흑도의 삼백갑자三百甲子였네.'

삼백갑자는 내공의 양을 말하는 것이 아니라, 놈의 수명이 질겨서 붙은 별호다. 무척 오래 살았다는 삼천갑자 동방삭의 별명에서 착안한 별호였다. 지금은 별 볼 일 없는 놈이지만, 나중에는 나름 흑도에서 거물 취급을 받는 사내가 뜬금없이 춘양반점에서 국수를 먹고 있었다. 놈은 국수를 호로록 소리를 내며 빨아들이다가, 주방 안에 있는 장득수를 불렀다.

"이봐, 주인장."

주방에서 장득수가 대꾸했다.

"예, 뭐 더 필요하신 거 있습니까?"

"이 동네에 이자하라는 놈이 있다던데, 어디 가야 만날 수 있지?"

장득수는 뜸을 들이다가 대답했다.

"아… 그놈이요? 글쎄요. 요새 통 안 보이네요."

"왜? 무슨 일 있나?"

"아, 이놈이 하도 사고를 많이 치고 다녀서 말이죠. 어디 먼 곳으로 도망을 친 게 아닐까 싶기도 한데. 그런데 이자하는 왜 찾으십니까? 제가 한번 수소문해 볼까요?"

과연 점문의 수장다운 처세였다. 내가 사내의 맞은편에 앉아있는데도, 장득수는 내가 요새 안 보인다는 대답을 아주 천연덕스럽게 하고 있었다. 나는 삼백갑자라 불리던 놈과 눈을 진득하게 마주쳤다.

"…"

놈이 갑자기 웃으면서 말했다.

"지금 내 눈앞에 이자하가 있는데, 대놓고 거짓말을 늘어놓다니. 일양현에는 정신 나간 놈들이 많다더니 명불허전이로군."

주방에서는 이제 아무런 소리도 들리지 않았다.

"…"

정적이 감도는 와중에 장득수는 솥뚜껑을 향해 손을 뻗었다. 갑자기 암기라도 날아오면 솥뚜껑으로 막을 생각이었다. 삼백갑자라 불리던 놈이 국수를 먹다가 내게 물었다.

"점소이, 너는 내가 누군지 아느냐?"

당연하게도 내가 자신의 정체를 알아차리지 못하리라 생각한 모양이다. 안타깝게도 나는 하오문의 정보통, 하오문의 예언가, 하오문의 수장, 하오문의 설계자이자 미래를 훤히 알고 있는 사람이다. 특히 강호에서 현재 유명한 놈이거나, 미래에 유명해질 놈의 신상은 대부분 알고 있다. 애초에 나는 점소이나 무덤지기를 하고 있을 때도, 강호인들에게 관심이 많았기 때문이다. 나는 아무렇지 않은 어조로 대꾸했다.

"흑묘방의 소군평이잖아. 개새끼야. 왜 자꾸 반말이야?"

"…!"

소군평은 그야말로 무언가를 훔치다가 걸린 사람처럼 놀란 표정을 지었다. 사실 흑묘방을 맞히는 것은 어렵지 않은 일이나, 자신의 이름까지 맞힌 것에 대해서는 놀랄 수밖에 없었다. 토사구팽을 당해서 홀로 일양현에 도착한 소군평이 놀란 토끼 눈으로 물었다.

"너 누구냐?"

나는 소군평을 지그시 바라봤다. 이놈이 오늘 '삼백갑자'라 불릴 운명에서 가장 큰 인생의 위기를 맞이했다는 것을 아는지 모르겠다. 아직 싸가지 없는 눈빛으로 나를 진득하게 바라보고 있는 것을 보아하니, 아직 모르는 모양이었다. 소군평은 내 정체가 궁금한지 재차 물었다.

"정체가 뭐냐 물었다."

"나는 이자하다. 이자하는 점소이고. 그게 내 정체다. 잘 찾아와 놓고 내 정체를 묻다니, 선문답이냐? 아니면, 혹시 내 본질이 무엇이냐는 심오한 질문인가. 그렇다면 모르겠군. 너무 심오한 질문이라서 고민 좀 해봐야겠는데. 나는 누구인가?"

"미친 새끼."

이 와중에 소군평은 다시 후루룩- 소리를 내면서 국수를 마저 먹었다. 세상이 무너져도 국수는 마저 먹어야겠다는 태도였다. 나는 정적이 감도는 주방을 향해 말했다.

"주인장, 매콤한 국수는 아직 멀었나? 배고픈데."

솥뚜껑을 방패처럼 꽉 붙잡고 있는 장득수가 오만상을 찌푸렸다.

'저 새끼는 다 죽게 생겼는데 매콤한 맛을 찾고 지랄이네.'

장득수는 뜸을 들이다가 대꾸했다.

"…마침 국수가 다 떨어졌습니다. 손님."

"주인장, 장사 그딴 식으로 할 거야?"

국수를 먹던 소군평이 낄낄대면서 웃었다.

"이거 웃긴 동네네."

나는 소군평의 말을 정정했다.

"여긴 웃긴 동네가 아니다. 앞으로 흑도는 발도 못 붙이게 할 생각이라서 말이지."

소군평이 물로 입을 헹군 다음에 바닥에 뱉었다.

"그런 개소리는 날 꺾은 다음에 해도 늦지 않아. 주인장, 계산."

장득수는 돈 받다가 죽을 수도 있다는 생각에 주방에서 대꾸했다.

"아이고, 무슨 계산입니까? 잘 드셨다니 다행입니다. 제가 미처 몰라 뵙고 아까 농을 몇 마디 쳤으니 대협께서는 아량을 베풀어 주십시오."

소군평이 미소를 지었다.

"계산은 해야지. 괜찮으니 이리 나와보게."

나는 코웃음을 쳤다.

"주방에 있어."

장득수가 떨떠름한 어조로 내 말에 대꾸했다.

"그, 그럴까?"

그제야 소군평의 시선이 내게 끈적하게 달라붙었다. 하지만 내가 흔히 보던 흑도의 행동과는 다르게, 소군평은 품에서 돈을 꺼내더니 탁자에 얌전히 올려놓았다. 어쨌거나 밥값은 치르는 놈이었다. 이놈이 제 운명을 아는지 모르겠다. 이 밥값 때문에 내게 반쯤 죽을 때까지 처맞을 운명에서 적당히 처맞는 운명으로 바뀌게 되었다는 것을…

29.
말로 패는
남자

밥값을 탁자 위에 올려놓은 소군평이 일어서면서 말했다.

"이봐 점소이, 여긴 좁으니까 밖으로 나가자고. 그리고 주인장."

"예."

"국수 맛이 뜻밖에 괜찮군. 또 오겠네."

점문의 수장께서는 여전히 주방에 틀어박힌 상태에서 대꾸했다.

"아이고, 언제든지 찾아오십시오."

소군평이 먼저 여유로운 태도로 춘양반점을 나가자, 겨우 고개를 내민 장득수가 내게 물었다.

"자하야, 어쩌려고? 괜찮겠어? 눈빛이 너무 살벌하던데?"

"눈빛이 살벌한 손님한테 농담은 왜 했어?"

"긴장해서 말이 헛나왔지."

"뭐라고 했는데?"

"칼이 이상하게 생겨서 남만南蠻에서 가져온 칼 같습니다, 그랬는데."

"남만에서 온 칼 맞아."

"제기랄."

남만은 남쪽에 사는 오랑캐라는 뜻이었으니, 상대의 출신이 정말 남쪽이었다면 장득수가 당장 죽을 수도 있는 모욕적인 말이었다. 장득수는 저도 모르게 두 손으로 솥뚜껑을 굳게 붙잡았다. 내가 말했다.

"혹시 모르니 그거 꽉 붙잡고 있으라고."

장득수가 고개를 연신 끄덕였다.

"알았어. 죽지 말고."

"그런 일은 일어나지 않아. 아, 주방에서 식칼 하나 가져다줘."

"식칼은 왜?"

"병장기를 안 챙겨왔네. 없는 것보단 낫겠지."

장득수는 급하게 큰 식칼을 꺼내 와서 내게 건넸다.

"여기."

나는 큼지막한 식칼을 붙잡은 다음에 장득수에게 말했다.

"이따 보자고."

"구경해도 될까?"

나는 솥뚜껑을 가리키면서 말했다.

"나오지는 말고, 그거 꽉 붙잡고 구경해."

"알겠어."

* * *

…ㆍ

고향에서 스물 초반에 삼백갑자 소군평과 마주하고 있으려니 감회가 새로웠다. 소군평도 나중에는 흑도에서 제법 이름을 날리는 사내가 되긴 하지만, 내 악명에는 미치지 못했다. 문득 이런 생각이 들었다. 적어도 일양현을 둘러싸고 있는 크고 작은 방파의 촌 동네 고수들은 나를 죽일 수 없다고 말이다. 아무래도 천하에 명성을 날린 자들이 등장해야 나란 놈이 긴장할 것 같다는 생각이 들었다.

이것은 내공과 무공의 문제가 아니다. 천하라는 큰물에서 놀아본 경험이 있느냐 없느냐의 문제다. 지금 시점의 흑묘방주는 기껏해야 사형제들하고만 박 터지게 싸우는 놈이라서, 내 기준에선 애송이다. 그리고 이 목숨이 질긴 것으로 명성을 얻는 삼백갑자 놈은 아직 그런 애송이의 수하였다. 한마디로 자격 미달의 상대였다. 하지만 참으로 공평하지 않은가? 삼백갑자 소군평과 나는 서로를 애송이라 여긴 채로 대치하고 있었다. 내가 소군평에게 물었다.

"그나저나 군평아, 왜 수하도 없이 네가 혼자 왔나? 토사구팽이냐?"

지금껏 시종일관 여유로운 표정을 짓고 있었던 소군평의 얼굴이 일그러졌다.

"점소이 따위를 처리하는데 시끌벅적하게 오면 쓰나? 그리고 친근한 척 이름 부르지 마라. 쪽팔리게…"

"나랑 싸우는 게 부끄러워?"

"닥쳐라."

"떼거리로 몰려드는 게 흑도의 장점 아니었나? 표정이 병신 같은 것을 보아하니 토사구팽이 맞나보군."

"촌 동네 점소이가 왜 이렇게 거만한지 모르겠군."

"나도 삼류 흑도가 왜 이렇게 자신만만한지 모르겠군."

소군평은 자신의 병기인 야래도夜來刀를 뽑았다. 내가 알아본 병장기가 저것이다. 야래도는 도신刀身의 좌우 폭이 좁은 기형도奇形刀로 날의 곡선이 과하게 들어간 병장기다. 사연은 모르겠지만, 남만에서 제작된 병장기다. 끈질기게 살아남은 사내의 병장기라서 나중에는 제법 이름이 알려지는 보도寶刀이기도 하다. 아마도 저 칼이 소군평의 목숨을 여러 번 살렸을 터였다. 소군평은 내가 식칼을 들고 있는 것을 보고 물었다.

"그건 대체 뭐 하자는 거냐?"

나는 식칼에 코를 대고 킁킁댔다.

"아직 마늘 냄새가 나는군. 상처 부위에 마늘이 스며들면 끔찍한 고통을 느끼게 된다는 것을 알게 해주마. 뜨끈뜨끈할 거다."

소군평은 속으로 웃을 수밖에 없었다. 평범한 병장기는 두부처럼 자르는 것이 자신의 야래도였기 때문이다. 자신만만한 표정을 짓고 있는 소군평을 향해 경고했다.

"기억해라, 삼류 흑도 사나이. 점소이를 건드리면 마늘 냄새가 나는 식칼에 당한다는 것을."

입을 다문 소군평은 무표정한 얼굴로 거리를 좁혔다.

* * *

야래도는 꽤 날카롭고 단단한 칼이어서 식칼이 당연히 불리하다.

놈의 칼에 식칼을 두어 번 부딪치면, 식칼의 날이 전부 상할 것이다. 내공을 주입하면 극복할 수 있겠지만, 비효율적인 일이다. 그 때문에 나는 식칼을 함부로 내밀지 않았다. 소군평의 움직임을 구경하면서 거리를 유지한 채로 보법만 펼쳤다.

물론 야래도는 내 몸에 닿지 않는다. 놈이 아무리 속임수를 쓰고, 허초를 남발하고, 회심의 일격을 가해도 나는 어렵지 않게 피할 수 있었다. 지금 내가 쌓고 있는 내공과 무관하게, 공방전을 파악하는 눈과 경험은 광마라 불리던 시절과 다를 바 없기 때문이다. 소군평과 나는 실전 경험의 차이가 매우 컸다.

하지만 소군평이 싸우는 모습 자체는 자못 볼만했다. 나와 비슷한 젊은 시절이어서 그런지 투지가 넘쳤다. 하지만 내가 공격을 하지 않고, 오로지 피하기만 하고 있다는 사실에서 똑똑한 놈이라면 무언가를 깨달아야 할 터. 한참을 일방적으로 공격을 퍼붓던 소군평은 슬슬 등골이 서늘했는지 표정이 점점 딱딱해졌다. 요란했던 살기와 투지도 냉정한 이성에 의해 점차 가라앉는 것처럼 보였다.

'눈치가 좀 있네.'

이처럼 나는 놈의 심리상태와 분위기의 변화를 모조리 읽고 있었다. 한참을 혼자서 지랄 발광을 하면서 공격을 펼치던 소군평이 스스로 공격을 멈췄다.

"너 정체가 뭐냐. 어떻게 내 움직임을 다 알고 있지?"

"점소이다."

"닥쳐라! 점소이 새끼야. 그런 것을 묻는 게 아니다. 혹시 방주님과 신분이 같은 십이신장인가?"

"물어봐 놓고 닥치라니 정신이 나간 놈이로군. 그냥 네가 허접한 것으로 이번 일을 이해하면 된다."

"내가 허접하다고?"

"흑도의 노예들이나 배우는 허접한 무공을 익혔던데."

"흑도의 노예?"

"네가 펼친 것은 제대로 된 도법도 아니고, 정상적인 보법도 아니다. 경험에 기대어서 칼춤을 추고 있을 뿐이지."

소군평은 살면서 이런 말을 들어본 적이 없었다. 그러나 표현이 좀 이상했다. 흑도의 노예라니? 소군평이 물었다.

"내 도법이 어째서 노예의 무공이란 말이냐."

십이신장이 거느리는 세력 전체가 대나찰의 노예라는 것은 전생부터 가지고 있었던 내 생각이었다.

"사실 노예라는 표현도 과분하지. 너희는 정상적인 흑도가 아니다. 전부 대나찰의 꼭두각시, 대나찰의 바둑알, 대나찰의 싸움닭, 대나찰의 노리개, 대나찰의 뒤처리 전문 집단, 대나찰의 자금 및 여인 제공을 하는 결사단, 대나찰의 엉덩이나 핥…"

"닥쳐라!"

"대나찰의 제자라는 십이신장들의 꼬락서니를 봐라. 그 병신 같은 가면을 쓰라면 쓰고, 누굴 죽이라면 죽이고, 수련하라면 수련하고, 방파 하나 맡으라면 맡고, 대나찰의 여흥을 위해 비무를 벌여서 서열을 정하고, 대나찰에게 돈과 여인을 바쳐서 아부나 하는 쓰레기 집단이지. 그중에서 너는 계급이 조금 높은 노예에게 명령을 받는 밑바닥 노예, 인생 막장, 쓰레기 흑도, 살아있을 때는 노예 토끼, 쓸

　　　…

모가 없어지면 토사구팽. 본인이 좀 잘난 줄 알겠지만, 정작 점소이 한 명도 못 이기는 병신이 너다."

순식간에 내뱉은 폭언을 폭풍처럼 얻어맞은 소군평의 눈에 핏발이 섰다. 순간 내공이 살짝 빠져나가는 것처럼 다리에 힘이 풀리기도 했다.

"…"

"왜? 네가 좀 멋진 흑도인지 알았나?"

나는 소군평을 주먹으로 때리기 전에 말로 두들겨 팼다.

"너무 억울해할 필요는 없다. 대나찰, 그 늙은 변태 새끼도 나중에 내 손에 죽게 될 테니까."

이때, 지켜보고 있었던 장득수가 저도 모르게 탄성을 내질렀다.

"대단한 폭언이네."

이 말에 귀가 밝은 소군평이 장득수가 있는 쪽을 바라봤다. 장득수가 깜짝 놀라면서 솥뚜껑을 위로 올렸으나, 소군평의 공격은 다행히도 없었다. 소군평의 머리에는 노예, 꼭두각시, 바둑알, 싸움닭, 노리개라는 말이 어지럽게 맴돌고 있을 뿐이었다. 살면서 누군가의 말에 정신이 혼미한 적은 처음이어서 더욱 당황스러웠다. 너무 흥분한 탓에 심호흡을 하고 있었던 소군평이 나를 노려보면서 말했다.

"더 떠들어 봐라."

이놈 보게? 나는 고승이 열 받아서 피를 토할 때까지 말로 두들겨 팰 수 있는 자신감이 있는 사내다. 나는 히죽 웃었다.

"수장 격인 십이신장은 서열전을 해서 일 위를 하면 대나찰에게 무공을 더 배운다고 하더군. 근데 그거 배워서 뭐 하려고? 콩고물 받아먹듯이 무공을 얻어 배우는 병신들이 아닌가 말이야. 대나찰은 수많은 흑도 고수 중의 한 명이다. 대나찰이 흑도제일인黑道第一人이라도 되나? 어림없다. 그리고 대나찰이 그 편협한 성격에 잘도 본인의 절기를 전수하겠다. 그냥 너희는 대나찰의 끄나풀이자, 노리개들일 뿐이다. 거듭 말하지만 너는 노예의 노예라고 해야겠지. 보기 드물게 불쌍한 인생이다."

"할 말은 그게 끝이냐? 네가 그렇게 잘났으면, 이제 피하지만은 않겠군. 승부를 확실하게 내자."

호흡을 되찾은 소군평이 재차 공격을 예고하자, 나는 이렇게 대꾸했다.

"군평아, 올곧은 사내는 노예처럼 살지 않는다. 맞아야 정신을 좀 차리겠군."

나는 장득수가 건네준 직사각형의 반듯한 식칼을 치켜든 채로 염계의 내공을 주입했다. 염계에 휩싸인 식칼이 붉게 타올랐다.

화르르르륵!

겨우 손바닥보다 조금 컸던 식칼의 외형이 불그스름해진 다음에는 새빨간 불길 형태의 기가 아지랑이처럼 피어올랐다. 줄곧 염계를 수련했기 때문에 얻은 그간의 성과가 가장 먼저 식칼에서 빛을 발했다. 선제공격을 펼치려던 소군평이 놀란 눈빛으로 붉게 타오르는 식칼을 바라봤다. 짧은 식칼에서 뿜어져 나오는 붉은빛이 장검의 모양을 갖추고 있었다. 소군평은 저것을 보자마자 자신이 이길 수 없다는 것을 깨달았다. 그러나 자존심이 상해서 이대로 물러날 생각은 없었다. 나는 소군평에게 말했다.

"아직도 내가 병신으로 보여? 거기 무릎을 꿇고 항복하든가. 아니면 신나게 처맞게 될 거다. 노예 토끼의 따까리 놈."

나는 식칼에 검기에 이어서 염계의 비기인 염화향炎火香을 휘감았다. 정식 명칭은 염화향이지만, 나는 이 비기를 '불맛'이라 부른다. 볶음밥 같은 것에 은은하게 배어있는 그 불맛을 뜻한다. 아마도 무공을 모르는 자들에겐 지금 내 자세와 모습이 웃길 것이다. 오른손에 잡은 식칼을 높이 쳐들고 있었으니 말이다.

그러나 단언컨대, 이 모습이 소군평에겐 웃기지 않을 것이다. 무릎을 꿇으라는 말을 들은 소군평의 이마에 힘줄이 불끈 돋았다. 세상천지에 어떤 흑도의 사나이가 점소이 출신의 젊은이에게 무릎을 꿇겠는가. 싸우다가 죽을 뿐이라 생각한 소군평은 그 역시 자신이 쏟아낼 수 있는 가장 큰 공력을 야래도에 담아서 나를 향해 휘둘렀다. 정제되지 않은 혼탁한 색의 아지랑이가 야래도를 휘감았다가 나를 향해 쇄도했다. 제법 맹렬한 기운이 담겨있는 도풍刀風이었다.

'버러지치고는 제법이네.'

확실히 기세氣勢는 있었다. 나는 밀려오는 도풍을 향해 염화향을 휘감은 식칼을 내던졌다. 평범한 식칼이 도풍을 찢으면서 무시무시한 소리를 머금었다. 그 식칼의 검명劍鳴이 마치 전생 점소이의 분노가 담긴 외침처럼 들리는 것은 나만의 착각일까?

30.
하오문은
모르는 게 없다

이 싸움을 가장 객관적으로 본 것은 장득수다. 소군평의 칼에서는 회색빛의 기가 돌풍처럼 뻗어나가서 놀라웠고. 얼마 전까지 점소이 였던 동네 동생의 식칼은 더 불가사의했다. 마늘이나 삭삭 자르던 식칼은 핏물이 뚝뚝 떨어질 것처럼 새빨간 양념장에 휘감긴 채로 돌풍을 찢어발겼다. 장득수의 눈에는… 식칼이 이겼기 때문일까? 실로 아름다운 광경이었다.

무공을 익히지 않은 장득수가 마지막으로 겨우 확인한 광경은… 소군평이 양손으로 붙잡은 괴상한 남만 칼로 식칼을 겨우 쳐내는 모습이었다. 동시에 울린 굉음 때문에 장득수는 솥뚜껑을 떨어뜨리자마자 양손으로 귀를 덮었다. 충격의 여파로 소군평의 몸뚱어리는 쏜살같이 날아가서 땅바닥에 처박히더니 떼굴떼굴 굴렀다.

"와아아…"

장득수에겐 도저히 이해할 수 없는 광경이었다.

'싸움이 멋지네.'

거기까지가 끝이었으면 장득수도 그리 놀라지 않았을 터였다. 놀랍게도 소군평은 아직 살아있었고. 점소이 출신의 문주께서는 황소처럼 돌진해서 이제 막 일어난 소군평을 마구잡이로 패고 있었다.

퍽, 퍽, 퍽, 퍽, 퍽, 퍽, 퍽…

엄청난 고수들의 싸움이 급격하게 동네 사내놈들의 싸움으로 격이 떨어진 상황.

"그것참 찰지게 패네."

그제야 장득수는 무언가 일이 이상하게 돌아간다고 생각했다. 장득수도 이제 보는 눈이 생겼다. 그렇게 날렵하던 흑도 사나이가 지금은 일방적으로 얻어맞는 이유는 아마도 강호인들이 말하는 내상을 입었기 때문이라 생각했다. 그 와중에 전직 점소이 동네 동생은 흑도 사나이를 무자비하게 두들겨 팼다. 두들겨 패면서도 무어라 소군평에게 말을 하고 있었는데 그것까진 잘 들리지 않았다.

'저놈도 제정신이 아니야. 뭐라고 하는 거지?'

저도 모르게 주제 파악을 못 하게 된 장득수가 앞으로 나서면서 말했다.

"아이고, 자하야. 그만 패라. 사람 죽겠다."

실은 동네 아우가 광증狂症에 휩싸인 게 아닐까 해서 말리려는 의도도 있었다. 하지만 국밥을 파는 춘양반점의 주인장이 전직 점소이와 흑도 사나이의 싸움을 말리기 위해 나선 모양새도 정상적이고 일상적인 광경은 아니었다.

　　　　　　　　　　* * *

　나는 소군평의 머리카락을 붙잡아서 들어 올렸다.

　"맷집이 좋네."

　이 와중에 뭔 개소리를 하고 있느냐는 표정으로 소군평이 나를 바라봤다. 나는 놈의 머리카락을 쥐어짜듯이 움켜쥐면서 말했다.

　"흑도 사나이, 정신 좀 들어?"

　대답이 없어서 따귀를 한 대 후려치니, 장득수가 가까이 다가와서 말했다.

　"죽이려고?"

　나는 흑묘방의 고수, 그것도 훗날 삼백갑자라는 별호로 불리는 자를 걱정해 주는 장득수의 말이 너무 우스웠다. 생업에 종사하는 사람들은 대부분 이런 식이다. 강호와는 한참이나 동떨어져 있는 사람인 것이다. 사실 염화향을 이렇게 쳐낸 것만으로도 소군평은 뛰어난 실력자다. 하지만 내가 염화향에 주입한 공력을 의도적으로 줄였기 때문에 이놈이 살아남은 것이기도 하다.

　"군평아, 이제 항복할 마음이 들어?"

　소군평이 나를 바라보면서 히죽 웃었다.

　"항복? 내가 그렇게 한심해 보이나?"

　"매우 한심해 보인다만."

　"내가 어찌 점소이에게 항복할 수 있겠나? 마음껏 더 때려봐라."

　나는 소군평의 볼을 꼬집으면서 씨익 웃었다.

　'이거 신기한 놈이네? 비굴하지 않아서 그렇게 오래 살아남았던

건가.'

나는 볼을 꼬집던 손으로 소군평의 뺨을 세차게 후려쳤다. 퍽- 소리와 함께 소군평은 얼굴을 바닥에 처박더니 그제야 기절했다.

"근성이 있네. 마음에 들어."

장득수가 기절한 놈을 구경하면서 내게 물었다.

"실컷 때려놓고, 마음에 들어?"

"실컷 맞았는데도 비굴하진 않잖아. 사내는 두들겨 패고 나서야 진가를 알 때가 있다니까."

"그 진가를 알아내려다가 사람 죽겠다. 그나저나 이제 장사 어찌하나? 흑묘방의 간부 같은데."

그 말에 나는 장득수와 눈을 마주친 채로 말했다.

"말했지. 행동강령. 이 모든 일은…"

"문주님이 하셨다고? 그런 말로 일이 무마되면 나도 좋겠다."

이때, 싸움이 벌어졌다는 소식을 듣고 나타난 차성태가 다가오면서 물었다.

"우리 문주님, 대낮부터 누굴 또 패고 계십니까?"

나는 잠시 차성태를 물끄러미 바라봤다. 동네가 좁아서 그런 것일까? 이놈은 싸움이 끝날 때마다 귀신처럼 등장하고 있었다. 내가 물었다.

"아는 놈이냐?"

"아니요? 누굽니까? 제법 성깔 있게 생겼네요. 흑도죠?"

"흑묘방의 금룡각주라던데."

차성태가 중얼거렸다.

"금룡이면 꽤 높은 간부 놈이네요. 근데 왜 혼자 왔을까요. 얼굴이 아주 그냥 만두피가 됐네."

나는 기절한 놈을 바라보다가 이렇게 추측했다.

"방주 명령으로 혼자 왔겠지."

"왜요?"

"흑묘방 체면에 많이 오면 쪽팔릴 테니까. 내가 점소이라서."

"아하."

"그리고 간을 봤겠지. 일양현에 얼마나 매운 놈이 있는지."

차성태는 요새 들어 간이 좀 부었는지, 발을 내밀어서 소군평의 몸을 툭툭 건드렸다.

"아직 숨은 쉽니다. 죽일까요?"

나는 차성태를 바라봤다. 이놈이 죽이자고 하니까, 어쩐지 죽이기가 싫었다. 사람의 운명이라는 것이 이처럼 묘하다. 그리고 삼백갑자라는 별호를 가지게 되는 인물을 내 손으로 끝내는 것도 어딘지 모르게 께름칙했다. 마치 수백 년을 산 영물 거북이를 내 손으로 죽여야 하는 느낌이랄까. 전생에서도 그렇게 오래 살아남았다면 그만한 삶을 살 만한 가치가 있었던 게 아닐까 싶다. 왜냐하면, 본래 흑도 사나이들의 수명은 무척 짧기 때문이다.

"기루 빈방에 잠시 데려다 놔."

"아, 고문했다가 죽이시겠다는 거죠?"

나는 차성태의 머리통을 오랜만에 후려쳤다.

"생문生門의 문주라는 놈이 왜 자꾸 죽이자고 지랄이야?"

차성태가 머리통을 비비다가 넋이 나간 표정으로 대꾸했다.

"아, 생문이 그런 거였어요? 일단 알겠습니다."

"끌고 가. 저놈 칼도 챙기고."

"예."

차성태가 기절한 소군평과 그의 병장기를 챙겨서 사라지자, 장득수는 바닥에 떨어진 식칼을 주워서 살펴보다가 놀란 어조로 말했다.

"헉! 이것 좀 봐라."

장득수가 식칼을 내밀면서 말했다.

"엄청난 고수였네."

나는 휘어진 식칼을 바라보다가 말했다.

"제법이네. 식칼은 내가 하나 사줄게."

"됐다. 철방 가서 고치면 된다. 금 아저씨랑 나랑 모르는 사이도 아니고."

"마음대로 하시고."

장득수가 걱정스럽다는 것처럼 말했다.

"이제 일양현 망하는 거 아니냐?"

"그럴 리가. 흑묘방이 망하겠지. 각자 일 보자고."

"그러자고."

나는 장득수와 헤어진 다음에 공사 현장을 한 차례 둘러봤다. 괜히 일하는 사람을 귀찮게 하지 않으려고, 먼발치에서 공사를 감독하는 연자성을 물끄러미 바라보다가 매화루로 향했다. 나는 이 시점에서, 먼저 흑묘방에 쳐들어가야 하는 게 아닐까 하고 고민했다. 생업이 있는 자들에게 피해를 주긴 싫기 때문이다. 흑묘방이 전부 소군평처럼 밥값을 계산할 줄 아는 놈들은 아니기 때문이다.

　　　　　　　　　　＊　＊　＊

나는 침구 옆에서 소군평을 감시하고 있는 차성태에게 말했다.

"깨워라."

"예."

차성태가 침구를 발로 차면서 말했다.

"일어나. 이 새끼야, 여기가 너희 집 안방이냐?"

기절했던 소군평은 잠에서 깨어나는 것처럼 조용히 눈을 떴다가 화들짝 놀라면서 상반신을 일으켰다.

"헉!"

소군평은 잔뜩 놀란 눈빛으로 두리번대다가 침을 꿀꺽 삼켰다.

'내가 왜 살아있지?'

나는 아직 정신을 못 차리는 놈에게 물었다.

"군평아, 정신 나간 대나찰은 요새 어디 있다더냐?"

"모른다. 내가 어찌 알겠나. 방주님도 모르실 텐데, 우리가 알 리가 없지."

소군평은 말을 하다가 인상을 찌푸린 채로 얼굴을 만졌다. 뺨이 퉁퉁 부어있는 상태였다.

"흑묘방주는?"

"본 방에 계시지."

"요새 뭐 하느냐는 물음이다."

"수련 중이시다."

"또 서열전이냐?"

그걸 네가 어찌 아느냐는 표정으로 소군평이 나를 바라봤다.

"왜? 내가 아는 게 이상해?"

"이상할 수밖에."

"우리 하오문은 모르는 거 빼고 다 안다."

소군평은 정신을 못 차리는 와중에 방금 말이 이해되지 않아서 인상을 찌푸렸다.

"뭔 개소리야."

말을 해놓고 나는 살짝 뿌듯했다. 사실은 과거로 회귀를 했기 때문에 아는 것이었지만, 앞으로 내가 알고 있는 정보나 지식은 내가 하오문 소속이기 때문에 아는 것으로 치부할 생각이었다. 그렇다면, 강호 최고의 정보단체 역시 하오문이 될 것이다. 물론 내 회귀 때문이긴 하지만 어쨌든 그렇다. 차성태도 소군평을 노려보면서 내 말을 따라 했다.

"우리 하오문은 모르는 게 없다."

나는 차성태의 말을 정정해 줬다.

"그건 아니다. 모르는 건 모르는 거지."

"아, 그래요?"

"중요한 것은 모르는 것도 금세 알아내는 실력이다."

"그렇습니다."

차성태는 뜬금없이 소군평을 갈궜다.

"알겠냐? 우리는 모르는 것도 알아내는 자들이다. 결국에 하오문이 모르는 것은 없다는 얘기지. 최강의 정보단체, 그것이 하오문이다."

그러나 정작 소군평은 하오문이 어떤 단체인지 아직 모르고 있었다. 소군평이 나를 바라보면서 말했다.

"역시 평범한 사람은 아니었군. 하오문이라는 세력의 끄나풀이었다니."

"끄나풀?"

"점소이 출신이라고 들었다."

차성태가 소군평의 머리통을 후려쳤다. 퍽- 소리와 함께 소군평이 다시 침구 위에 널브러지자, 차성태가 말했다.

"어디서 싸가지 없는 새끼가 문주님한테 점소이라느니, 돌았나."

차성태가 나를 바라보면서 말을 이어나갔다.

"문주님, 이 새끼도 매를 버는 재주가 좀 있네요."

나는 문득 차성태를 바라보다가 이놈이 나중에 간신배가 되지 않을까 하는 걱정을 잠시 했다. 소군평이 성난 표정으로 몸을 벌떡 일으키자, 화들짝 놀란 차성태가 뒤로 물러섰다.

"아이, 깜짝이야."

소군평은 타고난 신체가 튼튼했던 모양인지 맷집이 보통 수준은 아니었다. 소군평은 사실 차성태가 혼자 감당할 수 있는 사내가 아니기도 하다. 하지만 미래에 간신배가 될 확률이 높은 성태는 옆에 내가 있었기 때문에 기죽을 놈이 아니었다.

"노려보면 어쩔 건데? 이 자리에서 죽고 싶으냐?"

나는 차성태에게 말했다.

"넌 잠시 나가 있어라."

차성태가 공손하게 대꾸했다.

...

"예, 문주님."

소군평이 나를 위아래로 새삼스럽게 훑으면서 말했다.

"당신이 하오문주라고? 점소이라고 들었는데."

나는 소군평을 한참 동안 바라보다가 말했다.

"군평아, 잡소리는 집어치우고. 내 밑으로 들어올 생각 있나?"

나는 당장 긍정적인 대답을 바라지 않은 채로 질문을 던졌다. 소군평이 즉각 대답했다.

"없다. 늑대 새끼가 어떻게…"

개의 밑에 들어가겠냐, 는 뒷말을 예감한 나는 바로 놈의 말을 끊었다.

"닥쳐라. 그 입 찢기 전에."

"…"

소군평의 입장에서는 들어본 적도 없는 허접한 단체가 하오문이었으니 당연한 일이기도 했다. 나는 소군평을 잠시 아무런 말을 하지 않은 채로 노려보다가, 감정을 배제한 채로 딱딱한 질문을 던졌다.

"너는 관상을 보아하니 수명이 제법 길어 보이는데, 여기서 죽여주랴?"

나는 소군평에게 천천히 다가갔다. 소군평은 입을 열지 못했다. 죽여달라고 하면 어쩐지 바로 죽을 것 같았기 때문이었다. 내가 씨익 웃으면서 말했다.

"객기 부리지 말고 잘 대답해. 죽여달라면 바로 죽여줄 테니. 늑대 새끼가 뭐? 너 설마 개의 밑에 어찌 들어가냐는 말을 하려고 했냐? 이거 어디에서 누가 지어낸 말이야? 찾아서 죽여버릴까 보다."

이거 은근히 마음에 남는 말이라는 생각이 들었다. 왜인지는 모를 일이다. 나는 이런 놈을 수하로 거둘 수 있는 비책을 하나 알고 있다. 굉장히 효과적이면서 동시에 역사적으로 검증이 된 방법이다. 말을 잘 안 듣는 놈을 수하로 거두는 방식의 정석은 제갈량 선생께서 맹획을 잡으셨을 때 훌륭한 본보기를 남기셨다. 이른바 칠종칠금 七縱七擒. 뚜들겨 팼다가, 풀어줬다가 또 뚜들겨 패는 것이다. 소군평은 아직 내게 한 번만 뚜들겨 맞았다는 것이 내 결론이다. 나는 뇌에서 스치고 있는 생각을 그대로 입 밖에 내뱉었다.

"…이래서 사내들은 삼국지를 읽어야 해."

"…"

도저히, 대화의 맥락을 이해하지 못한 소군평은 처음으로 나를 두려운 눈빛으로 바라보고 있었다.

31.
나를 빼고
감히 너희가?

"대답해라."

내가 재촉하자, 소군평은 착 가라앉은 어조로 입을 열었다.

"…살려주시오."

소군평도 부끄러움을 아는 사내인지라 얼굴이 새빨갛게 익었다. 내가 물었다.

"왜? 집에 노모가 계시거나, 귀여운 딸이라도 있나? 그럼 당연히 살려줘야지."

"그건 아니오."

"아닌 경우는 좀 어렵다. 귀여운 딸내미가 있다면 무조건이지만."

소군평은 '뭔 개소리냐'는 말을 하려다가 속으로 꿀꺽 삼켰다.

"어딘가에 있을 가능성은 있지만, 공식적으로는 없소."

"이 새끼가… 말장난을."

"미안하오."

"밑으로 들어오면 향장 대우를 해주려고 했더니 그것도 싫다. 그런데 살려는 달라, 이 말이냐?"

부끄러움에 주눅이 든 소군평은 겨우 이런 말을 내뱉었다.

"나는 약조를 지키는 사내요. 살려주시면 앞으로 다시는 하오문도를 건드리지 않겠소. 맹세하리다. 하오문도뿐만 아니라 문주와 관련된 사람에게 힘을 쓰는 일은 없을 거요. 내 칼을 걸고 맹세하리다."

애초에 나는 이놈을 수하로 삼을 생각이어서 지금은 그냥 보내줄 생각이다. 존경하는 와룡 선생께서는 아무리 곧은 마음을 품고 있는 놈이라도 일곱 번이나 붙잡아서 뚜들겨 패다 보면 수하로 삼을 수 있다는 것을 몸소 실천하셨다. 여기서 중요한 점은 풀어줬다는 것이다. 아직 상대는 내 밑으로 들어올 생각이 없기 때문이다. 칠종칠금의 행위 자체가 중요한 것이 아니고, 사람의 마음을 읽었기 때문에 와룡 선생은 위대한 분이라고 할 수 있다. 솔직하게 말하자면, 나는 이놈이 왜 그렇게 오래 살아남았는지도 궁금한 상태. 나는 궁금한 게 있으면 무조건 알아내야 하는 사람이다.

"가라."

'강해져서 돌아오면 나는 더 좋겠구나. 어차피 내 수하가 될 테니까.'

인연이 닿으려면 합이 맞아야 하는데, 지금은 아니라는 생각이 들었다. 흑도에서 오래 살아남는 놈이니, 조만간 다시 만날 것이다. 소군평이 미간을 좁히면서 대꾸했다.

"어디로 가라는 말씀이신지?"

"꺼지라고, 이 새끼야."

소군평이 놀란 표정으로 되물었다.

"아, 정말 가도 되겠소?"

맞아 죽거나 고문을 당해서 죽는 것을 예상했던 소군평이었으니 놀랄 수밖에. 흑도는 항상 최악의 상황을 상상하기 때문에 말투와 행동이 거칠다. 나는 재차 꺼지라는 것처럼 손짓했다. 소군평은 자신을 살려주는 이유가 이해되지 않아서 입을 열 수밖에 없었다.

"왜… 살려주는 거요?"

"군평아, 이제 일양현에 살아남은 강호인은 나 하나뿐이야. 나는 어떻게 여기까지 왔느냐, 인신매매하던 놈 죽이고, 못난 놈 파묻고, 기루 운영하는 새끼들 다 죽였다. 강호인끼리 이런 싸움은 흔한 일이지. 강해져서 돌아오면 언제든지 다시 도전을 받아주마. 대신에…"

나는 소군평을 노려봤다.

"네가 앞으로 장사꾼이나 평범한 사람들을 죽였다는 소문을 들으면 내가 백만 하오문을 총동원해서 널 찾아낸 다음에 사지를 갈기갈기 찢어서 죽일 것이다. 아니면 금봉각주처럼 땅에 파묻든가."

"백만…?"

"왜? 아닌 것 같으냐? 천하의 모든 장사꾼들은 그들이 하오문을 알든, 알지 못하든 간에 내가 그들의 문주다. 내가 그렇게 정했다."

"명심하겠소."

일어난 소군평이 문을 열고 나서자, 차성태가 급히 고개를 내밀면서 내게 물었다.

"살려서 보냅니까?"

"보내줘라."

"음… 알겠습니다."

소군평은 문 앞에서 고개를 살짝 숙였다.

"패배했음에도 불구하고 이렇게 살려주셔서 고맙소. 약속은 죽을 때까지 지키겠소."

소군평이 멀어지는 사이에 나는 혼잣말을 중얼거렸다.

"그래야지. 미친놈들은 미친놈들과 싸우는 게 맞다."

이 말을 중얼거리는 와중에 문 옆에서 습관적으로 다리를 떨고 있던 차성태가 나를 물끄러미 바라봤다. 내가 차성태에게 물었다.

"안 그러냐?"

"지당하신 말씀이십니다. 미친놈은 미친놈끼리."

차성태가 손가락으로 나를 가리키고, 이어서 자신을 가리키더니 고개를 한 번 끄덕였다. 기분이 살짝 불쾌해졌다.

"손가락질하지 마, 이 새끼야."

"죄송합니다."

"뭐가 죄송한데."

"손가락질요."

나는 차성태에게 강호의 도리를 하나 알려줬다.

"성태야, 손가락질이 왜 나쁜 행동인지 모르겠냐? 예의를 떠나서 말이다."

"아, 뭐… 다른 의미가 또 있나요?"

나는 검지를 하나 들어서, 차성태를 지풍指風으로 조준했다. 손가락에 염계의 기운이 휘몰아치면서 붉어지기 시작했다. 차성태가 핼쑥한 표정으로 양손을 번쩍 들었다.

"아, 죄송합니다. 주의하겠습니다."

"누구에게라도 함부로 손가락질하지 마라. 불에 타서 뜨거운 사람이 될 수도 있다. 왜냐하면, 그 고수도 너를 지법指法의 고수로 착각할 수 있기 때문이야. 알았어?"

"명심하겠습니다."

"미친놈들을 절대 자극하지 말아라. 기다리는 건 욕설이나 폭행이 아니라 죽음이다. 그리고 차 총관."

"예."

"총관 일 맡긴 지가 언젠데 보고 한 번 안 하나?"

"무슨 보고를…"

"비자금 총액, 조가 놈들 기존 재산, 축문에 투입된 비용, 축문의 하루 식사비용, 기타 잡비, 청소비, 흑묘방에서 들어온 놈들 인력 현황. 전부 보고해. 문서로 정리해서 깔끔하게. 혼자 버거우면 이런 거 잘하는 놈을 찾는 것도 총관이 할 일이다."

"…"

잠시 문 앞에서 차성태가 넋이 나간 표정으로 서있었다. 차성태가 몽롱한 눈빛으로 대꾸했다.

"해임되면 사형이라고 하셨던가요? 기억이 가물가물해서."

"기억력이 좋네."

"사형 말고 다른 건 없어요?"

"그러게, 뭐가 있으려나."

나는 손가락으로 차성태를 가리켰다.

"해임되기, 손가락질당하기. 선택해라. 내가 또 배려심이 넘치는 문주이다 보니까… 수하에게 선택권도 주고."

차성태가 포권을 취하더니 진중한 표정으로 대답했다.

"문주님, 정리해서 보고드리겠습니다. 대신에…"

"대신에 뭐?"

"총관 월봉은 하오문에서 가장 높게 책정 부탁드립니다. 저 이런
식으로는 일 못 해요."

이 자식이 또 이렇게 나오네. 나는 혀를 한 번 찼다가 못 이기는
척 허락해 줬다.

"알았어. 그렇게 해."

"감사합니다."

어차피 내 돈은 한 푼도 안 썼으니까, 뭐 나쁘진 않은 일이었다.

* * *

매화루 앞에 무사히 도착한 소군평은 떫은 표정으로 주변을 둘러
봤다. 문득 생각나는 것은 흑묘방주의 말이었다.

'상대는 점소이다. 실패하면 스스로 목숨을 끊어라.'

소군평이 중얼거렸다.

"아니, 나는 죽을 생각 없다. 내가 왜?"

자신의 목숨은 부모님이 준 것이지, 흑묘방주에게 받은 것이 아니
었기 때문이다. 어느새 날이 어둑해지자, 소군평은 다시 배가 고파
졌다. 저도 모르게 걷다가 춘양반점 앞에 나와 있는 장득수와 눈이
마주쳤다. 장득수가 귀신을 본 것처럼 놀라더니 이렇게 말했다.

"아, 살아계셨군요."

장득수는 말을 뱉자마자 손으로 자신의 입을 때렸다. 소군평은 하오문주의 말이 떠올라서 조심스럽게 말했다.

"면담이 지금 끝나서 말이지. 그나저나 국수 한 그릇 먹고 갈 수 있겠나?"

소군평은 정말 당장 갈 곳이 없었다. 배는 고프고, 하오문주에게 맞은 곳이 욱신거리기도 했다. 장득수는 소군평을 바라보다가 멋쩍게 웃으면서 말했다.

"죄송합니다만, 국수가 떨어졌습니다."

"흠."

소군평은 장득수를 바라보면서 한숨을 내쉬다가, 혹시나 하는 심정에 품에서 꺼낸 은자 한 개를 장득수에게 던졌다. 날아오는 은자 하나를 두 손으로 받아든 장득수가 놀란 표정으로 서있자, 소군평이 말했다.

"미리 계산하겠네."

장득수는 주변을 이리저리 살피다가, 소군평에게 작은 목소리로 말했다.

"들어오십시오. 손님."

장득수는 이런 생각이 들었다. 장사는 항상 목숨을 걸고 하는 것이라고.

* * *

소군평이 국수를 먹으면서 장득수에게 말했다.

"…죽을 줄 알았는데 살려주더군."

"아, 그렇습니까?"

장득수는 별 감정 없이 국수를 먹고 있는 소군평을 바라봤다. 소군평이 궁금하다는 것처럼 말했다.

"주인장은 이 동네에 오래 살았나? 그 사람, 애초에 점소이가 아니었지?"

"예전에는 점소이였죠. 확실합니다."

"음, 무공은 어디서 익혔다던가? 실력이 보통이 아닌데…"

장득수는 그릇을 닦으면서 대꾸했다.

"그러게 말입니다. 저희도 사실 모릅니다. 갑자기 어느 날 사람이 달라진 것처럼 행동해서 말이죠. 자하가 조부님이 돌아가신 이후로 객잔을 개판으로 운영했었는데 무공 수련을 열심히 해서 그런 것인가 하고 추측할 따름입니다."

"하오문이라는 단체라고 하던데. 자네도 알고 있나?"

"예, 저도 하오문입니다."

소군평이 고개를 갸웃했다.

"문^門이라 하기에 고수들이 즐비한 단체인 줄 알았는데."

"그렇지 않습니다. 저처럼 대부분 평범합니다. 대다수가 일하는 사람들이죠."

"그래서 강호인은 본인뿐이라고 말한 것이었군."

국수를 다 먹은 소군평은 엉덩이를 떼지 않은 채로 한숨만 푹푹 쉬어댔다. 장득수는 불편할 수밖에 없었다.

'좀 꺼져주지.'

장득수의 생각을 읽은 소군평이 먼저 양해를 구했다.

"미안하네. 잠시 생각할 게 있어서 조금 이따 가도 되겠나?"

"그러십시오."

장득수는 국수 한 그릇에 은자 하나를 받았기 때문에 양심상 쫓아낼 수도 없었다.

"뭐 좀 더 만들어 드릴까요? 계산을 과하게 해주셔서."

"아, 그래도 되나?"

"물론입니다."

"아무거나 괜찮네."

장득수는 공연히 말꼬리를 잡아서 대꾸해 봤다.

"아무거나는 없어요."

소군평이 장득수를 바라보자, 장득수가 고개를 살짝 숙이면서 말했다.

"농담입니다. 제가 알아서 준비해 보겠습니다."

장득수가 주방에 들어가서 육수부터 다시 끓였다. 그 와중에 소군평은 자신의 실패에 대해 곱씹고, 흑묘방에 두고 온 수하들을 생각했다. 돌아가자니, 방주에게 죽을 것이고. 수하들에게 작별인사도 하지 않고 어디론가 훌쩍 떠나자니, 그것도 사내답지 못한 행동이라 생각해서 고민이 깊을 수밖에 없었다. 소군평은 저도 모르게 이렇게 중얼거렸다.

"사는 게 만만치 않군."

소군평은 혼잣말이라 생각했는데 주방에 있는 장득수가 이렇게 대꾸했다.

"다 그렇죠. 안 그런 사람이 있겠습니까?"

"주인장도 그런가?"

"저야 뭐 하루 벌어서 하루 먹고살고. 주변에 상납 요구하는 놈들만 없으면 그나마 살만합니다. 자하가 아니 하오문주께서 딱 그것만 바라고 하오문을 만드셨다고 하니까요."

"딱 그거라면…?"

주방에서 장득수가 고개를 내민 다음에 대꾸했다.

"평범하게 일하는 자들의 보호자, 그것이 하오문이다…라고 자하가 그러더군요."

장득수가 다시 무언가를 만들기 위해 주방으로 사라지자, 소군평은 팔짱을 낀 채로 생각에 잠겼다. 하오문주를 떠올리다가 이런 생각이 들었다.

'완전 미친놈은 아니었네…'

* * *

장득수는 국밥에 넣는 돼지통뼈를 통째로 넣어서 삶았다. 국밥을 만들 때 사용하는 육수를 부어서 맛을 내는 간편한 요리였다. 잠시 후에 주방에서 나온 장득수는 큼지막한 돼지통뼈 세 개를 소군평에게 내주고, 나머지 세 개는 자신의 그릇에 담으면서 말했다.

"드십시오."

소군평이 삶은 돼지통뼈를 바라보면서 말했다.

"이게 뭔가? 돼지뼈 같은데."

장득수가 돼지통뼈의 살점을 뜯으면서 대꾸했다.

"이름이 있겠습니까? 그냥 돼지통뼈입니다. 맛은 좋아요."

소군평은 방금 국수를 먹었는데도 군침이 돌아서 젓가락을 붙잡았다. 그러자 장득수가 말했다.

"이것은 손으로 드십시오."

"손에 기름이 묻으면 칼을 잡을 때 불편하네."

"이 동네에 고수는 이자하뿐입니다. 자하에겐 이미 패하셨고요. 손으로 드십시오."

"하긴, 이미 패했지."

"그러니까요."

소군평도 장득수처럼 두 손으로 돼지통뼈를 붙잡고 먹다가 감탄한 표정으로 무언가를 말할 것처럼 팔짱을 꼈다.

"이야, 이거… 이야."

"어떻습니까?"

"이거 정말 맛있군. 이런 별미는 처음이네."

장득수가 씨익 웃었다.

"다행입니다. 장사하는 보람이 있네요."

소군평이 침을 한 번 삼킨 다음에 다시 돼지통뼈를 붙잡고 입으로 가져가려는 찰나… 춘양반점의 문이 스산한 소리를 내면서 열렸다.

끼이익…!

소군평은 돼지통뼈를 손에 든 채로 춘양반점에 등장한 하오문주와 눈을 마주쳤다.

"…!"

나는 소군평과 장득수가 먹고 있는 돼지통뼈를 노려보다가 성질이 뻗친 표정으로 말했다.

"이 새끼들이… 나를 빼고. 감히 돼지통뼈를…"

내 말을 들은 소군평은 아직 입을 대지 않은 돼지통뼈를 얌전히 내려놓았다.

32.
분위기 잡을 때는
도끼가 좋다

내가 춘양반점으로 돌아온 이유는 간단하다. 아직 밥을 못 먹었기 때문이다.

"국밥거리를 죄다 뜯어먹고 있으면 국밥은 뭐로 만들어? 아까 국수도 다 떨어졌다며. 장사 이런 식으로 할 거야?"

장득수가 대답했다.

"국수는 아직 안 떨어졌는데?"

"아까 떨어졌다며."

"거짓말이지."

"점문의 수장이 입만 열면 거짓말이네. 그릇 하나 줘."

나는 그릇에 장득수의 돼지통뼈 하나를 빼앗아서 담고, 소군평이 먹고 있는 돼지통뼈도 하나 빼앗아서 소군평의 맞은편에 앉았다. 내가 손으로 돼지통뼈를 붙잡고 먹기 시작하자, 장득수가 물었다.

"그걸로 되겠어? 국수 하나 삶아올까."

"됐어, 그냥 먹자고."

내가 돼지통뼈의 살점을 뜯자, 장득수도 마저 먹기 시작했다. 두 사람이 돼지통뼈를 뜯자, 어쩔 수 없이 소군평도 돼지통뼈를 마저 뜯어먹었다. 세 사람의 손에 돼지기름이 덕지덕지 묻었다. 나는 돼지통뼈를 먹으면서 소군평에게 물었다.

"맛있냐?"

"엄청 맛있소."

"이거 단골들한테만 내주는 건데, 넌 단골 아니잖아. 왜 먹고 있어?"

소군평은 갑자기 속이 막혔는지 가슴을 두드렸다. 그러자 장득수가 혀를 차면서 나를 갈궜다.

"자하야, 먹을 때는 개도 안 건드린다는데 좀 편하게 먹자."

나는 연신 살점을 뜯어내면서 대꾸했다.

"이놈이 날 처리하러 온 건데. 내가 살려준 거라고. 그런데 하오문에는 들어오기 싫다는군. 여기서 자주 먹지 못하는 단골집 별미나 얻어먹고 있으면서 말이야. 강호의 도리가 이렇게 추락해도 되는 거야?"

나는 문득 소군평이 탁자에 올려놓은 야래도가 눈에 들어왔다. 이 것은 흑도에서 제법 유명한 칼이었기 때문에 문득 살펴보고 싶다는 생각이 들었다.

"칼 좀 보자. 줘봐."

소군평이 놀란 표정으로 말했다.

"드릴 수는 없소. 내 목숨이나 마찬가지라서."

"안 뺏어. 구경하자고."

소군평은 애인이라도 강제로 빼앗기는 것처럼 긴장하더니, 야래도를 조심스럽게 내 쪽으로 내밀었다. 정말 자신의 목숨을 내주는 것처럼 긴장한 표정을 지었다. 나는 손에 묻은 기름을 아무렇지 않게 내 옷에 슥슥 닦았다. 기름기를 완전히 없앤 다음에 야래도를 뽑아서 예리한 칼날을 구경했다.

"좋은 칼이네."

손가락에 슬쩍 내공을 주입해서 칼날을 튕겨보았다.

떠엉…!

"단단하면서 탄력까지…"

소군평이 나보다 공력이 한참 부족하긴 하지만 자칫 방심했다면 식칼이 만두처럼 잘렸을 터였다. 나는 야래도를 소군평에게 돌려주면서 말했다.

"보기 드문 보도寶刀로군."

별생각 없이 던진 말에 소군평이 고개를 끄덕였다.

"그렇소."

"하지만 식칼만도 못한 칼이 되었군. 하하하."

내가 웃음을 터트리자, 싸움을 구경했었던 장득수도 크게 웃었다.

"와하하하하하."

그러다가 장득수는 소군평과 눈을 마주치자마자, 흠칫 놀라면서 웃음을 뚝 멈췄다. 나는 소군평을 노려보면서 말했다.

"누가 내 단골집 주인장을 그렇게 노려보래?"

"노려본 게 아니라 쳐다본 거요."

"착하게 쳐다봐라."

"알겠소."

우리는 다시 돼지통뼈를 뜯었다. 나는 예전부터 병장기와 사람의 관계에 대해 생각하는 버릇이 있다. 내 생각에… 실력이 뛰어나지 않은 강호인이 너무 좋은 병장기를 보유하고 있으면 비명횡사할 가능성이 크다. 그 병장기를 탐내던 고수에게 죽기 때문이다. 반면에 자신의 실력에 한참 못 미치는 저급한 병장기를 보유하고 있는 경우에도 비명횡사할 가능성이 크다. 맞수를 만났을 때, 병장기의 우열때문에 패배하기 때문이다.

감당하지 못할 정도로 좋은 병장기를 보유하는 것도 문제고. 자신의 실력에 어울리는 병장기를 구하지 못하는 것도 문제다. 강호 생활은 이처럼 문제가 많다. 그런 관점에서 소군평과 야래도는 조합이 좋았다. 모양새가 언뜻 남만이나 마적 무리나 사용할 법한 병장기였기 때문이다. 돼지통뼈를 깔끔하게 먹어 치운 다음에 소군평에게 물었다.

"갈 곳이 없나 보지?"

"…생각할 게 있어서 잠시."

"흑묘방에 수하들이 남아있나?"

"그렇소."

"사이가 좋았나?"

잠시 나를 물끄러미 바라보던 소군평이 이렇게 대답했다.

"일부는 형제들이라 생각하고 있소."

"오."

"아시는지 모르겠으나 지금 흑묘방에 있는 자들은 대부분 전임 방주가 대나찰에게 죽어서 투항했던 자들이오. 나도 그렇고. 어쩔 수 없었소. 대나찰이 본보기라면서 간부들 대다수를 죽였으니. 그나마 금룡각은 피해가 크지 않아서 대나찰이 나중에 밀어 넣은 자들과 섞이지 않았소."

나는 심각한 표정으로 대꾸했다.

"넌 어떻게 살아남았어?"

"그때는 간부가 아니었소."

이놈은 진짜 운이 특출난 놈이라는 생각이 들었다. 십이신장들과의 승부는 지금도 크게 두려울 게 없으나, 대나찰은 약간 다르다. 나보다 수십 년은 앞서 강호에 투신해서 여태 살아남고 있는 노강호이기 때문이다. 내가 놈의 실력을 정확하게 가늠하기 힘든 이유는 전생에 대나찰이 내 손에 죽은 것이 아니라 독마毒魔에게 죽었기 때문이다.

나는 잠시 예전에 들었던 독마의 사연을 떠올리다가 여러 가지 계획을 점검해 봤다. 이대로 소군평이 돌아가지 않으면, 흑묘방주가 직접 나타날 가능성이 크다. 습격당하는 것은 내 취미가 아니다. 나는 흑묘방주가 일양현에 오기 전에 내가 먼저 만나러 가는 것이 낫겠다는 결론을 내렸다.

"소군평."

"말씀하시오."

"너는 조금 이따가 날 흑묘방에 안내해라."

소군평의 눈이 커졌다.

"둘이 가자는 말씀이오?"

"잘 들어라. 진지하게 말하는 거니까. 내가 혼자 가면 방주는 물론
이고 흑묘방 무인들까지 다 죽이게 될지도 몰라. 만약 싸움이 전면
전으로 커지면 네가 적절한 순간에 끼어들어서, 적어도 네 수하들은
죽지 않게 챙겨라. 이것이 내 최선이야."

내가 소군평의 수하들까지 전부 죽이면 소군평은 내 수하가 되지
않을 게 분명했다. 쳐들어가더라도 최대한 흑묘방주만 죽이는 것이
최선이었다. 하지만 흑도와의 싸움과 결과를 어찌 정확하게 예측할
수 있겠는가. 소군평은 당황스러운 와중에 질문을 던졌다.

"언제 가실 거요?"

"철방에 가서 분위기 잡을 때 좋은 병장기 좀 챙기고 올 테니. 내
가 오면 바로 가자. 넌 여기서 기다려라."

장득수가 물었다.

"분위기 잡을 때 좋은 병장기? 그게 뭐냐."

나는 벌떡 일어나면서 짤막하게 대꾸했다.

"도끼."

장득수는 곧 누군가의 머리가 도끼에 쪼개진다는 것을 알게 되
었다.

* * *

"문주, 오셨는가."

내가 용두철방에 등장하자, 금철용이 맞이했다.

　　　　…

"광인 때문에 방문하셨나?"

"아닙니다."

"그럼 또 싸울 일이 생긴 것이로군."

나는 금철용에게 솔직하게 대답했다.

"흑묘방이 자객을 보냈더군요. 저도 자객을 보낼 생각입니다."

"자객? 누굴?"

나는 엄지손가락으로 내 가슴을 가리켰다.

"접니다. 광인은 어떻게 되어갑니까? 보채는 게 아니라 그냥 궁금해서."

금철용이 팔짱을 끼면서 말했다.

"부방주가 이번에는 남쪽으로 내려가서 백월흑시百越黑市까지 돌아보겠다고 하더군. 좋은 철을 구하는 것이 사실 보검이나 보도를 만드는 것보다 어려울 때가 있다네. 좋은 소식이 있겠지."

백월흑시는 소수민족인 월족이 운영하는 시장이어서 폐쇄적이다. 즉, 중원의 강호인에겐 물건을 팔지도, 사지도 않는 자들이다. 그런 곳에 부방주가 갔다면 그도 월족 출신이라는 뜻이었다.

"그나저나 자객으로 갈 생각이라면 무슨 병장기가 필요한가?"

"자객이 쓸만한 대부大斧(큰 도끼) 한 자루 주십시오. 크고 무거울수록 좋습니다."

"자객이 도끼를 쓴다는 말은 금시초문이네만."

"솜씨가 좋은 자객일수록 병장기에 구애받지 않습니다. 실력이 허접한 놈들이나 젓가락 같은 걸로 깔짝대면서 싸우는 거죠."

"그렇군. 문주, 그런데 지금 떠오른 생각인데 한번 의견을 구해보겠네."

"말씀하십시오."

"하오문에서도 흑시를 운영하면 어떨까? 철방보단 돈이 될 것 같은데. 요새 자꾸 일거리가 줄어들어서 말일세."

"하지 마십시오."

"알겠네."

금철용은 포기가 빨랐다. 그래도 이유는 궁금한 모양이었다.

"하지 말라는 이유가 있나?"

"보도를 만드는 것도 꺼려지신다는 분이 강호인을 상대로 장사를 해야 하는 흑시를 어찌 운영하겠습니까. 흑시는 강호와 엮이는 일이라 시체를 치우면서 돈을 벌어야 합니다. 견딜 수 있겠어요?"

"우리 하오문이 나중에 강해지면?"

"그래도 안 됩니다."

하오문의 영역에도 넘지 말아야 할 선이 있다. 가늘고 길게, 오래 살아남으려면 그 선을 지키는 것이 옳다. 금철용이 씨익 웃으면서 말했다.

"알겠네."

"차라리 축문의 연자성에게 도와줄 일이 없는지 물어보는 게 낫겠습니다. 건축에 필요한 기구, 장비, 자재에도 철방의 기술이 많이 들어갈 겁니다."

애초에 하오문의 작은 조직들은 서로에게 도움을 줄 수 있다. 단, 의뢰비용이 적절하고 투명해야 한다는 선에서 말이다. 금철용의 얼굴에 화색이 만연했다.

···

"내가 왜 그걸 생각하지 못했을까. 알겠네. 우리 문주님에게 어서 대부 한 자루 가져다드려라."

대부를 기다리는 동안에 금철용이 물었다.

"그런데 흑묘방은 어찌 상대하려고? 성태를 비롯한 칼잡이들을 모아서 갈 생각인가? 아무리 생각해도 전력이 너무 밀리는 것 같은데."

"혼자 갑니다. 그리고 복귀는 좀 늦을 수도 있습니다."

금철용이 나를 물끄러미 바라보다가 말했다.

"죽지만 말게. 문주에게 무슨 일이 벌어지면 적어도 우리 철용문은 전부 흑묘방으로 쳐들어가겠네."

"죽을 일 없으니, 마음만 받겠습니다."

내가 병장기 만드는 법을 모르듯이, 금철용은 무공에 대해 모른다. 우리가 서로를 바라보다가 고개를 몇 번 끄덕였을 때, 용머리 손잡이가 달린 흉흉한 도끼 한 자루가 도착했다. 외관은 실로 훌륭한 도끼였으나, 이음새가 살짝 불안해 보였다.

'적당히 써야겠네.'

어쨌든 겉모양은 서황이나 수호전의 이규가 사용했을 법한 무시무시한 외관을 가지고 있어서 마음에 쏙 들었다.

* * *

"소군평, 안내해라."

춘양반점에서 대기하고 있던 소군평이 화들짝 놀라면서 일어섰다.

"정말 둘이 가는 거요?"

"그럼 둘이 가지, 셋이 가냐."

나는 큼지막한 도끼를 어깨에 걸친 채로 장득수에게 작별을 고했다.

"득수 형, 내 복귀가 늦어지면 성태에게 전해줘."

장득수가 근심 어린 표정으로 대꾸했다.

"뭐라고 전해?"

나는 잠시 고민하다가 이렇게 말했다.

"놀지 말고 보고서 꼼꼼하게 작성하라고. 언제 돌아올 것인지는 장담하지 못하겠군."

나는 흑묘방을 어떻게 처리할 것인지 대략의 계획이 있다. 그러나 그 대략의 계획이라는 것이 복귀 시점을 명확하게 알려주진 않는다. 나도 가서, 부딪쳐 봐야 알 것이다. 장득수가 말했다.

"너무 급하게 가는 거 아니야?"

"기습은 원래 급하게 가는 거야."

그리고 내가 쳐들어가야 일양현이 안전하다. 장득수와 작별한 나는 소군평과 빠른 걸음으로 이동하다가, 한창 공사가 진행 중인 자하객잔을 가리키면서 말했다.

"나중에 하오문의 본진이 될 자하객잔이다."

소군평은 별생각 없이 대꾸하려다가, 공사가 진행 중인 현장을 확인하고 저도 모르게 걸음을 멈췄다.

'아니, 뭐 이렇게 커?'

나는 서너 걸음을 걷다가, 따라오지 않고 있는 소군평을 불렀다.

"뭐 해? 길 안내하라니까."

…

"미안하오. 그나저나 문주께선 엄청난 부자셨군. 그렇게 안 봤는데…"

"나?"

"여기 또 누가 있소?"

"군평아, 내가 착한 놈으로 보여?"

"무슨 말씀이신지."

나는 공사 중인 자하객잔을 가리키면서 말해줬다.

"저거 너희 비자금으로 만들고 있다."

"어?"

"너희 돈이라고. 흑묘방 돈, 흑묘방의 비자금, 금봉각주의 비자금, 남들 털어서 모은 돈, 금봉각주가 약자들 괴롭혀서 뽑아낸 돈. 아, 기루 주인들 돈도 있구나. 하여간 그 돈은 결국 저렇게 쓰이고 있다. 넌 나 따라다니면서 구경해라. 내가 어떻게 흑도를 탈탈탈 털어먹는지. 가자."

내가 급한 발걸음으로 다시 움직이자, 소군평도 다급하게 따라붙었다.

33.
끼어들면
죽습니다

흑도의 자그마한 방파는 상가 밀집 지역에 섞여있는 경우가 많은데, 흑묘방은 그렇지 않다. 상가 지역에서 조금 떨어진 곳에 고관대작의 저택처럼 자리 잡고 있었다. 나는 흑묘방의 정문을 바라보다가 소군평에게 말했다.

"넌 잠시 대기해."

"같이 들어가는 게 낫지 않겠소? 어차피 싸우게 될 텐데."

나는 소군평을 바라봤다.

"네 말대로 흑묘방주가 당장 둘을 죽이라고 명령을 내리겠지. 그때는 나도 어쩔 수가 없다. 다가오는 놈들부터 다 죽일 수밖에. 그러니 일단은 내 식대로 해보자. 방주의 자존심을 살살 긁으면 일대일 대결을 할 수 있을 테니까. 그게 틀려졌을 때, 혹은 적절한 시점에 네가 나서는 게 좋아. 이해했어?"

소군평은 나한테 폭언과 도발을 당해봤기 때문에 얼추 내 행동을 이해하고 있을 터였다.

"이해했소."

소군평이 먼저 담벼락 쪽으로 움직이고, 나는 어깨에 대부를 걸친 채로 당당하게 걸어가서 흑묘방의 대문을 거칠게 두드렸다. 목재로 된 대문의 중앙 부분이 탕- 소리를 내면서 열리더니, 직사각형 모양의 자그마한 공간에 사람의 두 눈이 등장했다.

"누구냐."

"일양현의 이자하다."

사내의 눈동자가 내 얼굴을 살폈다.

"이자하가 누군데."

나는 짤막하게 한숨을 내쉬다가 대꾸했다.

"문답하지 말고 문 열어라. 박살 내기 전에."

"놀고 있네."

문지기가 코웃음을 치더니, 안쪽을 향해 큰 소리로 외쳤다.

"일양현에서 이자하라는 시건방지고 싸가지도 없으면서 새파랗게 젊은 놈이 왔는데 아시는 분 계십니까!"

나는 한숨이 살짝 나왔으나, 어쨌든 적절한 소개이긴 했다. 그러나 문이 열릴 때까지 기다릴 수 있는 인내심은 내게 없다. 나는 대부를 든 채로 훌쩍 솟구쳤다가 정문 위에 가볍게 내려섰다. 꽤 넓은 흑묘방의 전경이 한눈에 들어왔다. 세력을 불문하고 부잣집이라는 생각이 들면 희한하게 속이 뒤틀렸다.

"잘사는구나. 잘살아…"

아무리 봐도 흑도의 본진으로는 어울리지 않는 구조를 가진 집이었다. 하지만 예전에 남의 집을 뺏은 것이겠거니 생각하면 그리 놀랄 일도 아니다. 내가 커다란 도끼를 어깨에 걸친 채로 대문 위에 서 있자, 나를 발견한 놈들이 소리를 내지르거나 잔뜩 인상을 쓴 채로 다가오고 있었다.

나는 잠시 내게 오랜만에 쏟아지는 욕지거리를 들었다. 멍멍이 새끼, 소 새끼와 같은 짐승의 자식이 되었다가 '어디가 부러질래, 배때기를 쑤셔줄까'와 같은 협박의 말도 이어졌다. 아무렴, 흑도인데 어련하겠는가. 나는 배불리 욕을 먹은 채로 뛰어내린 다음에 널찍한 외원의 중앙길을 걸었다. 중앙길 옆에 덩그러니 놓여있는 의자를 하나 들고 걸어가다가, 외원의 정중앙에 의자를 내려놓고 그 앞에 대부를 거꾸로 세워놓은 다음에 앉았다.

내 표정과 분위기. 커다란 도끼를 짊어진 채로 유유히 걸어와서 중앙에 자리 잡는 행동. 그리고 내 침묵이 유효하지 않았다면, 지금 나를 노려보고 있는 떨거지들부터 당장 덤볐을 터였다. 그러나 이 모든 행동이 존재감이 되어서 나는 잠시 아무런 방해도 받지 않은 채로 흑묘방의 떨거지들과 눈빛을 교환했다. 그사이에 간부들이 하나둘씩 등장했다. 내원 쪽 단상에 간부들이 차례대로 도착하고, 대기하던 수하들은 포위망을 구축하듯이 넓게 자리를 잡았다. 가장 뒤늦게 도착한 노인이 내게 물었다.

"자네가 일양현의 이자하라고?"

나는 흑도에서 오래 썩은 것처럼 보이는 늙은이를 바라보면서 고개를 끄덕였다.

"나다."

···

"설마 이곳에 혼자 온 게냐?"

"늙은이, 그대와 말 섞으려고 온 게 아니다. 토끼 놈이나 어서 나오라고 전해."

때마침, 안쪽에서 착 가라앉은 목소리가 들렸다.

"누가 왔다고?"

"금룡각주를 죽인 이자하가 직접 왔습니다."

간부들이 좌우로 갈라져서 만들어 낸 곳에서 토끼 가면을 쓴 사내가 걸어 나왔다. 나는 흑묘방주의 자세와 분위기부터 살폈다. 체격도 보통이고, 분위기도 별다른 게 느껴지지 않았다. 그런 흑묘방주가 나를 내려다보면서 말했다.

"네가 그 점소이냐?"

기 싸움을 벌일 때, 질문에는 질문으로 응수하는 것이 강호의 도리다.

"네가 그 늙은 병신으로 소문이 자자한 대나찰의 노예 토끼냐?"

"…"

"노예 토끼가 아니라 토끼 노예였나? 아무튼."

간부들의 눈이 휘둥그레 커지면서 고요한 정적이 찾아왔다. 방주의 표정은 가면 때문에 구경할 수가 없었다. 흑묘방주가 할 말을 고르기 전에 내 말이 이어졌다.

"촌 동네 시골 방파의 대장 노릇을 하는 노예 주제에 나한테 살수를 보내다니. 네가 지금 당장 여기서 줄행랑을 치고, 수하들이 전부 내게 덤비면 네 도주가 성공할 수 있을까, 없을까. 주제도 모르는 시커먼 토끼 새끼야. 이제 주둥아리를 열어보도록."

흑묘방주의 옆에 있는 누군가가 내게 이런 평가를 내렸다.

"보통 미친놈이 아니구나."

나는 또박또박, 분명한 어조로 힘줘서 말했다.

"흑묘방은 들어라. 지금 너희 방주가 나를 직접 상대하겠다고 나서면 실력과 무관하게 꽤 괜찮은 수장이다. 그러나, 뻔히 내 실력을 짐작한 상태에서 너희들부터 덤비라는 명령을 내린다면, 저놈은 수장으로 보필할 가치가 없는 흑도의 쓰레기, 흑도의 버러지, 흑도의 겁쟁이…"

담벼락 근처에서 이 말을 듣고 있었던 소군평은 고개를 절레절레 저었다.

"…대나찰의 노예, 실력도 없이 분위기만 잡는 병신, 가면 뒤에 숨은 쥐새끼, 대나찰의 쥐뿔같은 위명에 기대어 너희를 쥐락펴락하는 쓸모없는 놈이라 할 수 있겠지. 못난 놈."

비난이 폭풍처럼 쏟아지자, 이번에는 아까와는 전혀 다른 분위기의 정적이 내려앉았다.

"…"

그 와중에 일부 수하들의 시선이 은근슬쩍 흑묘방주에게 향했다. 사실 욕설을 쏙 빼면 내 말이 옳았기 때문에 흑묘방주가 나서서 처리해 줬으면 하는 분위기가 형성된 상태. 나는 흑묘방주를 향해 손을 내밀었다.

"이 정적의 의미를 모르겠냐? 그런 놈은 흑도가 아니다. 병신이지. 이것이 누구의 말이냐? 일양현의 점소이, 하오문의 문주, 일대에서 적수를 찾기 어려운 은둔 고수의 말씀이시다. 강호는 넓고, 고수는 많다는 흔해 빠진 얘기는 나를 두고 하는 말이니까 참고하도록."

나는 말을 마치자마자, 낮게 깔린 웃음소리를 내뱉었다. 흑묘방주가 드디어 입을 열었다.

"네가 뭔데 흑도를 정의하느냐? 핥으라면 핥고, 덤비라면 덤비고, 짖으라 하면 짖는 것이 흑도다."

"그래?"

"흑도는 본래 그런 곳이다."

"조기교육을 잘못 받았나. 어렸을 때부터 대나찰이 널 그렇게 키웠나 보구나. 개처럼… 그러니 네가 그 모양이지."

순간, 간부 몇 명이 웃음을 터트리려다가 급히 표정 관리를 했다. 분노한 흑묘방주가 주변 수하들의 얼굴을 둘러봤을 때, 이미 수하들은 딱딱한 표정을 짓고 있었다. 나는 방주와 수하들이 벌이는 작태에 어깨를 들썩이면서 웃었다.

"아, 이래서 강호는 웃긴 곳이야. 수하들이 마음대로 웃지도 못하는구나."

웃었다가 죽을 수도 있는 곳이 강호인 것은 맞다. 세상천지에 이렇게 웃긴 곳은 더 없을 것이다. 흑묘방주가 말했다.

"요약하자면 일대일로 겨루자는 말이군. 그 정도 도발에 쉽게 넘어가는 방파의 주인이 있을 것 같으냐. 생각이라는 것이 네 얼굴처럼 어리구나. 계책이라는 것은 네 생각처럼 짧고. 촌뜨기 점소이라 그런가."

이놈, 운율 보소? 문득 흑묘방주는 수하들을 둘러보다가, 이들마저 자신이 나서서 일대일로 대결하기를 바라고 있다는 분위기를 알아챘다. 한숨이 절로 나오는 상황. 흑묘방주는 분노한 눈빛으로 나를 바라봤다.

"그 일대일 받아주마."

"오…"

"대신 오늘, 누가 이길 것인지에 대한 선택을 잘못한 놈들은 이 자리에서 전부 죽는 것으로 하자. 내가 패배하리라 생각하는 놈들은 점소이 뒤편으로 이동해라. 점소이, 이러면 더 재미있겠지?"

흑묘방주가 주변을 둘러보면서 말했다.

"내 눈치 보지 말고 편하게들 이동해. 죽기밖에 더하겠느냐?"

당연하게도, 아직은 움직이는 사람이 없었다. 일양현의 점소이와 흑묘방주가 겨루면, 당연히 후자가 승리할 것이라 생각하는 게 당연하기 때문. 흑묘방주가 나를 보며 비웃었다.

"점소이, 이게 네 현실이다. 알겠느냐?"

이때, 담벼락에서 한 사내가 솟구쳤다가 외원 바닥에 가볍게 내려섰다. 사람들의 시선이 일제히 갑자기 등장한 사내에게 향했다. 여기저기서 다양한 감정이 섞인 짤막한 감탄사가 터졌다.

"앗."

"어?"

물론 흑묘방의 금룡각주이자, 하오문의 삼백갑자가 될 소군평이었다. 예상하지 못한 소군평의 등장에 흑묘방주가 코웃음을 쳤다.

"소 각주, 그대는 어찌하여 멀쩡하게 살아있나? 분명 실패하면 스스로 죽으라고 했을 텐데. 목숨을 구걸한 게냐?"

흑묘방주의 대답에서 삶의 방향을 확실하게 결정한 소군평이 덤덤한 어조로 대꾸했다.

"구걸이고 나발이고. 방주, 내 목숨은 이제 내가 알아서 하리다. 우리 사이에 뭐 그렇게 깊은 정이나 의리가 오갔다고 자꾸 내게 죽으라, 마라 하시오. 우리가 그렇게 진득한 관계는 아닌 것 같은데."

나는 두 사람의 대화에 짤막한 말로 끼어들었다.

"그건 맞지."

흑묘방주의 시선이 내게 꽂혔다.

"저놈은 왜 살려둔 거냐?"

나는 흑묘방주의 궁금증을 바로 풀어줬다.

"내가 너냐? 병신아. 소군평과 나는 돼지통뼈도 나눠 먹은 사이다. 안 그래?"

뜬금없이 내가 돼지통뼈를 말하면서 소군평을 바라보자, 소군평이 약간 어벙한 표정으로 고개를 끄덕였다.

"아, 그렇소."

소군평이 흑묘방을 둘러보면서 분위기 반전을 꾀했다.

"어쨌든… 두 분은 사내답게 일대일 대결을 하시고. 그 결과에 따라 내 처지도 결정하겠소. 금룡각은 내 쪽으로 넘어와라. 나는 일양현의 하오문주가 이기는 것에 내 목숨을 걸겠다."

수하들의 선택에 따라서 소군평은 자신이 그간 똑바로 살았는지 아닌지를 알게 되리라 생각했다. 흑묘방주가 비웃는 어조로 말했다.

"…있겠느냐."

이때, 금룡각의 무인 한 명이 흑묘방주에게 말했다.

"방주님, 작별이오. 저는 저쪽으로 갈랍니다."

젊은 검객이 곧장 소군평에게 향하면서 물었다.

"각주님, 얼굴은 왜 그래요?"

소군평이 씨익 웃으면서 금룡각의 수하를 맞이했다.

"뭘 왜 그래? 처맞았으니 이렇지."

"살아계시니 됐소. 그 처맞은 못난 얼굴도 반갑네."

흑묘방주는 기분이 불쾌할 수밖에 없었다.

"겨우 한 명이구나."

방주의 말이 끝나자마자, 금룡각의 다른 무인이 또다시 입을 열었다.

"겨우 두 명이오."

이 말과 함께 소군평이 있는 곳으로 걸어오자, 이번에는 연달아서 대여섯 명이 동시에 움직였다. 그중에 한 사내가 칼을 뽑자, 소군평이 제지했다.

"칼 넣어라. 말했다시피 일대일이야."

"그래요? 알겠습니다."

소군평은 별다른 표정이 없었으나 속내는 매우 기뻤다. 어쨌든 금룡각이라는 이름으로 고락을 나누던 수하들은 빠짐없이 자신이 있는 곳으로 넘어오고 있었다. 소군평이 의자에 앉아있는 내게 물었다.

"문주, 자신 있소? 패배하면 금룡각은 다 죽게 생겼소."

"무슨 자신?"

"당연히…"

"시끄럽다."

나는 도끼를 붙잡은 다음에 일어섰다.

"대결은 나와 토끼 놈의 일대일. 끼어드는 놈이 있어도 상관없다. 다만, 그놈도 반드시 죽게 될 것이라 약조…"

내 말이 미처 다 끝나지도 않은 순간, 좌측에서 무언가가 바람을 가르더니 내 관자놀이를 향해 날아왔다.

쐐앵!

나는 암기의 정체를 가늠할 사이도 없이 고개를 빠르게 젖혔다. 번 쩍이는 암기 하나가 눈앞을 질풍처럼 지나가더니 담벼락에 꽂혔다.

"…!"

다들 놀란 눈빛으로 입을 다물었다. 흑묘방주와 내가 맞붙기도 전 에 누군가가 기습한 것이다. 오죽하면, 흑묘방의 간부들마저 인상을 찌푸리면서 한마디씩 했다.

"이따위 비열한 짓을…"

"누구냐? 시키지도 않은 짓거리를."

나는 곁눈질로 암기를 던지느라 동작이 커졌던 놈을 바로 찾아냈 다. 누구의 명령을 받아서 암기를 던진 것인지는 모른다. 어쩌면 스 스로 판단해서 기습을 펼친 것일 수도 있었다. 이런 경우에는 나도 할 말을 잃을 수밖에. 나는 전신의 공력을 붙잡고 있는 대부에 밀어 넣었다가, 암기를 던진 놈에게 벼락을 쏟아내듯이 던졌다.

쐐애애애애애액!

암기를 던졌던 사내의 신체가 커다란 도끼에 정통으로 맞아서 좌 우로 끔찍하게 갈라졌다.

푸악!

핏물이 공중에 길게 솟구치는 와중에 맹렬하게 날아간 대부는 담벼락에 굉음을 터트리면서 박혔다. 성질대로 했더니 모처럼 용두철 방에서 마련해 준 도끼는 단박에 내 손을 떠나게 되었다. 그런데 살짝 우려했던 대로 담벼락에 꽂힌 용두龍頭 손잡이와 날이 허망하게 분리되어서 두 동강이 난 상태. 어차피 도끼는 분위기 잡는 용도로 사용한 것이기 때문에 별 감흥은 없었다. 전부 끔찍하게 찢어진 사체를 바라보는 와중에 내가 가라앉은 어조로 말했다.

"끼어들면 죽는다고. 왜 귀한 목숨을 함부로 여기는지 모르겠군. 이것이 흑도라는 것이냐?"

분위기가 무겁게 가라앉은 와중에 소군평이 진중한 어조로 말했다.

"다시는 끼어들지 말아라. 간부들도… 부탁하네."

소군평은 내 말이 거짓이 아니라는 점을 가장 잘 알고 있다. 적절한 순간에 말리지 않으면… 오늘 흑묘방 전체가 다 죽을 수 있다는 것을.

34.
내가
그렇게 정했다

흑묘방의 떨거지들이 두려워하는 흑묘방주의 존재감과 불시에 들이
닥쳐서 생사비무를 벌이자고 제안한 내 존재감은 우열을 가릴 수 없
는 상황. 아니, 오히려 처참한 시체에 눈길을 보낼수록 내 존재감이
더 커지고 있었다. 이제, 살고자 하는 놈들은 스스로 자중하게 될 것
이다. 흑묘방주도 자신이 해결해야 하는 순간이라는 것을 분위기를
통해 깨달았다.

"점소이, 공격이 요란하군."

문득, 흑묘방주의 시선이 담벼락으로 향했다. 뒤늦게 쩍— 하는 소
리가 들리더니 도끼를 받아낸 담벼락에 벼락이 퍼져나가는 것처럼
금이 가고 있었다. 내게 다가온 소군평이 정중한 어조로 물었다.

"문주, 칼도 사용하시오?"

"왜? 나는 장법, 지법, 각법, 도법, 검법, 창법, 낫질 이외에도 많은
것을 익혔다."

소군평이 자신의 애인처럼 여기는 야래도를 내밀었다.

"음, 일단 내 야래도를 사용하시오. 방주의 칼도 매우 날카롭소."

뜻밖의 제안에 소군평의 표정을 슬쩍 바라봤다. 칼 좀 구경하겠다고 하니까 안절부절 어쩔 줄 몰라 하던 놈이 먼저 자신의 병장기를 빌려주겠다고 나서다니… 그냥 고맙다고 하면 될 것을 나는 굳이 삐뚤어진 사내처럼 대꾸했다.

"식칼보단 낫겠지. 줘."

야래도를 건네던 소군평이 은근슬쩍 나를 노려봤다.

"왜?"

"아니외다. 식칼보단 나은 칼이니 잘 다뤄주시오."

내가 야래도를 뽑는 동안에 뒤에서 소군평과 수하들의 대화가 들렸다.

"식칼보다 낫다는 소리가 무슨 말이에요?"

"닥쳐라."

"왜 화를… 궁금해서 여쭤본 건데."

"그런 게 있다."

"알았어요."

나는 머리를 굴리고 있는 것처럼 보이는 흑묘방주에게 말했다.

"새 칼이 도착했으니 시작하자."

나는 흑묘방주가 잔머리를 굴리기 전에 그를 향해 도풍刀風을 쏜아냈다.

* * *

도풍은 마지막 일격을 내겠다는 의도보다, 공방전 도중에 상대의 균형을 무너뜨리거나 움직임을 방해할 때 적절한 수법이다. 그 때문에 이런 도풍에는 확실하게 대처하는 것이 옳다. 적절하게 대응하지 않으면 계속 선수를 빼앗기기 때문이다. 간부들이 본능적으로 도풍에 휘말리지 않기 위해 좌우로 피하고, 칼바람을 정면에서 맞이한 흑묘방주는 허리춤에 있는 시커먼 직도를 뽑아서 도풍을 갈랐다. 그 사이에 의자가 있는 곳에서 단상까지, 한 번의 도약으로 빠르게 거리를 좁힌 나는 흑묘방주의 복부를 향해 칼을 내밀면서 돌진했다.

캉!

흑묘방주가 직선으로 밀려드는 야래도를 후려치면서 우리 두 사람은 본격적으로 맞붙었다. 찰나에 놈과 나는 서로의 눈빛을 구경했다. 눈빛에는 여러 가지 감정이 담기지만 놈과 나의 공통점은 눈빛에 두려움이 보이지 않는다는 것이 유일했다. 상대를 많이 죽여본 자의 눈빛이 대체로 이렇다.

계단에서 시작된 흑묘방주와 나의 싸움은 널찍한 외원 중앙으로 이동하면서 이어졌다. 직도와 야래도는 이미 삼십여 번을 부딪쳤고, 그 와중에 얻은 정보는 내 머리에 차곡차곡 정리했다. 흑묘방주는 정교한 도법, 수비에 치중하다가 반격을 중요하게 여기는 심리, 도법을 펼치다가 일부러 사소한 실수를 내보여서 음흉하게 함정을 파는 유형이었다.

반면에 나는 공방전의 흐름과 싸우는 방식을 정해두지 않는다. 상대의 심리나 무공의 특장점을 파악한 다음, 그것에 맞게 대처한다. 이는 염계의 다음 경지인 투계鬪鷄의 핵심인데, 심법의 경지가 아직 오르지 못했어도 이미 깨달은 심득心得은 별개의 문제였다. 붙어보니…

방주에 비해 내 도법이 더 빠르고, 더 정교했으며, 천옥을 바탕으로 쌓은 내공마저 훨씬 깊었다. 정리하자면, 패배할 가능성이 없는 싸움이다. 하지만 나는 여러 가지 이유로 흑묘방주의 도법을 기억에 각인시켰다. 저 도법을 가르친 대나찰의 무학을 엿봐야 했기 때문이다. 더불어서 나는 흑묘방주의 도법을 고스란히 익혀야 할 이유가 따로 있었다. 이것도 다 계획의 일부다.

* * *

놈의 도법이 완벽하게 눈에 익었을 때, 나는 칼에 주입하던 내공을 서서히 끌어 올렸다. 그러자, 지금까지 제법 잘 버티던 흑묘방주의 안색이 점점 창백해졌다. 내가 내공을 절반도 끌어내지 않고 싸웠다는 것을 이제야 알아차린 모양이다. 놈이 당황하는 것을 나는 이해할 수 있다.

스물다섯 살 이전의 강호인들이 쌓을 수 있는 내공은 어느 정도 한계선이라는 게 있다. 그 한계선의 끝에 다다른 자들은 대부분 명문정파의 수제자, 세가의 후계자, 보기 드문 기연을 얻은 젊은 강호인들뿐이다. 이외에는 나이, 출신을 고려해서 대략적이나마 내공의 깊이를 추정할 수 있다. 흑묘방주도 그런 시선으로 나를 바라보고 있다가… 부딪치고 있는 칼에서 느껴지는 내공이 점차 커지고 있었으니 당황할 수밖에. 이놈이 어찌 천옥의 기연을 예상해서 대처할 수 있겠는가. 나는 굳은 표정을 풀고, 냉소를 머금었다.

"…방주, 너무 늦었다."

도망치는 것도 늦었고, 내 본 실력을 깨달은 것도 너무 늦었다는 말이었는데 흑묘방주는 죽음을 눈앞에 두고 있었기 때문에 말뜻을 바로 이해했다. 하지만 역시 저 가면 때문에 낯빛이 변하는 것은 확인할 수가 없었다. 가면이 가진 장점이 확실하게 있는 모양이다. 그 와중에 놈의 몸짓은 점점 맹수가 사냥꾼에게서 벗어나려는 것처럼 격렬해졌다. 강호인이든 맹수든, 심리적으로 내몰리면 이런 식으로 발악을 하게 되어있다. 나는 이 추잡한 꼬락서니를 구경하다가 놈이 했던 말을 고스란히 되돌려 줬다.

"앞으로 핥으라면 핥고, 덤비라면 덤비고, 짖으라 하면 짖을 수 있 겠나? 물론 내 밑에서."

바닥에 흩어져 있는 내공까지 싹싹 긁어서 사용하느라, 흑묘방주 는 대꾸할 여력이 없었다.

"…"

"대답이 없네. 힘들겠지? 그게 흑도라며."

나는 놈을 조롱하는 와중에도 도주로를 틀어막아 가면서 칼을 휘 둘렀다. 방주의 보법이 은근슬쩍 한 발자국씩 틀어지고 있었는데 기 회를 틈타서 맹렬하게 도주하겠다는 의지가 엿보였다. 나는 놈의 보 법과 도법에 익숙해졌기 때문에 이런 심리를 파악하는 것은 어렵지 않았다. 내가 흑묘방주의 움직임을 봉쇄하듯이 칼을 휘두르자, 눈썰 미가 좋은 소군평이 말로 끼어들었다.

"방주, 나한테는 패배하면 죽으라고 하더니 이게 무슨 추잡한 행동이오? 설마 도망을…?"

흑묘방주는 소군평의 말에 평정심이 와르르 무너졌다. 직도를 큰 동작으로 휘둘러서 전방에 도기를 연달아서 쏟아내더니, 숨이 턱까지 올라온 거친 어조로 수하들에게 명령했다.

"쳐라!"

흑묘방주의 명령으로 간부들이 동요하는 찰나, 소군평이 재빠르게 끼어들었다.

"다들 자중하시오. 분명 일대일이라 했는데 방해하겠다면 나도 끼어들 수밖에 없소. 명령을 무시하고 가만히 있으면, 다들 목숨은 붙어있게 내가 중재해 보리다. 그래도 불안하면 도끼에 쪼개진 시체나 보고 있으시오. 하오문주의 말대로 저 시체가 기습의 결과요."

소군평의 경고를 들은 간부들의 시선이 처참하게 쪼개진 시체로 향했다.

"…"

새삼스럽게 끔찍한 시체였다. 그 시체는 마치 자신처럼 죽지 말라는 것처럼 아직 살아있는 자들에게 온몸으로 경고하고 있었다. 사람이 궁지에 몰리면 지푸라기도 잡으려는 게 당연한 심정이다. 흑묘방주는 야래도를 튕겨내다가 다급하게 후퇴하면서 내게 말했다.

"문주… 잠시…!"

내 눈에는 말을 하느라 흐트러진 호흡 때문에 흑묘방주의 허점이 서너 군데나 보였다. 호칭이 어느새 점소이에서 문주로 바뀌었다는 것도 참 웃긴 현상이었다.

'이 애송이가…'

…

쉴 틈을 주지 않고 따라붙은 나는 야래도에 염계를 휘감아서 흑묘방주의 칼을 쳐냈다. 귀청을 때리는 거북한 소리가 울리면서 흑묘방주의 얼굴이 일그러졌다. 언제 찢겨졌는지 모를 흑묘방주의 손아귀에서는 이미 피가 줄줄 흐르고 있었다. 다급해진 흑묘방주는 악에 받친 채로 직도를 두 손으로 붙잡더니, 모든 공력을 일제히 한칼에 담아서 도기刀氣를 쏟아냈다.

쐐애애애애앵!

그 의도가 다분히 노골적이었다. 내가 피하면 뒤에 있는 소군평 일행이 도기를 맞는 방향이었기 때문이다. 이 최후의 일격으로 나를 죽이든지, 아니면 소군평 일행이라도 찢어 죽이려는 못된 의도였다. 애초에 피할 생각이 없었던 나는 날아오는 도기를 향해 야래도를 치켜들었다가 염화향을 휘감아서 수직으로 그었다. 이름을 붙이기 모호한 괴상한 모양의 도기와 이글거리는 화염 줄기가 충돌했다.

서로의 힘이 대등했다면, 도기끼리 부딪쳤을 때 발생한 충격파가 원형으로 퍼졌을 것이나… 내가 내보낸 염화향은 흑묘방주의 도기를 찢어낸 다음에 남은 여파만으로 흑묘방주의 몸을 담벼락으로 날려보냈다. 피부가 타들어 가는 뜨거운 도기에 휩싸인 흑묘방주는 양팔을 크게 벌린 대大자 형태로 담벼락에 부딪혔다가 입에서 핏물을 뿜어냈다.

"쿠엑…"

흑묘방주의 몸은 담벼락에 반쯤 파묻힌 상태. 그가 뱉어낸 피가 가면 밑으로 뚝뚝 떨어지고 있었다. 내상을 입고 담벼락에 부딪칠 때 이곳저곳의 뼈가 으스러졌는지, 흑묘방주는 담벼락에 새겨진 그림의 등장인물이었던 것처럼 빠져나오지 못했다. 이 결과에 소군평 일행은 기쁠 것이고. 소군평의 말에 자중한 놈들은 안도의 한숨을 내쉬었을 것이나… 정작 내겐 이것이 당연한 결과였기 때문에 승리했다는 기쁨은 그리 크지 않았다. 나는 비무를 지켜본 흑묘방의 무인들을 둘러보면서 결과를 발표했다.

"점소이의 승리다."

흑도의 입장에서는 참으로 격이 떨어지는 승리 선언. 하지만 승리고 나발이고, 흑묘방에 도착해서 내가 하고자 했던 일은 아직 시작도 안 한 상태였다.

"소군평."

소군평은 내 눈빛을 바라보다가 처음으로 존댓말을 썼다.

"예, 문주님."

"주둥이로 밥값은 하는 놈이었네. 세 치 혀로 많이 살렸다."

"미리 언질을 주셔서 동료들을 살릴 수 있었습니다. 감사합니다, 문주님."

나는 갑자기 벙어리가 된 흑묘방의 간부들을 향해 칼을 까딱까딱 흔들면서 말했다.

"너희가 덤비는 것까지 고려해서 여력을 좀 많이 남겨뒀는데. 어찌할래? 나는 사내의 복수심을 존중하는 사람이다. 방주의 패배가 크게 안타까운 놈은 지금 나서라. 경건한 마음가짐으로 방주와 함께 승천하는 길을 활짝 열어주겠다. 대신에 이번에는 전력을 다할 거야. 너희 도법은 구경할 가치도 없을 게 분명하거든."

눈썰미가 있는 놈들은 내가 흑묘방주를 죽이는 과정에서 전력을 다하지 않았다는 것을 결과를 통해 눈치챘을 것이다.

"…"

나는 턱을 긁으면서 말했다.

"거, 오늘 죽기 딱 좋은 날이라고 나불대면서 방주 따라 승천하고 싶은 놈들 없나? 못난 흑도인들이 잘난 점소이에게 날이면 날마다 도전할 수 있는 게 아니니까 용기를 내보도록."

자존심을 살살 긁었는데도 나서는 놈이 없었다. 일부 간부들의 얼굴이 새빨갛게 익는 것을 보면서 나는 웃었다.

"점소이에게 덤빌 수 있는 마지막 기회였는데 아쉽게 됐군."

다들 내가 방금 내뱉은 말을 이해하지 못하는 사이에 나는 다 죽어가는 흑묘방주에게 다가가서 놈을 바라봤다. 아직 숨이 미약하게나마 붙어있었다. 나는 손을 뻗어서 흑묘방주의 가면을 움켜쥐고 떼어냈다. 금세 죽을 것 같은 놈의 얼굴이 보였다. 그제야 놈이 입 모양으로 겨우 이런 뜻을 밝혔다.

"살려…"

"살려달라고? 뜻밖이군. 네가 남은 인생을 일양현의 점소이로 살겠다면 살려주마. 대신 무공은 폐하겠다. 국수를 삶고, 탁자를 정리하고, 걸레질을 하다가 뜻하지 않게 강호인에게 맞아 죽을 수도 있지만, 강호는 본래 그런 곳이니 마음을 단단하게 먹고 시작해야겠지. 다른 인생은 허락하지 않겠다. 네가 점소이로 살아갈 용기가…"

흑묘방주는 내 말을 듣는 동안에 숨이 끊어졌다.

"…없구나."

사실, 시킬 생각도 없었다. 앞서 말했다시피 나는 무공을 익힌 원숭이끼리 싸우다 죽는 것엔 일말의 동정심도 없다.

"죽으면 점소이를 하기 어렵지. 점소이는 아무나 하는 줄 아나. 하여간…"

나는 흑묘방주의 가면을 손에 쥔 채로 돌아서서, 단체로 입을 다물고 있는 놈들을 노려봤다. 죽은 놈이 적었기 때문에 제법 초석이 잘 마련된 상황. 흑묘방주의 피가 묻은 토끼 가면을 내 얼굴에 가져다 대면서 말했다.

"지금부터 내가 흑묘방주다."

나는 흑묘방주의 가면을 쓴 채로 선언했다.

"너희가 원하든, 원하지 않든. 내가 그렇게 정했다."

35.
회의를
시작하겠습니다

흑묘방주로 전직한 나는 야래도를 소군평에게 던지고, 전임 방주의 직도를 챙겼다. 야래도와 겨뤘는데도 날이 상하지 않은 것을 보면 제법 좋은 칼이었다. 무엇보다 용두철방의 병장기보다는 좋아 보였다.

"전임 방주의 강호는 이렇게 끝났으나, 나는 이제 시작이다. 유념해라. 당분간 흑묘방에서는 애초에 아무 일도 없었던 것으로 하겠다."

"..."

다들 내 말을 당장 이해하지 못해서 입을 다물고 있었다. 나는 예전부터 내가 흑묘방주였던 것처럼 수하들에게 물었다.

"이 직도의 이름이 뭐였더라? 기억이 가물가물하다."

소군평이 대답했다.

"그 직도는 흑묘아黑卯牙라는 이름을 가지고 있습니다."

검은 토끼의 송곳니라는 의미다.

"병신 같은 작명이군. 아, 아니지. 이제 내 것이니까 병신 같다는 말은 취소."

순식간에 말을 뒤집는 내 태도에 다들 표정이 이상해졌으나 딴지를 거는 놈은 없었다. 두려워하던 흑묘방주가 담벼락에 처박힌 채로 죽었으니 당연한 일이다. 또한, 놈들이 보기에도 아직 나는 기분이 오락가락해 보이는 미친놈인 터라, 언행을 조심해야 하는 상황이었다. 나는 흑묘아를 이리저리 살피다가 자연스럽게 명령을 내렸다.

"주제도 모르고 내게 저항하던 전임 방주의 시체부터 치우고. 담벼락과 바닥도 깨끗이 정리해라. 흑도로 성공하려면 청소부터 잘해야해. 저쪽에 쓸모없는 도끼도 갖다 버리고. 간부들은 빠짐없이 대청에 모이도록. 새 출발을 하자는 의미에서 간부 회의를 시작하겠다."

소군평이 눈치 빠르게 나섰다.

"내가 정리를 시킨 다음에 들어갈 테니, 나머지 간부들은 먼저 대청으로 가시오."

거듭 말하지만, 나는 오늘부터 흑묘방주다. 어제는 아니었으나 오늘은 그렇다. 사람의 운명은 이렇게 변화무쌍하다. 방주 취임식은 번거로워서 생략할 생각이나 임기는 대충 정해뒀다. 대나찰에게 발각될 때까지. 그래서 당장은 내 임기가 짧을 것인지, 길어질 것인지는 나도 알 수가 없다. 나는 이처럼 아는 것만 알고, 모르는 것은 모르는 사람이다.

간부들이 먼저 대청으로 향하고, 소군평이 수하들에게 이런저런 명령을 내리는 동안에 나는 흑묘아를 들고 칼춤을 췄다. 청소를 시작한 흑묘방의 수하들이 나를 힐끔 바라봤으나 신경 쓰지 않은 채로 도법을 펼치고, 생각에 잠겼다가 다시 도법을 펼쳤다. 그 와중에 눈치가 좀 있는 놈들은 속으로 적잖이 놀랐을 것이다.

칼을 휘두르는 내 모습이 죽은 방주가 펼치던 동작과 비슷하기 때문이다. 이들의 예상대로 나는 잠시 넓은 장소를 휘젓고 다니면서 죽은 놈의 도법을 속성으로 수련했다. 밥 먹고, 똥 싸고, 내공 쌓고, 죽은 놈의 도법을 빼앗아서 수련하기. 슬기로운 흑도 생활이란 이런 것이다.

* * *

"현황부터 보고해라."

나는 대기하고 있는 간부들에게 다짜고짜 이렇게 말하면서 상석에 앉았다. 소군평이 내게 물었다.

"문주님, 어떤 것부터 보고드릴까요?"

"소 각주, 문주가 아니라 방주다. 언제부터 우리가 흑묘문이었나? 흑도의 정체성을 잃지 말도록."

"죄송합니다. 알겠습니다."

소군평이 적절한 의견을 냈다.

"제가 알기로 방주님께서 아량을 베푸셔서 일양현에 금봉각의 무인들이 제법 많이 살아있는 것으로 압니다. 이들을 어찌하실 것인지 명령을 내려주십시오."

나는 소군평의 질문에 박수를 보냈다.

짝, 짝, 짝.

"역시 우리 소 각주, 훌륭하군. 다들 소 각주를 본받도록. 동료애, 수하들을 생각하는 애틋한 마음, 아까는 간부 그대들의 목숨을 살려 주겠다고 용감히 나섰다. 의리 있고, 똑똑하고, 보기 드물게 맷집도 좋은 사내다. 잘 처맞더군."

내가 말을 하는 사이에 소군평은 잠시 이마를 긁었다.

"내가 토끼 놈과 소 각주를 모두 상대해 봐서 하는 말인데 소 각주의 실력이 토끼 놈에 비해서 크게 뒤떨어지진 않았다. 우리 흑묘방의 인재, 흑묘방의 지낭, 흑묘방의 대표 간부인 소 각주는 앞으로 수련을 더 열심히 하도록. 그대에겐 오늘 당장 금일봉을 하사하겠다."

어차피 내 돈 아니다. 어쨌든 소군평은 용기백배하겠다는 어조로 대꾸했다.

"열심히 하겠습니다."

나는 다시 박수를 보내면서 간부들에게 말했다.

"자, 함께 치자. 손모가지 부러뜨리기 전에."

다른 간부들도 어정쩡한 표정으로 소군평에게 박수를 보냈다.

짝짝짝짝짝짝짝짝.

나는 썩어빠진 흑묘방의 간부들을 둘러보면서 잔소리를 이어나 갔다.

"그만."

"…"

"서로 격려하고, 자극받고, 수련하고, 싸우고 다 함께 강해지는 것. 그것이 흑도다. 그 과정에서 미운 정, 고운 정, 패고 싶은 정이 들면 없던 형제애도 생겨나기 마련. 그것이 바로 강한 흑도다. 나 때는 말이야."

순간, 몇 놈의 표정에서 지루함을 읽은 나는 말을 멈췄다.

"내 말이 지루하냐."

내가 아직 이름도 모르는 간부 한 명을 노려보자, 놈이 고개를 저으면서 대꾸했다.

"아, 아닙니다."

"지루하면 나가, 이 새끼야. 나가서 놀아. 간부 하지 말고. 바깥에서 졸개들이랑 무너진 담벼락에 흙이나 처발라. 아니면 시체나 치우든가."

"지루하지 않았습니다."

"어디서 방주가 말하는데. 쯧…"

윗사람이라도 적당히 해야 하는 법이다. 내가 이렇게 자신을 철저하게 되돌아보는 사람이다. 그나저나 우리 소 각주는 무공도 쓸만하고 흑도의 중간 간부 역할도 잘해냈던 모양이다. 자고로 전선에 나간 장군은 참모나 군사의 말에 귀를 기울여야 하는 법. 아니나 다를까, 소군평은 적절한 시점에 신임 방주를 응원해 줬다.

"편히 말씀하십시오, 방주님."

"내가 어디까지 했지?"

"그것이 바로 강한 흑도다… 여기까지 말씀하셨습니다."

"그래. 일양현에 사마비와 혁련홍이 멀쩡히 살아있다. 소 각주가 금봉각의 인재들을 영입해서 키우고 싶다면 언제든 데려가도록. 그대에겐 금봉, 금룡을 모두 합친 용봉각의 창설을 맡기겠다."

"맡겨주시면 제가 중임을 감당해 보겠습니다."

나는 간부들을 둘러보면서 말했다.

"총관은 누구냐?"

예상했던 대로 가장 늙은 간부가 고개를 숙이면서 대꾸했다.

"편하게 벽 총관이라 불러주십시오."

"벽 총관, 우리 용봉각주에겐 금일봉을 전달하고. 자금 사정을 파악해야겠으니 잘 정리해서 현황 보고해라. 앞으로 횡령, 꼼수 적발되면 늙은 총관부터 사형에 처하겠다."

"예."

나는 벽 총관의 떨떠름한 표정을 바라보다가 협박조로 말했다.

"벽 총관, 금봉각주가 왜 죽었는지 아나?"

"글쎄요."

"횡령해서 죽었다."

"저는 그렇게 일하지 않았습니다만, 명심하겠습니다."

"아무렴, 명심은 보감寶鑑이지."

내 귀한 말씀에 몇 놈의 얼굴이 새빨갛게 익었다. 다음 안건은 내가 꺼냈다.

"그나저나 비무 일정을 까먹었는데 언제였지?"

내가 흑묘방의 사정을 알고 있는 것처럼 말하자, 다들 놀란 표정을 숨기지 못했다. 소군평이 대답했다.

"정해진 날짜는 없으나 조만간 도전이 예상되는 하위 신장은 홍신紅申(붉은 원숭이)입니다. 그리고 방주님께서 서열을 올리시려면 이번에도 백유 신장과 결판을 내야 합니다."

내가 조일섬을 죽일 때 거짓 신분으로 활용했던 놈이 백유다.

... 광마회귀 I

"그나저나 내가 지금 몇 위냐."

"십이신장, 서열 오 위에 머무르고 있습니다."

나는 적잖이 놀랐다.

"병신 같은 놈의 서열이 제법 높았네. 그 실력으로 오 위라니 기가 찰 노릇이군. 백유보다 강한 신장은 누구냐."

"백인白寅, 청진青辰, 적사赤巳입니다. 그리고 백유 신장까지 해서 사신장四神將으로 불립니다."

각기 흰 범, 푸른 용, 붉은 뱀, 흰 닭이다. 물론 이들보다 더 중요한 존재는 대나찰이다.

"요새 우리 존경하시는 사부님은 어디에 계시지?"

이번에는 벽 총관이 대꾸했다.

"적사 신장이 눈이 푸른 미인을 어디선가 얻어서 대나찰 사부에게 바친 모양입니다. 아마 그쪽에 계실 겁니다."

나는 코웃음을 치면서 대꾸했다.

"늙은이 새끼 정력도 좋아. 벽안 미녀까지 손을 대고. 갑자기 분노가 치밀어 오르는구나."

사부라고 했다가 금세 대나찰을 비난하자, 수하들은 표정 관리를 못 하고 있었다.

"왜? 내가 틀린 말 했어?"

"아닙니다."

나는 혀를 차면서 말했다.

"아직도 제자들 통해서 불쌍한 처자들이나 건드리고 말이야. 무림맹은 대체 뭐 하나 몰라. 이런 새끼 안 잡아가고. 아이고…"

다들 천장을 보거나, 고개를 살짝 숙였다.

"내가 지금부터 흑묘방의 행동강령을 알려주겠다."

"말씀하십시오."

"대나찰이 내 사부이긴 하나, 늙은 놈이 주색잡기에 빠져있으니 차차 반란을 일으킬 생각이야. 그 와중에 대나찰에게 달라붙거나, 내 행보를 방해하는 놈이 있으면 살려두지 않겠다. 너희와 나의 일은 어디까지나 강호의 도리를 적용해야 하는 법. 전시戰時에 배신은 죽음이다. 내 말 이해했나?"

"이해했습니다."

"너희가 지금은 나보다 대나찰을 더 두려워하겠지. 이해한다. 하지만 강호에서 오래 살아남으려면 결국에는 줄을 잘 서야 해. 너희 예상이 틀릴 수도 있다는 것을 명심하라고. 대나찰이 죽을지, 내가 죽을지는 너희가 예상할 수 있는 일이 아니다. 그 예상이라는 것이 얼마나 허접한 것인지는 아까 전임 방주가 죽었을 때 깨달았어야 옳다. 그 전에 깨달은 똑똑한 우리 소 각주처럼 말이야."

간부들이 여기저기서 고개를 끄덕였다.

"알겠습니다."

"저희도 대나찰을 좋아할 이유가 전혀 없습니다. 강압적으로 흡수가 되었던 터라."

회의는 줄곧 유치하고, 방향을 잃고, 횡설수설로 이어지긴 했으나, 나는 가면 속에서 끊임없이 간부들의 표정과 어조를 유심히 살폈다. 가면을 쓰고 있다는 것은 확실히 이런 장점이 있었다.

"요새 흑선보의 근황은 어떠한가?"

내가 주제를 바꿨음에도 불구하고, 소군평은 침착하게 대꾸했다.

"늘 도박 사업과 경매 사업으로 바쁜 것으로 압니다. 이러다가 근방에서 재력으로는 다툴 수 있는 세력이 없을 것 같습니다."

"여전히 사람 경매도 하고 있고?"

"예. 사람 경매가 아니라 노예 경매라고 해야겠지요."

노예 경매, 흑선보가 이런 놈들이다. 나는 고개를 끄덕이다가 흑묘방의 중·단기 목표를 정해줬다.

"일전에 흑선보에 속한 놈들을 몇 명 때려죽였다. 내 거처가 불에 타는 것을 지켜보다가 죽었지. 내심 언짢았는데 잘됐군. 요즘 세상에서 감히 노예 경매를 처하고 있다니 흑도의 수장으로서 눈감아 줄 수 없는 악행이다. 나중에 흑선보도 박살 내야겠으니 간부들은 수련에 전념하도록. 흑도의 도리를 바로잡을 것이다."

간부들은 '흑도에 도리가 있었나요?'라고 묻고 싶었으나 차마 입이 떨어지지 않았다. 나는 결연한 어조로 포부를 밝혔다.

"우리 흑묘방은 앞으로 강호노예해방전선의 선봉장이 될 것이다."

한 간부가 조심스럽게 물었다.

"갑자기 흑선보를 치시겠다고요?"

"사람을 사고팔다니 이게 옳은 일이냐?"

"옳은 일은 아닙니다."

나는 흑묘방의 간부들을 둘러보면서 욕지거리를 내뱉었다.

"그나저나 너희는 그간 무공을 왜 익혔어? 병신 새끼들아. 불의를 보면 참지 않는다. 그것이 칼에 취해서 밤을 걷는 자들의 도리다. 앞으로 사사건건 반대하는 놈은 사형, 토를 다는 놈은 척살하겠다."

"…"

"대답 좀 바로바로 해줘라. 말하는 사람 민망하게. 아, 갑자기 성질이…"

간부들이 일제히 입을 열었다.

"알겠습니다."

"명심하겠습니다."

나는 흑묘방 전체를 인질로 삼은 후에 계속 협박과 욕지거리, 폭력과 갈굼으로 어수선한 방주 교체 시기를 안정시킬 생각이었다.

"대나찰이든 흑선보든 박살을 낼 것인데, 이를 위해서 흑묘방이 보유하고 있는 영약, 자금, 기타 등등의 재화는 내가 마음껏 사용하겠다. 불만 있는 사람은 잠시 일대일 대결로 이견을 조율해 보자. 나설 사람 있나?"

간부들이 잠시 땅을 바라봤다.

"…"

"없다니 다행이군."

나는 오른손을 흔들면서 말했다.

"이 손에 우리 간부들의 피가 안 묻게 되어서 다행이다, 이 말이야."

나는 마땅히 해야 할 일도 놓치지 않았다.

"소 각주는 당분간 방주 교체 시기를 안정화하기 위해 용봉각의 정예들로 흑묘방의 내외부를 철통 경계해라. 특히, 보고도 없이 빠져나가는 놈은 즉결 처형해도 좋다. 갑자기 고향에 가겠다거나 그런 놈은 포박해서 나한테 데려오도록."

소군평은 내 말의 뜻을 이해하고 고개를 끄덕였다.

"철저한 경계 태세를 유지하겠습니다."

간부들의 입장에서는 흑묘방주가 갑자기 교체되었는데, 좋아진 게 하나도 없었다. 생각해 보면, 금봉각의 비자금은 일양현으로 흘러갔고 보유하고 있는 주요 자산은 내게 탈탈 털리게 될 상황. 속된 말로 거덜 난 상태다. 물론 내 알 바 아니다. 예전에도 그랬고, 지금도 그렇다. 나는 흑도가 아니다. 나는 흑도를 때리고, 빼앗는 사내다. 어쨌든 흑묘방주 취임 첫날은 이리하여 평화롭게 마무리되었다.

36.
취임
첫날밤에

회의는 내 마음처럼 평화롭게 마무리되었다. 내가 이렇게 회의를 알차게 잘 진행하는 사람이다. 먼저 간부들을 돌려보내고, 소군평이 금룡각을 데리고 철통 경계에 나선 사이에 나는 고요하고 거룩한 밤을 맞이했다. 내 안에 천옥의 힘이 충만한 날이기도 했다. 내가 홀로 대청에서 가면을 쓴 채로 숨만 쉬고 있자, 시비 한 명이 다가와서 물었다.

"방주님, 식사하시겠습니까? 아니면 목욕부터 준비할까요?"

이 시비는 지금 방주가 바뀌었다는 것을 아는 것일까, 모르는 것일까. 나오지 않고 여기서 잡일만 했다면 모르는 것도 당연하다. 내 목소리를 들려주기 위해서 대꾸했다.

"목욕은 됐고 식사도 돼지통뼈를 먹었으니 괜찮다. 얼굴에 피가 좀 묻은 것 같으니 여기로 세숫물이나 좀 가져와라."

"알겠습니다."

시비는 별다른 눈치를 채지 못한 채로 어디론가 총총 걸어갔다. 나는 잠시 고민에 잠겼다.

'내 목소리가 토끼와 비슷한가.'

둘 다 저음이긴 했으나, 특색은 다르다. 금세 대야에 세숫물을 받아와서 걸어오고 있는 시비를 바라보다가 나는 가면을 벗었다. 시비는 별생각 없이 가면을 벗은 내 얼굴을 확인했다가 화들짝 놀라더니 물이 가득 담겨있는 세숫대야를 바닥에 떨어뜨렸다. 시비의 눈은 커질 대로 커진 상태. 나는 시비가 엎지른 물을 바라보다가 가라앉은 어조로 말했다.

"다시 떠와라. 바닥도 좀 닦고. 세숫대야를 정말 시원하게 던져버리는구나."

"아, 예…"

"놀라지 말고. 이번에는 쏟지 마라."

"알겠습니다. 죄송합니다."

잠시 후에 시비가 다시 양손을 벌벌 떨면서 세숫대야를 가져오더니 탁자에 올려놓자마자 고개를 푹 숙였다.

"떨지 마라. 너희에게 해가 되는 일은 없을 것이니. 내가 새로운 흑묘방주다."

"예, 방주님. 처음 뵙겠습니다."

나는 얼굴에 묻은 핏자국을 닦은 다음에 피 묻은 가면을 깨끗하게 닦으면서 시비에게 물었다.

"내 목소리가 전임 방주하고 비슷한가?"

"지금은 안 비슷합니다."

"지금은?"

"예, 가면을 쓰고 계시면 목소리가 평소에도 약간 변조된 채로 나오는 편이어서 그 차이를 깨닫지 못했습니다."

"가면을 쓰고 말하면 비슷하게 들리나 보군."

"예."

살펴보니 가면 안쪽이 단단한 재질로 되어있고, 입 부분은 공기가 빠져나갈 수 있도록 미세한 구멍이 뚫려있었는데 전체적인 폐쇄 구조 때문에 목소리가 변조되는 모양이었다. 가면이 이렇다면 딱히 목소리 때문에 정체가 들통나는 일은 없다고 보아도 무방할 터. 그리고 어느 정도 전임 방주의 목소리나 어조의 성대모사도 가능했다. 문득 시비가 나를 몇 번 쳐다보는 것 같아서 내가 물었다.

"왜? 잘생겼어? 눈길이 계속 가나?"

"죄송합니다."

"음."

죄송하다는 것은 무슨 의미일까. 잘생기지 않았다는 것인지, 감히 방주를 쳐다봐서 죄송하다는 것인지 알 수가 없었다.

"너도 알다시피 오늘이 방주 취임 첫날이다. 네가 좀 안내해라. 내 처소, 개인 연공실이나 영약 보관실 같은 곳도 알려주고. 앞장서라."

"예, 방주님."

나는 시비를 따라서 방주가 사용하던 여러 장소를 살폈다. 나름 호화스러운 구조의 집인지라 없는 게 없었다. 옷만 갈아입는 곳도 있었고, 침실은 두 곳, 개인 욕실, 정체 모를 목침대가 덩그러니 놓여있는 장소도 있었다.

···

"여긴 뭐 하는 곳이냐? 침구만 달랑 놓여있는데."

"외공 수련을 하신 날이면 이곳에서 근육을 풀었습니다."

"누가 풀어주는데."

"시비들이 달라붙어서 풀었습니다."

"수련은 안 하고 쓸데없는 짓을…"

다음에 안내된 곳은 개인 연공실과 영약 보관실을 겸하는 장소였다. 시비에게 명령했다.

"시비들 불러 모은 다음에 조금 떨어진 곳에 흩어져서 대기하라 일러라. 다가오는 자가 있으면 강제로 막아설 필요는 없고. 무슨 일로 오셨습니까, 정도의 말을 하면 내가 다 알아서 하겠다. 무슨 말인지 알겠지?"

"예, 방주님."

나는 손을 내저어서 시비를 내보내고 문을 닫았다.

* * *

영약은 평생을 강호에서 썩어도 볼 수 없는 희귀종이 있고, 그렇지 않은 보급형이 있다. 정말 희귀한 영약을 먹은 자들은 극소수다. 세가의 후계자, 문파의 후계자, 전성기를 맞이한 장문인 혹은 엄청난 기연으로 희귀한 영약을 얻은 강호인… 이들을 다 합쳐봤자, 많지 않다.

그래서 대다수 강호인은 보급형 영약을 평생 복용하다가 죽는 경우가 대부분이다. 보급형은 간단히 말해서 의원들이 만들어 주는 고급 약재다. 그 때문에 강호인들이 말하는 신의神醫는 상품의 보급형 영약을 잘 만드는 사람을 뜻할 때도 있다. 나도 이런 놈을 한 명 알고 있다.

매우 문제가 많은 인물이자, 그 말로가 무척 비참한 놈이었는데 광명좌사와 더불어서 반드시 먼저 찾아내야 하는 놈이기도 하다. 나는 놈이 다시 비참한 죽음을 맞이하는 것을 원치 않는다. 어쨌든 이놈도 대나찰과 문제가 엮여있는데, 시기상 지금은 아니다. 분명한 것은 내가 대나찰을 빨리 죽일수록 이놈이 비참한 인생을 살 확률이 현저하게 낮아진다는 점이다. 물론 전생으로 따지면 아직 나는 일양현에서 점소이를 하는 시절이어서 시간적인 여유는 충분한 상황.

나는 자그마한 서랍을 일일이 열어보면서 보급형 영약을 확인했다. 보급형 영약도 종류가 다양하다. 내상을 치료하는 약, 해독약, 금창약이 뒤섞여 있어서 무턱대고 먹을 수는 없었다. 영약이라는 것도 크게 분류하면 이렇고, 세세하게 분류하면 더 많다. 그중에서 가장 대표적인 것이 금수영약禽獸靈藥이다.

금수는 날짐승과 길짐승이다. 전서구傳書鳩(서찰을 나르는 비둘기)에게 먹이는 것이나, 말馬의 지구력이나 폭발적인 힘을 영구적으로 늘리기 위해 만들어진 영약이 금수영약인데 흑묘방도 전서구를 다뤘던 모양인지 이런 것도 비치되어 있었다. 무림맹이 강력한 이유는 이 보급형 영약을 그야말로 대량생산 하기 때문이다. 탄탄한 자금력을 바탕으로 영약을 처먹인 말을 늘려가고, 이를 이용해 강호인으로 구성된 기병을 비공식적으로 운영하기 때문.

마교는 더한 놈들이다. 애초에 사람을 사람으로 보지 않는 놈들이라서 금수를 가지고 여러 가지 실험을 자행했다. 이 모든 실험이 무림맹의 정예 기병을 상대하기 위해서였고, 이 때문에 죄가 없는 맹수들이 엄청나게 희생되었다. 서랍을 뒤지던 나는 그제야 상품의 보급형 영약인 심열환心熱丸 세 알을 찾았다. 이것이 남아있는 이유는 간단하다. 심열환은 보통 한 알만 복용해도 보급형이라는 말에 걸맞게 몸살에 걸린 것 같은 발열과 후폭풍이 있다. 나는 무공을 익히면서 열기와 주화입마에 시달린 적이 많았기 때문에 심열환에 대해 잘 알고 있었다.

이 심열환을 복용해도 좋을 때는 보유하고 있는 극양의 내공이 탄탄하게 쌓여있을 때다. 놀랍게도, 지금 내 상태가 그렇다. 나는 주변에 귀를 기울이다가 심열환 세 알을 동시에 씹어 삼켰다. 잠시 후, 전신에 열기가 가득 찼다. 나는 새빨개진 얼굴로 금구소요공의 심법을 펼치기 위해 가부좌를 틀었다. 이미 염계의 경지에 올랐기 때문에 심열환의 열기는 차근차근 제압됐다.

순간, 나는 눈을 감은 채로 이상한 상상에 잠시 사로잡혔다. 심법을 시작하기도 전에 열기가 열기를 잡아먹는 과정이 내 괴이한 상상력에 의해 선명하게 그려졌기 때문이다. 그것은 천옥에 갇혀있는 고수들이 앞다퉈서 나선 다음에 심열환의 열기를 자기가 먹어치우기 위해 맹수처럼 달려드는 광경이었다. 속이 약간 철렁했다.

'아이, 깜짝이야…'

일주천을 시작하기도 전에 미약하게나마 천옥의 기운이 더 강렬해진 것을 느꼈다. 영약의 기운이 천옥에 흡수되듯이 순식간에 합쳐졌던 것. 느낌이 실로 이상했기 때문에 나는 손을 뻗어서 금구소요공의 진기를 끌어 올려서 손에 담아봤다. 목계의 기를 손에 담았다가, 이어서 염계의 기운으로 전환했다. 손바닥에 염계가 응집하면서 점점 장심掌心이 새빨갛게 물들었다.

'오늘 이상하네.'

정확하게 무엇이 이상한 것인지에 대한 실마리는 얻진 못한 상황. 천옥은 살아있는 무인들의 기, 생명력, 정수라 표현할 수 있는 것들을 흡수해서 축적한 물건일 것이다. 문득 나는 내 몸에 혹은 내가 흡수한 천옥에… 상대의 기 혹은 내공을 흡수할 수 있는 괴이한 이능異能이 자리 잡은 것이 아닐까 하는 의구심이 들었다. 나는 잠시 넋이 나간 표정으로 중얼거렸다.

"설마 아니겠지?"

나는 그저 미친놈으로 살고 싶을 뿐이다. 교주처럼 미친놈을 넘어선 괴물이 되고 싶은 마음은 없었다. 잠시 눈을 감은 채로 심호흡을 하면서 나무로 된 닭처럼 마음을 냉정하게 가라앉혔다. 그 와중에 나는 내 몸에 별일이 없기를 기원했다. 아직, 때려죽일 원숭이들이 너무 많기 때문이다. 그래도 혹시나 하는 심정으로… 이런 이능이 내게 생긴다면, 이름을 괜히 지어주고 싶다는 생각이 들었다.

'흡수공, 흡수기공, 흡성신공, 천옥흡수공, 천옥흡수신공, 천옥흡수마공, 광마천옥흡성신공… 흡吸… 집어치우자.'

역시 어떤 분야든 이름 짓는 것이 가장 어렵다. 어쩐지 '흡' 자가 들어가는 것은 맞는데 입에 착착 감기는 이름이 없었다. 고민하다가 나중에 결정할 생각이다. 아직 내가 이능을 정확하게 인지한 것은 아니었기 때문이다. 나는 개인 연공실에서 운기조식을 하지 않고,

손바닥에 염계의 기를 끌어 올려서 이능을 확인하는 작업을 계속 반복했다.

이대로는 성과가 없겠다고 판단한 나는 가부좌를 튼 채로 고요히 명상에 잠겼다. 광명좌사의 말과 내 추측을 뒤섞고. 천옥의 본질에 대해 추론과 상상을 추가해 탐구하고. 내 몸의 상태도 조용히 관조했다. 그러다가 교주의 입장에서 생각했다. 교주는 천옥을 취하자마자 무슨 행동을 했을까? 아마, 교주가 천하제일인이 되느냐 마느냐 하는 중대한 사안이었을 터. 마교는 그 어느 때보다 철저하게 철통 경계에 나섰을 것이고. 호법들은 긴장한 채로 교주의 주변에서 숨을 죽인 채로 대기했을 것이다.

그저 운기조식만 했을까…? 아닐 것이다. 아마 마신魔神이 될 수 있는 대법大法을 동시에 시행했을 터였다. 마도魔道는 무공의 궤가 일반적인 문파와는 현저하게 다르기 때문이다. 내 자유로운 상상력은 교주의 모습을 복원했다. 아마 그는 천옥을 취하면서 대법을 동시에 적용했을 것이고 만약 성공했다면, 아무도 대항할 수 없는 천외천의 괴물이 됐을 것이다. 그러니 내게 회귀라는 말도 안 되는 기연이 주어진 것이리라. 명상을 마친 나는 잠시 팔짱을 낀 채로 고민하다가 장력을 겨룰 때 사용하는 보조수법인 흡吸의 묘리로 영약들이 담겨 있는 서랍을 향해 손을 뻗었다.

한참 동안, 아무 일도 없었다. 아무 일이 벌어지지 않아도 나는 멍청한 사내처럼 손을 내뻗은 채로 전략을 수정하고, 생각을 유연하게 만들어서 여러 가지 심득을 확인하는 과정을 거쳤다. 어차피 세상에 없었던 무공을 창안하는 것은 미친놈들의 몫이다. 남들의 생각을 따라 하지 않아야, 세상에 없던 것이 등장하기 때문이다. 지금 내 무공의 경지와 내공의 수준이 허공섭물虛空攝物을 해낼 수 있는 시점이 아님에도 불구하고, 나는 굳은 석상처럼 손을 내민 채로 평생에 걸쳐 쌓았던 무학의 세계를 통째로 재점검했다.

그리고 내가 쌓았던 무학의 이론을 일순간에 버렸다. 백지白紙의 영역에서 나는 마음의 붓으로 천옥의 힘과 흡의 묘리를 정리하여 구결로 새겨 넣은 다음에 천옥의 근원적인 힘을 끌어 올려서 장심을 다시 붉게 물들였다. 이어서 덜컹- 하는 소리와 함께 영약을 보관하던 자그마한 서랍 한 개가 허공을 질주해서 내 손바닥에 처박혔다.

탁!

나는 재빨리 서랍을 붙잡은 후에 놀란 가슴을 진정시키면서 호흡을 내뱉었다.

"후우…"

깨달음은 한순간에 휘몰아치듯이 왔다. 더불어서 이 이능의 이름을 단박에 결정했다. 천옥흡성대법天玉吸星大法이다. 다만 천옥은 그 누구에게도 털어놓을 수 없는 나만의 비밀이니, 두 글자는 대외적으로 생략할 생각이었다. 역사적인 흑묘방주 취임 첫날밤, 나는 이렇게 오로지 무공만을 생각했다.

37.
방주님의
참교육

흡성대법은 물론 천옥에서 파생된 무공이다. 단순히 물체를 끌어당기는 힘만 생각하면 허공섭물의 일종일 것이고, 영약의 기운을 천옥이 흡수하는 과정까지 고려하면 이능이다. 뜻하지 않은 능력을 얻은 데다가, 익숙하지 않은 방주의 잠자리여서 나는 쉬이 잠이 오지 않았다. 더군다나 시비들까지 귀찮게 했다.

"방주님? 시중은 누구로 불러드릴까요?"

방주가 바뀌긴 했으나, 시비들이 늘 하던 질문을 생략할 수는 없었던 모양이다.

"무슨 시중이냐."

"예? 그게…"

죽은 토끼 놈이 시비들과 함께 밤을 보낸 모양이다. 그제야 나는 흑묘방주 놈이 내게 쉽게 죽을 수밖에 없었던 이유를 하나 더 알게 되었다. 갈 길이 멀었던 놈이 무공을 완성하지도 못한 상태에서 이렇게 많은 여인과 잠자리를 가졌으면 발전하기 어려웠을 것이다. 수련 과정에서 잦은 잠자리를 가지면 근손실筋損失이 발생한다. 근손실이라는 용어는 사실 명문정파에서는 쓰지 않고, 웬만한 무공 비급서에도 찾아볼 수 없는 말이다.

전생에 내가 직접 만들었던 하오문이 빛을 보지도 못한 채로 급히 망하고, 그 과정에서 얻은 악연으로 내 별호에 '미칠 광' 자가 자꾸 붙을 때도 나와 허물없이 지내던 사내들이 몇 명 있다. 근손실이라는 독특한 표현은 그중에서 권왕拳王이 자주 쓰던 말이었다. 강호에는 내가 좋아하는 바보들이 몇 명 있는데 권왕은 그중 한 놈이다.

미친놈은 바보들과 친하다. 왜 그런지는 나도 명확하게 모르겠다. 공통점이 있다면 살아가는 방식에 이것저것 계산하는 면모가 적다는 것 정도랄까. 나는 근손실이라는 말을 생각하고 나서야 최정점의 바보 같았던 권왕이 떠올랐다. 천장을 바라보다가 입가에 저절로 미소가 감돌았다.

'병신 같은 놈, 어디선가 수련하고 있겠군.'

전생에 인연이 닿았던 놈들을 끌어모으는 것도 참 만만치 않은 숙제였다. 내가 이들의 과거사를 속속 알지 못하기 때문에 시간과 공을 들여서 찾아내야 하기 때문이다. 그래도 적과 아군을 막론한 경쟁자들에 비해서 내가 강해지고 있는 속도가 전혀 뒤처지지 않는다는 점은 다행이었다. 나는 바깥에서 대기하고 있는 시비에게 말했다.

"혹시 전임 방주가 밤마다 이상한 짓을 시켰느냐?"

시비가 거리낌 없이 말하는 게 뭔가 이상하다고 느껴서 던진 질문이었다.

"예, 여름에는 밤새 큰 부채로 시원하게 해드리고, 추울 때는 저희가 따뜻하게 해드리고, 잠이 안 오실 때는 밤새 주물러 드리기도 했습니다."

한숨이 절로 나왔다.

"얘들아, 앞으로 그런 일은 시키지 않을 것이니 편히 자라. 방주가 바뀌었으니 너희들의 일상도 조금은 더 편해질 것이다. 물러가서 취침해라."

"예, 방주님."

방주가 새로 바뀌어서 잔뜩 긴장하고 있었던 시비들은 저희끼리 눈빛을 교환하면서 기쁜 표정을 숨기지 못했다. 농담으로 강호노예 해방전선의 선봉에 서겠다고 했는데, 알고 보니 노예는 이미 이곳에 가득했다. 모든 흑도가 이런 놈들은 아니겠지만 어쨌든 대나찰 본인도 그렇고, 그가 키운 제자들도 정상적인 놈들은 없는 모양이었다. 그렇다면, 나도 어쩔 수 없다. 흑묘방주의 이름으로 참교육을 해줄 수밖에. 나는 흑묘방에서도 가장 깊숙한 곳에 마련되어 있는 방주의 처소에서 그제야 잠을 청했다. 길었던 하루가 흑도와 함께 어둠에 파묻혔다.

* * *

본래 일양현의 가장 큰 위협요소는 흑묘방이다. 마침 내가 그 흑묘방의 방주가 되었으니, 당장 일양현으로 복귀할 필요는 없는 상황. 그래서 나는 흑묘방의 간부들과 아침밥을 먹고, 오전 회의를 짧게 마쳤다. 간부들이 이곳에 모두 모여있어서 그런 것일까. 수하 한 명이 대청에 들어오더니 방문객이 있다는 것을 알렸다.

"웬 여인이 일양현에 대한 소식을 방주님께 알려드리겠다면서 찾아왔습니다. 다른 이야기면 쫓아냈을 것인데 아무래도 일양현 이야기라면 방주님이 들으셔야 할 것 같아서… 어찌할까요?"

보고하는 놈은 바깥을 경계하고 있었던 소군평의 부하였다.

"한 명이냐?"

"예."

소군평이 내게 물었다.

"들어오라고 할까요?"

내가 고개를 끄덕이자, 소군평도 수하에게 고개만 살짝 끄덕였다. 그나저나 일양현의 소식은 대체 무엇일까. 아무리 생각해 봐도 별다른 일이 없을 것 같았기 때문에 예측할 수가 없었다. 어쨌든 하오문의 본진이 있는 곳이자, 자하객잔이 만들어지고 있는 고향이라서 그냥 넘길 수는 없는 소식이었다. 어쩌면 흑선보가 행패를 부렸을 수도 있을 테니까. 하지만 금룡각의 무인이 데려온 여인을 보자마자, 나는 사태를 깨달았다.

* * *

감쪽같이 사라졌던 매화루의 손 부인이 약간 겁을 집어먹은 표정을 지은 채로 다가왔다.

'…너냐?'

당연하게도 나는 흑묘방주의 가면을 쓰고 있는 상태. 내가 팔짱을 끼자, 소군평이 대신 질문을 던졌다.

"무슨 일이 벌어졌는지 방주님에게 상세히 말씀드리게."

손 부인이 떨리는 어조로 입을 열었다.

"예, 저는 일양현의 손소소라 합니다."

처음 듣는 손 부인의 이름이다.

"이름은 예쁘군."

내 말에 손 부인이 나를 힐끔 바라보다가 말을 이어나갔다. 긴장했는지 말이 일목요연하진 않았다. 요약하면, 자하객잔의 점소이가 기루의 주인들을 차례대로 죽이고 일양현을 완전히 장악했다는 기쁜 소식이었다. 전문 용어로는 뒷북. 밑바닥 인생들의 생존력에는 이렇게 치사한 면도 있다. 하지만 나는 관대하다. 내가 벌인 짓을 객관적으로 듣고 있던 나는 가면을 쓴 채로 몇 번 고개를 끄덕이다가 짤막하게 대꾸했다.

"잘 들었다. 좋은 소식이군."

나와 함께 이야기를 들은 간부들도 자신의 귀를 의심했다. 일양현의 점소이는 당연히 나다. 즉, 현재 방주가 벌인 짓을 그 방주에게 찾아와서 고하고 있는 상황이었던 셈. 소군평도 당황한 표정으로 내 눈치를 봤다. 하지만 나는 손 부인을 처음 만나는 것처럼 친근한 어조로 물었다.

"용감한 처자는 갈 곳이 있는가?"

"없습니다."

"안타깝군. 어떻게, 내가 시비들을 총관리하는 자리라도 하나 내주면 어떨까?"

손 부인이 기쁜 표정으로 되물었다.

"정말요?"

"그대만 괜찮다면 우리 흑묘방에서 일을 해보도록. 나이도 적당하고 매화루에서 일을 했다고 하니 경험도 충분할 테고. 딱 좋아."

"방주님, 맡겨만 주시면 잘해보겠습니다."

"대신 두 가지는 약속하자."

"예."

"배신은 죽음이다."

"여부가 있겠습니까."

나는 손가락으로 손 부인의 입을 가리키면서 두 번째 주의사항을 친절하게 알려줬다.

"그 주둥아리는 특히 조심하고. 알았지?"

언뜻 이해되지 않는 요구이긴 했으나 손 부인은 고개를 크게 끄덕였다.

"예, 방주님."

"그럼 됐다. 합격."

재취업에 성공한 손 부인이 두 손을 맞잡더니 기쁜 표정으로 대꾸했다.

"정말 감사드려요, 방주님. 앞으로 성심성의껏 모시겠습니다."

"감사해야지. 내가 이렇게 기회를 또 주는데. 앞으로 잘해보자고. 우리 손소소, 손 부인… 이름은 참 예뻐. 하하."

말을 하는 도중에 나는 흑묘방주의 가면을 벗었다. 순간, 내 얼굴

…

을 확인한 손 부인이 괴이하고 짤막한 탄성을 터트리더니 그대로 혼절했다. 덕분에 분위기가 갑자기 싸해졌다. 요샌 이런 게 유행인가.

"기절을 해?"

한 간부가 손 부인의 코 밑에 손가락을 가져다 댔다.

"방주님, 그냥 놀라서 혼절한 모양입니다. 호흡은 정상입니다."

"좋았어. 시비들에게 좀 돌봐주라고 해라. 보자마자 기절을 하다니 무엄하다."

잠시 후에 시비들이 몰려나와서 기절한 손 부인을 질질 끌고 어디론가 이동했다. 그래도 살아있는 손 부인을 보니 반갑다는 생각도 살짝 있었다. 그녀도 갈 곳 없는 여인인데 내가 거둬주지 않으면 누가 거둬주겠는가. 내가 이렇게 자비로운 사내다. 또한, 하오문은 본래 이런 곳이기도 하다.

* * *

나는 할 일 없는 흑도의 수하들을 잠시 외원에 집합시켰다. 단체를 강력하게 만드는 핵심은 단체 수련, 단체 단련, 단체 훈련, 단체 정신교육이다. 고생을 함께해야 전우애가 싹트는 법. 그리고 이들을 정예로 길러내야 흑선보를 칠 때 유리하다. 솔직히 말하면 처음부터 내 부하들도 아니었기 때문에 더욱 혹독하게 대할 생각이었다.

흑도와 흑도를 부딪치게 만들되… 이들의 대장이 된 입장에서는 최대한 덜 죽게 만들 생각이었다. 고로, 훈련이 정답이었다. 그래도 내가 명색이 방주인데, 허접한 인생을 살게 하진 않을 생각도 조금은 있었다. 나는 홀로 단상에 올라 대기하고 있는 흑도의 오합지졸을 바라봤다.

"첫날이니 오늘만 내가 수련을 감독하겠다. 간부들은 내 훈련방식을 그대로 적용하도록. 흑도는 첫째가 수련, 둘째는 훈련, 셋째는 비무다. 밥 먹고, 똥 싸고, 자는 시간 이외에는 전부 강해지는 것에만 집중하겠다. 특히 점심 전까지는 열외 없이 모두 체력 훈련을 할 것이니 기억하고."

말이 체력 훈련이지, 내가 바라는 것은 지옥 훈련이다. 애초에 남의 것이나 빼앗고 평생 싸움박질이나 해대는 놈들이어서 설렁설렁 대해줄 필요가 전혀 없었다. 이때, 흑묘방에서 가장 늙은 벽 총관이 나를 바라보는 것을 확인하고 그에겐 구원의 손길을 보냈다.

"늙은 벽 총관은 체력 훈련에서 열외하도록."

벽 총관의 얼굴에 화색이 감돌았다.

"감사합니다, 방주님."

나는 줄을 맞춰서 늘어서 있는 흑묘방의 병력에게 훈련 명령을 하달했다.

"금룡각 무인을 제외하고 전부 기본 팔굽혀펴기 자세, 실시. 금룡각은 지금 후원으로 이동, 모래주머니를 만들어서 가져온 다음에 팔굽혀펴기를 시작한 동료들의 등에 올려놓아라. 소군평, 데려가서 준비해."

소군평이 대꾸했다.

"알겠습니다."

강호인이 내공만 쌓아서 강해진다고 생각하면 큰 오산이다. 외공

...

은 싸움의 본질적인 요소다. 그리고 외공의 기초를 익히는 방법은 특별한 게 없다. 육체를 한계까지 몰아붙이고 반복하는 수밖에 없다. 그 한계를 빨리 돌파하는 방법은 중량을 부담스럽게 올리면 간단하다는 것이 바보 같았던 권왕의 평소 지론이었다.

즉 내가 흑묘방에게 시키고 있는 훈련은 권왕이 체계적으로 만들었던 무식한 훈련 방식이다. 금룡각이 모래주머니를 만들러 가는 사이에 흑묘방의 무인들은 어처구니가 없다는 표정으로 팔굽혀펴기에 돌입했다. 팔굽혀펴기를 시작한 놈들은 전혀 진지하지 않았으나, 나는 진지했다.

"지금부터 오백 회를 빠르게 반복하겠다."

"…!"

"오백 회를 채운 놈들만 기마자세로 휴식을 취하도록. 간부들은 먼저 백 회만 채운 다음에 일어나서 각기 목검을 가져와라. 어설프게 하는 놈들은 마구 패면서 할 것이다."

나는 흐뭇한 표정으로 놀고 있는 벽 총관에게도 할 일을 줬다.

"벽 총관."

"예, 방주님."

"그대는 들어가서 보고서 작성해. 여기서 쪼개고 있지 말고."

"아, 알겠습니다."

나는 서서히 속도가 느려지고 있는 말단 무인들을 바라보면서 말했다.

"가장 먼저 오백 회를 채우는 다섯 명에겐 금일봉을 하사한다."

돈은 항상 가장 강력한 동기부여 요소다. 어차피 내 돈은 아니었기 때문에 열심히 하는 수하들에게는 돈을 꽃잎처럼 뿌릴 생각이었다. 아무리 흑도라지만 다들 먹고살자고 하는 일이기 때문이다.

"더 빨리, 더 빨리, 더 정확하게, 더 빨리. 간부들은 오늘 훈련방식을 기억해라. 다음부터는 너희가 교관 역할을 할 것이니."

확실히 간부들의 팔굽혀펴기 속도는 엄청나게 빨랐다. 순식간에 일백 회를 채운 간부들이 여기저기서 일어나자, 나는 바로 명령했다.

"간부들은 목검을 들고 와서 요령 피우는 놈들을 매우 쳐라. 죽기 전까지만 때리고 뼈 부러지는 것까지는 봐주겠다."

간부들은 수하들을 팬다는 생각에 갑자기 신이 났는지 경공을 펼치면서 목검을 가지러 갔다. 하여간 흑도는 이상한 새끼들이다. 그 와중에 나는 협박의 강도를 늦추지 않았다.

"오백 회를 빨리 채우는 게 좋을 것이다. 곧 금룡각이 만든 모래주머니가 온다. 그러면 당연하게도 남은 횟수는 모래주머니를 등에 올려놓은 채로 채워야겠지? 뭐가 편할까? 지금이 편하겠지? 더 빨리, 더 빨리, 더 빨리!"

이때, 누군가가 동물의 비명과 흡사한 괴성을 내질렀다.

"끄아아아아아."

나는 고개를 끄덕였다.

"좋았어. 좋았다. 방금… 끓어오르는 고통을 소리로 아주 잘 표현했다. 힘들어서 내지르는 비명은 봐주겠다. 중요한 것은 빠르고 정확하게 오백 회를 채우는 것이다. 흑도라는 놈들이 팔굽혀펴기 오백 회에 허덕이다니. 아, 이거 너무 허접하군."

말을 마치자마자 나는 낄낄대면서 웃었다. 그사이에 목검을 들고 온 간부들이 갑자기 달려들더니 수하들의 엉덩이에 몽둥이찜질을 하기 시작했다.

퍽! 퍽! 퍽! 퍽!

잠시 그 모습을 보고 있다가 내가 명령을 내렸다.

"간부들."

"예, 방주님."

"몽둥이찜질은 너희 직속 수하에게만 해라. 괜히 평소에 싫어하던 다른 조직 무인을 패지 말란 말이야."

내가 이렇게 공평한 사람이다.

"아, 알겠습니다."

그제야 몽둥이찜질이 좀 잦아들었다. 이 새끼들이 남의 수하들만 쥐어팼던 모양이다. 하지만 고통은 이제부터가 진짜다. 나는 어느새 삼백 회를 돌파한 무인들에게 말했다.

"곧 소군평이 모래주머니를 선물할 거야. 아, 기대되는군. 두근두근하네. 빨리들 해라."

실제로 소군평이 수하들과 함께 모래주머니를 들고 등장하자, 나는 잠시 소군평에게 손을 내밀어서 대기시켰다.

'기다려.'

소군평이 수하들과 함께 조용히 대기하는 사이에 투둑투둑 떨어지는 땀방울 속에서 팔굽혀펴기와 비명, 몽둥이찜질 소리가 아름답게 뒤섞였다. 하오문도 키우고, 흑도 세력도 키우고, 전생의 인연들도 만나야 하고, 십이신장과 대나찰도 조만간 혼내줘야 하는 바쁜 나날이다. 그런데도 내 마음에는 이 모든 것이 평화롭게 느껴졌다.

38.
십이신장
공략집

나는 흑묘방에 머무르면서 하루하루 빠짐없이 수하들을 맹훈련시
켰다. 이들의 실력이 당장 높아지는 것은 바라지 않았다. 다만, 이들
의 정신 상태가 나찰, 악귀, 수라, 정예, 악바리가 되기만을 바랐다.
이들이 착각하는 부분은 어느 정도 선에서 내가 봐주지 않을까 하는
점이었다. 나는 애초에 봐줄 생각이 전혀 없었다.

　흑도라는 이름을 얻었다는 것은 그만큼 비정상적인 일을 저질렀
다는 뜻이다. 속죄하자는 의미에서 나도 수련하고, 간부들도 수련하
고, 수하들은 온몸이 부서질 것 같은 수련을 반복했다. 나도 마찬가
지다. 외공 수련은 본래 고통스럽다. 인생이 본래 고통인 것처럼 말
이다. 나도 종종 수하들과 함께 육체를 고되게 단련했다. 방주가 몸
소 체력을 단련하는데, 어떤 수하들이 감히 싫은 소리를 할 수 있겠
는가.

　나는 이런 방식으로 철저하게 흑도에 녹아들었다. 내 정체가 본래

　　　···

하오문주였는지, 흑묘방주였는지, 점소이였는지, 훈련 교관이었는지도 기억이 나지 않을 정도로 수련에 몰입했다. 대나찰 세력과 흑선보라는 미친 원숭이들을 죽이기 위해 하루하루 밥이나 축내고, 똥이나 싸대면서 무공이나 수련하는 쓰레기. 그것이 우리다. 모처럼 오전 훈련을 마치고, 대청에서 휴식을 하고 있을 때 한동안 보이지 않았던 벽 총관이 서류를 잔뜩 들고 내게 다가왔다.

"방주님, 보고드릴 게 있습니다."

나는 벽 총관의 손에 쌓여있는 서류를 바라보면서 대꾸했다.

"뭐가 그렇게 많아?"

"설명하겠습니다."

벽 총관이 앉아서 서류를 설명했다. 요약하면, 금전출납부, 인력 현황, 사업 현황 등을 일목요연하게 정리한 서류였는데, 사실 나는 큰 관심이 없었다. 언제 이걸 들여다보겠는가? 하지만 벽 총관의 노고를 위로하기 위해 칭찬을 쏟아냈다.

"실로 엄청나군. 우리 벽 총관이 흑묘방의 지낭, 흑묘방의 대군사, 흑묘방의 행정가, 흑묘방이라는 군대에서 보급을 담당해도 될 정도로 뛰어난 인재였군. 보급관 직책이라도 하나 더 추가해야겠어. 총관으로 썩기엔 아까운 재주로군."

나는 되는대로 씨불여 댔다. 대충 칭찬 몇 마디를 했을 뿐인데, 벽 총관의 표정에는 그야말로 웃음꽃이 활짝 핀 상태. 칭찬을 건넨 나도 당황스러웠다.

"감사합니다. 방주님, 체력 훈련을 빼주셔서 기쁜 마음으로 정리할 수 있었습니다."

나는 고개를 끄덕였다.

'음, 그것 때문이었다니…'

하지만 벽 총관이 보고하려는 것은 따로 있었다.

"이것도 한번 보시지요. 성심성의껏 한 권으로 요약해 봤습니다."

나는 벽 총관이 내미는 책을 펼쳤다가, 이번에는 정말 깜짝 놀랐다. 제목부터 범상치가 않기 때문. 《십이신장 공략집攻掠集》.

"…!"

집集은 보통 시가, 문장 등을 모아놓은 책이다. 그러니, 제목의 의미는 십이신장을 공략할 때 유용한 정보, 방법, 추천 전략 등이 기재되어 있다는 뜻이다. 나는 진중한 표정으로 공략집을 보다가 감탄에 감탄을 거듭했다. 글만 적어놓은 것이 아니라 친절하게 삽화까지 있었다. 명문정파의 비급서에 못지않은 훌륭한 완성도로 말이다.

"벽 총관, 그림 실력이 실로 뛰어나군."

벽 총관이 흐뭇한 표정으로 공략집을 간략하게 설명해 줬다.

"아무래도 십이신장들의 체형, 가면의 모습, 무공과 병장기에 대한 특색을 궁금해하실 것 같아서 제가 알고 있는 것을 모두 정리하여 삽화와 함께 적었습니다. 글만 적으면 시간이 오래 걸렸을 것이나, 저의 취미가 본래 그림을 그리는 것이어서 정리하는 것에 큰 어려움은 없었습니다."

벽 총관의 말을 들으면서 나는 공략집을 탐독했다. 십이신장들의 모습이 마치 수호지나 삼국지에 나오는 장수처럼 그려져 있었고, 이들의 병장기는 물론이고 무공과 성격까지 설명되어 있었다. 나도 정보가 많지만, 십이신장들이 전생에 아주 끈적하게 엮여있던 놈들은

… 광마회귀 I

아닌지라 내가 모르는 내용이 꽤 많았다. 특히 홍신紅申, 붉은 원숭이가 여인이라는 사실은 나도 모르고 있던 내용이었다.

"홍신이 여인이었나?"

"예, 정리한 대로 도벽을 고치지 못해 지금도 어디선가 도둑질을 하고 있을 겁니다. 홍신은 조금 특수한 제자로 대나찰에게 의뢰받은 물건을 훔치고, 그 의뢰비로 무공을 배우게 된 여인입니다. 홍신은 유난히 계속 경공만을 수련하는 신장인데, 방주님도 조심하셔야 합니다. 방주님보다 서열이 낮으나 저 경공 실력 때문에 홍신을 가볍게 보는 신장은 없습니다."

"그렇군. 굉장히 빠른가?"

"종종 한 분야에 타고난 천재들이 있는데 홍신은 경공에 타고난 재주를 가진 모양입니다."

이때, 대청에서 소군평이 고개를 내밀자마자 내가 말했다.

"소 각주, 오후 훈련은 네가 굴려라. 여기서 곡소리를 듣겠다."

소군평이 대꾸했다.

"알겠습니다."

소군평이 대청 문을 닫고 나가자, 벽 총관이 말했다.

"방주님, 주제넘게 한 말씀 드리겠습니다."

"말해."

"이제야 좀 흑도다운 흑도를 보는 것 같습니다. 저는 근래 기쁜 마음으로 일을 하고 있습니다."

나는 속으로 피식 웃으면서 대꾸했다.

"그나저나 우리 벽 총관도 훌륭하다. 오늘은 내가 이 공략집을 완벽하게 숙지하겠다. 혹시 대나찰의 정보도 이렇게 정리가 되어있나?"

벽 총관이 자부심 섞인 표정으로 대꾸했다.

"대장은 보통 말미末尾에 정리하는 법이지요. 끝에 있습니다."

"역시 대장은 끝판에 있다, 이 말이군. 좋았어. 총관에게 금일봉을 하사하겠다. 소군평이 받았던 금액의 두 배를."

"감사합니다. 방주님, 제가 또 이런 돈을 받겠다고 정리한 것은 아니지만 살림에 보태 쓰겠습니다."

말을 마치자마자 벽 총관과 나는 큰 소리로 웃었다.

"하하하하…"

흑묘방에 이런 인재가 있을 줄이야. 이런 인재는 적극적으로 활용해야 하는 법. 나는 한바탕 서류 정리를 끝내고 가만히 두면 실실 쪼개고 다닐 것이 분명한 벽 총관에게 다음 숙제를 내줬다. 물론 매우 중대한 사안이므로 목소리는 자연스럽게 진지해졌다.

"벽 총관, 맡길 일이 있다."

"경청하겠습니다."

"나는 포부가 큰 사내다. 벽 총관은 마치 뭐랄까. 유비 곁의 제갈량, 조조 곁의 곽가, 오나라의 노숙을 보는 것처럼 뛰어나군."

벽 총관이 포권을 취하면서 대꾸했다.

"과찬이십니다."

"지출이 발생해도 상관없다. 사람을 더 고용해서 정보를 모은 다음에 우리 흑묘방을 둘러싸고 있는 세력 현황, 세력 지도, 주요 고수 명단, 그들의 특징을 정리하고, 나아가서 내가 일대의 패자가 되기

　　…　　　　　　　　　　　　　　　　광마회귀 1

위한 큰 계책을 정리해서 보고하도록. 이때, 핵심은 자유롭게 정리하는 것이다. 딱딱하게 어떤 양식이나 구조에 맞출 필요 없이 마음껏 그리고, 마음껏 적어라. 판단은 내가 하겠다. 나는 수많은 정보를 단정적으로 믿는 사내가 아니다. 그러나 벽 총관의 실력이라면 큰 도움이 될 것 같군."

내 말이 끝났음에도 불구하고 벽 총관은 씨익 웃는 표정으로 당장 대꾸하지 않았다.

"왜 또 쪼개고 있나?"

내 물음에 벽 총관이 그제야 자부심 넘치는 표정으로 대꾸했다.

"이미, 벌써 준비하고 있습니다."

나는 나도 모르게 술이 한잔 들어간 것 같은 탄성을 내뱉은 다음에 박수를 보내면서 말했다.

"좋았어. 오늘은 여기까지. 아, 사람을 고용할 때는 말이야."

"예."

"일양현에서 데려다가 쓰도록. 거기 노는 놈들이 많아."

이래서 항상 연고지가 문제다.

"저도 그 정도 융통성은 있습니다. 그리하지요. 조만간 또 보고드리겠습니다."

벽 총관이 물러가고 나서야, 근처에서 대기하고 있었던 손 부인이 긴장한 어조로 입을 열었다.

"방주님, 손 부인입니다."

"응, 그래. 우리 손소소 시녀장, 무슨 일인가. 말도 항상 예쁘게 하는 손 부인, 왜?"

"바깥에 가면을 쓴 분이 오셨어요. 방주님을 찾으십니다."

"무슨 가면이냐?"

이때, 대청 문이 열리더니 같은 보고를 하러 온 소군평이 고했다.

"방주님, 홍신紅申이 찾아왔습니다."

"알았다. 곧 나가마."

나는 대청을 나가기 전에 공략집 홍신 편을 빠르게 훑어봤다.

-경공에 미쳐있음.

-도벽이 병적으로 심한 것으로 알려짐. 추정 재산도 상당할 것으로
 예상.

-가장 늦게 제자가 되어 일부 신장들을 꺾고 서열이 급상승.

-불리하면 경공으로 도망가서 무승부를 주장하는 뻔뻔함 보유.

-영약을 훔쳐 먹어서 내공을 쌓는 속도가 빠르다는 소문이 자자함.

-대나찰 사부에게 원하는 무공 비급을 받고, 물건을 훔쳐서 갈음했
 던 조건으로 성립된 계약 관계.

-경공은 사신장의 실력에 비해서도 뒤처지지 않는 것으로 추정.

나는 천천히 공략집을 덮으면서 냉소를 머금었다.

"공략법 숙지 완료."

역시나, 내가 패배할 요소는 전혀 없었다.

* * *

나는 단상 위에 올라 겁 없이 단신으로 찾아온 홍신을 바라봤다. 홍신은 위아래로 붉은빛이 감도는 무복에 얇은 겉옷을 걸치고 있었다. 물론 원숭이 모양의 가면을 쓰고 있어서 실제 얼굴도 원숭이처럼 못생겼는지는 확인할 수가 없었다. 그러나 몸의 굴곡과 골반 때문에 여인이라는 것을 숨길 수는 없었다. 홍신이 가면 속에서 딱딱한 어조로 말했다.

"묘 사형, 별래무양 하시죠?"

나는 별생각 없이 공략집에 적힌 대로 대꾸했다.

"도둑년, 오랜만이구나."

"예? 도둑년이라니 매우 불쾌하군요."

이건 아닌가 보다. 나는 잠시 가면 안쪽으로 손을 넣어서 턱을 긁었다.

"요새 수련 때문에 피곤해서 말이 헛나온 모양이다. 이해해라."

어쨌든 홍신은 저 앙칼진 목소리만 들어봐도 욕심이 많고, 경쟁 욕구가 크며, 마음을 잘 열지 않는 여인네라는 것을 쉽게 파악할 수 있었다.

"그나저나 도전하러 온 거냐?"

"인사나 드릴 겸 왔습니다. 왜요. 제가 도전할까 봐 겁이 나십니까?"

나는 고개를 갸웃했다.

"겁?"

홍신이 제멋대로 떠들었다.

"조만간 성질 더러운 백유 사형과 맞붙어야 하시니 겁이 날 만도 하지요. 지난번처럼 용돈이나 좀 두둑하게 주시면 오늘은 그냥 물러가겠습니다."

홍신이 돈을 뜯어내는 수법이 매우 전략적이라는 것을 방금 깨달았다. 아마 내가 백유와의 결전을 앞두고 무리할 시기가 아니라는 것을 알고 있는 모양이었다.

"…"

사형을 상대로 돈을 뜯어내는 사매가 있다니, 어처구니가 없는 일이었다. 흑도가 실은 이렇게 개판이다. 홍신이 팔짱을 끼면서 말했다.

"애초에 묘 사형과 저는 실력이 비슷하지 않습니까. 조만간 백유 사형과 결판을 내셔야 하는데, 저와 싸우다가 상처라도 입으면 사신 장은 또 물거품이 되겠지요. 안 그래요?"

"거지냐? 왜 이렇게 돈 타령이냐."

"오늘따라 말씀이 지나치시군요. 하, 이거 오늘 사형하고 제대로 한판 해봐야겠습니다."

홍신이 건방지게도 두 손을 맞잡더니 주먹에서 우드득- 하는 뼈 소리를 내면서 말했다.

"준비되셨습니까?"

"사매, 얼마까지 알아보고 왔나?"

내 물음에 홍신의 어조가 순식간에 바뀌었다.

"음, 그래도 묘 사형이 제법 돈을 많이 버시니…"

"이런 식으로 사형제들에게 돈을 뜯고 다니는 게냐?"

홍신이 고개를 갸웃하면서 말했다.

"묘 사형, 오늘따라 말투가 참 불쾌하군요. 목소리도 낯설고요."

나는 되는대로 지껄였다.

"근래 극양 계열의 무공을 하나 익히다가, 체내의 진기를 다스리지 못해 목도 상하고 고열에 시달렸더니 목소리가 이렇게 되었다."

"그래요?"

과연 이 여자는 대단한 면이 있었다. 가면을 쓴 터라 두 눈만 보였는데, 그 두 눈이 눈웃음을 짓고 있었다. 내상을 입었다는 소식이 기쁜 모양이다. 홍신이 갑자기 태세를 전환했다.

"그래도 이렇게 찾아왔는데 도전은 해야겠어요. 싫으면 은자銀子로 서른 개만 받겠습니다. 당분간 얼씬도 하지 않을게요. 어차피 저 못난 수하들에게 명령을 내리셔도 저를 붙잡을 수는 없어요. 아시잖아요."

나는 코웃음을 치면서 슬슬 입 주변의 근육을 풀었다.

"원숭이 사매, 내 말을 어떻게 이해한 거냐? 극양의 무공을 익혔다고."

"그게 무슨 상관입니까. 사부께서 강해지는 데는 수단과 방법을 가리지 말라 했을 텐데요. 새로운 무공을 익히신 것은 축하드립니다."

"내가 익힌 극양의 무공은 말 그대로 불꽃이다. 닿는 것마다 불길에 휩싸이게 할 수 있다. 네 그 얇은 겉옷은 물론이고, 그 달라붙는 붉은 무복도 불에 탈 것이다. 불에 타면 네 나신이 드러날 것이고. 그것은 내 수하들의 눈요기가 되겠지. 네가 감히 내게 도전하겠다고? 맞아?"

도전하면 입고 있는 옷을 전부 홀라당 태워버리겠다는 협박에 홍신이 한참이나 나를 노려보다가 말했다.

"어쩌라는 거죠?"

근처에 있는 수하들도 나를 바라보면서 기대의 눈빛을 보냈다.

'어쩌시려는 거죠? 응원하겠습니다.'

　　　…

39.
승자는 가면을
벗지 않는다

나는 홍신을 노려보면서 말했다.

"가지고 있는 돈을 전부 내놓으면 사문의 정을 생각해서 오늘은 사지가 멀쩡한 상태로 보내주마."

말은 이렇게 했으나 나는 애초에 홍신을 보내줄 마음이 없었다.

"돈을 다시 두둑하게 가져오면 그때 또 도전을 받아주겠다. 내게 한 번이라도 이기면 돈을 전부 되돌려 줄 것이고. 비무도박比武賭博이라고 들어봤는지 모르겠군."

비무도박. 말 그대로 돈을 놓고 싸우는 것이다. 도둑질과 도박은 떼어놓기 어려운 관계라서 홍신에겐 거부할 수 없는 제안일 것이다. 홍신의 눈빛이 돌변했다.

"진심인가요?"

나는 가면 속에서 눈웃음으로 도발했다.

"사매, 죽이지 않는 것을 다행으로 여겨라. 겁이 나면 돈만 내놓고 얌전히 사라지도록."

이러면 도전할 수밖에 없겠지? 그렇겠지? 홍신이 대꾸했다.

"비무도박이라… 설마 사형께서 사매를 상대로 비무 내용까지 결정하진 않겠죠?"

"네가 정해."

어차피 내기에서 지면 홍신을 두들겨 팰 생각이었다. 홍신은 속으로 깜짝 놀랐다.

"그럼 길게 끌 필요도 없이 반 각 내에 갖은 수단과 방법을 동원해서 제 가면을 벗기면 제가 패배하는 승부로 하시죠. 사형제끼리 무식하게 주먹으로 결판을 내면 되겠습니까? 그렇다고 마냥 달리기로 겨루면 제가 유리하고요. 시간제한을 두면 딱 적당할 것 같습니다. 비무도박은 제 가면을 벗기는 것으로, 어때요?"

나는 고개를 끄덕였다.

"적당하군."

이미 공략집을 봤기 때문에 경공이 들어간 비무를 제안할 것이라 예상했었다. 하지만 이러면 더 쉬운 전개였다.

"미리 말씀드렸습니다. 수단과 방법을 가리지 않겠다고. 장소는 흑묘방을 벗어나지 않는 선에서 하시죠. 담벼락을 넘어가면 패배입니다."

암기를 던지거나 연막을 뿌리거나 같잖은 수법과 경공을 섞어서 시간을 채우려고 할 것이다. 나는 늘어지게 하품을 하다가 대꾸했다.

"시작하자. 승부를 낸 다음에 낮잠이나 좀 자야겠다."

홍신은 깔깔대는 괴상한 웃음을 흘리면서 담벼락 위에 훌쩍 솟구치더니, 내 수하를 향해 자그마한 모래시계를 던졌다.

"심판, 그거 뒤집어서 모래가 다 떨어지면 딱 반 각이다. 시작해."

홍신이 나를 향해 손가락을 까딱거렸다.

"오세요. 사형."

나는 뒷짐을 진 채로 홍신에게 느릿느릿 다가갔다.

'건방진 것.'

홍신이 웃으면서 말했다.

"굼벵이세요? 뭐 하시는 거죠?"

"술래잡기."

내가 너무 느리게 다가간 터라, 홍신도 빠르게 도망갈 이유가 없었다. 홍신은 나를 주시하다가 담벼락 위에서 뒷걸음질을 쳤다. 나는 홍신을 쳐다보는 둥 마는 둥 대충 쫓아가다가 담벼락 위에 두 손을 뻗어서 평범하고 느릿하게 올라갔다.

"웃차…"

"…"

홍신은 여전히 어리둥절한 어조로 말했다.

"반 각은 그리 길지 않습니다."

"닥쳐라, 감히 사형에게 훈수를 두다니."

나는 소매를 걷으면서 홍신에게 말했다.

"오늘 제대로 참교육을 해주마. 분명히 내가 돈만 놓고 가면 멀쩡하게 보내준다고 했거늘, 주제도 모르고."

나는 홍신을 노려보면서 다가갔다. 굳이 날랜 홍신을 붙잡겠다고 처음부터 빠르게 뛸 필요는 없었다. 홍신은 이제 아예 뒷걸음질을

치면서 내 위치를 확인했다. 그러다가 담벼락이나 지붕을 밟을 필요
가 없다고 생각했는지, 가볍게 뛰어서 외원의 넓은 중앙에 내려섰다.

"여유가 대단하시네요."

나도 외원에 내려서서 홍신을 세상에서 가장 느린 속도로 추적했
다. 마치 거북이가 먹잇감을 향해 다가가는 것처럼 느릿느릿하고 속
터지는 속도. 이것은 물론 심리전이다. 내가 너무 느렸기 때문에 홍
신은 다양한 수법을 내보일 필요가 없었다. 어차피 승부는 찰나에
결정되고, 그때 내 손은 홍신의 눈보다 빠를 것이다.

"지금이라도 늦지 않았다. 돈만 내놓으면 내 수하들 앞에서 봉변
은 당하지 않을 거다."

"아이고, 무서워라."

나는 아예 멈춰서 홍신을 바라봤다. 홍신과 나의 거리는 약 삼 장
三丈(약 9m). 홍신이 뒷걸음질로 거리를 천천히 벌리면서 입을 뗐다.

"사…"

나는 홍신의 말이 흘러나오려는 찰나에 벼락이 거꾸로 치듯이 공
중으로 솟구쳤다. 정확하게는 홍신의 머리 위를 지나는 대각선 방향
으로 돌진하듯이 뻗어나간 상태. '사형'이라는 말을 온전히 내뱉지
도 못한 홍신도 순간적으로 모습을 감추듯이 빠르게 반응했다. 하지
만 등을 돌려서 도망가는 것이 정상인데, 내 이상한 행동을 놓치지
않겠다는 것처럼 뒤로 물러섰다. 이러면 애초에 홍신보다 빠른 내가
더 빨리 따라잡을 수밖에.

나는 곡선을 그리면서 껑충 뛰어서 삼 장의 간격을 순식간에 일
장으로 좁혔고, 다시 간격이 멀어지는 찰나에 땅을 박차고 활시위가

　　　…

제자리로 돌아가는 것처럼 순식간에 따라붙었다. 홍신은 품에 손을 넣었다가 백색의 가루를 공중에 뿌렸다. 시야가 뿌옇게 돌변하기 전에… 나는 장풍으로 백색의 가루를 흩날리고, 소리를 가늠해서 다시 땅을 찍자마자 귀신처럼 거리를 좁혀서 홍신의 뒤를 바짝 따라붙었다.

홍신이 갑자기 비명을 내지르더니, 그제야 몸을 돌림과 동시에 온 힘을 다해 공중으로 솟구쳤다. 그 순간, 뻗어있는 내 손과 이제 막 솟구친 홍신의 발 사이의 간격은 매우 아슬아슬할 정도로 좁았다. 홍신이 겨우 벗어났다고 예상했을 때… 나는 일부러 영약보관실에서 심득을 얻은 무공의 이름을 읊조렸다.

"흡성대법."

이른바, 초식명 외치기. 강호에서 싸울 때 초식명을 외치는 것은 금기이자, 유치한 행동이다. 그러나 이처럼 뻔뻔하게 초식명을 외치는 것은 상대를 농락할 수 있다는 증거다. 좁은 간격을 유지한 채로 탈출하려던 홍신의 발목이 내 손에 끌려와서 아슬아슬하게 붙잡혔다. 순간, 죽을지도 모른다는 공포에 사로잡힌 홍신이 몸을 비틀면서 한 손으로 장력을 쏟아냈다. 나는 그녀의 발목을 붙잡은 채로 팔을 휘둘러서 홍신을 바닥에 패대기쳤다. 홍신이 급히 양손을 뻗어서 바닥을 짚더니 악을 쓰듯이 외쳤다.

"살려…"

하지만 놀랍게도 홍신은 바닥을 장력으로 튕겨내고 돌아서더니, 내 얼굴을 향해 매서운 일장을 내밀었다. 어차피 수단과 방법을 가리지 않는다는 것은 이런 것도 포함이다. 나는 침착하게 염화향을 섞은 지법으로 홍신의 손바닥을 찍고, 동시에 좌장으로는 흡성대법을 펼쳐서 홍신의 가면을 당겼다.

순간, 뻥- 하는 북소리가 울리더니 홍신의 몸이 공중으로 밀려나면서 군데군데 불길에 휩싸였다. 홍신의 상의는 잿더미가 된 것처럼 자잘하게 쪼개져서 흩날리면서 속살이 드러났다. 하지만 도둑으로 소문이 난 여인답게 속옷 부분에는 질긴 재질의 보호의를 입고 있었다. 그 광경을 본 수하들이 괴상한 탄성을 내질렀다.

"오우야."

대자로 뻗은 홍신의 상의 곳곳이 불에 타서 맨살이 드러난 상태. 하지만 홍신이 죽었을 것이라는 생각은 전혀 들지 않았다. 지법을 적중시켰을 때 느껴진 공력의 양이 전임 흑묘방주에 비해 전혀 뒤처지지 않았다.

'제법이네.'

어쨌든 영약을 훔쳐 먹어서 내공의 양이 상당하다는 공략집의 언급은 사실인 모양이었다. 수하들이 헐벗은 홍신의 몸매를 구경하고 있을 때, 나는 흑의장삼의 뒷덜미를 손가락으로 붙잡았다가 홍신을 향해 날렸다. 펄럭이는 흑의장삼이 날아가서 홍신의 몸을 덮었다. 그제야 수하들의 시선이 끊겼다.

"그만 쳐다봐라."

"예, 방주님."

나는 손에 들고 있는 붉은 가면을 살피면서 말했다.

"그나저나 내가 손쉽게, 여유롭게, 단박에, 아무런 위기도 없이 이겼군."

...   광마회귀 I

"감축드립니다."

"별말씀을."

내가 예상하기에 지금쯤 홍신은 정신을 차렸을 터였다. 그런데도 일어나지 않고 있었다. 이를 두고, 나는 수하들에게 강호에서 벌어지는 심리전을 친절하게 설명해 줬다.

"다들 홍 사매를 봐라. 아직도 기절한 것 같으냐?"

"예."

"아니다. 저렇게 있다가 들것에 실려 가서 한밤중에 일어나겠지. 영약보관실을 털거나, 흑묘방의 자금을 들고 밤도둑처럼 유유히 빠져나갈 것이다. 그러나 내게는 안 통하지. 너희는 항상 다양한 미인계를 조심해라. 특히 흑도에서는 더더욱."

내 말이 끝나자마자 홍신이 귀신처럼 벌떡 일어나더니, 내가 던져 준 흑의장삼을 주섬주섬 입었다.

"사형, 오늘 제가 여러 가지를 배웁니다."

그제야 흑묘방의 무인들은 가면을 벗은 홍신의 얼굴을 확인했다. 나는 그녀가 가면을 벗은 행위 자체도 미인계라는 것을 깨달았다. 남자들이 열에 아홉은 좋아할 만한 예쁘장한 얼굴이었다. 더군다나 무공을 익힌 여고수들은 대부분 몸매가 좋다. 쓰레기 같은 흑도 사나이들의 입장에서는 확실히 선망의 대상이 될 만한 여인이었다. 아니나 다를까, 벌써 수하들의 눈빛에 동정심이 깃드는 것 같았다.

"쯧."

미인계가 이렇게 무섭다.

"사매, 도망갈 생각하지 말고. 꿇어라. 잡히는 순간, 그 장삼부터 빼앗을 것이다. 어차피 내가 너보다 빠르다."

다리에 힘을 주고 있었던 홍신이 저도 모르게 휘청거렸다가 얌전히 무릎을 꿇었다.

"사형, 오늘 제가 결례가 많았습니다. 사형의 무공이 이토록 빠르게 발전하셨을 줄은 몰랐어요."

"시끄럽고. 졌으니 뱉어내."

홍신이 나를 노려보다가 품에서 묵직한 전낭 한 개를 꺼냈다. 천천히 다가간 나는 홍신이 무어라 말하기 전에 전낭을 향해 손을 뻗자마자, 흡성대법을 펼쳤다.

쓰웅!

돌개바람이 거꾸로 생긴 것 같은 괴이한 현상과 함께 딸려온 전낭이 손바닥에 들러붙었다. 천옥의 힘을 기반으로 한 흡성대법은 펼칠수록 손에 익었다.

'이거 대박이네…'

전낭이 꽤 묵직했다. 열어 보니 일대에서 화폐로 통용되는 얇은 직사각형의 금자와 은자가 가득히 들어있었다.

"역시 사매는 부자로군."

홍신이 나를 올려다보면서 물었다.

"그나저나 사형, 흡성대법이 뭐죠?"

"흡성대법은 흡성대법이다. 내 독문무공이지. 왜? 도둑질할 때 이보다 더 좋은 무공이 없어 보이나? 하긴, 내 흡성대법을 익히면 고금제일의 대도大盜로 불릴 수도 있겠군."

그러나 이는 가르쳐 줄 수 없는 무공이다. 천옥을 가진 사람은 내가 유일하기 때문이다. 한참 후의 일이지만, 만약 교주가 이것을 다시 만들려고 하면 내가 나서서 죽일 생각이었다. 아직 시간은 충분하다. 홍신이 갑자기 애원하는 어조로 말했다.

"사형, 예쁜 사매에게 그 무공을 가르쳐 줄 수 있나요? 원하는 것은 어떻게든 구해서 가져다 드릴게요. 아시잖아요. 제 실력…"

"내 독문무공은 절대 배울 수 없다. 꿈 깨라. 천하를 훔쳐다가 내 발아래 놓아도 가르쳐 줄 수 없는 무공이니까."

"공력이 깊을 때 자연스럽게 배울 수 있는 허공섭물의 일종으로 보이는데 너무하시는군요."

"마음대로 생각해라. 다른 하위 신장들에게도 전해라. 격차가 더 벌어졌으니 앞으로 나를 귀찮게 하지 말라고."

홍신이 깔끔하게 포기하겠다는 것처럼 대꾸했다.

"전하겠습니다. 그리고 살려주셔서 감사합니다."

나는 홍신의 가면을 살폈다. 흑묘의 가면과 마찬가지로 제법 공을 들여 제작된 가면이었다.

"사형, 가면 좀 주세요."

이 가면이 무슨 의미일까 생각하면서 말했다.

"공짜로? 어림없지. 은자 백 개를 가져와서 교환해 가라. 잘 보관하고 있으마."

홍신이 싸늘한 어조로 대꾸했다.

"정말 이러실 겁니까?"

"은자 이백 개."

"제가 사신장 사형들과 더 친한 거 아시죠? 백유 사형하고도 더 친하고요."

"은자 삼백 개."

"돌려주세요."

"사백 개."

"사부님에게 말씀드리겠습니다."

홍신이 짐짓 토라졌다는 것처럼 대나찰을 언급하고 돌아서는 순
간, 나는 순식간에 다가가서 견정혈 양쪽을 목계지법으로 두드렸다.
홍신의 몸이 나무로 된 닭처럼 굳은 상태. 수하들에게 명령했다.

"사매를 헛간에 가둬라. 내가 직접 고문할 것이다."

딱딱하게 굳어있는 사매의 표정을 구경하기 위해 앞으로 가서 그
녀를 노려봤다. 그제야 홍신은 가면 너머의 내 눈빛을 자세히 들여
다볼 수 있었는지 착 가라앉은 어조로 말했다.

"너 누구냐."

나는 눈웃음을 보내면서 홍신의 뺨을 후려쳤다. 찰싹- 하는 소리
가 흑묘방에 울려 퍼졌다.

"사형에게 그게 무슨 말버릇이냐. 사매, 사매 해주니까 내가 우습
게 보였나. 데려가라."

수하들이 나무로 된 붉은 원숭이를 번쩍 들더니 헛간으로 향했다.
간부들이 나를 멀뚱히 바라보는 것을 확인하고 내가 말했다.

"이제 휴식이 좀 됐겠지? 오후 수련 시작해라."

나는 그제야 다시 하품을 늘어지게 했다. 며칠, 밤늦게까지 흡성
대법을 연구했더니 잠이 부족한 상태였다.

40.
웃어줄 때
잘하세요

홍신은 혈도를 찍힌 데다가 온몸에 밧줄이 꽁꽁 묶여있어서 꼼짝달싹도 할 수 없었다. 더군다나 장소는 그야말로 누추하기 짝이 없는 헛간. 두렵다는 감정보다는 한숨이 절로 나왔다. 애초에 상대의 성격을 파악했더라면 진작 도망갔을 터였다. 이런 와중에도 흑묘방주 행세를 하는 정체불명의 사내가 나타나면, 무슨 말로 구슬릴 것인지를 끊임없이 고민했다. 하지만 뾰족한 수가 떠오르지 않았다. 가까이서 낯선 눈빛을 바라봤을 때, 이상한 느낌이 들었기 때문이다.

'보통 미친놈이 아닌 것 같은데.'

눈빛만 보고도 범상치 않은 광기가 느껴지는 것은 홍신도 처음이었다. 그 느낌이 단순한 광기처럼 보이지 않는다는 것도 이상했다. 자신감과 자부심이 뒤섞인 오만한 느낌이 있었고. 남의 말을 듣지 않는 고집불통의 느낌도 있었다. 그뿐인가? 장난을 치는 것인지, 진지한 것인지 모를 애매함이 눈빛에는 물론이고 말의 어조에도 뒤섞여 있었다.

한마디로 보통 미친놈이 아니라는 것이 홍신의 결론이었다. 겨우 눈빛만 보고서 판단한 게 아니라, 무공을 겨뤄보고 대화를 나눠봤기 때문에 도출된 결론이기도 했다. 하지만 잠시 후 헛간에 불쑥 등장한 것은 가짜 흑묘방주가 아니라, 몇 차례 본 적이 있었던 벽 총관이었다. 홍신은 불길함을 느끼면서 입을 열었다.

"벽 총관, 그대가 왜?"

벽 총관이 들어오면서 대답했다.

"저야 뭐 방주님의 명령으로 왔지요. 결례를 용서하세요."

"결례인 줄 알면 당장 꺼지는 게 좋지 않겠어?"

"명령을 받는 사람이 그럴 수 있나요. 시키면 해야지."

뒤이어서 사람들이 들어오더니, 작은 책상과 의자를 내려놓고 사라졌다. 벽 총관이 자리를 잡더니, 얇은 붓과 종이를 꺼냈다. 홍신이 화들짝 놀라면서 물었다.

"대체 뭐 하는 거야?"

벽 총관이 붓을 든 채로 히죽 웃었다.

"홍신 신장의 얼굴을 자세히 그리라고 하시더군요. 늙은 제가 무슨 힘이 있겠습니까? 그리라면 그려야지요. 예상하시는 것보다 더 무서운 분입니다. 명령을 수행하는 것이니 너무 미워하지 마십시오."

홍신이 소리를 버럭 질렀다.

"내 얼굴은 왜!"

갑자기 홍신의 눈에는 벽 총관이 늙은 변태처럼 보였다. 벽 총관은 붓을 내밀고 구도를 가늠하겠다는 것처럼 이리저리 재면서 대꾸

…

했다.

"신장께서 갑자기 도망을 치시거나, 흑묘방의 일에 협조하지 않으면 지금부터 제가 만드는 용모파기를 무림맹에 넘기시겠다고 합니다. 무림맹에 투서 제도가 있다는 것을 들어보셨습니까? 거기로 전달하는 거죠. 도둑질로 명성을 좀 떨치셨다죠? 가만히 계세요. 제가 자세히 그려드릴 테니. 그나저나 이런 말을 해도 될지 모르겠는데…"

"뭐?"

"자태가 참 훌륭하시군요."

"닥쳐라!"

벽 총관이 붓을 든 채로 광인처럼 웃었다.

"흐흐흐흐, 예술 작품으로 그렇다는 뜻입니다. 오해하지 마시길. 시작하겠습니다."

"어딜 쳐다보는 거야!"

"쳐다보지 않고 어떻게 그림을 그리겠습니까? 산을 보면 산을 그리고, 물을 보면 물을 그리듯이 신장을 그려드리겠습니다."

홍신은 벽 총관의 개소리에 소름이 쫙 돋았다.

"벽 총관, 사형 좀 불러다오."

"낮잠 좀 주무시다가 때 되면 오실 겁니다. 보채지 마십시오."

"야!"

"아무리 방주님과 동급인 신장이라고는 하나, 제겐 손녀 정도 되는 분에게 반말을 들으니 기분이 좋지는 않습니다. 아주 불쾌해요."

"불쾌하면 어쩔 건데."

홍신은 성질대로 말을 내뱉었다가 아차 싶었다. 벽 총관이 안쓰럽다는 표정으로 홍신을 협박했다.

"용모파기를 나체로 그려드릴까요?"

"..."

홍신은 그제야 입을 다물었다. 그러자 벽 총관이 씨익 웃었다.

"좋습니다. 농담이었습니다. 금방 그릴 테니 너무 미워하지 마십시오. 저도 살기 위해서는 어쩔 수 없습니다."

벽 총관은 다시 붓을 든 채로 이리저리 길이를 재는 것처럼 유심히 살피다가 말했다.

"제가 오래 살아본 입장에서 조언 하나 해드리지요."

"필요 없다."

필요 없다는데도 벽 총관은 실실 웃으면서 홍신에게 작은 목소리로 속삭였다.

"눈치채셨다시피 본래 모시던 방주님은 죽었습니다."

홍신은 침을 꿀꺽 삼키면서 벽 총관의 말을 들었다. 이어지는 벽 총관의 목소리는 폐사당을 홀로 지키는 괴상한 노인네가 말을 하는 것처럼 스산하게 들렸다.

"저항다운 저항도 못 해보고 담벼락으로 날아가서 사지의 뼈가 모두 으스러진 채로 죽었습니다. 애도할 시간도 없었지요. 뭐 그리 슬프진 않았습니다. 저도 크게 좋아서 모시던 분은 아니었던지라. 그나저나 아까 슬쩍 보니, 겨우 따귀 한 대를 맞으셨던데… 웃으면서 이야기할 때 잘 들으십시오. 저도 아직 새로운 방주님의 성격을 파악하지 못했습니다. 솔직히 말해서 홍신 신장도 사지가 찢어져서 죽을 것이라 예상했었습니다. 웃어줄 때 잘하세요."

…   광마회귀 I

벽 총관이 그림에서 시선을 떼더니, 홍신을 물끄러미 바라봤다.

"아시겠습니까?"

홍신은 겨우 고개만 한 번 끄덕였다. 벽 총관이 다시 얇은 붓으로 이리저리 구도를 재더니 본래의 목소리로 말했다.

"좋습니다. 자세, 딱 좋아요. 가만히 계십시오."

* * *

잠시 낮잠을 잤었던 나는 훈련장에서 우렁차게 울리는 곡소리에 깨나자마자 소군평에게 명령을 내린 다음에 헛간으로 휘적휘적 걸어갔다. 홍신은 내가 준 흑의장삼을 걸친 채로 앉아있었는데, 반쯤 넋이 나간 표정이었다. 나는 홍신과 벽 총관을 바라보다가 말했다.

"뭐야? 얘, 상태 왜 이래? 뭐 또 훔쳤어?"

홍신이 대꾸했다.

"안 훔쳤어요. 사형, 오셨습니까."

"오냐."

내가 벽 총관의 그림을 슬쩍 구경하자, 벽 총관이 흐뭇한 표정으로 물었다.

"방주님, 어떠십니까?"

나는 고개를 크게 끄덕였다.

"홍 사매를 고스란히 그림으로 옮겼군. 하하하."

"감사합니다."

"홍 사매가 건방지게 나올 경우, 이 그림을 여러 장 베껴서 무림맹은 물론이고 도둑을 잡고 있다는 소문이 들리는 문파나 세가에도 보내도록. 알아서 현상금이 붙을 것이다."

"여부가 있겠습니까. 그리하겠습니다."

"좋았어. 가서 일 보도록."

"예, 방주님."

나는 쪼그려 앉아서 홍신과 눈을 마주쳤다.

"풀어줘?"

"예."

"곧 견정혈이 풀릴 텐데, 그럴 수는 없지."

홍신이 체념한 어조로 말했다.

"그나저나 누구십니까. 무공의 궤가 다르고, 움직임의 특색이 다르고, 목소리도 다르고, 성격도 다르군요. 무엇보다 그 눈빛과 눈동자의 모양, 눈매까지 묘 사형과 다릅니다."

"도둑이라 그런가? 관찰력이 대단하네."

"겨우 가면으로 정체를 숨길 수는 없지요. 누군데 대나찰의 제자들에게 이렇게 무례하세요? 사부님의 진노를 감당하실 수 있겠어요?"

"내가 대나찰을 두려워했다면 이런 짓을 애초에 벌이지 않겠지. 홍 사매."

"사매라고 하지 마세요."

"도둑년."

"사매라고 하세요. 그나저나 가짜 사형, 제게 바라는 게 있어서 살려두신 거겠죠? 저는 인생에서 돈이 가장 중요해요. 액수만 충분하면, 저도 충분히 가짜 사형의 사업에 협조할 수 있다는 뜻이지요."

홍신이 말과 함께 꼬리를 치듯이 눈웃음을 지었다. 나는 이리저리 재는 사람이 아니어서 본론을 바로 꺼냈다.

"대나찰을 죽일 생각이야."

"…"

홍신의 표정이 갑자기 착 가라앉았다.

"대나찰 사부는 강합니다. 강호인들이 알고 있는 수준보다 더 높아요. 악명 속에 자신의 실력을 잘 감춰놓았습니다. 가짜 사형의 실력으로는 조금 부족하다는 생각이 드는군요."

"뭐 그런 자잘한 정보는 참고하마. 나는 솔직한 사내다. 네가 대나찰을 배신할 마음이 있는지 없는지 그것만 확인하면 된다. 지금 여기서 당장 배신할 것이라고 얘기해도 믿지 않을 테지만."

"그럼 어쩌라는 거죠? 배신하겠다고 해도 믿지 않으실 거면."

"뭘 어째? 십이신장을 전부 죽이거나, 이 헛간에 가둬둔 다음에 대나찰을 쳐야. 수족부터 자르고 거사를 치르는 게 맞지 않겠어?"

"묘 사형처럼요?"

나는 일어나면서 대꾸했다.

"너도 토끼 곁으로 보내주랴?"

"아니요. 그나저나 절 언제까지 이렇게 가둬둘 거죠?"

"소 각주가 곧 독약 하나를 제조해서 가져올 거다. 이게 누가 먹을 독약일까. 물론 우리 홍 사매가 먹겠지."

안색이 창백해진 홍신이 나를 달래듯이 말했다.

"사형, 제발 이러지 마시고. 차라리 명령을 내리세요. 제가 배신하지 않고 철저하게 수행하겠습니다. 어차피 제 용모파기도 그리셨잖아요."

"응. 안 믿어."

어차피 흑도는 믿어서도 안 되고, 믿을 수도 없는 종자들이다. 특히 이렇게 도벽이 있는 여인은 내뱉는 말 하나하나가 모두 거짓말이라는 것을 나는 알고 있었다. 이때, 소군평이 하얀 천 위에 시커먼 환약 하나를 올려놓은 채로 들어왔다.

"방주님, 말씀하신 자하고독紫霞蠱毒입니다."

"먹여라."

소군평은 아무 말도 없이 다가가서 손으로 홍신의 입을 연 다음에 자하고독을 집어넣었다. 소군평이 홍신을 바라보다가 내게 물었다.

"안 삼키는데 어찌할까요."

"삼킬 때까지 매우 쳐라."

내 말이 끝나자마자, 홍신이 자하고독을 꿀꺽 삼켰다. 홍신이 체념한 표정으로 내게 말했다.

"말씀하시지요. 뭘 원하십니까?"

나는 십이신장 공략집에서 기억해 둔 내용과 전생에 알고 있던 것을 토대로 명령을 내렸다.

"열흘 주겠다. 그때까지는 돌아와서 해독약을 복용하도록. 백자白子, 황오黃午, 녹술綠戌을 죽여라. 내가 왜 이 셋만 죽이라는 것일까?"

홍신은 세 십이신장의 공통점을 당연히 알고 있었다.

"패악질, 살인, 강도로 악명을 얻은 신장들이로군요. 그러나 열흘 내에 세 명을 죽이는 것은 불가능해요. 지금 절 죽이세요."

"마음에 없는 소리 하지 마라. 그 실력이면 한 명은 충분해."

"한 명이요?"

"셋 중의 한 명의 수급만 열흘 내에 가져와도 해약을 내주마. 우리이야기는 그때 이어서 하자고. 풀어줘라."

소군평이 다가가서 꽁꽁 묶여있는 밧줄을 풀어줬다. 나는 아직 혈도를 풀지 못해서 굳어있는 홍신에게 다가가서 말했다.

"너는 도둑질을 익혀서 암살의 기본도 알고 있다. 솔직히 네가 마음만 먹으면 열흘도 충분할 거야. 어차피 십이신장끼리는 생사비무를 벌여도 되는 터라, 대나찰에게 죽을죄를 짓는 것은 아닐 것이다."

"사형의 실력이 충분한데 왜 직접 죽이지 않으시고요."

"장수가 할 수 있는 일을 총대장이 직접 하는 것도 비효율적인 일이지. 당연히 사매가 해야지."

나는 그제야 홍신의 혈도를 풀어줬다. 홍신이 목을 이리저리 움직이면서 대답했다.

"그나저나 정체나 좀 알려주세요. 누구인지 정말 감이 안 와서 그래요. 혹시 무림맹에서 나오셨나요?"

"나는 옆 동네 점소이다."

소군평은 내가 너무 정체를 빨리 밝혔다고 생각했는지, 급히 나를 쳐다봤다.

"…!"

홍신이 대꾸했다.

"알려주실 생각이 없으시군요. 알겠습니다. 일단 셋 중 하나라도 죽이고 돌아올 테니 그때 다시 얘기해요."

홍신이 엉뚱하게 대답하자, 이번에는 소군평이 놀란 눈빛으로 홍신을 급히 쳐다봤다.

"…!"

나는 헛간을 급히 빠져나가려는 홍신을 불러 세웠다.

"사매."

"예."

"도박 좋아하지?"

"좋아하죠."

"도박에서 가장 짜릿할 때가 언제야?"

"역배당으로 승리했을 때."

나는 홍신의 관심사와 삶의 방향을 도박의 역배당으로 묶었다.

"아무리 자하고독을 먹었다곤 하나, 결정은 네 몫이다. 이대로 대나찰에게 달라붙어서 해독도 하고, 내 정체도 까발리고. 나와 전쟁을 벌여서 승리하는 것은 보상이 그리 크지 않을 거다."

홍신이 나를 돌아봤다.

"가짜 사형이 이기면 제게 무슨 득이 있죠?"

"별것 없다."

"별것 없는데 제가 가짜 사형 편에 서야 하는 이유는요?"

"늙은 사부가 제자들에게 어린 여자 구해 와라, 돈 구해 와라, 누구 죽여라, 뭐 훔쳐 와라. 이런 같잖은 꼬락서니는 이제 안 봐도 되겠지."

"사신장과 호위들 때문에 죽이기 힘들 텐데요?"

나는 홍신의 이마를 손가락으로 콕 찌르면서 말했다.

"내 말이… 그래서 역배당이다. 열흘 동안 잘 생각해라."

"갑니다."

헛간에서 몇 걸음을 걷던 홍신은 갑자기 경공을 펼치면서 질주하더니 담벼락을 훌쩍 넘어서 순식간에 사라졌다. 소군평이 떨떠름한 표정으로 내게 물었다.

"자하고독을 너무 대충 만들었는데 괜찮을까요?"

"뭐로 만들었는데?"

"그냥 설사약이랑 소화제 같은 거 대충 섞어서 손으로 비볐습니다. 달리다가 지릴 수도 있어요."

"역시 우리 소 각주, 꼼꼼하군."

"고독蠱毒이 아니라는 것을 알아차리면요?"

나는 가면을 들어 올린 다음에 씨익 웃었다.

"괜찮다. 도박꾼에겐 역배당이 진정한 고독일 테니까."

41.
위기 탈출
홍 사매

홍신은 빠르게 경공을 펼치면서 최대한 흑묘방에서 멀어졌다. 미친 놈의 생각이 바뀌어서 다시 잡아 오라는 명령이 떨어지진 않을까 두려웠던 것. 가짜 사형의 머릿속을 예측할 수 없었기 때문에 도망가는 와중에도 가짜 사형에 대한 두려움이 점점 더 커졌다. 자연스럽게 발걸음은 흑묘방의 손길이 미치지 않을 것이라 여겨지는 곳으로 향했다. 한참을 맹렬하게 달리던 홍신은 문득 인상을 찌푸리면서 서서히 경공의 속도를 줄였다. 이때, 불쑥 떠오르는 한 단어.

'설사?'

설사에 이어서 떠오르는 한 단어.

'설마?'

설마가 사람 잡는다고 했다. 설사와 설마가 기분 나쁜 동맹을 맺은 것처럼 배 속이 꿀렁거리더니, 이마에서 땀 한 방울이 흘러내렸다.

'하필 이런 곳에서? 고독을 먹어서 그런가.'

홍신은 잠시 배에 손을 댄 채로 걸었다. 고독이라는 것은 종류가 다양하지만, 대부분 일정 시간이 흐르면 복용자의 체내에 고蠱(벌레)가 생기는 것을 말한다. 해독약으로 그 벌레를 죽이지 못하면 복용자가 죽게 되는 원리다. 이렇게 무서운 독약이 널리 쓰이지 않는 이유는 간단하다. 제조하는 것이 상당히 어렵기 때문이다. 그러나 홍신은 가짜 사형의 정체를 모르기에 고독이 진짜인지 가짜인지를 마냥 의심할 수가 없었다.

목숨이 걸린 일이기 때문이다. 그래서 갑작스럽게 밀려드는 복통이 더욱 당황스러웠다. 고독을 먹어본 적이 없어서 설사가 동반된다는 정보는 알지 못했기 때문. 하지만 말 그대로 빈속에 독약을 먹은 것이라서 배가 이렇게 아픈 것은 당연한 일처럼 여겨졌다. 홍신은 침을 꿀꺽 삼킨 채로 주변을 두리번거리면서 몸을 이리저리 꼬았다.

'제발… 제발… 착하게 살겠습니다. 제발…'

화장실이 안 보였다. 분한 마음에 눈물을 쏟아내려던 홍신은 감정을 급히 추슬렀다. 어쩐지 울음이라도 터지면 더 빨리 지릴 것 같았기 때문이다. 간간이 혼절할 것 같았던 정신을 애써 부여잡은 채로 화장실이나 인적이 드문 풀숲을 찾기 위해 애를 썼다. 그럴 때마다 귀신같이 행상인이 한두 명씩 지나가면서 이상한 눈초리로 홍신을 바라봤다. 그때마다 홍신은 새빨갛게 붉어진 얼굴로 경공을 펼치면서 자리를 벗어났다.

'제발… 아무나 도와주세요.'

사람이 드문 곳에서는 다시 경공을 멈췄다. 달리면서 지릴 수 있었기 때문이다. 한적한 길에서 홍신은 심호흡을 하면서 동시에 괄약

근에 힘을 잔뜩 주입했다. 아마, 무공을 익히지 않았더라면 벌써 지렸을 것이다. 어쨌든 홍신은 혹독하게 수련했던 신체의 저항력으로 불운을 가까스로 막아냈다. 이때, 홍신은 자신이 달려왔던 길에서 누군가가 먼지바람을 일으킬 정도로 빠르게 달려오는 것을 목격했다.

정말 질풍처럼 빠른 속도. 홍신은 자신의 경공도 제법 뛰어나지만, 몸 상태가 좋은 날에 겨뤄도 이길 수 없을 것 같은 속도라는 생각이 들었다. 위아래로 단정한 백의白衣를 갖춰 입은 사내가 순식간에 스쳐 지나가다가 자신을 힐끔 바라봤다. 홍신은 사내가 지나갈 때 공연히 침을 한 번 삼켰다.

'고수다.'

이때, 약간 떨어진 곳에서 순식간에 경공을 멈춘 백의공자白衣公子가 홍신에게 물었다.

"소저, 무슨 일 있소? 안색이 너무 창백한데."

실로 묵직한 저음의 목소리를 들은 홍신이 망설이다가 지친 목소리로 대꾸했다.

"독에…"

홍신은 말을 내뱉자마자 소스라치게 놀랐다.

'아, 내가 뭐 하는 짓일까.'

상대는 강호인인데, 어찌 독에 중독되었다는 말을 함부로 내뱉은 것일까. 그러거나 말거나 홍신은 상태가 너무 나빠서 될 대로 되라는 심정으로 말을 내뱉었다.

"화장실을… 찾고 있어요."

사내가 성큼성큼 걸어오더니, 세상 진지한 표정으로 말했다.

··· 광마회귀 1

"요약하면, 독에 중독되어서 급하게 화장실을 찾는 거요? 빨리 업히시오. 마침 단골집에 가는 길인데, 산속에 들어가서 해결하지 않을 거면 빠르게 데려다주겠소. 안색이 너무 창백하군. 빨리…"

사내는 홍신을 전혀 의심하지 않은 태도로 등을 내보였다. 배포가 참 큰 사내였다. 홍신은 자신이 기습이라도 하면 어쩌려는 것일까, 생각하면서 물었다.

"가까워요?"

"전속력으로 달려보겠소."

"부탁드립니다."

홍신은 사내의 등에 업힌 다음에 괄약근을 조였다. 평소에 수련을 게을리했더라면 등에 업히는 순간 지렸을 터였다. 사내가 한 마리의 야생마처럼 빠르게 달리면서 말했다.

"꽉 붙잡으시오."

홍신이 인상을 찌푸린 채로 겨우 대답하는 사이에 주변의 풍광이 빠르게 지나갔다.

"감사합니다."

정말 엄청난 속도였는데 그 와중에 사내의 목소리는 시종일관 침착했다.

"침착하면 어떠한 위기도 이겨낼 수 있소."

잠시 후 듬성듬성 자그마한 가게가 있는 동네에 진입해서 공사 현장을 순식간에 돌파한 사내는 단골집 가게 뒤편에 있는 화장실에 도착하자마자 내던지듯이 홍신을 내려놓았다.

"빨리 들어가시오. 가게에 있을 테니 편히…"

홍신은 창백한 얼굴로 드디어 입성했다. 사내가 사라지자마자, 바지춤을 내리고 위기를 해결한 홍신은 사내의 배려심에 다시 한번 감탄을 할 수밖에 없었다. 설사라서 그런지 소리가 너무 요란했던 것. 단언컨대, 인생의 위기라고 할 수 있는 순간이었다. 홍신은 손으로 코를 막으면서 생각했다.

'고맙긴 하지만, 도저히 얼굴을 쳐다볼 수 없을 것 같아.'

홍신은 저도 모르게 눈물 한 방울을 흘렸다. 왜 눈물이 나는지는 알 수가 없었다. 아래에서 철푸덕 하고 부딪치는 소리가 계속 요란했다. 홍신은 이러다가 알 수 없는 감정에 오열이 터질 것 같아서 주먹을 입에 넣은 다음에 울음을 가까스로 참았다. 그래도 참 다행이란 생각이 들었다. 철푸덕- 소리가 잦아들 때쯤, 홍신은 해탈한 표정을 지었다.

"인생, 뭐 없구나."

* * *

완벽하게 위기에서 탈출한 홍신은 잠시 몸에 배어있는 냄새가 사라질 때까지 거닐면서 동네를 구경하다가 때때로 긴 숨을 토해내면서 호흡을 가다듬었다. 이제 좀 이성을 되찾고 있는 느낌이랄까. 일부러 멀찍이 떨어져서 동네를 구경하던 홍신은 화장실을 이용했던 가게 앞을 기웃거리다가 안을 살폈다.

백의공자가 등을 돌린 채로 무언가를 먹고 있었는데, 가끔 고개를 들어서 가게 주인장과 무슨 얘기를 나누고 있었다. 한참을 고민하던 홍신은 인생 뭐 없다는 깨달음을 얻은 채로 가게의 문을 열고 들어갔다. 멀쩡하게 생긴 백의공자가 고개를 돌리더니 덤덤한 어조로 물었다.

"괜찮소?"

가게 주인장이 고개를 꾸벅 숙였다.

"어서 오십시오."

홍신이 대꾸했다.

"예, 덕분에 괜찮아졌습니다. 정말 감사합니다."

문득 홍신은 사례하겠다는 생각으로 품에 있는 전낭으로 손을 뻗었다가, 흑묘방에서 빼앗겼다는 것을 뒤늦게 깨달았다.

'아차…'

그 모습을 본 백의공자가 말했다.

"됐소. 괜찮으면 따뜻한 국수나 한 그릇 드시고 가시오. 국물이 맑은 편이라 속이 좀 풀릴 거요."

"괜찮습니다. 지금은 먹고 싶지 않아요."

"강요하진 않으리다."

홍신은 다리에 힘이 쫙 풀리는 것 같아서 잠시 의자에 앉았다. 백의공자가 다시 후루룩 소리를 내면서 국수를 먹자, 주인장이 말했다.

"굶고 다녔냐? 잘 먹네. 기다려 봐라."

백의공자가 대꾸했다.

"오, 기대해도 되나?"

주인장이 푸근한 표정으로 주방에서 나오더니 백의공자의 탁자에 기름이 잘잘 흐르는 큼지막한 고깃덩어리를 내려놓았다. 백의공자가 손바닥을 비비면서 말했다.

"횡재했네. 국물이랑 먹으면 이런 별미가 또 없지."

"많이 먹어라. 오늘도 안 왔으면 국밥에 썼을 텐데. 네가 또 먹을 복은 있구나."

"그러게. 박복한 인생인데 먹을 복이라도 있어야지."

홍신은 기름이 살살 발라져 있는 고기를 바라보다가 저도 모르게 침을 삼키면서 물었다.

"그건 뭐죠? 다음에 와서 저도 먹어봐야겠어요."

주인장이 홍신에게 말했다.

"돼지통뼈예요."

백의공자가 맨손으로 붙잡은 고기 살점을 입으로 뜯으면서 홍신을 바라보더니 기억하라는 것처럼 말했다.

"돼지통뼈."

"그렇군요."

주인장이 인심을 쓰겠다는 것처럼 말했다.

"그러지 마시고. 맛보기로 하나 드셔보세요."

홍신이 손을 내저었다.

"아니, 저는 지금…"

"아유, 괜찮습니다. 맛을 봐야 다음에 또 오실 거 아닙니까."

주인장이 주방에서 가지고 나온 돼지통뼈를 작은 그릇에 담아서 홍신의 탁자에 올려놓았다.

"맨손으로 드세요. 젓가락 쓰지 마시고. 양념은 다 되어있으니까, 뭐 찍어 드시지 마시고. 통뼈 양쪽을 붙잡고 뜯으시면 됩니다."

홍신은 입 안에 침이 고이는 것을 느끼면서 대꾸했다.

"아유, 안 주셔도 되는데."

과연 조금 전에 화장실에서 야무지게 지렸던 여인이 맞는 것일까. 홍신은 돼지통뼈를 뜯어 먹기 시작했다. 주인장과 백의공자는 부담을 주기 싫다는 것처럼 시선을 돌린 채로 저희끼리 담소를 나눴다.

"별일 없었어?"

"별일이 있겠냐. 갑자기 너무 조용하니까 심심하더라."

"심심한 게 좋은 거지."

"그렇긴 하지. 너는 어때?"

"아, 역시 고향만 한 곳이 없어. 밥맛도 없고. 어찌나 사람들이 잔머리를 굴리는지. 늙으나 젊으나 능구렁이 같은 놈들이 많아."

"그래도 체질에 맞나 보네."

그 와중에 홍신은 돼지통뼈를 살점을 모두 뜯어먹고 뼈에 묻어있는 작은 살점까지 쪽쪽 빨아먹는 중이었다. 속을 깨끗하게 비웠더니, 실제로는 배가 고팠던 모양이었다. 주인장은 그제야 한마디를 꺼냈다.

"맛있죠?"

홍신은 말로 표현할 수가 없어서 엄지를 치켜들었다. 주인장이 미소를 지었다.

"종종 오세요. 그런데 돼지통뼈가 매일 있지는 않아요. 그땐 국수도 잡숴보시고. 국밥도 괜찮습니다."

홍신은 입술 주변에 기름을 잔뜩 묻힌 채로 고개를 끄덕이다가 허름한 가게 내부를 이리저리 구경했다.

"여기가 바로 숨은 맛집이군요."

"너무 늦게 오시면 가게가 없어질 수도 있으니까 참고하세요."

홍신이 물었다.

"아, 이사 가나요?"

주인장이 바깥을 가리키면서 물었다.

"오시다가 공사 현장 못 보셨어요?"

"봤어요."

"거기 완공되면 그쪽으로 옮깁니다."

"아하, 뭐가 엄청나게 크게 지어지던데요. 뭐래요?"

주인장이 씨익 웃으면서 대꾸했다.

"객잔이 좀 크게 지어집니다. 이 동네의 명물이 될 겁니다."

홍신이 눈을 동그랗게 뜬 채로 대꾸했다.

"와, 객잔이 그렇게 커요? 엄청나네. 여기가 부자 동네였군요?"

백의공자가 품에서 전낭을 꺼내더니 은자 세 개를 꺼내서 주인장
에게 건넸다. 순박해 보이던 주인장의 표정이 대번에 밝아졌다.

"우와, 역시 사람은 성공하고 봐야 해."

"이러면 예전 외상까지 다 해결되나?"

"되고도 남지. 하하하."

홍신은 백의공자의 통이 크다고 생각하는 와중에 도둑답게 그의
품으로 되돌아가는 전낭의 모양을 놓치지 않았다. 그 순간, 홍신의
표정이 딱딱하게 굳었다.

"..."

정적이 감도는 와중에 홍신의 침 넘어가는 소리가 꿀꺽- 하고 울

렸다. 그 꿀꺽 소리에 백의공자가 고개를 천천히 돌리더니 홍신을 말없이 바라봤다.

"…"

홍신은 그제야 백의공자의 눈빛을 다시 한번 확인했다.

"설마?"

설마가 사람 잡는다고 했다. 영문을 모르는 장득수는 두 사람을 번갈아 가면서 쳐다보다가 물었다.

"그런데 두 분은 무슨 사이세요?"

백의공자가 무덤덤한 표정, 착 가라앉은 목소리로 홍신을 불렀다.

"사매."

홍신은 사매라는 말을 듣는 순간 자하고독, 가짜 사형, 설사, 화장실, 철푸덕, 돼지통뼈, 전낭, 여러 장면과 목소리가 순식간에 겹치는 경험을 찰나에 하면서 그대로 혼절했다. 순간적인 주화입마 상태. 그 와중에도 아주 미약한 의식은 쥐똥만큼 남아있었다. 이때, 가짜 사형의 목소리가 가까운 곳에서 속삭이듯이 들렸다.

"…열흘 남았다."

이어서 홍신의 의식이 제대로 끊어졌다.

42.
점소이 승!

장득수가 탁자 위에 엎어진 홍신을 보면서 물었다.

"사매 한마디에 기절을 해? 죽은 건 아니지?"

나는 홍신의 목덜미를 바라보다가 고개를 저었다.

"그나저나 사매가 있었어?"

"없었는데 생겼네. 내가 지금 흑묘방주거든."

"어?"

장득수가 놀란 눈빛으로 나를 바라보자, 재차 확인시켜 줬다.

"내가 흑묘방주라고."

장득수는 지난 내 행적을 떠올리다가 즉시 이해했다.

"아, 축하해."

"별말씀을. 이 처자도 십이신장의 일원인 홍신이야."

"아하, 그래서 사매야?"

"우리 둘 다 대나찰의 제자가 된 셈이지. 이 싸움은 뭐랄까. 대나찰이 무서운 사람이냐 아니면 내가 더 무서운 사람이냐의 싸움이랄까."

사태를 얼추 이해한 장득수가 혀를 차면서 말했다.

"단박에 기절한 거 봐라. 딱 봐도, 네가 더 무서운 모양이다. 팔자에도 없는 사매 생겼으면 좀 잘해줘라. 얼굴도 예쁘장한데."

나는 급히 고개를 돌려서 장득수의 눈빛과 표정을 확인했다.

"설마…"

"뭐가? 왜?"

"반했나? 첫눈에? 운명적인? 탈출인가?"

장득수가 내 시선을 피하면서 대꾸했다.

"개소리를 하고 있어."

"어이, 장득수. 거기 서지 못해? 표정 관리가 어렵나 보지?"

"설거지하러 간다."

장득수가 주방으로 들어가자, 홍신의 숨소리가 더욱 또렷하게 들렸다. 내공이 깊어질수록 소리에 더 민감해지기 마련이다. 홍신은 여전히 탁자에 엎어진 채로 쥐 죽은 듯이 가만히 있었다. 나는 홍신을 노려보다가 중얼거렸다.

"돼지통뼈가 둘이 먹다 하나가 죽어도 모를 맛이라 기절을 했나."

주방에서 설거지를 하던 장득수가 낄낄대면서 웃었다.

"…그래서 흑묘방은 완전하게 장악한 거야?"

"장악했지. 잔머리 굴리는 놈들이 몇 명 보이긴 하는데, 문제는 없을 거야. 소군평이 워낙 꼼꼼해서."

"아, 그때 식칼에 진 사람?"

"어, 그놈."

"정체는 언제까지 숨기려고?"

"대나찰 죽일 때까지."

"산 넘어 산이로구나."

나는 탁자에 엎어져 있는 홍신에게 일상적인 어조로 말했다.

"열흘 남았는데, 잠이 오냐?"

홍신이 귀신처럼 일어나면서 대꾸했다.

"아닙니다. 열흘 전에 완수하겠습니다."

주방에서 고개를 내민 장득수가 놀란 표정으로 홍신을 바라봤다. 홍신은 십이신장의 신분이면서도 나와 편하게 말을 주고받고 있는 장득수에게도 고개를 꾸벅 숙였다. 앞으로 나와 관계된 것은 무조건 조심하겠다는 태도였다.

"돼지통뼈, 감사히 잘 먹었습니다."

"별말씀을. 또 오세요."

"그럼. 저는 이만."

홍신이 포권을 취하더니 춘양반점에서 도망치듯이 빠져나갔다. 홍신은 큰 걸음으로 도망치다가, 무심코 고개를 돌려서 가게 안을 바라봤다. 가짜 사형이 자신을 노려보고 있었다.

"…"

이어서 가짜 사형이 천천히 두 손을 위로 올렸다. 확인해 보니, 명백하게 열흘이 남았다는 수화였다. 이어서 가짜 사형이 손으로 목을 긋는 시늉을 하자, 홍신은 무섭다는 생각에 급히 고개를 돌렸다. 홍신은 빠른 걸음으로 도주하다가 뒤를 돌아보고, 무슨 소리만 들리면 경기에 들린 사람처럼 움찔대면서 주변을 살폈다.

"헉! 아무것도 아니야. 나뭇잎이었어."

잠시 후에 풀숲에서 바스락거리는 소리가 들리자마자, 홍신이 놀란 어조로 말했다.

"사형? 사형이세요?"

살쾡이 한 마리가 후다닥 뛰어가는 것을 보고 나서야 안도의 숨을 내쉬었다.

"아니야. 살쾡이 사형이었어."

조심히 복귀하려던 홍신은 결국 예전에 마련해 둔 안가安家를 향해 죽어라 달리기 시작했다.

'무서워, 너무 무서워.'

제법 잘나가는 도둑은 이곳저곳에 안가를 마련해 놓는 편인데, 홍신도 그랬다. 오늘은 가장 가까운 안가로 돌아가서, 무조건 마음의 안정부터 취할 생각이었다. 배 속에서부터 역류하는 주화입마가 턱 밑까지 차오른 기분이었기 때문이다. 태어난 이래 가장 빠른 속도로 달리던 홍신은 시끌벅적한 번화가를 지나 골목을 이리저리 누빈 다음, 평범한 집으로 태연하게 들어가면서 세상의 이치를 새삼스럽게 깨달았다.

"역시 집이 최고야. 집이 최고시다."

작은 연못과 마당, 높은 담벼락에 둘러싸인 수련장, 본채와 별채로 구성된 아늑한 안가였다. 그간 물불 안 가리는 도둑질로 독하게 모은 돈으로 마련한 집이기도 했다. 하지만 홍신은 금세 의심의 꽃이 싹텄는지, 집 안 구석구석을 재빠르게 살폈다. 어쩐지 누군가가 숨어있지는 않을까 겁이 났던 것. 아무도 없는 것을 확인했음에도 불구하고, 공연히 마루에 앉아서 헛소리를 내뱉었다.

"사형? 오셨어요? 오셨으면 들어와서 차라도 한잔하세요. 하하, 하…"

"…"

사방이 고요한 것을 확인한 홍신은 그제야 가식적인 웃음기를 싹 지운 다음에 자신의 상태를 냉정하게 바라봤다.

'이러다가 미치는 거야. 이건 아니지. 정신 바짝 차리자.'

이때, 바깥에서 보면 평범하기 짝이 없는 대문을 누군가가 두드렸다.

똑, 똑, 똑.

홍신이 화들짝 놀라면서 물었다.

"누구세요?"

똑, 똑, 똑.

"누구세요! 안 산다고요!"

문득 홍신은 심호흡으로 마음을 가라앉혔다. 이제야 좀 적응이 되었다는 표정으로 일어난 다음에 대문으로 향했다.

"아, 사형이세요? 나갑니다."

홍신은 가짜 사형의 경공이 자신보다 뛰어났으므로 뒤따라오는 것은 어렵지 않았을 것이라 생각했다. 대문을 열자, 처음 보는 청년이 홍신을 물끄러미 바라봤다. 홍신이 인상을 쓰면서 말했다.

"너 뭐야? 왜 말도 없이 문을 두드리고 지랄이야? 죽고 싶어?"

무언가를 양손에 꽉 쥐고 있는 청년이 마른 입술을 뗐다.

"열흘 남았다고… 난 몰라요!"

　　　　　…

사내가 후다닥 소리를 내면서 도망쳤다. 무공도 익히지 않은 몸놀림이었다. 홍신은 도망치는 놈을 넋이 나간 표정으로 바라봤다.

"저 거지발싸개가…"

청년은 잘 도망가는가 싶더니 칠칠치 못하게 사람과 부딪치더니 손에 든 것을 바닥에 떨어뜨렸다. 청년이 급히 바닥에 떨어진 은자를 줍더니 부리나케 도망을 쳤다.

'아, 내 돈…'

홍신은 갑자기 머리에서 찌이잉- 소리가 들려서 이마를 붙잡았다. 사람은 적응의 동물이라 했던가. 홍신은 들썩이는 가슴께를 손으로 누른 다음에 숨을 깊이 들이마셨다.

"져서 뺏긴 돈이다. 잊자. 잊어버리자. 내 돈 아니다. 마음의 평화, 후우우우…"

홍신이 문을 닫고 들어가면서 말했다.

"다시 벌면 된다."

이때, 굉장히 먼 곳에서 누군가의 웃음소리가 길게 이어졌다. 지붕 같은 곳에서 경공을 펼치면서 웃고 있는 모양인지, 소리가 처음에는 길쭉하게 뽑혔다가 차츰 줄어들고 있었다. 경공을 이용해 웃음소리를 엿가락처럼 늘리는 괴이한 재주였다. 저 정도의 실력이라면 당연히 가짜 사형일 수밖에 없었다.

문득, 홍신은 심각한 표정으로 머리를 쓸어 올렸다. 이어서 홍신의 눈매가 일자로 길쭉하게 내려앉더니 표정까지 그야말로 냉혹하게 돌변했다. 이 변화를 대체 어떤 말로 표현해야 옳은 것일까. 최대한 비슷하게 표현하자면, 이것은 미친 여자의 눈빛과 표정이었다.

눈빛에 광기가 깃든 홍신이 싸늘한 어조로 말했다.

"…반드시 죽이겠어."

드디어 각성한 것일까. 아니면, 가짜 사형에 대한 선전포고일까. 이어지는 말은 이러했다.

"백자, 황오, 녹술, 너희는 내 손에 전부 죽은 목숨이야. 오호호호호호."

홍신의 웃음소리도 가짜 사형이 내뱉던 것처럼 길게 이어졌다. 사람은 어디까지 미칠 수 있는 것일까. 모를 일이다. 어쨌거나 홍신도 그 세계에 한 발을 담근 상태였다. 광기는 전염병이다. 홍신도 평범한 여인은 아니었으나, 보이지 않는 광기의 서열은 이렇게 정리되었다.

점소이 승!

* * *

오랜만에 경공을 수련했더니 몸 상태가 더 개운해졌다. 흑묘방이 있는 흑당 거리에서 일양현까지 전속력으로 주파했고, 일양현에서 다시 홍신의 안가가 숨어있는 목련 변화가까지 달려봤다. 속이 불편한 사매를 도와주고, 또 돌아가는 길에 화장실을 찾지는 않을까 노심초사 따라가 본 것도 전부 수련의 일환이다. 수련은 한시도 멈춰선 아니 되는 법. 특히 경공은 최정상의 수준으로 빠르게 올려놓을 필요가 있었다. 장점이 한둘이 아니기 때문이다.

무엇보다 생존에 필수인 도주기이기도 하고, 누군가가 설사라는 위기를 맞이했을 때 도움을 줄 수도 있다. 무엇보다 경공의 수준이 최정상에 오르면 웬만한 강호인들은 그 존재조차도 모르는 신비세력, 쾌당快黨에 가입할 수 있다. 예로부터, 강호에는 경공 한 분야만 죽어라 파고드는 정신 나간 놈들이 있었는데, 이들은 문파를 불문하고 비밀리에 모여서 경공을 겨뤘다. 단 한 명에게 주어지는 별호, 천하제일쾌天下第一快를 얻으려고 말이다. 혹은 저희끼리 높이는 말로 쾌존快尊이나 쾌당주快黨主로 불린다.

언제부터 시작된 모임인지는 알 수가 없다. 처음에는 그저 작고, 비정기적인 모임이었기 때문이다. 하지만 세월이 흐르자, 이 정신 나간 모임은 정사마正邪魔를 초월하게 되었고 무림맹도 제대로 파악하지 못한 신비세력이 되었다. 나도 전생에는 뛰어난 경공 실력으로 쾌당의 일원이 되긴 했으나, 끝내 쾌존의 자리에는 오르지 못했다. 세상은 넓고, 고수는 많기 때문이다. 특히 살상 위주의 무공은 헌신짝처럼 여기고, 오로지 빠르게 달리기 위해서 수련하는 정신 나간 놈들을 속도로 제압하는 것은 보통 어려운 일이 아니다.

나는 쾌당에서 여러 명의 고수를 알게 되었다. 이들은 출신, 혈연 때문에 어렸을 때부터 소속된 자신의 진영을 벗어나진 못했으나 쾌당에서 활동하면서 일탈을 꿈꿨다. 나는 쾌당의 고수들과 재회하는 것을 떠올리면서 또다시 일양현으로 전력 질주를 했다. 세상에 공짜로 얻어지는 것은 없다. 강해지고 빨라진 다음에야 존재의 유무조차 몰랐던 세계에 발을 디딜 수 있다는 것은 인생의 오묘함이 주는 재미다. 고로, 나는 달리는 것이 아닐까. 똥이 마려운 사매를 도운 것조차도 다 이런 뜻이 숨어있다, 이 말이다.

* * *

거칠고, 시종일관 잔머리가 굴러가던 흑도 세계에서 잠시 빠져나
온 나는 뒷짐을 진 채로 흐뭇한 표정을 지었다. 자하객잔의 공사가
순조롭게 진행되고 있기 때문이다. 내가 한참 동안 흐뭇한 미소로
공사 현장을 바라보고 있자, 일꾼들의 보고를 받은 연자성이 머리에
하얀 띠를 두른 채로 나를 찾아왔다.

"문주님, 오셨습니까."

나는 고개를 끄덕였다.

"네가 고생이 많다."

"고생은요. 이런 곳에서는 그냥 형님이라 불러도 되죠?"

"물론이지."

"어디 다녀오셨어요? 성태 형님이 말하기로는 흑묘방에 쳐들어가
셨다고 하던데요."

나는 덤덤한 어조로 대답했다.

"흑묘방주는 하늘나라에 볼일이 있어서 떠났고, 그 막중한 책임을
내가 이어받게 되었다. 당분간은 일양현과 흑묘방을 오가야 해서 자
주 보긴 어려울 거야."

"아, 그렇군요."

"그동안 문제 일으키는 놈들은 없었고? 흑선보가 약간 걱정이긴
한데."

"그 말총머리 사마 군사라는 분 있죠? 그 사람이 수하들 데리고
종종 일양현을 순찰합니다. 다들 분위기가 흉흉한 데다가 도검을 가

⋯   광마회귀 1

지고 있어서 누군가 문제를 일으킬 수도 없는 분위기예요."

"아, 사마비가 있었군."

내가 이렇게 사람의 존재를 잘 까먹는다.

"차성태는?"

묻자마자, 연자성이 실실 웃으면서 그간 있었던 사건을 고했다.

"사마 군사에게 목검으로 덤볐다가 혼쭐이 나서 요새 수련 중입니다. 벌써 십전十戰 전패全敗입니다. 요새 유명한 볼거리가 되어서 사마 군사와 성태 형님이 붙으면 구경꾼이 꽤 많이 모입니다."

"어디서 싸우는데?"

연자성이 공사 현장 앞에 펼쳐져 있는 넓은 공터를 가리키면서 말했다.

"장소가 넓으니까 항상 여기서 맞붙죠."

나는 낄낄대다가 대꾸했다.

"병신 같은 놈, 생문의 문주라는 놈이 맨날 지다니 내가 다 부끄럽네."

요약하면, 어쨌든 사마비 일행이 일양현에 잘 녹아들었다는 얘기여서 내게는 희소식이었다. 실력이 있는 편이라 흑선보가 쳐들어와도 사마비 일행이 감당할 수 있을 터였다. 바쁜 사람을 오래 붙잡아 두는 것도 못난 짓이어서 나는 전낭을 꺼냈다. 연자성이 내 팔을 붙잡았다.

"아, 형님. 됐습니다. 무슨 돈입니까. 임금도 넉넉하게 주고 계시는데."

나는 입소리를 내면서 연자성의 팔을 튕겨냈다.

"쓰읍, 쯧."

홍신의 전낭에서 금자 다섯 개를 꺼내 연자성에게 건넸다.

"가지고 있다가 네가 적절할 때마다 술 한 번씩 사줘라. 먹고살자고 하는 일인데 너무 일만 하면 몸이 축나. 좀 놀고 그래야지. 넣어둬."

"그래도 너무 많이 주시는 거 아니에요? 보기 힘든 금자네요."

"축문은 인원이 많잖아."

연자성이 금자를 움켜쥐더니 미안하다는 것처럼 말했다.

"형님, 힘들게 번 돈인데 참 죄송합니다. 사람들 간식도 간간이 사고, 술도 사주고 그러겠습니다. 잘 쓰겠습니다."

"뭐 그렇게 힘들게 번 돈은 아니야. 편하게 써. 간다."

"살펴 가십시오."

나는 손을 흔들면서 휘적휘적 걸었다. 돈은 벌어서 뿌리는 것이다. 그래서 당분간 내 행보는 흑도를 쥐어패면서 돈을 벌 수밖에 없었다. 애초에 흑도가 평범한 자들의 골수를 빨아먹는 놈들이기 때문이다. 세상은 가끔 이렇게 돌아가야 제맛이다. 나는 공사 현장 쪽에서 갑자기 터진 일꾼들의 환호성에 입꼬리를 위로 올렸다.

43.
나쁜 생각과
점소이가 만나면

사마비에게 열 번이나 패했다는 차성태에겐 굳이 잔소리를 하지 않았다. 본래 사마비가 더 강한 사내였으니 당연한 결과다. 패배를 치욕으로 받아들이고 각성하든가. 아니면 어쩔 수 없다는 태도로 받아들여서 안주하든가. 차성태가 선택할 일이다. 만약 차성태가 치욕으로 받아들이고 각성한다면 도와줄 생각이 있었다.

　그전까지는 나도 신경 쓰지 않을 생각이다. 사람이 변하려면 스스로 첫걸음을 내디뎌야 하기 때문이다. 복귀하던 나는 조금 떨어진 곳에서 다시 매화루를 돌아보고, 잠시 후에는 용두철방 근처를 조용히 지나갔다. 고향 사람들이 각자 할 일을 하는 와중에 나는 흑묘방으로 발걸음을 돌렸다. 당장 하오문주가 할 일은 흑도에 있었다. 일양현을 넓게 포위하고 있는 흑도 세력을 차근차근 분쇄하고 정리하는 것.

　홍신 사매 때문에 과도하게 경공을 펼쳤던 터라, 복귀할 때는 천천히 걸었다. 한적한 오솔길에 접어들었을 때, 전방에서 십여 명의 강호인들이 말없이 다가오고 있었다. 다들 입을 다문 채로 내가 걸어왔던 방향, 즉 일양현을 향해 이동하는 것처럼 보였다. 나는 강호인 무리를 쳐다보고, 강호인 무리도 스쳐 지나는 와중에 일제히 내게 시선을 보냈다. 십여 명의 사내들이 나와 자리를 바꾸듯이 교차하고 나서, 서너 걸음을 더 걸었을 때…

강호인 무리가 먼저 걸음을 멈추고, 나도 돌아섰다. 둘러보니 전부 다 살기가 짙은 놈들이었다. 내가 강호인 무리를 물끄러미 바라보는 사이에 한 사내가 품에서 무언가를 꺼내서 확인했다. 나는 놈이 바라보고 있는 게 용모파기일 것이라 생각했다. 아니나 다를까, 용모파기를 확인한 놈이 고개를 들더니 내 얼굴을 재차 확인했다.

"이자하 같은데."

서너 명이 용모파기를 든 사내에게 모여서 함께 확인했다. 안색이 유난히 시커먼 무리의 우두머리가 수하들에게 말했다.

"맞아?"

"맞습니다."

"일양현에서 안 보인다더니 왜 저기 있는 거냐."

"모르겠습니다."

이것은 대체 무슨 대화일까. 나를 찾는 놈들이 내가 없는 일양현을 향해 가는 중이라는 말이었다. 나는 무리의 수장에게 물었다.

"흑선보에서 나온 떨거지들이신가?"

수장은 내 질문에 질문으로 응수했다.

"네가 이자하 맞지?"

질문과 질문이 부딪쳤으나 대답은 서로 없었다. 아무래도 십이신장의 수하들과는 분위기가 달랐다. 흑선보는 특유의 분위기가 있다. 도박장에서 십여 일쯤 썩어있다가 칼 한 자루 쥐고 오랜만에 나온 분위기를 풍기는 놈들이 대체로 흑선보다. 한 사내가 수장에게 물었다.

"어찌할까요. 이자하가 여기 있을 줄은 몰랐습니다."

나도 모르게 콧바람이 빠져나왔다. 말의 뜻을 헤아려 보면 일양현에서 행패를 부리기 위해 이동 중이라는 생각이 들었다. 기분이 이상했다. 착잡하게 가라앉는 느낌이랄까. 사실 회귀하고 나서, 전생의 광증은 본래 없었던 것처럼 느껴졌다. 과거로 돌아왔다는 사실 자체가 다소 즐거운 유희처럼 느껴졌기 때문이다. 내 표정을 구경하던 무리의 수장이 앞으로 나섰다.

"나는 흑선보의 독고생獨孤生이다. 능지석, 위선우, 구양수를 죽이셨다지? 흑선보의 주인께서 현상금으로 금자 삼십 개를 거셨다. 의뢰한 곳은 호소방虎嘯幇과 매검삼자賣劍三子다. 일양현에도 수배 방문榜文을 붙이러 가는 길이었는데 직접 읽어보도록."

독고생이 수하에게 고갯짓하자, 한 놈이 내게 와서 내용이 적힌 방문을 하나 내밀었다. 흑도가 주는 건, 받지 않는 게 도리다. 내가 방문을 받지 않자, 독고생의 말이 이어졌다.

"일양현에서 사라졌다는 소문이 있어 찾아다니는 중이었다. 만약 네가 당당히 흑선보를 찾아와서 직접 대면하면 보주께서 호소방과 매검삼자들에겐 적당한 보수를 지급하고 수배를 철회하실 것이다. 어찌하겠느냐?"

본래 흑도가 자주 쓰는 방식이 주변 사람들을 괴롭혀서 당사자는 도망을 치지 못하게 하는 것이다. 이놈들은 아마도 일양현에 들어가서 행패를 부린 다음에 방문을 붙였을 것이다. 흑도는 자신감이 있을수록 당사자들이 대면해서 해결하자는 방법을 제시하는데, 금봉각주가 나를 불렀다가 죽은 것도 비슷한 사례다. 나는 놈들의 수를 센 다음에 대꾸했다.

"전부 열한 명이네. 고작 수배 방문을 붙이러 가는 것치고는 너무 많다."

독고생이 대꾸했다.

"실력이 좋다는 소문이 있어 몰려다녔을 뿐이야."

"변명으로는 적당하군. 지금 당장 너희 보주를 만나러 가는 것은 귀찮구나. 곧 내가 찾아가마."

독고생이 나를 노려봤다.

"가지 않으면, 우리는 일양현으로 간다."

나는 덤덤한 표정으로 턱을 긁었다.

"내가 나중에 가겠다니까."

"지금 함께 가는 게 좋을 거야."

나는 새끼손가락으로 코를 파다가 대꾸했다.

"독고생, 왜 열 명의 수하들과 지금 당장 죽으려고 하지? 이유나 묻자."

"능지석, 위선우, 구양수를 멋대로 죽여놓고 나중에 찾아와서 해명해야겠다는 태도를 우리가 어찌 받아들여야 하나."

"그게 지금 대화의 요점이 아니다."

기분이 이상한 날이 있다. 어떤 날은 마구잡이로 때려죽여도 감흥이 없는 날이 있고, 별생각 없이 살생을 피하고 싶은 날이 있는데 오늘이 그렇다. 이유는 나도 모른다. 내 행동이 일관적이었다면 광마로 불리지 않았을 테니까. 그냥 하루하루 느낌대로 살다가 광마가 된 사람이 나다. 어쩌면 흑묘방을 이끌고 가서 흑선보와 부딪치는 상상을 자주 했기 때문에 그런지도 모르겠다. 하지만 세상일은 본래 마음먹은 대로 되질 않는다. 독고생은 죽음을 두려워하지 않았다.

"우리를 다 죽이고 나중에 흑선보를 찾아가든, 지금 우리와 흑선보를 찾아가든 마찬가지다. 어차피 늦게 갈수록 호소방과 매검삼자부터 상대해야 할 거다. 이래저래 피곤한 건 마찬가지라고. 이자하."

여기서 나는 결정했다.

"흑선보로 가자."

마음에서 역풍逆風이 불었다. 본래 살상하고 싶지 않았던 기분이 점점 무언가에 억눌려서 불에 달궈지는 느낌이랄까. 이랬다가 저랬다가 하는 것이 또한 나다. 가면을 쓰면 흑도 세력을 키우는 흑묘방주. 가면을 벗으면 다시 광마가 될 삶인가 보다. 일양현에서는 하오문주이지만, 흑선보의 무리들과 점점 일양현에서 멀어질수록 정상적인 생각을 하지 않게 되었다. 나쁜 생각과 점소이 이자하가 합쳐지면 광마가 된다.

서글픈 일이다. 전생의 악업도 상당했으나, 이번 생애의 악업은 어찌 감당해야 할 것인지 모르겠다. 나는 천계의 감옥에 갇힌 것으로 추정되는 정체불명의 사내가 문득 떠올랐다. 예상이지만, 아마 사내의 감옥 옆방은 내가 차지할 것 같다는 생각이 들었다. 내가 이렇게 죄가 많은 인간이다.

약자들을 보호한답시고 하는 행동이 대부분 사람을 죽이는 일이다. 전생에 무림맹이 나를 그토록 미워했었던 것을, 나는 이해한다. 나는 흑선보 무리와 이룡강蛟龍江 하류에 도착해서 배를 탔다. 오랜만에 출렁이는 이룡강의 물결을 바라보다가 저 멀리 작아지고 있는 일양현을 향해 손을 흔들었다.

"잘 있어라, 내 고향. 나는 돈 벌러 떠난다. 성공해서 돌아올게. 성공해서 돌아오면 반갑게 맞이해 주라고. 그렇게, 점소이는 배를 타고 떠났다."

내가 고향을 향해 연신 손을 흔들면서 개소리를 늘어놓자, 흑선보 무리가 인상을 쓰면서 나를 바라봤다. 놈들의 생각이 환청처럼 들렸다.

'미친놈인가.'

나는 덤덤한 표정으로 흑선보의 졸개들을 하나씩 바라보다가 말했다.

"다들 정말 못나게 생겼네. 못나게 생겨서 못난 짓을 하고 사는 것인지, 세상일은 알 수가 없구나."

"…"

아무도 내 말에 대꾸하지 않았지만, 나는 하고 싶은 말을 이어나갔다.

"그런데 내가 아는 어떤 잘생긴 놈도 못난 변태 짓을 하는 거 보면, 얼굴은 못난 짓과 크게 상관없는 거 같다. 그걸 고려하더라도 너희는 전부 다 왜 그렇게 재수 없게 생겼는지 참 신기하구나. 도박장에서 썩어서 그런가. 생각해 보면 너희가 어렸을 때부터 이렇게 좆같이 생기진 않았을 거야. 아마 주변에서 매일 보는 게 좆같은 일이라서, 그게 얼굴에 영향을 미쳤을 거다. 노예 경매, 이런 것들 말이야."

성질을 꾹 참으면서 듣고 있었던 한 놈이 내게 말했다.

"입 좀 다물고 가면 안 될까?"

나는 놈의 관상을 살피면서 대꾸했다.

"너는 눈썹이 왜 그렇게 없냐. 쥐새끼 관상이네. 눈빛은 칙칙하고. 피부는 전쟁터 같고. 입을 여니까 썩은 내가 여기까지 온다. 흑선보에는 왜 붙어있는 거냐? 먹고살려면 일을 해라, 이 새끼야. 너는 노예 경매 보면서 무슨 생각이 들던?"

놈이 내 말에 대꾸했다.

"나도 돈 벌어서 노예나 하나 사야겠다, 그런 생각이 들던데."

흑선보의 졸개들이 동시에 웃음을 터트렸다.

"하하하하."

나는 문득 독고생의 표정을 바라봤다. 독고생은 시종일관 웃지 않고 있었다.

"독고생, 너는 왜 안 웃냐."

내 물음에 독고생이 수하들에게 욕지거리를 쏟아냈다.

"입 다물어. 죽여버리기 전에 미친 새끼들아. 보주가 상대할 사내인데 너희 병신 같은 놈들이 손님을 비웃어? 도착할 때까지 주둥아리 여는 놈은 팔을 잘라주마."

독고생의 협박에 졸개들이 싹 다 입을 다물었다. 독고생이 나를 향해 말했다.

"계속 말해. 듣기 좋은 목소리네."

나는 고개를 끄덕인 다음에 독고생에게 물었다.

"넌 몇 살이야."

"스물다섯이다."

"혼인은?"

독고생이 한숨을 내쉬었다.

"뭔 혼인이냐. 흑도에 사는데."

언제 뒤질지 모르는 인생인데, 왜 혼인 따위를 묻냐는 대답이었다. 이놈도 정상은 아니었다. 아니나 다를까, 독고생은 갑자기 성질이 뻗쳤는지 나를 보면서 욕을 쏟아냈다.

"넌 몇 살이야? 뭔 혼인을 묻고 있어. 정신 나간 새끼야. 그 셋은 왜 죽었어? 왜 죽여서 사람을 이렇게 피곤하게 만들어. 네가 그렇게 싸움을 잘해? 너 미친놈이지? 여기 있는 병신들 다 죽이고, 나까지 죽일 실력은 충분하지? 이해한다. 근데 혼자 흑선보 전체를 어찌 상대하려고 물불 안 가리고 사람을 죽였냐, 이 정신 나간 놈아. 흑선보가 몇 명인지나 알아?"

나는 간략하게 대꾸했다.

"몇 명이냐."

"나도 몰라, 이 어린놈의 새끼야. 오백 명은 넘어."

독고생 옆에 있는 놈이 불쑥 끼어들었다.

"육백이 넘습니다."

그러자 독고생이 대꾸한 놈의 머리통을 아무 말 없이 계속 후려쳤다. 사내의 얼굴이 피투성이가 될 때까지 주먹질을 한 다음에 말했다.

"말을 하면 알아먹어라, 좀. 닥치라 했어, 안 했어."

순간, 독고생이 갑자기 피투성이가 된 놈의 멱살을 붙잡아서 이룡강으로 집어던졌다. 풍덩- 소리가 들리면서 놈이 외쳤다.

"조장님! 살려주세요. 헤엄을 잘…"

독고생이 소리를 버럭 내질렀다.

"못 치면 죽어, 이 새끼야."

나는 흑선보의 무리들과 함께 강물에서 허우적대는 사내를 함께 구경했다. 강물이 깊어 보였다. 나는 물에 빠진 놈을 안쓰럽게 바라봤다.

"물고기들도 먹고살아야지. 성불해라, 비정한 흑도 새끼들. 하여간."

구해주자니 나도 귀찮았다. 독고생이 자신의 수하들에게 물었다.

"또 떠들 새끼 있냐?"

독고생의 말에 내가 대신 대꾸했다.

"있겠냐."

나는 출렁이는 이룡강을 바라보면서 한숨을 푹 내쉬었다.

"아, 흑묘방이랑 멋지게 쳐들어가서 끝장을 냈었어야 했는데. 아니면, 대나찰과 엮어서 양패구상을 노려도 좋았고. 결국, 일이 이렇게 되는구나. 사람 일은 예상할 수가 없다."

이때, 독고생이 품에서 망우초忘憂草인지 환각초幻覺草인지 모를 자그마한 집구什具를 꺼내더니 능숙하게 불을 붙여서 한 모금을 빨았다. 독고생의 입에서 나온 하얀 연기가 이룡강의 물결 위로 허망하게 흩어졌다. 몇 모금을 깊숙이 빨면서 연기를 토해내던 독고생이 내게 물었다.

"그래서 이자하, 우리는 살려줄 거냐."

독고생은 내 대답을 기다리면서 다시 연기를 깊숙이 들이마셨다. 말투, 행동과는 전혀 어울리지 않는 질문을 던진 독고생이 내 대답을 기다렸다. 마치, 처음 만났을 때부터 예상했다는 태도였다. 독고생이 재차 말했다.

"묻잖아. 살려줄 거냐고."

나는 고개를 저었다가 출렁이는 강물을 바라봤다. 나는 광증을 가라앉히기 위해 나쁜 생각을 애써 지웠다. 사람이 변하려면 스스로 첫걸음을 내디뎌야 한다. 전생의 광마처럼은 살지 말자는 생각에 이렇게 대꾸했다.

"살아남은 한 놈은 살려줄게. 약속하마. 너희끼리 결정해라."

서로 죽이라는 뜻이다. 이런 게 통하느냐고? 내 말이 끝나자마자, 독고생을 포함한 전원이 서로를 죽이기 위해 자신의 칼을 쥐었다. 흑도는 이런 놈들이다.

44.
너 미쳤어?

사람마다 특색이 있듯이 흑도도 다양하다. 그렇지만 수하들을 이렇게 죽여대는 흑도는 나도 많이 보지 못했다. 한 명만 살려준다는 말에 난장판처럼 얽히듯이 시작된 싸움은 독고생이 자신의 수하들을 전부 죽인 다음에 끝이 났다. 놈이 뱃머리에서 피투성이가 된 얼굴로 나를 돌아봤다.

"다 죽었다. 약속대로 나는 살려주나?"

이놈은 끝까지 날 믿지 못했다. 상황을 재다가 강물에라도 뛰어내릴 놈이랄까. 내게도 독고생의 정신세계는 인상적이었다.

"너는 살려주마."

독고생은 그제야 갑판에 털썩 주저앉더니 안도의 숨을 내쉬었다.

"후우."

"요새 흑선보 분위기는 어떠냐."

독고생이 여전히 날 선 어조로 대꾸했다.

"뭘 어때. 병신들 가득하지. 나 지금 도망가도 되냐? 아니면 계속 네 뒤치다꺼리를 해야 하냐."

"안내하라고 살려둔 건데 어딜 가."

"알았다. 저 뱃사람들은?"

독고생이 피 묻은 칼로 바들바들 떨고 있는 선원들을 가리켰다. 저놈들도 다 죽이냐는 물음이었다. 당연하게도 나는 고개를 저었다.

"일하는 자들은 함부로 죽이지 말고."

독고생은 고개를 끄덕이더니, 휴식이 끝났다는 것처럼 일어나서 죽은 수하들을 강물에 던졌다. 풍덩 소리가 연달아 들렸다. 나는 독고생의 괴이한 대처에 한 가지 의문점이 들었다.

"육백 명이나 있다며? 내가 흑선보에 가서도 살아남으리라 예상했나?"

독고생이 시체를 강물에 던지면서 대꾸했다.

"그걸 내가 어찌 알아. 그냥 보자마자 네가 미친놈이라는 것을 알았다. 우리를 다 죽일 거라 예상했지. 그 뒷일은 모른다."

과연, 뒷일은 모르는 사내의 대답이었다. 잠시 후 흑사고성黑砂古城 근처에 배가 정박하고, 독고생과 나만 배에서 내린 다음에 흑선보로 향했다. 흑선보의 본진은 소수민족이 외세에 대항하기 위해서 만들었던 기다란 성벽 안쪽에 집성촌처럼 자리 잡고 있었다.

이곳의 옛 뱃사람들과 어부들은 풍랑이 거친 날에 삼삼오오 모여서 도박으로 시간을 보냈다는데, 놀랍게도 흑선보 세력은 그 자그마한 도박판에서 시작됐다. 처음에는 흑선보의 초대 보주가 어민들을 보호하겠다고 조직한 다음에 실제로는 도박 사업에 집중했다. 어민

···

들을 보호하겠다는 의도 자체는 내가 하오문을 만들었던 이유와 비슷하다.

하지만 도박판에서 시작된 사업은 어느새 경매, 도박, 일부 수로를 장악해서 통행세를 받을 정도로 커졌다. 그래서 흑선보는 흑도이면서 동시에 수적이기도 하다. 힘없는 자들을 갈취하는 세력의 시작을 찾아 거슬러 올라가면 이들도 본래 힘없는 자들이었다는 결론에 다다른다. 독고생은 다 허물어져 가는 성문을 지키고 있는 수하에게 칼을 내밀었다.

"보주께서 찾는 이자하를 데려왔다. 문 열어라."

성문의 문지기라는 놈이 한마디의 대꾸도 없이 급히 문을 열었다. 독고생이 흑선보 내에서도 막 나가는 모양이다. 흑선보의 경내에 진입한 독고생이 내게 물었다.

"나는 언제까지 수행해야 하나. 미리 좀 빠지고 싶은데."

"너는 내가 흑선보를 떠날 때까지 수행해."

인상을 잔뜩 찌푸린 독고생이 대꾸했다.

"알았다."

독고생이 특이한 점은 이렇게 나를 두려워하면서도 절대 존댓말을 하지 않으며, 제 입으로 내뱉은 말은 무조건 지키겠다는 태도를 유지한다는 점이었다. 몇 차례 누군가가 말을 걸거나 내 정체를 묻는 자가 나타나면 독고생은 피 묻은 칼부터 내밀었다.

"바쁘니까 면상 들이대지 말아라. 얼굴에 칼질하기 전에 비켜, 비켜, 비켜!"

독고생은 관우가 오관을 돌파하듯이 나를 수행하면서 흑선보의 경내를 일직선으로 뚫었다. 흑선보 내부에는 인원이 확실히 많았다. 누구냐며 묻는 놈도 있었고, 멈추라는 놈들도 간혹 있었는데 독고생은 우직하게 칼을 내밀고 욕지거리를 쏟아내면서 사람들을 물러나게 만들었다.

육백 명이라는 셈이 맞긴 하나, 이들이 전부 강호인이라 할 수는 없었다. 육백 명 모두가 강호인이라면 흑선보는 중원의 흑도 세력 중에서도 손꼽히는 세력이 됐을 것이다. 그러나 죽은 놈이 말한 육백 명은 경내에서 생업을 가진 자들까지 모두 포함한 수였다. 독고생이 드디어 전방에 보이는 건물을 가리키면서 내게 말했다.

"먼저 가서 고할 테니, 천천히 와라. 내가 도망치는 일은 없다. 약속했듯이 네가 살아남아서 흑선보를 빠져나간다면 나는 살려줘야 한다."

지독한 생존력이라고 해야 할까, 아니면 미친놈의 기행이라고 해야 할까. 독고생의 걸음이 빨라졌다. 내가 왔다는 소식을 미리 알리고 자신은 근처에 빠져있을 생각을 하고 있을 터였다. 본진의 입구를 지키는 자가 독고생에게 말했다.

"독고 조장, 무슨 일이야?"

"이자하를 데려왔다. 보주님께 전해."

"이자하가 누구야?"

"위 조장 죽인 놈."

"아!"

나는 주변을 둘러보다가 경내에서 가장 큰 건물에 들어섰다. 도박으로 돈을 버는 놈들이라 그런지, 허름한 성벽 안에 있는 건물의 분위기는 예상보다 휘황찬란했다. 아무래도 보주의 체면을 살리고자 과도하게 지은 것 같은 분위기랄까. 그러나 본진의 대청은 전쟁터에 마련된 막사 내부를 보는 것처럼 횅했다. 총대장이 앉는 상석이 마련되어 있고, 좌우에 의자가 줄지어 놓여있었는데 좌측 벽 쪽에는 온갖 병장기들이 진열되어 있었다. 이제 막 회의가 끝났는지, 흑선보의 간부들이 두런두런 이야기를 나누고 있었다. 나는 내부를 대충 둘러보다가 말했다.

"늙은이 새끼들이 많네."

통상적인 간부들이 아니라 원로들이 모여있는 분위기랄까. 보고를 받은 한 간부가 수하에게 말했다.

"보주님께 다시 나오셔야 할 것 같다고 말씀드려라."

"예."

잠시 소란스러웠던 분위기가 빠르게 정리되더니, 다들 입을 다문 채로 의자에 앉거나, 벽으로 이동해서 경비병처럼 대기했다. 나는 의자를 찾다가 말석에 앉아있는 간부에게 말했다.

"의자 좀 줘라."

나는 말없이 올려다보는 놈의 따귀를 후려쳐서 의자 바깥으로 날려보냈다. 우당탕 소리와 함께 사내가 바닥을 구르더니 벌떡 일어났다. 내가 의자를 가지고 중앙으로 이동하는 사이에 상석 근처에 있는 사내가 입을 열었다.

"뒤에서 대기해."

의자를 뺏긴 놈이 순순히 벽으로 이동하더니 말없이 나를 노려봤다. 의자에 앉아서 둘러보니, 독고생도 벽에 기댄 채로 삐딱하게 서

있었다. 얼마 되지 않아서 흑선보주가 걸어 나왔다. 나이는 육십 살이 넘어 보였는데 피부는 거뭇하고 눈썹은 하얀 사내였다. 간부들도 일제히 나를 바라보고, 흑선보주도 상석에 앉으면서 나를 주시했다.

"이자하, 오느라 고생했다."

나는 고개를 끄덕이면서 대꾸했다.

"다음에 오겠다고 했는데 수하들이 굳이 데려오더군."

"누가 데려왔는가?"

벽에 기대어 있는 독고생이 대꾸했다.

"접니다, 보주님."

흑선보주가 독고생을 바라보면서 말했다.

"독고생이 고생했구나. 수고했다."

놀랍게도 독고생이 이렇게 대꾸했다.

"뭐 그런 시답지 않은 농담을 하십니까."

독고생이 막말을 내뱉자, 다른 간부들이 일제히 욕을 퍼부었다.

"저 싸가지 없는 놈은 끝내 입을 찢어야 정신을 차리려나."

흑선보주가 손을 들더니 소란을 잠재웠다.

"일양현의 이자하가 여기 왔는데 어찌할 것인지 의견을 내보시오."

흑선보주의 물음에 갑자기 다들 입을 다물었다.

"의견이 없으면 내가 알아서 하리다."

"그러시지요."

"이자하, 그대는 흑선보 사람 셋을 죽였다. 들어보니 집을 불태워서 그랬다던데 맞나?"

...

"아마 맞을 거야."

나도 기억이 가물가물했다. 크게 중요한 일은 아니어서 기억을 곱씹진 않았다. 흑선보주가 말했다.

"원인 제공은 우리 사람들이 먼저 했으니 손가락 세 개만 자르고 떠나라."

이건 또 무슨 괴상한 판결이란 말인가? 나는 손가락 세 개를 펼치면서 대꾸했다.

"부모가 물려준 신체를 함부로 자를 순 없다. 거절."

흑선보주가 고개를 끄덕였다.

"그렇다면 손가락 하나에 금자 백 개로 갈음해라. 이자하는 앞으로 흑선보의 감시를 받으면서 손해액을 변제하도록. 이상."

흑선보주는 왕처럼 살았던 모양이다. 판결이 끝났으니 꺼지라는 것처럼 손을 몇 번 내저었다. 나는 한숨이 절로 나왔다. 강호 동도 여러분, 세상에 미친놈이 이렇게 많습니다. 다른 간부들도 작은 재판이 큰 무리 없이 끝났다는 것처럼 흑선보주의 판결을 받아들였다.

"수고하셨습니다."

나는 한숨을 내쉬다가 말했다.

"그런 돈은 내게 없다. 있어도 갚지 않을 것이고."

의자에서 엉덩이를 떼고 있었던 간부들이 다시 앉아서 나를 노려봤다. 이번에는 흑선보주도 불쾌한 낯빛으로 나를 노려봤다.

"이자하, 그대는 여기가 어떤 곳인지 모르고 들어왔나?"

"모르니까 배 타고 들어왔지."

"흑선보는 어떻게든 돈을 받아내는 곳이다. 네 가족이 변제액을 감당해야 할 것인데 괜찮겠나."

"가족이 없다. 오늘도 그립군. 국수 맛도 그립고."

"가족이 없으면 일양현에 있는 자들이 변제를 강요받을 것이다. 괜찮겠나."

"쯧."

나는 벽에 기대고 있는 독고생을 불렀다.

"독고생, 이 개새끼야. 이리 와."

독고생이 인상을 찌푸리면서 대꾸했다.

"왜 나한테 지랄이냐."

나는 독고생의 칼을 향해 손을 뻗으면서 말했다.

"줘."

독고생이 성큼성큼 걸어와서 내게 칼을 건네더니, 투덜대면서 다시 벽으로 돌아갔다. 나는 독고생의 칼을 꼬나쥔 채로 흑선보주에게 말했다.

"영감탱이, 너 미쳤어?"

"…"

전생의 광마였던 내가 살짝 당황스러울 정도로 이놈들은 미쳤다. 나는 간부들을 둘러보면서 말했다.

"이거 완전 단체로 미친놈들이네."

흑선보주는 그 와중에도 침착하게 말했다.

"간부들과 내가 직접 피를 보지 않은 지도 십 년이 넘었다."

한 간부가 끼어들었다.

"전 아닙니다."

　　　…　　　광마회귀 1

"닥쳐라. 그러나 단 한 번도 이런 싸움을 피한 적은 없었지. 다른 해결방식을 제안하지 않고, 끝내 이렇게 마무리하자는 것이냐?"

그러고 보니 간부 의자에 앉은 자들은 전부 마흔이 훌쩍 넘어 보였고. 벽 근처에서 대기하고 있는 놈들은 대부분 젊었다. 철저하게 노인을 공경하는 흑도인가? 외부를 철저히 차단하고, 저희끼리 지켜야 할 법을 많이 만들어 둔 모양이다. 내가 물었다.

"간부는 전부 몇 놈이냐."

독고생이 바로 대꾸했다.

"보주님 포함해서 스물한 명."

나는 칼을 쥔 채로 일어나서 흑선보주에게 말했다.

"영감탱이, 너 여기까지 무릎으로 다가와서 내 발을 핥든가. 아니면 스물한 명 다 죽든가. 선택해라."

나는 갑자기 전생의 일이 가물가물해서 속이 답답했다. 한창 무공을 배우던 시기에 흑선보가 어떤 고수에게 몰살을 당했다는 소식이 있었는데, 새삼스럽게 그게 누구였는지는 기억나지 않았다. 어쨌든 나는 아니다. 나는 그때 문제 많은 인물에게 무공을 배운답시고 끌려다니던 시기였다. 이놈들은 몰살당할 만한 세력이었다. 이렇게 특이하니 이들의 조상들도 강 근처에 성벽을 세워서 외세의 침입을 막았던 것이리라.

외부인에게 아주 자연스럽게 판결과 형벌을 내리는 이놈들의 태도는 흑도 세력이 아니라 자그마한 독재 국가라 봐도 무방했다. 미친놈들이 가득한 왕국에 유람을 온 기분이다. 흑선보주가 일어나자, 대기하고 있는 수하 두 명이 다가와서 박도 한 자루씩 내밀었다. 흑선보주가 양손에 박도를 쥔 다음에 혀를 찼다.

"젊은이, 꼭 그렇게 피를 봐야겠어?"

나머지 원로들도 의자에서 일어나더니 무기가 진열된 곳으로 가서 각기 병기를 하나씩 꼬나쥐었다. 나는 넋이 나간 채로 원로들이 붙잡고 있는 병기들을 구경했다. 삼첨도, 환도, 직도, 장검, 판관필, 철곤, 낭아봉, 구겸창… 그리고 대부분이 이름도 모를 쇠꼬챙이를 하나씩 붙잡은 채로 돌아섰다. 저것은 아마도 작살인 것 같았다. 독고생이 말했다.

"아니, 좁아터졌는데 왜 여기서 싸우십니까."

이때 쇠꼬챙이를 들고 있는 원로 한 명이 독고생의 이마를 향해 쇠꼬챙이를 냅다 집어 던졌다. 독고생이 고갯짓으로 피하자 푹- 소리와 함께 꼬챙이가 벽에 박혔다. 독고생이 눈을 부릅뜨면서 말했다.

"이 염병할 늙은이가."

꼬챙이를 던진 원로가 침착한 표정으로 대꾸했다.

"닥치고 있어라. 너부터 죽이기 전에."

이때, 독고생이 귀에 쏙 들어오는 말을 꺼냈다.

"죽여보든가. 손가락이 이제 일곱 개밖에 안 남으셨을 텐데."

흑선보끼리 죽이면 손가락 하나를 자르는 모양이다. 나는 이게 옳은 판결인지 아닌지 당장 구분할 수가 없었다. 어쨌거나 나는 흑선보의 이 모든 짓거리에 크게 감탄했다.

"이야, 진짜 대단히 미친놈들이네."

흑선보주가 총대장처럼 가만히 서있는 와중에 무려 스무 명의 늙은 강호인들이 나를 향해 달려들었다. 동시에 밀려드는 병기만 해도 삼첨도, 환도, 꼬챙이, 직도…

　아, 몰라. 나도 칼을 휘둘렀다.

45.
도박꾼은
손모가지를

전방에 있는 놈들은 진격하고, 중간에 있던 놈들은 좌우로 빠지고, 가장 뒤에 있는 놈들은 고개를 이리저리 움직이면서 암기를 준비했다. 나는 이놈들을 병장기로 분류했다. 사람과 싸우는 게 아니라 나를 죽이려고 밀려드는 삼첨도, 직도, 장검, 판관필 등으로 분류해서 대처했다. 나는 병기를 튕겨내다가 자연스럽게 뒤로 물러날 수밖에 없었다.

그 와중에도 기다란 작살과 구겸창, 낭아봉 같은 것이 바람을 가르면서 내게 쇄도하고, 날 맞히지 못한 암기는 땅과 벽에 꽂히고 있었다. 나는 대청 문까지 밀려나다가 뒤로 내민 발로 문을 쳐낸 다음에 바깥으로 후퇴했다. 나는 새삼스럽게 바깥 공기가 좋다는 생각을 하면서 숨을 크게 들이마셨다. 대청에서는 욕심 많은 늙은이와 독고생 같은 놈들이 내뿜는 비린내가 뒤섞여서 숨 쉴 때마다 불쾌했었다. 나는 칼을 쥔 채로 주변을 둘러봤다. 이상한 나라의 민초들이 싸움

...

구경을 하겠다고 몰려들고 있었는데 그리 흥분한 모습은 아니었다.

'오랜만에 싸우네?'

다들 이 정도의 표정이랄까. 그러나 이내 흑선보의 간부들이 일제히 병기를 꼬나쥔 채로 등장하자, 다들 그제야 눈이 커지고 있었다. 삽시간에 간부들은 나를 방진으로 포위했다. 흑선보주가 걸어 나오면서 말했다.

"간부들, 고수니까 방심하지 말고. 조장들은 섣불리 끼어들지 말아라. 죽거나 다치는 자들은 지금 이 선에서 마무리할 것이다."

나는 병기를 쥐고 있는 간부들의 손을 살폈다. 대다수가 손가락이 몇 개 없었다. 문득 조부님이 가끔 중얼거리던 말씀이 생각났다.

'도박꾼 놈들은 손모가지를 잘라야 해.'

왜 잘라야 하는지, 어떤 놈 때문에 이런 말을 하셨는지 자세한 설명은 없으셨다. 그저 객잔에서 도박 얘기가 나오면 가끔 저런 말씀을 하셨다. 갑자기 조부님의 말이 귓가에 맴돌았다.

* * *

싸움이 다시 이어지자 나는 투계의 심득으로 대처했다. 빈틈이 보이면 찔러 넣고, 속임수라 판단하면 미끼를 물지 않았다. 정직한 공격은 쳐내고, 변칙적인 공격은 선별적으로 대처했다. 간부들의 공세는 점점 더 거세졌다. 갑자기 눈앞에 독소금이 날아오고. 날아오는 암기의 수도 늘었다.

비명도 점점 늘었다. 날 맞히지 못한 암기가 날아가서 구경꾼의 목에 박히고. 웬 놈은 독소금을 뒤집어쓰자마자 비명을 지르면서 어디론가 뛰어갔다. 나는 일부러 몸을 자주 움직여서 사방의 분위기를 눈에 담았다. 스무 명이 맹공을 펼쳤음에도 내가 굳건하게 막아내자, 그제야 간부들의 눈빛에 초조함이 담겼다. 심리의 변화를 감지하자마자 나는 수비의 비중을 줄이고, 공격에 나섰다. 공격으로 전환하자마자, 반사작용처럼 나는 주둥아리가 열렸다.

"도박꾼은 손모가지를 잘라야 해."

나는 수비를 펼칠 때보다 가볍고 빠르게 움직이다가, 밀려드는 작살의 중간을 왼손으로 붙잡고 칼을 휘둘러서 간부의 손목을 잘랐다.

푸악!

고통스러워하는 놈의 표정을 확인할 수 있는 여유는 없었다. 직도와 낭아봉을 피하다가 삼첨도를 내지르고 있는 놈의 눈에 지풍을 날렸다. 놈의 고개가 뒤로 젖혀지는 순간, 나는 삼첨도에서 이어지는 팔목을 자르고 이동했다. 눈앞에 한 자루의 판관필이 乙 자 획을 그리고, 다른 한 자루는 일점一點으로 밀려들었다.

乙 자 획은 눈속임이고, 일점이 살초다. 나는 솟구쳐 올라서 눈속임과 살초의 영역에서 벗어난 다음에 전신을 거꾸로 한 상태에서 목계지법으로 놈의 혈도를 찍고 내려섰다. 판관필 두 자루를 든 놈이 뻣뻣하게 굳은 채로 내 등을 잠시 보호했다. 순간, 낚싯바늘 같은 암기가 대량으로 쏟아졌다. 피해도 바닥에 깔려서 발을 찌르는 형태의 암기였다. 나는 굳어있는 놈의 뒷덜미를 붙잡아서 돌린 다음에 방패처럼 전방에 세웠다.

바바바바바박- 소리와 함께 낚싯바늘이 꽂히고 일부는 퉁겨나가서 바닥을 이리저리 굴렸다. 그사이에 뒤쪽에서 병기 하나가 어깨로 떨어졌다. 나는 오른손에 쥐고 있었던 칼을 내 왼쪽 겨드랑이 사이로 집어넣어서 도기를 쏟아냈다. 푸욱- 소리와 함께 직도를 치켜들고 있었던 놈의 목을 도기가 뚫고 지나갔다.

"커헉!"

나는 다시 주변을 둘러보면서 전황을 살폈다. 흑선보주가 장기판의 왕처럼 가만히 있는 사이에 대여섯 놈이 죽거나 다치고 나머지가 여전히 투기를 유지했다. 왕은 언제 움직이는 것일까. 알 수가 없었다. 어쩌면 왕 노릇을 계속 유지하기 위해서 마지막까지 기다리는 것일 수도 있었다.

나는 칼에 묻은 피를 한 번 털어내다가, 뒤에 서있는 놈을 바라봤다. 병기를 놓친 손으로 목에서 흘러나오는 피를 틀어막고 있었다. 나는 놈의 복부를 발로 차서 날아오는 암기를 막아낸 다음에 뒤로 회전하면서 길쭉한 도기를 쏟아냈다.

쐐애애앵!

작살을 든 채로 접근하던 세 놈이 도기를 막아내다가 동시에 뒤로 나자빠졌다. 슬슬 간부들은 체력이 떨어지고, 내공도 소비되어 도기를 멀쩡하게 받아내지 못하고 있었다. 그 너머에 팔짱을 낀 채로 서있는 독고생과 잠시 눈이 마주쳤다. 독고생은 이 와중에 가만히 대기하고 있는 흑선보주에게 시선을 옮겼다.

"…"

간부들이 이렇게 죽어나가는데도, 흑선보주는 다른 조장들에겐 별다른 명령을 내리지 않았다.

'저희끼리 싸우다 죽일 생각인가.'

나는 흑선보주의 생각을 추측하다가, 나머지 간부들의 손목을 어렵지 않게 끊어냈다. 스무 명이나 나를 합공했기 때문에 방어에 치중했던 것이지, 절반이 중상을 입거나 죽은 시점에서는 전세가 급격하게 뒤바뀌었다. 주로 내가 쫓아가서 병기를 한두 번씩 쳐내다가 놈들의 손목을 잘랐다. 기어코 나는 나머지 간부들의 손목을 죄다 끊어낸 다음에 흑선보주를 바라봤다. 여기저기서 흑선보 원로들의 고통 섞인 울부짖음이 뒤섞였다.

* * *

간부들의 패배를 유심히 바라보고 있던 흑선보주가 입을 열었다.

"…고생 많았다."

간부들에게 하는 말인지, 나한테 하는 말인지 알 수가 없었다. 하지만 흑선보주의 표정을 보는 순간, 모든 이들에게 하는 말이라는 것을 깨달았다. 양손에 박도를 쥔 흑선보주는 나를 향해 달려오다가 오ㅅ 형태의 도풍을 쏟아냈다. 나는 밀려드는 도풍을 도풍으로 상쇄시킨 다음, 거센 바람을 일으키면서 도착한 흑선보주의 박도를 튕겨냈다. 간부들을 몸종으로 대해도 될 만큼 흉흉하고 기세 넘치는 공격이었다. 박도를 튕겨내면서 이런 생각이 들었다. 이 늙은 사내도 젊었을 적에는 독고생 못지않은 개차반이었겠다고.

칼을 이십여 차례 부딪쳤을 때 내가 휘두르는 독고생의 칼은 점점 이빨이 빠졌다. 수명으로 따지면 흑선보주보다 더 늙은 상태. 흑선보주의 박도는 투박한 외관과는 달리 젊은이의 근육처럼 단단했다. 싸우는 도중에 내 늙은 칼이 결국 먼저 부러졌다. 그 찰나, 나는 오른발로 땅을 밀어내서 공중에 낮게 뜬 채로 미끄러지듯이 물러났다. 흑선보주가 주변에 경고했다.

"이자하에게 병기를 또 건네는 놈은⋯"

나는 양손을 좌우로 뻗어서 흡성대법을 펼쳤다. 작은 소용돌이가 휘몰아치는 소리와 함께 내 손에 두 자루의 병기가 빨려왔다. 오른손에 낭아봉. 왼손에 판관필. 나는 고개를 살짝 저었다.

'이건 좀.'

뭐가 있는지 보고 잡아당길 걸 그랬다. 판관필과 낭아봉을 동시에 휘두르는 강호인은 나도 들어본 바가 없다. 격도 떨어지고, 멋도 없고, 인간은 실수를 반복하고, 에이 씨벌. 흑선보주는 병기를 교체할 수 있는 틈을 주지 않고 다시 돌진했다. 경험이 많은 나도 낭아봉과 판관필의 조합으로는 싸워보진 않았으나 지금은 좀 급하다.

상대는 육십 줄의 노강호. 강호인이 아닌 평범한 자들의 육십 언저리 인생은 관절의 고통, 지병의 고통, 아이고 허리야, 노안, 정력 감퇴 등으로 고생을 하겠지만 강호에서 인생을 보낸 육십 대의 강호인은 저런 자잘한 고통이 있다 하더라도 내공이 쌓여있다. 낭아봉과 박도가 부딪칠 때마다 불꽃이 터지고. 주방 식칼처럼 내민 판관필도 박도에 매번 막혔다. 한마디로 흑선보주는 잘 싸웠다. 독고생 같은 놈이 사십 년 정도 도법을 수련한 느낌이랄까.

쌍칼을 기가 막히게 잘 다루는 데다가 보법도 자연스러웠다. 공격과 수비가 균형 있게 조합됐고, 유치한 허초를 남발하는 법도 없었으며 시종일관 용맹하게 칼을 휘두르면서도 위엄을 잃지 않았다. 이놈이 미친놈이든 아니든 간에, 싸울 때는 흑선보의 왕이었다. 오히려 내가 간부들에겐 내보이지 않았던 다양한 수법으로 대처하자, 흑선보주가 더 당황스러운 기색을 내비쳤다. 나는 놈과 치열하게 겨루는 동안에 잡다한 생각을 줄였다. 온 신경을 싸움에 집중하자 주변의 불필요한 소리가 소거됐다.

"…!"

흑선보주의 발소리, 옷자락 펄럭이는 소리, 병기가 자아내는 소리 그리고 우리 두 사람의 숨소리가 또렷하게 들렸다. 나는 놈의 숨소리를 듣자마자, 독고생이 내뿜고 있던 망우초의 연기가 떠올랐고, 이내 이놈도 폐병을 앓고 있다는 것을 알아챘다. 싸우는 와중에 놈의 가래가 들끓었다. 나는 일부러 서너 합을 느슨하게 겨루면서 뒤로 물러났다. 순간, 흑선보주는 가득 찬 가래를 버릇처럼 내뱉었다.

"퉤!"

그 누런색의 가래가 땅에 도착하기도 전에 나는 판관필을 집어 던졌다. 박도와 판관필이 부딪치는 소리가 들렸을 때.

땅!

공중으로 솟구쳐서 거리를 좁힌 나는 낭아봉에 내공을 주입해서 맹렬하게 내려쳤다. 흑선보주는 내 공격이 범상치 않음을 깨닫고 박도를 교차해 떨어지는 낭아봉을 막아냈다.

콰아아아아앙!

굉음이 터지는 사이… 나는 근처에 떨어진 판관필을 다시 흡성대법으로 끌어당기고, 그 판관필이 가까이 왔을 때 손목을 돌려서 장력으로 쳐냈다. 방향이 바뀌고, 뻗어나가는 힘도 더 커진 상태.

푹!

"끄윽!"

어디에 꽂힌 것일까. 나는 낭아봉을 다시 휘두르고 나서야, 장력으로 쳐낸 판관필이 흑선보주의 가슴팍에 박혀있는 것을 확인했다. 뒷걸음질을 치는 흑선보주를 쫓아가면서 낭아봉을 수직으로 계속 내려쳤다. 가슴팍에 꽂힌 판관필을 뽑아내지 못하도록 놈의 손발을 바쁘게 만들었다. 세 번을 막아내던 흑선보주가 결국 두 자루의 박도를 놓치더니 엉덩방아를 찧었다. 부상을 입은 채로 무리해서 내공을 끌어 올리다가 기혈이 뒤집힌 모양이다. 이내 흑선보주의 입에서 핏물이 뿜어져 나왔다. 나는 낭아봉을 쥔 채로 다가가서 흑선보주를 내려다봤다.

"보주, 못 일어나겠나?"

흑선보주가 지친 기색으로 고개를 끄덕이더니 명령조로 말했다.

"…그만해라."

대체 얼마나 오랫동안 왕 노릇을 했기에 이런 와중에도 내게 명령조로 말하는 것일까.

"나는 네 노예가 아니다. 말투가 왜 그래."

죽어가는 놈에게도 말투를 지적하는 사람, 그것이 또한 나다. 흑선보주는 피 묻은 이빨을 드러내면서 웃었다.

"수하들이 나를 치료하게 놔두면, 널 다음 보주로 임명하마. 네가 손해 보는 일은 없어. 흑선보의 모든 것을 가지게 될 거야."

목소리가 작아서 잘 들리지 않았는데 대충 이런 뜻이었다. 흑선보주의 제안은 받아들이지 않았다.

"거절하마."

"거절이라니… 다 우매한 놈들이다. 명령을 받지 않으면 제 앞가림도 못 하는 우매한 놈들이야. 네가 거둬 써라."

이것이 바로 노예를 부리고 살았던 자의 시각인 것일까. 나는 흑선보주가 이대로 죽을 것 같아서 그의 유언을 물었다.

"보주, 죽기 전에 한마디 해라."

흑선보주가 겨우 고개를 들더니 흑선보의 사람들에게 이런 말을 남겼다.

"이 우매한 놈들아, 고생 많았다."

놈이 쉿소리 같은 괴이한 웃음을 내뱉는 사이에 나는 치켜들었던 낭아봉으로 흑선보주의 대갈통을 박살 냈다.

퍽!

"끝까지 지랄이구나."

돈 받고 팔려나간 노예들을 대신해서 박살이 난 곳을 다시 내려쳤다. 도박에 빠져 집안 돈, 빚진 돈, 가족의 돈, 친구의 돈, 사돈 팔촌의 옆집 할머니 돈까지 훔쳐서 탕진한 우매한 놈들을 생각하면서 다시 낭아봉을 내려쳤다. 그래도 너는 맛있는 거 먹고, 편히 자고, 따뜻하게 지냈을 것이라 생각하면서 낭아봉을 내려쳤다. 분쇄되면서 튀어오른 핏물과 살점 조각이 내 얼굴에 많이 달라붙었다. 기왕 죽은 놈, 낭아봉 한 번 더 후려친다고 내 죄가 더 깊어지지 않을 것이라는 생각에 감정을 넣어서 다시 한번 내려쳤다. 이번에는 낭아봉이 땅에 떨어져서 소리가 더욱 요란했다.

콰아아아아아아아앙!

나는 피투성이가 된 얼굴로 흑선보를 둘러봤다.

"…"

46.
맹주들이 종종
백발인 이유는

흑선보주가 죽은 것을 확인한 독고생이 어디론가 성큼성큼 걸어가
더니, 자신에게 작살을 던졌던 간부의 앞에 섰다. 간부는 손목이 잘
린 채로 지혈을 하고 있다가, 독고생을 바라봤다. 독고생이 한쪽 무
릎을 꿇더니 간부를 노려봤다. 그러자 간부가 멀쩡한 손으로 독고생
의 따귀를 후려쳤다.

철썩…!

다들 독고생이 간부를 죽일 것이라 예상했고, 나도 그랬다. 그러
나 따귀를 한 대 맞은 독고생은 피식 한 번 웃더니 다시 일어났다.
독고생은 원로의 손이 잘렸으니 상대할 가치도 없다는 식의 태도를
내보였다. 실로 이상한 사내였다. 독고생이 나를 바라봤다.

"이자하, 당신이 차기 보주를 맡아줘야 할 것 같은데."

나는 손을 까닥해서 독고생을 불렀다. 독고생이 성큼성큼 다가왔
다가, 내게 따귀를 한 대 맞았다. 철썩- 소리와 함께 독고생이 발라

당 넘어졌다. 나는 독고생에게 다가가서 머리채를 휘어잡았다.

"너는 왜 이렇게 깝죽대? 보주 곁으로 보내줘?"

나는 독고생과 서로를 죽일 듯이 노려봤다. 누가 더 잘 노려보든 간에 죽는 건 독고생이다. 독고생이 말했다.

"보주를 죽여놓고 그럼 어쩌란 말이냐?"

솔직히, 흑선보에 도착한 이후로 지금 내뱉은 독고생의 말이 가장 충격적이었다. 사람은 각자 인생을 살아가면 된다. 태어날 때부터 명령을 내리는 사람 밑에서 살았기 때문일까. 우두머리가 없으면 큰 일이 난다는 생각에서 벗어나질 못하고 있었다. 심지어 반골 기질이 그 누구보다도 강한 이 독고생마저 말이다.

'이거 문제 많은 세력이네.'

나는 독고생의 머리를 놓아준 다음에 일어나서 주변을 둘러봤다.

'곤란하다. 곤란해.'

흑묘방처럼 전원이 강호인들로 구성된 세력이라면 내가 깔끔하게 흡수할 수 있다. 그러나 이들은 민초들과 뒤섞인 세력이어서 누가 강호인인지 아닌지 구분도 어렵다. 너무 이상한 환경에 놓여있었기 때문에 하오문도들과 뒤섞이는 것도 불가능해 보였다. 이럴 때는 어찌해야 할까? 우두머리를 죽여서 해방을 시키려고 했더니, 다음 우두머리를 기다리고 있는 노예들이었다. 상황이 이렇게 돌아가면 책임은 내가 가장 크다. 어쨌든 내가 노예들의 우두머리인 흑선보주를 때려죽였기 때문이다.

'에이씨…'

고민 끝에 나는 이 업을 짊어져야겠다고 생각했다. 사람을 때려죽인 죄가 있으니 죗값을 받아야겠지.

"독고생, 간부 다음 위치에 있는 놈들 다 모아서 대청으로 들어와. 운 좋게 살아남은 원로들은 치료 좀 해주고. 살아남은 놈들은 살아야지."

독고생은 손짓 몇 번, 턱짓 몇 번, 두세 마디로 상황을 정리하더니 조장들은 대청으로 들어가라는 것처럼 손을 휘휘 내저었다.

* * *

나는 공교롭게도 흑선보주가 앉았던 상석에서 조장들이 들어오는 것을 지켜봤다. 자신 있게 앉는 놈들도 있었고, 눈치를 보다가 말석에 앉는 조장도 있었다. 어쨌든 이놈들을 살려둔 것은 흑선보주가 유일하게 잘한 행동이다. 어쩌면 내게 패배할 것을 예상하고, 늙은 이들과 하늘나라로 떠난 게 아닐까 하는 생각까지 들었다. 아님 말고. 그나저나 이놈들이 서열대로 앉은 것일까? 독고생은 내 좌측에 앉아있었다.

"다 모였나?"

말석에 앉은 막내 조장이 대꾸했다.

"예, 조장은 전부 모였습니다."

나는 잠시 크게 숨을 내쉰 다음에 생각을 정리했다. 이들에게 말해주고 싶은 사실은 딱 한 가지다. 내가 아니더라도 너희는 어떤 고수에게 훗날 몰살당할 위험이 있다. 그러나 내가 이런 것을 얘기할 수 없을뿐더러, 미친놈 취급을 받을 게 분명했다. 미친놈인 것은 맞지만 아직 벌어지지 않은 이야기를 들려줘 봤자 아무런 경고도 되지 않을 것이다. 입을 열었다.

"내가 보주를 임명하고, 흑선보 전체가 내 세력 휘하로 들어오는 게 나로서는 최선이다."

질문이 있을법한데, 바깥에서 내가 하도 지랄을 떨었더니 질문하는 놈이 없었다. 나도 궁금한 것을 물었다.

"독고생보다 강한 사람 있나."

내 질문이 끝나자마자, 독고생이 다른 조장들을 노려봤다. 와, 이 놈의 성질이 이렇게 더럽단 말인가? 하긴, 원로에게도 쌍욕을 박는 성질을 가졌으니 다른 조장들이 쉽사리 덤비지 못했을 터였다.

"차기 보주는 독고생이 맡고."

독고생의 입이 근질근질해 보여서 나는 손가락으로 독고생을 가리켰다.

"시키면 해."

독고생이 입을 다물었다. 나는 흑선보의 변화를 위해 명령을 내렸다.

"보주로서 첫 번째 할 일은 사람들을 모두 동원해서 저 오래된 성벽을 부수는 거다."

독고생이 대꾸했다.

"성벽부터?"

와, 대체 이걸 어찌 설명해야 할까. 그냥 내 느낌이 그래… 이렇게 설명해야 하나? 나는 성질을 억누른 다음에 다른 조장들에게 물었다.

"설명이 필요해?"

조장들이 이구동성으로 대답했다.

"예."

나는 손으로 내 이마를 한 대 후려친 다음에 설명했다.

"성벽이 너무 폐쇄적이다. 너희를 지켜주는 좋은 성벽이라 생각하겠지만 강호의 고수들에겐 아무런 방해물이 되지 않아. 저것은 너희 중에서 가장 강했던 흑선보주의 목숨도 지켜주지 못했다. 저것은 일종의 정신적인 진법이다. 너희는 자꾸만 내부를 돌아보면서 이런저런 법을 만들어서 서로를 옭아맸다."

"그게 문젠가요?"

나는 고개를 끄덕였다.

"문제지."

"어째서요."

"너희는 대체로 바깥에 사는 사람들과 말이 안 통하잖아. 너무 폐쇄적이라. 말귀를 좀 알아들어야 뭐가 바뀌지 않겠어? 아, 지친다."

나는 잠시 호흡을 가다듬으면서 휴식을 취했다. 입에서 단내가 나고, 조장들의 불쾌한 체취 때문에 정신이 혼미했다. 다시 내 뺨을 한 대 후려친 다음에 말을 이어나갔다.

"성벽을 무너뜨리는 것부터 시작해. 바깥에도 더 자주 나가고. 세상은 흑선보보다 넓다. 성벽이 사라지면 보堡라는 이름도 없애야겠지."

보는 원래 작은 성이라는 뜻이 있다. 성벽 안에서 시작된 세력이라서 이런 이름을 지은 것 같다. 흑선은 그냥 검은 부채라는 뜻인데 성벽의 모양새를 말했다.

"내가 다음에 찾아왔을 때 노예 경매장을 운영하고 있거나 도박

빚으로 사채를 받으러 다니거나, 하여간 내 성질을 건드리는 무언가
가 있으면 독고생부터 죽이고, 조장들도 얼굴 생각나는 놈들은 전부
죽는 걸로 하자. 하늘나라 가서 흑선보주에게 안부 인사를 전하게
될 거야. 그간 평안하셨습니까, 이 지랄 하겠지."

조장 한 명이 내게 물었다.

"방법을 조금 더 구체적으로 알려주십시오."

"몰라, 이 새끼야. 네가 구체적으로 생각해. 구체적으로 생각하라
고 맡긴 게 조장 자리 아니냐? 이 새끼 이름 뭐야?"

다른 조장들이 놈의 이름과 소속, 몇 조장인지도 알려줬다. 나는
놈을 가리켰다.

"구체적인 건 모두 저놈에게 물어봐서 진행해."

그래도 이곳에 평범한 사람들도 많이 섞여있었기 때문에 주둥아
리에 힘을 내야 하는 순간이었다.

"흑선보라는 이름은 버리고 너희끼리 새로운 이름을 정해서 내게
보고해. 특히 흑黑 자 좀 쓰지 마, 개새끼들아. 검은 마음 누렁이 같
은 새끼들."

조금 멍청한 인상을 가진 중간 조장 놈이 대꾸했다.

"그러면 백白은 써도 됩니까?"

나는 놈을 바라보면서 대꾸했다.

"넌 질문하지 마. 회의 끝날 때까지."

"알겠습니다."

제기랄, 뜬금없이 흐름이 끊겼다.

"…"

그냥 넘어가려던 나는 성질이 뻗쳐서 방금 그놈에게 화를 냈다.

"네가 씨발 백도야?"

"아니요. 그건 아닌데."

"세력 작명에도 도리가 있다."

"알겠습니다."

나는 화를 가라앉힌 채로 간부들에게 말했다.

"궁금한 거 있으면 물어봐."

"저희가 이름만 알지. 뭐 하시는 분인지는 모릅니다."

나는 잠시 이마를 긁었다. 흑도에게 자기소개하기, 시작.

"나는 말이야."

"예."

"일양현의 점소이였던 이자하다. 지금은 하오문의 문주고. 춘양반 점의 단골손님이고. 흑묘방은 넘어가고. 또 뭐가 있지. 가짜 사형은 아니고."

내가 계속 쓸데없는 것으로 고민하자, 조장 한 놈이 말렸다.

"그 정도로 하시죠."

"그럴까? 그나저나 너희 법이 전부 몇 개야?"

"많습니다. 백 개가 넘어요."

나는 독고생에게 명령했다.

"세 개로 줄여."

"백 개를 갑자기 세 개로?"

나는 독고생을 노려보면서 말했다.

"세 개로 시작해. 정말 추가해야 할 법이 있으면 너희들이 모여서 찬반으로 하나씩 추가해. 단, 새로운 법을 추가하는 시점은 너희가 저 시커먼 담벼락을 함께 무너뜨린 다음으로 하자."

다른 조장들이 대꾸했다.

"알겠습니다."

나는 싸우는 것보다 회의가 더 힘들었다. 이들과 내가 각자 다른 세상에서 살았기 때문이다. 역대 무림맹주가 종종 흰머리로 등장하는 것은 다 이유가 있다. 이런 새끼들 모아서 의견을 한데 모으려고 하다 보면, 머리가 하얗게 세기 마련이다. 이런 병신들과 회의하는 것도 힘든데 무림맹주는 오죽하겠는가?

원래 똑똑한 놈들과 회의를 하면 기가 더 빨린다. 기세 싸움 벌이던 명문정파 장문인 놈이, 맹주님 그건 좀. 세가 출신 원로 놈이, 재고해 주십시오. 중원에서 가장 똑똑하다는 군사 놈이, 하지만 이것이 좀 우려됩니다. 이 지랄을 듣고 있으면 검을 뽑고 싶다는 충동이 들기 마련이고. 그래도 내가 맹주인데 참자, 참아야 하느니라 하다 보면 머리만 하얗게 된다. 나는 의식의 흐름대로 중얼거렸다.

"이래서 강호인들은 칼 쓰고 살아야 돼."

멍청한 조장 놈이 또 입을 열었다.

"맞습니다."

나는 한숨을 내쉬었다.

"…참아야 하느니라."

탈출하고 싶다는 생각을 꾹 누른 채로 조장들에게 말했다.

"내 말 명심하고. 그래도 이렇게 모이기 어려울 테니 오늘은 밥 한 끼 같이 하고 나는 떠나련다. 밥이나 차려 와라. 다 같이 먹게."

"보주는 겸상을 안 했는데요?"

나는 손가락을 튕겼다.

"좋았어. 그럼 앞으로 조장들은 삼시 세끼 모여서 밥을 먹어라. 통행세 없애고, 잡아 온 사람들 풀어줘. 그 현상금인가 관련된 서류 전부 불태우고, 보주 창고 열어서 재산은 조장들이 착복하지 말고, 당분간 어려워지는 사람들에게 써라. 그리고 여기 집 좀 똑바로 지어라. 외부 사람들 고용해서 정당하게 돈 줘서 건물 좀 세워라. 개방 거지새끼들도 너희보단 깨끗하게 살겠다."

말을 해놓고 보니 상당히 어려운 일이었다. 나는 자연스럽게 독고생에게 책임을 전가했다.

"알았어?"

뜻밖에 독고생이 고개를 끄덕이면서 대꾸했다.

"그렇게 하지. 무슨 말인지 알았다."

나는 살짝 당황한 표정으로 물었다.

"알아들었다고?"

독고생이 덤덤하게 대꾸했다.

"옳은 말인데 못 할 것도 없지."

"이 새끼가 갑자기 득도를 했나. 말귀를 알아듣네. 네가 요약해서 말해봐."

다른 조장들도 일제히 독고생을 주시했다. 독고생이 여전히 성난 어조로 내 말을 요약했다.

"성벽을 무너뜨려라."

내가 대꾸했다.

...

"또."

"밖으로 더 자주 나가라."

"맞다. 다음."

"세상 사람들과 섞여서 살아라."

나는 다른 조장들처럼 입을 다문 채로 독고생을 바라봤다. 독고생의 말이 이어졌다.

"납치해서 노예 장사 하는 것은 하지 말고. 도박은 금지해라. 다른 곳의 뱃사람들에게 통행세를 갈취하지 말아라. 깨끗하게 살아라. 낡은 집을 허물고 새로운 집을 지어라. 그에 필요한 비용은 보주가 축적한 재산으로 써라. 그 돈을 조장들이 착복하지 말아라."

나는 이 순간, 다른 조장들의 분위기가 왜 가라앉는 것인지 알 수가 없었다. 어쨌거나 독고생의 말은 이어졌다.

"흑선보라는 이름을 버리고 새로운 이름을 지어라. 밥은 조장들과 함께 먹어라. 법을 줄여라. 상의해서 하나씩 추가해라."

왜 이렇게 분위기가 숙연해진 것일까.

"이 모든 것은 함께 성벽을 무너뜨린 다음에 시작해라."

나는 주변을 둘러보다가 대꾸했다.

"요약 잘하네. 근데 분위기가 왜 이래? 갑자기."

눈치 없는 조장 놈이 내게 말했다.

"독고 조장이 예전에 자주 했던 말인데요. 전부 다 똑같지는 않지만 비슷합니다. 맞죠? 다들 들어본 얘기죠?"

"종종 들었지."

나는 문득 입을 다문 채로 독고생을 노려봤다. 독고생도 여전히 나를 노려봤다. 이놈은 처음부터 끝까지 화가 많은 놈이었다. 그런 독고생의 눈빛에는 수많은 이야기가 담겨있었다. 나는 독고생과 눈을 마주치는 동안, 수다스럽게 말을 내뱉었을 때보다 더 많은 대화를 말없이 나눴다. 나는 문득 독고생과의 대화가 두서없이 떠올랐다.

'요새 흑선보 분위기는 어떠냐.'

'뭘 어때. 병신들 가득하지.'

'이자하, 당신이 차기 보주를 맡아줘야 할 것 같은데.'

'보주를 죽여놓고 그럼 어쩌란 말이냐?'

애매하고 어색한 정적이 감도는 와중에 멍청한 조장 놈이 침묵을 깨뜨렸다.

"저기, 밥이라도 준비할까요?"

조장들이 전부 내 대답을 기다렸다. 나는 짤막하게 한숨을 내쉬었다가 대꾸했다.

"밥은 됐고. 술 좀 가져와라."

오늘은 좀 마셔야겠다.

47.
있어도 안 준다는
마음가짐

나는 피 묻은 옷을 갈아입고, 얼굴을 씻은 다음에 조장들과 둘러앉아 술을 마시기 시작했다. 몇 잔을 연거푸 마셨는지 까먹었을 때쯤, 시종일관 무뚝뚝한 표정으로 술을 마시고 있었던 독고생이 혼자 웃기 시작했다. 나는 게슴츠레한 눈빛으로 독고생을 바라봤다.

"실성했냐? 왜 갑자기 웃어?"

조장들도 모르겠다는 것처럼 고개를 저었다.

"모르겠습니다."

"저희도 처음 봅니다."

나는 방금 신기한 장면을 목격했다. 독고생은 정말 어색하게 웃는 남자였다. 억지로 소리를 내어서, 웃는 것을 연습하는 남자처럼 보였다. 그 모습이 너무 괴기했기에 나도 속으로 욕을 삼켰다.

'아유, 미친놈.'

잠시 후 몇 차례 웃음을 터트리던 독고생은 평상시의 무뚝뚝한 모

습으로 술을 마셨다. 끝내 왜 웃었는지, 무슨 생각을 했는지는 일언
반구도 없었다. 나도 묻지 않았다. 웃기면 웃어야지, 별게 있겠는가.
하지만 독고생도 괜히 멋쩍었는지 이런 말을 내뱉었다.

"내가 이겼다."

"뭘?"

"어렸을 때 납치되어서 이곳에 왔는데 이런 날이 오다니."

나는 조장들과 독고생을 바라봤다.

"그때 함께 잡혀 온 놈들은 다 죽었다. 배와 함께 바다에 가라앉은
놈도 있고, 살해당한 놈도 있다. 나는 오로지 살아남는 것이 목표였
지. 늙은이들보다 오래 살아남는 게 내 소원이었다. 운이 좋아서 더
강해지면 내 손으로 다 죽일 생각이었지. 뭔가 내가 할 일을 빼앗긴
기분이지만 결국 내가 이겼다."

살아남는 게 이기는 거라면 독고생의 말이 맞긴 하다. 술을 마시
던 독고생이 내게 물었다.

"하오문은 무슨 세력이냐. 들어본 적이 없는데."

나는 술을 한 모금 마신 다음에 대꾸했다.

"기루에서 일하는 놈 있고, 점소이 있고, 반점 주인장 있고, 철방,
건축, 흑도도 있고, 할 일 없는 놈도 있고, 할 일 많은 놈도 있다."

"개판이네."

"개판이지."

멍청한 조장이 끼어들었다.

"우리도 개판이잖아요."

다들 고개를 끄덕이면서 인정했다.

"그렇긴 하지."

그렇게 수다스러운 나도 술을 마시는 동안에는 조장들의 이야기를 많이 들었다. 독고생은 그의 성씨인 독고獨孤처럼 홀로 외로운 조장인 모양이었다. 배에서 죽인 놈들이 원로 편에 있던 놈들이라면 죽이는 게 그리 어려운 일은 아니었을 것이다. 굳이 물어보진 않았다. 독고생은 애초에 이런 놈이기 때문이다. 술을 마시던 나는 적당한 시점이라고 판단하자마자 일어섰다.

"너희도 적당히 마셔라. 팔 잘린 원로들이 다른 생각 품을 수도 있으니."

독고생이 어림없다는 것처럼 고개를 저었다.

"어차피 보주 다음으로 강한 원로들도 죄다 팔이 잘렸다. 밑에 놈들 데리고 와도 대세를 바꾸지는 못해."

너는 계획이 다 있었구나. 그래서 아까 팔 잘린 원로 놈에게 가서 제 딴에 비웃었던 모양이다.

"난 간다."

독고생이 일어나더니 술자리를 파하라고 명령한 다음에 조장들에게 말했다.

"배웅하고 오마."

이제 막아서는 놈들이 없었다. 나는 경내를 둘러보다가 빠르게 복귀하려면 배를 타고 가야 한다는 사실을 새삼 깨달았다. 독고생은 나를 이룡강 하류까지 배웅하겠다면서 함께 배에 올랐다.

"…정리되면 일양현으로 가서 보고하면 되나?"

"일단은 흑묘방, 부재중이면 일양현."

"흑묘방?"

"내가 흑묘방주다."

"십이신장이었나?"

"아니, 십이신장 행세 중이지."

독고생이 물었다.

"대나찰 죽이려고?"

내가 고개를 끄덕이자, 독고생이 관심을 표했다.

"강하다던데."

"그렇겠지."

"네가 죽으면 우린 어찌해야 하지? 아까 네 말대로 경내를 개방해서 그냥 살아가면 되나?"

"내가 죽을 거 같으냐?"

독고생이 나를 한 번 바라보더니 건조하게 대꾸했다.

"딱히 그럴 것 같진 않다. 은혜가 있으면 갚고, 원한이 있으면 두 배로 갚아줘야 하는 법. 대나찰 칠 때, 필요하면 불러라."

"네가 날 돕겠다고?"

"무시하나?"

"너는 그저 살아있는 게 돕는 거다. 네가 죽으면 흑선보가 혼란에 빠지겠지. 너는 네 식대로 살아남아. 나는 나대로 살아남을 거니까."

잠시 후 이룡강 하류에서 나는 배에서 내리고, 독고생은 남았다. 배 위에서 독고생은 흔한 작별의 말도 내뱉지 않았다.

"우리가 성벽을 무너뜨리면 사는 게 좀 나아질까."

"당장은 변화가 없을 수도 있겠지."

...

"그런가?"

"대청으로 향할 때 아이들도 많이 보이더군. 그 아이들은 그래도 너희보다 나아질 거다."

독고생이 고개를 끄덕이면서 대꾸했다.

"그럼 됐다."

새삼스럽지만 이제 흑선보라는 이름을 가졌던 세력의 대장은 독고생이었다. 나는 독고생의 무뚝뚝한 표정을 바라보다가 고개를 끄덕였다.

"살아있으면 또 보자고."

나는 돌아서서 한참을 걷다가, 뒤통수가 유난히 뜨거워서 뒤를 돌아봤다. 뱃머리에 걸터앉은 독고생이 팔짱을 낀 채로 나를 노려보고 있었다.

'깜짝이야.'

독고생이 팔짱을 풀더니 손을 딱 두 번 흔들었다. 나는 저렇게 어색하게 인사하는 놈을 본 적이 없다. 배가 출발하자, 독고생이 느닷없이 소리를 버럭 질렀다.

"이자하!"

"왜?"

독고생의 입매가 어색하게 위로 올라갔다.

"너는 앞으로 이 형에게 반말을 계속해도 좋다. 살펴 가라."

배가 멀어지는 와중에 독고생의 모습도 뱃머리에서 급히 사라졌다. 나는 이룡강 하구에서 흑묘방으로 가는 길목으로 걸음을 옮기면서 중얼거렸다.

"…싸가지 없는 새끼."

* * *

나는 흑묘방 근처에 도착했다가 뭔가 이상한 분위기를 감지했다.
아무리 저녁이라지만 수련하는 놈들의 비명이 전혀 들리지 않았다.

'누가 왔나.'

나는 담벼락에 올라서려다가 관뒀다. 고수라면 즉시 알아차릴 수
도 있었다. 흑묘방에 처음 방문했을 때처럼 대문을 두드렸다. 잠
시 후에 덜컹- 소리가 들리더니 직사각형의 공간에서 사람의 두 눈
이 보였다. 놈은 나를 보자마자 눈이 커지더니, 아무 말 없이 문을
열었다. 내가 들어서자, 수하 놈이 나를 위아래로 쳐다봤다. 깨끗한
백의를 갖춰 입고 나간 방주가 후줄근한 옷을 입고 등장했으니 놀랄
수밖에. 나는 작은 목소리로 물었다.

"누가 왔냐."

"금해金亥가 왔습니다."

십이신장 소속인 황금 돼지가 왔다, 이 말인가. 공략집에 따르면
식탐이 많아서 금해가 된 것인지, 금해라서 식탐이 많은 것인지 모
를 놈이었다. 무력은 칠 위에서 팔 위를 넘나드는 놈이고. 타고난 완
력, 신체 조건 때문에 대나찰의 제자가 된 놈이라고 알려졌는데 벽
총관은 금해의 집안에 돈이 많아서 제자가 되었다는 의견을 덧붙였
다. 본가는 상단商團으로 추정.

즉 금해는 대나찰에게 가장 많은 돈을 바치고 있는 부잣집 도련님

이었다. 그나마 관심사가 오로지 먹는 것에 맞춰져 있어서 그런지 황오, 녹슬, 백자처럼 행패를 부린다는 내용은 없었다. 공략집은 철 저하게 벽 총관의 입장에서 정리된 것이지만 나름의 객관성은 있었 다. 나도 이들의 정보를 어느 정도 알기 때문이다. 나는 외원과 내원 을 가로질러서 대청에 들어섰다가 깜짝 놀랐다.

대청에 마련된 기다란 탁자에 진수성찬이 차려져 있고. 황금 돼지 가면을 머리 위에 대충 걸친 사내가 밥을 먹고 있었다. 변검變臉(가면 을 순식간에 바꾸는) 공연을 하는 연기자가 잠시 가면을 벗고 휴식을 취하는 모습처럼 보이기도 하고, 서유기의 저팔계가 앉아있는 것처 럼 보이기도 했다. 나를 흑묘방의 하인이라고 생각한 금해가 쩝쩝대 다가 말했다.

"거기 물 좀 줘라."

물 따라주는 것은 전직 점소이의 전문 분야인지라 나는 즉시 대답 했다.

"옙."

내가 식탁 끄트머리에 있는 주전자를 들고 다가가자, 밥을 먹던 금해가 자신의 코를 막았다.

"이거 웬 비린내냐? 물 거기 내려놔."

"예."

"저리 좀 가라. 아, 역한 냄새. 너 뭐 하는 놈이야?"

이럴 때는 대답을 잘해야 하는 순간인데, 나는 점소이라서 정답을 알고 있다.

"죄송합니다."

"아, 황당할 정도로 불쾌한 냄새네. 저리 가."

나는 뒷걸음질로 물러났다.

"묘 사형, 어디 갔는지 너도 몰라?"

"예, 모릅니다."

하늘나라로 갔다는 대답이 목구멍까지 올라왔다. 잠시 금해는 젓가락을 놓은 채로 자신의 코를 손으로 막았다. 코 맹맹한 소리가 흘러나왔다.

"여기 하인들은 씻지도 않는 거냐? 네 인생이 그러니까 하인인 거다."

'바쁘면 못 씻을 수도 있지, 지랄이네.'

금해는 꺼지라는 것처럼 손을 내저으면서 말했다.

"넌 들어가서 좀 씻고. 다른 애들 시중들라고 해. 이것들 다 어디 갔어?"

"그러게요. 어디로 갔을지. 저녁 시간이라 어디 주방 구석에 모여서 남는 반찬에 찬밥이라도 먹고 있을 겁니다."

내가 보통 그랬지. 하인 주제에 말을 길게 하자, 금해는 황당하다는 표정을 지었다.

"참나…"

"그럼 저는 씻고 오겠습니다."

"올 필요는 없다. 다시는 내 앞에 나타나지 마라."

금해는 열 명 정도가 배부르게 먹을 수 있는 음식을 앞에 두고 쉬지 않고 먹었다. 나는 개인 욕실로 직행해서 몸을 씻은 다음에 옷이 잔뜩 진열된 방으로 가서 깨끗한 의복으로 갈아입었다. 수하들이 어디론가 사라진 이유는 대충 알 것 같았다. 소군평을 비롯한 간부들이 몇 명 힘을 합치면 금해 정도는 상대할 수 있을 것이다.

그러나 내가 부재중인 데다가, 어쨌든 금해도 대나찰의 제자여서 밥만 차려주고 대충 어딘가에 피해있는 모양이었다. 나는 금해의 방문 목적이 궁금했기 때문에 흑묘방주의 가면을 쓰고, 흑묘아까지 챙긴 다음에 대청으로 나갔다. 금해는 꺼억- 소리를 내뱉은 다음에 나를 바라봤다.

"묘 사형, 오랜만이네."

도대체 흑묘와 금해의 관계는 무엇이었을까. 금해는 흑묘를 전혀 두려워하지 않았다. 나는 음식을 턱짓으로 가리킨 다음에 짤막하게 말했다.

"편히 먹어라."

무슨 일로 온 것이냐고 굳이 물을 필요는 없었다. 말이 많아 보였기 때문이다. 금해는 시종일관 입 안에 음식물을 넣은 채로 우물거리면서 말을 쏟아냈다.

"시비들이 음식을 잘한다니까. 올 때마다 아주 포식하게 되네."

나는 뜬금없이 이 말을 듣고 시비들을 나중에 자하객잔으로 옮겨서 장득수 밑에 넣어야겠다고 생각했다. 어차피 객잔이 커서 일손이 많이 부족할 터였다. 금해는 물을 마시더니 입 안에서 부글부글- 소리를 내다가 삼켰다.

"백유 사형이랑 아직 안 싸웠지? 우리 상단에서 이번에 영약을 하나 구했어. 서역에서 온 거야."

"그런데."

"그런데가 아니라, 사부님 귀에 들어가면 그냥 빼앗길 게 뻔하잖아. 백유 사형과의 일전도 남아있고 하니, 묘 사형에게 적당한 가격에 넘기려고 하는데 생각이 있나 물어보려고 왔지."

"뭔데."

"백염초白炎草를 좀 대량으로 사들였는데, 이야… 백 년百年 백염초가 몇 뿌리 섞여있더라고. 내가 전문가를 불러서 감정을 받았는데 그냥 백 년도 아니고 삼사백 년은 된 것 같아."

나는 영약보다는 금해가 불렀다는 '전문가'라는 말이 귀에 꽂혔다.

"전문가 누구."

"우리 동네에 똘똘한 놈 있어."

"그러니까 전문가가 누구냐고."

"아니, 영약에는 관심이 없고 왜 의원한테 관심을 가지는데?"

"영약을 검증했다는 놈이 돌팔이인지 아닌지 내가 어찌 알고."

"장사 하루 이틀 하나. 기분 나쁘게 왜 이래? 의심이 들면 사지 마. 살 사람 많아. 그래도 가장 필요한 사람인 거 같아서 먼저 물어보려고 온 건데 사람 성의도 몰라보고."

"얼마냐."

내 물음에 금해는 정수리에 걸쳐놓았던 가면을 잡아당겨서 얼굴에 썼다. 금해가 가면 속에서 빙긋 웃으면서 대답했다.

"삼백 백염초만 해도 가격이 천정부지로 솟아. 그간 거래한 신용도 있고 하니 통용 금자 오십 개로 깔끔하게 계산하자고. 나머지 일반 백염초도 열 상자 얹어줄게. 수하들에게도 먹여."

"가져와라."

금해가 일어나면서 대꾸했다.

"잘 생각했어. 이런 말 하기 좀 미안하지만, 사형이 거절하면 백유사형한테 갈 생각이었거든. 내가 어떻게 해서라도 비무 시기를 늦춰볼 테니까 꼭 그거 복용하고 싸우라고."

금해가 갑자기 손으로 권법 흉내를 내면서 입으로 훅훅- 소리를 내뱉었다.

"운기조식 준비나 하고 계셔."

"가라."

상단의 자제라 그런지 주둥아리 털어대는 실력이 제법이었다. 금해가 사라지고 난 다음에 나는 식탁을 바라봤다. 돼지 새끼 한 마리가 식탁을 마구 짓밟고 간 느낌이다. 그나저나 나는 돈이 없다. 아무튼, 없다. 있어도 없다. 개방 소속은 아니지만 계산할 때는 굴다리 거지다. 나는 잠시 눈을 감은 채로 일양현의 재산과 흑묘방의 재산도 마음에서 깨끗하게 지웠다. 점소이는 원래 거지다. 있어도 안 준다는 마음가짐. 마음에 평화가 깃들었다.

48.
뭔 말인지
알겠어?

나는 턱을 괸 채로 백염초 상자들을 바라봤다. 자그마한 상자에는 백 년 백염초, 큰 상자 두 개에는 일반 백염초가 담겨있는 모양이다. 마차에서 뒤늦게 내린 금해가 대청으로 성큼성큼 들어오면서 말했다.

"사형, 그래도 품질은 확인해 봐야지."

금해가 맞은편에 앉아서 큰 상자부터 열었다.

"아, 요새 이런 영약 구하기가 쉽지 않아."

금해가 손바람을 일으켜서 영약의 냄새를 맡았다.

"아, 냄새에도 뜨끈뜨끈한 열기가 담겨있는 거 같네. 이거 보관하기도 쉽지가 않으니까 웬만하면 바로바로 복용하라고."

나는 일반 백염초를 슬쩍 바라봤다. 영약이라는 게 뭐 대단한 외형을 갖춘 것은 아니다. 죄다 산삼과 비슷하거나, 식탁에 올라오는 풀때기와 다를 바 없다. 모양보다는 이것을 찾아낸 장소가 더 중요하다. 어떤 환경에서 자랐는가에 따라서 사람이 달라지는 것처럼 말이다.

백염초는 사실 서역이 아니라, 서장의 남목림에서 채취할 수 있는 영약이다. 부작용도 없고 내공 증진에 도움이 되는 약이어서 오래 묵은 것일수록 부르는 게 값이긴 하다. 나는 일반 백염초를 하나 집어서 가면 아래로 집어넣은 다음에 천천히 씹었다. 어차피 내가 다 구매하리라 생각한 금해가 물었다.

"어때?"

나는 고개를 끄덕였다.

"괜찮군."

"아, 사형이 백염초를 먹어봤었나?"

전생에 나는 강호의 정상급 고수들과 비교하면 무공을 익힌 기간이 짧은 편이었다. 당연히 대부분의 영약을 먹어봤다. 물론 설삼雪蔘과 같은 극음 계열의 영약은 먹어보지 못했다. 하지만 이 백염초는 남목림까지 끌려가서 먹어봤었던 터라, 맛을 잊을 수가 없었다. 일반 백염초는 진품이었다. 문제는 백 년 백염초인데… 내가 백 년 백염초가 들어있는 상자를 열려고 하자, 금해가 손가락으로 상자를 눌렀다.

"사형, 아무리 우리가 편한 사이라지만 돈이라도 좀 놓고 확인하는 게 맞지 않을까? 못 믿어서가 아니라 원래 그러는 게 상거래의 기본이야."

"벽 총관, 돈 가져와라."

"예, 방주님."

일은 항상 간단명료하게 처리해야 한다. 벽 총관이 금자가 담겨있는 상자를 질질 끌고 오는 동안에 내가 말했다.

"그래도 품질은 확인해야지. 벽 총관이 직접 살펴봐라."

벽 총관이 금자가 담긴 상자를 탁자에 올려놓으면서 대답했다.

"그럴까요?"

금해가 벽 총관을 바라봤다.

"자네가 영약 볼 줄 안다고?"

"그럼요."

나는 벽 총관을 가리키면서 말했다.

"강호에 투신한 지도 삼십 년이 넘은 노강호다. 전설의 영약 감별사, 영약 전문가, 영약의 귀재, 영약계의 만박노사萬博老師, 영약 천재, 백 리 상공에서도 영약을 발견하고, 백 리 바깥에서도 영약의 냄새를 맡는 사내, 영약을 감정하기 위해서 강호인이 된 사내, 그것이 벽 총관이다."

벽 총관이 내게 포권을 취하면서 대꾸했다.

"과찬이십니다."

과찬이긴 했다. 금해가 피식 웃으면서 벽 총관을 바라봤다.

"그랬어? 벽 총관, 대단하네. 살펴보라고."

벽 총관이 상자를 열더니 콧구멍을 벌렁거렸다.

"세 뿌리군요. 냄새는 일단 맞습니다. 그런데 여기 보시면 뿌리의 이음새가 어색하게 뜯겨 있는데 누군가가 한 뿌리를 드신 모양입니다."

벽 총관이 말을 마치더니 금해를 바라봤다.

.....

금해가 대꾸했다.

"감정이나 하랬더니 뭔 개소리야? 진품이냐, 아니냐 그것만 판단해라. 세 뿌리를 금자 오십 개에 넘기는 것도 내가 많이 양보한 거야. 자꾸 불쾌하게 만들래? 이대로 백유 사형에게 들고 가는 수가 있다."

금해가 과도하게 성질을 내자, 벽 총관이 고개를 살짝 숙였다.

"죄송합니다."

벽 총관이 내게 말했다.

"그래도 선택은 방주님이 하셔야지요. 상품의 백염초는 맞습니다. 사람을 써서 남목림으로 보내도 이만한 물건을 구해오는 것은 쉽지 않을 겁니다. 무엇보다 운송이 어려워서 금해 신장의 말은 사실입니다. 대여섯 뿌리가 있었다면 아마 금해 신장께서 금자 백 개는 받으셨을 겁니다."

나는 고개를 끄덕였다.

"그래?"

금해는 기분이 풀렸다는 것처럼 껄껄 웃었다.

"벽 총관, 변태 그림쟁이인 줄 알았는데 영약에 대한 지식도 해박했군."

나는 상자를 가리켰다.

"돈 확인하고 가져가라."

금해는 금자가 든 상자를 열어보더니 손으로 이리저리 살피면서 꼼꼼하게 확인했다.

"뭐 맞겠지. 그나저나 이번에는 묘 사형이 이기겠는데? 그것참 아쉽네."

"뭐가?"

"아니야."

"말을 해라."

금해가 고개를 갸웃하다가 말했다.

"아니, 그렇잖아. 비무도박이라도 벌어지면 대다수가 백유 사형에게 걸지 않을까? 사형은 역배당이라고. 내 생각엔 이거 복용하면 적어도 무승부 내지는 묘 사형이 이길 것 같단 말이지. 판을 크게 키우면 사형하고 나는 금자 오십 개는 아무것도 아니지… 뭔 말인지 알겠어?"

"십이신장의 싸움을 비무도박으로?"

금해가 나를 손가락을 가리켰다.

"그래서 대박인 거지. 뭔 말인지 알겠어? 더군다나 백유 사형은 사신장이잖아. 당장은 방법이 안 떠오르니까 내가 좀 고민을 해볼게. 아, 이거 판 벌어지면 대박인데 아쉽네. 승부만 맞히면 금자 오십 개? 아니, 최소 금자 오백 개. 그렇게 되면 사형은 영약을 공짜로 먹는 거나 다름이 없다고."

나는 은근슬쩍 관심을 표했다.

"사부님은?"

금해가 대꾸했다.

"사부님? 내가 평소처럼 잘 챙겨드리고 있는데 무슨 문제야. 하하하."

금해가 웃자, 옆에 있는 벽 총관도 괜히 따라 웃었다.

"하하하, 역시 금해 신장께서 십이신장들 중에서 지모로는 항상

… 광마회귀 1

일이 위를 다툰다는 말이 사실이었군요. 이 늙은이가 놀랐습니다."

금해가 벽 총관을 바라봤다.

"벽 총관."

"예."

"누가 그런 쓸데없는 아부를 처하라고 했나?"

벽 총관이 양손을 공손하게 모았다.

"오늘 여러 번 죄송합니다. 제가 주제넘었습니다."

나는 금해가 선을 넘은 것 같아서 착 가라앉은 어조로 말했다.

"사제, 너도 적당히 해라."

금해가 일어나면서 대꾸했다.

"그럼 이만 나는 가보겠소. 사형, 그거 웬만하면 지금 먹는 게 좋
아. 공기가 닿자마자 약효가 떨어질 수 있거든. 벽 총관."

"예."

"오늘은 우리 묘 사형이 종일 운기조식을 해야 하니, 다른 때보다
경계를 더욱 철저히 하도록. 개미 새끼 한 마리 드나들지 못하게 하
란 말이야."

"명심하겠습니다."

"또 봅시다."

금해가 돌아서서 대청문으로 가는 동안에 나는 사제를 불러 세
웠다.

"잠깐."

금해가 고개만 돌려서 나를 바라봤다. 나는 금해가 보는 앞에서
백 년 백염초 세 뿌리를 가면 밑으로 넣어서 바로 씹어 먹었다.

"···"

사실 나는 천옥 때문에 당장 운기조식을 하지 않아도 된다. 천옥
이 먼저 영약의 기운을 흡수하고, 나는 나대로 시간이 날 때마다 천
옥의 기운을 운기조식으로 끌어다 쓰는 방식으로 내공을 쌓는 중이
었다. 아마, 이런 식으로 내공을 쌓는 강호인은 천하에서 내가 유일
할 터였다. 나는 고개를 끄덕이면서 말했다.

"틀림없다. 이것은 진품 백염초로군."

금해가 눈웃음을 지으면서 작별을 고했다.

"사형, 미리 축하드리오. 또 봅시다."

금해가 사라지자, 벽 총관이 내게 물었다.

"괜찮으십니까? 당장 운기조식을 하지 않으셔도."

나는 가면을 벗은 다음에 대답했다.

"괜찮아. 다른 간부들은?"

"이동 경로 곳곳에 대기하고 있습니다. 그나저나 방주님, 아무리
가면을 벗고 직접 나서신다고 해도, 본래 얼굴마저 금해 놈이 봤다
고 하지 않았던가요."

"똑똑한 돼지라서 기억하고 있겠지."

"문제가 되지 않을까요? 금해 신장의 상단에도 병력이 꽤 많습니
다."

나는 흑묘아를 내려놓고, 옷을 벗으면서 말했다.

"벽 총관, 내가 그렇게 계획적인 놈은 아니야. 중요한 것은 말이다."

"예."

"용기를 내서 돈을 빼앗는 것이다. 반드시 빼앗겠다는 의지. 용기

와 기백, 용맹함, 공격성, 적극적인 자세. 계획이라는 것은 중요하지 않아. 언제나 마음이 더 중요하다. 걱정이라는 것은 계획보다도 우선순위가 낮은 하찮은 생각이다. 명심하도록."

"예, 방주님."

시비가 갈아입을 옷을 가져오다가, 헐벗은 내 몸을 보고 고개를 푹 숙였다. 나는 깔끔한 백의로 갈아입으면서 벽 총관에게 명령했다.

"철통 경계해라. 공식적으로 방주는 지금 운기조식 중이니까."

"명을 받들겠습니다. 아, 칼은 안 챙겨 가십니까?"

"하인이 무슨 칼이냐."

* * *

마차에 올라탄 금해는 가면을 벗자마자, 맞은편에 앉아있는 호위에게 말했다.

"멍청한 새끼, 의심은 또 많더라. 피곤하게."

검 한 자루를 가슴에 품고 있는 호위가 미소를 지으면서 대꾸했다.

"고생하셨습니다. 어디로 모실까요?"

"닭대가리 사형에게 가자. 바쁜 하루구나."

호위가 마부석을 바라보면서 목소리를 조금 높였다.

"백유 신장에게 가자."

덜컹거리는 마차 안에서 금해는 문득 고개를 갸웃했다.

"분위기가 좀 변한 것 같은데 말이야."

"왜요?"

"시답지 않은 농담을 하지 않나. 머리가 좀 이상해졌어."

금해는 자신의 관자놀이 주변을 손가락으로 빙빙 돌렸다.

"백유 신장과 겨루자니 초조하고 신경도 날카로워졌겠죠."

"그런가?"

"비무도박은 하겠다던가요?"

"아직은 모르겠다."

금해가 계획한 일이 마음에 든다는 것처럼 호위가 방정맞게 입을 놀렸다.

"세 뿌리는 흑묘에게 팔고, 네 뿌리는 백유에게 팔고. 비무도박까지 성사시켜서 판돈을 올리면…역시 공자님의 계획에는 빈틈이 없습니다."

금해가 고개를 끄덕였다.

"달라붙어도 사신장에게 달라붙는 게 낫겠지. 토끼 놈은 자신이 왜 또 패배하는지도 모를 거다. 이참에 그놈이 부상을 좀 크게 입으면 사부님에게 뇌물 좀 바치고. 나도 서열전에 한번 나서봐?"

"그러면 단박에 서열 오 위에 오르시는 겁니까?"

"오 위에 오르면 뭐가 달라질까?"

호위가 고개를 내저었다.

"공자님, 왜 오 위로 만족을 하십니까. 사신장 네 명 중에서 한 명만 처리하면 공자님이 사신장 자리에 오를 수 있는데요."

금해가 손가락으로 호위를 가리키면서 말했다.

"너는 너무 성급하다. 사신장들이 만만한 사내들은 아니야. 길게 보자. 내가 대나찰 일당들에게 빼앗긴 돈이 대체 얼마냐? 서두를 필요가 전혀 없다. 우리 집안은 손해를 보고 산 적이 없거든. 결국, 다 회수하게 되어있어."

이때, 마부가 워-워- 소리를 내더니 마차가 크게 흔들렸다. 더불어서 두드드드- 하는 외부의 말발굽 소리가 들리더니 덜컹- 소리와 함께 말들의 구슬픈 울음소리가 울려 퍼졌다. 금해는 자그마한 창문으로 시선을 보내자마자 소리를 버럭 내질렀다.

"이것들이 미쳤나!"

금해는 황당한 표정으로 마차에서 내렸다. 갑자기 우측 길목에서 뛰어나온 마차와 부딪칠 뻔한 상황. 놀란 말들이 요란하게 날뛰고 있었다. 마부들이 술에 취하지 않은 이상은 벌어질 수가 없는 마차 사고였다. 호위가 성난 금해부터 달랬다.

"공자님, 가면부터 쓰십시오. 제가 처리하겠습니다."

"아니, 넓은 대로에서 이게 뭔 짓거리야? 저쪽 마부 새끼 술 마셨는지부터 확인해."

"예."

"마셨으면 따귀부터 스무 대 쳐라."

"알겠습니다."

* * *

나는 공중에서 터지는 폭죽을 보면서 방향을 잡았다. 금해가 집으로 돌아가든, 방금 번 돈을 가지고 기루로 빠지든 간에 먼저 중요한 길목마다 매복하고 있을 간부들이 수단과 방법을 가리지 않은 채로 막아서거나 시간을 지체시킬 것이다. 간부들이 시간을 버는 동안 폭죽으로 방향을 확인해서 내가 따라잡을 생각이었다. 그러나 폭죽의 위치로 보건대, 금해는 아직 멀리 가진 못한 모양이다.

나는 속도를 끌어 올리면서 그리운 사제를 향해 뛰어가기 시작했다. 해주고 싶은 말이 너무 많다. 일단 내 돈. 물 가져오라고 했을 때, 괜히 존댓말로 대답해 본 것도 마음에 못내 걸렸다. 그리고 보니 사제가 밥값도 안 냈던 것 같다. 진수성찬이었는데 그럴 수는 없지. 건강을 위해서는 살도 좀 빼라고 권유하고 싶다.

그리고 무엇보다 사형에게 너무 건방진 사제라는 것도 마음에 걸렸다. 문득 맹렬하게 달리던 나는 현재 가면을 쓰지 않고 있다는 것을 새삼스럽게 깨달았다. 그렇다면 나는 현재… 일양현의 점소이, 하오문의 문주, 흑선보의 해방자, 흑묘방의 하인, 자하객잔의 이자하다. 이게 무슨 뜻이냐. 뭐가 됐든 간에 부잣집 도련님에겐 반감이 크다는 말이다. 달려서 그런 것일까. 갑자기 속에서 분노가 들끓었다. 나는 바람을 찢어내면서 달렸다. 기다려라, 사제.

지금… 만나러… 갑니다.

…

49.
오늘의 봉변

금해가 타고 있는 마차를 흑묘방의 수하들이 마차로 가로막은 상황.
놀란 말들을 진정시키는 사람, 소리를 내지르는 사람들이 뒤엉킨 난
장판 속에서 웬 놈이 마부로 변장한 내 수하의 뺨을 때리고 있었다.
지금 내가 분노한 것은 수하가 뺨을 맞아서가 아니다. 마부도 본래
하오문도이기 때문이다. 그렇기에 내 눈에는 흑묘방의 수하가 처맞
는 게 아니라, 평범한 마부가 뺨을 맞고 있는 것처럼 보였다.

　나는 경공의 속도를 전혀 늦추지 않은 상태에서 공중으로 솟구쳤
다. 날아 차기는 사내아이 평균 칠팔 세부터 구사할 수 있는 공격 기
술로 나이 팔십 세까지는 거뜬하게 소화할 수 있는 초식이다. 오죽
하면 못난 남자 새끼들의 대표적인 무공이라 불리겠는가. 못난 놈들
의 대표 격인 나도 당연히 날아 차기를 구사할 수 있다. 먼저 공중에
뜬 상태에서 오른발은 쭉 내밀고. 왼발은 공중에서 균형을 잡는 무
게추처럼 살짝 접어준다. 오른팔은 오른발과 평행을 이루듯이 쭉 펴

주는 게 좋다. 왼손의 주먹은 살짝 말아 쥔 상태에서 반격에 대비하듯이 활시위처럼 당겨놓는다.

이렇게만 자세를 잡아주면, 무림맹의 교관들도 지적할 게 전혀 없는 완벽한 날아 차기다. 퍽- 소리와 함께 마부의 뺨을 때리던 놈이 저 멀리 날아가면서 삽시간에 나는 이목을 집중시켰다. 금해는 가면을 쓰고 있어서 표정을 확인할 수는 없었으나 어쨌든 나를 바라보고 있었다.

"냄새나는 하인 놈이 여기서 뭐 하는 게냐?"

"냄새나는 하인 놈이라… 그건 사실이지. 그러나 씻고 왔는데도 냄새가 난다고 조롱하는 건 참을 수 없다."

금해가 대꾸했다.

"뭔 개소리야? 네가 사형의 하인이라고 그냥 넘어갈 것 같으냐?"

이때, 내공이 담기지 않은 날아 차기에 맞고 날아갔던 놈이 다가왔다.

"공자님, 제가 처리하겠습니다."

나는 팔짱을 끼고 있다가 다가오는 검객을 향해 엄청나게 빠른 속도로 움직여서 옆차기를 날렸다. 검객은 검을 반쯤 겨우 뽑았다가 다시 옆차기에 맞은 채로 날아가서 바닥을 굴렀다. 이번에는 기절했는지, 조용히 엎어져 있었다. 날아 차기에는 내공을 주입하지 않았고, 옆차기에는 내공을 실었다. 그 차이다. 봐줬는데도 주제 파악을 못 하면 진심으로 때릴 수밖에. 금해는 잠시 가면 바깥으로 빠져나온 볼살을 긁었다. 내 실력을 간파하고 무언가를 고민하는 눈치였다.

"네놈 짓거리는 사형에게 따져야겠구나."

그러다가 금해는 이상한 분위기를 감지하고, 주변에 있는 마부들의 얼굴과 분위기를 유심히 살피다가 말했다.

"너희가 일부러 이런 짓을 벌였구나. 내가 대나찰 사부님의 제자이면서 동시에 금산상단金山商團 소속이라는 것을 모르진 않겠지. 너희가 만약 묘 사형의 수하라면 흑묘방 전체는 사부님의 진노를 감당해야 할 것이고. 누군가에게 돈을 받고 이런 짓을 벌였다면 우리 상단이 알아낼 것이다. 오늘은 약속이 있으니 이 정도로 물러나는 것을 다행으로 여기고 물러들 가라."

금해가 손가락으로 나를 가리켰다.

"그리고 너, 하인이 아닌 거 같은데. 어차피 돈을 쓰면 네 정체를 알아내는 것은 일도 아니다."

금해는 나를 외부에서 흑묘방으로 침투한 간자로 보고 있었다. 똑똑하면, 여러 가지 변수를 떠올리는 모양이다. 나는 금해에게 다가가면서 고개를 끄덕였다.

"알아내든지 말든지."

"오지 마라. 냄새나니까."

나는 금해 앞에 바짝 다가가서 말했다.

"씻었다고 했을 텐데, 매를 버는구나. 도망 못 치게 넓게 포위해라."

수하들이 멀찍이 물러나서 길목마다 자리를 잡았다. 그 와중에 금해와 나는 눈싸움을 벌였다. 금해의 무력이 칠팔 위를 오가는 것이라면 십이신장 중에서도 중간은 한다는 뜻이다. 금해는 나를 바라보다가 우장을 빠르게 내밀었다. 나도 즉시 좌장을 내밀었다. 쩍- 하는 소리가 울리면서, 장력을 겨루기 시작했다. 우리 둘은 동시에 내공을 폭발적으로 끌어 올리면서 기파를 쏟아냈다.

순식간에 금해의 펑퍼짐했던 옷자락이 바람을 주입한 것처럼 부풀어 올랐다. 금해가 이 싸움을 장력 대결로 몰아간 것은 상단의 아들이기 때문이다. 이게 무슨 소리냐면… 원래 돈이 많은 부잣집 자제라서 난잡한 싸움보다는 내공 싸움에 더 자신감이 있었다는 뜻이다. 물론 내 정체를 모르기 때문에 선택한 악수惡手였다.

문제는 금해도 예상하지 못하고, 나도 예상하지 못한 상태에서… 천옥의 흡성 현상이 벌어졌다. 상대의 장심掌心(손바닥 중앙)과 내 장심이 정확하게 맞물렸기 때문일까? 삽시간에 금해의 내공이 내 장심을 통해 빨려왔다. 화들짝 놀란 금해가 좌장을 휘둘렀기 때문에 나도 어쩔 수 없이 우장으로 받아쳤다.

쩍!

내공이 빨려오는 속도가 더 빨라졌다. 우리 두 사람의 발밑은 충격의 여파로 내려앉았다. 꽤 강력한 두 개의 장력이 맞물리고, 뒤섞였다가, 흡수되는 과정에서 기절할 것처럼 놀란 금해는 온 힘을 다할 수밖에 없었다. 금해의 전신이 부들부들 떨리다가 퍽- 소리와 함께 황금색의 돼지 가면이 쪼개졌다. 그제야 나는 금해의 표정을 확인했다. 고생이라고는 전혀 해본 적이 없는 놈의 얼굴에는 비 오듯이 땀이 쏟아지고 있었다. 놈이 겨우 입을 열었다.

"놔… 놔라!"

나는 여기서 천옥의 이기적인 특성을 알아차렸다. 그야말로 무자비하게 상대의 내공을 빨아들이고 있었다. 그렇다고 섣불리 내가 이

것을 중지하면, 밀려들고 있는 금해의 장력에 내상을 입을 수도 있는 상황이다. 그 때문에 나도 정신을 바짝 차렸다. 어느 순간에 이 짓거리를 적절하게 끊지 않으면 금해는 목숨까지 끊어질 터였다. 십이신장을 다 처리하겠다고 나선 마당에 금해가 죽는 것은 크게 심각한 일이 아니다.

그러나 나는 이놈의 원귀나 혼백이 천옥에 달라붙는 것은 원하지 않았다. 그렇게 되면, 내가 마교 교주와 다를 바가 없게 될 테니까. 나는 내 식대로 살아남고 싶은 사람이지, 교주와 같은 괴물이 되고 싶은 사람이 아니다. 다행히 금해의 내공이 천옥으로 어느 정도 흡수되었을 때. 금해가 쏟아내는 장력의 힘이 현저하게 약해졌다. 큰 무리 없이 내가 스스로 천옥의 흡성 현상을 끊어냈다. 그러자 휘청거리면서 물러나던 금해가 엉덩방아를 찧었다.

쿵-

나는 잠시 뒤통수를 살짝 긁었다.

'돈 뺏으러 왔다가 내공을 뺏어버렸네.'

금해는 세상을 잃은 표정으로 나를 바라봤다.

"대체 뭔 짓을 한 거냐?"

내가 너른 마음으로 살려줬다는 것을 이놈이 알기나 할까? 나 같은 협객이 세상에 또 있을까 싶다. 나는 금해에게 말했다.

"공격은 네가 먼저 했고. 나는 막았을 뿐이야. 내 무공이 괴이하여 너를 밀어내지 않았더라면 너는 이 자리에서 죽었을 것이다. 장력 대결을 일부러 내가 중지했다는 것은 네가 더 잘 알겠지. 남은 내공도 마저 흡수해 주랴?"

나는 쪼그려 앉아서 놈과 눈을 마주쳤다. 금해는 넋이 나간 표정으로 내 얼굴을 바라봤다.

"…"

나는 수하들에게 명령했다.

"마차 안을 확인해라. 기왕 뺏은 거 다 뺏어야지."

금해가 말했다.

"멈춰라. 백유 신장에게 갈 물건도 있다. 네가 감당할 수 있겠어?"

"백유 신장에게?"

금해는 내게 협박을 한 것일까, 아니면 말실수를 한 것일까. 나는 수하들의 보고를 듣다가 대꾸했다.

"그 작은 상자 좀 가져와 봐라."

수하가 작은 상자를 든 채로 달려오더니 시키지도 않았는데 상자를 열었다. 내가 먹었던 것과 똑같은 백 년 백염초 네 뿌리가 들어있었다. 나는 놀란 표정으로 말했다.

"장사를 기분 나쁘게 하네. 흑묘에겐 세 뿌리, 백유에겐 몰래 네 뿌리. 비무도박을 벌여서 이참에 흑묘를 완전히 거덜 내겠다. 이 말이네?"

금해가 피식 웃으면서 대꾸했다.

"증거 있어?"

나는 금해의 뺨을 후려치면서 말했다.

"없어, 이 새끼야. 너희는 어떻게 생각하냐?"

내 물음에 수하들이 대꾸했다.

"승부 조작 아닙니까? 무공으로 서열전을 결정하는 게 아니라, 이렇게 장난질을 하는 중간 상인이 있었네요. 아무리 흑도라지만 비열하기 짝이 없는 행동입니다."

수하가 핵심을 잘 찔렀다. 나는 금해를 노려보면서 말했다.

"돈이나 좀 뺏으려고 했더니. 이대로 고하면 흑묘방주도 노하고, 대나찰도 노하고. 금산상단부터 난리가 나겠군. 흑묘방주가 이 사실을 알면 수하들을 전부 동원해서 금산을 쳐도 대나찰이 가만히 있을 것 같군. 왜일까?"

똑똑한 수하 놈이 이렇게 대꾸했다.

"금산상단 재산을 반쯤 떼주면 가만히 있지 않을까요?"

금해는 오늘의 봉변보다, 본가인 금산상단의 피해를 더 두려워했다. 얼굴이 창백해진 상태. 금해가 협박하는 방법을 잘 모르는 것 같아서 내가 몸소 시범을 보여줬다.

"내가 흑묘방에 고자질을 할까. 아니면 대나찰에게 고자질을 할까. 네가 선택해라. 나는 뭐 둘 다 나쁘지 않은 것 같아. 너희는 어때."

수하들이 여기저기서 대꾸했다.

"저희도 좋아요."

"좋죠, 뭐."

"두 곳에 다 알리면요?"

나는 고개를 내저었다.

"그러면 재미가 없어. 재미있게 살자고 이러고 있는데 그러면 재미가 없지. 금해 신장, 선택의 시간이다. 어느 쪽이냐."

나는 손으로 작은 북을 두드리는 시늉을 하면서 말했다.

"두구두구두구두구, 빨리 선택하자고."

금해가 착잡한 표정으로 말을 이어나갔다.

"내게 원한이 있었다면 지금 죽였겠지. 결국, 이렇게 나를 능욕하는 것은 원한이 아니라 우리 집안의 재산 때문이겠군. 그러지 말고 서로 원하는 것을 솔직하게 말해보자. 사부 쪽에 알리지 않으면 내가 돈을 충분히 가져다주마."

내가 무어라 대답하기 전에 길목 저편에서 누군가의 가라앉은 목소리가 들렸다.

"사형, 저 왔습니다."

사내들의 시선이 일제히 움직였다. 홍신이 지친 기색으로 걸어오고 있었는데 손에는 누군가의 가면이 들려있었다. 홍신도 멀쩡해 보이진 않았다. 팔뚝과 옷자락 일부에 핏물이 물들어 있었다. 금해도 놀란 표정으로 홍신을 바라봤다.

"네가 왜?"

홍신이 금해를 바라보면서 대꾸했다.

"너도 잡혔니?"

홍신이 내게 피가 묻어있는 녹술綠戌 가면을 내밀었다.

"기습은 실패했는데 제대로 붙어서 서열정리 했습니다. 하늘나라로 갔어요. 이 불쌍한 사매를 봐서 해약 좀 주시면 안 될까요? 화장실이 때때로 급해서 제대로 못 싸우겠어요. 아량을 베풀어 주세요. 물똥이 자꾸…"

나는 일어나면서 대꾸했다.

"홍 사매, 수고했다. 약속은 지켜야겠지."

금해가 나를 다시 바라보면서 물었다.

…

"너 대체 누구냐."

내가 짐짓 불쾌한 표정을 짓자, 설사 때문에 눈 밑이 거뭇해진 홍신이 금해의 뺨을 후려쳤다.

"사형에게 말버릇이 그게 뭐냐."

나는 홍신을 바라보면서 고개를 끄덕였다.

"잘했다, 사매."

"감사합니다."

나는 주변을 둘러보다가 이렇게 정리했다.

"좋았어. 상자는 도로 금해 마차에 싣고. 나머지는 정리해서 들어가라. 저쪽에 기절한 놈은 데려갔다가 나중에 풀어줘라. 나는 홍 사매, 금해와 가볼 곳이 있으니 여기서 헤어지자."

나는 금해의 엉덩이를 발로 툭 찬 다음에 말했다.

"너희 마부 불러와. 셋이 갈 곳이 있다."

금해가 또 주둥아리를 놀리려고 했을 때, 나는 홍신을 바라봤다. 그러자 홍신이 말없이 손을 들었다.

"금 돼지, 사형 말씀에 토 달지 말도록."

금해는 아무 말도 하지 않은 채로 일어났음에도 불구하고 다시 홍신에게 따귀를 맞았다.

찰싹!

나는 금해와 홍신을 번갈아 바라봤다. 금해는 원래 홍신에게 꼼짝을 못 했던 것일까. 아니면 지금 내공을 빼앗겨서 참는 것일까. 어쨌거나 홍신은 내게 당했던 것을 금해에게 풀고 있었다. 나는 점잖은 목소리로 철없는 두 사람을 중재했다.

"사형제끼리 손찌검을 그리 자주 하면 쓰나."

금해는 뺨에 손을 댄 채로 나를 바라보고, 홍신은 고개를 살짝 숙였다.

"주의하겠습니다."

우리 셋은 마차에 올라 홍신과 금해가 나란히 앉고, 나는 반대편에 앉았다. 마부가 물었다.

"어디로 모실까요?"

나는 진중한 어조로 대꾸했다.

"홍 사매는 칼에 베였고, 금 사제는 내상을 입었다. 당연히 의원에게 가야겠지."

"어느 의원에게 가면 되겠습니까?"

"너희 공자가 자주 부르던 의원이 있을 텐데."

"아, 그리로 모시겠습니다."

나는 홍신에게 손을 내밀었다. 그러자 홍신이 내 손에 녹술의 가면을 올려놓았다. 홍신은 이제 내 눈빛만 봐도 뜻을 알아차리는 경지에 오른 것일까? 척하면 척이었다. 내가 일부러 천천히 녹술의 가면을 얼굴에 쓰자… 홍신도 천천히 내게 포권을 취하면서 말했다.

"녹 사형을 뵙습니다."

지켜보는 금해의 눈동자가 심히 요동쳤다.

"…!"

홍신은 포권을 취한 자세에서 인상을 팍 쓰더니 금해를 노려봤다. 이러다가 또 따귀를 맞을 것이라고 예상한 금해는 어정쩡한 자세로 꿈틀대다가 내게 포권을 취했다.

"녹 사형을 뵙습니다."

나는 냉혹한 표정과 위엄 있는 어조로 대꾸했다.

"쉬어."

"예."

"…예."

50.
나는 다시
광마가 되겠지만

금해는 평소에 자신이 누구 못지않게 똑똑하다고 생각했으나, 지금 벌어지고 있는 일은 이해할 수가 없었다. 흑묘방의 냄새나던 하인 놈의 무공이 이렇게 강한 것도 이해되지 않는 일이고. 갑자기 나타난 홍신이 하인 놈에게 사형이라고 부르면서 극히 두려워하고 있는 것도 이해할 수 없는 일이었다. 왜냐하면, 본래 홍신의 성격도 매우 시건방진 편이어서 사신장을 만나도 이렇게 두려워하진 않았기 때문이다. 심지어 홍신은 대나찰 사부를 만나도 할 말은 하는 여인이었다. 그런 홍신이 하인 놈을 무척 두려워하고 있었다.

'대체 이놈은 누구지?'

금해는 아무리 머리를 굴려도 냄새나던 하인 놈의 정체를 알아낼 수가 없었다.

* * *

나는 금해가 알고 있는 의원을 만나러 가는 동안에 전생의 기억들을 떠올렸다. 아마도 내가 알고 있는 의원일 확률이 높을 것이다. 문득 나는 덜컹거리는 마차에서 표정이 복잡해지고 있는 금해를 바라봤다.

"돼지야."

금해는 저도 모르게 존댓말로 대꾸했다.

"예?"

"머리 굴리는 소리가 너무 시끄럽다. 잠시 생각을 비워라. 욕심을 내려놓고, 상황을 받아들여. 네가 똑똑하다고 세상일을 전부 알아낼수는 없는 노릇이야."

금해가 무어라 대답하려는 찰나에 옆에 있는 홍신이 무표정한 얼굴로 한 손을 치켜들었다.

'따귀…!'

금해는 순간 정신이 아찔해지면서 겨우 대답했다.

"아, 알겠습니다. 생각을 비우겠습니다."

순간, 금해는 호흡이 가빠지면서 기혈이 뒤집힐 것처럼 보였다. 나는 금해의 상태를 확인하자마자 혀를 찼다.

"호흡을 가다듬어라. 그러다 주화입마 온다."

"예."

"집에 그렇게 돈이 많은데 주화입마를 당하면 아까운 돈도 다 못쓰고 승천할 거다. 정신 차려."

금해는 급히 눈을 감은 채로 호흡을 가다듬었다. 저 말을 들으니 더 미칠 것 같았다. 놈이 하인이든, 미친놈이든, 녹 사형이든 간에 지금 호흡을 차분하게 다스리지 않으면 정말 주화입마가 올 것 같은 상황이었다.

* * *

백염초와 돈을 챙긴 나는 홍신과 먼저 마차에서 내리고, 마부는 안색이 창백한 금해를 부축했다. 어쩌다 보니 정말로 중환자를 데려오게 되었다. 사실 심마心魔는 별게 아니다. 자신에게 가장 중요한 것을 잃게 되면 심마는 어떠한 형태로든 찾아오게 되어있다. 금해에게 가장 중요한 것은 돈, 그리고 그 돈으로 사들인 영약으로 차곡차곡 쌓아둔 내공일 것이다. 그 두 개를 나한테 뺏긴 데다가 갑자기 등장한 홍신 사매에게 연신 따귀를 처맞았으니 심마가 충분히 주화입마로 발전할 수 있는 상황이었다. 한마디로 미치기 직전이라는 말씀.

"먼저 들어가라."

나는 홍신, 금해, 마부를 먼저 들여보낸 다음에 바깥에서 간판을 한참이나 바라봤다.

〈모용의가慕容醫家〉

흔하지 않은 모용 씨가 운영하는 의가醫家라면, 잘 찾아온 것 같다. 나는 이 재회가 참으로 뜻깊었다. 앞으로 이놈과의 인연이 어떻게 이어지게 될 것인지는 나도 알 수가 없다. 내가 들어가자, 모용의가의 젊은 주인장이 직접 환자를 맞이하고 있었다.

"공자부터 안으로 빨리 모셔라."

의녀들이 금해를 부축해서 안으로 들어갔다. 나는 잠시 다가가지

...

않은 채로 머리에 하얀 띠를 두르고 있는 청년을 물끄러미 바라봤
다. 단정한 옷차림, 깨끗한 얼굴, 간간이 웃는 모습까지 내겐 너무
낯설었다. 이런 생각이 들었다.

'이놈도 정말 행복하고 멀쩡한 시절이 있었구나…'

마부의 설명이 대충 끝나자, 홍신이 말했다.

"의원은 일단 우리 사형의 말씀도 들어보도록."

나는 홍신을 불렀다.

"홍 사매."

"예, 사형."

"모용 선생께는 항상 존댓말을 하도록."

홍신이 긴장한 표정으로 대꾸했다.

"알겠습니다, 사형."

우리 의원 선생께서는 나를 힐끔 바라봤다가 상황을 정리했다.

"금산의 공자님은 내상을 입으셨으니 운기조식부터."

한 의녀가 대꾸했다.

"예."

"말을 걸지 말고 주변에 다가가는 사람 없도록 차단해라. 그리고
처음 뵙는 신장께서는 어디가 불편하신지요?"

질문을 받고 나서야 나는 가면을 벗고, 꽤 오랜만에 놈과 눈을 마
주쳤다.

"…"

당연히 우리는 현생에서 처음 만나는 사이였으니 이놈이 나를 알
아볼 리가 없다. 나는 그 어느 때보다 침착한 어조로 말했다.

"일양현에 사는 이자하라 하오. 하오문이라는 자그마한 단체의 문주요."

모용 선생이 당황한 표정으로 대꾸했다.

"십이신장이 아니시고요?"

나는 가면을 한 번 바라본 후에 대꾸했다.

"우리 자그마한 하오문은 지금 대나찰과 전쟁 중이오. 이 가면의 본래 주인은 홍신에게 죽었소."

대나찰과 전쟁 중이라는 말에 모용 선생은 눈을 연신 껌벅였다.

"아, 그러시군요. 어쨌든 제가 정리하겠습니다. 홍신 신장께서는 안에 들어가서 누워 계십시오. 그리고 문주님은 어디 불편하신 곳이?"

"나는 그저 계산하러 왔소. 불편한 곳도 딱히 없고. 선생의 의술 실력이 출중하다고 해서 궁금하긴 했었소."

놈이 멋쩍게 웃다가 자신을 소개했다.

"아, 그러시군요. 소개가 늦었습니다. 저는 모용백慕容白이라 합니다."

모용백이 의녀들에게 이것저것 시키자, 의녀들이 홍신과 마부를 안내했다. 홍신은 의녀에게 끌려가는 와중에도 내게 보고하는 것을 잊지 않았다.

"사형, 치료하고 오겠습니다."

"오냐."

사람들이 사라진 곳에서 나는 모용백과 잠시 둘만 남았다. 모용백이 물었다.

...

"대나찰과 싸우고 계신다는 말씀이 정말입니까?"

나는 고개를 끄덕이다가 백염초 상자를 올려놓은 탁자로 모용백을 불렀다.

"선생, 잠시 와보시오."

내가 상자를 열자, 모용백의 눈이 동그랗게 변했다.

"이것이 왜 여기에?"

"선생이 감정했소?"

모용백이 맞은편에 앉으면서 대꾸했다.

"예, 진품입니다."

"몇 년 정도라 보시오?"

"보통 뿌리의 굵기와 잔가지의 개수로 파악하는데 적어도 일백 년은 넘습니다."

"삼사백 년은 아니고?"

"그것은 좀 무리지요. 이것이 비싸다 보니까 험지에 있는 것도 어떻게든 캐내서 중원으로 넘어옵니다. 백 년산도 요새는 희귀합니다."

그 와중에도 금해가 거짓말을 했다는 뜻이다.

"나는 벌써 세 뿌리를 먹었소."

금해의 내공도 쪽 빨았고. 모용백이 놀란 표정으로 나를 바라봤다.

"아, 축하드립니다."

나는 궁금한 것을 물었다.

"선생도 수련하고 계시오?"

"아무래도 강호인들을 치료하다 보니, 저도 공부를 해야 해서요. 내공도 쌓고 있고, 다른 수련도 병행하고 있습니다. 강호인들의 부상은 일반 환자와는 달라서 치료하는 것이 더 힘듭니다. 괴이한 독에 당할 때도 있어서 복잡하지요."

나는 속으로 한숨을 삼켰다.

'이놈이 이렇게 정상이었다니…'

문득 의원 내부를 둘러봤다. 깨끗하게 정돈이 잘 되어있는 집이었다. 나는 잠시 깍지를 낀 손에 이마를 댄 다음에 생각에 잠겼다. 은혜가 있으면 갚고, 원한이 있으면 두 배로 갚는다는 독고생의 말이 떠올랐다. 실은 나도 크게 다르진 않다.

"문주님, 어디 불편하십니까?"

내가 고개를 젓자, 모용백이 백염초를 가리키면서 말했다.

"아시겠지만 백염초는 극양의 기운을 북돋기 때문에 복용하고 나서는 화병火病을 특히 조심하셔야 합니다."

나는 고개를 들면서 대꾸했다.

"나는 본래 화가 많으니 괜찮소."

"문주님, 화가 많으면 더더욱 조심하셔야지요."

"그 화를 적절하게 풀고 있으니 괜찮소."

모용백이 궁금하다는 것처럼 물었다.

"어떻게 푸십니까?"

"그러게 내가 어떻게 풀었더라. 솔직히 말해도 되겠소?"

"의술을 익힌 자는 환자의 비밀을 함부로 누설하면 안 됩니다. 편히 말씀하십시오."

나는 손가락으로 탁자를 두드리면서 말했다.

"일전에 우리 집이 홀라당 불에 탔소. 객잔을 겸하는 집이었지. 울화통이 치밀더군. 그래서 불 지른 놈을 죽였소. 속이 뻥…"

이런 고백일 줄은 몰랐던 모용백이 당황했다.

"아, 예."

"알고 보니 내가 죽인 놈들이 흑묘방의 허락하에 흑도 방파를 세우려는 놈들이었더군. 그래서 흑묘방 사람들이 나를 찾아와서 따졌소. 불러서 모욕감도 안기고, 개처럼 꿇어앉으라는 말을 하질 않나. 그래서 죽였소. 속이 뻥…"

모용백은 저도 모르게 갑자기 자세를 바로 했다.

"아, 예. 그러셨군요."

"그랬더니 살수를 보내더군."

"흑묘방이요?"

"살수 놈은 근성이 있어서 살려뒀소. 놈과 돼지통뼈를 나눠 먹은 다음에 흑묘방으로 쳐들어갔지. 솔직히 신이 났소."

모용백이 침을 한 번 꿀꺽 삼켰다.

"웬만하면 흑묘방주도 살려줄 생각이 요만큼은 있었는데, 뭐랬더라? 흑도는 핥으라면 핥고, 짖으라면 짖고 뭐 하여간 그런 말을 들었소. 담벼락으로 날려 보낸 다음에 핥으라면 핥을 수 있겠냐고 물었더니 바로 승천했소."

"아, 흑묘방주가 죽었습니까?"

"공식적으로는 아직 죽지 않았소. 내가 흑묘방주 행세를 하고 있거든."

나는 녹술의 가면을 두드리면서 말했다.

"이것처럼 말이오. 지금은 내가 흑묘이자, 녹술인 셈이오. 이해하셨나?"

모용백이 신기하다는 것처럼 말했다.

"정말 화를 그때그때 잘 푸셨군요."

"울화병이 생기지 않게 잘 풀었소."

모용백이 심각한 표정으로 어조를 낮췄다.

"이런 걸 여쭤도 될지 모르겠습니다."

"편히 물어보시오. 우리 모용 선생."

모용백이 속삭였다.

"대나찰의 적이신데, 그들의 제자를 치료해 주러 오신 겁니까?"

"핵심을 잘 짚었군."

나는 심각한 표정으로 모용백을 바라보다가, 손가락 두 개를 탁자 위에 내려놓고 뚜벅뚜벅 걷는 모양을 흉내 냈다.

"한 강호인이 있소. 이렇게 뚜벅뚜벅 걷다가. 만나는 사람마다 죽이고, 또 죽이고, 설사했다고 죽이고, 방귀 좀 꼈다고 죽이고, 살려줄 법한 사람도 죽이고, 모르는 사람도 죽이고, 죄다 죽이면 어떻게 되는지 아시오?"

"경청하겠습니다."

"마도魔道가 되는 거요."

내 손가락이 다시 처음으로 되돌아가서 모용백을 향해 다시 걸었다.

"집을 불태운 놈은 죽이고, 포악한 놈들도 죽이지만 그래도 살려서 쓸만하다 싶으면 봐줬소. 못된 말을 하던 여인, 밥값 계산하던 살수, 어렸을 때 납치되어서 세상을 이해하는 것이 힘들었던 사내는 살려두었지."

잡소리가 끼어있긴 했으나 모용백은 말의 맥락을 잘 이해했다.

"그것은 무엇입니까? 그게 흑도黑道입니까?"

"아니지. 이것은 흑도를 대하는 자세요. 그래도 몇 놈은 갱생할 수 있을 거란 희망을 품은 채로 사람을 대하는 거요. 설령 내가 나중에 다시 배신을 당하더라도, 그것까지 내가 감당하겠다는 태도지."

모용백이 나를 물끄러미 바라봤다.

"그럼 문주님은 백도白道입니까? 세상 사람들이 흔히 말하는 협객."

"나는 백도가 아니오. 지금은 되기가 어렵지."

"어째서요?"

"덕이 없어서."

"모든 백도가 덕이 있진 않을 텐데요."

나도 동의하는 바다.

"그러나 그들의 개파조사, 초대 장문인들은 대부분 덕이 높았소. 실력도 뛰어났지. 그들의 제자, 그 제자의 제자들이기 때문에 백도인 것이오. 전통의 힘이지. 반면에 나는 그렇지 않소. 불에 탔던 내 집은 객잔이었고, 나는 점소이였거든. 나는 근본이 없는 놈이라서 백도가 되려면 시간과 노력이 필요해."

"하오문은 그럼…"

"내가 만들었소."

환자의 심리 상담은 이런 식으로 진행됐다. 내 이야기에 한참 빠져있었던 모용백은 환자에게 와달라는 의녀들의 요구에 겨우 의자에서 엉덩이를 뗐다.

"문주님, 이따 다시 이야기하시죠. 죄송합니다."

"편히 일 보시오."

내가 이 녀석에게 마도, 흑도, 백도를 설명한 것은 이유가 있다. 모용백이 일찌감치 이것의 차이점을 알아줬으면 하는 심정이었기 때문이다. 전생의 모용백은 그가 익힌 의술로 나를 주화입마에서 구했던 놈이다. 그 은혜를 갚으려면 사실, 지금 내가 가져온 백염초 네 뿌리와 금자가 담긴 상자를 통째로 건네줘도 부족할 것이다. 나는 앞으로 모용백의 운명이 어떻게 변할 것인지 섣불리 예상할 수가 없었다. 내가 지금 각자의 운명을 바꾸고 있기 때문이다.

전생에는 이랬다. 신의라고 불릴 정도로 승승장구하던 모용백은 대나찰과 분쟁이 발생해서 멸문지화를 입는다. 하지만 신의神醫 모용백은 살아남아서… 독마毒魔 모용백이 된다. 그리고 대나찰은 앞서 말했다시피, 독마에게 죽는다. 새삼스럽게 강호는 이런 곳이다. 점소이는 광마가 됐고. 신의는 독마가 됐다.

내가 만사를 제쳐두고 이 사내를 찾아온 이유는 이렇다. 나를 도와줬던 사람의 불운을 막을 수 있다면. 독마라는 별호를 가진 사내와 함께했던 나날은 그저 추억으로 남겨둘 생각이다. 나는 다시 광마狂魔가 되겠지만. 이 녀석까지 다시 독마가 될 필요는 없다. 미치는 것은 나 혼자로 족하다.

···

51.
웃어서
좋았다

병을 고치고 사람을 살리던 사내가 원한을 품으면 얼마나 무서워질수 있는가. 그것을 입증한 사내가 독마다. 신체와 약에 대한 지식으로 강해지고, 그것도 부족해서 독을 연구했다. 의원에서 병이 깊어 힘겨워하는 자들을 위해 분주히 돌아다니던 두 발은 험지를 누비면서 독을 찾아다니는 두 발로 바뀌었다. 그것도 부족했는지 독마는 대나찰을 단신으로 죽이기 어렵다고 판단하고 자신의 신체에 독을 시험했다. 중독과 치료를 거듭하다가 사람이 달라진 의원은 와신상담의 세월을 보내다가 결국 대나찰을 죽였다.

　복수를 이룬 자의 마음은 흡족했을까? 전생에 우리가 만났을 때는 이미 독마가 대나찰을 죽인 이후였다. 그러나 독마는 대나찰의 제자들도 가만히 두지 않았다. 추적해서 죽이고, 찾아내서 죽이고, 한때 십이신장의 제자였다는 정체성을 버린 채로 평범하게 살아가던 십이신장도 결국 모두 찾아내서 죽였다.

내가 그를 만났을 때, 독마는 강호인들뿐만이 아니라 인간 자체를 혐오했다. 그가 그동안에 많은 병자들을 치료했기 때문이다. 그가 미쳐가는 동안에도 대나찰이 무서워서 아무도 도와주는 이가 없었다. 그렇게 신의 모용백은 강호에 점점 스며들었다. 그 혐오의 근원은 독마와 술을 마시다가 더 자세히 알게 되었다.

평범한 의원이었던 시절에 중상을 입었던 대나찰을 치료해 준 적이 있고, 목숨이 오락가락하던 십이신장도 여러 차례 살려준 적이 있다고 한다. 결국, 모용백은 이 배은망덕한 환자들을 찾아다니면서 독으로 모조리 죽였다. 내가 만났었던 독마의 표정은 참으로 공허했다. 모두 죽여 없앤 다음, 활활 불타오르던 복수심이 사그라지면. 그 다음에는 무엇을 위해 살아가야 하는 걸까. 사랑하는 사람도 곁에 없고, 죽여야 할 놈도 사라졌으니 말이다.

독마는 답을 얻지 못한 채로 독을 연구하고 무공을 수련했다. 대나찰의 복수를 하겠다고 찾아오는 자들이 있을 것이라 상상하면서 세월을 보냈다. 내가 이런 독마에게 고마운 마음을 가지고 있는 것은. 다시는 사람을 살리지 않겠다는 자신의 맹세를 저버리고, 그가 잊지 않고 있었던 옛 의술로 나를 주화입마에서 구했기 때문이다. 서서히 미쳐가고 있던 사내는 예전부터 이미 미쳐있었던 나를 동정했던 모양이다. 미친놈끼리만 통했던 동병상련의 마음이랄까. 나는 대기하는 장소에 홀로 앉아서 이런 옛일을 떠올리지 않을 수가 없었다.

* * *

환자들을 살피고 나온 모용백이 다시 자리에 앉으면서 환자의 상태를 설명했다.

"큰 부상은 아닙니다. 염려하지 마십시오."

나는 염려하지 않고 있었으나 진중한 표정으로 고개를 끄덕였다. 아무래도 모용백은 내가 두 환자의 보호자라고 생각하는 모양이었다. 모용백의 말이 이어졌다.

"신기하게도 두 분의 부상은 가벼운 편이나 오히려 심리적으로 불안한 증세가 있습니다. 특히 홍신 신장께서는 며칠 잠을 이루지 못한 것 같습니다. 계속 사형은 뭐 하고 계시는지 묻기도 하고. 설사 때문에 괴롭다는 말도 하시더군요. 비몽사몽의 상태에선 말이 이렇게 솔직해집니다."

모용백은 이게 어떻게 된 노릇인지 설명해 달라는 것처럼 나를 물끄러미 바라봤다.

"설사가 중한 병이오?"

"때에 따라서는 그렇지요."

"어떤 부분이?"

"강호에 계시지 않습니까. 적수를 만나면 설사 때문에 질 수도 있습니다. 목숨이 달린 일이니 무거운 병이지요."

"음."

과거로 돌아와서 한때 독마라 불리던 무시무시한 사내와 설사에 대해 이리 깊은 대화를 나눌 줄이야. 나는 모용백의 성격을 알기 때문에 그의 궁금증을 풀어줬다.

"실은 홍 사매에게 고독이라 속이고 설사약을 먹였소. 십이신장

중에서 횡포가 심한 녹술, 황오, 백자를 죽이라고 시켰지. 홍신이 내게 계속 저항했다면 흑묘방주처럼 죽일 수밖에 없었소. 그러니 설사약은 홍신을 죽이고 있는 게 아니라 살리고 있는 거요."

나는 설사학개론泄瀉學概論으로 반박했다. 사태를 파악한 모용백은 웃음을 애써 참다가 잠시 콧구멍을 벌렁거렸다.

"그렇군요. 그렇다면 제가 설사를 멈추게 하는 약을 처방하면."

나는 손가락을 튕기면서 대꾸했다.

"고독을 치료했다는 명성이 추가되겠지. 기가 막히는군."

"그건 사양하겠습니다."

"어쨌든 녹술을 처리했기 때문에 약조한 대로 치료해 주기로 했소. 모용 선생이 좀 도와주시오."

"알겠습니다. 어렵지 않은 일이니 제게 맡기십시오."

뭔 놈의 설사를 멈추게 하는데 분위기가 이렇게 진중해진 것일까. 나는 잠시 모용백과 눈을 마주치면서 고개를 한 번 끄떡거렸다.

"똥 얘기는 이쯤에서 마무리합시다."

"그러시지요. 그나저나 금해 신장의 경우에도 정신적인 충격이 있었던 모양입니다."

나는 모용백에게 질문을 던졌다.

"그놈이 가장 좋아하는 게 뭔지 아시오?"

"뭐 비난하자는 말은 아니나 돈, 영약, 식탐 정도가 있겠지요."

"잘 보셨소. 나와 겨루다가 내공을 꽤 잃었고, 돈도 빼앗겼소."

"그렇군요. 본래 승승장구하던 분들이 실패에 대한 충격을 더 크게 받습니다."

나는 고개를 끄덕이면서 환자실 쪽을 가리켰다.

"일단 수렁에 빠진 홍신부터 빼내고 다시 오시오."

"다녀오겠습니다."

나는 모용백의 등을 물끄러미 바라보면서 이런 생각을 했다. 계속 성공만 하던 자들이 실패에 대한 충격을 더 크게 받는다는 말은 너한테도 적용된다고 말이다. 그러나 내게 적용되는 말은 아니다. 나는 성공해 본 기억이 매우 드물다. 객잔이 망했고, 무덤지기를 하다가 고용주에게 쫓겨났으며, 비무도박에서는 연전연패를 기록한 적도 있다. 무공을 익히다가 영 좋지 않은 길로 빠져서 주화입마에 시달렸고, 하오문은 만들자마자 금세 망했다. 무공을 배우든, 영약을 먹든 간에 나는 항상 순조롭지 않았다.

실패로 점철된 인생, 그것이 내 전생이다. 그렇게 쫄딱 망한 인생이었기 때문에 무림맹에게도 쫓기고, 마교에게도 쫓긴 것이다. 그 결과, 나는 천옥을 삼키게 되었으니… 실패라는 것은 과정일 뿐이라고 생각한다. 중요한 것은 스스로 자해하지 않고 버티는 것이다. 환자실 쪽에서 갑자기 홍신의 목소리가 들렸다.

"감사합니다!"

그러하다. 감사히 살면 되는 것이다. 설사가 멈출 것이라는 희망과 굵직한 똥이 나올 것이라는 기대감. 홍신의 입에서도 이제 '선생님'이라는 말이 절로 나오는 모양이다. 저렇게 존경을 받던 모용백이 환자들에게 끔찍한 배신을 당했으니. 신의라는 별호가 사라지고, 독마가 탄생한 것이다.

고로, 대나찰은 모용백이 미치기 전에 내 손에 죽어야 한다. 그나저나 나는 혼자 심심하게 앉아서 상념에 빠져있다 보니 의식의 흐름이 자꾸만 기승전똥으로 연결되는 것 같아서 마음을 차분하게 가라앉혔다. 어여쁜 의녀들이 가끔 지나갈 때마다 내게 고개를 살짝 숙였다. 얼굴도 하얗고, 복장도 순백인데 내 머릿속에는 똥만 가득 차 있으니 의녀들에게 새삼 미안하다는 기분이 들었다.

'못난 놈.'

안쪽에서 모용백이 의녀들에게 주의사항을 전달한 다음에 다시 걸어 나왔다.

"문주님, 아무래도 홍신 신장께서는 잠을 좀 자야겠습니다. 금해 신장께서도 운기조식이 길어지기 때문에 대기하는 시간이 길어지실 것 같군요. 내일 다시 오셔도 충분할 것 같습니다."

"선생은 바쁘시오?"

"그렇진 않습니다."

나는 맞은편을 가리켰다. 모용백이 앉는 것을 본 다음에 나는 금자가 든 상자를 밀면서 말했다. 모용백이 상자를 보면서 물었다.

"이게 뭡니까?"

"치료비요."

"열어봐도 되겠습니까?"

"물론."

모용백은 상자를 열자마자, 통용 금자가 가득 들어있는 것을 확인했다.

"너무 많군요. 전부 몇 개입니까?"

"금자 오십 개."

"왜 이렇게 많이 주시는지 여쭙니다."

"실은 나도 운기조식을 좀 해야 할 시기요. 사제들의 치료를 기다 릴 겸, 내게도 조용한 침상 하나 내주시오."

"그것은 어렵지 않으나, 그럼."

모용백은 상자에서 금자 세 개를 꺼낸 다음에 상자를 내게 밀어 냈다.

"이렇게만 주셔도 너무 과합니다."

실랑이가 잠시 벌어졌다.

"받으시오."

"거절하겠습니다."

나는 잠시 전생의 독마가 고집도 지독했었다는 것을 떠올렸다. 모 용백이 다소 편한 얼굴로 내게 말했다.

"문주님, 저는 의원이기에 사람을 가리지 않고 치료했습니다. 그 러나 저도 사람인지라 미워하고 좋아하는 구분은 있습니다. 이 돈은 하시려는 일에 쓰십시오. 오십 개를 제가 받았으나, 다시 마흔일곱 개는 군자금으로 쓰시라고 돌려드립니다."

돈은 벌어서 꽃잎처럼 뿌리는 것인데. 모용백은 그 꽃잎을 쓸어 담아서 내 얼굴에 다시 뿌렸다. 또한, 말의 의미를 세세히 살펴보면 대나찰을 죽이는 돈으로 사용하라는 의미도 담겨있었다.

"계속 거절할 것 같아서 그럼 내가 쓰리다."

"예."

"하지만 이것은 받아줘야겠소."

이차전이 시작됐다. 나는 백염초 네 뿌리가 들어있는 상자를 모용백에게 내밀었다. 그가 무슨 말로 거절하든 반격할 말을 준비하면서.

"선생께서 건강해야 많은 사람을 살릴 수 있소."

모용백은 백염초 상자를 열어보지도 않은 채로 웃었다.

"문주님."

"말씀해 보시오."

"이 백염초를 제가 온전하게 흡수하려면 열흘 이상은 운기조식에 매달려야 합니다. 매일 찾아오는 환자들이 있는데 굳이 제가 이것을 먹고 자리를 비울 수는 없습니다. 이것이야말로 문주님에게 필요한 약이 아닙니까? 보잘것없는 동네 의원을 좋게 봐주시니 감사할 따름입니다. 지금 당장 여기서 복용하시고, 운기조식을 시작하시면 저는 문주님이 빠르게 몸의 균형을 되찾을 수 있도록 탕을 준비해 보겠습니다."

내가 이런 놈이다. 말싸움도 졌다, 이 말이다.

"..."

대답할 말이 궁색해서 멋진 말이 뭐가 있나 고민하는 사이에 모용백은 의녀들을 불러서 이것저것을 시켰다.

"문주님은 가장 안쪽으로 모셔라. 영약 복용 이후에 운기조식을 하실 것이니 각별하게 조심하도록."

"예."

"그리고 내일 오전까지는 내가 부재중이라는 푯말을 걸어두고 오늘은 일찌감치 문을 닫아라. 나도 할 일이 있다."

"알겠습니다."

의원과 의녀들의 손발이 척척 들어맞는 동안에 나는 환자처럼 가만히 있었다.

"문주님? 들어가시지요. 이제."

"이것 참, 금자 세 개 주고 이래도 되는가 싶어서."

모용백이 웃으면서 말했다.

"흑묘방주보다 강한 고수를 손님으로 알게 되었으니 오히려 저희에게도 좋은 일입니다. 앞으로 잘 부탁드립니다, 문주님."

결국, 머리에 똥만 찬 사내는 순백의 의녀들을 따라 안쪽으로 들어갔다.

* * *

잠시 홀로 남은 모용백은 뒷짐을 진 채로 분주히 돌아다니는 의녀들을 바라보다가 집무실로 들어갔다. 모용백은 땀에 젖은 머리띠를 풀어낸 다음, 손과 얼굴을 씻고 나서 깨끗한 머리띠를 이마에 다시 둘렀다. 이어서 약재가 다양하게 보관되어 있는 서랍에서 재료를 하나씩 꺼내어 탁자에 올려놓았다. 그 사이에 하오문주의 말투, 눈빛, 혈색, 호흡을 떠올리고, 백염초의 기운을 중화시킬 수 있는 재료도 고민하다가 중얼거렸다.

"…기본적으로 울화병이 있으신 거 같은데."

환자의 말은 온전하게 믿는 것이 아니라는 게 모용백의 생각이었다. 일부 재료는 곱게 빻아서 가루로 만들어야 했기 때문에 모용백은 책상에 앉아, 집기를 손에 들고 직접 재료를 잘게 다지기 시작했다. 시간이 꽤 오래 걸리는 작업이기도 하다. 하지만 약의 효능은 이런 사소한 행동과 정성에 따라 더 높일 수 있다.

평소에는 의녀에게 맡겼던 일이었으나, 오늘은 오랜만에 손수 약재를 준비했다. 당연하게도 약을 만들면서 환자의 상태를 곱씹을 수밖에 없었다. 모용백이 보기에 하오문주는 감정의 폭이 매우 좁아서 인상적인 사람이었다. 제법 농담을 많이 내뱉긴 했으나 그것은 겉모습일 뿐. 본질은 크게 기뻐하는 법도 없고, 크게 화를 내는 법이 없는 냉철한 감정의 소유자라는 생각이 들었다.

모용백은 그간 공부했던 내용과 다양한 책에서 봤던 인간 군상과 자신만의 생각을 토대로 하오문주를 이렇게 생각했다. 잘 풀리지 않으면 세상을 적으로 돌려서 전쟁이라도 벌일 사내. 잘 풀리면 많은 사람을 이끌어서 보호해 줄 사내. 요점은, 전쟁을 벌이든 보호를 해주든 간에 평범하고 얌전하게 지내는 사람은 절대 아니라는 점이었다.

이를 인간의 유형으로 구분하자면 전쟁 중인 사내, 즉 장수將帥형. 어떻게 풀리든 간에 군사를 거느리는 우두머리 형태의 인간이었다. 그래서 모용백은 더 열심히 약재를 준비했다. 하오문주가 돈도 더 의미 있는 곳에 쓰고, 울화병도 잘 이겨내고, 향후 발병할 우려가 있는 심마心魔도 더 잘 이겨내고, 대나찰도 이기고, 승승장구해서 우리 모용의가도 보호해 줬으면 좋겠다는 바람으로… 좋은 약재를 모아서 정성스럽게 가루로 빻았다.

한참을 집중해서 재료를 준비하던 모용백은 문득 입꼬리가 위로 살짝 올라갔다. 그러다 결국 홀로 웃음이 터진 모용백은 잠시 쉬는 시간을 가질 수밖에 없었다.

"아, 그놈의 설사 이야기가 자꾸 생각나네. 곤란하게."

전생에 독마였던 사내가 환한 얼굴로 웃었다.

52.
해방된 여인,
부활한 남자

분주하게 돌아다니던 의녀들의 발걸음 소리가 점점 잦아들고, 모용백이 약재를 빻고 있는 소리가 일정하게 들렸다. 나는 침상에서 가부좌를 틀었다. 홍신의 코 고는 소리와 금해가 때때로 숨을 길게 토해내는 소리도 들렸다. 잡다한 소리가 살짝 끼어있긴 했지만 모용의가에서 내가 느낀 감정은 고요함이었다.

'좋다.'

독마 모용백이 젊은 시절에는 때때로 저렇게 웃었다는 것을 회귀하고 나서야 알게 되었다. 나처럼 미쳤어도 웃는 사람이 있고. 미쳐가는 와중에 전혀 웃지 않는 사람도 있다. 웃음이라는 감정 자체를 스스로 마음에서 도려낸 것이다. 그 때문에 내 눈에는 젊은 의원 모용백이 독마 모용백일 때보다 훨씬 행복해 보였다. 나도 엷은 미소를 지은 채로 운기조식을 시작했다.

백염초 일곱 뿌리의 기운은 이미 천옥으로 흡수된 상태. 평소처럼 천옥의 기운을 내공으로 전환했다. 서두를 필요가 없었다. 주화입마를 여러 번 겪어봤기 때문에 나는 내 몸을 안다. 초조함과 성급함 때문에 주화입마에 빠지는 사례도 있기에 나는 천하를 소요하는 거북이처럼 무공에 관해서는 철저하고 느릿하게 임했다.

그 때문에 밤새 운기조식을 하지 않고. 딱 한 시진 정도를 집중해서 끝마친 다음에 침상에 누워서 천장을 바라봤다. 누워있긴 했으나 나는 잠시 모용의가의 호법을 서고 있는 사람처럼 주변의 소리에 신경을 기울인 채로 가수면에 빠졌다. 기억과 꿈의 흐릿한 경계에서 나는 계단을 바라보고 있었다.

* * *

황색의 법의法衣(승려가 입는 옷)를 걸친 깡마른 사내가 시체 한 구를 양손에 든 채로 계단을 천천히 올랐다. 계단 위쪽에는 커다란 염주를 목에 건 장한이 다른 승려들과 함께 무뚝뚝한 표정으로 내려다보고 있었다. 계단 위에 있는 사람들의 얼굴에는 슬픔이 가득했으나 기골이 장대한 사내의 얼굴에서는 아무런 감정도 엿볼 수가 없었다. 시체의 상태를 확인한 사내는 다른 승려들에게 짤막한 작별의 말을 전한 다음에 혼자 천천히 계단을 내려왔다.

이 사내는 계단을 내려오는 동안에 표정이 시시각각 변했다. 차분했던 표정이 먼저 사라지고, 일체의 허례허식을 벗어던졌으며, 스스로 파계를 선언하더니 부동명왕不動明王의 불상처럼 표정이 변했다. 계단 위에 있는 승려들이 돌아오라는 말을 외쳤으나. 스스로 파계를 선언한 사내는 꿈쩍도 하지 않은 표정으로 마지막 계단에서 내려섰다. 꿈이라는 것은 본래 아귀가 들어맞는 이야기가 아니다. 계단을 내려온 기골이 장대한 사내는 어둠 속을 거닐었다. 나는 꿈에서조차 사내의 특이한 복장을 보자마자 한숨부터 내쉬었다.

'왜 또 나를 쳐다봐?'

굵은 염주를 목에 걸고 있는 강골의 사내는 서장 밀교의 갈래인 잡부밀교雜部密教의 무승武僧. 통칭, 잡밀雜密의 대종사. 손을 휘둘러서 어둠을 걷어낸 사내가 나를 바라보더니 기괴한 표정으로 웃었다.

"제자야, 오랜만이다."

나는 저절로 눈이 떠지면서 잠이 싹 달아났다.

'아, 제기랄…'

그러니까, 요약하면 이것은 악몽이다. 백염초를 복용했기 때문에 연상 작용으로 꿈에서 등장한 모양이다. 나는 이 미치광이 파계승에게 끌려다니다가 백염초를 먹었다. 당시의 고초는 말로 표현할 방법이 없다. 전생으로 따지면, 전대 광마가 되는 사내. 잡밀의 대종사는 내 사부다. 하지만 그 출신과 복장, 행색 때문에 적들에겐 광승狂僧이라 불렸다. 강호인들이 되도록 부딪치지 말아야지 하는 자연재해같은 사내가 몇 명 있는데 광승도 그중 한 명이다. 나는 짧은 인연을 맺었던 사부를 생각할 때마다 진절머리가 났다.

백염초 맛 좀 보라면서, 나는 중원에서 서장까지 끌려갔었다. 절강의 앞바다에는 무슨 물고기가 사는지 궁금하다면서 서장에서 사천, 중경, 호북, 안휘를 지나 절강까지 갔었다. 그 여정에서 마주친 흑도나 사마외도는 전부 광승에게 죽었다. 나는 끌려다니는 와중에 그를 사부라 부른 적이 없으나. 그는 내내 나를 제자라 불렀다.

나중에 광마가 되고 나서 돌이켜보니 어쨌든 그는 나의 사부였다. 나는 조심스럽게 속으로 다짐했다. 이번에는 절대로 제자가 되지 않겠다고. 끌려다니다가 인생을 하직할 뻔한 적이 한두 번이 아니다. 전대 광마였으니 당연히 미친 인간이다. 어느 날, 깨달음을 얻은 채로 다시 서장에 돌아가지 않았더라면 아마 중원 고수 중에서 절반은 이 사내에게 죽었을 터였다.

* * *

아침 일찍 발소리를 내지 않은 채로 돌아다니던 모용백은 내가 이미 깨어있는 것을 발견했다.

"문주님, 벌써 일어나셨습니까?"

내가 고개를 끄덕이자, 모용백이 말했다.

"곧 탕을 가져오겠습니다."

나는 모용백의 얼굴을 보자마자 그가 밤을 꼴딱 지새웠다는 것을 알아차렸다. 모용백이 금세 탕 한 사발을 가져왔다. 독마가 주는 시커먼 약이라니… 이놈이 아직은 독마가 아니라는 생각을 하면서도 오금이 살짝 저렸다. 모용백은 순진한 눈망울로 내게 사약처럼 보이는 맛없는 약재를 들이밀었다.

"문주님, 드십시오."

의사 선생, 이거 뭐로 만들었나? 묻고 싶다는 마음을 꾹 누른 채로 사발을 들이켰다. 식도를 부드럽게 타고 내려가는 것을 보아하니 독은 아닌 모양이다.

"어떠십니까?"

"그냥 뭐 가슴이 약간 시원해진 느낌 말고는 없소."

"속이 뻥… 뚫린 느낌이라는 거죠? 맥을 한번 짚어도 되겠습니까?"

내가 손목을 내밀자, 모용백이 맥을 짚은 다음에 고개를 살짝 갸웃했다.

"그간 내공을 쌓는 데 어려움은 없으셨습니까?"

"딱히 없었는데."

순간 모용백이 놀란 표정으로 손을 급히 뗐다.

"무언가 끌어당기는 힘이…"

"선생의 내공을?"

"예."

모용백은 맥을 짚었던 손가락을 만져보다가 느낌을 말했다.

"태워서 흡수하는 느낌이 드는군요."

"아마 그럴 거요."

"금해 신장도 이것에 당한 모양이지요?"

나는 씨익 웃으면서 모용백을 바라봤다. 눈앞에 있는 사내는 얼추 사태를 다 파악하고 있었다.

"내공을 잃었다는 말의 뜻이 그럼 금해 신장의 내공이 문주님의 단전으로 들어갔다는 말이었나요?"

"맞소."

"혹시 전통적인 방법, 그러니까 오래된 무학을 얻으신 겁니까. 아니면 기연 형태로 얻게 된 현상입니까."

"기연이라 해야겠지."

"그렇다면 이 현상을 문주님의 것으로 완벽하게 체득할 때까지는 되도록 타인의 내공을 흡수하는 것은 자제하는 게 좋겠습니다."

"안 그래도 자제할 생각이었소."

"문주님은 주로 어디에 계시는지요?"

"흑묘방 혹은 일양현의 어딘가에…"

"바쁘시더라도 종종 오시길 바랍니다."

나는 아예 대놓고 내 행보를 밝혔다.

"대나찰을 처리하게 되면 조금 가벼운 마음으로 다시 오리다."

대나찰을 처리한다는 것은 일양현을 포함한 남화 일대의 흑도를 대부분 장악한다는 뜻이다. 이것만 이뤄져도 앞으로 뜬금없이 모용백이 봉변을 당하는 일은 벌어지지 않을 터였다. 오전까지 홍신과 금해를 치료하고 작별의 말을 나눈 나는 마차에 올라서 다시 한번 모용백을 바라봤다.

"모용 선생, 푹 주무시오. 어제오늘, 고마웠소."

모용백이 웃으면서 대꾸했다.

"문주님, 건승을 빕니다. 몸이 불편하시면 언제든 찾아오십시오."

나도 당부의 말을 남겼다.

"선생, 강호인들 조심하시고. 무슨 일이 생기면 내가 직접 오겠소."

"의원에게 별일이 있겠습니까? 말씀이라도 감사합니다."

마차가 출발하자마자, 나는 한숨을 살짝 내쉬었다.

'그 별일 안 생기게 하려고 내가 지금 전쟁 중이다. 이놈아…'

금해의 안색은 어제보다 나아진 상태. 그러나 옆에는 설사병을 극복한 홍신이 있고, 정면에는 내가 있었다. 따귀를 극구 경계하고 있는 금해가 내게 조심스러운 어조로 말했다.

"녹 사형, 저는 집으로 돌아가면 안 되겠습니까?"

나는 고개를 끄덕였다.

"집이 좋지."

"감사합니다."

"안 돼."

"…"

이번에는 홍신이 두 손을 모은 채로 착한 표정을 지었다.

"사형, 저한테는 해독약을 주실 거죠?"

"줬잖아."

"언제요?"

"자하고독은 설사약이다. 설사는 모용 선생이 치료해 줬을 것이고."

나는 홍신의 넋 나간 표정을 바라보다가 말했다.

"사매, 표정 관리해야지?"

홍신이 활짝 웃었다. 하지만 내 눈에는 활짝 웃는 와중에도 눈에서 불길이 활활 타오르는 것처럼 보였다.

"홍 사매, 금 사제."

"예."

"일면식도 없는 내가 갑자기 사매라 부르고, 사제라 부르니 우스워?"

"아닙니다."

"안 웃겨요."

"정작 너희 진짜 사부는 어떠하냐? 사람이 살아갈 때 인연만큼 소중한 게 없다. 두 사람이 대나찰의 편에 서서 내게 대항하겠다면 마차를 당장 멈춰주마. 고독도 해결했고, 내상도 어느 정도 치료한 터라 큰 문제는 없을 테니 내려서 각자 갈 길 가자."

"음."

"전 안 내릴 건데요?"

"나도 아직 사매와 사제에게 별다른 정이 있는 건 아니라서 대나찰 옆에 서있으면 처음 본 사람처럼 시원하게 때려죽일 수 있을 것 같다. 두 사람은 마음 내키는 대로 살도록 해. 나처럼."

홍신과 금해는 나를 물끄러미 바라봤다. 나는 한마디를 더 보탰다.

"두 사람은 내 노예도 아니고. 대나찰의 노예도 아니니까 그래도 된다."

금해가 입을 열었다.

"사형, 저는 대나찰을 배신했다가 집안이 몰살당할 수도 있습니다. 사형이 어느 정도 실력을 갖췄는지, 세력은 어느 정도인지 알려주시면 안 될까요. 제 목숨만 달린 일이 아니라서 그렇습니다."

나는 문득 모용백의 말이 떠올랐다. 대나찰이 죽은 후 한때 십이신장이었다는 정체성을 버리고 평범하게 살았다는 제자 놈이 어쩌면 금해일지도 모르겠다는 생각이 들었다. 본래 이놈은 부잣집 도련님이니 충분히 가능한 일이다. 그렇다면, 이놈은 전생에 자신을 죽였던 사람에게 치료를 받은 셈이다. 나는 입꼬리가 위로 올라갔다.

'인생 참…'

"상인이라 그런가. 전력 비교를 해서 꼼꼼하게 셈을 하겠다는 말이지?"

금해가 고개를 살짝 숙였다.

"죄송합니다. 정말 제 목숨만 달린 일이 아니기에…"

강호에서는 전력 비교처럼 허망한 계산법이 없다. 싸움은 그런 계산법으로 결과를 내지 않기 때문이다. 나는 내 식대로 설명했다.

"이렇게 생각하자. 내가 패배하는 것으로. 대나찰에겐 아직 그의 제자들이 많이 있을 테니까. 내가 전력이 밀리는 게 당연하겠지. 그런데 그 부족함이 홍신과 금해, 너희 둘이 빠졌기 때문이라고 가정해 보자. 너희 둘이 다시 대나찰에게 합류했기 때문에 나는 아깝게 패배하는 거지. 그렇게 됐을 때 너희 인생은 만족스러울 것 같으냐."

두 사람은 잠시 아무런 대꾸도 없었다.

"여전히 뭐 훔쳐 와라. 돈 가져와라. 아까 보니, 모용의가 의녀들의 미모가 뛰어나던데. 대나찰의 눈에 띄면 모용백도 의녀를 대나찰에게 바쳐야 할지도 모르겠다. 원래 그런 놈이기 때문이야. 너희는 대나찰이 죽을 때까지 노예로 살 수밖에 없어."

나는 고개를 저었다.

"전력 비교가 중요한 게 아니다. 내가 설령 약하더라도 앞으로 계속 노예로 살 것이냐. 노예로 살지 않을 것이냐. 그게 중요해."

잠시 후 마차가 멈추더니 마부가 고했다.

"흑묘방에 도착했습니다."

나는 여기까지 따라온 금해에게 이렇게 말했다.

"금해야, 너는 부잣집에서 태어나 부족한 것 없이 자랐고. 가문에 대한 자부심도 있을 테지만 지금 상황을 봐라. 그 돈이 어찌 네 돈이냐. 너희 집안은 통째로 대나찰의 자금 창고다. 정말 부자라면 돈을 악착같이 모으는 일보다는 어떻게 쓸 것인지가 더 중요하지 않을까 싶은데."

즉답을 회피한 금해가 대꾸했다.

"사형, 죄송한데 밥 한 끼 더 주실 수 있습니까?"

나는 홍신에게 물었다.

"사매는?"

홍신이 어리둥절한 표정으로 되물었다.

"저 뭐요? 밥이요? 저도 배고프긴 한데."

금해가 홍신의 옆구리를 팔꿈치로 찔렀다.

"대나찰 편에 설 것이냐고 물으시는 거잖아."

홍신은 금해와 달리 단순하고 명확했다.

"저는 무조건 사형의 편입니다."

나 대신에 금해가 질문했다.

"왜?"

홍신이 대답했다.

"화장실에도 데려다주시고, 의원에게도 데려다주시고. 돼지통뼈도 먹었고. 독을 주셨던 게 좀 마음에 걸리긴 하지만 설사약이었고. 그리고 아마 대나찰 사부가 내게 독을 줬더라면 그게 진짜 독이라서 저는 죽었겠죠? 화장실에도 안 데려다주고 풀숲에 지렸겠죠? 생각만 해도 끔찍하니까 저는 사형과 함께할게요."

내가 또 이렇게 설사약으로 숙녀의 마음을 사로잡았군.

"밥이나 먹으러 가자."

마차에서 내려 마부까지 함께 흑묘방으로 들어갔다. 정문을 활짝 열어서 들어가자 수련 중인 수하들의 모습이 보였다. 내가 가면을 벗은 채로 등장하자, 소군평이 포권을 취하면서 말했다.

"방주님을 뵙습니다."

이어서 수하들이 고통스러운 수련 자세를 유지한 채로 인사말을 건넸다.

"방주님을 뵙습니다!"

나는 좌 홍신, 우 금해를 거느리고 고개를 끄덕이면서 내원을 돌파했다. 그 와중에 금해는 흑묘방의 수하들이 방주라 부르는 것을 이해하지 못한 표정으로 주변을 두리번거리다가 멈춰 섰다.

"녹 사형이 묘 사형이에요? 하, 하인이 묘 사형이에요, 녹 사형이에요? 문주가 하인이었어요?"

나는 돌아서서 금해를 바라봤다.

"저, 저… 저 봐라. 저거 또 주화입마 온다. 홍 사매."

"예."

척하면 척하고 알아듣는 홍신이 온통 의아함으로 가득 차있는 금해의 뺨따귀를 후려쳤다.

"정신 안 차려?"

금해는 뺨을 부여잡은 채로 지옥 입구에서 돌아왔다. 어제와 오늘, 대체 뺨을 몇 대나 처맞은 것일까. 나는 혀를 차면서 말했다.

"아이고 저 부잣집 도련님, 어따, 쓰냐."

나는 설사로부터 해방되고, 뺨을 처맞아서 부활한 자들에게 말했다.

"밥이나 먹자."

강호에서 살아남는 게 쉬운 일이 아니다.

53.
대진표가
잘못되었습니다

나는 밥을 먹으면서 홍신과 금해를 종종 바라봤다. 밥을 맛있게 먹는지도 궁금했고, 나랑 같이 먹을 때 밥이 목구멍으로 잘 넘어가는지도 궁금했다. 홍신과 금해는 땅을 파듯이 밥을 퍼먹었다. 어떤 사람들은 이 한 끼의 식사를 하기 위해 종일 일을 하는데, 강호에 몸을 던진 두 사람은 어떤 마음으로 밥을 먹고 있는지도 궁금했다. 그러나 굳이 물어보진 않았다. 그저 매일 먹는 의미 없는 식사로 끝날 수도 있기 때문이다. 나도 엄청나게 먹어대는 금해만큼은 아니지만, 시비들의 음식 솜씨를 칭찬하면서 전쟁터의 병사처럼 공격적으로 먹었다.

"이것도 맛있고, 저것도 맛있고 다 맛있네."

"그러게요."

식욕은 홍신도 만만치 않았다. 설사를 해결했기 때문이다. 각자 무슨 생각을 하는지 모르겠으나, 어쨌든 시비들이 준비한 식사는 우

...

리 셋이 정말 깔끔하게 먹어치웠다. 잠시 후 전쟁이 한차례 끝이 난 소강상태를 맞이한 것처럼 우리 셋은 숨만 내쉬었다.

'못난 놈들…'

홍신이 궁금하다는 것처럼 물었다.

"이제 사형은 뭐 하실 계획입니까?"

"백유와 싸워야 하는데 내게 별 의미는 없는 일이다."

대나찰을 죽일 생각인데 사신장이 되어서 뭘 하겠는가.

"너희들이 알고 있는 대나찰의 악행이나 읊어봐라. 왠지 그걸 들으면 내 무공 실력이 일취월장할 것 같다."

홍신이 대꾸했다.

"악행을 들으면 무공 실력이 일취월장한다고요? 어째서요?"

나는 홍신을 곁눈질로 바라보면서 대꾸했다.

"잘 싸우려면 감정을 담아야 해. 열이 받아서 미치기 직전까지 가는 거지."

"그러면 실수할 수도 있잖아요."

"그 상태에서 의식적으로 찬물을 뿌리는 거다. 흥분하면 지겠구나. 마음을 가라앉히자. 분노라는 감정은 마음의 밑부분에 깔아두고, 그 위를 얼어붙은 이불로 잠시 덮는 거지. 마음에 얼음과 불길이 공존하고, 극양과 극음이 조화하듯이."

금해가 어리둥절한 표정으로 물었다.

"극음의 무공도 익히셨습니까?"

나는 이 부잣집 도련님이 질문할 때마다 왜 이렇게 속이 철렁한 것인지 모르겠다. 이놈은 상단의 자제여서 누구보다 더 발이 넓을 수밖에 없기 때문이다. 나는 혹시나 하는 심정으로 대꾸했다.

"아니? 무척 익히고 싶으나 아직 기회가 없었다. 좋은 방법이라도 알고 있나?"

금해가 말했다.

"극음 계열의 무공이 드물긴 하죠. 제가 아는 것은…"

나는 귀를 기울인 채로 금해를 바라봤다.

"천마신교의 성녀였던 여인이 독립해서 옥화궁玉化宮을 만든 적이 있습니다. 여인들로만 이뤄졌으나 전원이 빙공을 익힌 데다가 궁주가 특히 뛰어나서 세력이 꽤 강했죠. 천마신교가 복잡했던 권력 다툼을 정리하자마자 착수한 일이 독립한 옥화궁을 무너뜨리는 것이었습니다. 옥화궁은 백도에게 도움을 요청했고. 호응한 세력이 옥화산으로 진격해서 옥화백도 연합이 결성됐지요. 이 연합이 천마신교와 맞붙었던 게 약 이십여 년 전 일입니다."

오호라? 공교롭게도 내가 태어날 때쯤의 이야기인지라 당연히 나는 모르는 이야기다. 점소이에게 이런 강호사를 친절하게 설명해 주는 사람은 없기 때문이다.

"그런데?"

"양측의 피해가 막심하긴 했는데 천마신교가 이겼습니다. 옥화궁이 화마에 휩싸이고 백도도 퇴각했습니다. 생존자가 있었는데요. 이들은 성녀로 끌려가는 것을 두려워해서 전원이 옥화백도 연합에 참여했던 세력 이곳저곳으로 시집을 갔습니다. 옥화빙공의 맥이 끊기진 않았죠. 아름다운 이야기는 아닙니다. 성녀의 자격을 잃기 위해 후처로 들어간 제자들도 있었다고 하네요."

내가 알기로도 광명좌사는 방계의 인물이다. 나는 가장 중요한 것을 물었다.

"그 출신 중에 유명한 사람이 있나?"

"아직 없습니다. 빙공을 철저히 숨기겠지요. 백도에겐 막심한 피해를 안겼고, 천마신교에겐 배교자의 자식이 될 테니까요."

광명좌사는 그럼 배교자의 자식인데 마교에 투신했던 건가? 마교의 입장에서는 성녀의 후예와 빙공이 함께 되돌아온 것이어서 입교하겠다는 자를 새삼스럽게 문전박대하진 않았을 것이다. 광명좌사는 그렇다면 첩이 낳은 서자, 배교자 출신, 백도에게 막대한 피해를 준 옥화궁의 후손이 된다.

백도에겐 눈총을 따갑게 받고, 마교에겐 배교자 취급을. 집에서는 서자 취급을 받았을 것이니 이래저래 성격이 배배 꼬일 수밖에 없는 환경에서 변태 놈이 자란 모양이다. 매우 고립된 환경에 놓인 문제의 인물이었다. 그러나 놈이 꼬였든 말든 간에 이번에도 변태 짓을 하게 놔두진 않을 생각이다. 처자들을 희롱하다가 공적에 몰린 나이가 이십 대 중후반이었으니 아직은 변태 일에 착수하지 않았을 터였다.

대나찰도 죽이고, 변태 짓도 막고, 전대 광마는 피해야 하고. 아주 짜릿하고 바쁜 나날이라는 생각이 들었다. 이래서 강호인은 강해져야 한다. 내가 약하면 대나찰도 못 죽이고, 변태가 처자들을 희롱하고, 전대 광마께서는 또 나를 붙잡고 절강의 물고기를 구경하러 갈 터였다. 빌어먹을 물고기, 거북이, 바다낚시.

승려가 바다낚시를 하는 것을 보고 있으면 삼라만상의 근원은 도대체 무엇인지까지 고민하게 된다. 절강의 물고기가 궁금하고, 화산의 꽃향기를 맡고 싶다거나, 대붕大鵬을 직접 찾아보겠다는 소리를 듣고 있으면 차라리 불경을 외어달라고 부탁하고 싶을 지경이었다. 그때마다 전대 광마께서는 자신은 파계승이라서 불경을 까먹었다는 말만 반복했다.

"사매, 사제."

"예, 사형."

"강해져야 한다. 강호에서 약한 것만큼 비참한 게 없어. 두 사람은 절강의 앞바다에 어떤 물고기가 사는지 알아?"

"모르죠."

"뭐 다를 게 있겠습니까?"

내가 두 사람이 믿지 못할 이야기를 꺼내려는데, 대청 문이 열리면서 소군평이 등장했다.

"방주님, 바깥에 황오, 백자, 현축玄丑, 주미朱未 신장들이 왔습니다."

"뜬금없이? 나 들켰냐?"

"아직 모르겠습니다."

"병력은?"

"신장들만 왔습니다."

나는 이게 어떻게 된 일인지 금해에게 의견을 물었다.

"왜 몰려왔을까."

금해가 대답했다.

"어쩌면 백유 신장이 오는 건지도 모릅니다. 나머지는 사신장 비무이기 때문에 구경을 온 것 같고요."

"나가자."

나는 일어나고 있는 금해와 홍신에게 말했다.

"너희는 가면이 없으니 조금 이따가 내 수하들 틈에 섞여서 구경해라."

"알겠습니다."

* * *

누런 말, 검은 소, 흰 쥐, 붉은 양이 모여서 두런두런 이야기를 나누는 모습은 흡사 가면극을 보는 것 같았다. 내가 흑묘의 가면을 쓴 채로 등장하자 네 사람이 동시에 포권을 취했다.

"묘 사형."

"오랜만입니다."

네 사람의 어조에 긴장감이 전혀 없었다. 그렇다면 정말 백유가 오고 있는 모양이라 생각했다. 그런데, 뜬금없이 한 놈이 이렇게 빈정거렸다.

"오늘 드디어 사신장의 한 자리가 바뀌려나요? 기대해 보겠습니다."

나는 개소리에 대꾸하지 않은 채로 소군평에게 말했다.

"너희는 섣불리 나서지 말고 산山처럼 대기해라."

"방주님이 백유 신장보다 강하지 않습니까?"

나설 기회도 없지 않겠냐는 대답이었다. 나는 여유를 부리고 있는 떨거지 신장들을 바라보다가 대꾸했다.

"그 분위기가 아닌 것 같다. 여하튼 그렇게 알고 있어."

"예."

다들 가면을 쓰고 있어서 표정을 읽을 수가 없었다. 잠시 후에 하얀 가면에 닭의 볏 문양이 새겨져 있는 신장이 담벼락 위에 떨어졌다. 내게 대충 인사를 하던 놈들이 백유에겐 정중하게 예를 갖췄다.

"백유 사형을 뵙습니다."

백유가 손을 한 번 내젓더니 네 사람에게 명령했다.

"중앙을 다 비워놔라."

사람이 흩어지자 저절로 비무 공간이 확보됐다. 백유가 담벼락 위에 앉으면서 내게 말했다.

"묘 사제, 잘 있었나?"

나는 간략하게 대꾸했다.

"똑같지. 닭 사형은?"

"별일 없었다."

나는 백유가 담벼락 위에 앉아있는 것을 보고 확신했다. 방문자가 더 있는 분위기다. 내 뒤에 흑묘방의 간부들이 자리를 잡고, 내원의 담벼락 주변에는 떨거지 신장들이 자리를 잡은 상황. 그렇다면 다른 방향 담벼락 위의 자리도 누군가가 차지할 터였다. 소군평도 눈치를 챈 모양이다.

"사신장이 다 오려나 봅니다."

"그러게 말이다."

잠시 후 백유보다 존재감이 더 큰 백인, 청진, 적사가 거의 동시에 도착해서 담벼락 위를 차지했다. 관전하기 좋은 자리를 선점한 것처

···

럼 보이기도 하고, 도망가는 자들이 없게 감시하려는 구도처럼 보이기도 했다. 여하튼 아직 목숨이 붙어있는 십이신장들은 죄다 모인 셈이었다. 떨거지 신장들은 사신장들이 나타날 때마다 이리저리 인사를 하느라 바빴다. 그런데 정작 사신장들은 인사를 안 받거나, 고개를 까딱거리는 게 전부였다.

나는 사신장들에게 인사를 하지 않은 채로 전방을 주시했다. 흑묘방 정문이 벌컥 열리는 소리가 나고, 이어서 외원 정문도 활짝 열렸다. 이어서 내원의 문까지 열리자 내 시야는 일직선 중앙로로 뻥 뚫리듯이 이어졌다. 아마, 수행하는 자들이 먼저 와서 문을 연 모양이다. 정문에 깡마른 흑발의 사내가 불쑥 나타났다. 머리카락은 치렁치렁하고, 오른팔 소매는 바람에 펄럭거렸다. 오른팔 중간쯤이 잘린 모양새였다.

얼굴에는 작은 굴곡이 많았다. 입술이 두툼하고, 광대뼈도 튀어나왔으며, 붕어눈에 이마도 볼록했다. 전체적으로 기름이 좔좔 흐르는 면상에 안광眼光은 날카로웠다. 지혜로운 사람인지 어리석은 사람인지는 첫인상으로 파악할 수 없었으나, 고집이 세 보인다는 것은 누가 봐도 알 수 있었다. 나이는 적어도 오십 세는 넘긴 것처럼 보였는데, 전반적으로 시커먼 장수풍뎅이 한 마리가 걸어오는 것처럼 보였다. 드디어 대나찰이 내원에 들어서자, 십이신장 전원이 예를 갖췄다.

"사부님을 뵙습니다."

나도 예의를 아는 놈인지라, 포권을 취했다가 자세를 풀었다. 뒤따라온 시종이 의자를 내밀자, 대나찰은 보지도 않은 채로 털썩 앉앗다. 대나찰이 정확하게 나를 주시하면서 말했다.

"심심해서 왔다. 싸워라."

"예."

나는 대답을 하고 나서 단상의 계단을 내려갔다. 그러자 비무가
예정되어 있는 백유 신장이 담벼락에서 일어났다. 대나찰이 백유에
게 말했다.

"넷째야."

"예, 사부님."

대나찰이 고개를 저으면서 말했다.

"네가 감당할 수 있는 상대가 아니다. 앉아라."

백유는 헛기침을 한 다음에 도로 담벼락 위에 앉았다. 그 와중에
나는 내원 중앙에 서서 대나찰을 물끄러미 바라봤다. 대나찰이 내게
손가락질하면서 말했다.

"대진표가 잘못되었어. 백인."

"예."

"청진."

"예, 사부님."

"적사까지… 셋이 동시에 상대해라. 이러면 좀 볼만하겠지."

대나찰의 명령을 받은 세 명은 아무런 의문을 표하지 않은 채로
내원 중앙에 내려섰다. 대나찰이 쉰 목소리로 말했다.

"오늘은 무공 실력이 일취월장한 다섯째가 사신장 세 명을 동시에
상대할 것이다. 비무 형식은 생사결이니 죽거나, 죽이도록. 다른 제
자들은 비무에 끼어들지 말아라."

나는 대나찰의 말을 듣고 감탄하지 않을 수가 없었다. 이 요망한 노강호 보소. 어떻게 변고를 알아차리고 등장한 것인지는 모르겠으나, 대외적으로 내부의 문제를 정리하러 온 형식을 취했다. 순식간에 들이닥쳐서 사방을 포위하고 그것도 못 미더워서 장수가 직접 움직인 것 또한 적절했다. 우연이긴 하나 일취월장이라는 말을 나도 내뱉고, 대나찰도 언급한 것이 꽤 인상적이었다. 나는 손을 들고 이의를 제기했다.

"사부님?"

대나찰은 그래도 내 말을 무시하지 않았다.

"그래, 우리 다섯째. 염치도 없이 무슨 할 말이 있더냐?"

나는 두 손을 공손히 모은 채로 대꾸했다.

"대진표가 좀 잘못되었습니다."

"그래? 한 명을 줄여줄까? 아니면, 백유까지 넣어줄까. 좋을 대로 해라."

나는 언성을 높였다.

"에이씨. 쯧."

"…"

이번에는 훈계하는 어조로 말했다.

"그게 아니고. 생사결이면 사부님이 직접 나오셔야죠. 늙은이 새끼, 말이 안 통하네. 짜증 나게."

정적이 감돌았다. 분위기가 너무 고요해진 터라, 흑묘의 가면을 쓴 채로 두리번거렸다. 입을 뻥긋하는 놈이 정말 한 명도 없었다. 나는 어깨를 꿈틀대면서 혼자 웃었다. 함께 웃어주는 사람이 없어서 멋쩍긴 했으나 웃길 때는 웃어야 한다는 심정으로 최대한 길게 웃었다. 나중에는 심드렁하게 대충 웃다가 대나찰에게 말했다.

"딱 걸려버렸네. 재미있었는데."

나는 대나찰에게 눈웃음을 보냈다.

54.
쉿

대나찰도 결국 웃었다.

"내 제자가 할 수 있는 말은 확실히 아니구나. 네놈, 면상이나 좀 내보여라. 가면은 이제 아무 의미도 없을 것이니."

이런 말을 들으면 더 벗기 싫어지는 법. 이래라저래라 하는 요구를 절대 들어주지 않는 사람, 그것이 나다.

"나는 네 노예가 아니다. 벗으라면 벗는 사람도 아니고. 왜 처음 만나는 사람에게 벗으라고 지랄이냐. 변태 새끼, 늙은."

변태 새끼는 허초였고, '늙은'이 비장의 한 수였다.

"죽은 놈이나 사부나 사고방식이 병신 같군."

"끌끌끌…"

대나찰의 웃는 모습이 제법 혐오스러워서 나는 짧은 한마디를 내뱉었다.

"어우, 소름."

나는 전생에도 많은 사마외도를 만나봤기 때문에 무공을 익히다가 기괴하게 변한 놈들을 많이 봤다. 그런데도 대나찰의 웃음은 보기 싫은 놈들의 상위권을 차지할 정도로 듣기 싫었다. 아마 저 웃음 다음에 사람을 죽이라는 명령을 자주 내렸기 때문일 것이다. 괜히 나찰이 아니다. 외모와 분위기는 충분히 위협적인 사내였다. 아니나 다를까, 내게 사형 선고가 떨어졌다.

"사신장이 전부 나서라."

나는 사신장이 명령을 받고 일어나기 전에 대꾸했다.

"대나찰, 그렇게 추잡스럽게 살아야겠어?"

"…"

"사신장이 동시에 내게 덤비면 나는 이 자리에서 도망치겠다. 참고로 나는 경공이 무공보다 뛰어나다. 천라지망 놀이를 한번 해보자고. 하지만 네가 직접 도전하겠다면 나도 사내답게 일대일 대결을 받아주마."

하여간, 수하들이 덤비면 도망가고. 적의 대장이 덤비면 싸우고. 내가 생각해도 아귀가 전혀 들어맞지 않는 대처였다. 하지만 나는 십이신장들의 포위망은 뚫을 자신이 있었다. 가면 덕분에 이들은 아직 내 얼굴을 모르기 때문이다. 도중에 복장을 바꾸고, 가면도 어디론가 던지고, 객잔에서 걸레질이라도 하고 있으면 적어도 사신장과 대나찰은 나를 알아볼 수 없을 터였다. 점소이가 점소이로 변장하는 비기祕器랄까.

"도주에 성공하면 이번에는 한참 동안 나타나지 않을 생각이야. 절벽에서 떨어지는 기연이라도 얻은 다음에 네 앞에 다시 나타나겠

지. 천라지망이냐 아니면 일대일이냐? 선택해라. 참고로 네가 일대
일을 피했다는 소문은 남화 지역 전체에 퍼질 거다. 내가 좀 말이 많
거든."

나는 낄낄대면서 웃다가 십이신장의 분위기도 살폈다. 강호는 방
심해서는 안 된다. 사신장들이 사부의 죽음을 막지 않을 수도 있었
기 때문이다. 비정상적인 사부 밑에서 오래 버틴 놈들이 정상일 리
가 없다. 의외로 대나찰은 당장 결정을 내리지 못한 채 잔머리를 굴
렸다. 그렇다면, 그 틈을 놓칠 내 주둥아리가 아니다.

"십이신장도 잘 들어라. 못난 사부가 너희들부터 나서라고 하는
이유가 뭐겠어? 그 와중에 내가 장법을 쓰는지, 칼을 잘 다루는지,
내공은 어느 수준인지, 어떻게 싸우는지, 어떤 단점이 있는지를 파
악하기 위해서다. 물론 내가 너희와 싸우면 그런 장단점이 드러나겠
지. 대신에 너희는 흑묘처럼 죽여주마. 늙은 사부 놈이 제자들부터
지옥에 보낸 다음에 얼마나 부귀영화를 누리겠다고 저러는지 모르
겠군."

문득 나는 말석에 있는 떨거지 신장들을 둘러보면서 한 가지를 깨
달았다.

"제자들이 전부 젊군. 사부는 저리 늙었는데 말이야. 혹시 너희들
전에도 제자가 있지 않았을까? 황천행 떠나면 가면만 대물림해서 채
워놓는 식으로 말이야. 저기 시커먼 소 새끼는 도대체 몇 살이야?"

사람들의 시선이 십이신장의 말석인 현축에게 향했다. 얼굴은 보
이지 않았으나, 체격만 봐도 무공을 수련한 지 얼마 되지 않았다는
게 뻔히 보였다.

"물론 우리 사부께서는 제자의 죽음은 아랑곳하지 않을 것이다. 내 말이 틀렸다고 생각하는 사람 손 들고 서있어라."

나는 낚시를 하기 위해서 내 손도 슬쩍 들었다. 입은 다물고, 손만 들라는 낚시였는데 아무도 낚이지 않았다.

"하여간⋯"

대나찰은 여유로운 태도로 손자 놈 재롱 잔치를 보는 것처럼 웃었다.

"정신이 좀 이상한 녀석이 내 제자 행세를 하고 있었구나."

나는 진중한 어조로 대답했다.

"동의한다. 가면은 광증을 악화시키니 다른 사제들도 주의하도록."

대나찰이 의자에서 일어섰다.

"그리하자꾸나. 내가 상대하겠다."

대나찰은 말을 하는 와중에 우연인지 의도적인지 모르겠으나 사신장들을 슬쩍 둘러봤다. 별거 아닌 눈짓일 수도 있다. 그러나 이런 순간에 이유 없는 행동은 없다. 대나찰이 나를 직접 상대하고, 싸우는 도중에 사신장이 내게 기습을 하면 곤란한 상황이다. 고로, 내공을 겨루는 식의 정적인 대결을 벌이면 위험하다.

이제야 대나찰의 본질을 약간 알게 되었다. 제법 잘 돌아가는 머리가 음흉한 쪽으로 발전한 놈이었다. 이렇게 되면 대진표가 더 엉망이 된다. 나 혼자서 대나찰, 백인, 청진, 적사, 백유까지 상대하게 될 테니까. 나는 뒤통수를 한 번 긁은 다음에 백유가 있는 담벼락 쪽으로 몸을 날렸다.

공중에서 허리춤에 있는 흑묘아를 뽑았다. 무서운 기세로 백유를

　　　⋯　　　　　　　　　　　　　　　　광마회귀 I

향해 칼을 휘두르자, 백유가 화들짝 놀라더니 철선鐵扇(쇠 부채)으로 방어 자세를 취했다. 나는 허허실실虛虛實實 수법으로 검기를 내보내는 동작만 펼쳤던 상태. 백유가 방어 자세를 취하는 동안에 흑묘아를 다시 칼집에 넣은 채로 땅을 밟은 후 질풍이 뻗어나가는 것처럼 경공을 펼쳤다. 뒤에서 백인, 청진, 적사가 담벼락 위로 솟구쳐서 넘어오고. 이어서 내게 속았던 백유와 다른 십이신장들도 담벼락을 넘어서 나를 따라왔다.

여기서 다시 심리전. 내가 너무 멀리 도망가면 대나찰 일당이 아예 추적을 포기할 수 있다. 나는 천천히 돌아서서 맹렬하게 달려오는 십이신장들을 바라봤다. 뜬금없이 내가 뒷짐을 진 채로 서있자… 경공 대결을 펼치듯이 나란히 달려오던 백인, 청진, 적사도 동시에 멈췄다. 나는 진중한 어조로 물었다.

"사제들, 사부님은? 아, 이제 나오시는군."

대나찰이 담벼락 위에 서있었다. 나는 대나찰을 바라보면서 사신장들에게 작은 목소리로 속삭였다.

"사제들, 다들 걱정할 필요 없다. 내가 사부를 죽일 테니까. 적당히 호응해 달라고."

귀가 밝은 대나찰에게는 무척 작게 들리는 속삭임이었다. 마치, 처음부터 사신장들과 내가 음모를 꾸민 게 아닐까 싶은 분위기랄까. 사실 사신장이 나를 이렇게 쳐다보고만 있는 것도 웃기는 일이었다. 아니나 다를까, 대나찰이 언성을 높였다.

"뭘 그렇게 멀뚱멀뚱 쳐다만 보고 있는 거냐!"

"늙은이 새끼, 하여간."

순간, 적사가 먼저 공격을 펼쳤다. 이어서 다른 사신장도 각기 병장기를 뽑으면서 달려들었다. 나는 미리 봐뒀던 우측 골목으로 쏜살같이 달렸다. 내가 경공이 뛰어난 이유는 간단하다. 중원에서 서장까지, 다시 서장에서 절강까지 별 이유 없이 끌려다녔다. 본래 무공이 뛰어난 자들은 이동할 때 답답해서 경공을 자주 펼친다. 광승에 비해 내 실력은 한참 부족했기 때문에 정말 죽어라 달릴 수밖에 없었다.

물고기를 보겠다고 천하를 누비다 보면 경공 실력이 늘 수밖에 없다. 거북이 달리고, 꽃향기에 취해 달리고, 심심해서 허공에 낚싯대도 돌려보고, 목탁을 두들기면서도 달려봤다. 애초에 광승에게서 도망을 칠 수가 없었기 때문에 따라다닌 것도 있다. 사제들의 경공 실력을 확인하려는 의도와 평범한 사람들에게 피해를 주지 않기 위해 좁은 골목길의 양쪽 벽을 박차면서 공중으로 솟구쳤다.

지붕에 올라서자, 한눈에 남화 일대가 눈에 들어왔다. 나는 이마에 손을 댄 채로 일양현을 찾았다. 높은 곳에서 바라보니 생각보다 더욱 가깝게 느껴졌다. 나는 다시 휘파람을 불면서 지붕 위를 뛰어다녔다. 나를 일직선으로 따라오는 것이 스스로 멍청하다고 생각했는지, 잠시 후에 지붕 이곳저곳에서 가면을 쓴 사제들이 불쑥 솟아올랐다. 나는 잠시 사제들과 담소를 나눴다.

"다들 고생이 많다. 좀만 참아라."

참기 어려웠던 모양인지, 여기저기서 암기가 날아왔다. 뾰족한 암기, 둥그런 암기, 못생긴 암기, 하도 작아서 잘 보이지도 않는 바늘형 암기도 햇빛을 머금은 채로 날아왔다. 내가 이렇게 핍박을 받는 사내다. 이래서 내 꿈의 팔 할 이상이 쫓기는 꿈이다. 나머지 이 할은 미인이 등장하는데… 꿈은 죄가 아니다.

하여간에 늘 쫓기는 사내, 불쌍한 사내, 밥 먹고 암기나 쳐내는 사내, 사제들에게 쫓기는 사내, 꿈에서도 낚싯대를 들고 있는 승려에게 쫓기는 사내… 불쌍한 놈, 나란 인간. 꽤 간격이 벌어져 있는 지붕과 지붕 사이를 뛰어넘고 있을 때, 단검 한 사루가 쇄도했다. 나는 회전하면서 뽑아낸 흑묘아로 단검을 쳐낸 다음에 내려섰다. 새삼스럽게 하얀 구름이 예쁘게 떠있는 화창한 날이었다. 빨래가 뽀송뽀송하게 잘 마르는 날이기도 하다.

"이야, 구름이…"

나는 암기를 던지는 사제들의 위치, 건물 위치, 빨랫감의 위치, 이 모든 동선을 눈에 담은 다음에 다시 지붕을 넘나들다가 발을 헛디딘 것처럼 아래로 추락했다. 공중에서 빨랫감을 낚아채자마자 벽을 박차고, 열려있는 반대편 창문으로 들어갔다. 창문 사이에 걸리지 않게 몸을 비틀어 주는 것은 도주의 기본. 나는 아무도 없는 작은 방의 침상 밑에 흑의장삼과 흑묘방주의 가면을 넣어둔 다음에 뽀송뽀송하게 마른 옷으로 갈아입었다. 뽀송뽀송하게, 맑게, 자신 있게.

그 와중에 방의 분위기를 살펴보니 사내놈의 방은 아니었다. 서랍을 연 다음에 여인의 속옷 틈바구니에 흑묘아를 눕혔다. 그렇다고 내가 변태라는 뜻은 아니다. 바쁘면 그럴 수도 있지. 회수는 나중에 홍 사매가 알아서 할 것이다. 도둑질은 배워서 이런 때 써야 하는 법. 나는 방을 빠져나와서 도둑처럼 거닐다가 누군가의 목소리를 들었다.

"이 시간에 공부는 안 하고 또 어딜 나가는 게야?"

등을 내보인 채로 베를 짜고 있는 할머니가 보였다. 이 집에 놀고 먹는 한심한 사내놈이 있기를 기원하면서 대답했다.

"일찍 들어올게요, 할머니."

할머니가 근심 섞인 어조로 말했다.

"술 좀 적당히 마셔라."

나는 집을 나서기 전에 잔잔한 어조로 대꾸했다.

"예, 할머니."

잠시 거리 상황을 둘러보다가 맞은편에 있는 객잔으로 천천히 걸어갔다. 어디선가 싸움이 벌어졌다는 것을 눈치챈 점소이 놈의 시선이 지붕 이곳저곳으로 빠르게 움직이고 있었다. 나는 점소이의 어깨를 툭 친 다음에 자리를 잡았다. 오가는 사람을 구경할 수 있는 바깥자리였다.

"두강주 있나?"

"아, 예. 잠시만요."

점소이는 지붕 위를 날아다니는 가면 쓴 고수들을 바라보다가 감탄했다.

"우와… 금방 가져다 드릴게요."

싸움 구경과 주문받는 것을 동시에 해내는 싸가지 없는 놈이었다. 잠시 후 점소이가 두강주와 기본으로 나오는 마른안주를 성의 없이 내려놓은 다음에 다시 두리번거렸다. 나는 두강주를 빈 잔에 따르면서 말했다.

"싸움이라도 났나?"

···

점소이가 고개를 끄덕였다.

"큰 싸움이 났나 본데요. 십이신장이 많이 모였네."

나는 두강주를 마신 다음에 마른안주를 씹다가, 정신없이 구경하고 있는 점소이에게 말했다.

"한 잔 마셔."

"아, 예."

점소이가 자연스럽게 내 맞은편에 앉더니 빈 잔을 내밀었다. 나는 점소이에게 술을 따라주면서 말했다.

"동네가 시끌시끌하네."

"그러게 말이에요."

우리 둘은 두강주를 한 잔 시원하게 털어 넣은 다음에 마른안주를 씹으면서 삐딱한 자세로 길거리를 구경했다. 점소이가 안주를 씹다가 돌아다니는 흑도도 씹어댔다.

"저 보세요. 제자들 똥줄 타나 봅니다. 한심한 새끼들, 허구한 날, 저 지랄이네."

문득 전방에 가면을 쓴 자들이 나타나자, 안주를 씹고 있던 점소이가 자연스럽게 눈을 아래로 깔았다.

"..."

나는 생존의 대가이자 처세의 달인인 동종업계 사람을 물끄러미 바라봤다. 그사이에 떨거지 신장들이 나와 점소이를 노려보다가 지나갔다. 나는 똥줄이 타들어 가는 사제들을 바라보면서 중얼거렸다.

"사람은 여유를 가지고 살아야 돼."

"맞습니다."

점소이는 마른안주를 씹다가 어색함이 한 점 없는 태도로 내게 빈 잔을 내밀었다. 손님 술을 자연스럽게 얻어먹는 실력이 노화순청爐火純青의 경지에 오른 점소이였다. 점소이 마음은 내가 알기 때문에 술을 따라줄 수밖에 없었다. 점소이가 술을 마신 다음에 속삭였다.

"대나찰이 열 받으면 동네 전체가 조용해져요. 이거 보세요. 벌써 조용해졌네. 아, 어디 가서 말씀하지 마시고 손님만 아세요. 황오 신장이 암살 당했다네요."

나도 작은 목소리로 대꾸했다.

"녹술이 아니고?"

"아, 맞다. 녹술이었지. 어떻게 아셨어?"

"아까 황오는 지나가던데?"

"아, 그래요?"

문득 점소이는 내 눈을 바라보다가 표정에 점점 긴장감이 감돌더니 침을 한 번 삼키면서 자세를 바로 했다. 눈치가 정말 귀신처럼 빠른 놈이었다. 나는 점소이를 바라보다가 손가락을 입에 댔다.

"쉿."

점소이와 나는 시선을 교환하다가 동시에 고개를 한 번 끄덕였다.

55.
나는 어디에
떨어지려나

베를 짜는 할머니가 있었던 집에서 불쑥 나온 황오 신장이 객잔으로
곧장 걸어왔다. 내가 점소이에게 술을 따라주고 있을 때 도착한 황
오는 느닷없이 점소이의 머리카락을 움켜쥐면서 물었다.

"저 앞에서 나온 놈 못 봤어?"

점소이가 화들짝 놀라면서 대꾸했다.

"아, 예. 아무도 안 나왔는데요. 못 봤습니다."

황오가 나를 바라봤다.

"너는?"

나는 왼손을 뻗어서 황오의 뒤편을 가리켰다.

"그쪽 말고 저쪽에서."

황오가 고개를 슬쩍 돌렸을 때, 흡성대법으로 놈을 끌어당겨서 그
대로 목을 붙잡았다.

"꺽!"

황오는 어차피 패악질이 심해서 홍신에게 죽이라고 했었던 신장
이다. 내 눈앞에서 점소이의 머리채를 붙잡다니. 나는 왼손의 악력
으로 황오의 목을 틀어쥐고, 오른 주먹으로 가면을 가격했다.

퍽!

단박에 가면이 박살이 나고, 실제 얼굴이 드러났을 때. 놈의 눈을
바라보면서 주먹을 면상에 계속 구겨 넣었다. 뻑-! 뻑-! 소리가 들
릴 때마다 안면의 뼈가 박살 났다. 나는 길거리를 살피면서 황오의
면상을 뭉개다가 길거리 중앙에 집어 던졌다. 황오의 시체가 퍽 소
리와 함께 몇 차례 굴렀다. 지켜보고 있던 점소이가 바들바들 떨고
있었다.

"놀라지 마라. 강호 일이라는 게 본래 이런 식이야."

두강주로 주먹에 묻은 피를 닦았다. 남은 술은 내 잔에 따르고, 다
시 점소이에게 내밀었다.

"마시자."

"예."

한 손으로 술잔을 내밀던 점소이가 굳이 두 손으로 술잔을 내밀었
다. 이것도 다 처세술의 하나인지라 뭐라 하진 않았다. 그래도 너무
놀라는 것 같아서 진정시킬 필요는 있었다.

"녹술은 그전에 죽었고, 쟤가 황오잖아."

"아, 예. 그렇군요."

무공을 제대로 겨뤘다면 황오도 손짓·발짓을 해가면서 격렬하게
저항했겠지만, 처음부터 점소이와 술을 마시고 있는 나를 전혀 경계
하지 않았다. 나는 점소이와 두강주를 들이켰다. 그래도 진정이 되

질 않았는지 점소이의 안색이 점점 창백해졌다. 나는 점소이에게 말했다.

"아이고, 들어가서 좀 쉬어라. 술값은 나중에 수하 보내서 계산하마. 난 여기서 마저 마셔야겠다."

"아, 알겠습니다. 저는 그럼."

점소이가 도망치듯이 객잔으로 들어가는 사이에 떨거지 신장 두 명이 달려와서 황오의 시체를 살피다가 말했다.

"아직 이 근처에 있다."

나는 마른안주를 씹으면서 검은 소와 붉은 양을 바라봤다. 그중에 현축 신장이 나를 바라보면서 소리를 버럭 질렀다.

"뭘 봐, 이 새끼야."

나는 그대로 시선을 돌린 다음에 젓가락 통에서 하나를 빼냈다. 엄지와 검지로 목계의 기를 불어넣은 다음에 현축의 얼굴을 향해 던졌다. 던지자마자 푹- 하는 소리와 함께 이마에 젓가락이 박혔다. 도주를 선택한 붉은 양이 경공을 펼치면서 입을 열었다.

"사형! 여기에⋯!"

퍽!

술이 조금 남아있는 길쭉한 두강주 항아리가 놈의 뒤통수에 적중했다. 주미 신장이 앞으로 고꾸라졌을 때, 나는 젓가락 하나를 더 뽑고 일어나서 엎어져 있는 주미 신장의 머리에 날렸다. 이번에도 젓가락이 꽂혔다. 중앙길에 십이신장들의 시체가 누워있는 상황. 황오는 방심했다가 허망하게 죽었고, 애초에 현축과 주미는 십이신장의 말석이어서 실력이 부족했다. 홍신과 금해는 그나마 운이 좋아서 밥도 먹고, 마차도 타고, 의원도 다녀오게 되었으나 전쟁은 본래 무자비하다.

마른안주를 씹으면서 일어난 다음에 중앙길을 걸었다. 앞에서 달려오고 있는 백자 신장이 보였다. 나는 백자와 잠시 눈을 마주쳤다가 우측 골목으로 들어가서 벽에 잠시 등을 기댔다. 팔짱을 낀 채로 잠시 기다리자, 나를 수상하게 여긴 백자가 다시 돌아오더니 골목에 나타났다. 하지만 입구 가까운 곳에 내가 있는 것을 보고 깜짝 놀라서 오른손으로 장력을 쏟아냈다. 몸이 본능적으로 저렇게 반응하는 것을 보면 장법을 수련한 모양이다.

퍽!

나는 좌장으로 그대로 받아친 다음에 손목을 돌려서 깍지를 꼈다. 순간, 흡성대법으로 백자의 내공을 끌어당기면서 골목을 미친 듯이 달렸다. 억지로 힘을 쥐어 짜내면서 버티던 백자의 힘이 느슨해졌을 때, 놈을 끌어당겨서 목울대를 주먹으로 가격했다.

"끅!"

다시 한번 엄지와 검지 사이로 쳐서 목을 부러뜨린 다음에 백자의 시체를 붙잡은 채로 골목을 걸었다. 주변 소리에 귀를 기울이다가 멈춘 나는 백자의 가면을 뺏어 쓰고, 백의장삼도 벗겨서 내 몸에 걸쳤다. 나는 죽은 백자의 얼굴을 물끄러미 바라보다가, 골목 구석에 눕힌 다음에 동네 거지가 사용하던 거적을 그 위에 덮었다.

"다음 생애에는 나 같은 놈 만나지 말고."

잠시 백의장삼의 옷매무시를 단정하게 하고, 가면의 위치도 정확하게 매만졌다. 지금 내 하의가 백자의 의복과 다르다는 것을 알아

...

광마회귀 I

차리는 놈이 있다면, 그놈은 인정. 중요한 것은 혼란을 가중하는 것이지, 꼼꼼하게 대처하는 것이 아니다. 전시戰時에는 원래 정신이 없기 때문이다.

죽은 놈을 헤아려 보니, 사신장과 대나찰만 남았다. 나는 잠시 대진표를 점검했다. 오 대 일은 여전히 기분 나쁜 대진표였다. 흑묘의 실력을 바탕으로 사신장의 실력은 어느 정도 유추가 가능했으나, 대나찰의 실력이 명확하게 드러나진 않았기 때문에 한 번 더 참아야 할 필요가 있었다.

'한 명은 더 죽이자.'

한편으로는 속이 부글부글 끓고 있었기 때문에 마음을 잠시 가라앉혔다. 순간, 목계의 심득心得으로 나무 닭처럼 일체의 잡념을 지웠다. 다시 골목을 나가보니, 사신장들이 죽은 사제들을 살펴보면서 대화를 나누고 있었다. 다가가는 동안에 백유의 목소리가 들렸다.

"어차피 못 잡습니다. 애초에 우리보다 빨랐어요. 하나씩 유인해서 죽일 생각일 겁니다. 어찌하실 겁니까? 이대로는 놈에게 말리는 겁니다."

청진이 고개를 끄덕였다.

"사신장끼리는 뭉쳐있자. 우리 넷이 함께 있으면 놈도 어찌할 수 없을 테니."

나는 아무 말 없이 적사 신장 옆에 붙어서 죽은 사제들을 바라봤다. 혼잣말이 절로 나왔다.

"이렇게 허망하게 죽다니."

적사가 다른 의견을 내놓았다.

"차라리 사부님에게 돌아갑시다."

나는 곁눈질로 적사를 바라봤다. 이놈은 아까도 내게 가장 먼저 공격을 펼친 놈이고, 이런 순간에도 대나찰을 생각하고 있었다. 충성심이 깊은 것일까 아니면 뼛속까지 노예근성으로 가득 찬 것일까. 모를 일이다. 청진이 반대했다.

"이대로 돌아가면 사부님 심기가 더 불편해질 거다."

나는 동물의 왕국에서 온 놈들이 의견을 낼 때마다 묵묵하게 경청했다. 흰 범, 백인 신장은 끝까지 말이 없었다. 그러자 다른 놈들이 결정을 내려달라는 것처럼 백인을 바라봤다.

"사형이 결정해 주시지요."

십이신장의 대사형인 백인이 입을 열었다.

"추적은 계속하자. 청진 말대로 우리 넷은 뭉쳐 다니고. 백자, 너는 사부님에게 사제들의 죽음을 알려라. 사신장은 놈을 따라갔다고 전하고."

나는 짤막하게 대꾸했다.

"예."

청진이 되물었다.

"사부님과 잠시 떨어져 있자는 뜻입니까?"

백인이 어조를 낮추면서 말했다.

"어차피 놈의 목적은 사부님이다. 우리를 모두 죽이겠다고 이런 일을 벌이지 않았을 거야. 아까는 놈이 계속 헛소리한다고 생각했는데 본래 정신이 이상한 자들의 헛소리는 진심일 경우가 많아."

"저희보고 그럼 참으라고 한 게 진심이라고요?"

"그런 거 같다."

"근데 사제들은 왜 죽었을까요?"

백인이 본질을 꿰뚫었다.

"미친놈이라서."

나도 백인의 말에 고개를 끄덕였다. 다른 사제들도 인정하는 눈치였다.

'그래도 대사형답네.'

이 못난 놈들은 죽은 사제들 앞에서 살 계획을 진지하게 논의했다. 백인의 말이 이어졌다.

"우리 넷이 뭉쳐있으면 덤비는 게 쉽지 않겠지. 하지만 일대일 운운한 것을 보면 사부님이 혼자 계시는 곳에는 나타날 가능성이 있다. 내 말이 무슨 뜻인지 알겠어? 어차피 사부님은 경공 펼치는 것을 싫어하셔서 흑묘방에 계속 머무르고 계실 거다."

나는 백인의 말을 듣고 이렇게 생각했다.

'허리가 안 좋나?'

팔이 잘려있는 것을 보면, 그간 살아남으면서 입은 부상이 한두 군데가 아닐 터였다. 사제들이 슬쩍 백인을 바라봤다. 어차피 대나찰이 죽으면 제 놈이 모든 걸 차지할 수 있으니 이런 말을 하고 있을 터. 놀랍게도 백인은 나까지 회유했다.

"…백자를 사신장에 올리고. 우리끼리 다시 시작해도 충분해. 놈의 말대로 언제까지 노예 짓을 할 거냐? 어린 사람들을 가학적으로 대하는 것도 그만 봤으면 좋겠다."

나는 동의한다는 것처럼 연신 고개를 끄덕였다. 그런데 고개만 끄덕였으면 될 일을 주둥아리까지 나도 모르게 열었다.

"그럼 그냥 내가 사부를 죽이면 어떨까? 그러면 되는 거 아니야?"

백인, 청진, 적사, 백유의 고개가 동시에 움직이더니 나를 바라봤다.

"..."

나는 문득 한숨이 나왔다. 이자하와 백자 신장의 정체성이 뒤섞였다. 가면이 광증을 악화시킨다는 말은 거짓이 아니다. 나를 보면 알 수 있다. 지금 바로 내 옆에는 적사가 달라붙어 있는 상태. 나는 왼손으로 목계지법을 펼쳐서 적사를 기습하고, 동시에 우장으로 전방을 향해 염계장력炎鷄掌力을 쏟아냈다. 순식간에 붉게 물든 손바닥에서 부처님 손바닥처럼 커진 장력이 쏟아졌다. 백인, 청진, 백유가 동시에 쌍장으로 대응했다.

콰아아아아아아아아앙!

내공의 깊이에 따라 충격의 여파가 달랐다. 먼저 백유는 일직선으로 뻗어나가서 땅바닥을 굴렀고, 백인과 청진은 예닐곱 걸음을 휘청이면서 물러나는 것에 그쳤다. 적사는 혈도가 찍혀서 움직이지 못하는 상태. 나는 움직이지 못하는 적사의 가면을 벗겨내서, 내가 쓰고 있는 백자의 가면 위에 덮어썼다. 대치하고 있는 사신장들에게 말했다.

"흑묘, 녹술, 백자, 적사의 가면이 내게 있다. 너희라고 다를 거 같으냐?"

적사를 인질로 잡고 있었기 때문에 나머지 사신장들은 움직이지 않았다.

"나는 원래 일대일을 좋아해. 이 이상 나를 자극하지 마라. 흑도에 산다는 놈들이 이렇게 추잡하게 싸우려 들다니. 대나찰과 내가 싸워서 한 놈이 죽으면 다 해결되는 일 아니냐? 일이 본래 이렇게 간단했는데, 복잡하게 살다가 죽으려 들다니. 백인, 어찌할래."

백인이 바로 대꾸했다.

"오늘은 우리가 흑묘방 근처에 얼씬하지 않을 테니, 적사는 살려다오."

나는 적사의 머리를 쓰다듬으면서 대꾸했다.

"적사는 살려줄 수 없다."

"어째서."

"불쌍한 여인네들을 납치해서 대나찰에게 바치던 놈이잖아. 물론 잡아 오는 것은 말석에 있는 놈들도 했겠지만 어쨌든 이놈이 주동자다."

백인이 할 말을 잃은 순간, 나는 혈도에 적중당해 움직이지 못하는 놈의 뒷덜미를 붙잡아서 그대로 담벼락에 집어 던졌다. 머리부터 날아간 적사가 퍽 소리와 함께 담벼락 밑으로 허물어졌다. 물론 죽인 이유가 그것만은 아니다. 아까도 내게 선제공격을 펼쳤고, 십이신장 공략집에도 대나찰에 대한 충성심이 가장 깊은 놈이라는 말이 적혀있었다. 물론 얼마 전에 벽안 미녀를 구해다가 바쳤다는 것만 봐도 죽을 이유는 차고 넘친다. 나는 뻣뻣하게 서있는 세 명을 바라보면서 말했다.

"사신장이 삼신장으로 줄었네."

나는 백인, 청진, 백유를 손가락으로 가리키면서 말했다.

"삶에 미련이 없으면, 흑묘방에서 사 대 일로 붙어보자. 죽으면 죽는 거고, 운 좋게 너희가 살면 대나찰 노예 짓이나 계속하라고. 나는 간다."

나는 적사의 가면을 쓴 채로 뒤를 돌아서 흑묘방으로 향했다. 세 사람이 뒤에서 기습할 수도 있는 상황이었지만 그냥 계속 걸었다. 뒤돌아서 적사의 몸에 있는 병장기를 챙기고 싶었으나, 겉멋이 떨어지는 일이라서 관뒀다. 이런 순간에 사내가 등을 돌릴 수는 없는 법이다.

뒤통수가 살짝 따갑긴 했으나 그대로 뚜벅뚜벅 걸어서 흑묘방으로 향했다. 사실, 이렇게까지 설명을 했는데도 내게 다시 덤비면 이놈들은 구제불능이다. 흑묘방 앞에 도착해 보니 여전히 문이 활짝 열려있었다. 나는 되는대로 중얼거리면서 대나찰에게 향했다.

"제자가 왔습니다. 적사가 왔어요. 백자가 왔습니다. 현축과 주미를 떠나보내고 자하는 살아서 돌아왔습니다. 황오는 초열지옥焦熱地獄에, 적사는 아비지옥阿鼻地獄으로, 나는 어디에 떨어지려나… 사부님? 우리 개 같은 사부님은 어디에 계시나."

내원에 들어서자, 위치가 바뀌어 있었다. 단상에 대나찰이 앉아있고, 내가 있는 쪽에 흑묘방의 수하들이 전부 무릎을 꿇고 있었다. 그 짧은 틈을 타서 또 왕과 노예 놀이를 하고 있었던 모양이다. 나는 적사의 가면을 쓴 채로 대나찰을 물끄러미 바라보다가 그를 한 번 애절한 어조로 불러봤다.

"사부님…"

…

56.
가면을 벗고
살아가도록

자그마한 흑도방파의 단상이 아니라, 마치 권좌에 앉은 사람처럼 보이는 대나찰이 나를 살피다가 손을 내밀었다.

"어서 오너라."

나는 죽은 적사를 생각하면서 대나찰에게 안부를 물었다.

"사부님, 요새 허리는 괜찮으십니까?"

대나찰이 고개를 끄덕였다.

"나쁘지 않다."

"다리에 불편한 곳은 없으시고요?"

"불편하긴 하다만, 나이 들면 이 정도는 감수하면서 사는 것이지. 싸울 때는 또 괜찮아지니 걱정할 것 없다."

"그래요. 잠은 잘 주무십니까? 강호에서 살아가는 것은 심력心力을 많이 소모하는 일이어서 수면을 충분히 취해야 합니다."

대나찰은 내 말에 동의한다는 것처럼 고개를 끄덕였다.

"늙으니 수면이 점점 짧아지는구나. 죽으면 오래 잘 터이니 네가 과하게 마음을 쓸 필요는 없다. 또 누굴 죽이고 오는 길이냐?"

대나찰도 나를 적사로 대하는 말투였다.

"허망하게 뛰어다니던 놈들 몇 명 때려죽였습니다."

대나찰이 짤막하게 한숨을 내쉬면서 말했다.

"아끼던 제자들이 죽었으니 내가 이제 복수해야겠구나."

"물론 그러셔야죠."

"적사의 마지막은 어떠했느냐?"

"담벼락과 박치기를 겨뤘는데 그놈 머리만 깨졌습니다. 지옥으로 들어가는 입구 어딘가에서 줄을 서고 있겠지요."

"가장 아끼던 제자였는데 아쉽구나."

나는 그간 궁금하게 여기던 것을 대나찰에게 물었다.

"제자가 늘 궁금했던 것이 있는데 답을 한번 주시지요."

"편히 물어봐라."

"이 가면은 대체 왜 쓰고 있는 겁니까? 적사는 죽는 순간까지 그게 궁금했던 모양입니다."

대나찰이 이빨을 드러내면서 웃었다.

"신기하구나. 신기해."

"…"

"그동안 아무도 내게 그것을 자세히 묻지 않았다. 많은 제자가 있었는데도 말이야. 그것은 단순한 이야기다. 가면 뒤에 숨으면 나쁜 일이 더 자연스러워지기에 쓰는 것이다. 자신이 나쁜 일을 하는 것인지, 가면이 대신하는 것인지 흐릿해지기 마련이지."

…

대나찰은 앉은 자세에서 자신의 얼굴을 앞으로 쑥 내밀었다.

"내게 선택받은 자만 가면을 쓸 수 있다. 거기에 서열을 부여하면 저희끼리 경쟁하기 위해서 무슨 일이라도 할 수 있게 되는 것이고. 이것이 우매한 자들의 본성이다."

대나찰이 큼지막한 이빨을 드러내면서 웃었다.

"또한, 이것은 오래된 전통이다. 내 사부의 사부는 가면극을 하던 분이셨지. 그 가면을 써야만 밥을 먹고 살 수 있었다. 하지만 가면을 순식간에 바꾸는 기예를 끝내 익히지 못해서 쫓겨나야만 했지. 그렇게 쫓겨난 사람이 내 사부다."

"어이고."

약자가 가진 분노는 전염병처럼 퍼져나가서 불특정 다수를 괴롭히기도 하고, 저런 놈을 등장시키는 원인이 된다. 대나찰이 웃으면서 내게 말했다.

"가면의 비밀을 알려줬으니 너도 네 얼굴을 보여다오. 둘 중의 하나는 죽을 텐데 그 정도는 괜찮지 않겠느냐?"

"아… 내 얼굴."

나는 적사의 가면을 매만지면서 대꾸했다.

"이제 나쁜 일을 하려는데 그럴 수는 없지."

나는 대나찰과 함께 웃음소리를 섞었다. 장수풍뎅이가 웃고, 죽은 적사도 어디선가 웃었으며, 나도 웃었다. 우리는 서로의 죽음을 생각하면서 각자 웃었다. 대나찰이 일어나면서 말했다.

"너 같은 녀석이 내 제자였어야 했어."

"제자였다고 하더라도 어디론가 도망쳐서 점소이를 했겠지."

"그런 천박한 일을 왜?"

"무슨 일을 하는지는 중요하지 않아. 걸레질하다가 못난 사부가 자꾸만 떠올랐을 거야. 결국에는 어떻게든 무공을 익혀서 널 죽이려고 다시 찾아갔을 것이다. 그리고 오늘처럼 왜 내게 가면을 씌웠냐고 물어봤겠지."

대나찰이 고개를 끄덕였다.

"옳다. 사내는 그리 살아야 하는 법."

대나찰이 계단을 내려오는 동안에 팔소매가 바람에 흔들렸다. 내가 팔소매를 유심히 바라보는 사이에 대나찰이 아주 가까이 다가왔다. 이렇게 거리를 좁히는 것은 자신감이 있기 때문이다. 심리전이기도 하다. 내가 거리를 벌리기 위해 뒤로 물러나는 순간, 대나찰이 기선을 빼앗은 상태에서 공격을 펼쳤을 테니까.

대나찰은 나보다 신장이 작았다. 그리고 못생긴 편이다. 나는 대나찰만큼이나 못나게 생긴 놈들을 알고 있다. 그러나 사람의 매력은 얼굴이 전부가 아니라는 것도 알고 있다. 나는 꽤 잘생긴 편인데도 정상적인 미인들에겐 인기가 없었던 것처럼. 갑자기, 분노가…

대나찰이 미소를 지었다.

"제자는 무엇으로 겨루겠느냐? 장법, 권법, 도법, 검법, 내공. 그 어떤 것도 좋다. 무공을 더 오래 수련했던 내가 선택권을 양보하마."

"뭐가 자신 있소?"

"늙은 자는 내공이지. 이것은 네가 불리할 것이니 다른 것을 골라라."

대나찰은 심리전을 거는 것처럼 엷은 미소를 지었다. 나는 고개를

　　　…

끄덕였다.

"그럼 일단 내공으로 갑시다."

내공 대결을 벌일 생각을 하니 속이 두근두근했다. 대나찰이 너털웃음을 짓다가 왼손을 천천히 내밀었다.

"후회 없다면 손을 붙여라."

내공 대결은 본래 상위권 미친놈들이나 하는 짓이다. 그 어떤 나라의 병사나 사내도 이런 식으로는 싸우지 않는다. 오로지 미친 원숭이들만이 자신의 내공을 믿고 허점투성이가 된 채로 목숨을 건다. 나는 대나찰의 표정을 살피면서 오른손을 천천히 움직였다. 우리 둘은 가까이 붙어있었기 때문에 누구 한 명이 약조를 어기고 기습을 펼쳐도 전혀 이상하지 않은 상황이었다.

하지만 대나찰과 나는 서로 기습을 펼치지 않은 채로 손바닥을 붙였다. 대나찰의 손바닥은 장수풍뎅이를 만지는 것처럼 딱딱했다. 우리 둘은 입을 다물었다. 내공 대결의 세세한 규칙을 즉석에서 협의한 것처럼 주고받듯이 장심에 주입하는 내공의 양이 점점 늘어났다. 이렇게 다 큰 사내들이 한 손을 맞붙인 채로 멀뚱히 있으면 무공을 모르는 자들에겐 병신처럼 보일 것이다.

그러나 자세히 들여다보면 더 심각한 병신들이다. 목숨을 걸고 있기 때문이다. 나는 이런 와중에도 대나찰의 오른팔을 경계했다. 잘린 팔뚝에 날카로운 송곳이라도 붙여놨다가 당장 나를 찌를 수도 있었다. 맞닿은 두 개의 손이 점점 떨리기 시작하고, 웃고 있는 대나찰의 얼굴도 수면水面처럼 흔들렸다. 내가 뒤집어쓰고 있는 적사 가면도 바들바들 떨었다.

대나찰의 눈동자가 내 왼손을 바라보고, 나도 대나찰의 빈 소매를 바라봤다. 장력의 강도가 조금 더 올라갔다. 나는 목계의 공력으로 장기전을 준비하다가, 염계의 공력으로 전환했다. 내 손바닥이 점점 붉게 물들어 가자 대나찰의 눈동자가 맞붙은 손으로 향했다. 이제 맞붙은 손의 모든 힘줄이 터져나갈 것처럼 부푼 상태. 당연하다는 것처럼 대나찰의 오른팔이 움직였다. 내공 대결을 벌이는 와중에 한쪽 팔을 이렇게 휘두른다는 것은 여력을 남겨놨다는 뜻.

물론 여력은 나도 남겼다. 고개를 오른쪽으로 움직이면서 대나찰의 팔뚝을 붙잡았다. 내 목 옆으로 은색의 칼날이 아슬아슬한 간격만을 남긴 채로 뻗어있었다. 잘린 팔뚝 부위에 칼날을 붙여놓은 모양이다. 나는 대나찰의 손과 팔뚝을 붙잡은 채로 내공을 주입했다. 대나찰은 음흉했으나, 음흉하다고 모든 싸움을 다 이길 수는 없다. 어차피 내공 대결은 내공이 더 깊은 사람이 이긴다.

놈의 팔뚝을 붙잡고 있는 왼손에도 염계의 공력을 주입하자, 소매가 불길에 그을린 것처럼 탔다. 나는 그제야 팔뚝의 모양을 확인했다. 잘린 부분에 쇠로 만든 덮개 같은 것이 붙어있고, 그 위에 칼날이 붙어있었다. 대나찰을 위해 특별히 제조된 기습용 칼날. 나는 대나찰을 바라보면서 우장으로는 염계장력을, 좌장으로는 흡성대법을 펼쳐봤다.

우둔한 자들은 기본도 하지 못한다는 분심공分心功. 왼쪽에서는 대나찰의 내공이 흘러들어 오고, 오른쪽으로는 내 염계장력이 대나찰의 팔을 가열했다. 빙공에 대한 아쉬움이 짤막하게 스쳤다. 다시 대나찰을 상대로 수련을 더 해보겠다는 마음을 먹고 오른손에는 흡성대법을, 왼손에는 염계장력을 펼쳤다. 확실히 잘린 팔은 무방비여서 대나찰의 오른쪽 의복 부분이 점점 타들어 갔다.

'이게 맞군.'

대나찰의 내공 수준이 나에 비해 크게 뒤떨어지진 않았으나, 내가 분심공으로 대처하고 흔하지 않은 흡성대법을 섞어서 사용하니 눈에 띄게 당황하고 있었다. 더군다나 한쪽 손이 없는 것은 확실히 불리했다. 그간 내공 대결에서는 저 칼날로 종종 이겼을 터였다. 이 와중에도 대나찰은 평생 쌓았던 내공으로 어떻게든 버티고 있었다. 이때, 대나찰의 입 안에서 딸깍- 하는 소리가 울렸다.

'독 아니면 독침이다.'

이빨 빠진 자리에 독단을 숨겨놓는 자들이 종종 있다. 대나찰이 숨을 들이마셨다가 내뱉는 순간… 나는 양손을 잡아당겨서 대나찰의 입에 박치기를 가했다.

퍽!

적사의 가면이 쪼개졌다.

퍽!

이번에는 백자의 가면이 쪼개졌다.

퍽!

이번에는 내 이마가 대나찰의 코를 으스러뜨렸다. 그제야 나는 내 얼굴로 피투성이가 된 대나찰을 바라봤다. 앞쪽 이빨이 다 부러지고 코도 뭉개진 상황. 박치기로 사람을 죽여본 적은 없어서 이대로 양손에 흡성대법을 펼쳤다. 평정심이 깨지고 기혈이 뒤집히기 시작한 대나찰은 둑이 무너져서 흘러내리는 것처럼 쌓아뒀던 내공을 내게 빼앗겼다.

우연과 필연이 겹쳐서 얻은 흡성대법을 사용할 때, 나만의 철칙. 이것으로 목숨을 빼앗지는 않는다. 나는 대나찰이 가지고 있는 딱 절반의 기운을 천옥에게 먹잇감으로 던져준 다음에 양손을 풀었다. 손을 풀자마자, 대나찰이 바닥에 허물어졌다. 아직 숨은 붙어있었다. 대나찰의 눈이 내 얼굴을 훑고 있었다. 이제야 궁금증이 풀렸다는 표정이었다. 나는 대나찰을 내려다보면서 진중한 어조로 말했다.

"처음 뵙겠소. 하오문주 이자하요."

내 이름을 처음 들어본다는 것처럼 대나찰이 중얼거렸다.

"이자하…"

"처음부터 이렇게 싸웠으면 우매한 제자들 목숨은 좀 더 살렸을 텐데."

대나찰이 입에 고인 핏물을 잔뜩 뱉어낸 다음에 말했다.

"사부가 누구냐."

저 짧은 물음을 헤아려 보면 내가 너무 젊고 강해서 이해가 되지 않는다는 뜻이 포함되어 있었다. 나는 쪼그려 앉아서 대나찰과 눈을 마주쳤다.

"없어."

"거짓말을 하는구나."

"이제 십이신장 세력은 물론이고 네가 관리하던 모든 것을 내가 넘겨받으마. 너는 우매한 놈들의 대장이 될 자격도 없었다. 네가 원하지 않아도 이 모든 것이 하오문 밑으로 들어오겠지만, 무리를 이끌던 수장으로서 제자들에게 한마디 해라."

··· 광마회귀 1

"네가 다 죽었는데 제자가 어디에 있느냐?"

흑묘방의 수하들이 있는 곳에서 홍신과 금해가 착잡한 표정으로 등장했다. 거의 비슷하게 담벼락 위에서는 살아남은 백인, 청진, 백유가 모습을 드러냈다. 일대일 싸움을 방해할 생각은 없었으나, 결과가 궁금해서 담벼락 너머에서 소리만 듣고 있었던 모양이다. 대나찰은 탄식을 토해내면서 아직 멀쩡히 살아있는 제자들을 둘러보다가 솔직하게 말했다.

"이 미친 자가 많이도 살려놨구나. 대단하다."

나는 대나찰의 안광이 아까처럼 다시 밝아지는 것을 확인했다. 회광반조回光返照 현상이었다. 대나찰이 앉은 자리에서 허리를 펴더니 살아있는 제자들에게 말을 전했다.

"…제자들은 못난 사부 수발하느라 고생 많았다. 앞으로 하오문주를 성심껏 모시도록 해라. 너희도 이제는 가면을 벗고 살아가도록. 나보다는…"

대나찰의 뒷말은 이어지지 않았다. 뜬눈으로 맞이한 죽음이었다. 나는 숨이 끊어진 대나찰을 한참 동안 바라봤다. 못된 얼굴에 이제야 평온함이 깃들고 있었다. 그래도 대나찰이 마지막 순간에는 제자들을 생각하는 말을 했다는 생각에 손을 뻗어서 그가 바라보던 세상을 내가 직접 닫았다. 대나찰의 눈이 감겼다.

57.
소나찰이 된
기분

대나찰이라 불리던 늙은 강호인이 죽었다. 일양현의 점소이, 하오문의 문주, 흑선보의 해방자, 흑묘방주, 춘양반점의 단골손님, 모용의가의 환자인 내게 죽었다. 이 정도면 정말 엄청난 속도로 발전한 것이다. 나는 내가 잘하고 있다고 여겼다. 사제들을 죽이지 않은 것도 내게 쉬운 일은 아니었기 때문이다. 전생처럼 이미 사기가 떨어진 자들의 머리채를 끌고 와서, 때려죽이지 않은 게 어디인가. 이번에도 내 행보가 그리되었다면 금세 광마라는 별호를 다시 획득하게 될 것이다.

그럴 수는 없다. 최대한 늦춰볼 생각이다. 아직 전대 광마라 할 수 있는 광승조차 중원에 도착하지 않은 시기이기 때문이다. 괜히 광마라는 소문이 퍼지면 광승이 나부터 찾아올 가능성도 있었다. 일양현 주변을 내 식대로 안정화하기도 전에 절강으로 끌려가서 물고기를 구경하고 싶진 않았다. 내가 대나찰을 죽일 정도로 강해졌음에도 불

…

구하고 광승에 대한 내 평가는 달라질 수가 없다. 이 사내가 강하다는 것은 내가 누구보다 더 자세히 알기 때문이다.

나는 문득 도망가지 않은 채로 대기하고 있는 백인, 청진, 백유를 바라봤다. 세 사람은 대나찰의 시신을 수습해서 장례를 치러줘야겠다는 생각으로 기다리는 눈치였다. 그런데 내가 계속 대나찰을 바라보고 있으니 이러지도 저러지도 못하고 있던 상황. 나는 세 명에게 말했다.

"너희가 시신을 수습해라."

그제야 세 사람은 담벼락에서 떨어져서 내가 있는 곳으로 다가왔다. 어차피 그전에 내 경공 실력을 확인했기에 세 사람은 도망칠 생각이 없었다.

"사부의 유언이니 가면부터 벗어라."

체념한 백인이 고개를 끄덕이다가 가면을 벗자, 청진과 백유도 얼굴을 드러냈다. 나는 세 놈의 얼굴을 기억하면서 벽 총관에게 말했다.

"벽 총관은 신장 사제들이 대나찰의 유언을 거스르는 일을 벌이면 용모파기를 사방팔방에 뿌려라. 그럴 수 있겠나?"

벽 총관이 세 명을 바라보다가 고개를 끄덕였다.

"어렵지 않은 일입니다."

나는 어수선한 내부도 정리했다.

"흑묘방은 내부를 정리하고 거리에 자빠져 있는 시체도 치워라. 그리고 십이신장 사제들은 나랑 잠깐 얘기 좀 하자. 시신은 이야기가 끝난 다음에 가져가고 벽 총관, 홍신, 금해도 들어오도록."

* * *

나는 상석에 앉아서 맞은편에 나란히 앉아있는 사제들을 바라보
다가 말했다.

"이제 내가 대사형이다."

"…"

"내가 너희에게 가르쳐 준 게 있으면 사부 역할을 하겠는데, 보다
시피 나이도 내가 더 어리니 대사형이 딱 적합하겠군. 반대하는 사
람?"

대나찰이 죽어서 그런지 분위기가 싸했다. 스물예닐곱으로 보이
는 백인이 홀로 대꾸했다.

"사부님의 유언이 그러했으니 따르겠소."

지금은 그나마 나랑 밥을 먹어보고 대화를 하다가 주화입마에 빠
질 뻔했던 홍신과 금해가 나를 더 많이 이해하고 있었다. 즉, 지금
내가 떠드는 말은 홍신과 금해에게는 잘 먹히고, 나머지 신장들에겐
미친놈의 중얼거림으로 들릴 터였다. 하지만 괜찮다. 내가 하는 일
이 본래 이렇고, 사람이 사람을 이해하려면 시간이 필요하다. 중요
한 것은 대나찰이 죽었고, 이놈들은 이제 가면을 벗어도 된다는 점
이었다.

"사제들이 할 일을 알려주마. 두 번 이야기하게 만들면 생사결을
신청할 테니까 똑바로, 주의 깊게 듣도록."

홍신이 홀로 씩씩하게 대꾸했다.

"예, 대사형."

확실히 돼지통뼈를 나눠 먹은 자들과는 교감의 깊이가 남다르다. 금해는 나도 두렵고, 평소에 백인도 두려워했던 모양인지 입을 꾹 다물고 있었다.

"백인 사제는 대나찰을 존경했나?"

"존경이라기보다는 애증이 있었소."

"어떤 부분이 증오가 아닌 애정이었지?"

백인이 말했다.

"다른 흑도가 남화를 넘보지 못했던 것. 우리보다 큰 세력이 주변에 있어도 사부에겐 맹장 같은 면모가 있었소. 가면은 그런 의미도 있었지. 제자들을 키워서 암살자로 보낼 수도 있으니 나를 건드리지 마라. 그래서 수많은 단점이 있음에도 불구하고 남화는 다른 흑도 세력의 진출을 허락하지 않았던 거요."

"요약하면, 사생활은 엉망이었어도 흑도 수장의 역할은 잘해냈다. 이 말인가?"

백인이 고개를 끄덕였다. 나는 사제들과 대화를 나누면서 성격을 파악하고 있었다. 백인은 시종일관 침착하고, 청진은 말이 적은 무골武骨로 보였다. 그나마 백유가 잔머리가 빠른 유형으로 보였는데, 실력은 백인과 청진에 비해서 많이 부족했다. 이들은 오랜 서열 싸움으로 분위기가 너무 경직되어 있었다. 나름 잘 까불던 홍신마저 이 자리에서는 침묵을 더 선호했다. 이런 딱딱한 분위기를 느낀 나는 되는대로 씨불여 댔다.

"사제들, 이제 대나찰 사부가 죽었으니 유쾌하게 가자고."

사부를 죽여놓고 유쾌하게 가자고 하니, 당연히 신장들의 표정은 떨떠름했다. 하지만 나는 눈치를 보는 사람이 아니어서 다시 한번 정색하는 어조로 말했다.

"유.쾌.하.게. 가자고."

"예."

"알겠습니다."

"각자 세력이 어느 정도인지, 수하가 몇 있는지 모르겠다. 대나찰의 장례를 치른 다음에 병신 같은 일은 전부 정리하도록. 흑도가 갑자기 백도가 될 수는 없다. 그러나 대외적으로 흑도라는 오명에서 벗어나게 해주마."

조용히 있던 금해가 대꾸했다.

"그런 방법이 있습니까?"

"하오문으로 들어오면 돼. 나는 애초에 백도도 아니고, 흑도도 아니다. 예전에도 그랬고 앞으로도 그럴 생각이야. 그냥 하오문이다. 일하는 자들이 모여서 만든 문파. 비밀세력, 허접한 세력, 복잡한 세력, 중구난방인 조직. 사신장들이 관리하던 세력도 싹 다 내 밑으로 들어오도록. 일하는 사람들을 위한 문파이니 뭐부터 해야겠어?"

당장 대꾸하는 사람이 없었다. 하도 많아서 뭐부터 시작해야 할지 모를 테니까. 실은 나도 모른다. 이들에게 맡길 수밖에.

"자주 드나들면서 보고해도 좋고. 문제가 생겼을 때 찾아와도 좋다. 당분간은 그대로 맡길 생각이니 알아서들 해. 단, 흑도가 벌이던 짓은 알아서 정리해라. 흑묘방을 점거할 때 내 직속 수하는 데려오지도 않았어."

예를 들면, 내 직속 수하로 차성태가 있다. 잠시 고민해 봤으나 더는 없는 거 같아서 말을 아꼈다.

"하여간, 마음에 안 드는 게 있으면 하오문의 전 병력을 이끌고 가서 박살을 낸 다음에 너희 동네 점소이에게 사업을 다 맡길 생각이야. 살 기회를 줬으면 다시 나를 적으로 삼지 말길 바란다."

그나마 침착한 백인이 홀로 대꾸했다.

"정리하겠소."

대답이 영 마음에 들지 않았던 나는 건성으로 고개를 끄덕이다가 협박을 추가했다.

"다 큰 사내들에게 일일이 이래라저래라 하는 것도 부질없는 짓이지. 가면을 벗었으면 이제 너희도 알아서 변해라. 나는 좋은 놈이 아니다. 인내심이 대단한 사람도 아니고. 누굴 살려놓으려면 속으로 수십 번은 더 참아야 하는 사람이다. 백인, 청진, 백유 너희 셋을 살려놓았을 때처럼 말이야."

청진이 대꾸했다.

"가면을 쓰고 행했던 것들을 가면과 함께 버리면 되는 것이겠죠."

"맞다. 그게 그렇게 힘든 일이냐?"

이번에는 백유가 대꾸했다.

"없진 않습니다."

"말해. 어떤 부분이 어려운데?"

"사부에겐 적과 아군이 있습니다. 이룡노군螭龍老君은 특히 절친한 친구입니다. 사부님에게 돈도 자주 받고, 여인도 종종 넘겨받았습니다. 먼저 이룡노군이 가장 노할 것 같습니다."

"또?"

"운우회雲雨會가 있습니다. 이들은 사부와 사이가 가장 안 좋았던 적입니다. 전체적인 세력은 저희와 비슷했으나 사부님의 오른팔은 운우회주에게 잘렸었죠. 사부님이 쓰러졌으니 회주도 기뻐할 겁니다. 이 밖에도 사부에게 원한을 가졌던 사람들이 많습니다. 이들이 어떻게 나올지는 예상할 수 없고요."

나는 잠시 가슴을 쓸어내렸다.

"휴, 다행이로군."

홍신이 바로 대꾸했다.

"대사형, 어떤 점이 다행이에요?"

내가 덤덤한 어조로 대꾸했다.

"죽일 놈이 더 있어서 말이야. 그리고 설마 운우회의 운우가 내가 아는 그 운우지락雲雨之樂의 운우냐?"

"예."

나는 살짝 고개를 갸웃했다. 운우지락은 남녀 교합의 즐거움을 말한다. 이렇게 노골적이고 변태스러운 문파의 이름은 전생에도 들어보지 못했다. 하지만 문득 생각나는 게 있어서 신장들에게 물었다.

"회주 이름이 뭐지?"

"서문수경西門水鏡입니다."

나는 놈의 별호부터 생각났다.

"별호가 혹시 수선생水先生이냐?"

"예, 아십니까?"

"그냥 들어본 정도."

'그놈 문파가 운우회였구나.'

무림맹원이 수선생을 비롯한 십여 명의 목을 저잣거리에서 잘라서 무림맹이 크게 비난을 받았던 사건이 있었다. 나중에 알려진 바로는 무림맹의 명령도 없었는데 개인적으로 원한을 가졌던 맹원이 혼자 복수극을 벌였던 사건이었다. 나는 옆에서 입을 다문 채로 신장들의 용모파기를 그리고 있는 벽 총관을 불렀다.

"벽 총관, 일단 이룡노군부터 수배해라."

"알겠습니다."

"그리고 운우회에는 흑묘방주 이름으로 친서를 하나 전달해."

"뭐라고 전달할까요?"

나는 별생각이 나지 않아서 벽 총관에게 떠넘겼다.

"거, 대충 깝죽대지 말고 얌전히 지내라고 해. 먹 갈아본 솜씨는 벽 총관이 나보다 훌륭하니까 알아서 좀 해."

벽 총관이 붓을 든 채로 고개를 끄덕였다.

"그러니까, 친서를 빙자한 선전포고 내용이 담기면 되는 것이죠?"

"정답."

벽 총관이 쑥스럽게 웃더니 다시 신장들의 용모파기를 진지하게 그리기 시작했다. 백유가 다시 입을 열었다.

"운우회 세력도 만만치 않습니다. 굳이 먼저 도발을 할 필요가…"

"닭 사제."

"예."

"닥쳐라. 문파 이름이 불쾌해서 가만두지 않을 생각이다."

백유가 떨떠름한 표정으로 입을 다물었다. 나는 사람들을 둘러보면서 말했다.

"그리고 사부의 팔을 잘랐으면 복수를 하는 것이 인지상정이겠지."

백인은 미간을 살짝 좁혔다가 나를 바라보면서 고개를 끄덕였다.

"맞소."

이놈은 대나찰의 가장 오래된 제자여서 그런지 운우회주에게 쌓인 게 좀 있는 눈치였다. 벽 총관이 사제들의 우려를 고려해서 영리하게 대답했다.

"친서는 어느 정도 안정이 된 다음에 보내도 되겠습니까? 일단은 이룡노군을 수배하는 것에 집중하겠습니다."

"그리하고, 백인 사제, 청진 사제, 백유 사제는 장례 잘 치르고. 사부가 했던 못된 행동은 너희 셋이 바로잡아라. 그 과정에서 화가 풀리지 않고, 내가 마음에 들지 않으면 이룡노군이나 운우회 쪽으로 떠나도 좋아."

나는 홍신과 금해를 포함한 사제들에게 내 속마음을 전달했다.

"그때는 너희들도 나를 사형으로 대할 필요가 없겠지. 셋은 먼저 일들 봐라."

세 사람이 일어났다가, 탁자에 올려놓은 가면을 바라봤다. 나도 가면을 바라보면서 말했다.

"두고 가라. 나중에 나쁜 일을 하게 되었을 때 쓰도록 하자."

"대사형, 먼저 가겠소."

"저희도 가겠습니다."

세 명이 떠나자, 금해가 말했다.

"사신장을 믿을 수 있겠습니까?"

"믿고 안 믿고가 뭐가 중요해. 내가 믿는 건 무공밖에 없다. 배신하든 말든 간에 매일매일 강해지다 보면 모든 음모와 모략, 배신과 반란이 무의미해진다. 하오문이 조금 더 나은 세력이 되려면 차라리 한 명의 배신자가 불만 종자들을 깡그리 모아서 내게 대항하는 게 좋다. 흘러가는 대로 가보자고. 유쾌하게…"

홍신이 고개를 끄덕였다.

"유쾌하게 가시죠."

나는 그제야 홍신에게 시킬 일이 떠올랐다.

"홍 사매, 일평객잔인가 거기 가서 외상값 좀 치러라. 돈은 벽 총관이 처리해 줄 거다. 그리고 그 앞에 베를 짜는 할머니가 있는 집이 있는데 정중하게 말하고 여인이 쓰는 방에서 흑묘아랑 가면도 찾아와라. 서랍이랑 침상 밑에 뒀다. 용돈도 좀 드리고."

"알겠습니다."

나는 금해를 바라봤다.

"금 사제는 이제 대나찰에게 바치는 상납금을 내지 않아도 되겠군."

"그렇습니다."

금해가 침을 한 번 삼키더니, 마음에도 없는 소릴 해댔다.

"이제 대사형에게 내면 될까요?"

"그럴 필요 없다."

"그럼요?"

"대나찰에게 상납하던 돈은 모조리 네가 강해지는 데 쓰도록 해. 어차피 네가 강했다면 가문이 힘들게 번 돈을 갖다 바치지 않았겠지. 백인 사제가 너보다는 훨씬 강하더라. 수련 좀 해라."

금해가 대꾸했다.

"감사합니다."

"별말씀을. 네 내공도…"

나는 말을 하자마자 후회했다.

"거, 좀 미안하군."

"예."

"미안하긴 하지만 돌려줄 방법이 없다. 내가 익힌 무공이 희한하게도 뺏는 거는 되는데 주는 게 안 되더라고. 그게 안 돼. 대나찰처럼 안 죽은 게 어디야? 유쾌하게 받아들여라."

말을 던지고 나니, 내가 소나찰小羅刹이 된 기분이 들었다.

58.
아무것도 안 한다는
마음가짐

대나찰을 죽인 다음 날. 나는 근면 성실하게 흑묘방주의 일상을 시작했다. 방주가 좋은 점은 아무것도 하기 싫은 날, 아무것도 하지 않아도 된다는 점이다. 나는 오늘 수하들도 괴롭히지 않고, 협박하지도 않고, 이런저런 명령도 내리지 않을 생각이었다. 일어나자마자 씻고, 밥 먹고 난 이후에도 아무것도 하지 않았다.

적극적으로 아무것도 하지 않겠다는 자세로 방주의 흑의장삼을 입고 내원으로 향했다. 아침부터 식사를 끝낸 수하들이 소군평의 날카로운 눈총을 받으면서 수련을 하고 있었다. 나는 소군평의 인사도 무시하고, 다른 수하들의 인사도 무시했다. 그저 뒷짐을 진 채로 수하들이 수련하는 모습을 말없이 구경했다.

날씨가 화창한 날이었다. 바람이 솔솔 불 때마다 이름 모를 꽃잎이 흩날렸다. 잠시 내원 외곽에 심어진 몇 그루의 나무를 올려다봤다. 흰색과 분홍색이 뒤섞인 꽃이 피어있는 예쁜 나무였다. 이름은 모르겠다. 나는 무공이나 초식 이름은 제법 많이 알고 있었으나, 꽃이나 나무의 이름은 항상 까먹는 편이다. 도무지 외워지지 않았다. 심할 때는 오늘 봤던 꽃도 며칠 지나서 다시 보면 이름을 까먹곤 했다. 흑묘방의 내원에 심어진 꽃나무도 마찬가지. 그저 예뻐서 바라보는 중이었다. 내가 꽃나무 아래에 서있는 것을 수하들이 자꾸 바라보자, 소군평이 말했다.

"집중해라."

"예."

나도 집중해서 꽃나무를 올려다봤다. 바닥에도 꽃잎이 많이 떨어져 있었다. 나는 잠시 꽃잎을 피해서 이리저리 거닐었다. 수하들이 수련을 다시 시작하고, 나는 바람이 불 때마다 흩날리는 꽃잎을 맞아가면서 이리저리 움직였다. 누가 이렇게 예쁜 꽃을 내원에 심었을까. 누군지는 몰라도 천재였던 모양이다.

나는 수하들이 땀을 흘리기 시작한 시점부터 꽃잎이 가장 많이 떨어진 장소에서 가부좌를 틀고 눈을 감았다. 운기조식을 시작했다. 그리 길지 않은 시간이었으나 나도 강해지고 있었고, 수하들도 외공 수련을 이어나가면서 강해졌다. 나는 천옥의 기운을 끌어당겨 심법으로 길을 터줬다가 체내를 순환시킨 다음에 단전에 차곡차곡 쌓았다. 나풀거리면서 날아온 꽃잎 몇 개가 내 정수리에도 떨어졌다. 소군평이 몇 차례 호통을 내지를 때쯤 수하들의 비명에도 깊이가 있었다. 인생은 새삼스럽게 고통이다.

시간이 얼마나 흐른 것일까. 나는 운기조식이 지루하게 느껴지자마자, 즉시 멈추고 눈을 떴다. 마침, 수하들도 바닥에 이리저리 널브러진 채로 휴식을 취하고 있었다. 시간이 제법 흐른 모양이다. 나는 일어나서 흑묘아를 뽑았다. 내가 느닷없이 칼을 뽑자, 수하들의 눈이 커졌다. 나는 흑묘아를 쥐고 흩날리는 꽃잎 속에서 이리저리 거닐었다. 꽃잎이 아무런 규칙도 없이 떨어지기에 가끔 꽃잎과 꽃잎 사이를 칼로 찔러 넣었다.

허망하고 의미 없는 칼질이었다. 하지만 괜찮다. 어떤 일이든 처음에는 별 의미가 없다. 수하들이 보는 앞에서 나는 칼을 휘두르면서 꽃잎과 어우러졌다. 잠시 후에 소군평이 훈련을 재개했을 때도 나는 계속 칼을 휘둘렀다. 꽃잎과 꽃잎 사이도 찌르고. 꽃잎을 쫓아다니면서 칼등에 꽃잎을 받아내기도 했다. 그러다가 홀로 유난히 외롭게 떨어지는 꽃잎을 흑묘아로 잘라봤다.

꽃잎이 나를 비웃으면서 멀어졌다. 인생은 새삼스럽게 실패의 연속이다. 그렇게 나는 꽃잎 베기, 꽃잎 스치기, 꽃잎 때리기, 꽃잎 칼등에 올려놓기를 반복하면서 칼을 휘둘렀다. 바람이 한차례 불어서 우수수 떨어지는 꽃잎의 밑부분에 도풍을 일으키니 꽃잎이 비산飛散 형태로 휘날렸다. 나는 비산하는 꽃잎을 다시 칼날에 붙이는 형식으로 잡아당겼다.

방법은 간단하다. 흑묘아를 쥔 채로 흡성대법을 아주 미약하게 주입한 상태. 바람보다 약간 더 강한 흡입력을 가진 칼날이 꽃잎의 대장이 되어서 진격했다. 잠시 후에 수하들의 집중력이 너무 흐트러졌다고 판단한 소군평의 목소리가 들렸다.

"잠시 중지, 휴식."

이제 소군평도 수하들과 앉아서 나를 구경했다. 나는 도법에 흡성대법을 섞었다가 도법도 잊고, 흡성대법도 잊었다. 흩날리는 꽃잎과 함께 그저 즐겁고 유쾌하게 움직였다. 어느 정도 꽃잎의 무게, 움직임, 바람의 영향에 익숙해졌다는 생각이 들었을 때 칼날에 목계의 기를 주입한 채로 떨어지는 꽃잎을 베기 시작했다. 분홍 꽃잎이 일도양단. 하얀 꽃잎도 일도양단. 도풍으로 휘어잡아서 공중에 올렸던 꽃무늬 안에 글자를 새겨 넣었다.

一, 二, 三.

여기까지는 수월했으나 사四는 포기했다. 다시 인人과 심心은 성공했으나 하늘天은 어려워서 포기했다. 아직 내 도법이 하늘에는 닿지 않은 상태. 나는 할 수 있는 선에서 칼을 휘둘렀다. 그다음에는 찌르기를 반복했다. 흑묘아의 칼끝으로 꽃잎을 찔렀으나 꽃잎은 매번 살아서 도망쳤다.

'꽃잎 찌르기가 이토록 어렵구나.'

꽃잎이 지극히 가벼워서 승부를 내는 것이 어려웠다. 그리고 이런 식의 찌르기는 도刀와 어울리지 않았다. 나는 수십 차례나 찌르기에 실패했다가 흑묘아를 도로 칼집에 넣었다. 그러자 지켜보고 있었던 소군평이 나를 불렀다.

"방주님, 받으십시오."

내가 돌아보자, 소군평이 검 한 자루를 내게 던졌다. 나는 소군평이 던진 검을 붙잡자마자 뽑았다. 제법 묵직한 흑묘아보다 훨씬 가볍게 느껴지는 평범한 장검이었다. 나는 검을 휘두르다가 집중해서 꽃잎을 찌르기 시작했다. 목계를 사용하고, 염계를 사용했다가, 투계의 심득으로 전환했다. 세 번의 시도가 연달아 실패했을 때 나는 공력을 아예 주입하지 않은 채로 가볍게 움직였다.

꽃잎처럼 움직이고. 바람처럼 휘둘렀다. 꽃잎과 놀아보자는 심정으로 움직이다가. 나를 보고 고개를 갸웃하면서 떨어지는 꽃잎의 정중앙을 검으로 찌르면서 동시에 모든 동작과 호흡을 일순간에 멈췄다. 검 끝에 꽃잎 하나가 뚫린 채로 붙어있었다. 문득 검을 아래로 내린 채로 수하들을 바라보자, 이놈들이 전부 입을 다문 채로 웃고 있었다. 나도 함께 웃었다. 실패하던 자가 성공하면 웃어주기 마련이다. 나를 위해서 수고스럽게 꽃잎을 흩날렸던 꽃나무를 바라봤다.

"이게 무슨 꽃나무야?"

하도 어이없는 질문이었던 모양인지 여기저기서 이구동성으로 대답했다.

"매화나무예요."

"아, 그랬어?"

나는 매화나무와 꽃잎을 찔렀던 순간을 잊지 않기 위해 이름을 단순하게 붙여줬다.

"그럼, 매화검법梅花劍法이라고 부르자."

소군평이 궁금하다는 것처럼 물었다.

"이 자리에서 새로운 검법을 완성하신 건가요?"

나는 소군평과 수하들을 둘러보면서 대답했다.

"아니, 이제 시작이지. 그냥 꽃잎하고 어우러지다가 이 정도 느낌이구나 하고 넘어가는 거지. 무공에 완성이 어디 있어. 매일매일 반복해서 휘두르다 보면 조금씩 느는 거지. 너희도 꽃잎 많이 떨어질 때 연습해 봐라. 대신에 이거 연습할 때는 검이 더 좋겠다."

야래도를 쓰는 소군평이 물었다.

"도는 어려울까요?"

"찌르기를 하지 않을 거면 괜찮아. 하지만 전체적인 흐름에서 방금 펼쳤던 과정의 방점은 찌르기였어. 그래도 과정에서는 도를 휘두르든 검을 휘두르든 상관없다. 더 중요한 건 매일 휘두르는 거니까."

나는 허기를 느낀 채로 물었다.

"나 지금 배고픈데 밥때냐?"

"예, 벌써 점심입니다."

"밥이나 먹자."

소군평이 주변을 보다가 내게 말했다.

"이미 안에 식사가 준비됐을 겁니다. 먼저 드십시오."

나는 대청으로 들어가려다 깜짝 놀라서 멈췄다. 단상에 걸터앉은 홍신이 여태 지켜보고 있었던 모양이다.

"홍 사매."

"예, 대사형."

"내 독문무공을 훔쳐보다니 역시 도둑…"

년, 이라는 말은 차마 하지 못했다. 홍신이 대꾸했다.

"매화검법이라니, 검법 이름치고는 너무 약한 거 아니에요?"

"나찰검법이라고 할까?"

"매화가 더 오래가겠네요."

"밥이나 먹자."

홍신이 떨어지는 꽃잎을 바라보면서 대꾸했다.

"저는 여기서 조금 더 구경할게요. 먼저 하세요."

나는 흩날리는 꽃잎 사이로 당장 뛰쳐나갈 것 같은 홍신을 바라보다가 대청에 들어섰다. 식사 준비가 이미 끝난 상태. 다만, 홍신과 더불어서 식객처럼 하루를 묵었던 금해가 진수성찬을 눈앞에 두고 나를 기다리고 있었다.

"밥 구경하느라 내 독문무공도 훔쳐보지 못하다니 역시…"

돼지 새끼라는 말이 나오려다가 도로 들어갔다. 밥을 구경만 하고 있는 돼지 사제를 보고 있자니, 돼지라는 말이 나오지 않았다. 금해가 고개를 끄덕였다.

"식사하시지요, 대사형. 오늘 완전히 새로운 반찬이 가득합니다."

먹으려고 흑묘방에 눌러앉은 사내, 그것이 금해다. 하여간 오늘은 수하도 괴롭히지 않고, 사제들도 내버려 둘 생각이어서 적당히 자리에 앉아 밥을 먹기 시작했다. 금해가 밥을 먹으면서 내게 물었다.

"홍 사매는 안 먹나 보죠?"

나는 어리둥절한 표정으로 대꾸했다.

"네가 사형이었어?"

금해가 당연하다는 것처럼 고개를 끄덕였다.

"예."

"근데 왜 따귀를 처맞았어?"

"저도 그 점을 깊이 생각해 보았습니다. 이것이 과연 일반적인 상황이냐. 아니다, 명문정파에서는 있을 수가 없다. 사매가 사형의 따귀를? 파문당해야죠. 그러나 우리가 또 명문정파는 아니지 않습니까? 나름 흑도란 말이에요. 흑도에서 과연 사매가 사형을…? 네가 감히? 조만간 혼쭐을 내야겠다. 그런 생각이 없지는 않은 와중에 제가 대사형에게 내공을 빼앗겼다는 말이죠. 홍 사매가 내공은 또 제법 깊거든요. 이게 쉬운 문제가 아닙니다."

나는 밥을 먹다가 잠시 졸았다.

"..."

집중해서 밥만 먹었으면 졸지 않았을 것이나, 금해의 말을 듣다 보니 졸음이 쏟아졌다. 어렴풋이 금해의 목소리가 들렸다.

"대사형?"

"어, 어?"

"피곤하셨나 봅니다."

"어, 그래. 밥 먹자."

밥을 먹다가 금해의 말이 얼핏 떠올라서 이렇게 물었다.

"그러니까 요약하면 네가 홍신을 좋아한다는 말이지?"

금해가 어리둥절한 표정으로 대꾸했다.

"꿈꾸셨어요?"

"아니야?"

"그럴 리가요. 저처럼 뚱뚱한 놈이 누굴 넘보겠습니까."

"뭔 개소리야."

"대사형이 뚱뚱한 사람의 마음을 알아요?"

"뚱뚱해 봤어야 알지."

"그럼 말을 마세요."

나는 잠시 후에 금해를 문득 바라봤다.

"어유, 참 잘 처먹네."

금해가 더 빠른 속도로 젓가락질을 하면서 밥풀을 튀겼다.

"대사형에게 내공도 빼앗겼는데 밥이라도 많이 먹어야죠. 먹는 게 남는 거죠."

"뚱보의 무적 논리가 도검불침급이네. 어떻게든 먹겠단 뜻이네."

"무적 논리요? 시작도 안 했습니다. 금산상단이라는 집안, 마르지 않는 자금, 그곳의 막내아들. 돈이면 돈, 무공이면 무공. 거기에 제가 살까지 빠지면요, 세상 사내들이 감당을 못합니다. 모든 걸 다 가지면 시기와 질투를 받죠. 적당히 해야 하는 법이에요."

"재벌집 막내아들이었군."

"예."

"어쩐지 막내 같더라. 그러니 따귀를 맞았지."

나는 아무것도 안 하겠다는 마음을 먹은 지 하루도 되지 않아서 사제를 갈구고 있었다. 나는 식사를 끝낸 다음에 다시 내원의 단상으로 나갔다. 금해는 살을 빼겠다는 작심삼일에 돌입했는지 젓가락을 내려놓고 나를 따라나섰다. 나는 잠시 내원에서 벌어지는 상황을 주시하면서 팔짱을 꼈다. 뒤늦게 나온 금해가 넋이 나간 표정으로 사람들을 구경했다.

"수하들이 왜 지랄들이죠?"

밥을 먹고 돌아온 수하들이 휴식 시간에 전부 칼을 휘두르면서 꽃잎을 쳐내고 있었다. 그중에는 소군평도 있고, 홍신도 있었는데… 소군평은 꽃잎이 가장 많이 떨어진 곳에서 세상 심각한 표정으로 가부좌를 틀고 있었고, 홍신은 머리에 꽃 한 송이를 꽂은 채로 검을 휘두르고 있었다. 금해가 장탄식을 토해냈다.

"단체로 돌았네."

나는 단상에 걸터앉아서 유쾌하게 미쳐가는 수하들을 진지한 표정으로 바라봤다.

"좋아. 잘하고 있다."

금해가 내 옆에 걸터앉으면서 말했다.

"광묘방狂卯幇이네."

나는 더할 나위 없이 보기 좋은 수하들과 사매를 바라보면서 유쾌하게 노래를 흥얼거렸다.

"흔들리는 꽃들 속에서 매화향이 느껴진 거야."

할 일 없는 금해는 옆에서 듣다가 고개를 몇 번 끄덕이더니 박자에 맞춰 박수를 보냈다. 수하들, 꽃잎 속에서 칼춤 추고. 나는 노래를 부르고. 뚱뚱한 사제가 박수로 흥을 돋우었다. 유쾌했다.

59.
일단 색마처럼
생겼다

날씨가 좋아서 그런 것일까. 수하들의 꽃잎 베기가 나흘이나 이어져서 소군평을 부를 수밖에 없었다.

"소 각주."

"예."

"너랑 홍 사매는 꽃잎과 놀면서 얻는 게 있을 테지만 수하들은 아직 아니야. 금 사제 말대로 이것은 지랄하는 거밖에 안 된다. 방향은 잡았을 테니, 이제 네가 좀 말려라."

소군평도 고개를 끄덕였다.

"저도 같은 생각을 하고 있었는데 워낙 이놈들이 빠져들어서 어떻게 대응해야 할지 고민이었습니다."

"네가 총교두를 맡았는데 수하들이 말을 안 들으면 더 편하지 않아?"

"어떤 점이요?"

"더 힘들게 굴리는 거지. 매화향에 취한 놈들 네가 목검으로 좀 패도 되고. 본인들이 무언가 깨달음을 얻었다고 생각하는 모양인데 알다시피 어림없다. 실력 차이를 보여주도록."

"제가 괜한 걱정을 했군요. 오늘 곡소리 좀 들려드리겠습니다."

이때, 벽 총관이 다가왔다.

"방주님, 벽 총관입니다."

"벌써 수배했나?"

벽 총관이 대꾸했다.

"본래 이룡노군의 거처는 일정했습니다. 그러나 돈을 쓴 것인지 지인을 모으는 것인지 모르겠으나 그제와 어제도 화화산장花花山莊에 낭인으로 보이는 자들과 여러 강호인이 드나들었다고 합니다. 일단 간부들을 다 불러서 한꺼번에 설명을 해보겠습니다."

잠시 후에 간부들이 대청에 들어섰다. 그사이에 벽 총관은 백지한 장을 상황판처럼 판자에 붙여 세운 다음에 붓을 들었다. 마치 평생 발탁되지 못했던 늙은 군사가 오랜만에 전시 상황을 설명하기 위해 들뜬 것처럼 보였다. 간부들이 모이자, 벽 총관이 정중앙에 묘卯를 적고 우측에 이룡노군과 같은 별호를 적으면서 말을 이어나갔다.

"은귀자銀鬼子 유사청柳思靑이 보였다고 합니다. 그리고 돈만 주면 사고를 대신 치는 유성낭인流星浪人들 외에도 당장 신원을 알 수 없는 강호인이 다수입니다. 이렇게 모이는 이유는 단순합니다. 근래 일대에서 변고가 발생한 것은 우리가 유일하니까요. 남화가 약해졌을 때 치려는 자들이 뜻을 모으는 게 아닐까 싶습니다. 십이신장 일부와 대나찰이 죽었다는 소식이 많이 퍼졌을 테니까요."

……

내가 대꾸했다.

"대나찰을 죽인 놈이 있다는 뜻인데 어찌 남화가 약해졌으리라 생각하지? 바보들인가."

벽 총관이 웃으면서 말했다.

"욕심은 종종 냉철한 판단보다 급이 높아집니다."

벽 총관이 큰 동그라미를 그린 다음에 수선생이라 적더니 줄을 그어서 이룡노군과 연결했다.

"저는 이렇게 봅니다."

"수선생도?"

"예. 이룡노군은 대나찰과 친했고, 수선생은 사이가 나빴습니다. 수선생은 대나찰을 치고 싶었는데 이룡노군의 마음을 얻지 못했고. 이룡노군은 대나찰에게 받아먹은 게 많은데 대나찰을 잃었습니다. 그런 두 사람이 뜻을 합치는 것은 남녀가 만나는 것처럼 자연스러운 일이지요. 되도록 많은 사람을 모아서 일을 벌인 다음에 남화를 양분해도 두 사람에겐 큰 이득입니다. 당장은 누가 총대장인지 모르겠습니다."

나는 상황판에 적힌 이름을 바라봤다. 아는 이름도 있고 모르는 이름도 있다. 일단 유성낭인은 유성추라는 병장기를 빙빙 돌리는 놈들이다. 많게는 백 명, 적게는 오십 명까지 들쑥날쑥 줄어드는 낭인 세력으로 흑도의 이권 다툼에 자주 끼어들어서 오늘만 사는 놈들이었다. 은귀자 유사청은 처음 듣는 이름이었으나 수선생이나 이룡노군보다 눈에 더 들어오는 존재감이 있었다.

"유사청은 누구냐?"

벽 총관이 대꾸했다.

"겉으로는 중재 전문가이지만. 실제로는 큰판만 찾아다니는 도박꾼입니다. 문제 확산 전문가랄까요. 세력 없이 홀로 다니는데 흑도의 분쟁에 끼어서 제법 돈을 많이 버는 놈입니다. 그럴 실력도 있고요."

내가 모른다는 것은 흑도의 분쟁에 끼었다가 어딘가에서 비명횡사했다는 뜻이다. 이때, 대청에서 행상인 복장을 한 수하 두 명이 나타나서 각자 알아온 것을 보고했다.

"수선생이 직접 수하들을 이끌고 화화산장으로 들어갔는데 뒤이어서 무악문茂嶽門의 제자들도 화화산장으로 들어갔습니다."

"철섬부인鐵蟾夫人이 제자들과 함께 화화산장으로 향하는 것을 봤습니다."

나는 이런 보고를 계속 듣는 것도 의미가 없다고 판단했다.

"너희는 가서 쉬어라."

"예."

어쩐지 내가 대나찰의 악행에 대한 죗값을 대신 물어줘야 하는 분위기랄까. 벽 총관이 수선생보다는 약간 작은 동그라미를 그리더니 그곳에 무악문과 철섬부인을 적었다.

"수선생은 예상했는데 무악문과 철섬부인은 저도 예상하지 못했습니다."

"무악문은 그럴 수도 있지."

무악문은 정파와 사파의 중간쯤 되는 놈들이다. 강호에서는 이런 놈들에게 정사지간이라는 표현을 쓰는데 그냥 박쥐 같은 놈들이라 보면 된다. 철섬부인은 철섬여鐵蟾蜍라는 암기를 날리는 흑도의 중년

여고수였다. 벽 총관이 말했다.

"일단 십이신장에게 연락을 넣겠습니다. 이룡노군이 남화 지역을 쪼갠 다음에 나눠 가지겠다는 전략이라면 십이신장들도 안전하진 않겠지요."

나는 상황판의 동그라미들을 바라보다가 말했다.

"사신장 세력, 흑묘방 인원까지 전부 셈하고. 이룡노군 측 인원도 대략으로 합쳐서 비교해 보자."

"예."

벽 총관이 붓을 들고 상황판에 수를 계속 더했다. 홍신과 금해는 직속 수하가 없어서 셈할 것이 없었다. 홍신은 본래 혼자 움직이고, 상단의 병력이 동원될 만한 일도 아니었기 때문. 벽 총관이 파악하고 있는 사신장의 병력이 추가되고 흑묘방까지 더해도 총 이백오십이 넘지 않았다. 그러나 이룡노군 측은 셈을 하자, 사백 명이 훌쩍 넘었다.

"내가 혼자 지랄 염병을 떨면 어떻게 감당은 할 수 있겠는데. 수가 많이 부족하니 수하들의 사기가 떨어지겠군. 일단 수적인 것도 밀리면 안 되겠지."

나는 흑묘방의 간부들을 둘러보다가 말했다.

"한 사람은 일양현으로 가서 사마비 일행과 차성태에게 전해라. 심심해서 죽을 거 같은 놈들만 모아서 합류하라고. 다른 간부는 흑선보에 가서."

소군평이 대꾸했다.

"흑선보요?"

"독고생이라는 놈에게 정예 추려서 일백 정도 데려오라고 해."

"그럼 흑선보가 올까요?"

"하오문주가 부른다고 전해. 올 거다. 이러면 얼추 수는 비슷할 거 같은데. 전면전이 벌어져도 수하들이 기죽지 않겠지. 참고로 흑선보 놈들은 완전 미친놈들이라서 우리끼리 시비가 붙지 않도록 너희도 주의해라. 정신 나간 놈들이다."

소군평이 대표로 대답했다.

"알겠습니다."

"간부들…"

"예, 방주님."

"이룡노군 측에 혹시 내가 죽이지 말아야 할 사람이 있나? 재수 없게 일가친척이 섞여있다든가, 옛 친구가 끼어있다거나 이런 일이 발생할 수도 있으니까. 미리 나한테 말해라."

간부들이 서로의 얼굴을 바라보는 동안에 내가 말을 덧붙였다.

"다 죽이고 나서 원망하지 말고."

소군평이 간부들의 분위기를 살핀 다음에 대답했다.

"없습니다."

나는 회의를 파했다.

"다들 일 봐라. 십이신장 사제들부터 불러와. 소집에 응하지 않는 놈들부터 찾아가서 때려죽일라니까."

강한 놈들이 설쳐야, 약한 놈들이 덜 죽는다. 나는 간부들을 보낸 다음에 탁자에 두 발을 올려놓고 잠시 졸았다. 요새 운기조식에 매 달리다 보니, 수시로 잠이 쏟아졌다. 체력과 심력을 빠르게 소비하는 느낌이랄까. 잠이 들기 직전에 이런 생각이 들 때가 간혹 있다. 아, 어쩐지 잠들면 개꿈 꿀 것 같은데? 정신을 차리자니 피곤하고, 계속 잠을 청하자니 어딘지 모르게 불쾌한 그런 느낌. 내 기분이 지금 그렇다. 개꿈을 꿨다.

* * *

광승이 웃으면서 달려오는 광경이 보였다. 죄 없는 자들이 광승의 어깨에 부딪혀서 양옆으로 날아가고 있는데도 광승은 계속 웃고 있었다.

"하하하하하…"

나는 잽싸게 걸레를 쥔 다음에 탁자를 닦았다.

'제기랄.'

속으로 제발 그냥 지나가라고 기원했으나, 경공을 멈춘 광승이 내게 물었다.

"이봐, 점소이."

점소이라는 말에 속이 부글부글 끓었다.

"예?"

"절강이 어느 쪽이야."

당황한 와중에도 나는 침착하게 대꾸했다.

"계속 동쪽으로 가시면 되지 않을까요?"

광승이 큼지막한 눈을 껌벅이면서 대꾸했다.

"무조건 동쪽으로 가란 말이냐?"

"일단은 그렇습니다."

"무조건 동쪽으로 가다가 절강이 안 나오면 네가 책임질 테냐?"

순간, 나는 어떤 대답을 하더라도 빠져나갈 구석이 없는 것처럼 느껴져서 호흡이 불편해졌다. "책임지겠습니다"라고 대답하면 "좋아, 책임져라"라는 말과 함께 끌려갈 것 같고. "제가 왜 책임을 져야 합니까?"라는 식으로 대답하면, 기분 나쁘다고 끌고 갈 것 같은 그런 느낌이었다. 도대체 어떤 대답이 정답일까. 나는 슬슬 열이 받기 시작한 마음을 한 번 억누른 채로 대꾸했다.

"절강에는 무슨 일로 가십니까?"

"절강 앞바다에 대붕처럼 큰 물고기가 있다고 한다. 죽은 사제는 거짓말을 하는 놈이 아니었으니 그 말은 사실일 거야."

"저도 사실이라고 생각합니다."

"네가 봤어?"

나는 탁자에 걸레를 툭 던진 다음에 대꾸했다.

"안 봤습니다. 왜요."

"이놈 말투가…"

꿈이라서 그런 것일까. 나는 평소처럼 막 나갔다. 소매를 걷어붙인 다음에 광승에게 말했다.

"시비를 걸려나 본데, 한번 붙어봅시다."

붙어보자는 말에 광승이 껄껄대면서 웃었다. 웃음은 이내 사자후로 이어졌다. 한참을 사자후로 내 내공을 가늠하던 광승이 콧방귀를 뀌면서 말했다.

"제법 웃긴 점소이네. 날 웃겼으니 봐주겠다. 수련 열심히 하고 있어라. 또 만나게 될 것이니."

광승이 먼지바람을 일으키면서 멀어졌다. 나는 광승이 사라지고 나서야 씨익 웃었다.

"쫄기는…"

그간 무공 수련을 열심히 해서 다행이라는 생각이 들었다. 이때, 객잔에서 귀에 익숙하면서도 불쾌한 목소리가 들렸다.

"점소이, 거기 병신처럼 서있지 말고 술 좀 빨리 가져와라."

"뭐?"

고개를 돌려보니 마교의 광명좌사가 웬 아리따운 여인과 함께 탁자에 앉아있었다.

"이 미친 새끼가 여기가 어디라고."

나는 욕지거리를 내뱉으면서 광명좌사의 가슴에 오른발을 내질렀다. 당연히 광명좌사의 실력이라면 반격이 나와야 정상인데, 광명좌사는 비명을 크게 지르더니 땅바닥을 여러 차례 굴러다녔다. 분위기가 싸늘했다.

"왜 그러세요!"

여인이 놀라서 나를 뜯어말리는 와중에 내 몸이 공중으로 갑자기 떠올랐다. 고개를 돌려보니 나보다 머리 하나가 더 컸던 광승이 내 뒷덜미를 붙잡고 있었다. 광승이 히죽 웃으면서 말했다.

"이놈, 아주 못된 놈이었네?"

"뭔 개소리야? 저놈이 색마色魔라고. 나중에 광명좌사가 되는 놈이라고. 이거 안 봐?"

"네놈이 먼저 발차기를 해놓고선 헛소리를 하는구나. 일단 좀 맞자."

"맞기는… 제기랄. 예전의 내가 아니다."

주변 풍광이 급격하게 바뀌면서 나는 광승과 수백 합을 겨뤘다. 천옥의 힘을 바탕으로 금구소요공, 흡성대법, 매화검법까지 사용하자 광승도 매우 놀라는 눈치였다. 그러나 쌓아뒀던 힘을 일순간에 개방하듯이 기파를 터트린 광승의 분위기가 점점 부동명왕不動明王으로 변하고 있었다.

'아, 제기랄.'

이때, 나는 골목 어귀에서 실실 웃는 표정으로 싸움을 지켜보는 사내를 발견했다. 일부러 내 발차기를 맞고 나가떨어졌던 광명좌사가 히죽대면서 구경하고 있었다. 순간, 나는 딱밤을 한 대 맞은 것처럼 경련을 짧게 일으켰다. 그제야 잠이 확 깼다. 눈을 뜨자마자, 한숨이 절로 나오는 상황. 감히 나를 꿈에서까지 괴롭히다니. 나는 호흡을 가다듬다가 소리를 버럭 내질렀다.

"벽 총관!"

오래지 않아 벽 총관이 허둥지둥 뛰어오면서 대꾸했다.

"아, 예. 방주님. 시키실 일이라도."

나는 흥분한 탓에 손을 이리저리 흔들다가 생각을 정리해서 말했다.

"그러니까 좀 어려운 일인데, 내가 말로만 설명해도 용모파기를 한 장 그릴 수 있겠나?"

벽 총관이 고개를 끄덕였다.

"해보겠습니다."

"반드시 찾아야 할 놈이다."

"아, 그런 놈이 있습니까? 제가 어떻게 해서든 찾아드리겠습니다."

이름을 알면 수월했을 것이다. 그러나 놈은 그냥 광명좌사였고, 나는 광마였다. 서로의 본명에는 전혀 관심이 없었다. 나는 벽 총관에게 생각나는 대로 읊었다.

"일단 색마처럼 생겼다."

"예?"

"느낌을 말한 거야. 색마 같은 느낌. 무슨 느낌인지 알겠어? 반반하고 피부 하얗고 왜 그런 느낌 있잖아. 눈웃음 살랑살랑 잘 치고."

벽 총관의 한쪽 입꼬리가 올라갔다.

"감 잡았습니다."

"벌써?"

"예, 걱정하지 마시고 설명하십시오. 제 그림이 색마를 잡게 될 겁니다."

벽 총관이 자신만만한 표정으로 미소를 지었다.

60.
외상값 받으러
왔어요

그림도 무공과 마찬가지다. 좋은 그림을 하나 완성할 때까지 수도 없이 버릴 수밖에 없다. 용모파기도 마찬가지다. 벽 총관이 광명좌 사의 얼굴을 그리긴 했으나, 내 마음에 쏙 드는 게 없어서 이것도 버리고 저것도 버렸다. 무슨 일이든 간에 더 나은 결과물을 얻으려면 자꾸 버려야 한다. 주변 흑도의 떨거지들이 화화산장에 모여서 나를 어떻게 제압할 것인지 논의하고 있을 무렵, 나는 이런 식으로 벽 총 관과 열심히 용모파기를 만들었다.

"총관, 광대뼈가 그렇게 크진 않다. 턱선은 오히려 나랑 비슷해. 다시 봐라."

벽 총관이 내 턱선을 살피다가 말했다.

"인상을 결정짓는 것은 머리카락도 있습니다. 곱슬머리인지 여인 처럼 찰랑거리는 머릿결인지도 중요하죠."

"그놈 머릿결이 뭐겠어?"

"찰랑거리는군요. 눈썹은 어떻습니까?"

"전체적으로는 직도처럼 반듯한데, 끝은 깃털처럼 곡선을 그리면서 뻗어나가는 형태."

"눈썹을 정성스럽게 칼로 다듬었군요. 진지한 색마로군요."

벽 총관은 이제까지 들은 말을 종합해서 다시 그렸다. 잠시 후에 드디어 광명좌사와 매우 흡사한 용모파기가 완성되었다. 벽 총관이 씨익 웃으면서 물었다.

"마음에 드십니까?"

"좋았어. 이걸로 찾아보자. 세가 출신이긴 한데 방계라는 것만 안다. 나이는 스물 언저리."

"세가면 간단합니다."

"어째서?"

"세가의 무인들은 의복에 신경을 쓰기 때문에 절대로 허름하게 다니지 않습니다. 색마라면 그중에서도 특출나겠죠. 일단 세가로 좁히고, 나이로 좁히고, 의복을 본 다음에 용모파기와 비교하면 무작정 오래 걸리지는 않을 겁니다. 무공 실력은 어떻습니까?"

"비슷한 나이, 세가의 후기지수들에 비해서도 강하다."

그제야 벽 총관의 눈이 커졌다.

"그렇다면 엄청난 고수로군요."

"그러니 위치만 파악한 다음에 내게 알려라. 수하들이 상대할 수 없는 놈이니."

"알겠습니다."

생각해 보면 방계 출신인데 무공은 강하고, 사고를 쳤으니 이래저래 본가의 고수들에게 미움을 많이 받았을 것이다. 만약, 본가의 고수들이 좌사를 다음 세대의 가주 경쟁자라고 생각했다면 다시 회생하지 못하도록 완벽하게 매장했을 터였다. 그러니 마교에 투신할 수밖에 없었을 것이고.

"총관은 이놈 찾는 것에 집중하고. 싸우는 일은 내게 맡겨라. 나는 그게 더 편해."

"알겠습니다."

나는 벽 총관이 그린 현황판을 바라봤다.

"오늘 밤까지는 화화산장에서 수장들끼리 의견을 나누겠지? 술도 한잔하고 말이야."

"그럴 겁니다. 어느 지역은 누가 먹고, 돈은 어떻게 하고. 이런 이야기를 누군가가 꺼내기만 해도 회동이 짧아지진 않을 겁니다."

흑도의 고질병이랄까. 사실, 이런 것을 논의하지 않는 흑도야말로 정말 상위권에 있는 강력한 흑도일 것이다. 사람이든 세력이든 마찬가지다. 진짜 실력이 있는 자들은 일단 돈에 큰 관심이 없다. 나는 대청에서 잠시 머리를 긁적였다. 내 수하 일부는 지금 일양현과 흑선보로 떠난 상태. 나 역시 병력을 다 모으려면 저녁까지는 기다려야 하는 상황이다. 내가 생각에 잠겨있자, 벽 총관이 말했다.

"방주님, 제가 주제넘게 한 말씀 올려도 되겠습니까?"

"얼마든지."

"저희가 흑도이긴 하나, 어쨌든 남화 지역에 사는 사람들은 저희 세력이 익숙할 겁니다. 특히 대나찰이 강압적으로 벌이던 일까지 전부 멈추면 더 환영하겠지요. 다른 흑도 세력이 여길 차지하면 여러 가지가 또 바뀔 겁니다. 죽거나 다치는 사람도 늘겠지요. 다행히 십이신장도 아직 여럿이 남았고, 방주님의 세력도 작지 않으니 부디 총대장의 중임을 생각하셔서 신중하게 대처하십시오."

내 눈빛에서 엇나가는 청춘의 이유 없는 반항을 엿보기라도 한 것일까. 나는 진중한 표정으로 고개를 끄덕이긴 했으나, 신중하라는 말은 반대편 귀로 빼냈다.

"물론 신중해야겠지. 적의 수장들이 화화신장에 모여있다고 해서, 괜히 나 혼자 쳐들어가서 급습하거나 그러지 말라는 뜻이잖아. 맞지?"

벽 총관이 나를 보면서 고개를 살짝 숙였다.

"헤아려 주시니 감사합니다."

"그러니까 내가 십이신장 사제들과 함께 활 겨루기 대회가 열린 것처럼 몰려가서 화화신장에 불화살을 쏘는, 그런 철없는 짓으로 산불을 내지 말라는 뜻이잖아. 맞아? 꽃과 나무는 소중하니까."

"묘수이긴 하나, 많은 병력을 거느리는 장수가 할 행동과는 거리가 좀 있습니다. 그쪽도 고수가 제법 있어서 결국엔 칼로 싸우게 될 겁니다. 꽃과 나무도 소중하지요."

나는 벽 총관을 바라보면서 고개를 끄덕였다.

"안 그래도 좀 근질근질했는데 벽 총관이 내게 깨달음을 주는군. 이래저래 우리 벽 총관이 정말 흑묘방의 대들보, 흑묘방의 대군사 역할을 톡톡히 하고 있단 말이지. 저 색마 놈을 찾게 되면 그대도 금일봉을 받도록. 장부에만 적어 넣고 직접 수령해도 좋다."

벽 총관이 흐뭇한 표정으로 손을 모았다.

"감사합니다, 방주님."

"병력이 모이려면 시간이 좀 걸릴 테니까, 나는 잠시 모용의가에 다녀와야겠다. 우리 의원 선생님 얼굴도 좀 볼 겸."

"아, 모용의가의 젊은 선생과 친해지셨습니까?"

"의형제 사이랄까."

"그렇군요. 제가 그럼 모용의가도 종종 신경 쓰겠습니다. 그리고 방주님, 이런 시국에는 마차로 가십시오. 준비해 놓겠습니다."

"좋았어."

*　*　*

나는 대기하고 있는 마차로 향하면서 중얼거렸다.

"이래라저래라 할 거면 본인이 방주를 하든가."

기다리고 있었던 마부가 자신에게 하는 말인지 알고 되물었다.

"예?"

"아니다."

내가 마차에 오르자, 미리 언질을 받은 마부가 목적지를 말했다.

"방주님, 모용의가로 모시겠습니다."

"출발하도록."

나는 마차가 출발해서 길목 하나를 돌자마자, 마부에게 말했다.

"생각이 바뀌었다. 바람이 선선하니 모용의가로 가지 말고."

"예."

"운우회 근처에 내려주고 넌 돌아가면 된다."

운우회주가 바로 수선생인데, 수선생은 지금 화화산장에 있을 것이다. 마부가 잠시 대꾸를 하지 않았다.

"..."

마부가 재차 확인하듯이 물었다.

"방주님, 다시 돌아가서 간부들이나 벽 총관에게 보고하고 출발해도 되겠습니까? 아무래도 운우회가 위험한 곳이라서 목적지는 밝혀야 하지 않을까요."

옳은 말을 하는 사람은 혼내면 안 된다는 생각을 하면서 대답했다.

"운우지락의 그 운우라는 말을 방파의 이름으로 쓴다는 운우회로 가자고. 항상 나를 빼고 운우지정을 나누는 것 같아서 기분이 불쾌하구나."

"알겠습니다."

마차를 타는 것은 늘 재미있다. 나는 바깥 풍경을 구경하면서 운우회가 있다는 이화현으로 향했다. 봄볕이 꽤 따뜻한 날은 광증도 시원한 바람에 휩쓸려서 휴가를 떠난 것처럼 기분이 좋았다. 문득 마부가 걱정하는 것 같아서 그를 안심시켰다.

"수선생은 지금 용무가 바빠서 화화산장에 있으니 너무 걱정하지 말아라."

"예."

나는 마차에서 수선생과 무림맹원 사이에 벌어졌던 사건은 무엇이었는지 홀로 상상했다. 그놈이 대체 무림맹원에게 무슨 죄를 지었기에 저잣거리에서 싹 다 목이 잘리고, 무림맹원은 그 죄로 뇌옥에 갇혔을까. 그 무림맹원은 내가 알던 놈이었을까? 그것도 모르겠다.

어쨌든 광마로 활동하던 시기에는 그 맹원도 감옥에서 나왔을 터였다. 맹원이 흑도를 죽였다고 감옥에 오래 갇혀있지는 않았을 테니까 말이다. 내가 과거로 돌아왔긴 하나… 어떤 일은 과정만 알고 결과는 모르는 경우가 있고. 어떤 일은 결과만 알고 과정은 전혀 모르는 일도 있었다. 그냥 궁금하고 심심해서 운우회 근처에 가보는 중이다.

* * *

"방주님, 이화현에 도착했습니다."

내려보니, 마부가 눈치 있게 한적한 곳에 마차를 세운 상황. 나는 마부에게 경고했다.

"딱 적당한 곳에 세웠군. 여기서 대기하는 것은 지루한 일이니까 먼저 복귀하도록. 대신에 나는 모용의가에 있는 것으로."

"알겠습니다, 방주님."

"이것 좀 가져가."

나는 흑의장삼을 벗어서 마부에게 건네줬다. 안에는 평범한 무복을 입고 있어서 그리 눈에 띄는 복장이 아니었다. 강호인들이 굳이 이렇게 따스한 날에도 흑의장삼 같은 것을 챙겨 입는 것은 본능이다. 암기도 여러 개 숨길 수 있고, 칼이라도 한 대 맞았을 때 의복이 보호해 주는 것도 있고. 장삼처럼 펄럭이는 옷에 내공을 주입하면 웬만한 암기는 튕겨낼 수 있어서 이래저래 쓸모가 많다.

그러나 확실히 흑의장삼은 전투복이라서 남의 눈에 잘 띈다. 나는 마부를 보낸 다음에 이화현을 구경했다. 수선생의 세력이 대나찰과 비등비등했다는 것도 궁금하고, 운우회가 어떤 사업으로 돈을 버는지도 궁금했다. 도대체 왜 이름이 운우회인지도 새삼스럽게 궁금했다. 나는 이렇게 궁금한 게 많은 사람이다.

당장 운우회를 어떻게 해보겠다는 생각보다는 그냥 궁금해서 달려와 본 상태. 거리의 풍경은 남화 지역이나 이곳이나 다를 게 없었다. 흑도의 세력이 클수록 그곳의 인구도 많다. 기본적으로 흑도는 생업하는 자들의 돈을 어떻게든 빼앗고 사는 놈들이기 때문이다. 순간, 내가 장악한 흑묘방도 본래 그런 세력이라는 생각을 하자 기분이 불쾌해졌다.

나는 나를 점검해 보겠다는 마음으로 이화현을 돌아다녔다. 방법은 간단하다. 나는 주인장들의 표정만 봐도 안다. 요새 장사가 잘되고 있는지, 주변에 괴롭히는 자들은 없는지 보면 알 수 있다. 이것은 자존심 문제다. 흑묘방주가 나로 바뀐 이후에 남화 지역의 평범한 자들이 근심 어린 표정으로 돌아다니면 그것은 내 탓이다.

과연 수선생은 이곳에서 어떤 흑도인 것일까. 나는 이곳저곳을 기웃거렸다. 객잔도 들어가고, 다루도 구경했다. 이곳은 노점 상인들이 특히 많았다. 이런 사람들은 힘든 시기에도 꿋꿋하게 일을 하는 편이어서, 사실 알 수 있는 게 별로 없었다. 일하는 자들을 얕잡아 보면 이렇게 된다.

나는 이화현 시찰을 한 차례 마친 이후에 운우회를 찾아갔다. 정문을 보면서 이런 생각이 들었다. 뭔가 구린 일을 하는 놈들은 대문에 또 자그마한 창문 같은 것이 달려있다. 내가 처음에 봤던 흑묘방의 정문처럼 말이다.

탕탕탕!

주먹으로 두드리자, 덜컹 소리와 함께 자그마한 문이 열렸다.

"누구냐."

눈만 내놓고 말을 하는 사람을 보고 있자니, 감옥의 죄수를 보는 것 같았다.

"누구냐고."

나는 "쩝" 소리를 낸 다음에 대꾸했다.

"외상값 받으러 왔습니다."

탕! 소리가 들리더니 작은 문이 닫히고, 이어서 끼이익- 하는 소리와 함께 정문이 활짝 열렸다. 이로써 이놈들이 외상값을 잘 갚지 않았다는 것을 알게 되었다. 문을 열어주는 과정이 신속하고, 정확하고, 반복적이었기 때문이다. 더군다나 열거나 닫을 때도 짜증이 확 섞여있었다. 이 심리는 내가 안다. 외상값 받으러 온 사람을 오히려 반쯤 협박하는 심리일 것이다. 문을 열어준 놈이 고개를 삐딱하게 한 채로 나를 바라봤다.

"들어와."

나는 딱딱한 표정으로 대꾸했다.

"혹시 기분이 안 좋으시면 다음에 받으러 오겠습니다."

놈이 바로 대꾸했다.

"들어오라고, 이 새끼야."

"예, 그럼. 들어가야지요."

이것이 흑도와 백도의 차이다. 외상값 받으러 왔다는 말이 가끔 암어暗語인 것처럼 통하면 흑도. 그러나 백도는 애초에 외상값을 만들지 않는다. 여기서 백도는 다시 문파와 세가로 분류할 수 있다. 무림세가는 애초에 돈이 많아서 외상값과 거리가 멀다. 그러니 이런 암어도 통할 리가 없다.

문파의 경우는 명예에 살고, 명예에 죽는 놈들이라서 돈이 없으면 산나물을 캐서 먹을지언정 외상으로 무언가를 먹진 않는다. 그래서 큰 문파는 주로 산山에 많다. 흑도가 아무리 설쳐대도 백도가 더 무서운 세력인 이유가 바로 이 점이다. 산에 살든, 도시에 살든 간에 끝 모를 자부심과 자존심이 있다. 문지기 놈이 내 상념을 방해했다.

"누구 외상값이야? 설마 회주님은 아니겠지. 부회주님 술값이냐?"

나는 문지기를 따라가다가 작게 중얼거렸다.

"뒤지게, 무섭네."

"뭐?"

문지기가 돌아서더니, 황당함과 열 받았다는 감정을 뒤섞은 표정으로 나를 바라봤다.

"뭐라 그랬냐. 방금."

나는 덤덤한 어조로 대꾸했다.

"아니, 혼잣말인데."

문지기도 그동안 자신감 있게 수련했던 것일까. 돈 받으러 왔다는 사람의 얼굴을 노리는 손바닥이 곡선을 그리면서 도착했다. 나는 문지기의 손목을 붙잡은 다음에 좋은 말로 타일렀다.

"혼잣말이라고 했잖아."

나는 문지기의 손을 놔준 다음에 놈과 눈싸움을 시작했다.

"…먼저 껌벅이는 놈이 지는 거다. 지는 놈, 딱밤 한 대."

"…"

"참고로 나 탄지공도 익혔다. 딱밤이 그냥 딱밤이 아니야. 정신이 번쩍 드는 딱밤이야. 자하탄지공紫霞彈指功이라고 강호삼대탄지공이다."

문지기가 눈을 부릅떴다. 지금 상황이 무엇이든 간에 먼저 눈을 감지 않겠다는 의지가 눈빛에 담겨있었다. 놈이 점점 핏발이 퍼지고 있는 눈으로 내게 물었다.

"어디서 오셨어요?"

2권에서 계속됩니다.

광마회귀 1

초판 1쇄 발행 2024년 7월 23일
초판 3쇄 발행 2024년 12월 2일

지은이 | 유진성
발행인 | 강봉자, 김은경

펴낸곳 | (주)문학수첩
주소 | 경기도 파주시 회동길 503-1(문발동633-4) 출판문화단지
전화 | 031-955-9088(대표번호), 9530(편집부)
팩스 | 031-955-9066
등록 | 1991년 11월 27일 제16-482호

ISBN 979-11-93790-20-5 04810
(세트) 979-11-93790-24-3